A.J. KAZiNSKi
TODESTRANK

A. J. KAZINSKI

TODESTRANK

THRILLER

Aus dem Dänischen
von Günther Frauenlob

HEYNE

Die Originalausgabe erschien unter dem Titel
Den gjenfødte morder
bei Politikens Forlag, Kopenhagen

FSC
www.fsc.org
MIX
Papier aus verantwortungsvollen Quellen
FSC® C083411

Verlagsgruppe Random House FSC® N001967

Neumarkter Str. 28, 81673 München
Redaktion: Nike Müller
Umschlaggestaltung: Eisele Grafik-Design, München
Gesetzt aus der Adobe Garamond Pro
Satz: Leingärtner, Nabburg
Druck und Bindung: CPI books GmbH, Leck
Printed in Germany

ISBN 978-3-453-27070-1

www.heyne.de

TEIL I

Das Buch des Mordes

Simmias, sagte Sokrates, die anderen Menschen scheinen gar nicht zu merken, dass alle, die sich in der rechten Weise mit Philosophie beschäftigen, nichts anderes üben, als zu sterben und tot zu sein.

Platon, Phaidon

1.

Sikringen, Nykøbing, Sjælland

Die Tür im Heck des Wagens sprang auf. Licht flutete herein, Niels Bentzon wurde für einen Moment geblendet, bevor er die drei Polizeibeamten sah, die draußen standen, bewaffnet mit MP5-Maschinenpistolen. Zwei von ihnen stiegen zu ihm in den Wagen. Wortlos. Einer löste die Kette an seinem Fuß und geleitete ihn aus dem Gefangenentransport. Sie standen in einer Art Garage, an der Decke Leuchtstoffröhren. Von irgendwoher war das Rauschen eines Belüftungsschachts zu hören. Niels zählte vier Überwachungskameras in den Ecken des Raums. Das war alles.

»Jetzt geht es hier rein«, sagte der größte der Männer und öffnete eine Tür.

Die drei nahmen Niels in die Mitte und eskortierten ihn. Die Handschellen saßen so eng, dass Niels' Finger kaum noch durchblutet wurden. Eine Tür fiel ins Schloss, der schwere Schließmechanismus schnappte zu.

»Weiter.«

Nach wenigen Schritten standen sie vor einem Lastenaufzug, dessen Boden aus einem rostigen Eisengitter bestand. Darunter war nur Dunkelheit. Niels dachte an die Hölle, die Hölle der Muslime, er hatte irgendwo gelesen, dass diese Hölle so tief war, dass ein Stein, den man fallen ließ, siebzig Jahre unterwegs war, bis er auf dem Boden aufschlug.

Sie fuhren nur eine Etage nach oben, dann öffnete der Fahrstuhl sich wieder, und eine neue Tür wartete.

»Warten.«

Sie blieben einen Augenblick stehen. Niels hörte, wie die Tür hinter ihnen zuging und ein Schloss arretierte. Als sie sich wieder in Bewegung setzten, hatte er den Überblick bereits verloren. Wie viele Türen waren jetzt schon hinter ihm verschlossen worden? Wie spät war es? Vor sich erahnte er einen langen, schmalen Gang. Es roch schwach nach Urin.

»Stehen bleiben«, sagte der größere der Beamten und verschwand.

Schmerzen, Niels' Handgelenke pochten, die Handschellen schnürten ihm das Blut ab. Dann endlich wurden seine Fesseln gelöst. Niels schüttelte die Hände aus und fragte sich, ob er hier jemals wieder rauskommen würde.

In letzter Zeit hatte es keiner mehr geschafft auszubrechen. Sikringen, so hieß der Hochsicherheitstrakt in der ausbruchsichersten Haftanstalt des Landes. Die dreißig Männer, die hier einsaßen, zählten zu den gefährlichsten des Königreichs. Mehrfache Mörder, Schizophrene. Menschen, die so unberechenbar waren, dass sie in kein normales Gefängnis gesteckt werden konnten, und für die selbst die geschlossenen psychiatrischen Anstalten nicht geschlossen genug waren, landeten auf unbestimmte Zeit im Hochsicherheitstrakt, wenn sie überhaupt jemals wieder rauskamen. Und heute würden sie einen neuen Mitbewohner bekommen, Niels Bentzon.

»Jens?« Niels blickte auf, einen Augenblick im Zweifel, ob sie wirklich ihn meinte. *Jens*. Doch, das war der Name, den sie ihm gegeben hatten. Jens Petersen. Ein ganz gewöhnlicher dänischer Name. Jens Petersen konnte Lehrer sein, Bauer, oder eben verrückt.

Die Frau, die ihn angesprochen hatte, wirkte ruhig. Sie war etwa fünfzig, trug eine weiße Uniform und weiße Sneakers.

»Ich heiße Merete. Ich bin die Krankenschwester hier. Wenn du mir folgen würdest?«

Sie drehte sich um und ging. Niels gehorchte, zwei Beamte hefteten sich an ihre Fersen. Sie gingen schweigend über den Flur, weißer Boden, kahle, hellblaue Wände, Türen an beiden Seiten.

»Wir fangen hier drinnen an«, sagte Merete und öffnete eine weitere Tür.

Ein beinahe leerer Raum, Betonboden, ein Tisch an der Wand. Sieht aus wie ein Vernehmungsraum, dachte Niels. Einer der Beamten blieb draußen, der andere ging mit Niels und der Krankenschwester in den Raum. Ein gedrungener, kahlköpfiger Mann nahm sie mit einem Nicken in Empfang.

»Erik«, sagte er leise, ohne Niels die Hand zu geben. »Wir müssen dich nur kurz scannen. Würdest du bitte die Arme über den Kopf heben?« Der Mann zeigte Niels, was er tun sollte. »Und die Beine etwas breit machen. Hast du was in den Taschen?«

»Nein«, sagte Niels.

»Keine Münzen, Geldbeutel, irgend so was?«

»Nein.«

»Gut«, sagte Erik und ließ den Scanner über Niels' Arme und Beine gleiten. Er war gründlich, nicht so wie am Flughafen, das hier war ernst.

Sie gingen wieder nach draußen.

»Jetzt müssen wir nur noch beim Arzt vorbei«, sagte die Krankenschwester.

»Okay«, antwortete Niels.

Beißender Alkoholgeruch schlug ihnen entgegen. Gefliester Boden, die hintere Wand aus gelbem Klinker, drei weiße Kittel an einem Haken in der Ecke. Der Raum sah eher wie ein Ort aus, an dem man Tiere schlachtete, als wie das Behandlungszimmer eines Arztes. An einer Wand stand ein Bett, in eine Ecke hatte man eine Waage geschoben, und mitten im Raum stand ein Schreibtisch, an dem der Arzt saß.

Er stand kurz vor der Rente. Er erhob sich, um seinen Hals baumelte ein Stethoskop, und er gab Niels einen Klaps auf die Schulter, bevor er sich in aller Ruhe Plastikhandschuhe überstreifte.

»Ziegler«, sagte er mit monotoner Stimme. »Ich bin kein Psychiater, Jens. Ich will nur Ihre Lunge und Ihr Herz abhören. Damit Sie leben«, ergänzte er und versuchte sich an einem einstudierten Lächeln

»Ich lebe«, sagte Niels und registrierte, dass die Krankenschwester etwas zu den Wachmännern sagte. Der Arzt zog eine Schublade auf und nahm eine durchsichtige Plastiktüte mit Verschluss heraus, die er vor Niels auf den Tisch legte. »Die Seife muss zehn Minuten einwirken, erst danach dürfen Sie sie abspülen.«

»Was ist das?«, fragte Niels und betrachtete die kleine violette Tube.

»Desinfizierende Seife, damit Sie kein Ungeziefer einschleppen«, sagte der Arzt. »Ich weiß, Sie haben zwar nicht gerade viele Haare, aber manchmal sitzen die Viecher direkt auf der Kopfhaut.«

»Wir warten mit dem Bad bis morgen«, sagte Merete.

»Ist für mich in Ordnung«, erwiderte Ziegler. »Sie müssen mit dem Geruch leben – nicht ich.«

Niels sah dem Arzt an, dass er keine Lust hatte, mit ihm zu reden. In seinen Augen war Niels nur ein Wesen ohne Selbstkontrolle, ein Tier, ein wilder Stier, der mit medizinischer Seife eingerieben und dann festgebunden werden musste.

Mit einem Mal waren zwei Wachmänner im Raum. Kalte Blicke, Muskelpakete in blauen Hemden. Waren sie schon die ganze

Zeit hier gewesen? Die Wachen nickten den Beamten zu und nahmen schweigend deren Plätze ein, als die Uniformierten gingen.

»Wenn Sie Ihre Sachen ausziehen würden, Jens«, sagte der Arzt.

Merete blieb stehen. Niels wartete einen Augenblick, aber sie blieb. Seine Hände zitterten kaum merklich, aber er spürte es. Und sein Herz hämmerte vor Angst. Er musste sich ganz nüchtern eingestehen, dass die Situation ihm Angst machte, ein Gefühl, das er sonst nicht kannte. Als Polizist war er es gewohnt, vor verzweifelten Menschen zu stehen, die Waffen in ihren Händen hielten. Menschen mit Mord im Blick und tiefen Wunden in der Seele. Man hatte ihn geschlagen und getreten, und es war auch schon auf ihn geschossen worden. Man hatte ihn gedemütigt und sein Leben bedroht. Aber das war trotzdem ganz anders gewesen. Das war ihm vertraut, er hatte gewusst, was er tun und sagen musste. Jetzt wusste er das nicht.

»Sie können Ihre Sachen hier ablegen«, sagte der Arzt und zeigte auf das Bett.

Niels kam seiner Aufforderung nach.

»Erst müssen wir Sie wiegen«, sagte der Arzt. »Wenn Sie sich bitte da draufstellen?«

Die Stahlwaage presste sich kalt gegen Niels' Fußsohlen.

»Fünfundneunzig Komma fünf«, sagte der Arzt und tippte das Gewicht in den Computer ein. »Und Ihre Größe? Können Sie mal an die Wand treten?«

Niels roch den Atem des Mannes, als sein Gesicht näher kam. Kaffee und … Lakritz?

»Ein Meter fünfundachtzig. Irgendwelche Krankheiten?« Der Arzt war jetzt wieder an seinem Computer und tippte mit schnellen Fingern.

»Nein«, sagte Niels.

»Allergien?«

»Nein.«

»Nehmen Sie irgendwelche Medikamente?«

»Nein.«

»Haben Sie in den letzten acht Jahren eine Tetanusspritze bekommen?« Der Arzt trat zu ihm.

»Ja«, sagte Niels.

»Und Sie tragen ein Hörgerät«, konstatierte Ziegler und schrieb. »Wie stark vermindert ist Ihre Hörfähigkeit?«

»Fünfundachtzig Prozent.«

»Nur auf einem Ohr? Hören Sie alles, was ich sage?«

»Ja.«

»Augenfarbe?« Der Arzt beantwortete die Frage selbst, noch ehe Niels etwas sagen konnte: »Grün. Haarfarbe?«

Niels sagte nichts.

»Welche Haarfarbe haben Sie?«

»Die waren mal dunkel«, sagte Niels und fuhr sich mit der Hand über seinen rasierten Schädel, auf dem nur der Ansatz von grauen Stoppeln zu erkennen war.

»Machen Sie den Mund auf.«

Niels gehorchte. Der Arzt studierte seinen Mund und leuchtete ihm mit einer kleinen, grellen Lampe in den Rachen. »Strecken Sie die Zunge raus«, sagte der Arzt. »Ja, danke. Und jetzt muss ich Sie noch abhören.« Der Arzt setzte das Stethoskop auf Niels' Brust. Verharrte mit konzentriertem Blick, bis er schließlich sagte: »Alles in Ordnung.«

»Kann ich mich wieder anziehen?«

»Sie müssen noch einen Moment stehen bleiben«, sagte Ziegler, während er etwas in seinen Computer tippte. »Treten Sie da an die Wand. Es dauert nur einen Augenblick. Würden Sie sich bitte umdrehen?«

Niels gehorchte. Er wusste, was jetzt kam und dass er nichts dagegen tun konnte.

»Beine breit«, sagte der Arzt, und Niels spürte Zieglers Finger in seinem After. Eine Träne drückte sich in seinen Augenwinkel. Es war Niels egal, ob der Arzt sie sah.

»Gut, Jens. Ich gebe Ihnen jetzt etwas, damit Sie schlafen können.«

Er legte drei kleine Pillen in einen Pappbecher und stellte diesen auf den Tisch. Die Krankenschwester trat ans Waschbecken und ließ etwas Wasser in einen Plastikbecher laufen.

»Was ist das?«

»Damit schlafen Sie gut«, sagte der Arzt.

Niels musterte die Pillen, zwei waren bläulich, die letzte weiß wie Kreide. »Was ist das?«

Der Blick des Arztes zuckte zur Krankenschwester. Gleich darauf standen die Wachen hinter Niels, und er spürte den Atem der Männer im Nacken. »Das sollten Sie wirklich gleich lernen«, sagte der Arzt und setzte sich. Die Krankenschwester hatte sich in Richtung Tür zurückgezogen.

Der Arzt räusperte sich und fuhr fort: »Es ist uns hier sehr wichtig, dass jeder seine Medikamente nimmt, Jens. Sonst können wir nicht helfen. Haben Sie verstanden?«

»Ich würde nur gerne wissen, was das ist«, sagte Niels leise.

»Jens, hier drinnen spielt eine andere Musik. Wir geben Ihnen die Medizin, die Sie brauchen. Mehr können wir nicht für Sie tun. Und wenn Sie Ihre Medizin nicht selbst nehmen, bekommen Sie sie injiziert. So einfach ist das, und das steht auch nicht zur Debatte.« Der Arzt schüttelte den Kopf und zog die Augenbrauen hoch, als er noch einmal fragte: »Haben Sie das verstanden?«

Niels legte sich die Pillen auf die Zunge und spülte sie hinunter. Das Wasser schmeckte leicht nach Chlor. Dann folgte er der

Krankenschwester. Die Wachen hielten seine Arme gepackt und führten ihn zu einer weiteren Tür. Metall, grün, massiv. Das Tor zur Hölle. Der Satz ging ihm wieder und wieder durch den Kopf, während die Schwester aufschloss und Niels in einen kleinen quadratischen Raum trat. Ein Bett, ein Schrank, ein Regal, ein vergittertes Fenster in der Größe einer A4-Seite, sonst nichts.

»Morgen kriegen Sie Ihr eigenes Zimmer«, sagte Merete und strich mit der Hand über den Bettrand. »Damit wäre alles erledigt. In zwei Minuten werden Sie schlafen.«

»Und wenn ich aufs Klo muss?«, fragte Niels.

»Nutzen Sie das Waschbecken«, sagte sie.

Niels hörte, wie das Schloss verriegelt wurde, dann war ein kurzes, elektronisches Summen zu hören. Im Hochsicherheitstrakt gab es keine Schlüssel, denn die konnten verloren gehen oder verschwinden. Oder nachgemacht werden. Alles war elektronisch gesichert, für alles brauchte man Codes und Karten. Niels setzte sich aufs Bett und hörte seinen Atem. Schwer und unregelmäßig. Er blieb ein paar Minuten sitzen und versuchte, seinen Atem und seine Angst wieder unter Kontrolle zu bringen. Er stellte sich vor, dass er fiel. Fünfundachtzig Jahre, immer weiter in die Tiefe. Als er die Stimme in seinem Ohr hörte, glaubte er erst, es wäre seine eigene. Eine Art innere Stimme, wie sie die Verrückten hier im Trakt hörten, bevor sie ihrer Mutter die Kehle durchschnitten oder irgendeinem zufälligen Passanten in den Kopf schossen.

»Bentzon? Kannst du mich hören?«

Leons Stimme war weit entfernt, Niels rückte das Hörgerät zurecht und drückte es weiter ins Ohr.

»Sag noch mal was, Leon.«

»Ist es jetzt besser?«

»Glaube schon.«

»Oder rede ich zu laut? Das Ding muss ganz tief im Ohr sitzen.«

»Ist gut so«, sagte Niels, während er für einen Moment Leon vor sich sah. Der Einsatzleiter saß einen knappen Kilometer entfernt in einem Einsatzfahrzeug. Niels hörte die Erregung in der Stimme des Kollegen, die Ungewissheit, ob der Plan bis jetzt erfolgreich gewesen war. Niels war in das sicherste aller Gefängnisse eingeschleust worden. Niemand wusste, dass er Polizist war. Das war der erste Teil des Plans, aber der zweite war weitaus komplexer. Und der wartete in den nächsten Tagen auf ihn. Er sollte den Mord an dem leitenden Oberarzt der Forensischen Psychiatrie des Sikringen, Christian Paludan, aufklären.

36 STUNDEN VORHER

2.

Islands Brygge

Rational. So würde Polizeiunterhändler Niels Bentzon sich vermutlich selbst einschätzen, auch wenn er zeitweise mit Depressionen zu kämpfen hatte, woran seine erste Ehe gescheitert war. Nun ja, Hannah, die jetzt an seiner Seite lag, war auch nicht ganz unschuldig, was das anging. Niels hatte Hannah vor einigen Jahren in Verbindung mit einem Fall kennengelernt. Natürlich durch einen Fall, wie sonst sollte ein dänischer Bulle eine Astrophysikerin vom Niels-Bohr-Institut kennenlernen? Aber vielleicht war das Ganze ein Irrtum? Dieser Gedanke quälte Niels mehr und mehr. Vielleicht wäre es tatsächlich das Beste gewesen, sie wären sich nie über den Weg gelaufen? Dann hätte Niels mit Katharina zusammenbleiben oder eine andere Frau kennenlernen können. Vielleicht jemanden aus den eigenen Reihen. Viele Kollegen heiraten untereinander. Oder eine Krankenschwester. Als junger Mann auf der Polizeischule hatte Niels viele Krankenschwestern getroffen. Die jährliche Weihnachtsfeier hatte immer gemeinsam mit den Krankenschwestern stattgefunden. Es gab einen Grund dafür, dass die Polizeiführung nicht das Niels-Bohr-Institut angefragt hatte, um mit ihnen zu feiern, und dieser Grund war ihm nie bewusster gewesen als gerade jetzt. Sekretärinnen, Lehrer, Polizisten, Krankenschwestern – die eigentlichen Zahnräder der Gesellschaft. Sie gehörten zusammen, passten ineinander, hielten die Maschinerie am Laufen. Astrophysiker gehörten anderen Kreisen an, sie verbrachten ihre Tage mit entbehrlicheren Dingen, mit Dingen, die nicht essenziell waren. Wie auch Philosophen oder Künstler. Niels drehte sich auf die andere Seite. Öffnete die Augen. Rational. Warum dachte er das? Warum war es ihm wichtig, rational zu sein? Weil er heute fünfzig wurde? Oder weil er spürte, dass Hannah sich für einen anderen Mann interessierte? Einen anderen Physiker, einen, der ihr all das geben konnte, was er ihr nicht geben konnte. Lange Gespräche über Fraktale und die dunkle Materie des Universums. Niels hatte Hannah in den letzten Wochen beobachtet. Ihr Gesicht hatte Farbe bekommen, wenn sie mit ihm telefoniert hatte. *Mathias.* Niels kannte nur den Namen, und er wusste, dass er Wirkung auf Hannah hatte. Die Haut an ihrem Hals wurde rötlich, ihre Bewegungen änderten sich, und sie streichelte beim Telefonieren mit den Fingern die Haare an ihrem Hals. Verdammt, schließlich waren diese Beobachtungen Niels' tägliches Brot. Er musste observieren, andere mittels kleinster Bewegungen einschätzen, sie deuten. Andere Werkzeuge hatte ein Polizeiunterhändler nicht, wenn er vor einem Geiselnehmer saß. Er musste beobachten. Wann verlor der Geiselnehmer die Kontrolle? Wann drückte er den Abzug? Oder wie beim letzten Fall vor Niels' Auszeit, als ein Vater mit seinem in blutige Laken gehüllten Neugeborenen von der Entbindungsstation abgehauen war. Niels hatte ihn schließlich auf der Sjællandbrücke gefunden. Der Mann hatte das Kind im Arm, klammerte sich mit der anderen Hand ans Geländer und drohte damit loszulassen, wenn die Mutter ihm verbot, das Kind zu sehen. Wann waren Menschen bereit, in den Tod zu gehen? Das war die Essenz von Niels' Arbeit. Und natürlich, in der Sekunde zuzuschlagen, in der sie sich für den Tod entschieden hatten. Spätestens.

Wurde Niels zu einem Einsatz gerufen, sei es zu einem Familienvater, der damit drohte, sich und seine ganze Familie zu erschießen, oder zu einem nach Hause zurückgekehrten Soldaten, der mit all dem Erlebten nicht mehr klarkam und eine halbe Kaserne als Geiseln genommen hatte, brachte er immer nur seine Fähigkeit mit, die Menschen und ihre Handlungen nachzuvollziehen. Natürlich kam auch diese Begabung nicht von ungefähr. Niels besuchte regelmäßig Kurse beim FBI oder bei Scotland Yard oder bei den eingeflogenen Experten, die ihr Wissen an ihn und die drei weiteren Polizeiunterhändler der Kopenhagener Polizei weitergaben. In diesen Seminaren ging es neben Verhandlungstechnik immer wieder darum, die Augen der Menschen richtig zu deuten. Was verriet häufiges Blinzeln oder das plötzliche Innehalten, wenn gar nicht mehr geblinzelt wurde? Das Zusammenziehen oder Sich-Weiten der Iris? Oder die Körpersprache der Menschen, das rastlose Hin und Her der Hände oder auf welches Bein sie ihr Gewicht verlagerten? Und natürlich, wie man als Unterhändler agieren sollte. In diesem Punkt ging Niels allerdings oft eigene Wege. Man musste man selbst sein, auch wenn man einem Desperado gegenüberstand, lautete Niels' persönliches Mantra. Wenn die Menschen in ihrer Verzweiflung merkten, dass man einer Gebrauchsanweisung folgte und nicht sagte, was man wirklich dachte, ging es schief. Im vergangenen Jahr war Niels in eine Entwöhnungsklinik gerufen worden. Ein geschiedener Mann um die fünfzig, der wegen seiner Alkoholabhängigkeit alles verloren hatte – Familie, Arbeit, Haus – und der plötzlich mit einem Glas Karottensaft in der einen und einem Küchenmesser in der anderen Hand dasaß und seinem Leben ein Ende machen wollte, weil das alles sowieso keinen Sinn mehr ergab. Niels hatte ihm in diesem Punkt nur recht geben können. Den Mann hatte das zum Lachen gebracht. Die Wahrheit.

Dass das Ganze im Grunde vollkommen sinnlos war, dass er sich ruhig die Kehle durchschneiden und seinem Elend ein Ende machen solle, da ihn ohnehin niemand vermissen würde.

Aber wenn Niels die Desperados der Großstadt einschätzen konnte, konnte er auch seine Frau einschätzen. Sie war verliebt, das stand fest. Wobei er nicht sicher war, ob Hannah sich dessen schon bewusst war. Aber diese Erkenntnis würde kommen. Bald. Es war typisch für sie, dass sie manches sofort verstand, mitunter extrem schnell, während anderes auf sich warten ließ. Wenn Hannah einkaufte, konnte sie die Preise der Waren addieren, bevor sie sie in den Einkaufswagen gelegt hatte, und den Endbetrag schneller ausrechnen als die Frau an der Kasse. Sie spielte dieses Spiel regelmäßig – und es machte ihr Spaß, der Verkäuferin die Summe zu nennen, auf die Kommastelle genau, sobald diese die letzte Ware eingescannt hatte. Vierhundertdreiundvierzig Kronen und 57 Øre. Das Problem war nur, dass sie nach dem Einkaufen immer mit lauter seltsamen Sachen nach Hause kam und fast nie mit dem, was Niels auf die Liste geschrieben hatte. Einmal war sie mit einem neuen, gelben Wäschekorb, drei Kilo Kartoffeln und einem aufblasbaren Planschbecken für den Garten nach Hause gekommen. Im Dezember. Es war im Angebot, lautete ihre Erklärung, und es nützte auch nichts, dass Niels sie daran erinnerte, dass sie gar keinen Garten hatten. Was würden Hannah und Mathias gemeinsam unternehmen? Vermutlich könnten sie ganze Abende darum wetteifern, wer die meisten Kommastellen richtig hatte, wenn sie den Durchmesser der Erde mit Pi multiplizierten. Der Kühlschrank würde allerdings leer sein, die Windeln würden fehlen, und der Strom würde vermutlich auch abgestellt werden, weil keiner der beiden jemals eine Rechnung bezahlte oder auch nur eine Ahnung hatte, wie man das machte. Niels war oft im Niels-Bohr-Institut gewesen und kannte die Menschen dort: erwachsene Männer und Frauen, die vergaßen, den Fahrradhelm abzunehmen, oder Männer, die ihre Kleidung auf links angezogen hatten. Überall im Institut verteilte die Sekretärin Notizblöcke und Stifte, falls einer der Physiker auf eine geniale Idee kommen sollte, denn man konnte sich sicher sein, dass keiner einen Kugelschreiber dabeihatte. Und wenn sie sich beeilen mussten, verloren sie die Orientierung und endeten manchmal sogar im Heizungskeller, wo sie sich die Köpfe anschlugen. Vielleicht behielten sie deshalb den Fahrradhelm auf?

Eine Sache war sicher, Hannah wurde von Mathias angezogen. Stärker, als sie es sich bewusst war. Und Niels lag an seinem fünfzigsten Geburtstag im Bett und redete sich ein, rational zu sein. Und dass nichts in der Welt eine Frau stoppen konnte, die etwas anderes wollte. Niels hatte Hannah vor ein paar Wochen sogar darauf angesprochen. Sie war von der Arbeit nach Hause gekommen und hatte über irgendeinen Stern geredet, der wiedergeboren und nach dem japanischen Amateurforscher benannt worden war, der ihn entdeckt hatte. Etwas in dem Stil, Niels hatte nicht alles verstanden, es war einfach zu schwer, Hannah zu folgen, wenn sie voller Begeisterung über etwas redete. Sie war dann überhaupt nicht mehr zu bremsen. Und bei diesem Gespräch hatte er in ihren Augen gesehen, wie langweilig es für sie war, mit Niels zu reden, wie unzureichend. Er hatte sie an seinen Gefühlen teilhaben lassen und ihr gesagt, dass sie über so etwas vielleicht besser mit Mathias reden sollte.

Hannah drehte sich im Bett um. Niels konnte den Blick nicht von ihr abwenden. Ihre dunkle Mähne breitete sich wie ein Delta auf dem Kopfkissen aus. Ihre hellen Sommersprossen, die nur dann zu sehen waren, wenn die Sonne ihr direkt ins Gesicht schien. Entweder wurde sie mit dem Alter immer schöner, oder seine Liebe wuchs im Takt mit … ja, mit was? Mit ihrer

Ablehnung? Er fragte sich, ob er seinem Impuls nachgeben und sich eng an sie schmiegen sollte, damit Hannah seine Lust spürte, wie hart er war, wie gerne er jetzt in sie eindringen würde, eine Hand auf ihrer Brust.

In diesem Moment klingelte das Handy. Laut und schrill.

»Die Kinder«, flüsterte Hannah. Niels war sofort aus dem Bett. Die Zwillinge kämpften seit Neujahr abwechselnd mit Koliken, jede Minute Schlaf war ein Heiligtum, das um keinen Preis unterbrochen werden durfte. Niels nahm sein Handy vom Esstisch, ging schnell nach draußen auf die Terrasse und schloss die Tür vorsichtig hinter sich. Morgensonne in Unterhosen.

»Hallo«, meldete er sich mit noch immer verschlafener Stimme, räusperte sich und wiederholte: »Hallo.«

»Bentzon? Hier ist Leon.«

»Leon?«, sagte Niels und hatte plötzlich Magenkrämpfe. Es war so früh, dass sein Magen noch mit dem Abendessen kämpfte. Niels sah plötzlich die dreckigen Teller in der Spülmaschine vor sich. Kalbskoteletts. Vielleicht waren es aber auch nur die Bilder, die Leons Stimme wachrief: ein schreiender Säugling auf dem Brückengeländer, weinende Geiseln, Menschen, die sich vor Todesangst in die Hosen machten.

»Du klingst überrascht. Dein Name steht auf dem Bereitschaftsplan«, sagte Leon irritiert.

»Jetzt? Ich bin …« Niels kam ins Stocken und fragte sich, ob er Leon erklären sollte, dass er erst vor einer Woche seine Elternzeit beendet hatte und dann nahtlos auf ein Seminar nach Fünen gefahren und folglich noch gar nicht im Präsidium gewesen war. Und dass er seinen Wiedereinstieg lieber etwas ruhiger angegangen wäre.

»Ich kann dich nicht hören«, sagte Leon. Niels wusste, dass Leon sich über die Sekunden aufregte, die unnütz verstrichen.

»Bist du im Krankenhaus?«, fragte Leon. Eine andere Entschuldigung ließ Leon nicht gelten. Wenn überhaupt, besser wäre es, er wäre tot. »Es geht um einen von uns«, sagte Leon und klang für einen Moment regelrecht menschlich.

»Wie meinst du das?« Niels ließ seinen Blick über den Garten schweifen. Im Schwimmbecken waren bereits Kinder.

»Mann, verdammt, es geht um einen Polizisten!«

Niels seufzte. Ein Polizist. Das hieß Waffen. »Gibt es Tote?«

»Er hat seine Frau erschossen. Ein Schuss in jedes Auge. Weil sie ihn mit so kalten Augen angesehen hat, hat er gesagt.«

»Warum stürmst du nicht?«

»Wir glauben, dass er auch seine große Tochter erschossen hat. Aber da sind noch zwei andere Kinder drin, und die müssten noch am Leben sein«, flüsterte Leon. »Ziehst du dich an, während ich dich briefe?«

Niels sah zu Hannah. Seine helle Hose lag auf dem Stuhl. Die Zwillinge schliefen. Bjørn mit Schnuller im Mund, benannt nach Niels' Großvater, Ellen nach Hannahs Oma. Namen aus dem letzten Jahrhundert, wiedergeboren im neuen Jahrtausend. Die Kinder waren gerade erst zwei geworden. Viel zu alt, um noch immer Koliken zu haben, aber zu jung, als dass Niels ihnen das hätte erklären können.

»Einen Augenblick«, flüsterte Niels. Hannah schlug die Augen auf und sah ihn an.

»Was ist los?«, fragte sie.

»Sie brauchen mich.«

»Heute? Aber du hast doch …«

Niels legte Hannah seinen Finger an die Lippen. Leon sollte nichts davon erfahren, dass Niels heute fünfzig wurde. Er hasste seine Geburtstage, hätte im Traum nicht daran gedacht, ein Fest zu feiern oder Kekse in die Arbeit mitzubringen. Er war an diesem Tag geboren worden, na und? Das Leben war eine lange Prüfung, etwas, das man meistern musste. Viele schafften das nicht und gaben auf, und einigen davon war Niels im Laufe der Jahre begegnet. Warum sollte man das dann mit Gebäck und Hurrarufen feiern? Und dass die eigene Frau einen anderen liebte? Na herzlichen Glückwunsch, alter Mann, das spricht wirklich für dich. Nein, Niels wollte am Abend gemeinsam mit Hannah essen gehen und danach mit ihr und ihren Kollegen nach Chile fliegen. Er war nie zuvor so weit weg gewesen. Hannahs Flugticket war vom Institut bezahlt worden, sie hatte Stunden am weltgrößten Teleskop zugewiesen bekommen, das den mundgerechten Namen Very Large Telescope trug, unter den Astrophysikern aber nur VLT genannt wurde. Es stand mitten in der Wüste. Ein weitestgehend niederschlagsloser Fleck auf unserer Erde, was keine Wolken bedeutete, die die Aussicht auf die Sterne einschränken könnten. Und eine Stadt mit störenden Lichtern gab es in der Nähe auch nicht. Abend für Abend nur das Licht der Sterne. Dort sollte Hannah ihre Nächte damit verbringen, so weit in den Weltraum zu schauen, wie das für Menschen nur möglich war, während Niels seine Abende in Gesellschaft guten chilenischen Weins an der Hotelbar verbringen würde. Etwa so stellte er sich seine Reise vor. Wenn er alles richtig verstanden hatte, war allein das Hotel eine Reise wert. Niels sollte seinen Fünfzigsten irgendwo in einer Wüste feiern, in Begleitung einer Frau, deren Gefühle langsam austrockneten. Nein, Geburtstage waren wirklich nicht Niels' Sache. Außerdem gehörten diese Tage in eine andere Welt. Eine normale Welt, in der die Menschen Weihnachten feierten, in die Ferien fuhren, zu Schulkonzerten gingen und ihrem Ehepartner einen Gutenacht- und Gutenmorgenkuss gaben. Das war nicht Niels' Universum, nicht die Welt, in die er nun reiste. Niels' Wirklichkeit waren die

Abgründe der Seele, damit hatte er sich all die Jahre beschäftigt. Mit den verlorenen Seelen all jener, die nicht zum Himmel emporstiegen, sondern im Boden versanken. Den bedrückten Seelen. Niels wurde immer wieder in den Brunneneimer gesetzt und ganz nach unten hinuntergelassen, um irgendein verirrtes Schaf nach oben zu holen. Wie jetzt.

***

Niels fuhr aus der Tiefgarage in die morgendliche Wärme, Leon noch immer in seinem Ohr.

»Hast du zugehört?«, fragte Leon.

Niels fasste zusammen: »Er ist Polizist, hat drei Kinder. Und was ist mit seiner Frau? Scheidung? Du musst mir schon noch mehr geben, womit ich arbeiten kann.«

»Im Augenblick sieht es so aus, als hätte er sich mit den Kindern im Schlafzimmer eingeschlossen.«

»Hintergrund!«, sagte Niels und spürte die gleiche Verärgerung, die auch Leon antrieb. Sie kam von ganz allein. Wenn Leben gerettet werden mussten, nahm die Toleranz für die Fehler der anderen von Sekunde zu Sekunde ab.

»Hintergrund?«, wiederholte Leon. Hörte Niels ihn seufzen? Niels und Leon standen am Rand der Schlucht, die sie nie überwanden. Leon konzentrierte sich auf die harten Fakten, ihn interessierte, wie der Geiselnehmer bewaffnet war, wie viele Geiseln er hatte, wo genau er saß, wie viele Tote es gab und wie lange die Sache bereits lief. Nur dass Niels damit nichts anfangen konnte. Niels musste wissen, was für ein Mensch sich hinter der Verzweiflung verbarg. Die Statistik, wie viele Soldaten psychische Schäden erlitten, wenn sie von der Front nach Hause kamen, oder dass Selbstmorde zu fünfundsiebzig Prozent von Männern begangen wurden und ihre Gründe meistens etwas mit Arbeitslosigkeit oder Scheidung zu tun hatten, half ihm wenig. Das war etwas für Politiker, nicht aber für Niels. Er musste herausfinden, was für Menschen sich hinter den Zahlen verbargen, und das am besten in wenigen Minuten.

»Er ist einer von uns«, sagte Niels laut und fuhr auf die Autobahn. »Dann müssen wir doch auch etwas über ihn wissen.«

»Du weißt das doch«, sagte Leon.

»Nee, keine Ahnung«, sagte Niels.

»Er ist einer von denen, die auf beiden Seiten hätten enden können«, sagte Leon schließlich. Was das bedeutete, wusste Niels. Es war ein bekanntes Phänomen, dass es Beamte gab, die genauso gut in die Kriminalität abrutschen konnten. Menschen, die den Tod in der Hand hielten. In Wirklichkeit entschieden nur Zufälle darüber, ob der Tod in Form einer 9mm Heckler & Koch von der Kopenhagener Polizei kam oder durch eine der illegalen Waffen, die das Land überschwemmten. Man versuchte natürlich, diese Leute schon bei der Aufnahmeprüfung auszusortieren, aber zu diesem Zeitpunkt waren sie noch sehr jung und ihre seelischen Schäden nicht sehr ausgeprägt. Es war wie mit Krebstumoren: Sie wurden erst mit der Zeit sichtbar.

»Mehr«, bat Niels und trat das Gaspedal durch. »Was sagt die Familie? Die Nachbarn?«

»Sie haben Streit gehört«, sagte Leon. »Es ging wohl darum, wie sie ihn angesehen hat. Er konnte ihren Blick nicht ertragen. Andere Nachbarn haben ihn als freundlichen, netten Mann beschrieben.«

»Das sagen sie doch immer«, flüsterte Niels.

Er bemerkte das Zittern zuerst an seiner linken Hand, die auf dem Lenkrad lag. Eine leichte Vibration. Er war nervös. Sein letzter Einsatz lag lange zurück.

»Augenblick, Leon«, sagte Niels und fuhr von der Autobahn ab. Er nahm das Handy in die andere Hand und beobachtete die rechte einen Moment lang. Dasselbe Zittern, vielleicht sogar etwas stärker.

»Ich kann dich nicht hören, Bentzon!«

»Ich bin da.«

***

Leon war Einsatzleiter – der beste, den sie hatten. Die Kollegen bezeichneten ihn auch als »Einmannheer«, was Bentzon eigentlich immer verwundert hatte. Wenn Leon ein Einmannheer war, warum hatte er dann immer das Einsatzkommando hinter sich? Leon hatte die Sicherheitsmaßnahmen koordiniert, als der amerikanische Präsident auf Staatsbesuch in Dänemark gewesen war. Er hatte mit der CIA und dem persönlichen Sicherheitsdienst des Präsidenten verhandelt. Und die Amerikaner waren beeindruckt gewesen von seiner proaktiven Art und der Tatsache, dass er nur zu brummen brauchte, damit die Leute hinter ihm aktiv wurden. Von der absoluten Ergebenheit des Einsatzkommandos für ihren Chef. Sommersted brachte in seinen Festreden gerne die Anekdote, dass die CIA Leon gerne mitgenommen hätte, als sie in der Air Force One nach Hause geflogen waren. Doch, Leon hatte Eindruck auf die Amerikaner gemacht. Im Gegenzug war Leon nicht sonderlich beeindruckt von den Amerikanern gewesen. Für ihn waren das unselbstständige Roboter. Leons Männer hingegen konnten selbst denken, und das war für ihn entscheidend – das Einsatzkommando der Polizei war keine militärische Einheit. Es rückte aus, wenn die Hölle losbrach oder es Terrorwarnungen gab. Oder wenn die Autonomen wieder mal durchdrehten und unbedingt irgendwas kaputt machen mussten. Für

Leon musste in einer Großstadt jeder Beamte seine eigenen Entscheidungen treffen: War es nötig, den aggressiven, wild herumschreienden Autonomen in Handschellen zu legen? Wie waren seine Augen? War er auf Drogen? Die Fähigkeit, den Kopf einzuschalten und die richtigen Entscheidungen zu treffen, war für Leons Leute ebenso wichtig wie der Umgang mit der Waffe. Für alle anderen gab es – wie Leon immer betonte – bestimmt noch einen freien Platz bei der Passkontrolle.

Das Einsatzkommando war nach dem Terroranschlag während der Olympischen Spiele 1972 in München gegründet worden, bei dem israelische Athleten, ein deutscher Polizist und palästinensische Terroristen getötet worden waren. Mit einem Mal war damals der dänischen Polizei bewusst geworden, dass die ungelösten Konflikte der Weltgemeinschaft immer näher an Dänemark heranrückten. Die Zeit, in der die Polizei Enten über die Straße geholfen hatte, war ein für alle Mal vorbei. Seither war die Anzahl speziell ausgebildeter Polizisten kontinuierlich gestiegen. Als Niels bei der Polizei angefangen hatte, bestand das Einsatzkommando noch aus knapp zwanzig Leuten, die man sich aus anderen Abteilungen zusammengesucht hatte. Heute waren mehr als fünfzig Männer und zwölf Frauen fest bei diesem Kommando angestellt. Und ihr Einsatzbereich war in einer konstant gefährlicher werdenden Welt immer größer geworden. Die Verhaftung von Straftätern, die mit Drogen zu tun hatten – früher ein Bereich, der von gewöhnlichen Beamten übernommen wurde –, war heute eines von Leons festen Tätigkeitsfeldern. Leon verfügte über Scharfschützen, die auf 800 Meter Entfernung eine fliegende Streichholzschachtel treffen konnten. Zu seinem Team gehörten aber auch Ärzte, die Motorrad fuhren, und ihm standen sowohl Helikopter als auch Speedboote zur Verfügung. Leon war die Avantgarde der dänischen Verteidigung.

Niels fuhr in ein Wohngebiet und parkte. Ihm bot sich ein ungewöhnlicher Anblick. Leon stand allein auf dem Parkplatz, nicht ein Polizeiwagen war zu sehen, nicht einer von Leons Leuten. Bevor er aus dem Auto stieg, warf Niels noch einmal einen Blick auf seine Hände. Unverändert. Aber war das erstaunlich? Nein, es wunderte ihn eher, dass sie nicht stärker zitterten, dass nicht sein ganzer Körper danach schrie, das Weite zu suchen. Weg von den Verrückten, den Psychopathen, den Männern – immer waren es Männer –, die ihre Familien in Brand gesetzt hatten und damit drohten, auch noch die ganze Welt abzufackeln. Bis Niels Bentzon die Bühne betrat. Wie jetzt. Komm schon, machte er sich selbst Mut. Einen Fuß vor den anderen, du bist der Beste, Bentzon, auch wenn du gerade einen akuten Parkinsonschub hast und vielleicht besser zum Cocktailshaker als zum Unterhändler taugst.

»Bentzon. Lange her«, sagte Leon, der plötzlich unmittelbar vor ihm stand.

»Wo sind deine Leute?«, fragte Niels und sah zu den Dächern. Waren sie dort oben?

»Hast du zugenommen?«, fragte Leon und taxierte Niels vom Scheitel bis zur Sohle.

»Das ist nur das Hemd. Wo sind deine Leute?«

Leon trat einen Schritt näher, als könnte sie hier auf dem Parkplatz jemand hören. »Nur das Hemd? Das wird sich gleich klären.«

»Wie meinst du das denn?« Niels versuchte, etwas mehr Abstand zwischen sich und Leon zu bringen, aber der Einsatzleiter nahm ihn am Arm.

»Das ist einer von uns. Kein Idiot.«

»Versteh ich nicht.«

»Er akzeptiert nur einen Unterhändler, der nichts am Leib trägt.«

Niels seufzte und senkte den Blick. Es war nicht das erste und sicher auch nicht das letzte Mal, dass er irgendwo nackt reinmusste. Vor zwanzig Jahren, als Niels seine ersten Schritte in der seltsamen Kunst gemacht hatte, Menschen davon abzubringen, sich selbst oder andere zu töten, war das noch anders gewesen. Das hatte er der verfluchten technologischen Entwicklung zu verdanken. Alles war so schrecklich einfach geworden. Ein Hemdknopf reichte für ein Mikrofon, ja es gab mittlerweile sogar so kleine Waffen, dass man sie in einer Unterhose verstecken konnte. Deshalb hatten die Verrückten gerne nackte Beamte.

Leon zeigte auf das gegenüberliegende Haus. Ein Neubau, die Gärten von niedrigen Hecken umgeben, Reihenhausidylle mit Kugelgrillen. »Die Hälfte meiner Leute steht auf der anderen Seite. Er hat gesagt, dass er auch noch die beiden Kleinen umbringt, wenn er einen bewaffneten Beamten sieht.«

Niels wollte nach Hause. Es konnte einfach nicht sein Job sein, all diese Menschen zu retten.

»Auf geht's«, sagte Leon leise. »Ziehst du deine Sachen aus?« Niels musterte den Einsatzleiter einen Augenblick lang. Er glaubte in Leons Blick beinahe so etwas wie Schadenfreude zu erkennen, als er seine Schuhe abstreifte und seine Hose öffnete.

3.

Oxford, 1939

Professor Jenkins' Vorgarten war wirklich nichts Besonderes, nur eine schmale Einfahrt und ein paar traurige Sträucher.

»Wir riskieren es, gesehen zu werden«, sagte Rachel, als sie zum dritten Mal an diesem warmen Abend am Haus des Professors vorbeispazierten. Sie ging untergehakt mit Michael an ihrer rechten und Alexander an ihrer linken Seite. Die drei versuchten, wie ganz normale Studenten auszusehen, die über die Albert Street auf dem Weg zu einem Gasthaus waren. Was eigentlich auch stimmte, von der Albert Street und dem Gasthaus mal abgesehen.

»Von der Straße aus kommen wir da nicht rein«, flüsterte Rachel. Sie klang nervös. Bald war es dunkel genug, um den Einbruch zu wagen und das Dokument zu stehlen.

»Wir müssen von der Gartenseite aus einsteigen«, sagte Alexander selbstsicher. Michael drehte sich rasch noch einmal zum Haus um. Alexander und Rachel hatten recht, der Vorgarten bot wirklich keinen Schutz. Von der Straße war das Haus viel zu leicht einsehbar, sodass sie den zahlreichen Passanten unweigerlich auffallen würden. Michael sah Professor Jenkins' ausladende Gestalt hinter den Fenstern von einem Zimmer in das andere gehen.

»Guck nicht so«, sagte Rachel zu Michael und zog ihn sanft am Arm weiter. Michael versuchte sich zu erinnern. Hatte Rachel ihn jemals so berührt, oder war das an diesem Abend das erste

Mal? Ja … Nein … vielleicht hatten sie sich die Hand gegeben, als sie vor zwei Jahren einander vorgestellt worden waren? Michael erinnerte sich nicht, Rachel bei der großen Immatrikulationsfeier in der Kapelle gesehen zu haben, aber vielleicht war es dafür einfach zu voll gewesen. Er wusste noch, wie sehr sie damals versucht hatten, alles um sie herum in sich aufzunehmen, aber es waren einfach zu viele Eindrücke gewesen. Die Stadt, die vielen Colleges, Trinity, Exeter und der unerreichbar erscheinende Traum, eines Tages im All Souls aufgenommen zu werden, vorausgesetzt, man schaffte das, wie alle meinten, härteste akademische Examen der Welt. All das Neue hatte Michael betört und in seinen Bann gezogen. Die Schönheit der gotischen Kapelle, die Kommilitonen und natürlich die Frauen. Ganz zu schweigen von der Eröffnungsrede des Rektors, seinen Instruktionen und den praktischen Hinweisen, wo und an wen sie sich wenden konnten. Nein, Michael war sich jetzt ganz sicher. Er hatte Rachel zum ersten Mal gesehen, als sie einander in Jenkins' Arbeitszimmer vorgestellt worden waren. Und selbst da hatten sie sich nicht berührt, sondern sich nur verhalten zugenickt, als sie sich einen Stuhl am runden Tisch gesucht hatten. Dann hatte Professor Jenkins sie gebeten, der Reihe nach aufzustehen und sich vorzustellen. Michael war so nervös gewesen, dass er nicht zugehört hatte, was seine neuen Studienkollegen erzählten. Erst als Rachel aufgestanden war, hatte er sich selbst für einen Augenblick vergessen. Sie war so munter, so voller Leichtigkeit, und ihr kastanienbrauner Pferdeschwanz war hin und her geschwungen, als sie erzählt hatte, wie beschwerlich ihre Reise aus dem Schoß der Familie bis hierher an die beste Universität der Welt gewesen war. Ihr Vater war entschieden gegen ihre Studienpläne gewesen. Aber Rachel wollte nicht einfach nur verheiratet werden und ihren Platz in der Gesellschaft einnehmen. Sie wollte die erste Frau der

Familie sein, die sich weiterbildete. Außerdem heiratete sie lieber einen Stapel Bücher als einen Gutsbesitzer, hatte sie gesagt und dann noch hinzugefügt, dass der Vater ihr das nie verzeihen würde. Das Geld steuerte er aber trotzdem bei. Alle Anwesenden hatten über ihren kleinen Vortrag lachen müssen, sogar der Professor. Und Michael hatte gedacht, dass er nie zuvor eine Frau wie sie getroffen hatte. Nie. Michaels Mutter und Schwester waren beide eher träge und schwermütig, wie so viele Frauen in Liverpool, nicht so … beschwingt? Lebendig? Rachel war so voller Leben.

Danach hatte Alexander sich erhoben. Groß, schön, selbstsicher, mit ganz hellen Haaren, wie es englische Jungs nur im Sommer hatten, gebleicht von Wasser, Leben und Sonne. Das komplette Gegenteil von Michael, der mit seinen schwarzen Haaren und dem kräftigen Körperbau seines Vaters seine Herkunft nicht verleugnen konnte: ein Arbeiterjunge aus Liverpool, eine Straßenmischung aus Seemann und Waschfrau, Hafenarbeiter und Bierkutscher. Schließlich hatte Michael von sich erzählen müssen. Oh dieses England, wenn ich doch im Boden versinken könnte, hatte er gedacht, bevor er den Mund aufgemacht hatte. Es gab in diesem Land so viele Dialekte, und jeder davon verriet, wo man herkam, ob die Eltern wohlhabend waren, welche Schule man besucht hatte und welchen Status die Großeltern in der Gesellschaft hatten. An den Stimmbändern jedes einzelnen Engländers klebten bis zu fünfhundert Jahre Geschichte. Und dem konnte man sich nicht entziehen, denn es wurde nur schlimmer, wenn man den Klang seiner Stimme zu verbessern suchte. Nein, in England wurde man in ein komplexes Kastensystem eingeteilt, sobald man den Mund aufmachte. So wusste Michael ganz genau, was alle denken würden, wenn er nur seinen Namen sagte: Sieh an, ein Scouser. Einer aus der Liverpooler Arbeiterklasse, dessen Familie dieses Studium nicht selbst zahlte.

Bis dahin war Michael nie Menschen begegnet, die wie Alexander oder Rachel sprachen. Er kannte Stimmen wie die ihren nur aus dem Radio, und er hatte Noël Coward im Kino gesehen. Aber nicht in Wirklichkeit.

»Wir können über die Steinmauer klettern«, sagte Alexander, als sie in sicherem Abstand von der St. Margaret's Road waren. Rachel ließ Michaels Arm los, ihre erste Berührung war damit Geschichte, aber er tröstete sich damit, dass sie Alexanders Arm eine Nuance früher losgelassen hatte.

»Wenn wir über die Mauer klettern, kommen wir direkt zu seiner Terrassentür«, sagte Alexander.

»Bist du sicher?« Rachels Stimme klang leicht und luftig.

»Ich war schon zweimal da«, sagte Alexander, legte die Hände oben auf die Mauer und sprang elegant auf die andere Seite. »Jetzt kommt schon.«

Michael reichte Rachel seine Hand. Sie nahm sie, und er half ihr hinüber. Ein Abend, zwei Berührungen, dachte Michael. Vielleicht führte der Weg zu Rachels Herz ja über kriminelle Handlungen. Die drei standen am hinteren Ende des schmalen Gartens und sahen zum Haus hinüber, während Alexander noch einmal alles zusammenfasste: Professor Jenkins' Arbeitszimmer lag im zweiten Stock. Sie müssten dafür aber drei Treppen hoch, da die Terrassentür in den Wintergarten führte, in dem die große Voliere des Professors stand. Alexander meinte aber, sie bräuchten sich um die exotischen Vögel keine Sorgen zu machen. Vögel seien nach Einbruch der Dunkelheit still. Vom Wintergarten führe eine Treppe in die Küche und auf den Flur. Von dort gehe es über die Treppe in den ersten Stock, in dem die Kinderzimmer lagen, aber die Kinder seien alle ausgezogen. Um von dort in den zweiten Stock zu gelangen, müssten sie eine jahrhundertealte Eichentreppe nehmen, deren Stufen knarrten. Sie müssten hoffen, dass

Jenkins und seine Frau fest schliefen, betäubt vom Alter und dem Portwein, den sie abends gerne tranken. Aber dieses Risiko müssten sie eingehen. Wenn sie nicht an diesem Abend das Dokument in die Finger bekämen, sei es zu spät, denn schon am nächsten Morgen solle Jenkins das Dokument nach London bringen, sodass ihnen für immer der Zugriff verwehrt bleibe. Dabei sei es doch *ihre* Entdeckung, die Jenkins ihnen einfach genommen habe.

»Und was machen wir, wenn der Geldschrank abgeschlossen ist?«, fragte Michael.

»Das ist er nicht. Er schließt den nie ab«, sagte Alexander selbstsicher.

Sowohl er als auch Rachel wirkten aufgedreht, als wäre das Ganze ein Spiel. Und vielleicht war es das für sie auch. Ihr Leben würde nie in die falsche Richtung gehen, dachte Michael und kam von dem Gedanken nicht mehr los. Egal in welche Schwierigkeiten sie gerieten, hinter ihnen stand immer ein Familienanwalt oder Vater, der im Oberhaus saß und jederzeit bereit war, sie zu retten.

»Aber was, wenn doch?«, fragte Michael.

»Dann müssen wir die Schlüssel finden, ist doch klar.« Alexander klang mit einem Mal ärgerlich, als wollte Michael ihr Spiel kaputt machen. Aber ihm würde niemand helfen, wenn die Sache schiefging. Seine Mutter würde vor Scham sterben, das wusste er ganz sicher, sie würde im Laufe weniger Monate wie eine Primel eingehen und Michaels Vater in seinen letzten, traurig enttäuschten Jahren allein lassen.

»Still«, flüsterte Alexander mit einem Grinsen, als er die Hand auf die Klinke der Terrassentür legte. Sie hatten eine Stunde im Garten gestanden und das dunkle Haus beobachtet. Was, wenn Jenkins noch nicht richtig schlief?, hatten sie sich immer wieder gefragt. Sie wussten, dass er abends viel trank, das roch man noch morgens, und seine rötliche Haut sprach Bände. Aber was war mit seiner Frau? Wie viel trank sie? Und schlief auch sie fest?

Alexander führte sie an und ging an der goldenen Voliere vorbei. Jenkins' Sperlingspapageien saßen wie dunkle Schatten auf einem Bein hinter den Gittern. Einer von ihnen hob den Kopf, als Michael ihn ansah. Ob er den Blick erwiderte, war unmöglich zu sagen. Schwarze Augen in der Nacht. Als Rachel ihren Fuß auf die erste Treppenstufe stellte, war ein lautes Knarzen zu hören. Alexander ergriff ihren Arm. »Die Stufen knarren weniger, wenn du ganz am Rand gehst«, flüsterte er kaum hörbar und demonstrierte, wie sie sich bewegen sollte. Vorsichtig und ganz dicht am Geländer. Er hatte recht, so waren ihre Schritte beinahe lautlos. Michael fragte sich, woher Alexander das alles wusste. Hatte er sich dieses Wissen auf dem elterlichen Gut in Schottland angeeignet? Hatte er sich als Kind aus dem Bett geschlichen, oder war er zu spät nach Hause gekommen und wollte nicht bemerkt werden? Auf jeden Fall wirkte es. Einer nach dem anderen meisterten sie erst die Treppe zum Flur, dann die hinauf in den ersten Stock. Hier hielten sie inne und spitzten die Ohren. Das Haus war still, draußen fuhr ein Auto, dann war wieder das unregelmäßige Schnarchen aus Jenkins' Schlafzimmer zu hören. Rachel schien nicht mehr so begeistert, einzig Alexander hatte noch die Andeutung eines Lächelns auf den Lippen. Er nickte auffordernd. Die letzte Treppe. Michael folgte ihm, das Ziel vor Augen: Sie wollten Jenkins nehmen, was er ihnen genommen hatte.

Alexander stand schließlich regungslos am oberen Rand der Treppe und starrte ins Schlafzimmer. Dann drehte er sich langsam um und legte den Kopf auf die Hände, um zu zeigen, dass Jenkins und seine Frau schliefen. Michael sah sich nach Rachel um, die auf dem Absatz stehen geblieben war. Aber er musste Alexander folgen, das war klar. Er nahm die letzten fünf Stufen, warf einen

Blick ins Schlafzimmer und sah, wie sich der dicke Bauch des Professors unter der Decke hob und senkte. Als er ins Arbeitszimmer ging, bemerkte er gleich, dass Alexander die Ruhe verloren hatte. Auf dem Tisch, wo sie das Dokument vermutet hatten, war es nicht. Der Alte hatte es weggesperrt. In den Geldschrank. Genau wie Michael es befürchtet hatte.

»Der Schlüssel«, flüsterte Alexander.

Sie begannen zu suchen. Im Krug auf dem Fensterbrett, auf dem Türrahmen, hinter den Büchern. Nichts, ihre Frustration nahm immer weiter zu. Alexander versuchte verzweifelt, den Geldschrank anzuheben, aber mitnehmen konnten sie ihn nicht, dafür war er zu schwer. Michael spürte, dass sie gehen sollten, bevor alles im Chaos endete. Nicht so Alexander. Er gestikulierte wild in Michaels Richtung, dass er im Arbeitszimmer stehen bleiben solle, während er das Schlafzimmer durchsuche. Michael protestierte wortlos, aber Alexanders Hände und sein verzerrtes Gesicht sprachen eine deutliche Sprache. Sein Freund hatte sich über das vorher Vereinbarte hinweggesetzt. Sie wollten im Arbeitszimmer suchen, und fanden sie dort nichts, blieb ihnen nur der Rückzug. Sie hatten sich geschworen, keine Gewalt anzuwenden. Plötzlich stand Alexander wieder in der Tür, in der Hand einen Schlüsselbund. Sein Gesicht war ein einziges, kindliches Grinsen. Er hastete zum Geldschrank, und der dritte Schlüssel passte endlich. Doch der Riegel des schweren Schlosses gab mehr Lärm von sich, als die drei in den letzten zwanzig Minuten gemacht hatten. Das rostige Kreischen ließ Michael und Alexander vor dem Geldschrank erstarren, bevor sie ihn öffneten und zwischen Obligationen und ein bisschen Bargeld tatsächlich ihr Dokument erblickten: Sokrates' Gedanken, niedergeschrieben von Phaidon vor 2500 Jahren.

»Was zum …?«

Michael drehte sich um, aber Alexander war bereits aufgesprungen. Professor Jenkins' Hand lag auf dem Lichtschalter. Ungläubig starrte er auf seine treuen Schüler und versuchte zu begreifen, was sich da vor seinen Augen abspielte.

»Michael?«, fragte Jenkins enttäuscht. Michael hörte die Stimme seiner Mutter. Auch sie würde nur seinen Namen sagen, ein einziges Mal, voller Misstrauen, und dann nie wieder reden. Sie war eine wortkarge Frau und reagierte auf alle Widerstände mit noch hartnäckigerem Schweigen. Alexander bekam Panik und versuchte, an Jenkins vorbeizukommen, aber der Alte griff nach Alexander und bekam seinen Arm zu fassen.

»Du gehst nirgendwohin«, sagte er und sah zu Michael. »Leg das da weg«, sagte Jenkins etwas lauter. Michael warf einen Blick auf das Dokument in seiner Hand. Vielleicht bemerkte er deshalb nicht, dass Alexander sich losriss und nach dem Schürhaken griff, der neben dem Kamin stand.

»Nein«, flüsterte Michael.

Jenkins streckte seinen Arm erneut nach Alexander aus und packte ihn am Kragen. Alexander wich einen Schritt zurück. Michael hatte sich aufgerichtet, als der Professor plötzlich zu Boden ging. Schwerfällig. Alexander hatte ihn geschlagen. Jenkins versuchte, wieder auf die Beine zu kommen, aber Alexander trat einen Schritt vor und hob den Schürhaken hoch über den Kopf, um den Schwung auszunutzen. Irgendwie schien der Professor nicht zu verstehen, was sich vor ihm abspielte. Er hatte ein akademisches Leben gelebt und war nie wirklich in Gefahr gewesen. Bis jetzt, da einer seiner Studenten in seinem Arbeitszimmer über ihm stand, die Hände um eine stählerne Waffe gelegt, mit der er weit ausholte. Michael wollte protestieren, tat es aber nicht, er schaffte es einfach nicht, bevor Alexanders Schlag Jenkins' Hinterkopf traf.

»Nein!«

»Wie hast du dir das denn vorgestellt?«, fauchte Alexander. »Wenn er überlebt und uns anzeigt?«

»Das ist Mord«, flüsterte Michael. Jenkins wand sich am Boden.

»Und was haben wir für eine Alternative? Er hat uns entdeckt«, zischte Alexander wütend.

»Wir haben vereinbart ...« Michael kam nicht weiter. Alexander stieß ihn weg. Holte aus und schlug noch einmal auf den Alten ein, fest, so fest, wie man schlug, wenn man mit einer Axt ein Holzscheit spalten wollte. Michael trat einen Schritt zurück, er wollte etwas tun, etwas sagen, wusste aber auch, dass Alexander recht hatte. Stand er deshalb nur tatenlos daneben, als Alexander ein weiteres Mal zuschlug? Der Schädel des Alten war gefleckt, Alexander konnte sich kaum losreißen, das Blut hatte etwas in ihm geweckt. Lust?

Michael stieß ihn in Richtung Tür. Raus! Erst jetzt ließ Alexander den Schürhaken fallen, der scheppernd auf dem Boden aufschlug.

»Was geht denn da oben vor?«, flüsterte Rachel Alexander zu, als sie ihn auf der Treppe sah. Im gleichen Augenblick glaubte Michael, hinter sich wieder die Stimme seiner Mutter zu hören. Er drehte sich um und wusste, dass alles vorbei war, er war entlarvt.

»Michael?«, rief Jenkins' Frau und sah ihn ungläubig an. Michael sagte nichts, Alexander packte seinen Arm und zog ihn weiter. Gemeinsam stürmten sie die Treppe hinab und in die Nacht hinaus.

4.

Kopenhagen, Bagsværd

Leon im Ohr. Keine Faser am Körper. *Fuck.* Niels spürte, dass der kleine, kabellose Ohrhörer für niemanden sichtbar tief in seinem Gehörgang steckte. Nackte Füße auf dem warmen Asphalt. Die Haut brannte. Niels ging zur Haustür.

»Wo bist du?«, fragte Leon leise.

»Ich stehe vor der Haustür«, sagte Niels. Erdgeschoss, kleiner Garten. Auf dem Namensschild fünf verschiedene Handschriften, jedes Familienmitglied hatte seinen eigenen Namen geschrieben, *Bolette,* die Mutter, geschwungen und eigen, nach links geneigt. Ganz anders als Hannahs Hieroglyphen oder Niels' Blockbuchstaben. *Bjørn,* der Jüngste, höchstens vier oder fünf. *Sofia.* Die Tochter – sie war vielleicht bereits tot –, große, romantische Buchstaben. Und *Pilou,* die Mittlere, nüchterne Buchstaben. Heute ging es um Bjørn und Pilou. Diese beiden konnte er noch retten. Den Rest nicht. So war es. Gregers hatte die Frauen erschossen. Der Klassiker, immer trieben die Frauen die Männer in den Wahnsinn. Nicht umgekehrt, überlegte Niels und dachte an Hannah. An die roten Flecken an ihrem Hals, die Farbe der Liebe und des Todes. Ein Geräusch hinter ihm. Er drehte sich rasch um. Ein älterer Mann stand über ihm auf der Treppe und glotzte ihn an.

»Polizei Kopenhagen«, sagte Niels schroff und fügte im selben

Atemzug hinzu: »Verlassen Sie augenblicklich den Eingangsbereich!« Der Alte blieb stehen, starrte auf Niels' Schwanz, total verwirrt. »Jetzt!«, rief Niels.

Der Alte gehorchte.

»Warum zum Henker hast du das Haus nicht evakuiert?«, fauchte Niels.

»Hast du nicht zugehört, Bentzon?«, sagte Leon ebenso wütend in sein linkes Ohr. »Gregers hat die Straße im Blick und gesagt, dass er alle umbringt, sollte sich jemand dem Haus nähern. Er akzeptiert nur einen splitternackten Unterhändler. Bist du bereit?«

»Bereit«, sagte Niels und klingelte. Eine fröhliche Melodie. *Singing in the Rain.*

»Gregers! Mein Name ist Niels Bentzon. Ich bin Unterhändler bei der Kopenhagener Polizei. Ich bin unbewaffnet und trage kein Mikrofon an mir«, rief Niels und lauschte einen Augenblick. Nichts. Vogelgezwitscher. Ein schwaches, elektronisches Summen, vielleicht ein Wäschetrockner irgendwo im Vorstadtparadies. »Gregers! Ich komme jetzt rein. Ich habe keine Waffe. Ich wiederhole: keine Waffe. Ich bin nackt. Sie sind Polizist, Sie wissen, wie so etwas abläuft. Ich komme nur, um zu reden und um zu hören, was Sie sich wünschen«, sagte Niels laut. Tiefes Einatmen. Sich wünschen? Drückte er sich wirklich so aus? Er erinnerte sich nicht. Wünschen klang irgendwie nach Weihnachten. Wenn man seine Familie erschossen hatte, hatte man wohl alle Wünsche im Leben aufgebraucht.

»Los jetzt, Bentzon«, flüsterte Leon. »Rein mit dir.«

Niels legte die Hand auf die Klinke. »Die Tür ist abgeschlossen.«

»Was?«

»Verdammt, die Tür! Sie ist abgeschlossen.«

»Dann nimm die Terrassentür. Die ist nur angelehnt«, sagte

Leon. Niels spähte durch das Fenster in der Haustür, konnte Leon aber nirgends sehen.

»Ich kann dich nicht sehen«, flüsterte Niels. Er hörte Leon atmen. Rannte er? »Leon?«

»Ich bin hier, Bentzon. Geh jetzt rein!«

Niels ging durch den Hausflur zur Hintertür, die zu den kleinen Gärten führte. Er zögerte einen Augenblick, es gab wirklich nichts, was er weniger gern tat, als nackt auf der Terrasse einer ermordeten Familie zu stehen und sein Leben zu riskieren. Zwischen Webergrill und weißem Plastiktisch. Trotzdem tat er genau das. Bjørn zuliebe. Pilou zuliebe. Dem Leben zuliebe. Niels starrte auf die Terrassentür und sah sein eigenes Spiegelbild. Machte sich Gott jetzt über ihn lustig? Sagte er jetzt: Herzlichen Glückwunsch, Niels, das ist mein Geschenk zu deinem Fünfzigsten. Ein Bild von dir in all deiner Ohnmacht: leichter Bierbauch, grobschlächtig, graue Haare auf der Brust wie bei den Steinzeitmenschen und ein dickes Gemächt, so sinnlos das auch ist, jetzt, da deine Frau mit den Gedanken woanders ist. Herzlichen Glückwunsch, Niels. Bist du bereit zu sterben?

»Was machst du?«, fragte Leon.

»Denken«, flüsterte Niels und riss seinen Blick vom Spiegelbild los. Die Terrassentür war wirklich nur angelehnt. Hinter den hellen Gardinen war es dunkel.

»Denken? An was?«

»An Gott. Ich gehe jetzt rein«, flüsterte Niels und hatte das unangenehme Gefühl, dass etwas gar nicht so war, wie es sein sollte, und dies sein letzter Auftrag sein würde. Irgendetwas stimmte hier nicht. »Ich gehe jetzt durch die Terrassentür rein«, flüsterte er.

»Gut, Niels. Wir vertrauen dir.«

»Gregers. Ich habe an Ihrer Tür geklingelt! Sie haben nicht aufgemacht«, sagte Niels laut. »Ich stehe jetzt an Ihrer Terrassentür.

Ich bin unbewaffnet.« Letzteres konnte man nicht oft genug sagen. »Geben Sie mir ein Zeichen, irgendein Geräusch, irgendetwas, damit ich weiß, dass Sie da drinnen sind und mit mir reden wollen.«

Niels lauschte. *Da.* Ein Klicken. Gregers hatte seine Waffe entsichert. Das war sein Zeichen. Niels legte die Hand an die Glastür und schob sie so weit auf, dass er eintreten konnte.

»Ich gehe jetzt in Ihr Wohnzimmer. Ich trage keine Kleidung und habe keine Waffe dabei. Wir müssen reden, Gregers. Ich bin gekommen, um Ihnen zuzuhören. Nur um zuzuhören. Zuzuhören und zu helfen.«

»Das ist gut, Bentzon«, flüsterte Leon irgendwie kurzatmig. Irgendwas stimmte nicht. Niels schob die Gardine zur Seite und stand im Wohnzimmer. Seine Augen versuchten, sich an das Dunkel zu gewöhnen.

»Gregers? Ich stehe jetzt in Ihrem Wohnzimmer.«

»Bentzon?« Das war wieder Leon, warum konnte er nicht endlich mal die Klappe halten?

»Bentzon? Verdammt.«

»Was?« Niels flüsterte.

»Ihre Frau ist hier«, sagte Leon endlich.

Hannah? Niels verstand gar nichts. Er konnte jetzt nicht mit Hannah reden.

»Sie will Ihnen etwas sagen«, flüsterte Leon, und Niels hörte, wie Hannah sich räusperte: »Surprise!«, sagte Hannah laut.

»Was?« Im gleichen Augenblick ging das Licht an, und ein Schrei schallte Niels entgegen. Unisono. *Surprise!* Niels starrte die Leute an, die vor ihm standen. Sommersted, sein Chef, die Sekretärin, ein paar Jungs vom Einsatzkommando, Kollegen. Sie johlten wild durcheinander. Leon kam aus der Küche, Hannah folgte ihm und wirkte etwas verlegen, als Leon eine Decke um Niels' nackte

Schultern legte. »Hast du etwa geglaubt, wir würden deinen Geburtstag einfach so übergehen, nur weil du Feiern hasst?«, raunte Leon und drückte Niels' Schultern. Eine der seltenen freundschaftlichen Gesten von Leon. Vielleicht war sie es, die Niels lächeln ließ. Sie oder das Glas Gammel Dansk, das ihm Sommersted gratulierend in die Hand drückte. Hannah stand in der Tür. Sie sah sehr schuldig aus. Und sehr hübsch.

***

Die meisten blieben eine halbe Stunde. Sie saßen in Gregers' und Bolettes Gartenstühlen – Gregers war einer vom Einsatzkommando. Seine Frau war Krankenschwester. Ja, so sollte das sein!, dachte Niels und schielte verstohlen zu Hannah hinüber, die mit Sommersted redete. W. H. Sommersted. Niels hätte niemals erwartet, seinen Chef einmal bei einem solchen Anlass zu sehen. Er verließ sonst nur selten sein Büro im Präsidium, und wenn, dann nur, um irgendwelche Politiker zu treffen. Es hieß, Sommersteds Beziehung zu Verbrechern und Kriminalität sei etwa so wie die zu seinem morgendlichen Toilettenbesuch. Man kam nicht darum herum, musste sich die Sache aber auch nicht unbedingt ansehen. Aber starrte Sommersted nicht ein bisschen zu sehr auf Hannahs Brüste? Oder war Niels eifersüchtig? Er hörte, dass Hannah Sommersted von Chile erzählte, dass Niels und sie verreisen würden und sie mit der Reise auch seinen Fünfzigsten feiern wollten. Nirgendwo sonst könne man so weit in den Weltraum schauen. Niels hörte Sommersted etwas über die umgekehrten Jahreszeiten in Südamerika sagen, als Leon sich neben ihn auf einen Gartenstuhl fallen ließ.

»Das war doch wohl Humor, oder?«, fragte er.

»Ja, wirklich, Leon«, sagte Niels lächelnd.

»Willkommen zurück. Und meinen herzlichen Glückwunsch«, sagte Leon, nahm sein zweites Stück Zopf und aß mit Genuss. Er war sichtlich mit sich zufrieden. »Der ist gut. Willst du nicht auch? Ich meinte das nicht so, als ich gesagt habe, dass du zugelegt hast.«

Niels grinste. Es war zu warm für Hefezopf, dachte er. Zu warm für Kaffee. Sommersted stand auf und räusperte sich. Für einen Moment fürchtete Niels, Sommersted könne eine Rede halten wollen. Hier in Bagsværd, vor einem Grüppchen Beamter auf Gartenstühlen mit Kuchen in der Hand. Aber stattdessen kam Sommersted um den Tisch herum auf ihn zu und ging vor ihm in die Hocke.

»Bentzon. Jetzt, da das Fest fast vorbei ist …«, sagte er und kam ins Stocken. Niels spürte, dass die kleine Feier damit definitiv beendet war… »Nun ja, können Sie vielleicht in meinem Büro vorbeikommen?«

»Heute?«

»Am besten, ja. Und bringen Sie Ihre hübsche Frau mit.«

»Hannah? Warum das denn?«

»Ich muss … etwas mit Ihnen beiden besprechen. Etwas … wir können Sie für etwas … äußerst Ungewöhnliches brauchen. Etwas, wozu wir die Zustimmung Ihrer Frau benötigen.«

»Können Sie mir nichts Genaueres darüber sagen?« Niels hörte selbst, dass er nervös klang. Sommersted schien sich in seiner Haut nicht wohlzufühlen. Er zögerte ein paar Sekunden und dachte nach, ob er jetzt schon mehr sagen konnte. »Niels, wir haben eine Theorie, was den Tod von Paludan angeht. Vielleicht haben Sie davon gehört?«

»Paludan?« Niels sprang auf, sodass der weiße Gartenstuhl nach hinten kippte.

»Kannten Sie ihn?« Niels las in Sommersteds Blick, dass der

Plan, den sie sich ausgedacht hatten, nicht leicht umzusetzen sein würde.

»Ob ich ihn kannte?« Niels sah zu Hannah, sie zu ihm, sichtlich erschrocken. »Er hat mir das Leben gerettet.«

Sommersted räusperte sich. »Dann tut es mir leid, dass ich der Überbringer dieser schlechten Nachricht bin. Aber es stimmt leider. Christian Paludan ist tot, Niels. Wir glauben, es handelt sich um ein Vergehen nach Paragraf 237.«

Stille auf der Terrasse, Leon hatte sich erhoben, stand etwas abseits mit einer Tasse Kaffee in der Hand und sprach in sein Handy. Niels dachte an Paludan, an ihre letzte Begegnung, ihre herzliche Verabschiedung, Paludan hatte Niels' Rechte in beide Hände genommen.

Niels hörte Hannah leise mit Sommersted reden: »Was bedeutet Paragraf 237?«

Sommersted antwortete, dass es eigentlich Paragraf 1 und nicht erst 237 sein sollte, wenn jemand gegen das fünfte Gebot verstieß und einen anderen Menschen umbrachte.

5.

Oxford, 1939

Sie rannten in Richtung Farndon Road, vorbei am St. Hugh's College. Alexander vorneweg, dahinter Rachel, die ihm kaum folgen konnte, und zum Schluss Michael. Endlich blieb Alexander stehen. Rachel sah ihn nach Atem ringend an, sie war außer sich.

»Was ist passiert?«

Keine Antwort.

Tausend Gedanken rasten durch Michaels Kopf. Seine Mutter. Die Chancen, die man im Leben hatte; die er gehabt hatte, als sie ihn an der Universität angenommen hatten; und die er nun weggeworfen hatte.

»Alexander! Antworte mir!«

»Er …« Alexander kam ins Stocken, sah Michael an. »Hat sie dich gesehen?«

»Ich glaube, ja«, sagte Michael.

Alexander schüttelte den Kopf. Drehte sich im Kreis.

»Würde mir jetzt bitte einer von euch erzählen, was zum Teufel da oben passiert ist?«, schimpfte Rachel. Michael hatte sie so noch nie gehört.

»Der Professor hat uns angegriffen«, sagte Alexander.

Michael wollte protestieren: Jenkins hatte sie nicht angegriffen, jedenfalls nicht so, dass Alexander ihn töten musste. Alexander sah Michael mit einem seltsamen Blick an. So sah er sonst nur aus, wenn sie Schach spielten. Berechnend?

»Jenkins?«, fragte Rachel. »Hat euch angegriffen?«

»Ja. Und dann hat Michael auf ihn eingeschlagen«, flüsterte Alexander. »Es ist möglich, dass er tot ist.«

Rachel sah Michael entsetzt an und wich einen Schritt zurück. »Tot!«, rief sie. »Wir haben doch gesagt, dass wir keine Gewalt wollen, Michael! Ich dachte, da wären wir uns einig gewesen.«

»Du Lügner«, zischte Michael und starrte Alexander an. Er ballte die Fäuste und hob in Zeitlupe seine Rechte.

»Siehst du«, sagte Alexander und fing Rachels Blick ein. »Er ist unberechenbar.«

»Das warst du«, rief Michael und richtete seine Aufmerksamkeit auf Rachel. »Rachel. Du musst mir glauben. Ich habe vor dem Geldschrank gekauert, als Jenkins ins Zimmer kam. Er hat uns entdeckt und Alexander zu packen versucht.« Michael sah die Zurückhaltung in ihrem Blick und spürte, wie die Verzweiflung in ihm immer größer wurde. Glaubte sie ihm wirklich nicht? Fiel sie tatsächlich auf Alexanders Lügen herein?

»Warum lügst du?«, fragte Alexander. »Warum darf die Wahrheit nicht ausgesprochen werden?«

»Hör mir zu, Rachel«, sagte Michael und versuchte, Alexander zu ignorieren. »Jenkins hat uns entdeckt. Und da hat Alexander nach dem Schürhaken gegriffen und auf ihn eingeschlagen. Mehrmals.«

Rachel sah Alexander angewidert an. Er zuckte mit den Schultern. »So habe ich das nicht in Erinnerung«, sagte er. »Ich sehe doch noch vor mir, wie du zugeschlagen hast.«

Michael krallte sich in Alexanders Kragen. Das sollte sein bester Freund sein? Keinen anderen Menschen hatte er jemals so sehr bewundert. Er hob den schmächtigen Oberklassejüngling mit beiden Händen hoch, sodass seine Füße ein paar Zentimeter über dem Boden baumelten.

»Ich zeige dir gleich, wer hier ge…« Michael zögerte, brachte den Satz aber nicht zu Ende.

»Was, Michael? Willst du mich jetzt auch umbringen?« Alexander richtete seine Aufmerksamkeit wieder auf Rachel. »Da siehst du es. Hätten wir bloß vorher gewusst, wie gewalttätig er ist.«

»Michael! Lass ihn los!« Rachels Stimme drang schrill und durchdringend an sein Ohr. »Was machen wir jetzt?«

In diesem Moment waren die ersten Sirenen zu hören, als wollten sie Rachels Frage beantworten. Einen Augenblick lang standen sie nur da und lauschten. Das Geheul kam näher, wurde lauter, warf in der stillen Nacht ein Echo. Alexander reagierte als Erster.

»Wir müssen weg«, sagte er und rannte los, ohne auf die anderen zu warten. Michael und Rachel folgten ihm. Michael drehte sich ein paarmal um. Waren sie hinter ihnen her? Hinter *ihm?* Der Blick von Jenkins' Frau ging ihm nicht mehr aus dem Kopf. Sie hatte ihn gesehen, nur ihn, und damit war er jetzt auch der Gejagte, nur er. Er warf noch einmal einen Blick über die Schulter, sah aber nur die Silhouetten der Häuser an der Farndon Road. Keine Polizeiautos, aber dafür etwas ganz anderes: sein Leben, wie es sich auflöste, seine Träume, die erloschen, die Enttäuschung im Blick seiner Mutter, der Studienplatz an der Universität. *Classics.* Er hatte immer davon geträumt. Die großen Gedanken, das ultimative Verständnis, die Welt der Antike. All das, über das zu Hause in Liverpool nie geredet wurde, über das sich niemand Gedanken machte und das niemand zu verstehen versuchte: Warum sind wir Menschen hier auf dieser Erde? Was ist der Sinn des Ganzen? Was wissen wir? Und wovon wissen wir, dass wir es nicht wissen? Michael brannten die Tränen in den Augen, am liebsten hätte er sich einfach auf die Erde gesetzt und hemmungslos geheult. All das, was er so liebte, würde er nun verlieren. Seit neunhundert Jahren studierte man in Oxford die Antike, er hatte hier alt werden wollen, sein Leben dem Studium der antiken Texte widmen, die hier archiviert waren. Nur in der Bibliothek von Alexandria hatte es eine ähnliche, vielleicht größere Sammlung gegeben, aber die war vor zweitausend Jahren abgebrannt.

Michael hastete mit Alexander und Rachel weiter. Aber vor seinen Gedanken konnte er nicht weglaufen. Erinnerungen, Ansätze einer Erklärung, wie er in diese Lage hatte geraten können: Der Ausgangspunkt waren all die neuen Schriftrollen gewesen, die beinahe jede Woche hier in der Universität eintrafen. Amateurarchäologen aus aller Welt hatten im neunzehnten Jahrhundert auf der Suche nach esoterischem Wissen den Orient umgepflügt. Viele von ihnen hatten alte Schriftrollen und verschwundene Städte gefunden. Ein deutscher Geschäftsmann hatte Troia ausgegraben. Mit Dynamit. Und diese Hochstapler und Abenteurer brachten ihre Funde mit nach Hause, häufig ohne zu wissen, was sie da in den Händen hielten. Nach dem Tod dieser Ignoranten hatten ihre Erben es dann mit Kisten von antiken Artefakten und großen Sammlungen von Schriften zu tun, von denen sie kein Wort verstanden. Die Vernünftigen und moralisch Einwandfreien übergaben diese Sammlungen dann den Universitäten von Cambridge oder Oxford. Die Gierigen versuchten ihr Glück bei Sotheby's-Auktionen in London. In Oxford verabscheute man diese Hobbyarchäologen. Man erachtete es als klüger, die antike Welt unter der Erde zu belassen, bis sie von wirklichen Experten ausgegraben werden konnte. So hatte sich Fakultätsleiter Professor Jenkins an einem der ersten Tage vor zwei Jahren ausgedrückt, als Alexander, Rachel und Michael ihr Studium aufgenommen hatten. Es war ein ziemlicher Zufall gewesen, dass die drei – keiner von ihnen war zu diesem Zeitpunkt schon zwanzig – in derselben Studiengruppe gelandet waren. Der Professor hatte die Listen der Studierenden alphabetisch eingeteilt und von vorne nach hinten Gruppen gebildet. Auf diese Weise waren Michael Bedford, Rachel Burrows und Alexander Carrington im selben Boot gelandet. Hätte Michael einen anderen Nachnamen gehabt, zum Beispiel Holmes oder Matthews, wäre er nicht bei Jenkins eingebrochen und würde jetzt auch nicht wegen Mordes gesucht. Dann wäre er nicht einer der drei gewesen, die die Schriftrolle gefunden hatten.

Es war üblich, dass die Studenten im zweiten Studienjahr herangezogen wurden, um die Donationen der Hobbyarchäologenfamilien zu sichten, schließlich wurden ganze Wagenladungen in die Universität gekarrt. Sortiert wurde nach Sprachen. Altgriechisch, Assyrisch, Latein, Hebräisch, Aramäisch und so weiter. Dann wurden die Dokumente an die entsprechenden Abteilungen weitergegeben. An jenem Freitag vor bald einem Jahr hatten Alexander, Rachel und Michael im Keller der Fakultät gesessen und altgriechische Schriften sortiert, als sie plötzlich auf dieses Dokument gestoßen waren. Michael erinnerte sich noch an jedes Detail. Es war der Tag gewesen, an dem Chamberlain das Münchener Friedensabkommen mit Hitler unterzeichnet hatte. Ein warmer Septembertag, an dem keiner von ihnen wirklich Lust gehabt hatte, den Abend mit dem Sortieren alter Papyrusrollen zu verbringen. Viel lieber wollten sie im *The Bear* Chamberlains Frieden mit Professoren und anderen Studenten diskutieren. Aber sie waren im Keller geblieben, wie es von ihnen erwartet wurde. Alle drei trugen weiche Seidenhandschuhe, um die trockenen Pergamente nicht zu zerstören. Alexander hatte das Dokument als Erster in den Fingern gehabt. Papyrus, nur eine einzelne Seite, in der Mitte geteilt, zwei Spalten, stockfleckig, nur eine dunkelbraune Nuance unterschied die Buchstaben von dem übrigen Dokument. Michael hatte die ersten Zeilen aus dem Altgriechischen ins Englische übersetzt … *Ich will dir alles von Anfang an genau erzählen. Schon die vorhergegangenen Tage pflegten ich und die anderen Sokrates zu besuchen, indem wir uns frühmorgens in dem Gerichtshofe versammelten …*

»Sind sie hinter uns?« Alexander blieb stehen, legte die Hände in den Nacken und atmete tief durch.

Sie hielten inne, aber keiner antwortete. Michael versuchte, Rachels Blick zu begegnen. Plötzlich war es ihm wichtiger als alles andere, dass sie ihm glaubte, wichtiger, als der Polizei zu entkommen. Sie musste die Wahrheit kennen, musste wissen, was mit Jenkins geschehen war. Aber sie zweifelte noch, das sah Michael dem Blick an, der unsicher zwischen ihm und Alexander hin und her zuckte. Sie stand zwischen ihnen und hielt das Dokument in der Hand wie eine weiße Flagge. Kapitulation. Aber nein, er weigerte sich aufzugeben. Er war zwar erkannt worden, aber er war nicht Jenkins' Mörder. Das war Alexander gewesen. Und davon würde er sie schon noch überzeugen. Die Sirenen waren zahlreicher geworden, sie kamen näher und wurden lauter.

6.

Polizeipräsidium, Kopenhagen

Wo war Hannah? Niels blickte auf. Sommersted telefonierte in seinem Büro. Sie waren gebeten worden, ein paar Minuten zu warten, während er mit dem Justizminister sprach. Aber wo war Hannah? Auf der Toilette? Warum war sie nie da, wenn er sie brauchte? Nie. Warum legte sie so selten ihre Hand mitfühlend auf seinen Nacken, küsste ihn oder legte ihren Arm um ihn?

Niels schüttelte den Kopf und dachte an Paludan. An die Zeit, bevor er Hannah kennengelernt hatte, als er sein zehnjähriges Jubiläum als Polizeiunterhändler gefeiert hatte. Niels hatte damals um seine Gesundheit gefürchtet, er erinnerte sich noch ganz genau an das irrationale, aber sehr greifbare Gefühl, dass irgendetwas nicht stimmte. Es hatte an einem Morgen damit begonnen, dass er sich seine Zunge angesehen hatte. Vorher war er nie auf die Idee gekommen, sich vor den Spiegel zu stellen, um seine Mundhöhle und seinen Rachen zu inspizieren. Er hatte ein paar weiße Flecken entdeckt, die ihm Sorgen gemacht hatten. Damals war das Internet noch nicht in die Häuser der Menschen eingezogen, sodass er in ein Antiquariat gehen musste, um in Büchern über Krankheiten nachzuschlagen. Das war der Anfang gewesen. Im Laufe des nächsten Jahres war dieses Buch zu seiner Bibel geworden. Ein Nachschlagewerk über alles, was ihn umbringen konnte. Über Krankheiten und Bakterien, über jeden noch so kleinen Mikroorganismus, der nur darauf lauerte, seinen Körper einzunehmen und das Leben auszusaugen. Niels hatte das Buch ständig bei sich, im Büro, im Zug, überall. Er las zwischendurch Kapitel über Nierenversagen oder multiple Sklerose. Und er rannte ständig zum Arzt – ließ seine Blut- und Leberwerte untersuchen, seine Muttermale und Hoden. War der schwache Tinnitus das erste Anzeichen eines Hirntumors? Erst als Niels eines Tages auf einer Lumbalpunktion bestand, passierte etwas: Der Arzt weigerte sich, da er längst wusste, dass Niels Hypochondrie entwickelt hatte und ihm nichts fehlte. Schließlich willigte er aber doch ein und schrieb ihm eine Überweisung zu einer Voruntersuchung bei einem Arzt namens Christian Paludan. Nachdenklich war Niels erst geworden, als er vor der Praxis das Schild »Psychiatrisches Zentrum« gelesen hatte. War das ein Irrtum? Eine Falle? Schließlich war er dann aber doch von einer simplen Verwechslung ausgegangen, schließlich sollte ja sein Rückenmark und nicht seine Psyche untersucht werden. Den Termin hatte er trotzdem wahrgenommen, weil er glaubte, Paludan würde ihm schon den richtigen Arzt vermitteln können.

Niels erinnerte sich noch ganz genau an ihre erste Begegnung. Es sollte eine von vielen werden. Er war gleich mit der Forderung herausgeplatzt, Paludan möge sich darum kümmern, dass Niels endlich seine Lumbalpunktion bekam. Niels hatte sogar seinen Polizeiausweis gezückt, um Druck zu machen. Trotzdem war es dem Oberarzt gelungen, ihn dazu zu bringen, sich hinzusetzen und erst einmal eine Tasse Kaffee zu trinken und ein paar Minuten mit ihm zu reden, bevor er das mit der Rückenmarksuntersuchung regelte. Paludan hatte ihm daraufhin die seltsamsten Fragen gestellt, die Niels jemals zu Ohren gekommen waren:

»Was ist Humor?«

Niels hatte ihn angesehen, ohne auch nur das Geringste zu verstehen.

»Was ist Humor, Niels?«, hatte er wiederholt.

Niels hatte »Das Leben des Brian« als Beispiel herangezogen oder Peter Sellers, aber der Oberarzt hatte nur den Kopf geschüttelt.

»Wollen Sie wissen, was ich unter Humor verstehe?«

Wollte Niels das? Eigentlich wollte er doch nur sein Rückenmark untersuchen lassen. Trotzdem hatte er mit Ja geantwortet.

»Humor ist unsere Art, ein Tabu zu brechen«, hatte der Arzt erklärt und behauptet, das menschliche Gehirn habe den Humor als eine Art Überlebensmechanismus erfunden. Um mit den Dingen klarzukommen, mit denen man nicht klarkommen konnte, oder den Gefühlen, die man nicht fühlen wollte. Er hatte ein Beispiel gegeben: Ein Mann rutscht auf einer Bananenschale aus. Es ist schrecklich, der Mann stürzt gefährlich und schlägt mit Rücken und Hinterkopf auf dem Asphalt auf. Aber wir lachen trotzdem. »Warum?«, hatte Paludan gefragt und Niels angesehen. In diesem Augenblick hatte Niels sein Rückenmark bereits vergessen. Die Frage war zu interessant: »Warum lachen wir?«

Es waren viele Sitzungen bei dem Psychiater gefolgt. Und schließlich hatte Niels verstanden, warum er sich selbst lieber in den Mund sah und seinen Herzrhythmus untersuchen ließ, als die eigentlichen Probleme anzugehen. Die waren nämlich viel größer und drehten sich gar nicht nur um Niels. Das eigentliche Problem bestand darin, dass Niels als Polizeiunterhändler die Verantwortung für das Leben vieler Menschen trug, nicht nur für das seine. Und irgendwann war diese Verantwortung zu viel für ihn geworden. Das Dumme war nur, dass er sich ihr stellen musste, denn das war seine Arbeit. An diesem Punkt hatte sein Hirn einen Überlebensmechanismus konstruiert, eine kleine Finte erfunden: Statt sich Sorgen darüber zu machen, wie er die einzelnen Situationen mit toten Kindern und Geiseln und der ständigen Lebensgefahr für sich und andere meistern konnte, hatte er ein krankhaftes Interesse für Niels Bentzons Gesundheit entwickelt. Anfangs habe das große Vorteile mit sich gebracht, erklärte Paludan. Niels konnte zum Arzt gehen und beruhigt werden, man hörte ihm zu, und er bekam Hilfe – bei seiner Arbeit ging das nicht. Aber alle Überlebensmechanismen haben ihre Zeit, hatte der Psychiater gesagt, danach funktionieren sie nicht mehr. Und dann kommt es darauf an, sich dem wirklichen Dilemma zu stellen, nämlich der Frage, ob Niels seiner Aufgabe gewachsen war, ob er der Richtige war, um diese Menschen zu retten.

Christian Paludan hatte ihn gerettet, daran bestand kein Zweifel. Niels hatte ihm damals ganz klar gesagt, dass er ohne ihn entweder gestorben oder ein jämmerliches Wrack geworden wäre, das in Alkohol, Elend und Todesangst vor sich hin siechte.

»Bentzon?«

Sommersteds Sekretär stand im Vorzimmer.

***

Sommersted empfing sie in der Tür. Er nickte Niels kurz zu, reichte Hannah die Hand und setzte sich hinter seinen Schreibtisch. Man merkte ihm nicht an, dass er noch vor Kurzem in der Vorstadt Kuchen gegessen und Gammel Dansk getrunken hatte. Jetzt war alles wie immer formell. »Herbert kommt gleich«, sagte Sommersted, rückte seine Brille zurecht und richtete einen Stapel Papiere vor sich aus.

Niels nickte und dachte einen Moment an Dezernatsleiter Hans Herbert. Einer von denen, die die Polizeileitung lieber abservieren oder versetzen würde, da war Niels sich ganz sicher.

Herbert wusste zu viel. Viel zu viel. Was ihn unentbehrlich machte, und genau das war das Problem. Sommersted vertrat die Ansicht, dass in einem funktionierenden Staatsapparat alle Zahnrädchen jederzeit auswechselbar sein mussten. Ein Anspruch, der im Falle Hans Herberts nicht so einfach umzusetzen war.

Die Tür ging auf, Hans Herbert trat ein und klopfte Niels auf den Rücken. Niels hatte kürzlich ein Bild von Hans Herbert gesehen, als dieser Mitte vierzig gewesen war. Er hatte kaum einen Unterschied zu jetzt erkennen können. Herbert war einer dieser Max-von-Sydow-Typen, die immer schon alt aussahen, dafür mit den Jahren aber auch nicht alterten. Die Glatze war nicht größer geworden, der graue Bart nicht grauer, und zusätzliche Falten hatte er auch nicht bekommen. Vielleicht machte es nichts, dass Herbert unentbehrlich war, vielleicht war er unsterblich.

»Glückwunsch, Niels. Der perfekte Tag, um hier aufkreuzen zu müssen«, sagte Hans Herbert und sah zu Hannah hinüber.

»Paludan war ein Freund«, murmelte Niels und würgte damit erst einmal jedes weitere Gespräch ab. Aber das Schweigen war eine bekannte Größe im Präsidium, gegen das niemand etwas zu haben schien und das zu dem herrschaftlichen Bau mit den langen gebogenen Gängen, den Säulen und den hohen Decken passte. Und immer wenn ein Leben genommen wurde, fiel Niels dieses angeborene Schweigen bei den Mitarbeitern auf, die mit dem Fall betraut wurden.

Sommersted räusperte sich und deutete in Richtung Hannah. »Bentzons Frau, Hannah Lund. Sie ist Physikerin am Niels-Bohr-Institut.«

Niels wusste, dass Sommersted das immer wieder beeindruckte. Namen wie Niels Bohr gingen dem Polizeipräsidenten direkt ins Blut, ein Justizminister, ein bekannter Schauspieler, jeder Prominente, der sich von der Masse abhob. Herbert begnügte sich mit einem einfachen Nicken in Hannahs Richtung. Er trat ans Fenster, berührte kurz die Gardine und sah dann abwartend zu seinem Chef.

»Ich wusste nicht, dass Sie sich kannten«, sagte Sommersted, »Paludan und Sie. Aber das macht Sie nicht weniger geeignet für diesen Auftrag.« Sommersted warf Herbert einen Rat suchenden Blick zu.

»Auftrag?« Niels räusperte sich und rutschte auf seinem Sitz hin und her. Es war viel zu warm im Büro, seine Kleider klebten schon am Körper.

»Paludans Tod. Da passt so einiges nicht zusammen«, sagte Herbert, ohne sich einen Millimeter zu bewegen. Niels kniff die Augen zusammen. Das Licht, das durch das Fenster fiel, reduzierte Herbert auf eine Silhouette. Niels wollte einwenden, er sei Unterhändler, nicht Ermittler, aber Sommersted kam ihm zuvor: »Paludan ist am Montag tot aufgefunden worden, nein …«

Herbert unterbrach ihn: »In der Nacht auf Montag. Im Sikringen.«

»Sikringen?« Es war das erste Wort von Hannah.

»Die ultimative Endstation«, sagte Herbert und räusperte sich. »Weiter ins Abseits kann man sich nicht manövrieren. Das ist eine Art Hochsicherheitsgefängnis für die Gefährlichsten der Gefährlichen. Für diejenigen, für die eine geschlossene Abteilung nicht mehr ausreicht. Menschen, mit denen niemand im selben Raum sein will. Die haben beinahe alle eine psychiatrische Diagnose, gelten als hochgefährlich, die meisten sind schizophren. Grob gesagt reden wir hier über Menschen, die nur darauf warten, dass du ihnen den Rücken zudrehst, damit sie sich auf dich stürzen und dich töten können.« Herbert machte eine kurze, dramatische Pause.

»Mach weiter«, sagte Sommersted.

»Im Hochsicherheitstrakt sind die gefährlichsten geisteskranken Kriminellen des Landes versammelt. Die meisten davon Mörder, Vergewaltiger, Gewaltverbrecher der schlimmsten Sorte. Paranoide Schizophrene, denen man nicht im Dunkeln begegnen sollte. Offiziell ist das eine psychiatrische Klinik, reell gesehen aber das bestüberwachte Hochsicherheitsgefängnis des Landes. Eine kleine Anekdote gefällig?«

Der Dezernatsleiter warf rasch einen Blick in Sommersteds Richtung und erntete ein zustimmendes Nicken.

»Vor ein paar Jahren bekam eine Journalistin die Erlaubnis, eine Woche im Trakt zu verbringen, nachdem sie über Monate die Anstaltsleitung bearbeitet hatte. Ihr wisst schon, sie wollte ausführlich über die psychisch Kranken und ihre Beziehung untereinander berichten. Was glaubt ihr, wie lange hat sie durchgehalten?«, fragte Herbert.

»Keine Ahnung«, sagte Niels.

»Eine Nacht. Sie hat die Schreie nicht ausgehalten«, sagte Herbert. »Den Geruch der ungepflegten Menschen. Den Gestank des Wahnsinns. Aber zurück zu Paludan, das war also in der Nacht auf Montag.«

Hannah blickte auf, erschrocken, als müsste ihr diese Nacht etwas sagen.

»Als ich Paludan das letzte Mal gesehen habe, war er im Rigshospital«, sagte Niels, als Herbert eine Pause machte und eine Mappe vom Schreibtisch nahm.

»Paludan hat letztes Jahr die Leitung übernommen, als der vorherige Leiter pensioniert wurde«, warf Sommersted ein.

»Mal zum genauen Sachverhalt«, sagte Herbert wieder. »In der Nacht von Sonntag auf Montag ist der Wachmann Allan kurz nach Mitternacht zum Dienst gekommen. Er machte seine übliche Runde, und alles schien normal, abgesehen davon, dass Christian

Paludan tot auf der Toilette im Personalflur lag. Die abschließende Obduktion läuft noch, sie sollte bald …«, er sah auf die Uhr, »sehr bald fertig sein. Rantzau obduziert. Vorläufig deutet aber alles darauf hin, dass Paludan Schierlingssaft getrunken hat.«

»Schierlingssaft«, sagte Niels und ließ sich das Wort auf der Zunge zergehen.

»Ein Pflanzengift«, erklärte Herbert. »Gibt es überall in der Natur. Als Todesursache aber sehr unüblich.«

»Klingt nach einem ziemlich geplanten Selbstmord«, sagte Niels und dachte an seine Begegnungen mit Paludan. Hatte er selbstmordgefährdet gewirkt?

»Nur dass nichts auf einen Selbstmord hingedeutet hat«, sagte Sommersted. »Wenn ich die Rechtsmediziner richtig verstanden habe, ist der Tod durch Schierlingssaft im höchsten Maße unangenehm. Es dauert lange, ist extrem schmerzhaft, die reinste Qual. Warum sollte Paludan, ein Oberarzt, der sich mit solchen Dingen auskennt, ausgerechnet so aus dem Leben scheiden wollen? Wenn er Morphium und Konsorten zur Verfügung hat? Das ergibt einfach keinen Sinn. Außerdem …«

Er warf einen Blick auf Herbert, damit dieser fortfuhr.

»Wir glauben nicht an Selbstmord, Niels. Das wäre unlogisch. Paludan hatte gerade erst geheiratet und für sich und seine Frau eine Reise nach London gebucht. Sie hatten Tickets für irgendein Musical. Wer bucht denn eine solche Reise, um sich ein paar Tage später mit Gift das Leben zu nehmen? Paludan war in jeglicher Hinsicht unauffällig, keine Ups und Downs, keinerlei Anzeichen für eine Depression.«

Niels sah zu Sommersted, als Herbert das Wort *Depression* sagte. Dieser Blick … Niels war sich ziemlich sicher, dass Sommersted schon mehr als ein Mal darüber nachgedacht hatte, seinem Leben mit der Dienstwaffe ein Ende zu bereiten.

»Und das ist in der Nacht auf Montag passiert?«, fragte Hannah.

Herbert sah sie an.

Niels sah ihm an, dass er sich über die Frage wunderte. Über die seltsame Frau?

»Korrekt. In der Nacht auf Montag«, sagte Sommersted. »Warum?«

Hannah schüttelte den Kopf und sah zu Boden.

»Kann er gezwungen worden sein, dieses Zeug einzunehmen?«, fragte Niels.

»In Paludans Büro gab es keine Anzeichen eines Kampfes«, erklärte Herbert. »Keine Kratzspuren auf der Haut, keine umgestürzten Möbel.«

»Und er hat das Gift … im Büro eingenommen?«

»Ja, auf jeden Fall wurde da ein fast leeres Glas mit Schierlingssaft gefunden. Paludans Fingerabdrücke waren auf dem Glas. Auf das Ergebnis der technischen Untersuchung warten wir aber noch.«

»Und was schließen wir daraus?«, fragte Niels. »Kann es ein Patient gewesen sein?«

»Unmöglich«, sagte Herbert. »Die kommen nicht auf den Personalflur.«

»Einer der Angestellten? Die haben doch wohl Zugang zu Paludans Büro?«

»Und warum mit Schierlingssaft? Das Gift wirkt extrem langsam«, sagte Herbert, »das kann Stunden dauern. Ich meine, keiner, der noch klar im Kopf ist, greift auf … Pflanzengift zurück.«

Niels zuckte mit den Schultern. »Und keiner hat was gehört? Warum hat er nicht um Hilfe gerufen?«

»Unter Umständen geht das nicht. Das haben uns die von der Rechtsmedizin erklärt. Wegen der Schmerzen und der beeinträchtigten Körperfunktionen. Man ist gelähmt.«

Schweigen. Die beiden leitenden Polizisten tauschten einen Blick. Niels hatte plötzlich das unangenehme Gefühl, Teil eines abgekarteten Spiels zu sein. Wollten sie ihn in eine Falle locken?

»Niels. Im Sikringen sitzt ein ganz besonderer Mann. Salomon Gašpar, Portugiese, um die fünfzig«, sagte Herbert und versuchte, seine Aussage mit südländischem Akzent zu unterstreichen. Sommersted schob ein einzelnes Blatt über den Tisch. Niels nahm es entgegen. Herbert redete weiter, während Niels sich die Fotografie ansah. Er spürte Hannahs Atem an seinem Hals, als sie ihm über die Schulter sah.

»Verdammt«, flüsterte sie, und auch Niels dachte, dass man diesem Mann besser aus dem Weg ging. Der Wahnsinn hinterließ Spuren in den Gesichtern der Menschen, das hatte Niels im Laufe der letzten zwanzig Jahre gelernt. Es war nie wie im Film, wenn mental gestörte Serienmörder von hübschen Schauspielern gespielt wurden. Anthony Hopkins oder Anthony Perkins. Der wirkliche Wahnsinn war ein erbarmungsloser Bildhauer, eine Kraft, die jedes Gesicht, mochte es noch so normal oder gar schön sein, in etwas Hässliches, Deformiertes verwandeln konnte. So war es auch bei Salomon Gašpar, stellte er mit einem einfachen Blick fest. So tief liegende Augen hatte Niels noch nie gesehen. Sie lauerten dunkel und grün im Schädel, umrahmt von schwarzen, nach hinten gekämmten, dicht am Kopf liegenden Haaren. Was hatten diese Augen gesehen? Was hatte sie dazu gebracht, sich so weit zurückzuziehen?

»Er schläft nie«, sagte Sommersted.

Hannah und Niels blickten gleichzeitig von der Fotografie auf.

»Und das ist wörtlich zu verstehen. Irgendein Unfall, als er noch jung war. Dadurch scheint Gašpar die Fähigkeit zu schlafen verloren zu haben.«

»Ist das denn möglich?«, fragte Hannah.

»Es gibt ein paar wenige bekannte Fälle. Die sind auch in der Akte beschrieben. Ein Vietnamese, der jetzt seit einundvierzig Jahren wach sein soll.«

»Und ein ungarischer Soldat«, ergänzte Herbert, »er hat im Ersten Weltkrieg eine Kugel in den Kopf bekommen, ein glatter Durchschuss, der den Frontallappen verletzt hat. 1955 ist er gestorben, aber er soll nach dem Krieg keine Sekunde mehr geschlafen haben.«

»Salomon Gašpar hat sein Bett aus der Zelle entfernen lassen«, sagte Sommersted. »Er nutzt die Nächte für seine Studien. Bevor er in Dänemark aufgetaucht ist, hat er in den verschiedensten Hotels als Nachtportier gearbeitet. Auf der ganzen Welt.«

»Einleuchtend«, flüsterte Hannah.

»Ja«, bestätigte Herbert leise. »So kann man die Nächte wenigstens nutzen.«

»Im Trakt wird er nur der Hoteldirektor genannt«, sagte Sommersted und versah das Wort Hoteldirektor mit imaginären Häkchen.

»Gašpar hat in den letzten Jahren fließend Dänisch gelernt. Bei den Patienten der Psychiatrie ist er eine richtige Legende. Der Direktor im Hotel Wahnsinn, wenn ihr so wollt. Auch wenn ich Gefahr laufe, mich zu wiederholen«, sagte Herbert, »das Sikringen ist eine Endstation, aber für viele der Verrückten eben auch ein Ziel. Ein Fünf-Sterne-Hotel. Es ist mit einer gewissen Ehre verbunden, dort zu landen. Nur einigen wenigen Auserwählten gelingt das, und dies auch nur auf Einladung des Hoteldirektors.«

»Wie meinst du das?«, fragte Niels. »Dieser Portugiese kann doch nicht bestimmen, wer dort weggesperrt wird?«

Herbert übernahm: »Natürlich nicht. Aber der konstituierende

Leiter des Gefängnisses, Jarl Schapiro, hat uns gesagt, dass einige der potenziellen Kandidaten die ungeheuerlichsten Sachen gemacht haben, um ihm einmal zu begegnen.«

»Und was ist mit diesem Hoteldirektor?«, unterbrach Niels ihn. »Wo ist da die Verbindung?«

Sommersted räusperte sich. »Salomon Gašpar hat vor sechs Jahren einen jungen Mann umgebracht. Mit Gift der gleichen Art. Gewonnen aus den Wurzeln und Blättern des Schierlings.«

»Wie Sokrates«, warf Hannah ein.

»Genau. Vielleicht erinnerst du dich an den Fall?«

Niels schüttelte den Kopf.

»Vor sechs Jahren«, wiederholte Herbert. »Salomon Gašpar war wenige Tage zuvor nach Dänemark gekommen. Er war mit TAP Air geflogen, von Lissabon, wo er in einem heruntergekommenen Hotel im Hurenviertel gearbeitet hatte. Unterwegs hatte es eine Zwischenlandung in Frankfurt gegeben. Es ist uns gelungen, seinen Weg nach Kopenhagen ziemlich genau nachzuverfolgen. Und die Tage davor. Dabei ist klar geworden, dass er äußerst zielgerichtet vorgegangen ist. Er ist dem jungen Mann, Benjamin Thorn, gefolgt. Hat ihn observiert, ihn beobachtet wie ein Raubvogel seine Beute. Und am dritten Tag hat er zugeschlagen. Er hat den jungen Mann zu Hause besucht. Irgendwo in Nørrebro. Eine kleine Wohnung oder ein Zimmer, das steht im Bericht.«

»Kannten sie sich?«, fragte Niels.

»Es deutet nichts darauf hin. Kein Brief, keine Mails, kein Hinweis auf frühere Kontakte, auch nicht telefonisch. Die Ermittler haben sein Facebook-Profil unter die Lupe genommen, Linkedin, Dating-Seiten und was es da so gibt. Auf jeden Fall ist Salomon Gašpar in die Wohnung des 32-jährigen Studenten, Benjamin Thorn, gekommen. Er hat ihn dort mit einem stumpfen Gegenstand niedergeschlagen und ihn dann mit Seil und

Klebeband gefesselt. Anschließend hat er den jungen Mann gezwungen, eine tödliche Dosis Pflanzengift zu schlucken. Das Ganze ging ziemlich brutal vor sich. Er hat ihm die Nase zugehalten, das Gift eingeflößt und dabei eine schwedische Death-Metal-Band gehört. Letzteres konnten die Nachbarn bestätigen.«

Ein verwunderter Blick von Hannah.

»Vielleicht um nicht gehört zu werden«, beeilte Herbert sich hinzuzufügen. »Laut Obduktionsbericht hat es sechs Stunden gedauert, bis Benjamin Thorn tot war. Es ist ihm beinahe gelungen, seine Fesseln abzustreifen. Die Haut an seinen Handgelenken war komplett eingerissen. Ein paar Stunden später wurde Salomon Gašpar unweit der deutschen Grenze festgenommen. Wohin er wollte, ist nicht bekannt. Er hat sich der Festnahme nicht widersetzt.«

»Und du sagst, dass sie sich nicht kannten?«

»Wir haben jedenfalls keine Verbindung gefunden«, sagte Herbert.

»Und wer ist dieser Salomon Gašpar?«

»Ein Portugiese«, sagte Herbert und zögerte einen Augenblick. »Er ist jetzt seit sechs Jahren in Sikringen. Er soll mit einer ganz besonderen Begabung gesegnet sein und spricht acht Sprachen. Vielleicht weil er so viel rumgekommen ist. Durch seine Arbeit. Er hat immer in Hotels gearbeitet. Wir haben nur die Informationen, die die Portugiesen uns geschickt haben. Wir kennen sein Geburtsdatum und die Namen seiner inzwischen verstorbenen Familienangehörigen. Aber nichts davon kann den Mord an dem armen Benjamin erklären.«

»Das scheint alles komplett durchgeplant«, sagte Niels. »Die Reise nach Dänemark. Und wie er bei diesem Mann aufgetaucht ist und ihn mit Gift umgebracht hat.«

»Das sehe ich genauso«, sagte Herbert. »Vielleicht hat die

Sache System. Eine höhere Bedeutung. Nur dass normale Menschen das nicht verstehen können. Es gibt Radiowellen und Ufos, Dämonen, unsichtbare Strahlung und Stimmen im Kopf. Salomon Gašpar gibt keine Erklärung für seine Tat, er will sich uns gegenüber nicht äußern. Wollte auch nicht sagen, weshalb er nach Dänemark gekommen ist. Nach einem endlosen Tauziehen mit den portugiesischen Behörden – die Details erspare ich dir – wurde er hier verurteilt und eingewiesen.«

»Auf unbestimmte Zeit?«, fragte Niels.

»Ja, Sicherungsverwahrung. Das heißt allerdings nicht, dass man nie wieder rauskommt. Aber eben nur, wenn eine ganze Reihe von Psychiatern ihre Hand ins Feuer legt und darauf schwört, dass vom Täter keine Gefahr mehr ausgeht. Und das kommt höchst selten vor.« Herbert setzte sich auf den Rand seines Stuhls und verschränkte die Arme vor der Brust. »Das wären die Fakten.«

»Zwei Schierlingsmorde«, sagte Sommersted.

»Ja«, meinte Herbert. »Irgendeinen Zusammenhang muss es da doch geben.«

»Hatte er vielleicht einen Komplizen?« Hannahs Stimme. Einen Augenblick war es in Sommersteds Büro ganz still. Dann war das weit entfernte Hupen eines Schiffshorns zu hören.

»Sie meinen, dass Gašpar den Mord an Paludan irgendwie aus seiner Zelle heraus orchestriert haben soll?«

»Charles Manson«, sagte Niels. »Er hat andere dazu gebracht, für ihn zu morden. Er hat sie manipuliert, bedroht, was weiß ich.«

»Der Gedanke liegt nahe«, sagte Herbert und schickte Hannah einen anerkennenden Blick. »Wir haben natürlich die Aufnahmen der Überwachungskameras ausgewertet – und zwei der Insassen, Gašpar und ein anderer …«

»Richard Juhl«, sagte Sommersted und fügte lakonisch hinzu:

»Unter Freunden nur die Schere genannt, weil er seine Mutter mit einer Astschere zerlegt hat.«

»Die Schere und der Portugiese sind in dieser Nacht wach. Etwa zum Zeitpunkt von Paludans Tod laufen sie ruhelos in ihren Zellen auf und ab. Sehen aus dem Fenster«, sagte Herbert.

Aber was bedeutet das, fragte Niels sich, wenn zwei Patienten durch ihre Zellen tigern, während an einem vollkommen anderen Ort ein Psychiater stirbt?

»Hat man sie verhört? Oder die anderen Insassen?«, fragte Niels.

»Sie wollten nicht mit der Polizei reden, und wir können sie nicht zwingen. Vergiss nicht, dass wir hier von sehr kranken Menschen reden, ich meine, der Portugiese glaubt irgendwie noch immer, dass er in einem Hotel arbeitet. Aber sie reden miteinander«, sagte Herbert. »Weiß Gott, worüber diese Menschen reden, die Lippen bewegen sich auf jeden Fall. Deshalb dachten wir, dass wir da drinnen einen von uns brauchen. Also als Patient oder Gefangenen, je nachdem. Einen, der ihr Vertrauen gewinnen und der Schere nahekommen kann. Was hat er in dieser Nacht gesehen? Was wissen die anderen?«

»Sie sollen da rein ... Undercover, heißt das heute wohl«, sagte Sommersted.

»Ich?«, fragte Niels.

Herbert warf die Mappe vor Niels auf den Tisch. Rote Buchstaben auf schwarzem Grund. *Operation Hamlet.*

»Auf den Namen bin ich gekommen«, sagte Sommersted mit einem Lächeln.

»Du musst den Verrückten spielen, wie Hamlet«, erklärte Herbert. »Wir platzieren dich im Hochsicherheitstrakt. Als Patient zur Überwachung.«

Hannah ließ Niels' Hand unter dem Tisch los. Sofort versprach er sich, diese Sache abzulehnen. Nein, tönte es in seinem

Kopf. Mehrmals, schnell hintereinander. Das konnten sie vergessen. Er wollte nicht zusammen mit Verrückten eingesperrt sein. Außerdem wollten sie morgen nach Chile fliegen. Eine für Hannah und ihn entscheidende Reise.

»Niels, du kannst so was. Du kannst mit Menschen reden, ihr Vertrauen gewinnen. Es gibt kaum einen Idioten, den du nicht davon abgehalten hast, in den Tod zu springen«, sagte Herbert. »Und nach deinen Ferien musst du ja auch wieder in Gang kommen.«

»Elternzeit«, sagte Hannah schnell.

Herbert überhörte sie. Niels wusste, was über die Männer im Korps gedacht wurde, die eine Auszeit nahmen, um Zeit mit ihren Kindern zu verbringen.

Sommersted warf Herbert einen unzufriedenen Blick zu und fuhr fort: »Niels, ich will nicht leugnen, dass der Auftrag gefährlich ist. Das versteht sich von selbst. Das ist der reinste Schnellkochtopf. Ein Konzentrat des Wahnsinns hier im Lande, eingepfercht auf wenigen Quadratmetern. Sie sollten sich das also gut überlegen. Lesen Sie sich unseren Bericht durch«, sagte Sommersted und nickte in Richtung Mappe. *Operation Hamlet.* »Schaffen Sie das? Können Sie unter derart extremen Bedingungen arbeiten? Ich zweifle nicht eine Sekunde daran, dass Sie der Richtige für diesen Auftrag sind. Sie kannten Paludan. Und wir werden Sie natürlich zu hundert Prozent unterstützen. Sie kriegen alle Hilfe, die Sie brauchen. Sie suchen sich Ihre eigene Mannschaft zusammen. Sie haben die freie Wahl. Und eine Gefahrenzulage gibt es auch, wobei ich ja weiß, dass ich Sie mit Geld nicht locken kann. So waren Sie schon immer. Ihre geplanten Ferien werden wir natürlich entschädigen, sodass Sie das später nachholen können. Und noch eine wichtige Sache: Sie bekommen einen Ohrhörer, über den Sie die ganze Zeit mit uns kommunizieren können.«

»Du trägst ein Hörgerät«, sagte Herbert. »Das war meine Idee. Das Ding sieht auch wirklich aus wie ein Hörgerät. Wir haben das überprüft, die Patienten haben ein Anrecht auf Hörgeräte, Herzschrittmacher, Brillen und so weiter. Du kannst also jederzeit rauskommen, wenn es zu gefährlich wird. Und die Polizei kann, wann immer es nötig ist, eine Person zur Überwachung in den Hochsicherheitstrakt einweisen. Für ein paar Tage. Und diese Person könntest du sein. Wir erfinden eine passende Deckgeschichte, geben dir einen anderen Namen und beschaffen dir die notwendigen Papiere. Du kriegst ein paar Tage, um in das Leben der Verrückten einzudringen. Niemand wird wissen, wer du bist. Auch nicht die Ärzte oder das Pflege- und Wachpersonal. Das ist entscheidend. Wir wissen ja nicht, ob es ein Patient oder Angestellter war oder, wie Hannah meinte, eine Kombination.«

»Aber das Ganze ist natürlich …«, sagte Sommersted und sah zu Hannah, »eine gemeinsame Entscheidung, und deshalb sind Sie ebenfalls hier, Hannah.«

Niels überhörte ihn und sah Hannah an. Wurde er bereits schwach? Noch vor ein paar Augenblicken war er vollkommen davon überzeugt gewesen, dass er diesen Auftrag ablehnen und nicht zu den lebensgefährlichen Verrückten ziehen würde. Er wollte nach Chile. Und für seine Liebe kämpfen. Aber – sie sah ihn nicht an, wirkte so fern – hatte es jemals eine Zeit gegeben, in der er einen solchen Auftrag dringender gebraucht hätte? Mit einem Mal erschien ihm der Gedanke, eine Weile für sich selbst zu sein, gar nicht mehr so abwegig. Ohne Hannah. Ohne das Weinen der Kinder. Ohne schlaflose Nächte. Und sie würde Zeit ohne ihn haben. Um nachzudenken, was sie wollte.

»Denken Sie darüber nach, Niels. Und Hannah, Sie auch«, sagte Sommersted und stand auf. »Bald. Wir sollten schnellstmöglich loslegen. Sie wissen ja, wie das ist. Wenn man einen Fall nicht in den ersten vierzehn Tagen lösen kann, wird er – das zeigen die Statistiken – zu siebzig Prozent gar nicht mehr gelöst.«

Er half Hannah in die Jacke. Herbert sagte, dass er Niels noch ein paar Videoaufnahmen schicken wolle. Die Aufnahmen aus den Zellen in der entsprechenden Nacht. Niels hielt die Mappe in der Hand, blätterte, las sporadisch Namen, Zeitpunkte, Ortsangaben. Details über den Mord. Über andere, die auf gleiche Weise gestorben waren. Sokrates. Ein junger Mann in England, unmittelbar vor dem Krieg, Michael Bedford.

Sommersteds Sekretär steckte den Kopf zur Tür herein. »Rantzau hat angerufen. Er wartet in der Rechtsmedizin auf Sie.«

7.

Niels-Bohr-Institut, Kopenhagen

Hannahs Blick fiel auf die Mappe. Niels musste sie auf den Rücksitz geworfen haben, als sie sich vor dem Präsidium verabschiedet hatten. Er wollte den Auftrag nicht annehmen. Unter gar keinen Umständen, hatte er gesagt. Die Mappe wirkte so beiläufig, so nichtssagend, bis man sie umdrehte und den Titel las: *Operation Hamlet*. Paludan. Das war doch sein Name gewesen, oder? Ermordet in einer Irrenanstalt, in der Nacht auf Montag.

Was für ein Zufall, dachte sie und zog die Handbremse an. Sie wusste, dass sie vorsichtig sein musste und nicht zu viele Zusammenhänge sehen durfte. Aber trotzdem. In der Nacht auf Montag?

Sie erwog, die Mappe liegen zu lassen, aber dann kam ihr in den Sinn, dass einem amerikanischen Doktoranden erst letzte Woche das Fahrrad gestohlen worden war. Dann konnte ja auch jemand auf die Idee kommen, ein Auto zu klauen – und dann wäre die Mappe über den Mord an Christian Paludan weg. Hannah öffnete die Tür und nahm die Mappe mit. Nur wenige Seiten – aber welche Bedeutung sie hatten, war Niels deutlich anzumerken gewesen. Warum?, fragte sie sich, als sie die wenigen hundert Meter durch den Park des Niels-Bohr-Instituts ging. Eine Ausflucht? Eine Entschuldigung, doch nicht mitzufahren? Hannah blieb vor der Tür des Instituts stehen. Ein Sonnenstrahl auf dem Gesicht. Das Licht half ihr, klarer zu sehen. Wollte er sie loswerden? Hatte er wirklich gesagt, dass sie lieber mit Mathias über ihre Gedanken reden sollte? Wollte er sie nicht hören? Konnte er nicht mehr?

Das alles hatte sie sehr traurig gemacht. Vielleicht, dachte sie, nehme ich einfach zu viel Raum ein, und Niels wird mich leid. Auch über ihre Überraschungsparty schien er sich nicht richtig gefreut zu haben.

***

Nur schnell einen Kaffee in der Kantine und dann nach oben ins Büro. Wie an allen anderen Morgen auch. Doch jetzt stand er etwas weiter hinter ihr in der Schlange, der Mann, von dem Niels wollte, dass sie ihre Gedanken mit ihm teilte. Warum? Er war nicht sonderlich schön. Nicht so schön wie Niels. Er war kleiner, etwas zu jung, zerknittertes Hemd, ungekämmte Haare, Kassengestell und dahinter ein Paar insistierende Augen, die irgendwie zu sagen schienen, dass sie nie zu ehrlich sein konnten, nie intensiv genug. Er lächelte sie an, flüchtig, aber doch so, als wüsste er etwas über Hannah, das ihr selbst noch gar nicht bewusst geworden war. Er hieß Mathias und hatte das Büro schräg gegenüber. Er kam aus Stuttgart und wusste wirklich wahnsinnig viel über Sternenstaub und kosmische Explosionen.

»Sonst noch was?«, fragte die ältere Kantinenfrau und wirkte weniger abwesend als sonst.

»Nein danke. Oder doch, ein Wasser mit Zitrone und ein Sandwich«, sagte Hannah und dachte, dass sie heute vielleicht besser im Büro aß, um vor Chile noch möglichst viel erledigen zu können.

»Das macht dann 72 Kronen.«

»16«, flüsterte Hannah und steckte ihre Karte in das Lesegerät, »witzig.«

»Was?«, fragte die Kantinenfrau.

»Ach, ich habe nur laut gedacht. So ein Zahlenspiel, ich musste 72 Kronen zahlen und der vor mir 88, also 16 Kronen mehr, und die hinter mir«, Hannah zeigte auf die Studentin, die mit einem Croissant, Käse und Kaffee wartete, »wird 56 zahlen müssen, also 16 Kronen weniger.« Sie zuckte betreten mit den Schultern, während die Kantinenfrau die 56 Kronen der Studentin eintippte, die hinter Hannah stand.

Mathias holte sie auf der Treppe ein. Der Deutsche war ein energischer Typ, der zwei Stufen auf einmal nahm und in kurzer Zeit viel erreichte. Das war auch aus seinem Lebenslauf hervorgegangen. Hannah war in der Auswahlgruppe für seine Anstellung gewesen und hatte nur selten zuvor derart beeindruckende Resultate bei einem Mann gesehen, der noch nicht einmal vierzig war. Empfehlungsschreiben von führenden amerikanischen Forschern, ein prestigeträchtiger israelischer Forschungspreis, samt Artikeln in den wichtigsten naturwissenschaftlichen Journalen, darunter sogar im *Astrophysical Journal.*

»Darf ich?«, fragte er und hielt ihr die Tür auf.

An seinen Akzent hatte sie sich inzwischen gewöhnt. In den ersten paar Tagen hatte sie sich damit schwergetan, aber nachdem sie beim Frühlingsfest des Instituts nebeneinandergesessen hatten und er ihr erzählt hatte, wie er als Kind nachts auf dem Rücken im Gras gelegen und sich vorgestellt hatte, dass er an der Unterseite des Planeten klebte und in den Weltraum *unter* sich starrte … hatte sie sich daran gewöhnt.

»Du bist doch Mondexperte, oder?«, fragte Hannah plötzlich. Er sah sie überrascht an. Mit dem Mond beschäftigte man sich schon lange nicht mehr. Nicht seit der Mondlandung – ein

Abenteuer, das den meisten Astronomen zufolge die Raumforschung um bald dreißig Jahre zurückgeworfen hatte. Auf jeden Fall ökonomisch. Seit Armstrong im Meer der Stille gestanden und in die Ewigkeit geblickt hatte, war uns auf Erden irgendwie bewusst geworden, dass wir kaum je weiter kommen würden, und die Steuerzahler im westlichen Teil der Welt hatten plötzlich keine Lust mehr gehabt, ihr Geld für so etwas auszugeben.

»Wir fangen doch alle mit dem Mond an«, sagte er. »Woran genau denkst du, Hannah?« Sie mochte die Art, wie er ihren Namen aussprach. Dank des deutschen Akzents klang er voller, wichtiger, nicht so platt wie mit dem dänischen »a«, eher verwandt mit Hannah Arendt und den großen deutschen Philosophen.

»An die Nacht auf Montag.«

»Oh«, sagte er schmunzelnd. »Perigäum.«

»Ja«, sagte Hannah schnell und wiederholte: »Perigäum.«

»356 896 Kilometer«, sagte er.

Wollte er Eindruck bei ihr schinden?

»Der Zeitpunkt, an dem der Mond der Erde am nächsten ist«, fügte er hinzu.

»Um wie viel Uhr genau?«

»Gegen acht, glaube ich, warum?«

Sie blieben vor Hannahs Büro stehen. »Nur so ...« Sie schüttelte den Kopf. »Bis später.«

Sie schenkte ihm ein Lächeln und schloss ein seltenes Mal die Tür ihres Büros hinter sich. Dann stellte sie das Tablett auf den Tisch und legte *Operation Hamlet* oben auf den Stapel halb oder gar nicht gelesener Berichte über die Expansion des Universums. Die Beschleunigung der Galaxien – das Phänomen, dass wir uns weiter und schneller voneinander entfernen – war wie ein Spiegelbild ihrer Beziehung zu Niels. Aber wenn man sich voneinander weg bewegte, näherte man sich dann nicht etwas anderem?

War es das, was Niels beabsichtigte? Wollte er sie in die Arme von Mathias treiben? Damit er Frieden vor ihr hatte, vor all dem, das sie nicht konnte? Sie sah Mathias vor sich, wie er über den Flur ging. Perigäum? Konnte der Mord an dem Psychiater, Niels' altem Freund, etwas damit zu tun haben? Oder war das nur Zufall? Der Mond war schon immer ein Quell diverser Aberglauben gewesen. Das englische Wort für verrückt, *lunatic,* kam aus dem Lateinischen und bedeutete, *vom Mond getroffen,* so viel wusste Hannah, auch wenn das nur Aberglaube war. Früher glaubte man, dass Geisteskrankheit vom Vollmond ausgelöst wurde. Möglicherweise hielt diese Annahme heute nicht mehr stand, und dennoch. Genau in der Nacht, in der der Mond sein Perigäum erreicht hatte, war in einem Irrenhaus ein Oberarzt ermordet worden, in einer Anstalt für Verrückte, für Mondsüchtige. Viele der Angestellten im Niels-Bohr-Institut behaupteten, bei Vollmond schlechter zu schlafen. Und Hannah wusste, dass die Polizei überall auf der Welt bei Vollmond mit einer höheren Kriminalitätsrate zu kämpfen hatte – einige behaupteten sogar, dass an diesem Tag die Geburtenrate höher sei. Nichts davon war wissenschaftlich belegt, das wusste Hannah ganz genau, schließlich war nie auszuschließen, dass die Menschen wussten, dass Vollmond war, und sich deshalb selbst in hysterische Höhen katapultierten. Trotzdem waren einzelne Wissenschaftler der Meinung, der Vollmond führe zu elektromagnetischen Störungen in unseren Zellen. Dazu kam dann noch das Licht. Es war seit Langem bekannt, dass der Mangel an Sonnenlicht zu Depressionen und Angst führte. Warum sollte uns da nicht auch das Mondlicht beeinflussen? Dass die Sensibilität des Auges auf die verschiedenen Mondphasen reagierte, war bekannt. Gerade bei Vollmond war die Netzhaut empfänglicher für gelbes Licht. Und im Perigäum war das Licht stärker als zu jeder anderen Zeit.

»Klopf, klopf«, sagte die Sekretärin und legte einen Stapel Papiere auf Hannahs Tisch. »Die endgültige Reiseroute. Der Flug geht über Madrid.«

»Okay«, sagte Hannah und griff nach den Unterlagen, hatte plötzlich aber die Fallakte in den Fingern. *Operation Hamlet.* Niels sollte den Verrückten mimen, um den Mord an Christian Paludan aufzuklären. Warum schlug sie die Akte überhaupt auf? Um an etwas anderes zu denken? Um wegzukommen von Mathias und Niels und all dem, was sie in sich nicht verstand? Sechsunddreißig Seiten, konstatierte sie. Alles über den Mord. Die Details. Der Psychiater war in der Toilette gefunden worden. Das Wasser am Waschbecken war noch gelaufen, Wassertemperatur 14,2 Grad. Eine Postkarte an Salomon Gašpar. Hannah fragte sich, wer der sogenannte Hoteldirektor war. Er war verurteilt worden, weil er einen jungen Mann mit Schierlingssaft vergiftet hatte. Hannah blätterte weiter, hatte aber das ungute Gefühl zu schnüffeln.

Sie legte die Mappe weg. Dieser Fall ging sie nichts an. Außerdem war der Zeitpunkt denkbar schlecht. Warum hatte Niels seinem Chef nicht gleich im Präsidium abgesagt? Warum musste er erst mit zur Obduktion, wenn er doch mit ihr nach Chile fliegen wollte? Sie wollten gemeinsam verreisen, er konnte also gar nicht in dieses Gefängnis gehen. Hannah spürte Wut in sich aufkeimen, die sie aber gleich wieder zu zügeln versuchte. Niels war mit seiner Arbeit verheiratet, so einfach war das. Sie kam immer an erster Stelle. Für ihn gab es das Wort *nein* nicht, auf jeden Fall dann nicht, wenn die Frage von Sommersted kam. Er war ein Mann, der gerne alle zufriedenstellte. Aber stellte er sie zufrieden? Am Abend wollten sie zusammen essen gehen, zur Feier des Tages. Niels hatte nichts Großes gewollt, nur ein Essen mit ihr, und dann wollten sie gemeinsam nach Chile fahren. Aber blieb es dabei auch, oder würde er noch absagen? Wieder dieses Gefühl, dass er sie von sich wies. Sie wurde es nicht los. Andererseits, das Kindermädchen war bestellt, es war Niels' fünfzigster Geburtstag, alles war organisiert. Oder …

Warum konnte ihr Hirn nicht zur Ruhe kommen? Nie. Wie jetzt, sie spürte, dass ihr Hirn ihr etwas sagen wollte. Sie schlug noch einmal die Mappe auf und redete sich ein, dass es schon okay sei. Sommersted wollte ja auch ihre Meinung haben. Sie nahm die Postkarte in die Hand. Die Kopie einer Postkarte, nur ein Stück Papier, kein Motiv. Warum? Weil sie ein Fremdkörper war? Etwas, das nicht zu den anderen Sachen passte? *Guatemala,* stand da, die schwarze Handschrift war kaum lesbar, ein paar fast waagerechte Buchstaben, der Kugelschreiber an einigen Stellen verschmiert. Guatemala? Hannah brauchte einen Moment, um das Land in Mittelamerika zu platzieren. War das südlich von Mexiko? Oder verwechselte sie es mit Nicaragua? Sie machte die Lampe über ihrem Schreibtisch an und hielt die Kopie der Postkarte ins Licht. Was stand da noch? *Tarheta Pos,* war oben aufgedruckt, möglicherweise noch mehr, aber der Text wurde von zwei ockergelben Briefmarken überdeckt, die ein Gebäude zeigten, möglicherweise das Parlament von Guatemala? Vier verschiedene Stempel in dunkelblauen Nuancen waren auf der Karte verteilt. Ein gedruckter Text ganz oben links, sie versuchte, die unscharfen Buchstaben zu entziffern: *Este espacio para la correspondencia.* Hannah war sich nicht ganz sicher, richtig zu lesen, die Stempel überlagerten sich. *Espacio* … space – Raum?, fragte sie sich.

Correspondencia musste Korrespondenz bedeuten oder korrespondieren. War damit gemeint, dass man hier seinen Text einfügen sollte?, fragte sie sich. Musste man das der Bevölkerung von Guatemala wirklich mitteilen? Sie unternahm einen neuen

Versuch mit dem handschriftlichen Text und drehte die Fotokopie etwas zur Seite. Englisch? Der Text begann mit *Old friend,* alter Freund. Klar war, dass irgendjemand von außen eine Postkarte an Salomon Gašpar geschickt hatte. Ein früherer Kollege aus einem der Hotels, in denen er gearbeitet hatte? Die Karte war in Guatemala abgeschickt worden, einen Absender gab es nicht, und der handschriftliche Text war nicht einmal mit Initialen unterschrieben worden. Englisch. Warum auf Englisch?, fragte Hannah sich und verdrängte den Gedanken gleich wieder. Stattdessen versuchte sie, sich auf das Geschriebene zu konzentrieren. Sie fand in der obersten Schublade unter den handschriftlichen Entwürfen zu dem Vortrag, den sie in der letzten Woche über Schwarze Löcher gehalten hatten, einen Bleistift und notierte auf der Rückseite eines Blattes: *Old friend.* Darunter glaubte sie *It has been long since we last spoke but. I hope you are well.* entziffern zu können. Danach geriet sie ins Stocken. Das nächste Wort konnte sie nicht lesen, oder doch ... *I don't have a lot to ... report?* Ja, *report,* dachte Hannah. *I don't have a lot to report.* Was dann folgte, war einfacher. *As you are awware, time is not a real factor around here – it's probably why I like this place so much. I really hope you can visit someday soon.* Und als Letztes: *Wish you could be here.*

Hannah betrachtete den Text. Ihre Handschrift war auch nicht gerade schön, dachte sie. Sehr feminin, sagte Niels immer, ohne ihr aber zu sagen, was er damit meinte. Sie hörte Schritte draußen auf dem Flur und hob den Kopf. Mathias ging vorbei. Für einen Augenblick spürte sie etwas in ihrem Körper. Sie stand auf, wollte auf den Flur, um wie zufällig mit ihm zusammenzustoßen und ein paar Worte mit ihm zu wechseln? Aber irgendetwas hielt sie auf. Eine Zahl? Die Ziffern auf einem der Stempel? Die Vier? Oder die Zehn? Sie war sich nicht sicher, ein anderer Stempel war darübergedrückt worden. 104? Vielleicht ... wie beim Doppelstern WR-104 – über den Hannahs Meinung nach viel zu wenig diskutiert wurde. Das erste physische Objekt, das man bislang am Sternenhimmel gefunden hatte, das eine phänomenal große Chance hatte, alles Leben auf der Erde auszulöschen. In weniger als einer Sekunde. Als Hannah das erste Mal das Bild dieses Doppelsterns gesehen hatte, war es ihr vorgekommen, als würde sie in die Mündung einer Waffe schauen. Er sah aus wie eine Spirale, der Tod selbst, die kleine Erde lag direkt in der Schusslinie. In weniger als einer Sekunde könnte dieser Stern mehr Energie aussenden als unsere Sonne in zehn Milliarden Jahren. Wenn aus diesem Doppelstern ein Gammablitz wurde, wäre es um die Ozonschicht der Erde geschehen. Und wir würden dann in wenigen Augenblicken unserem Schicksal überlassen werden.

Nein, was sie aufhielt, waren nicht die Ziffern, eher der Text selbst. Sie konzentrierte sich auf ihre Abschrift der Karte. Konnte man überhaupt eine Postkarte an einen Insassen des Sikringen schicken? Durften die Insassen zurückschreiben? Wurden Briefe und Postkarten durchgelesen? Sie schlug noch einmal *Operation Hamlet* auf. Eine der ersten Seiten war die Kopie einer Mail-Korrespondenz. Über Gašpar, seinen psychischen Zustand, aber nicht das interessierte sie jetzt, sondern der Standardtext, der die Korrespondenz einleitete: *Aus Datenschutzgründen können wir Ihnen nicht auf die Mailadresse antworten, von der aus Sie uns kontaktiert haben … keine vertraulichen Informationen, keine Personenkennziffern, keine Informationen über den genauen Behandlungsverlauf* … las Hannah, während in ihrem Kopf langsam ein Bild Gestalt annahm. Der Hochsicherheitstrakt musste ein Ort sein, an dem Briefe, Postkarten, jede Form schriftlicher Korrespondenz überwacht wurden, es durften keine Informationen rein oder raus. *Old friend.* Hannah sah sich den Text noch einmal an. *I don't have a lot to report.* Und weiter unten: *Time is not a real factor around here.* Wer schrieb derart seltsame, nichtssagende Postkarten? Hannah suchte in der Mappe erfolglos nach einer Antwort. Nur eine Liste mit anderen, berühmten Todesfällen durch Schierling. Sokrates natürlich, der griechische Philosoph, der vor Tausenden von Jahren Gefangener Athens war. Er nahm lieber den Schierlingsbecher, statt das Land zu verlassen. Sommersteds Sekretär hatte nur wenige Informationen über Sokrates aus Wikipedia kopiert. Sie wunderte sich über die eher wahllosen Passagen, die ausgewählt worden waren. Unter anderem etwas über sein Aussehen, dass er immer mürrisch gewirkt haben soll und barfuß herumgelaufen ist, während er mit den Menschen in den Straßen Athens diskutiert hatte. Dass er als klügster Mann der Welt galt und unmittelbar vor seinem Tod durch den Schierlingssaft bewiesen haben soll, dass das Leben nicht mit dem Tod endete, sondern dass die Seele weiterlebte. Hannah wunderte sich wirklich über die zusammengetragenen Informationen und erwog einen Moment, Niels darauf anzusprechen. Aber nein, er würde nur denken, dass sie die Polizeiarbeit kritisierte, und sich wieder schlecht fühlen. Vielleicht sollte sie einfach ignorieren, dass Sokrates in diesen Auszügen auf einen grimmigen, etwas verschrobenen alten Mann reduziert wurde. Auf jeden Fall fehlten in den Informationen ebenso seine vier Beweise für die Unsterblichkeit der Seele wie auch eine Erklärung dafür, warum er ausgerechnet den Schierlingsbecher getrunken hatte. Aber nur so wich das Leben langsam, ganz langsam aus seinem Körper. Sokrates' Zellengenossen konnten beinahe bezeugen, wie die Seele ihre Hülle Stück für Stück verlassen hatte. Um in den nächsten Körper zu wandern. Wobei sie das Wissen des vorigen Körpers mitnahm – etwas, das vielleicht die sogenannten Aha-Erlebnisse erklären konnte. Das Wesentliche beim Wissen war das Wiedererinnern, das Auffrischen von Dingen, die man eigentlich bereits wusste. Diese Erfahrung hatte Hannah schon oft gemacht. Möglicherweise im Gegensatz zu Sommersteds Sekretär. Vielleicht hatte er deshalb die wichtigsten Informationen über den alten Philosophen ausgelassen?

Hannah blätterte weiter. Ein Mord in Dänemark im neunzehnten Jahrhundert. Ein Mann in England, irgendein Michael.

»Nein. Weiter«, flüsterte Hannah. Legte *Operation Hamlet* beiseite und begann mit dem, wofür sie bezahlt wurde. Sie musste herausfinden, warum das Universum sich ausweitete. Wirklich eine wichtigere Frage als die, warum Christian Paludan tot war, dachte sie.

8.

Oxford, 1939

Rachel lehnte mit dem Rücken an einem Stapel Reservereifen für den Silver-King-Traktor. Sie hatte die Augen halb geschlossen und schien ganz in ihre eigene Welt versunken zu sein. Michael betrachtete sie immer wieder verstohlen, wenn er nicht durch den Spalt in der Wand die Straße beobachtete. Es war kein perfektes Versteck, aber das beste, das sie hatten finden können. Eine baufällige Scheune am Rand der Stadt. Folsons Hof lag etwas abseits der Straße, die Scheune ein Stück vom Hof entfernt am Waldrand. Alexander saß auf einem dreibeinigen Schemel, vielleicht dem alten Melkschemel, den Folsons Töchter genutzt hatten. Dann stand er auf, ging zu Michael und legte ihm eine Hand auf die Schulter.

»Entschuldigung«, flüsterte er.

Michael hob den Blick, sah in Alexanders mildes Gesicht und erinnerte sich, dass er sich schon bei ihrer ersten Begegnung gewünscht hatte, Alexanders Freund zu werden. Es fühlte sich an, wie in einen geheimen Club aufgenommen, wie aus dem grauen Einerlei der Welt emporgehoben zu werden.

»Lass uns nicht streiten«, sagte Alexander. »Es war schreckliches Pech, dass du erkannt worden bist. Dass du dich umgedreht hast. Aber …« Alexander zuckte mit den Schultern. Passiert ist passiert, sagte seine Geste.

»Und was sollen wir jetzt machen?«, fragte Rachel verzweifelt. »Wir können nicht mal zurück in die Stadt, um unsere Sachen zu holen.«

»Doch, das können wir«, flüsterte Alexander. »Jenkins' Frau hat nur einen von uns gesehen.«

»Wie kannst du dir da so sicher sein?«, fragte Michael und brach damit sein minutenlanges Schweigen. Ein heiserer Klang hatte sich in seine Stimme geschlichen, und er wiederholte noch einmal mit Nachdruck: »Wie kannst du das wissen, Alexander? Wir können auf unserer Flucht auch noch von ganz anderen Leuten gesehen worden sein.«

»Da waren keine anderen Leute, da bin ich mir ganz sicher«, sagte Alexander. »Außerdem weiß ich, dass die Jenkins mich nicht gesehen hat. Rachel und ich waren nicht mehr auf der Treppe, als sie aus dem Zimmer kam. Für Jenkins' Frau war es ohne Zweifel der treue, liebenswürdige Liverpooler Junge Michael Bedford, der ihren Mann umgebracht hat. Er allein.«

Michael stand auf: »Wir haben das zu dritt gemacht, Alexander. Wir wollten alle dieses Dokument, das weißt du ganz genau. Es nutzt nichts, jetzt nur mir die Schuld in die Schuhe zu schieben.«

»Wie meinst du das denn?«, fragte Alexander gekränkt. Michael spürte, dass er Alexander in die Falle gegangen war. »Wenn du das schon sagst, Michael«, fuhr Alexander fort, »dann denk den Gedanken auch zu Ende. Nur du bist gesehen worden. Warum sollen wir alle drei wegen Einbruch und Beihilfe zum Mord zum Tode verurteilt werden oder lebenslänglich im Gefängnis landen? Wenn du dich stellst, wirst nur du zu einer lebenslangen Strafe verurteilt. Was hast du davon, wenn wir mit ins Gefängnis gehen?«

Michael schüttelte den Kopf und sah Rachel an. »Ich würde wegen des Einbruchs verurteilt. Wie Rachel auch. Du aber …«

Alexander fiel ihm ins Wort: »Sollten wir Rachel nicht auf jeden Fall aus der Sache heraushalten? Wie Gentlemen?«, sagte Alexander mit seinem feinen Akzent. »Es reicht doch, wenn das eine Sache zwischen dir und mir ist, oder?«

Michael liebte Rachel und hätte gern mit »Ja geantwortet, wäre gern Rachels Gentleman gewesen. Oder einfach nur ihr Mann, ein Wunsch, der wohl niemals mehr in Erfüllung gehen würde.

»Michael?«, fragte Alexander fordernd.

»Ich weiß nicht.«

»Du weißt nicht, ob du ein Gentleman sein willst?«

»Ich weiß nicht, ob ich dir trauen kann.«

»Wie meinst du das denn?«

»In einem Verfahren. Würdest du deinen Teil der Schuld auf dich nehmen?«

Alexander ging nicht darauf ein. »Wenn du dichthältst, bleibt Rachel unbehelligt. Da die Situation nun einmal so ist, wie sie ist, solltest du an unsere Forschung denken, an all die Dinge, die wir ausrichten wollten. An den Plan, den wir mit dem Dokument hatten. Soll das alles zu Ende sein, wegen eines dummen Unfalls?«

»Das war kein Unfall«, antwortete Michael.

»Wer konnte denn damit rechnen, dass er uns überrascht? Wir brauchen dieses Dokument«, sagte Alexander und streckte die Hand zu Rachel aus. Sie hob den Blick. Seit sie in der Scheune waren, hielt sie das Dokument in den Händen. Sie hatten es ganz vorsichtig zusammengerollt, genau so, wie sie es gefunden hatten. Es war nur eine kleine, dünne Papyrusrolle, aber was für Worte sie enthielt!

Michael stand auf, ging zu Rachel und nahm das Dokument, bevor sie es Alexander geben konnte.

»Gib es mir. Ich habe es gefunden«, sagte Alexander.

»Ohne mich hättest du von dem Text doch kein Wort verstanden!«, sagte Michael.

Rachel ging zwischen sie: »Alexander! Stopp! Bitte. Das wird nicht geschehen. Nicht so, wie du dir das vorstellst.«

»Was stelle ich mir vor? Würdest du mir das bitte sagen, liebste Rachel? Ich versuche, deinen Kopf aus der Schlinge …«

Rachel schnitt ihm das Wort ab: »Du versuchst, deinen Kopf aus der Schlinge zu ziehen. Du glaubst, dass dein Wort gegen seines stehen wird.« Rachel sprach gedämpft, fast drohend. »Wenn wir uns selbst stellen. Du glaubst, du kannst sie davon überzeugen, dass Michael das allein gemacht hat und dass wir nichts damit zu tun hatten. Aber ich werde die Wahrheit sagen, Alexander. Ich werde mich hinter Michael stellen, begreifst du, was ich dir zu sagen versuche?«

»Ihr versteht mich falsch«, sagte Alexander, trat von einem Bein aufs andere und wechselte damit sicher auch die Taktik. Michael sah es ihm förmlich an. »Für mich ist keiner von uns schuldig«, sagte Alexander. »Wir haben von Anfang an das Richtige getan, wir haben uns etwas zurückgeholt, das uns widerrechtlich genommen wurde. Wissen, das der ganzen Menschheit gehört. Vielleicht die Antwort auf die fundamentalste aller Fragen: Was geschieht nach dem Tod?«

Die beiden anderen schwiegen. Michael registrierte einen kurzen Blick von Rachel. Er spürte, dass sie seine Hilfe wollte. Aber Alexander war schneller. »Wenn wir alle drei geschnappt werden … wer weiß, was dann mit dem Dokument geschehen wird«, sagte Alexander und zeigte auf den zusammengerollten Schatz aus der Antike in Michaels Hand. »Ganz Oxford ist wie eine Festung. Alle Wege, die in die Stadt führen, sind gesperrt. Niemand kommt in die Stadt, weder rein noch raus. Die gehen von Haus zu Haus. So sieht es da draußen aus. Das heißt, so wird es aussehen, wenn wir nicht tun, was ich vorschlage – sonst ist alles verloren, genau wie Michael es gesagt hat. Auch für die zukünftigen Generationen. Wollt ihr das? Wollt ihr, dass es hier endet?«

Michael schüttelte den Kopf. »Alexander«, sagte er. »Wir teilen uns die Schuld. Ganz einfach.«

»Okay, gut!« Alexander ging ein paar Schritte auf und ab. Michael sah ihm aber an, dass er eigentlich noch nicht aufgeben wollte. Rachel hatte aufgegeben, die Niederlage akzeptiert.

»Es gibt noch andere Möglichkeiten«, sagte Alexander. »Mein Onkel hat ein Haus am Genfer See. Das steht die meiste Zeit des Jahres leer. Wir können uns da verstecken, bis die Wogen sich geglättet haben.« Die letzten Worte waren kaum hörbar, und trotzdem wollte niemand, dass er sie wiederholte. Vielleicht, weil sie keinen Sinn ergaben. Wie sollten diese Wogen sich jemals glätten?

»Die Zeit wird uns zu Hilfe kommen«, fuhr Alexander fort. »Die Welt steht am Rand des Abgrunds, wer denkt da schon an einen alten Professor, um den sich niemand in dieser Welt schert.«

»Aber wie stellst du dir das vor?«, fragte Michael. »Wenn nach uns gesucht wird?«

»Wir dürfen die Straßen nicht benutzen«, sagte Alexander. »Wir müssen nach London. Und das Dokument müssen wir in einem Bankschließfach deponieren. Das ist jetzt erst einmal das Wichtigste, oder?«

»Ja«, sagte Michael und sah auf das Papyrus. Alexander hatte recht. Wenn sie nur erst das Dokument versteckt hatten, konnte es im Schließfach warten, bis Alexander, Michael und Rachel irgendwann zurückkehrten. Das Schließfach war jetzt das einzig Wesentliche. Und der Code. All das, was sie sich überlegt hatten. Sonst wäre der ganze Plan gescheitert.

»Wir haben einen Termin morgen in der Bank«, sagte Alexander. »Sobald wir das Dokument versteckt haben, fahren wir nach Dover. Dann nehmen wir ein Schiff nach Holland und von dort …«

»Aber am Bahnhof ist Polizei«, sagte Michael. »Ich werde niemals einen Zug nehmen können. Und wie soll ich außer Landes kommen?«

»Michael hat recht«, sagte Rachel und sah wirklich aus, als wollte sie aufgeben.

»Unten an der Aristotle Lane«, sagte Alexander. »Der Bahnübergang bei der Brücke. Der Zug wird da langsamer, vielleicht kannst du aufspringen, und wir treffen uns dann im Zug.«

Michael nickte. Er wollte wirklich an diesen Plan glauben und begann zu reden. Klopfte alles langsam Wort für Wort ab: »Ihr sorgt für das Geld und die Fahrkarten. Und ihr könnt die Schlüssel für meine Kammer kriegen und die Sachen holen, die wir brauchen.« Michael war für einen Augenblick ganz aufgekratzt, als wäre der Plan ein reeller Ausweg aus ihrer hoffnungslosen Situation. »Ihr besorgt die nötigen Dinge, und ich springe auf den Zug auf. Im Zug kann ich dann ja so tun, als würde ich schlafen, die Jacke über dem Kopf. Ihr könnt die Tickets für mich zeigen, dann wären wir wirklich bald in London. Und von dort nehmen wir dann den Zug nach Dover.«

»Besser, wir machen das, wenn es dunkel ist«, sagte Alexander. »Und Rachel und ich werden uns nicht beeilen, wenn wir zurück zur Universität fahren und unsere Sachen holen. Vergiss nicht: Wir haben nichts zu verbergen, wir sind wie die anderen fassungslos und aufgewühlt. Der arme Professor Jenkins. Am Nachmittag wird es vermutlich eine Versammlung geben, der Rektor informiert die Studenten und Professoren, und da sollten wir, denke ich, dabei sein.« Er sah zu Rachel und suchte Augenkontakt.

»Wir dürfen kein Aufsehen erregen, wir haben es nicht eilig. Würden wir uns beeilen oder plötzlich weg sein, würde das nur Misstrauen wecken. Um zehn heute Abend geht ein Zug nach London. Du versteckst dich hier so lange, Michael. Und heute Abend schleichst du dich runter zur Brücke. Die Dunkelheit wird dir helfen, wir warten im Zug auf dich. Mit allem, was wir brauchen.«

Alle schwiegen einen Moment und ließen Alexanders Worte sacken. Was er gesagt hatte, war richtig, weckte Hoffnung.

»Wer kümmert sich da drum?«, fragte Alexander und sah auf das Dokument in Michaels Hand.

»Ich«, sagte Rachel und streckte ihre Hand aus. Ein Blick zwischen ihr und Alexander. Worte, die niemand hören konnte: Rachel war jetzt ihre Schweiz. Neutraler Boden. Ein Ort, an dem man seine Wertgegenstände aufbewahren konnte, während man gegeneinander Krieg führte. Denn so war es. Es würde Krieg sein zwischen ihm und Alexander. Alexander hatte sich dafür entschieden, um jeden Preis seiner Strafe zu entgehen. Spürte Rachel den Betrug? Auf jeden Fall beugte sie sich zu Michael hinüber. »Bleib ruhig, Michael«, flüsterte sie in sein Ohr. »Ich verspreche dir, ich werde dich nicht zurücklassen.«

Michael sah sie an und spürte, wie seine Emotionen mit seinem Verstand rangen. Seine Gefühle sagten: Glaub ihr, Michael. Du kannst sie noch immer bekommen. Und sein Verstand, dass das alles niemals geschehen und er ein dummer Junge bleiben würde. Die Oberklasse zieht immer mit dem Sieg davon. Wie die Worte, die Robinson Crusoes Vater seinem Sohn mitgegeben hatte, als dieser losgesegelt war: Tu es nicht, greif nicht nach den Sternen, das geht schief, bleib in der Mitte, da liegt das größte Glück. Michael hätte darauf hören sollen, dann würde er jetzt gemeinsam mit seinem Vater im Hafenpub in Liverpool sitzen.

Natürlich, sein Rücken wäre dann etwas krummer, seine Hände rauer und voller Schwielen, sein Lachen heiser von Zigaretten und schlechter Luft. Aber er wäre unschuldig und würde ein gerechtes Leben leben. Er hätte niemals Alexanders Freundschaft suchen sollen und noch weniger Rachels Liebe.

9.

Rechtsmedizinisches Institut, Kopenhagen

Theodor Rantzau, der große alte Mann der Rechtsmedizin, blickte über den Rand seiner Aluminiumbrille. Das Gestell hatte exakt den gleichen metallischen Glanz wie der Obduktionstisch, über den er sich beugte.

»Meine Herren«, sagte er mit einem angedeuteten Nicken. »Einen Augenblick, bitte.«

Niels hielt sich im Hintergrund. Er überließ Sommersted und Herbert nur zu gerne die erste Reihe, während Rantzau und sein Assistent das Gehirn von Christian Paludan obduzierten. Niels schloss die Augen. Das hier war wirklich nicht seine Sache. Das war schon immer so gewesen. Er war nur mitgegangen, weil Sommersted ihn darum gebeten hatte. Aber hätte er überhaupt Nein sagen können? Einen Augenblick fragte er sich, inwieweit der Begriff »freier Wille« in Sommersteds Universum überhaupt existierte. Der Gedanke ging in die gleiche Richtung wie das Gefühl, das Niels immer weniger verdrängen konnte: dass er nämlich langsam, ganz langsam eingefangen wurde. Wie ein Fisch in einem riesigen, unüberschaubaren Netz. Er durfte sich jetzt wirklich unter keinen Umständen einbringen, wollte er morgen nach Südamerika fliegen. Vielleicht gelang es ihm ja, gar nichts zu sagen?

»Bin gleich so weit«, sagte Rantzau.

Niels riss sich zusammen. Es war nun wirklich nicht das erste Mal, dass er bei einer Obduktion anwesend war. Normalerweise setzte ihm der Gestank am meisten zu. Das Blut und die Eingeweide gaben einen fauligen Dunst von sich, der Kompost des Körpers, der einem noch lange danach in Nase und Kleidern hing. Aber dieses Mal war es anders. Paludan war ein Freund gewesen, und der lag jetzt hier auf dem Obduktionstisch im Rechtsmedizinischen Institut, die Gesichtshaut über den Schädel gezogen, das Gehirn entnommen und die Rippen gebrochen, sodass die Organe offen lagen. Luftröhre und Speiseröhre ragten wie Fühler eines riesigen Insekts in die Luft, und von der geöffneten Oberschenkelarterie zapfte der Assistent dem Oberarzt den letzten Tropfen Blut ab.

»Kommen Sie«, sagte Rantzau. »Sehen Sie das?«

Niels blickte Herbert über die Schulter.

»Beachten Sie das Zahnfleisch.« Der Rechtsmediziner leuchtete mit einer starken Lampe. »Hier kann man sehen, wie das Gift … also, es hat seinen Mund beinahe verbrannt. Den Rachen und die Mundhöhle. Und wenn Sie einen Blick auf die Zunge werfen …«

Niels atmete tief durch und starrte auf die inneren Organe, die Seite an Seite auf dem Metalltisch lagen. Die Zunge ließ Niels an einen toten Aal denken. »Geschwollen«, sagte der Rechtsmediziner und drückte mit einer Pinzette dagegen.

»Wie lautet die exakte Todesursache?«, fragte Herbert.

»Tod durch Ersticken infolge der Einnahme des Pflanzengifts Schierling«, sagte Rantzau und klang, als läse er aus dem Obduktionsbericht vor.

»Genauer gesagt, eine Lähmung der Atemmuskulatur mit nachfolgendem Ersticken. Das hat zwei bis drei Stunden gedauert. Und sollte ich das nicht schon gesagt haben: Der Tod durch

Schierlingssaft ist der schmerzhafteste und brutalste, den man sich vorstellen kann. Es ist, als würde man innerlich verbrennen.«

Rantzau machte eine kurze Pause, ehe er weiterredete:

»Der Schierling gehört zur Familie der Doldenblütler wie zum Beispiel der Bärenklau. *Conium maculatum*. Die todbringenden Eigenschaften rühren vor allem daher, dass die Pflanze zwei Piperidin-Alkaloide beinhaltet, nämlich Coniin und Gamma-Conicein, Giftstoffe, die im Magen-Darm-Trakt durch die Schleimhäute aufgenommen werden. Die Skelettmuskulatur wird durch eine neuromuskuläre Blockade langsam gelähmt, die Muskeln ziehen sich dadurch nicht mehr zusammen. Das Ganze ist eine Reaktion auf Impulse aus dem Nervensystem und führt letztlich zur Lähmung der Atemmuskulatur und dadurch zum Ersticken.«

»Und es gibt nichts, was auf Gewaltanwendung hindeutet?«, fragte der Leiter des Morddezernats. »Wurde er am Handgelenk festgehalten? Oder am Hals, an den Schultern?«

»Nichts«, sagte Rantzau. »Das sehen Sie ja selbst.«

Er hob einen Arm an und begutachtete das Handgelenk. »Keine Spuren auf der Haut, keine Schwellungen. Auch nicht weiter oben«, sagte Rantzau und studierte Oberarme und Schultern. »Nichts unter den Nägeln, weder Haut- noch Haarreste. Er ist ein großer Mann …« Rantzau machte eine kurze Pause, vielleicht weil ihm bewusst wurde, dass er plötzlich in der Gegenwart über ihn gesprochen hatte. »Es wäre kaum möglich, ihn zu fesseln, ohne Spuren zu hinterlassen. Mit anderen Worten, es deutet nichts darauf hin, dass er sich das Gift nicht selbst zugeführt hat. Freiwillig.«

»Kann das ein Irrtum gewesen sein?«, fragte Sommersted.

»Ein Irrtum?« Herbert konnte ihm nicht ganz folgen.

»Vielleicht dachte er, dass er etwas anderes trinkt. Was Gesundes.«

Der Rechtsmediziner nickte nachdenklich. »So etwas kommt immer häufiger vor. Nach dieser nordischen Welle, oder wie man das nennen soll. Die Leute rennen wie die Blöden in die Natur und machen aus allen möglichen Wildkräutern Salate. Dabei vergessen sie aber, dass die Natur lebensgefährlich ist. Vor ein paar Jahren«, sagte Rantzau und kam wieder ins Stocken. Ganz offensichtlich keine gute Erinnerung. »Eine thailändische Familie, zwei Erwachsene und zwei Kinder, haben in Dänemark Urlaub gemacht und für das Abendessen Pilze gesammelt.«

»Den Rest will ich gar nicht hören«, murmelte Sommersted.

»Nein, da sind Konserven wirklich besser«, konstatierte der Rechtsmediziner trocken. »Ravioli aus der Dose, produziert in einer Fabrik in Polen mit unzähligen E-Nummern auf dem Etikett und hundert Jahren Haltbarkeit.«

»Kann er irgendwie rumexperimentiert haben?« Sommersted klang so, als glaubte er selbst nicht daran. »Nur um keine Möglichkeiten auszuschließen. Kann er gedacht haben, dass es ein Gegengift gibt?«

»Unmöglich«, sagte Rantzau. »Der Mann war Arzt. Es gibt kein Gegengift, wenn man Schierlingssaft getrunken hat, das weiß jeder, der auch nur einen einzigen Blick in ein medizinisches Handbuch geworfen hat.«

»Rantzau?«

Es vergingen ein paar Sekunden, bis Niels klar wurde, dass der Assistent sich zu Wort gemeldet hatte. Er stand neben Paludans Gesicht. Oder dem, was davon noch übrig war. Haut, die wie eine Maske unter einer grellen Lampe lag.

Rantzau war gleich zur Stelle. »Ja?«

»Sehen Sie mal hier.«

Einen Augenblick vergaßen die beiden Rechtsmediziner, dass sie nicht allein waren. Niels sah ihnen an, dass sie mit Akribie und Feuereifer in ihrem Beruf aufgingen. Sommersted räusperte sich.

»Kann ich etwas mehr Licht haben?«, fragte Rantzau.

»Ist da was?« Sommersted trat näher.

»Wenn Sie mal hier schauen?« Rantzau redete, ohne den Kopf zu heben. »Auf diesem Stück Haut. Das ist der Mundwinkel.« Der Rechtsmediziner zog das Stück etwas in die Breite.

Niels hielt die Luft an, während er die elastische, lederartige Haut betrachtete, die einmal ein Teil des Gesichts seines Freundes gewesen war.

»Achten Sie auf die Farbe der Epidermis«, sagte Rantzau. »Die ist eine Spur blasser und zeigt eine leichte Schwellung. Und die gleiche Charakteristik finden wir hier an der Augenhöhle und am Ohr. Ja, sogar bis zum Ohr.«

»Und was bedeutet das?« Sommersted war nicht gerade bekannt für seine Geduld.

»Stellen Sie sich mal einen Einjährigen vor«, sagte Rantzau und hob den Kopf, »der gerade gelernt hat, ohne fremde Hilfe zu trinken. Ein Großteil der Milch landet im Gesicht, in den Mund kommt am wenigsten. Das gleiche Phänomen haben wir hier.«

»Sie wollen sagen, dass ihm das jemand in den Mund geschüttet hat?«, fragte Niels.

»Sieht so aus, ja.«

»Aber warum gibt es dann keine Anzeichen von körperlicher Gewalteinwirkung?« Herbert warf Sommersted einen raschen Blick zu, als hätte er eine Frage gestellt, die ihm nicht zustand.

»Und warum hat er nicht die Polizei gerufen?«, fragte Niels. »Wenn es Stunden dauert, bis der Tod eintritt.«

Rantzau nahm mit einer ruhigen Bewegung seine Brille ab und machte eine ausholende Geste, als wollte er sagen, dass es nun wirklich nicht seine Aufgabe sei, darauf zu antworten.

10.

Oxford, 1939

Allein – Michael hatte sich nie so einsam gefühlt wie in dem Moment, als die beiden gegangen waren und er nur in Gesellschaft einer Maus, die an der Treppe hin und her lief, auf dem Dachboden der alten Scheune hockte. Er hatte nur seine Gedanken. An Rachel. Er vermisste sie schon jetzt und hatte ein schlechtes Gewissen, weil er Alexanders Vorschlag nicht befolgt hatte. Warum hatte er sich nicht gestellt und alle Schuld auf sich genommen? Vielleicht wäre das wirklich die beste Lösung gewesen. Er würde ohnehin nie wieder glücklich werden, und Rachel würde er auch nicht bekommen, ihre Gefühle waren rein freundschaftlich. Da war er sich sicher. Außerdem würde die Familie, aus der sie kam, und vor allem ihr Vater, niemals akzeptieren, dass ein Mann wie Michael seine Tochter heiratete. Warum also Rachel alles nehmen? All die Möglichkeiten, die ihm nicht offenstanden. Michael kannte die Antwort ganz genau, und er war nicht stolz darauf. Wenn er sie nicht bekommen konnte, sollte keiner sie bekommen, so einfach war das.

Die Sonne schien, er schwitzte und hatte Durst. Trotzdem versuchte er, positiv zu denken. Die Chancen zu sehen, so aussichtslos sie auch waren. Vielleicht glückte ihr Plan ja doch? Vielleicht schafften sie es bis in die Bank und konnten das Dokument einschließen. In einer Sache hatte Alexander recht: Die Zeit sprach für sie, Europa war auf dem Weg in einen Krieg, und der würde noch schrecklicher werden als der letzte. Europa würde daran zugrunde gehen, Millionen von Menschen würden sterben, Familien würden auseinandergerissen werden und Menschen verschwinden. Und nach den Verschwundenen würde niemand suchen. Nicht in diesem Chaos. Vielleicht würde es ihnen wirklich gelingen unterzutauchen. Einen neuen Ort zu finden und noch einmal von vorne anzufangen. Vielleicht war der Krieg ihre Rettung, ermöglichte ihnen neue Identitäten. In nicht allzu ferner Zeit würden zahllose Menschen auf der Flucht sein, vertrieben. Und als Flüchtlinge wären Rachel und Michael gleichgestellt, nicht mehr getrennt durch Geld und Gesellschaftsschicht. Vielleicht konnte Rachel so doch noch die Seine werden? Vorausgesetzt, Alexander kam ihm nicht in die Quere, indem er ihm die Schuld in die Schuhe schob und sie überredete, sich gemeinsam mit ihm gegen Michael zu stellen. Aber würde er damit durchkommen?

Ein Auto näherte sich und hielt an. Michael sah durch einen Spalt nach draußen. Ein Streifenwagen mit vier Beamten. Michael hörte die Türen schlagen und sah die Männer zum Hof gehen. Hatte der alte Bauer sie gesehen? Oder – war das alles ganz anders?, dachte Michael mit einem Mal. Hatte Alexander ihn verraten? Ihm zusammen mit Rachel den Todesstoß versetzt? Michael spähte wieder nach draußen. In wenigen Minuten würden sie bei ihm sein, das Scheunentor öffnen, die Leiter finden und nach oben gehen, vielleicht nur zwei von ihnen, während die anderen unten blieben. Die Heuballen boten nicht genug Schutz, sodass sie ihn finden mussten, und dann wäre alles vorbei.

In Panik kletterte Michael nach unten. Wollte durch den Hinterausgang in den Wald. Der Fensterrahmen war verrottet, ein Riss zog sich durch das Glas. Als Michael auf eine alte Holzkiste kletterte und das Fenster entriegelte, hörte er draußen Stimmen. Ihm blieben nur wenige Sekunden. Er stieß sich ab, stemmte den Fuß auf eine Unebenheit in der Wand und drückte sich hoch. Dann sprang er, den Kopf voraus, als wäre unter ihm Wasser und kein trockenes Gras und harter Boden. Der Aufprall war hart, aber die Schmerzen in seinem Herzen waren stärker. Die Trauer. Rachel. Warum überhaupt fliehen? Warum in den Wald? Was brachte das noch, wenn Rachel und Alexander sich gegen ihn gewandt hatten?

11.

Islands Brygge, Kopenhagen

Der Briefschlitz klapperte, gefolgt von einem Brief oder Päckchen, das eingeworfen wurde und über den Boden glitt. Heute blieb dieses Geräusch aus, stattdessen tönte ein leises Pling – you've got mail.

Niels nahm sein Handy und öffnete seinen E-Mail-Account. Die Kleinen schliefen. Ein seltenes Mal weinte niemand im Haus. Hannah war noch im Bad, sie machte sich für das Essen schick. Die Mail war von Herbert. Wichtig. Aufnahmen aus dem Trakt. Im Betreff stand: Der Augenblick von Paludans Tod.

Hannahs Stimme aus dem Badezimmer: »Ist Susanne schon da?«

»Lass dir Zeit«, sagte Niels. Er klickte das erste der drei Videos an. Schwarz-Weiß. Es dauerte eine Weile, bis die Bilder geladen waren. Niels warf Hannah einen Blick zu, die nackt aus dem Badezimmer ins Schlafzimmer lief. Sie war schamhaft geworden. Früher war das anders gewesen. Bestimmt hing das auch mit ihrer Verliebtheit zusammen, dachte Niels. Wieder ein Blick aufs Telefon. Er wollte nicht aufgeben, diesen Entschluss hatte er bereits gefasst, was für Aufnahmen Herbert ihm auch geschickt hatte. Er musste mit nach Chile und um seine Liebe kämpfen. Das war das einzig Richtige. Außerdem war diese Reise über ein halbes Jahr lang geplant worden. Die Anden – die Atacamawüste –

der gute chilenische Cabernet Sauvignon. In Chile machten sie Wein, den dänische Polizisten sich leisten konnten. Niels wollte das ansprechen, wollte dem ersten chilenischen Weinbauern, den er traf, persönlich dafür danken, dass sie soliden Wein produzierten, der auch für dänische Portemonnaies erschwinglich war. Außerdem übernahm das Institut einen Großteil der Reisekosten. Die Fahrt nach Chile war richtig – auch wenn er an das letzte Gespräch mit Paludan dachte, nachdem seine lange Therapie endlich abgeschlossen war. »Du hast mir das Leben gerettet«, hatte Niels gesagt, und Paludan hatte lächelnd erwidert: »Vielleicht kannst du mir mal meins retten, wer weiß?« Das waren die letzten Worte gewesen, die sie gewechselt hatten. *Vielleicht kannst du mir mal meins retten.* Aber so war es nicht gekommen, Niels hatte ihn nicht retten können. Und jetzt musste er etwas anderes retten: seine Ehe.

Hannah war wieder im Badezimmer, er hörte das Wasser laufen. Das Kindermädchen hätte schon vor zehn Minuten kommen sollen. Die Kleinen schliefen, und weder Niels noch Hannah hatten Bedenken, ihre Kinder der jungen Susanne zu überlassen. Aus irgendeinem Grund waren sie am ruhigsten, wenn Susanne oder Hannahs Mutter auf sie aufpasste. Spürten die kleinen Wesen die Unruhe zwischen Mutter und Vater? War ihre angeschlagene Liebe der Grund für das ständige Bauchweh der Kleinen? Wenn der Bruder schrie, lag seine Schwester mit großen bewundernden Augen daneben und betrachtete ihren Zwilling. Und wenn er endlich fertig war, begann sie zu schreien, und dann war er es, der sie bewunderte.

Endlich hatte Niels' Handy das Video geladen, und er drückte auf Play. Dunkelheit, irgendwo im Trakt. Die Kamera schien in der oberen linken Ecke einer Zelle platziert zu sein, der ganze Raum war zu sehen. Nightvision, grünliche Farben, monochrom. Niels hatte keine Ahnung, wessen Zelle es war, bis der Mann plötzlich aus seinem Stuhl aufstand. Es musste der Portugiese sein. Salomon Gašpar. Er war muskulös, athletisch, neigte den Kopf leicht nach vorn. Es gab kein Bett in der Zelle. Er ging langsam und bedächtig durch den Raum. Irgendwie hatte Niels etwas anderes erwartet. Aber was? Einen Verrückten, der planlos hin und her tigerte? Herbert hatte gesagt, dass der Portugiese nie schlief. Ein Nachtportier oder Hoteldirektor, jemand, der über die anderen wachte.

Gašpar trat an das kleine Fenster der Zelle. Niels blickte auf die Uhr unten in der Ecke. 22.34 Uhr. Plötzlich sah der Patient nach rechts aus dem Fenster. Als hätte er dort etwas entdeckt. Aber was? Niels klickte das zweite Video an.

»Bist du so weit?«

Niels hob den Kopf. Die Stimme von Hannah.

***

Warmer Regen fiel auf die Hauptstadt. Sie stiegen aus dem Taxi und mussten das letzte Stück laufen. Das Restaurant war ein kleines Stückchen Indien inmitten von Kopenhagen. Niels war schon oft dort gewesen. Vor Jahren, als er noch nicht reisen konnte, hatte er immer Restaurants besucht, die authentisch wirkten. Auf diese Weise konnte er wenigstens ein bisschen von seinem Fernweh kurieren. Italienische Restaurants mit Chiantiflaschen unter der Decke, französische Bistros mit Edith-Piaf-Musik oder eben indische Restaurants mit Räucherstäbchen, Sitarmusik und geschnitzten Elefanten im Eingangsbereich.

Niels legte das Telefon vor sich auf den Tisch und versteckte es diskret unter dem Tellerrand.

»Butter Chicken«, sagte Hannah und wischte sich den Regen von der Stirn. »Wär das was?«

»Vielleicht«, sagte Niels und hörte Hannah ein paar andere Gerichte vorschlagen: Shahi Korma, Tikka Masala, während er auf sein Telefon schielte und Play drückte. Der gleiche Zeitpunkt: 22.34 Uhr. Ebenfalls eine Zelle. Sie war der anderen zum Verwechseln ähnlich, nur dass in dieser ein Bett stand. Und dass ein anderer Mann aufwachte. Er war kleiner, schmächtig, mit dünnem halblangen Haar. *Die Schere.* Aber durch seinen Körper ging der gleiche Ruck, als er aufstand und ans Fenster trat. Er starrte lange nach draußen. Die gleiche abrupte Bewegung mit dem Kopf, nach rechts, als würde er etwas entdecken. Aber was?, fragte Niels sich. War das wirklich eine Spur, wie Herbert meinte? Ergab es Sinn, das Vertrauen dieser Verrückten zu gewinnen? Wussten sie wirklich etwas?

»Das ist bestimmt Lamm«, sagte Hannah laut zu sich selbst, ohne den Kopf zu heben. »Ziemlich scharf, das wäre wohl eher was?«

»Warum nicht«, antwortete Niels abwesend und lud das dritte Video. Das schlechte Gewissen meldete sich. Sie waren nicht gerade oft gemeinsam aus, und trotzdem sah er sich das Video aus dem Hochsicherheitsgefängnis an. Aber es war das letzte und würde nur einen Augenblick dauern.

»Kann ich mir gut vorstellen«, sagte Hannah.

»Ich auch«, murmelte Niels, während die dritte Aufnahme begann. Das gleiche grünliche Dunkel. Eine Wand? Eine Mauer? Jetzt verstand er: Das war das Video vom Gefängnishof. Es zeigte, was der Portugiese und der andere Insasse gesehen hatten. Aber … da war nichts. Hannah rief die Bedienung.

»Niels?«

»Entschuldigung.«

»Was guckst du dir denn da an?«

»Nur Arbeit.«

»Butter Chicken?«

»Was? Ja, das ist gut«, sagte Niels und hörte Hannah nach einem Fähnchen fragen.

»Kümmerst du dich um den Wein?«, fragte sie.

»Natürlich«, sagte Niels und nahm die Weinkarte, ohne das Display aus den Augen zu lassen. 22.34 Uhr. Die gleiche Zeit. Ein leerer Gefängnishof, von einer hohen, schwarzen Mauer umgeben. Steinplatten, ein Bereich mit Rasen und ein paar Bänken. Und noch etwas: Ein Basketballkorb? Ansonsten war da nichts. *Nichts*. Hatten die beiden wirklich nur ins Dunkel gestarrt? Aber warum wirkten sie dann so gebannt? Zwei Patienten, die exakt zu der Zeit, als in einer anderen Abteilung ein Arzt umgebracht wurde, geradezu aufschraken, ans Fenster traten und auf den Gefängnishof starrten. Ergab das Sinn?

»Haben Sie gewählt?« Die Bedienung hielt die Weinkarte in der Hand. Eine kleine, dänische Flagge stand auf dem Tisch. Hannah versuchte, die Flagge zu hissen, sie stand fast auf halbmast.

»Haben Sie noch eine andere?«, fragte sie.

Niels hörte Hannah mit der Bedienung reden, es ging um den Wein und die Flagge, während er noch immer auf den leeren Gefängnishof starrte und an die beiden Insassen dachte, die ins Nichts starrten. Was hatten sie gesehen, als Paludan ermordet wurde?

»Niels?«

Niels sah von seinem Telefon auf. In seinem Glas war Wein. Hannah hatte den Versuch, das kleine Fähnchen zu hissen, aufgegeben. Das kleine Stück Stoff hing noch immer irgendwo zwischen Leben und Tod.

»Sollen wir probieren?«, fragte Niels und schaltete das Handy aus. Nähe. Hannah. Er musste etwas sagen, aber sie kam ihm zuvor.

»Du hast übrigens diese *Operation Hamlet* im Auto vergessen«, sagte Hannah und nippte am Wein. »Ich habe den Bericht mit ins Büro genommen und ein bisschen darin geblättert.« Sie nickte der Bedienung zu. »Was meinst du, Niels?«

»Sehr gut«, sagte Niels. »Wunderbar.«

»Mir kam da so ein Gedanke«, sagte Hannah, während die Bedienung ihre Gläser füllte. »Als ich die Akte gelesen … sie durchgeblättert habe. Rein zufällig.«

»Was?« Niels rückte ein bisschen weiter in ihre Richtung, er fürchtete, sie wegen der Musik nicht zu verstehen.

»Dieser Abend. Die Nacht auf Montag.«

»Was ist damit?«

»Da stand der Mond im Perigäum.«

»Okay«, sagte Niels und sah wieder die Aufnahmen vor sich. Den Mann, die Schere, das dünne, weiße Haar.

»Weißt du, was das bedeutet?«, fragte Hannah.

Niels sah sie an und kam sich dumm vor.

»Das ist der Punkt auf der elliptischen Bahn des Mondes, der dem Zentrum der Erde am nächsten ist. Der entgegengesetzte Punkt heißt Apogäum«, erklärte Hannah. »Steht der Mond im Perigäum, wirkt er größer als die Sonne und leuchtet sehr hell.«

»Und was hat das damit zu tun?«, fragte Niels und versuchte, verlorenes Terrain zurückzuerobern.

»356 896 Kilometer bis zum Mond«, sagte Hannah und hob die Stimme ein klein wenig, vielleicht weil sie merkte, dass Niels nicht ganz bei der Sache war. »Ich habe mir ein paar Gedanken darüber gemacht.«

»Was hast du dir gedacht, Hannah?«, fragte Niels.

»Es ist schon seltsam, dass ein Mann in einer Irrenanstalt ausgerechnet in dieser Nacht ermordet wird. Vielleicht Mondsucht. Das könnte doch sein, oder?«

»Hannah«, sagte Niels müde.

»Das könnte doch zusammenhängen.«

»Ja, wenn man nach einem Zusammenhang sucht. Wenn man Zusammenhänge sucht, nach denen sonst niemand sucht«, sagte Niels und lehnte sich zurück. Er konnte seinen Unmut kaum verbergen.

»Vielleicht gibt es da einen Zusammenhang«, sagte sie und sah enttäuscht aus. »Aber dafür müsstest du mir zuhören.«

Sie waren in weniger als dreißig Sekunden zum Kern ihres Problems gelangt. Das schaffen nur Menschen, die sich seit Jahren nah waren. Jedes noch so kleine Detail konnte dann mit den Problemen ihrer Beziehung zu tun haben. Ein Gespräch über die Einkaufsliste, das Wetter oder über einen Mord und den Mond. Trotzdem ging es plötzlich um sie. Um Hannah, die sich nicht verstanden fühlte. Und um Niels, der sich überflüssig vorkam, ungeliebt. Niels ließ seinen Blick auf dem Aquarium an der Wand des Restaurants ruhen. Auf den schmalen, orangen Fischen, die in hypnotisch langsamen Bewegungen dicht hinter der Scheibe entlangschwammen, als suchten sie die ganze Zeit nach einem Ausweg. *Eingesperrt.* Irgendwie musste Niels beim Anblick der Fische an die Patienten im Hochsicherheitstrakt denken. An den Portugiesen und den anderen Insassen. Irgendetwas an diesem Fall ließ ihn nicht los. War es das Versprechen, das er Paludan gegeben, dann aber nicht gehalten hatte? Oder war es etwas ganz anderes? Niels verstand nicht, was ihn plötzlich zu der Entscheidung brachte, die er fällte. Aber er kannte die Konsequenzen – und wusste genau, dass sie unüberschaubar waren. Hannahs Telefon gab unten in der Tasche einen Laut von sich. Dieser Ton … Ihr hastiger Blick in Richtung Tasche. Das schwache Erröten. Jetzt wusste er es. Jetzt verstand er, woher seine Entscheidung kam. *Mathias.* »Ich habe nachgedacht«, sagte Niels und entschied sich dafür, nicht weiter über seine Worte nachzudenken.

»Diese Einleitung hat mir schon immer Angst gemacht«, sagte Hannah und sah ihm in die Augen.

»Ich gehe da rein. Ins Sikringen. Ich mache das, worum Sommersted mich gebeten hat. Das fühlt sich irgendwie richtig an. Ich muss das tun. Ich schulde Paludan das.«

Hannah senkte den Blick, rang sich ein künstliches Lächeln ab und flüsterte: *»Operation Hamlet.«*

Eine Weile schwiegen beide. Als wollten sie diesen beiden Worten Raum geben, sich zu entfalten. *Operation.* Einen Eingriff durchführen. *Hamlet.* Der dänische Königssohn, der den Wahnsinnigen spielen muss, um zu überleben und herauszufinden, wer seinen Vater, den König, umgebracht hat. Aber was ist mit Ophelia? Sie konnte es nicht ertragen, ihren Hamlet an die Mondsucht zu verlieren, und ist ins Wasser gegangen. Würde Hannah für Niels ins Wasser gehen? Oder in die Arme eines deutschen Astrophysikers?

»Auch für uns. Für dich«, sagte Niels. »Es ist nur eine Woche. Vielleicht ein bisschen mehr. Ich fahre nicht mit nach Chile. Du brauchst diese Zeit ohne mich.«

»Brauche ich die?«

»Du musst über uns nachdenken. Über mich. Über dich.« Er sah auf ihre Tasche und ertappte sich dabei, auf ein Klingeln ihres Telefons zu hoffen und darauf, dass der andere am Apparat war, der Deutsche. Sollte er doch anrufen, dachte Niels. Ein Teil des Gesprächs werden, es ging doch sowieso um ihn. Dann könnte dieser Mann Hannah auch alles erklären, ihr sagen, dass er sie liebte und sie ihren todlangweiligen Polizisten, der nicht mehr konnte als das kleine Einmaleins, verlassen und sich jemand suchen sollte, mit dem sie über das reden konnte, was sie wirklich beschäftigte. »Und wenn ich wieder rauskomme«, sagte er und suchte nach Worten, »und du aus Chile zurück bist, musst du deine Entscheidung gefällt haben. Er oder ich.«

Das war's, das Desaster nahm seinen Lauf. Niels spürte es, sah es ihr an. Irgendetwas in ihr brach zusammen. Sie schwieg. Eine stumme Katastrophe. Worte, die zurückgehalten, Gedanken und Gefühle, die nicht laut ausgesprochen wurden, waren die schlimmsten. Warum sagte sie nichts? Warum warf sie den Tisch nicht um? Beschimpfte ihn, schrie ihn an, dass der andere eine Fata Morgana sei und nur in Niels' Kopf existierte? Aber all das passierte nicht. Nur ein kurzes Nicken. Resigniert. Traurige Augen.

Dann stand sie auf. Er wollte das Gleiche tun, aber er konnte nicht, fühlte sich bleischwer, irgendetwas hielt ihn zurück.

»Herzlichen Glückwunsch zum Geburtstag«, flüsterte sie. Niels sah noch, wie Hannah das Restaurant verließ, als die Bedienung auftauchte und sich erkundigte, ob mit dem Wein etwas nicht stimmte. Er schüttelte den Kopf, nahm sein Telefon, wollte Hannah schreiben, dass sie zurückkommen sollte, dass er sie liebte. Als er mit seiner SMS fertig war, las er sie mehrmals durch, bevor er sie schickte: *Sommersted. Ich mache das. Leon soll die Aktion leiten.* Tief durchatmen. Abschicken.

12.

Oxford, 1939

»Wir wissen, dass du da bist, Junge«, rief der Einsatzleiter, damit Michael sich zu erkennen gab. Dreimal. *Give up, lad.* Und jedes Mal hatten die Hunde gebellt. Auch sie wussten, dass Michael sich irgendwo zwischen den Bäumen versteckte. Michael war sich inzwischen fast sicher, dass Rachel ihn verraten hatte.

Bleib in Bewegung, dachte Michael. Er wusste, dass er auf keinen Fall irgendwo untätig verharren durfte.

»Gib auf, Junge!«, ertönte wieder die Stimme. Sie klang barsch und auch ein bisschen herablassend. Michael hasste es, Junge genannt zu werden. Das durfte nur sein Vater. Zum Glück war die Stimme aber noch ein gutes Stück entfernt. Und mit ihr die Hunde. Aber sie waren hinter ihm und zwangen ihn, noch schneller zu werden. Wie viele konnten es sein, und wie weit entfernt waren sie wirklich? Michael rannte weiter und versuchte, so wenig wie möglich nachzudenken. Stattdessen konzentrierte er sich darauf, einen Fuß vor den anderen zu setzen, Luft zu holen und nicht hinzufallen. Er durfte jetzt nicht an seine Mutter denken, nicht daran, wie sie in der Küche stand, wenn die Polizei kam und ihr alles über Michael erzählte. Dass er nicht mehr ihr Michael war, sondern dass sein Körper ins Gefängnis in Dartmoor sollte und seine Seele längst dem Teufel übergeben war.

»Es wird gleich dunkel«, rief sein Verfolger.

Michael wusste, dass sie ihn mürbe machen und ihm Angst einjagen wollten.

Außerdem war die Dunkelheit längst da. Die Dämmerung war plötzlich und ohne Vorwarnung über sie hereingebrochen. Und schon bald würde er nicht mal mehr den Waldboden erkennen.

»Komm schon, Junge!«

Michael stieg in den dunkelgrünen moorigen Bach und spürte das Wasser durch seine Schuhe dringen, aber er blieb im Wasser, schließlich wusste er, dass Hunde dann sehr viel schneller die Fährte verloren. Er watete fünfzig Meter durch den Bach, der Sommer hatte ihn fast ausgetrocknet. Dann kletterte er auf der anderen Seite wieder über die Böschung nach oben. Weiter unten konnte er das Badehaus ausmachen. Wenn er die Gegend nur besser kennen würde! Dann wüsste er auch, wo er sich verstecken könnte. Bis gestern hatte Oxford, sein Oxford, nur aus der Fakultät und der Gegend rund um die Colleges bestanden. Alles andere, die Wälder ringsherum, die Moore, Bäche und Flüsse, hatte ihn nicht interessiert.

Die Stimmen hinter ihm klangen beinahe fröhlich, wie eine Jagdgesellschaft. Besonders die eine. *Give yourself up, lad.* Er spürte abgrundtiefen Hass und überlegte einen Moment, sich zu verstecken, auf sie zu warten und wenigstens diesen einen mit in den Tod zu reißen. Diesen Kerl, der ihn immer wieder rief. Andererseits …, nein, wenn er jemanden mit in den Abgrund reißen musste, dann Alexander. Und Rachel, wie er sie in diesem Moment doch hasste. Sollte er versuchen, allein zu entkommen? Auf den Kontinent, um sich dort im Schutz des neuen Weltkriegs zu verstecken?

Wie spät war es? Der Zug fuhr um 22 Uhr. Michael wusste nicht, wann genau er Folsons Scheune verlassen hatte, aber er rannte jetzt sicher schon seit Stunden. Er hatte darauf geachtet, sich nicht zu weit von der Stadt zu entfernen, war im Kreis gelaufen, damit er die Brücke noch finden konnte, an der er auf den rettenden Zug aufspringen wollte.

Die Stimmen entfernten sich jetzt in die andere Richtung. Sie waren irgendwo rechts von ihm, zumindest klang es so. Er blieb stehen, brauchte eine Pause, seine Lunge brannte. Plötzlich kam ihm ein neuer Gedanke: Wenn Rachel und Alexander ihn verraten hatten, hatten sie die Polizei bestimmt auch in ihren Plan eingeweiht! Dann wussten sie, dass er auf den Zug nach London aufspringen wollte.

Die Männer und Hunde waren jetzt weit weg. Er wollte gerade weitergehen, als ihn ein Lichtstrahl einfing. Die Helligkeit blendete. Er wollte laufen, hörte dann aber das Geräusch eines Gewehrs, das durchgeladen wurde.

»Es ist vorbei, Junge.«

Das war das Ende, Michael war hinters Licht geführt worden und begriff mit einem Mal auch, warum sie die ganze Zeit so gerufen hatten: Sie wollten ihn in Sicherheit wiegen, ihn glauben lassen, die Jäger wären in der falschen Richtung unterwegs. Wie ein Tier auf der Treibjagd war er ihnen in die Falle gegangen.

13.

Nordsjælland

An diesem Abend würde es geschehen. In wenigen Stunden sollte Niels ins Sikringen kommen. Sie durften nicht noch mehr Zeit verlieren, denn es war wie bei allen Ermittlungen – je mehr Zeit verging, desto schwieriger wurde die Lösung des Falls. Er hatte noch ein paar Stunden, um sich vorzubereiten, und sollte noch einen Psychiater treffen, damit er leichter in seine Rolle als Verrückter fand. Niels fühlte sich seltsam klar. War bereit, fixiert zu werden, betäubt, um die Schmerzen nicht zu spüren. Hannahs Mutter war am Abend angekommen. Niels hatte auf dem Sofa geschlafen, Hannah neben ihrer Mutter im Schlafzimmer. Kein Wort darüber, dass Niels nicht mit nach Chile kam. Das hatten sie in den wenigen Sekunden besprochen, die ihre Mutter vom Klingeln bis hinauf in die Wohnung gebraucht hatte.

»Wir sagen ihr nichts«, hatte Hannah gesagt.

»Okay.«

»Wir fahren morgen früh einfach zusammen los«, hatte sie noch hinzugefügt, als Niels schon die Schritte seiner Schwiegermutter gehört hatte.

»Wie meinst du das?«, hatte er gefragt und irgendwie gehofft, dass sie mit ihm fahren wollte, sich bereits entschieden hatte, für ihn, Niels. Dass alles ein Missverständnis war und sie ihn liebte. Und dass sie ihn bitten würde, sie zu begleiten und den Weinbauern für den erschwinglichen Wein zu danken, wie Niels es vorgehabt hatte. Aber Hannah hatte etwas anderes gemeint. Sie wollte mit ihm gemeinsam die Wohnung verlassen, um die Fassade zu wahren. Danach konnte er sich, blöd, wie er war, einliefern lassen, während Hannah sich neben Mathias setzte und sich von den Passatwinden über den Atlantik tragen ließ.

Und tatsächlich, genau so war es abgelaufen. Hannah und Niels waren gemeinsam durch die Tür gegangen, jeder einen Koffer in der Hand. Sie hatten Hannahs Mutter im Glauben gelassen, alles sei in Ordnung. Niels hatte gedacht, wie gestört das alles war. Dass Fassaden doch verrückt seien, verrückter als Menschen, die auf offener Straße die Fassung verloren und ihre Ehepartner anschrien, dass sie sie einfach lieben müssten, von jetzt an bis in alle Ewigkeit. Aber weder Niels noch Hannah hatten das getan, als sie unten vor dem Haus gestanden hatten. »Okay, dann…«, hatte Hannah gesagt, während Niels geschwiegen und ihr hinterhergeschaut hatte, als sie mit dem Taxi davongefahren war.

Niels war nun auf dem Weg, um Christian Paludans Familie zu treffen. Er hatte selbst auf dieser Begegnung bestanden. Wollte er den Fall lösen, musste er die Menschen dahinter spüren. Der verstorbene Psychiater war mehrmals verheiratet gewesen und hatte drei oder vier Kinder, mehr wusste Niels nicht. Nicht weil Paludan verschlossener war als andere Menschen, sondern weil ihre Gespräche sich immer um andere Dinge gedreht hatten. Paludans junge Witwe war mehr als ein Mal auf der Polizeiwache befragt worden, bis es zu viel für sie geworden war.

Niels fuhr an der Küste entlang nach Norden und sah die Strände breiter und die Häuser größer werden. Es gab ihm immer ein seltsames Gefühl, die Stadt in dieser Richtung zu verlassen, die Menschen hier lebten in einer anderen Welt als im Rest des Landes. Er war schon oft in diesem Reservat gewesen, um

Männer zu retten, die alles Geld verloren hatten und deshalb sich und ihrer Umwelt schlimme Dinge antun wollten. Niels hatte dadurch eine typisch dänische Einstellung zum Thema Geld bekommen: kleine Geldbörse, kleine Probleme, große Geldbörse, große Probleme.

Das Telefon klingelte. Das Präsidium.

»Bentzon.«

»Kannst du reden?«

Niels erkannte die Stimme. Nasal, fokussiert, fast militärisch. Hans Herbert.

»Augenblick«, sagte Niels und fuhr an den Straßenrand.

»Bentzon?«

»Alles klar«, sagte Niels, stieg aus und ging die wenigen Schritte zu dem Steinwall, der Dänemark vor dem Øresund schützte.

»Wir haben eine neue Analyse von dem Glas machen lassen«, sagte Herbert.

»Ich bin Unterhändler«, sagte Niels. »Ich kenne mich damit nicht aus. Worauf genau willst du hinaus?«

»Ich rede von dem Glas mit Schierlingssaft, das in Paludans Büro gefunden worden ist.«

»Okay, ich kann dir folgen.« Niels setzte sich auf den Steinwall und blickte über das Meer. Heute war es ruhig, glatt.

»Wie du sicher noch weißt, haben wir die Fingerabdrücke von dem Arzt darauf gefunden«, sagte Herbert. »Aber wir haben das trotzdem noch genauer untersuchen lassen, ich meine, wir haben die Fingerabdrücke als solche analysieren lassen. Man spricht dabei von einer anatomischen Analyse. So weit verstanden, Bentzon?«

»Ich glaube schon.«

»Hast du ein Glas oder eine Tasse vor dir?«

»Nein, doch, kleinen Moment.« Niels suchte das Ufer zwischen den Steinen ab und fand eine PET-Flasche. »Bin gleich so weit.«

Niels legte das Telefon weg und kletterte über die Steine in Richtung Wasser. Er musste unweigerlich an seine Kindheit denken. Er war sieben und im Sommer immer barfuß über die Steine geklettert, während seine Mutter auf dem Asphaltweg gelaufen war. Kamen zurzeit so viele Erinnerungen hoch, weil er im Begriff war, Hannah zu verlieren? Seine Sicherheit?

»Geht auch eine Colaflasche?«, fragte Niels, als er wieder oben war.

»Leg mal die Finger drum, so als wolltest du sie ansetzen und trinken.«

»Yes.«

»Wie hältst du sie? Mit welchen Fingergliedern?«

»Mit den äußeren.«

»Genau«, sagte Herbert. »Ein Erwachsener nimmt die Fingerkuppen, um einen Becher, ein Glas oder eine Flasche zu halten. Nur kleine Kinder halten sie mit der ganzen Hand.«

»Okay.«

»Aber achte auch noch auf eine andere Sache«, sagte Herbert.

Niels sah sich um. Ein junges Pärchen ging hinter ihm vorbei. Die Frau starrte Niels und die dreckige Flasche an. »… wenn du die Flasche mit den Fingerkuppen hältst«, fuhr Herbert fort, »nutzt du den obersten Teil der Fingerkuppe oder den unteren?«

Niels betrachtete seine Hand. Er wusste inzwischen, worauf Herbert hinauswollte: »Der meiste Druck liegt sicher auf dem oberen Bereich.«

»Genau«, sagte Herbert. »Aber Paludans Abdrücke sind anders platziert. Halb auf dem ersten Glied, halb auf dem zweiten, der Druck genau dazwischen.«

»Und was bedeutet das?«

»So gesehen erst einmal nur, dass es eigentlich keinen gibt, der Gläser so hält. Deshalb könnte man daraus schließen, dass …«

Niels sah zum Horizont. Durch den Wärmedunst war die schwedische Küste zu erkennen. Kleine weiße Wellen brachen aus der blauen Wasserfläche und verschwanden wieder … »… es jemand so aussehen lassen wollte, als hätte Paludan aus dem Glas getrunken. Oder anders ausgedrückt: dass jemand die Hand des toten Psychiaters genommen und sie gegen das Glas gedrückt hat.« Herbert klang euphorisch, als er zum Schluss kam. »Und das bedeutet, dass jetzt alle Zweifel aus dem Weg geräumt sind. Das kleine Selbst, das man manchmal vor das Wort Mord setzt, hat in diesem Rätsel keinerlei Daseinsberechtigung. Das solltest du wissen, wenn du in wenigen Augenblicken seine Witwe triffst. Im Moment ist jeder verdächtig.«

Dronningmølle

Niels fiel sofort der unordentliche Vorgarten auf. Er zählte ganze zwölf Fahrräder in dem schwarzen Schuppen neben der Einfahrt, und hinten im Garten standen ein aufblasbares Planschbecken und ein rostiger Kugelgrill. Außerdem jede Menge Brennholz, der Großteil war ordentlich gestapelt, der Rest lag auf einem großen Haufen. Niels wunderte sich. Er hätte nie gedacht, dass Paludan solche Dinge wichtig waren. Aber vermutlich kannte er ihn doch nicht so gut, wie er geglaubt hatte.

Niels atmete tief durch, wartete ein paar Sekunden vor der Tür, dann klopfte er an.

Die Frau hinter dem matten Türglas wirkte niedergeschlagen. Die Trauer schien sie in die Knie zu zwingen. Als sie die Tür öffnete, sah Niels, dass sie noch jünger war, als er erwartet hatte. Schwarze, glatte, schulterlange Haare, grüne Augen, dezente Silberohrringe, zwei Ringe am Finger, einer mit einem roten Stein. Paludan hatte Geschmack, die Frau war schön, voller Anmut, wenn sie nach Niels' Dafürhalten auch etwas zu dünn war.

»Ja?«

Niels stellte sich vor und hätte gerne gesagt, dass er Paludan kannte, aber so weit kam er nicht. Im Mittelpunkt standen die Worte »Polizei« und »Ermittlung«.

»Wir haben doch schon mit Ihnen gesprochen.« Paludans Witwe sah ihn müde an, ihre Hand ruhte noch immer auf der Klinke.

»Wir haben inzwischen den berechtigten Verdacht, dass Ihr Mann ermordet worden ist«, sagte Niels. »Darf ich reinkommen?«

Paludan wohnte so, wie Niels sich das immer gewünscht hatte: solide, unkaputtbar, an einem Ort mit einer eigenen Geschichte. Er brauchte nicht notwendigerweise Paludans teure Möbel oder seine blutjunge Frau, aber er sehnte sich nach der etwas konservativen Atmosphäre, dem Bewusstsein für Tradition, der weit zurückreichenden Zeit. In diesem Haus waren Menschen gestorben, das spürte er, und auch wenn es wie ein Widerspruch wirkte, schuf eben das Raum für neues Leben. Nur die Götter wussten, warum Niels mit Hannah in einen Neubau am Hafen gezogen war. Vielleicht weil weder Hannah noch er gut darin waren, ein Zuhause einzurichten? Oder weil sie sich nichts anderes leisten konnten?

Niels folgte der Frau ins Wohnzimmer, wo eine ältere Ausgabe der jüngeren exakt in der Mitte des Sofas saß.

»Ich heiße Eleonora«, sagte die junge, und ihr Akzent ließ erkennen, dass sie nicht ihr ganzes Leben in Nordsjælland verbracht hatte. »Das ist Christians erste Frau, Henriette«, sagte Eleonora und setzte sich neben die ältere. Die beiden Frauen fassten sich bei den Händen, vereint in Trauer.

»Das alles tut mir sehr leid«, flüsterte Niels, wurde aber nicht gehört, weil Eleonora die schrecklichen Neuigkeiten gleich weitergab.

»Ermordet«, wiederholte Henriette mehrmals. »Gott, wie fürchterlich.«

»Ich habe ein paar Fragen«, sagte Niels. »Sind Sie ... oder ... schaffen Sie das?« Er sah von der einen Frau zur anderen. Irgendwie sahen sie aus wie Mutter und Tochter. Unweigerlich musste Niels denken, dass Paludan, als seine erste Frau in die Jahre gekommen war, sie gegen ihre Tochter aus einer früheren Ehe ausgetauscht hatte. Er verdrängte den Gedanken wieder und konzentrierte sich auf die beiden Frauen vor sich. Irgendwas war seltsam. Aber was? Sie waren nicht überrascht genug, dass es sich nun um Mord handeln sollte.

»Ja?«, sagte Eleonora. »Worüber wollten Sie mit uns sprechen?«

»Einige der Fragen mögen Ihnen vielleicht merkwürdig erscheinen«, sagte Niels. »Oder anmaßend, überflüssig ... Aber stören Sie sich bitte trotzdem nicht daran. Ich folge einer Liste, deren Fragen nach dem Ausschlussprinzip konzipiert sind.«

»Wie soll ich das denn verstehen? Anmaßend?« Eleonora wischte sich mit dem Blusenärmel über die Augen.

»Nun, ich werde zum Beispiel fragen, was Sie an dem Abend gemacht haben, an dem er ermordet ... vermutlich ermordet worden ist«, korrigierte Niels sich.

Henriette und Eleonora sahen sich ungläubig an. Niels registrierte jedes Detail. Ihre Gesten. Verbargen sie ihre Handflächen? Saßen sie zu ruhig? Nahmen sie eine Verteidigungsposition ein?

»Ich glaube, Sie meinen das wirklich ernst«, flüsterte die Ältere, Henriette. Dann räusperte sie sich und sagte mit klarer Stimme, dass sie bei der Vorpremiere eines Theaterstücks in Aarhus gewesen sei. Sie sei Kostümbildnerin, mit dem Spezialgebiet historische Kostüme. Eleonora gab an, an dem entsprechenden

Abend zu Hause gewesen zu sein. Sie habe Besuch von ihrer Studiengruppe gehabt, die seien gekommen, nachdem sie die Kleinen ins Bett gebracht habe. Aber das habe sie alles schon ausgesagt. Niels könne gerne bei ihren Kommilitonen anrufen, um sich ihre Aussage bestätigen zu lassen. Die beiden Frauen sahen ihn abwartend an. Niels spürte, dass irgendetwas in der Luft lag, aber was? An der Sache war mehr dran, als er im Moment wahrnahm.

»Hatte Ihr Mann Feinde?« Niels sah nur zu Eleonora. Es war aber Henriette, die antwortete:

»Nein.« Sie wurde rot und senkte den Blick. »Entschuldigung. Ich weiß, wie das für Sie wirken muss. Ich muss wie die verschmähte Exfrau wirken, die nicht loslassen kann.«

»Das ist aber nicht der Fall«, sagte Eleonora.

»Christian und ich waren gute Freunde«, erklärte Henriette. »Wollen Sie wissen, ob ich ihn geliebt habe? Ja, aber wie einen Freund, einen Freund fürs Leben. Wir haben unsere Kinder gemeinsam großgezogen, haben miteinander gelebt, aber irgendwann war die Liebe aufgebraucht, und dann ist Christian Elle begegnet.« *Elle,* sie sprach den Namen französisch aus. »Und Elle und ich sind immer gut miteinander ausgekommen. Nicht wahr?« Sie sah zu der jungen Frau, die nickte.

»Zurück zur Frage«, sagte Niels, beugte sich über den großen Couchtisch und warf einen raschen Blick auf die Bücher. *Inside Paris* und *Moderne Möbel in alten Häusern*. Eine Reklame der DFDS für eine Überfahrt von Esbjerg nach England. Genau wie Herbert gesagt hatte: Wer bestellte schon Fährtickets und Musicalkarten, um dann Gift zu trinken?

»Hat er jemals über einen Salomon Gašpar gesprochen?«

»Wen?«

»Ein Patient. Auch Hoteldirektor genannt.«

»Nicht, dass ich wüsste«, sagte Eleonora. Die Ältere zuckte mit den Schultern.

»Keine Feinde?«, fragte Niels. »Sind Sie sich sicher? Auch keine alten Geschichten?« Er richtete die Frage an die ältere der Frauen. Wollte ihr auf die Sprünge helfen: »Ein Kollege, mit dem er einen fachlichen Disput hatte? Man hört ja so einiges aus der Welt der Wissenschaft. Gefälschte Ergebnisse, ein Streit um Forschungsgelder und Ähnliches mehr?«

Henriette schüttelte den Kopf: »Ich glaube nicht, dass man dafür jemanden umbringen würde.«

»Aber es gab jemanden?«

Niels sah es ihr an: Irgendetwas hatte es gegeben, aber sie hielt damit hinter dem Berg. »Ist das lange her?«, fragte er. »Auch wenn es Ihnen noch so trivial oder unwichtig vorkommt, alles kann für unsere Arbeit von Bedeutung sein.« Er blätterte durch die Fährreklame. Sie war zur Hälfte in den Umschlag geschoben. Was suchte er? Die Adresse? Der Umschlag war an das Sikringen geschickt worden, *z. Hd. Christian Paludan*. Warum hatte er sich die Unterlagen für eine private Reise an seinen Arbeitsplatz schicken lassen? War das ein Geburtstagsgeschenk für Eleonora? Wollte er die Reise bis zum Abreisetag geheim halten?

»Eine Sache gab es da«, sagte Henriette, nachdem sie eine Weile nachgedacht hatte.

»Ja?«

Henriette sah fragend zu Eleonora, und Niels glaubte tatsächlich ein zustimmendes Lächeln der jungen Frau erkennen zu können.

»Raus damit«, sagte Niels.

»Christian hat einmal seinen Chef wegen Wissenschaftsbetrugs angezeigt«, erklärte Henriette.

»Erinnern Sie sich noch an die genauen Umstände?«

»Es ging um irgendeinen Artikel in einer Ärztezeitschrift.«

»Wissen Sie noch, um wen genau es ging?«

»Ja, er hatte einen ganz gängigen Namen. Hansen oder Jensen. Sie finden das sicher im Netz, das war damals eine ziemlich große Sache. Aber ich glaube nicht, dass er was damit zu tun hat.«

»Warum?«

»In wissenschaftlichen Kreisen rächt man sich nicht auf diese Art.«

»Wie dann?«

»Es geht darum, den anderen bloßzustellen. Ihn zu demütigen. Und Scham und Erniedrigung spürt man ja nicht, wenn man tot ist«, sagte sie leise. Sie lehnte sich zurück und schüttelte den Kopf.

»Keine Anrufe in der Nacht?«

Eleonora schüttelte ihrerseits den Kopf.

»Oder ist irgendwas vorgefallen?«, schlug Niels vor. »Einbruch, Schikane, Vandalismus?«

»Nein.«

Niels räusperte sich. Richtete den Blick wieder auf die jüngere der beiden Frauen. »Gibt es irgendetwas, das ich wissen sollte?«, sagte er und unterbrach sich. »Etwas, das Sie mir nicht sagen?«

Die Hände der Ex, Niels bemerkte, dass sie sie faltete, während Eleonora ihn unverwandt ansah und vollkommen still dasaß.

»Nein«, sagte sie, »nichts.«

Niels war kein Detektiv, sein Job war es, die Menschen zu kennen. Und er spürte, dass diese beiden Frauen etwas wussten, das sie nicht mit ihm teilen wollten. Irgendetwas über Paludan, das für seine Ermittlungen wichtig sein konnte. »Ich würde mich gern etwas umsehen, Eleonora«, sagte Niels. »Mir ein Bild von Paludan machen, ist das in Ordnung?«

***

Niels wusste, dass sie im Wohnzimmer miteinander flüsterten. Er hörte zwar nichts, aber die künstliche Stille war ihm Indiz genug. Er entschied sich für den Flur in Richtung Schlafzimmer, er folgte seiner Intuition, im Gegensatz zu Herbert. Sein Kollege nutzte Informationen, Fakten, Spuren, DNA, Fingerabdrücke, Handydaten, Schuhabdrücke, Gewebefasern am Tatort und Bilder etwaiger Überwachungskameras. Niels kannte sich mit solchen Dingen nicht aus. Seine Gedanken gingen wieder zu den Frauen. Eleganz, zwei Frauen, die auf sich achteten, ihre Körper pflegten, kein Gramm zu viel. Henriette hatte sich die Augenlider liften lassen, die Brüste vielleicht auch, sie hatte sich die Haare gefärbt, um die Farben der Jugend noch einen Moment zu konservieren. Eine hübsche Frau. Frauen. Waren sie Paludans Sache gewesen, seine Nemesis? War er zu sehr darauf fixiert gewesen? Niels stand im Bad und lauschte. Sie flüsterten noch immer, eine Nase wurde geputzt, vielleicht Tränen getrocknet. Der Schrank über dem Waschbecken. Das oberste Brett. Tabletten. Oxazepam. Verschrieben für Eleonora. Beruhigend. Eine Tablette vor dem Abflug. Das erklärte die Fährtickets nach England, dachte Niels. Flugangst.

Wieder draußen auf dem Flur. Der nächste Schritt war größer. Er wollte Christian Paludans Schlafzimmer betreten. Der Frau oder den Frauen würde das nicht gefallen.

Das Erste, was ihm auffiel, war das große Bett. Ein Boxspringbett von Auping? Eine Kommode in asiatischem Stil. Das Fenster zum Garten und dem dahinterliegenden Wald nahm die ganze Wand ein. Das also war Paludans Aussicht gewesen. Niels zögerte, dann kniete er sich hin. Unter dem Bett nichts, nur ein paar Unterhosen. Die Kommode? Wie alt waren die Kinder? Niels dachte nach. Drei und fünf. Wollte man etwas verstecken, dann in der obersten Schublade. Niels begann in der zweitobersten und stieß auf Unterwäsche. Stilvoll, teuer, sexy, eine Art Korsett, das man von unten öffnen konnte. Die nächste Schublade. Verschlossen. Niels beugte sich nach hinten, warf einen Blick in den Flur. Wo würde er den Schlüssel verstecken? An einem naheliegenden Ort, unkompliziert, gleichzeitig aber auch an einem Ort, zu dem die Kinder keinen Zugang hatten. Der Türrahmen? Nein, nichts. Der Krug auf der Kommode? Nein, nur ein Strumpf. Ein Strumpf? Niels nahm ihn zwischen die Finger und hatte den Schlüssel gefunden. Er war klein und schwer, Gusseisen mit einem eingravierten Yin-Yang-Symbol. Er schloss die Schublade auf. Aus dem Wohnzimmer hörte er Schritte, sie waren aufgestanden. Er musste sich beeilen. Er zog die Schublade auf, fand aber nichts Besonderes. Ein Dildo, Gleitcreme. Eine kurze Peitsche, braunes Leder. Und darunter eine Seidenchemise. Ein Paar Handschellen, schwarz, unbenutzt, noch in Originalverpackung. Das Preisschild hing an einer hellroten Schnur: 279 Kronen.

***

Als Niels zurückkam, war das Auto zu einem Backofen geworden, obwohl er extra im Schatten geparkt hatte. Niels ließ den Motor an und drehte die Klimaanlage auf. Es roch verbrannt. Er warf die Jacke auf den Rücksitz, schloss die Türen, blieb draußen stehen und dachte an das, was Hannah gesagt hatte. Der Supermond, wie hatte sie ihn genannt? Pänugium? Oder so ähnlich. Blöd, das hatte nun wirklich nichts mit dem Mond zu tun. Er nahm sein Handy und öffnete den Ordner. *Operation Hamlet.* Die Papierkopie hatte er im Auto vergessen. Sie lag jetzt mit irgendwelchen Artikeln über das Universum, das wir nicht begreifen, aber trotzdem zu verstehen versuchen, im Niels-Bohr-Institut. Schwarze Löcher, beschleunigende Galaxien, verzögertes Licht,

Wahnsinn und ermordete Oberärzte. Niels schüttelte den Kopf und murmelte etwas Unverständliches. Dann las er den Text auf dem kleinen Bildschirm. Über Paludan, seine Gewohnheiten, seine erste und zweite Frau. Irgendetwas ließ ihn zögern, aber er konnte es noch nicht in Worte fassen. Nur die vage Ahnung, dass Paludan ein Geheimnis hatte.

Niels scrollte sich auch durch die Zusatzinformationen, die die Polizei in ihre Fallakten aufnahm. Frühere Fälle, die dem aktuellen ähnlich waren. Menschen, die mit diesem Gift Selbstmord begangen hatten. Sokrates. Eine Dänin vor vielen Jahren, ein junger Mann in London, unmittelbar vor dem Krieg. In einem Nobelhotel. Cadogan. Er war wie Paludan allein gestorben, neben sich ein Glas mit Schierlingssaft. Michael Bedford.

14.

Oxford, 1939

»Ganz ruhig, Junge«, sagte er und näherte sich. Er sah genauso aus, wie Michael ihn sich vorgestellt hatte: rechtschaffen, korrekter Seitenscheitel, entspannte Gesichtszüge. Der junge Kerl hinter ihm, vielleicht sein Sohn, hielt wie der Mann ein Gewehr in der Hand, obwohl er jünger war als Michael. Er zielte auf ihn, während sein Vater einen Strick herausholte. Der Ältere hielt jetzt Michaels Handgelenke fest. Die anderen der Treibjagd riefen noch immer. Sie waren irgendwo am Waldrand. Vermutlich wussten sie noch gar nicht, dass die Jagd vorüber und die Beute gestellt worden war.

»Immer mit der Ruhe.«

Warum sollte Michael sich gefangen nehmen lassen? Warum?, fragte er sich und fasste einen Entschluss: Lieber würde er sich von dem jungen Kerl erschießen lassen. Er schlug nach dem Älteren und traf ihn mit dem Ellenbogen im Gesicht, und gleich darauf noch einmal. Sein Bruder hatte ihm damals gezeigt, wie er das machen musste. Er meinte, man komme auf den Straßen von Liverpool nicht zurecht, wenn man nicht wenigstens ein paar grundlegende Fähigkeiten beherrsche. Und mit diesen Fähigkeiten hatte er nicht Lesen oder Schreiben gemeint.

Michael hatte den Älteren jetzt von hinten gepackt, den Arm um seinen Hals. Der Mann rief um Hilfe, wollte die anderen am Waldrand auf sich aufmerksam machen. Michael war das egal.

Kindheitserinnerungen tauchten vor seinem inneren Auge auf, während er darauf wartete, dass der Jüngere schoss. Bilder von sich mit einem Buch in der Hand, in das er sich verliebt hatte. Eines der wenigen, die es in seinem Elternhaus gegeben hatte: *CAH, The Cambridge Ancient History*. Der fünfte Band. Wie ausgerechnet dieses Buch bei ihnen gelandet war, hatten weder Vater noch Mutter erklären können. Michael musste damals etwa acht gewesen sein. Auf jeden Fall war es nach dem großen Krieg gewesen, der Völkerbund war gerade gegründet worden.

»Erschieß ihn«, zischte der Ältere, den Michael noch immer am Hals gepackt hatte.

»Ich kann nicht«, sagte der Jüngere. Das Licht der Taschenlampe seines Vaters zuckte wahllos durchs Dunkel. Michael war mit seinen Gedanken noch immer bei Band 5. Athen wurde darin zur Großmacht, die Geburtsstunde der Demokratie, in der die Gedanken der Menschen zum ersten Mal in der Geschichte freien Lauf nehmen durften. Für Michael spiegelte sich sein ganzes Weltbild in diesem Band – in etwas, das vor 2500 Jahren passiert war. Die Menschheit sollte sich sammeln. Band 5 endete mit einem Verrat, Spartas Angriff. Wie viele Ähnlichkeiten es doch mit seinem Fall gab, dachte Michael und setzte seine Faust so ein, wie sein Bruder es ihm gezeigt hatte. Er ließ sie wie einen Hammer von oben nach unten auf die Nase seines Widersachers niedergehen. Hart. Der Mann ging zu Boden. Dann warf Michael einen Blick auf den kleinen Spartaner vor sich. Nein, kein Spartaner, nur ein weinendes Bürschchen, das mit einem Jagdgewehr auf ihn zeigte. Mit zitternden Händen. Mit einer schnellen Bewegung riss er dem Jungen das Gewehr aus den Fingern.

»Nicht schießen«, flehte der Vater und wand sich am Boden. Wie oft hatte der Vater seinem Sohn zugerufen, dass er schießen solle? Zehnmal? Und jetzt flehte er um das Leben seines Sohnes.

Michael trat gegen die Taschenlampe, die an einen Baumstamm flog und ausging. Und dann rannte er in die Dunkelheit. Wie spät war es? Zu spät? Die Waffe warf er in den Fluss. Es war beinahe so, als hätte der Kampf ihm neue Kraft gegeben. Schließlich erreichte er die Schienen und lief an ihnen entlang, bis er zu der scharfe Kurve kam. Dort ging er auf alle viere und legte das Ohr an das Eisen. Ja, ein Geräusch, eine Vibration – der Zug näherte sich. Ungelenk stand er wieder auf. Bald hörte er den Zug deutlich, und dann sah er auch die Lichter. Würden Rachel und Alexander im Zug sein? Oder wartete auch dort die Polizei auf ihn?

Die Bremsen kreischten, als der Zug langsamer wurde. Michael versteckte sich hinter den Bäumen, bis die Lokomotive vorbei war. Der Zugführer durfte ihn nicht sehen. Dann meldete sich eine neue Sorge: Konnte er sich sicher sein, dass es der richtige Zug war? Ja, auf der Strecke fuhr abends nur dieser eine Zug nach London. Michael setzte sich in Bewegung, sein Rücken schmerzte, sein Körper konnte bald nicht mehr. Er rutschte auf dem Kies neben den Schienen weg, und vor seinem inneren Auge sah er sich, wie er unter den Zug stürzte und in Sekundenschnelle von den rostigen Rädern in Stücke gerissen wurde – Michael Bedford, verwandelt in blutige Fleischfetzen. In den Zeitungen würde stehen, dass der Mörder Michael Bedford, der Professor Jenkins mit einem Schürhaken erschlagen hatte, von einem Zug überrollt worden war. Niemand würde Mitleid mit ihm haben. Alle würden sagen: Gut, er hat gekriegt, was er verdient hat.

Michael war wieder auf den Beinen und fokussierte den Messinggriff neben der Treppe zum letzten Wagen. Er war zwei Meter vor seiner Hand. Er hörte, dass sich das Geräusch des Zuges wieder änderte. Das Kreischen der Bremsen hatte aufgehört, der Zug beschleunigte erneut. Er durfte nicht länger warten, er musste jetzt aufspringen! Wollte er mit, musste er jetzt springen! Am liebsten hätte er laut aufgeschrien, als er absprang und mit dem Knie auf dem metallenen Trittbrett landete. Dann bekam auch die andere Hand den Haltegriff zu fassen, und er konnte sich hochziehen. Schließlich gelang es ihm auch, den Fuß auf die Treppe zu stellen. Für einen kurzen Moment gewährte er es sich, die Schmerzen zu spüren, die von seinem Knie ausstrahlten. Dann betrat er den Waggon. Natürlich konnten auch hier Polizisten sein oder jemand, der ihn erkannte, aber dieses Risiko musste er eingehen, wollte er zwischen den Reisenden hindurchgehen, die auf dem Weg nach London waren. Der Gang führte zwischen den Wagenfenstern und den sechs Abteilen hindurch. Im ersten Abteil waren Soldaten. Die meisten jungen Männer des Landes hatten ihre Einberufung erhalten. Das Schreiben an ihn lag sicher zu Hause in seinem Zimmer – er würde es nicht brauchen. Sie saßen in ihren schmucken Uniformen da, manche von ihnen noch nicht einmal zwanzig. Bald würden sie im Krieg kämpfen. Wie konnten sie nur so unbekümmert sein, schließlich konnten sie in wenigen Monaten alle tot sein? Sie hatten Zigaretten zwischen den Lippen und grinsten, einer fluchte, weil er im Kartenspiel verloren hatte.

»Entschuldigung«, sagte Michael, als er sich an einer jüngeren Frau vorbeischob.

Sie blickte kurz auf, nur kurz, zwei Augen unter einer Filzhutkrempe, lange, schwarze Augenwimpern. Hatte sie ihn erkannt? Wenn sie das Zugpersonal alarmierte, würden sie die Polizei rufen und ihn im nächsten Bahnhof in Handschellen legen. Wieder tauchten Erinnerungen auf. Ein kleiner, dunkelhaariger Junge in der Central Library von Liverpool, der das CAH las, *The Cambridge Ancient History,* die anderen Bände der Reihe. Eines schönen Tages müssten sie umgeschrieben werden. Wenn ihr Plan erfolgreich war. Wegen ihm. Wegen dem, was er gefunden hatte. Irgendwann in ferner Zukunft würden dadurch alle Klassensysteme verschwinden und die Menschen zu einer Bruderschaft werden. All dies ging Michael in der kurzen Zeitspanne durch den Kopf, bis die Frau den Blick senkte. Sie hatte ihn nicht erkannt. Sie gehörte wie Rachel einer anderen Schicht an als Michael, einer, zu der Michael niemals Zugang finden würde.

Weiter, dachte er und betrat den nächsten Waggon. Auch hier kein Alexander und keine Rachel. Sie hatten ihn verraten, er war sich jetzt sicher. Hatten angegeben, dass Michael sich in der Scheune befand. Aber hatten sie den Zug erwähnt? Vermutlich nicht, das wäre ja ein Beweis dafür, dass sie selbst etwas mit der Sache zu tun hatten. Der Schaffner stand ein Stück weiter vorne und unterhielt sich mit einem älteren Mann, aber Michael war schnell – sein Blick fing das Schild auf der Tür gleich neben dem Schaffner ein: »Toilet«. Er sah zu Boden, wusste, dass ihm nur wenige Sekunden blieben. Hob der Schaffner den Blick, würde er ihn bemerken und einen Fahrschein sehen wollen. Michael schloss sich auf der Toilette ein und blieb mit dem Rücken an die Tür gelehnt stehen. Die Bewegungen des Zuges übertrugen sich auf seinen Körper. Dann hörte er den Schaffner in den Wagen gehen, aus dem Michael gerade gekommen war.

Michael murmelte dem Mann, der vor der Toilette wartete, etwas zu, bevor er seinen Weg fortsetzte. Von Rachel oder Alexander keine Spur. In allen Abteilen saßen Männer und Frauen, keine Kinder, die waren wegen des Luftangriffrisikos aus dem Großraum London evakuiert worden. Männer in grauen oder schwarzen Cottoncoats, die Zeitung lasen. Die Schlagzeilen verkündeten unruhige Zeiten, die auf die Welt zukamen.

Sie haben mich genarrt.

Der Satz begann sich plötzlich in seinem Kopf zu festigen. Und auch, wenn er ihn dahingehend abwandelte, dass nur Alexander ihn betrogen und die schwache Rachel irgendwie auf seine Seite gezogen hatte, änderte das nichts an seiner Situation. Was sollte aus ihm, Michael, werden? Sie hatten ihn in einer ausweglosen Lage zurückgelassen. Das war vollkommen klar. Ohne Geld, ohne Pass, ohne alles. Tränen stiegen ihm in die Augen.

Der nächste Wagen war noch voller als die vorherigen. Einige Passagiere standen im Gang an den Fenstern, und er kam nicht weiter. Dann hörte er eine Stimme hinter sich – der Schaffner. Er war auf dem Rückweg und nur noch wenige Meter hinter ihm.

»Können Sie mich bitte vorbeilassen?«, fragte Michael und drückte sich an den Reisenden vorbei. Ein Soldat grinste ihn an und grüßte höhnisch. Er hatte den ersten Wagen erreicht, als er sie entdeckte. Rachel und Alexander. Sie saßen dicht nebeneinander in dem schmalen Abteil. Er schob die Tür auf und setzte sich auf den freien Platz ihnen gegenüber. Eine ganze Weile starrten sie ihn an, war da Misstrauen in ihrem Blick? In Alexanders? Hatten sie damit gerechnet, dass er geschnappt worden war? Dass er nicht kommen würde? Hatten sie gehofft, ihn nie wieder zu sehen?

»Überrascht es euch, mich zu sehen?«, flüsterte er.

Alexander beugte sich vor, die anderen Passagiere im Abteil schliefen, ihre Hüte tief in die Stirn gedrückt. »Wir sind bald da«, flüsterte er. »Hier ist dein Fahrschein, dein Pass, alles, was du brauchst.«

Du. Dieses eine Wort ließ Michael sich noch einsamer fühlen.

»Michael«, sagte Rachel und lächelte. Waren das Tränen in ihren Augen? Ja, sie glänzten. »Michael, wir schaffen das schon.«

London

Es war Mitternacht. Sie sprachen nicht viel, als sie durch den Bahnhof gingen. *Fish and chips.* Michael hatte lange nicht an seinen Hunger gedacht. Soldaten in Uniformen, Frauen, die von ihren Männern Abschied nahmen, vielleicht zum letzten Mal. Und Polizisten, überall. Schwarze Schatten in der Menge. Michael hielt seinen Blick die ganze Zeit gesenkt, aber er musste aufpassen, wenn er unentwegt zu Boden starrte, war auch dies verdächtig.

»Darf ich deine Hand nehmen?«

Rachel sah Michael fragend an.

»Sie suchen nach einem Verbrecher«, flüsterte Michael. »Wenn du meine Hand hältst, sieht es eher so aus …«

Michael suchte nach den richtigen Worten, aber Rachel war schneller: »Vertrauensvoll, natürlich«, flüsterte sie lächelnd und nahm seine linke Hand in ihre rechte. Die Wärme, die von ihren Fingern ausging, breitete sich in Michaels ganzem Körper aus. Er ignorierte Alexanders Blick, war er … eifersüchtig?

In der oberen Ankunftshalle waren etwas weniger Menschen, und die Rufe der Zeitungsjungen hallten: *Mord! Lesen Sie die neusten Nachrichten!* Rachel zog Michael mit sich. Er wollte nicht dorthin, aber er wollte ihre Hand auch nicht loslassen. Er ließ sich weiterziehen, bis sie die Schlagzeilen lesen konnten. *Evening Standard,* die Londoner *Times.* Deshalb die vielen Polizisten. Mord an Professor Jenkins. Bekannter Oxford-Professor im eigenen Heim brutal erschlagen. Der Mord erschütterte ganz England, und alle verfügbaren Kräfte waren aufgeboten worden, um den Täter zu schnappen. Michaels Gesicht war allgegenwärtig, die Treibjagd hatte sich auf alle Winkel des Landes ausgeweitet.

15.

Psychiatrisches Zentrum, St. Hans, Roskilde

Hatte Paludans große Schwäche für Frauen irgendeine Bedeutung für den Fall? Eifersucht, Liebe, Hass, Hannah – lautete die Reihenfolge von Niels' Gedanken, als er über die Allee in Richtung der St.-Hans-Klinik fuhr, um dort mit Laust Sonning, einem der leitenden Ärzte, zu sprechen. Eine alles entscheidende Begegnung, hatte Leon mit seinem üblichen Sinn für Dramatik betont. Leon hatte sich darüber beschwert, dass er während des gesamten Einsatzes in einem Abhörwagen der Polizei vor den Mauern des Hochsicherheitstrakts stehen sollte, um das Gefängnis jederzeit stürmen zu können, sollte etwas schiefgehen. Andererseits spürte Niels aber auch, dass Leon froh war, weil er sich ihn als Einsatzleiter erbeten hatte. Sie haben die freie Wahl, hatte Sommersted gesagt.

Wenn der Plan, Niels als Patienten einzuschleusen, gelingen sollte, musste er seine Geschichte bis ins letzte Detail kennen. Wollte er das Vertrauen der Verrückten gewinnen, musste er wie sie sein. Aber wer war er? Wie lautete seine Diagnose? Warum musste er im sichersten Gefängnis des Landes untergebracht werden? Niels brauchte eine komplett neue Identität. »Hör bloß gut zu«, hatte Leon in den Hörer gebellt. »Wenn das Treffen mit Sonning vorbei ist, gibt es keinen Niels Bentzon mehr«, hatte er noch hinzugefügt und ihm lang und breit erklärt, wie schwer es gewesen war, ihm diese falsche Identität zu beschaffen, inklusive neuer Personennummer und gefälschter Krankenakte. In einem Land wie Dänemark, in dem alles registriert wurde, brauchte man dafür sogar die Unterschrift des Justizministers und die Genehmigung der parlamentarischen Rechtskommission.

»Du solltest also dankbar sein, Bentzon«, hatte Leon gerufen. Niels hatte nur gelacht – zum ersten Mal seit Tagen.

Er schlug sich Leons Stimme aus dem Kopf und fuhr auf den Parkplatz vor der Klinik, wo er ein paar Minuten im Auto sitzen blieb und das Sonnenlicht auf dem alten Gebäude und die wunderbare Aussicht über den Fjord genoss.

***

Chefarzt Laust Sonning empfing ihn am Kellereingang der Geschlossenen Abteilung der St.-Hans-Klinik. Wieder so ein Arrangement von Leon. Paludan war im Personalbereich ermordet worden, weshalb noch immer Angestellte unter Verdacht standen. Infrage kam jeder. Ein Kollege, ein anderer Psychiater … In diesem Fall durfte niemand wissen, dass die Kopenhagener Polizei einen Beamten ins Sikringen bringen wollte. Und da die forensische Psychiatrie ein recht kleiner Kreis war, in dem jeder jeden kannte, war es nicht leicht gewesen, die richtige Vorgehensweise auszuarbeiten. Deshalb basierte der Plan darauf, dass ausschließlich der forensische Psychiater Laust Sonning, ein langjähriger Vertrauter der Kopenhagener Polizei und überdies ein persönlicher Freund und alter Tennispartner von Sommersted, Niels helfen sollte, in seine Rolle von *Operation Hamlet* zu schlüpfen.

»Ihre Haare«, sagte Laust Sonning zur Begrüßung.

»Meine Haare?«

»Da müssen Sie unbedingt etwas machen. Sie sehen aus wie

jemand, der seit zwanzig Jahren zum gleichen Friseur geht.« Er schloss die Kellertür, baute sich vor Niels auf und musterte ihn. Wie einen Gegenstand. »Patienten mit einer Krankheit, wie Sie sie angeblich haben, können sich so etwas nicht leisten.«

»Okay«, sagte Niels.

»Wir haben nicht viel Zeit«, sagte Sonning und ging über den Kellergang voraus. Niels folgte ihm. Es roch nach Feuchtigkeit. An den Wänden standen ausrangierte Betten.

»Es war Sommersted wichtig, dass Sie ein paar Patienten treffen«, sagte Sonning und schüttelte den Kopf. »Was nicht leicht ist. Verstehen Sie, die Patienten reden ja auch miteinander, es gibt auch da Freundschaften, außerdem sehen sie sich ständig. Ich kann Sie deshalb nicht einfach zu irgendeinem Patienten lassen. Das Risiko, dass Sie reden und so vielleicht auch einer der Patienten im Trakt davon Wind bekommt, ist zu groß.«

»Warum?«

Sonning lächelte und schüttelte den Kopf. »Die wechseln immer wieder die Abteilung. Kommen von der geschlossenen auf die offene Psychiatrie und werden manchmal wieder auf die geschlossene zurückverlegt. Einige kommen gelegentlich auch zur Überwachung in den Trakt. Ein paar Tage, danach sind sie wieder bei uns. Aber so können sie natürlich Nachrichten austauschen.«

»Und worüber haben die zu reden?«, fragte Niels.

»Wenn Sie wüssten.« Sonning blieb stehen. »Besonders jetzt, da Salomon Gašpar Teil der Ermittlungen ist. Er ist ihr Guru, erfüllt sie mit Inspiration und redet ihnen allen möglichen Mist ein. Dass die anderen die Verrückten sind, während sie selbst das Licht gesehen haben, so was in der Art. Viele würden alles nur Erdenkliche tun, um den Hoteldirektor im ›Grand Lunatic‹ zu treffen«, sagte Sonning und lächelte. »Es gibt sogar Patienten, die gewalttätig werden und fürchterliche Dinge tun, nur um ins Sikringen zu kommen.« Sonning schloss eine Tür auf. »Hier müssen wir rein. Dieser Raum wurde früher für Unterrichtszwecke verwendet. Das da ist ein falscher Spiegel. Sie wissen schon, wie in Ihren Vernehmungsräumen.«

»Alles klar«, sagte Niels.

Sonning öffnete die Tür. Der Raum maß nur wenige Quadratmeter, das Licht kam aus dem Raum hinter dem Spiegel, in dem ein Tisch und zwei Stühle standen.

»Er kommt in zehn Minuten.«

»Er?«

»Ich will Ihnen Berthold Andreasen zeigen. Schon mal von ihm gehört?«

»Nein.«

»Er ist etwa in Ihrem Alter. Sohn eines Schlossers. Fährt jahrelang mit seinem Vater herum, ohne aufzufallen oder in Kontakt mit dem Gesundheitswesen zu kommen«, sagte Sonning und sah für einen Moment ziemlich resigniert aus. »Dieses Muster ist typisch. Häufig gelingt es den Eltern, dass ihre verwirrten Kinder irgendwie auf dem rechten Weg bleiben. Als dann aber Bertholds Vater stirbt, geht alles schief. Berthold nutzt das Werkzeug seines Vaters, um sich Zugang zu mehreren fremden Wohnungen zu verschaffen. Er glaubt, dass all diese Menschen es irgendwie auf ihn abgesehen haben, unter anderem ist er überzeugt davon, dass sie ihm seine Organe gestohlen haben. Eines Tages ermordet er eine junge Frau, anscheinend ohne jedes Motiv. Berthold ist ein klassischer Fall von paranoider Schizophrenie.«

»Das sind die mit der gespaltenen Persönlichkeit, oder?«

»So einfach kann man das nicht sagen«, erwiderte der Mediziner und ließ die Mine in seinem Kugelschreiber mehrmals vor- und zurückschnappen. »Das mit den Persönlichkeiten ist ein ziemliches Klischee. Wie bei Doktor Jekyll und Mister Hyde. Aber das ist zu simpel. Die Schizophrenie lässt sich auf Anomalien des Gehirns zurückführen. Wahnvorstellungen, Halluzinationen, Zwangsgedanken. Einige hören Stimmen. Andere haben Sprachstörungen, Blackouts. Störungen der gewöhnlichen gefühlsmäßigen Reaktionen. Viele sind nicht in der Lage, zwischen der Wirklichkeit und den eigenen Vorstellungen zu unterscheiden. Sie schaffen sich sozusagen ihre eigene Wirklichkeit. Häufig leiden Schizophrene unter Depressionen und Angstzuständen, oder sie bilden sich ein, dass die anderen Menschen ihnen Böses wollen. Ich werde Berthold fragen, wie es ihm geht, dann können Sie sich selbst ein Bild machen, okay?«

»Dann sind die nicht unbedingt gefährlich?«

»Im Hochsicherheitstrakt, in den Sie verlegt werden sollen, schon. Extrem gefährlich. Sie haben fast alle eine langjährige Behandlung in geschlossenen Abteilungen hinter sich, wie beispielsweise hier im Sankt Hans, wurden aber als zu gefährlich eingestuft, um dort bleiben zu können. Die meisten haben schwere Verbrechen begangen, Mord, Vergewaltigung, schwere Körperverletzung. In manchen Fällen waren sie sich ihrer Taten gar nicht bewusst. Kennen Sie den Fall Verner Larsen? Nur um Ihnen ein Beispiel zu geben«, sagte Sonning, ohne Niels' Antwort abzuwarten. »Er ist neulich gestorben. Verbrachte einige Jahre im Sikringen. 1975 überkam ihn zum ersten Mal die Lust zu töten. Er wollte einfach wissen, wie sich das anfühlt. Und er wollte seinem Vater beweisen, dass er zu etwas gut war. Also nahm er ein Jagdgewehr und schoss einem willkürlich ausgewählten Bahnmitarbeiter in den Hals. Der Mann überlebte wie durch ein Wunder. Aber Larsen war noch nicht fertig. Wenige Minuten später kletterte er durch das Fenster eines wahllos ausgesuchten Hauses im Peter Bangs vej. Drinnen saß ein Ehepaar. Verner Larsen ging auf die Frau zu und schoss ihr in den Kopf. Hinterher sagte er, dass es ihm einfach in den Fingern gekribbelt habe.«

»Gekribbelt?«

»Damit ist aber noch nicht Schluss. Denn Larsen wurde 1984 hierher überführt. Das war vor meiner Zeit, aber die Kollegen haben ihn als ruhig beschrieben. Ein Mann, der nach extrem festen Routinen lebte. Er hatte aber den Wunsch, wieder zurück in den Trakt zu kommen. In die ganz in sich geschlossene Welt, total abgeschottet von der Umwelt. So wollte er das haben. Und wie – glauben Sie – ist er zurückgekommen? Genau, er hat das getan, was er für notwendig hielt: Er hat wieder gemordet. Während eines Freigangs hier aus dem Hospital rief er eine Frau an, die in der regionalen Zeitung ein Zimmer annonciert hatte. Er verabredete sich mit ihr, tauchte auf und erwürgte sie. Und damit standen ihm alle Wege offen, wieder zurück in den Trakt zu kommen.«

»Warum hatte er Freigang?«, fragte Niels.

»Das basiert immer auf fachlich kompetenter Einschätzung. Wie krank ist ein Patient? Kommt er in der Gesellschaft wieder zurecht? Wo geht es ihm am besten? Aber natürlich sind nicht alle wie Verner Larsen. Einige Patienten sind nur kurz bei uns, für die Untersuchungen, die Polizei bringt sie zur Überwachung, wie sie es auch mit Ihnen machen wird.«

Laust Sonning räusperte sich, öffnete seine Mappe. »Deshalb habe ich einen Fall für Sie konstruiert, eine Krankengeschichte und eine Diagnose. Alles, worum Sommersted mich gebeten hat.« Sonning sah Niels einen Augenblick prüfend an.

»Und wer bin ich dann?«, fragte Niels.

»Sie sind Jens Petersen. Als Sechzehnjähriger sind Sie, Jens, zum ersten Mal in Kontakt mit der Psychiatrie gekommen, bis Sie als Zwanzigjähriger die Diagnose Schizophrenie erhalten haben.

In den folgenden Jahren sind Sie mit Medikamenten und Gesprächstherapien behandelt worden, und Sie zeigten keinerlei Anzeichen für gefährliches oder aggressives Verhalten. Aber Sie leiden unter Konzentrationsschwäche und müssen alle Versuche, eine Ausbildung zu machen, aufgeben.«

»Okay«, sagte Niels und versuchte, sein neues Leben zu verinnerlichen.

»Als Achtundzwanzigjähriger werden Sie zum Sozialfall, später winkt dann die Invalidenpension. Auf diese Weise leben Sie ein recht isoliertes Leben, ohne Familie oder andere soziale Kontakte. Sie sind in einem Projekt von Betreutes Wohnen in Ishøj untergebracht. Es gibt nicht viel über Jens Petersens Leben zu sagen. Er bekommt seine Antipsychotika, ist unauffällig und verbringt sein Leben in seiner Wohnung oder dem nahe gelegenen Park.«

»Klingt traurig«, sagte Niels.

»So ergeht es den meisten psychisch Kranken«, sagte Sonning. »Ein einsames Leben, aus der Gesellschaft ausgeschlossen. Aber sie sind krank, in vielerlei Hinsicht ist es gut, dass die Tage sich so gleichen. All das, über das wir andere uns beschweren, die Monotonie, die Gleichförmigkeit, ist für die Kranken das Angestrebte, sie wollen die Ruhe. Wissen Sie, dass diese Klinik früher ein Gut war? Gut Bistrup hieß es. Schon vor zweihundert Jahren dachte man, dass ein idyllisch gelegenes Gut in reichlich Abstand von Kopenhagens lärmenden Straßen der richtige Ort für Menschen mit Geisteskrankheiten sei. Aber zurück zu Ihnen, Jens. Eines Abends ist bei Ihnen dann eine Sicherung durchgebrannt.«

»Was ist passiert?«

»Es passiert im Keller des Hauses, in dem Sie wohnen. Jede Wohnung hat da ein eigenes kleines Kellerabteil. Sie verriegeln die Tür immer mit einem kleinen Vorhängeschloss. Sie haben da zwar nichts von Wert, machen das aber trotzdem so, bis Sie es irgendwann einmal – aus welchen Gründen auch immer – vergessen. Als Sie nach unten in den Keller kommen, ertappen Sie einen anderen Mieter dabei, wie er Ihre Sachen durchwühlt. Und da laufen Sie Amok.«

»Ich überfalle ihn.«

»So kann man das nennen. Das Opfer ist ein fünfundvierzigjähriger Mann grönländischer Abstammung. Sie attackieren ihn ohne jede Vorwarnung, er stürzt zu Boden und schlägt mit dem Hinterkopf auf dem Zement auf. Danach nehmen Sie einen Hammer aus der Werkzeugkiste.«

»So schlimm?«

»Tut mir leid, aber es gehört schon was dazu, ins Sikringen zu kommen. Sie nehmen den Hammer, der Mann am Boden ist zu diesem Zeitpunkt vermutlich noch bewusstlos. Trotzdem schlagen Sie ihm dreimal mit aller Kraft ins Gesicht. Sie zertrümmern ihm Kiefer und Wangenbein und fügen ihm einen schweren Schädelbruch zu, sodass er einige Tage zwischen Leben und Tod schwebt. Anschließend gehen Sie nach oben in Ihre Wohnung, sehen die ganze Nacht fern, bis Sie am nächsten Morgen in den Park gehen, wo ein Jogger Sie blutverschmiert auf einer Bank findet. Den Hammer halten Sie noch immer in der Hand. Der Jogger ruft die Polizei, der Mann im Keller wird gefunden, er überlebt, wird aber zeit seines Lebens einen schweren Gehirnschaden haben. Können Sie mir bis hierher folgen?«

»Ja.«

»Das ist ein realistisches Handlungsmuster. Auch die ausbleibende Reaktion danach. All das ist vor sechs Tagen passiert. Sie haben zu keinem Zeitpunkt Reue gezeigt. Sie haben bei allen Verhören abwesend gewirkt, als wären Sie sich gar nicht darüber im Klaren, was geschehen ist. Sie reden unzusammenhängend und sind nicht in der Lage, Ihre gewalttätige Reaktion zu erklären. Das also ist der Punkt, an dem wir aktuell stehen. Oder genauer: an dem die Polizei steht. Die Gesellschaft. Eine schwere, unerklärliche Gewalttat. Und ein Täter, der möglicherweise nicht straffähig ist. Deshalb müssen Sie untersucht werden. Jens Petersen wird als so gefährlich eingeschätzt, dass er nicht in eine gewöhnliche psychiatrische Klinik eingewiesen werden kann. Deshalb ist entschieden worden, ihn zur mentalen Beobachtung ins Sikringen einzuweisen.«

»Und wie läuft das ab? Gespräche?«

»Unter anderem«, sagte Sonning. »Sie werden Gespräche mit dem leitenden Psychiater führen müssen. Aber die meiste Zeit werden Sie wohl einfach beobachtet werden. Sind Sie aggressiv? Aufbrausend? Welche Medikation zeigt die gewünschte Wirkung ...?«

Niels unterbrach ihn. »Medikation?« Daran hatte er noch nicht gedacht.

»Ja«, sagte Sonning und atmete tief durch. »Sie werden antipsychotische Medikamente erhalten. Da Sie nicht unter Psychosen leiden, wird Sie das sehr müde und benommen machen. Anfangs kann das sehr heftig sein.«

»Gibt es Nebenwirkungen?«

»Jede Menge. Akathisie, Dystonie, Parkinsonismus, tardive Diskinesie. Übersetzt heißt das, dass Sie Störungen Ihrer Muskeln erleben, dass Sie nicht zu hundert Prozent Herr über Ihre Bewegungen sein werden. Benommene Sprache, das Gefühl, dass Ihre Zunge anschwillt, Spasmen in Nacken und Schultern. Wahnvorstellungen ...«

Niels unterbrach ihn. »Ich dachte, man würde Medikamente verabreichen, um die Wahnvorstellungen zu beseitigen?«

»Wenn man darunter leidet, ja. Aber wenn ein gesunder Mensch Antipsychotika nimmt, kann das auf seine kognitiven Fähigkeiten schwere Auswirkungen haben. Oder lassen Sie es uns so ausdrücken: Nimmt man Antipsychotika, hat das auf jeden Menschen große Auswirkungen, egal ob krank oder gesund, der einzige Unterschied ist der, dass manche so krank sind, dass es besser ist, mit den Nebenwirkungen zu leben als mit der unbehandelten Krankheit.«

Sonning kam ins Stocken. »Sie müssen wissen, dass ich Sommersted gesagt habe, dass das Ganze wirklich höchst grenzwertig ist, kaum zu verantworten.« Sonning schüttelte den Kopf. »Nein, eigentlich gar nicht zu verantworten! Es muss doch andere Möglichkeiten geben, um …«

Niels unterbrach ihn: »Ich kannte ihn.«

Sonning sah Niels überrascht an.

»Paludan. Er hat mir das Leben gerettet. Ich bin ihm das schuldig«, sagte Niels mit Nachdruck. Dachte einen Augenblick über sein Leben nach und fragte sich, ob es jemanden gab, der ihm etwas schuldig war. Er dachte an Hannah, den Wein in Chile. Eigentlich sollte er jetzt dort sein. Im Hintergrund sah er eine Tür aufgehen.

»Jetzt bringen sie ihn«, sagte Sonning und wandte sich wieder an Niels. »Eine Sache noch.«

»Ja?«

»Ich glaube fest daran, dass Sie das Personal und die Psychiater täuschen können.« Sonning zögerte etwas. »Aber es wird nicht einfach werden, die Patienten glauben zu machen, dass Sie wirklich psychisch krank sind.«

***

Es brauchte vier Wachmänner, um Berthold in den alten Vernehmungs- oder Unterrichtsraum zu bugsieren, in dem man von der einen Seite des Spiegels den Wahnsinn auf der anderen beobachten konnte. Berthold war ein kräftiger Mann, die Brust breit wie eine Tonne, den Kopf etwas nach vorn geschoben, hohe Stirn und dunkle Ringe unter den Augen. Die Hände hatte er wie zum Gebet gefaltet. Kurz bevor Sonning Niels im Dunkel hinter dem Spiegel allein gelassen hatte, hatte er ihm gesagt, dass er sich nicht sicher sei, ob sie Berthold noch lange auf der Abteilung behalten könnten. Im Vergleich zu den anderen werde er zwar eigentlich selten gewalttätig, wenn das aber geschehe, habe das katastrophale Folgen. Er sei zu stark. Es brauche bis zu sechs erwachsene Männer, um ihn festzuschnallen. Berthold sah kurz zu Sonning, der jetzt den Raum betreten hatte. Niels spürte sofort Unbehagen.

Berthold ließ seinen Blick von Sonning zum Spiegel wandern, und für einen Augenblick war Niels überzeugt davon, dass der kräftige Mann ihn sehen konnte. Bertholds Hände wurden mit Riemen an den Tisch geschnallt, eine notwendige Vorsichtsmaßnahme, wenn Sonning allein mit ihm war. Einer der Wachmänner sagte zu Sonning: »Wir sind direkt vor der Tür«, dann verließen sie den Raum.

»Gut«, antwortete Sonning, kurz und etwas herablassend. Niels mochte sein typisches Chefarztgehabe nicht. Der einzige Arzt, der mit anderen Menschen wie mit Ebenbürtigen gesprochen hatte, war tot. Christian Paludan lag noch immer im Kühlfach der Rechtsmedizin, und wie bei allen unaufgeklärten Morden würde er dort auch noch eine Weile bleiben.

»Warum sind wir heute hier unten, Laust?«, fragte Berthold ganz ruhig. Seine Stimme klang beinahe angenehm.

»Oben ist es heute etwas überlaufen, hier unten haben wir mehr Ruhe.«

Berthold lächelte. »Ich hab mich schon gefragt, welche Lüge Sie mir dazu auftischen.«

Sonning räusperte sich und beugte sich vor: »Warum glauben Sie, dass ich lüge?«

»Wenn ich Ihnen darauf eine Antwort gebe, erhöhen Sie doch nur meine Dosis.« Berthold sah wieder zum Spiegel.

»Gibt es Probleme mit Ihren Medikamenten? Haben wir die Nebenwirkungen noch nicht im Griff?« Sonning öffnete seine Mappe, nahm einen Kugelschreiber heraus und las sich sorgfältig Bertholds Medikation durch.

»Wer steht hinter dem Spiegel, Laust?«

»Ein junger Student, na ja zwei, um ehrlich zu sein.«

»Haben sie Angst vor mir?«

»Die beiden sind noch in der Ausbildung, Berthold. Zum Psychiater.«

Berthold lächelte in Richtung Spiegel. Ein Schneidezahn war schief, die Zähne gelblich.

»Wir wissen genau, dass er kommt.«

Niels trat näher an den Spiegel heran.

»Wie meinen Sie das? Dass Sie wissen, dass er kommt?«

»Wir wissen, dass er kommt«, sagte Berthold und versuchte sich noch einmal an einem freundlichen Lächeln in Richtung Spiegel. Niels lief ein Schauer über den Rücken. War das eine Warnung? »Ich habe ein Geschenk dabei«, flüsterte Berthold. Sonning beugte sich vor.

»Sie haben ein Geschenk dabei? Was ist das für ein Geschenk, Berthold?«

»Ich habe ein Geschenk dabei«, flüsterte er und wiederholte es noch einmal, wobei er sich direkt an Niels zu wenden schien: »Ich habe ein Geschenk dabei.«

16.

Flughafen Kopenhagen

Ein Code? Hannah stand auf der Flughafentoilette vor dem Spiegel und war mit ihren Gedanken in eine Sackgasse geraten. War der Text der Postkarte an Salomon Gašpar kodiert? War das der Grund für die beiden Fehler im Text? Der falsch platzierte Punkt mitten im Satz und der Schreibfehler im Wort »aware«. Auf der Karte hatte awware gestanden, mit zwei w. War das Zufall? Eine Unachtsamkeit? Oder ein Indiz für einen Code? Warum schrieb jemand auf einer Postkarte an einen im Hochsicherheitstrakt einsitzenden Mörder, *dass die Zeit hier kein reeller Faktor sei und er es deshalb so schätze, dort zu sein?* Redete man in der Welt der Hoteliers so? Vielleicht, Zeit und Ort wurden in Hotels ja ein bisschen aufgeweicht. Aber warum eine Postkarte ohne Absender? Hannah versuchte, den Gedanken zu verdrängen. Mondsucht und kodierte Sprache hatten schließlich nichts mit ihr zu tun. Wahrscheinlich hatte Niels recht, vielleicht sah sie wirklich nur Gespenster, Zusammenhänge, die es nicht gab. Sie wollte nach Chile, zum VLT, das war ihre Welt.

Nur ein bisschen die Augen schminken, nicht zu viel, dachte sie und sah verschworen zu der Japanerin hinüber, die neben ihr stand. Sie hatten die Toilette für sich. Als sie mit den Augen einigermaßen zufrieden war, holte sie den Lippenstift heraus, den sie gerade gekauft hatte. *Red Dawn.* Irgendwie passte der Name zur Situation.

Morgendämmerung, ein neuer Anfang, ein neues Leben?, fragte sie sich, als sie vorsichtig mit dem purpurroten Stift die Unterlippe nachfuhr. Aber stimmte das? Sie wusste nur, dass Niels die Reise abgesagt und sie das Gefühl hatte, als stieße er sie weg. Und dass Mathias Seibicke, einer der führenden Astronomen Europas, gemeinsam mit den anderen Forschern in der Abflughalle auf sie wartete. Ein letzter Blick in den Spiegel, ein kurzes Lächeln für die Japanerin, dann trat Hannah in die Halle. Die kleine Gruppe stand unter dem Iberia-Schild, die meisten waren gut gelaunt und hielten einen Becher Kaffee in der Hand. Mathias registrierte sie. Nur ein kurzer Blick, der Hannah aber nicht entging.

***

»Boarding completed.« Die Stimme der Flugbegleiterin, die Hannah mit der Tasche geholfen hatte, tönte durch den Lautsprecher. Hannah sah auf den freien Platz neben sich. Niels' Fensterplatz. Dort hätte er sitzen sollen.

»Ist der Platz noch frei?«

Hannah hob den Blick. Mathias stand im Mittelgang und versuchte sich an einem vorsichtigen Lächeln. »Ich hocke sonst da hinten zwischen zwei dicken Geschäftsleuten«, flüsterte er.

»Natürlich«, sagte Hannah und ließ ihn vorbei. Er ließ sich auf Niels' Platz fallen.

»Ich bin noch nie gerne geflogen«, sagte er. »Es hilft, wenn man rausgucken kann.«

Hannah lächelte.

»Ich weiß ja«, fuhr er mit seinem deutschen Akzent fort: »Die Statistiken sind ganz auf unserer Seite. Jedes Jahr sind fünf Milliarden Menschen in der Luft. Dreizehn Millionen jeden Tag. Und weißt du, wie viele davon umkommen?«

»Nein«, sagte Hannah und wunderte sich über die Unterhaltung.

»Oder besser gesagt, wie wenige. Nicht mal tausend Tote pro Jahr. Bei fünf Milliarden Fluggästen.«

Hannah lächelte.

»Wohnt man in den USA, müsste man statistisch gesehen 19 000 Jahre lang jeden Tag fliegen, um einmal bei einem Flugzeugabsturz ums Leben zu kommen.«

»Die Schlussfolgerung lautet also, dass wir unser Ziel heil erreichen werden?«, fragte Hannah und richtete ihren Blick nach vorn. Sollte sie sich einen anderen Platz suchen, wenn das Flugzeug in der Luft war? Irgendeine Notlüge finden, um sich neben Lærke oder eine der anderen setzen zu können? Sie konnte hier doch nicht Arm an Arm mit Mathias sitzen. Hannah riss sich zusammen und versuchte, an etwas anderes zu denken. Den Code. Noch einmal stellte sie sich die Postkarte vor. Sah den kleinen, fehlplatzierten Punkt in der Mitte des Satzes. *It has been long since we last spoke but. I hope you are well.* Warum war an dieser Stelle ein Punkt gesetzt worden?

»Darf ich?«, fragte Mathias und starrte auf Hannahs Hand. »Nur bis wir in der Luft sind.«

»Ja, okay«, sagte Hannah, hätte aber lieber etwas anderes gesagt. Nein, fass meine Hand nicht an, die gehört Niels. Aber sie sagte nichts.

Mathias' Hand war rau und trocken. Anders als die von Niels. Nicht so stark. Hannah schloss die Augen für einen Moment und spürte die Erschütterung, die durch das Flugzeug ging, als es beschleunigte. Dann öffnete sie die Augen wieder und sah die Welt draußen immer schneller an sich vorbeirasen. Sie spürte einen schwachen Sog im Bauch, als die Räder von der Rollbahn abhoben und den Kontakt mit der Erde verloren. Mathias hatte seine

Augen noch immer geschlossen. Er drückte ihre Hand jetzt fester. Vielleicht maß sie dem allen zu viel Bedeutung bei. Er schien wirklich Angst zu haben.

Kryptografie. Das Wort kreiste Hannah schon lange im Kopf herum. Viele Jahre. Die Lehre der geheimen Schrift. *Kryptos* kam aus dem Griechischen und bedeutete »verborgen« oder »geheim« und *gráphein* hieß »schreiben«. Die Kryptologie, das Studium der kodierten Sprache, hatte bereits eine lange Geschichte. Hannah erinnerte sich, dass ihr Exmann Gustav, ein international anerkannter Mathematiker, Artikel über die Geschichte der Kryptografie geschrieben hatte. Und über die Kryptoanalyse, die Kunst, den Code zu knacken und die »Botschaft hinter der Botschaft« zu finden, wie Gustav sich ausgedrückt hatte. Hannah erinnerte sich nicht mehr an seinen ganzen Artikel, aber manches war hängen geblieben. Wie die Tatsache, dass die Kryptologie mit Sicherheit bis ins Jahr 2000 vor Christus zurückging. Man hatte Beispiele für Hieroglyphen gefunden, in denen einzelne Zeichen durch andere ausgetauscht worden waren. Später, im antiken Griechenland, war die Codesprache ein übliches Mittel in militärischen Zusammenhängen gewesen. Für Nachrichten, die über weite Distanzen überliefert werden mussten, oder Militärgeheimnisse, die den Feinden in die Hände fallen konnten. Zur Anwendung kamen verschiedene Arten von Codes, bekannt war unter anderem ein Code aus dem Jahre 487 vor Christus, über den militärische Anführer einen wichtigen Bescheid mittels eines Stocks und eines Lederriemens ausgesandt hatten. Der Text wurde entlang des Stocks in den Lederriemen geritzt, und um ihn zu lesen, musste der Empfänger einen Stock mit exakt dem gleichen Durchmesser haben und den Riemen darumwickeln. Besonders Caesar war von Codes besessen gewesen und hatte eine ganze Reihe von komplizierten Zahlencodes entwerfen lassen, bei denen Zahlen mittels verschiedener Systeme in Buchstaben umgesetzt werden mussten. Und schließlich erinnerte Hannah sich noch an einen anderen Code, der Gustav zum Lachen gebracht hatte, als er ihr davon erzählt hatte: Der persische Tyrann Histiaios hatte einen seiner Sklaven kahl geschoren, dann eine Nachricht auf seinen Kopf tätowieren lassen und schließlich die Haare wieder wachsen lassen. Eine ebenso simple wie effektive Methode, Nachrichten zu verstecken.

Mathias hatte ihre Hand endlich wieder losgelassen, sich nach hinten gelehnt und die Augen geschlossen. Sie sollte das Gleiche tun und ein bisschen schlafen, dachte sie, in der letzten Nacht hatte sie fast kein Auge zugetan. Sie hatte es kaum ausgehalten, neben ihrer Mutter zu liegen. Hannah hatte die ganze Zeit mit dem Gedanken gespielt, sich zu Niels auf das Sofa zu legen, aber irgendwie war ihr auch das falsch vorgekommen. In der letzten Nacht hatte sie sich wirklich heimatlos gefühlt. Sie schloss die Augen, dachte an ihre Kinder und fragte sich, warum sie in Anwesenheit ihrer Mutter immer so ruhig waren. Gab ihre Mutter den Kleinen das Gefühl, voll und ganz für sie da zu sein und sich liebevoll um sie zu kümmern? Hannah öffnete die Augen. Eine versteckte Botschaft? Sollte sie sich auf die Möglichkeit einlassen, dass die Karte kodiert war? Nur während des Fluges, sie hatte ja doch nichts anderes zu tun. Niels konnte sich hier nicht über sie lustig machen, und ihre Kinder konnten sie jetzt auch nicht stören. Aber wo sollte sie anfangen? Mit dem Text? Hätte sie doch nur die Karte mitgenommen! Aber die Mappe *Operation Hamlet* lag zu Hause in ihrem Büro. Zu Hause? Sie schüttelte den Kopf, aber irgendwie stimmte es, irgendwie war das Niels-Bohr-Institut zu ihrem zweiten Zuhause geworden. Es hatte sogar Zeiten gegeben, in denen sie sich dort mehr zu Hause gefühlt hatte als bei Niels und den Kindern. Also, wie hatte der Text angefangen?

Dear friend? Nein, *Old friend,* auch über die seltsame Anrede hatte sie sich gewundert. Sie nahm die Serviette, die sie zusammen mit dem Tütchen Erdnüsse erhalten hatte, strich sie glatt und fragte Mathias nach einem Kugelschreiber.

»Ich weiß nicht, wie gut der schreibt«, sagte der deutsche Forscher und nahm einen Füller aus seiner Tasche.

»Danke«, sagte Hannah und schrieb:

Old friend.

Die ersten beiden Worte der Postkarte. Darunter notierte sie die anderen Sätze, an die sie sich erinnerte.

Time is not a real factor around here, it's probably why I like this place so much.

Was hatte sonst noch auf der Karte gestanden? Irgendetwas mit »report«. Ja, jetzt kam ihr auch dieser Satz wieder in den Sinn:

I don't have a lot to report.

Ich habe nicht viel zu berichten. Ein eigenartiger Satz, fand Hannah. *Ich habe nicht viel zu erzählen,* wäre viel natürlicher gewesen, aber *berichten?* Berichten tat doch nur jemand, der ausgesandt worden war, um jemand anderem über irgendwelche Nachforschungen Bericht zu erstatten. Ein Journalist. War der Absender Journalist? Jetzt erinnerte Hannah sich auch an den letzten Satz der Karte:

Wish you could be here.

Der letzte Satz klang ziemlich normal, dachte sie. Den hätte sie selbst so schreiben können, ein ganz natürlicher Abschluss. Dann war da noch der Satz mit dem seltsamen Punkt. Aber wie war der genaue Wortlaut gewesen?

It has been long since we last spoke but. I hope you are well.

Hoffentlich ist es ein Zahlencode, dachte Hannah. Worte waren noch nie ihre Sache gewesen. Trotzdem, vielleicht sollte sie einen

Versuch wagen und die Buchstaben durch Zahlen ersetzen? Der simpelste Ansatz war, A durch 1 zu ersetzen, B durch 2, C durch 3 und so weiter. Aber war es so einfach? Konnte man jeden Buchstaben des Textes in eine Zahl verwandeln, und würden die sich daraus ergebenden Zahlen die »Botschaft hinter der Botschaft« bilden? Hannah versuchte es. Das erste Wort war *Old*. Mit ihrem Code würde der Buchstabe O die Zahl 15 ergeben. Das L die Zahl 12 und das D die Zahl 4.

15,12,4

15 124.

Was konnte das sein? Ein Betrag?

Oder eine Distanz? 15 124 Kilometer. Das wäre weit. Der Umkreis der Erde betrug am Äquator etwa 40 000 Kilometer... Nein, das ergab keinen Sinn. Stattdessen nahm sie das nächste Wort unter die Lupe: *friend*. Was ergab sich daraus? Sie schrieb 6 für F, 18 für R, 9 für I, 5 für E, 14 für N und 4 für D. So wurde daraus:

6.18.9.5.14.4.

61 895 144.

Sah aus wie eine Telefonnummer. Eine ganz gewöhnliche Telefonnummer, dachte Hannah und hörte, dass ihr Atem etwas schneller und hektischer ging. War das eine Spur? Aber wessen Nummer konnte das sein? Wenn sie alle Worte der Postkarte in Ziffern verwandelte, würde sich eine unbegreiflich große Zahl ergeben. Ergab es Sinn, eine derart lange Zahl an einen geisteskranken Mörder zu schicken? Hannah lehnte sich zurück und schloss für einen Moment die Augen. Warum tat sie das eigentlich? Ging es in Wahrheit um etwas ganz anderes, um Niels? Der Gedanke verfolgte sie eine ganze Weile. Ja, bei dem Code ging es um Niels, und plötzlich ergab diese Arbeit auch Sinn. Sie musste den Code knacken, um bis zu ihm durchzudringen. Ein

Liebescode. Lächerlich. Aber nicht lächerlicher als alles andere auch.

Vielleicht war der Code aber noch komplizierter. Vielleicht musste sie jeden Buchstaben in eine Zahl verwandeln und dann … mit einer anderen Zahl multiplizieren … vielleicht 3. Auch von so einem Code hatte sie schon einmal gehört. Was ergab das erste Wort dann? Old. O war der fünfzehnte Buchstabe des Alphabets, multiplizierte man ihn mit 3, ergab das die Zahl 45. L war der zwölfte Buchstabe, mal drei war das 36, und D entsprach dann 12. Aus *Old* wurde dann 45,36,12. Hannah stellte sich vor, dass sich das Alphabet unendlich wiederholte. Im englischen Alphabet waren sechsundzwanzig Buchstaben, fing man nach dem Z wieder von vorne an, war das A die 27, das B die 28 und so weiter. Was würde dann dort stehen? 45 würde zu S, 36 zu J und 38 zu L. SJL. Hannah warf einen Blick auf die Buchstaben und dann wieder auf die Zahlen. Multiplizierte man die zweistelligen Zahlen jeweils mit sich selbst, also 4 mal 5, 3 mal 6 und 1 mal 2, kam man zu TRB. Oder musste sie noch komplizierter denken? Gustav hatte ihr von einem Code erzählt, bei dem man die Zahl finden musste, die dem quadrierten Buchstaben entsprach. Aus O würde dann 15^2, also 15 mal 15, was 225 ergab. L wäre 12^2, also 144. Und aus D würde 16. Daraus ergab sich dann eine neue Zahlenkombination:

225,144,16.

22 514 416.

Auch diese Zahl sah wie eine Telefonnummer aus.

»Coffee or tea?« Die Monotonie in der Stimme der Flugbegleiterin ließ darauf schließen, dass sie schon mehrmals gefragt haben musste.

»Yes, coffee or tea, please«, sagte Hannah, sie war vollständig von dem Text gefangen. Sie musste an einem anderen Ort anfangen.

Irgendetwas einzoomen. Aber was hatte sie? Gustav hatte sie in die Kryptoanalyse eingeweiht. Aber erinnerte sie sich auch daran, was er gesagt hatte? Hannah schloss die Augen und versuchte, etwas aus dem Dunkel ihres Unterbewusstseins heraufzuholen. Ja, er hatte von … Brüchen gesprochen, kleinen Unebenheiten. Ja, so hatte er das genannt, da war sie sich beinahe sicher. Er hatte gemeint, dass es immer darauf ankomme, einen kleinen Bruch zu finden, etwas, an dem man ansetzen und durch das man hinter den Code gelangen konnte. Hannah öffnete die Augen und starrte in den schwarzen Kaffee. Sie hatte einen kurzen Text aus Guatemala an einen Insassen des Sikringen. Ein verhältnismäßig banaler Text mit zwei Fehlern: ein Schreibfehler im Wort *awware* und ein seltsamer Punkt mitten im Satz. Hatten diese beiden Dinge etwas zu bedeuten? Schreibfehler konnten ja mal vorkommen, dachte sie. Aber vielleicht nicht dieser? Andererseits kannte sie Kollegen, die trotz ihres turmhohen IQs Schwierigkeiten mit der Rechtschreibung hatten. Aber der Punkt war und blieb seltsam. Sie ertappte sich bei einem Lächeln. Weil sie einen Entschluss gefasst hatte, weil sie für einen Moment das Gefühl gehabt hatte, einen Schritt weiter gekommen zu sein: Der Punkt mitten im Satz war ihr Ansatz. Der Bruch, den sie auf irgendeine Weise nutzen musste, um den Code zu knacken, die Botschaft hinter der Botschaft zu verstehen und Niels zu finden.

17.

London, 1939

Michael senkte den Blick. Er versuchte, sich so unauffällig wie nur möglich zu verhalten und dabei sein Gesicht zu verstecken. Die Beamten waren direkt vor ihnen. Rachel drehte sich plötzlich um, legte ihre Hände um sein Gesicht und küsste ihn. Dann wich sie zurück, lächelte, nahm seine Hand und zog ihn rasch in die andere Richtung, wobei sie lauthals verkündete, dass Vivien Leigh das Südstaatenmädchen in »Vom Winde verweht« spielen sollte.

»Kannst du dir das vorstellen?«, fragte sie laut. Michael warf schnell einen Blick zurück. Alexander folgte ihnen, die Beamten sahen in die entgegengesetzte Richtung.

»Vivien Leigh?«, sagte sie laut und voller Missfallen »Als Scarlett O'Hara?«

Sie verließen den Bahnhof durch den mittleren Ausgang. »Lächeln«, sagte sie. »Sie suchen nach einem Mörder, nicht nach einem Mann, der Arm in Arm mit einer Frau geht.«

Michael sah sie kurz an. Er verstand, was sie sagte, musste so tun, als wäre er ein anderer und nicht der gesuchte Michael Bedford, dessen Mutter bereits auf dem Weg ins Grab war. Erschien der *Evening Standard* auch in Liverpool, oder prangte sein Gesicht auch schon auf der Titelseite des *Liverpool Echo?* Hatte sie ihr letztes Wort in diesem Leben bereits gesprochen? Ihren älteren

Sohn hatte sie im großen Krieg verloren und jetzt … *Michael.* Sie würde seinen Namen nur ein einziges Mal aussprechen, das wusste er, und danach schweigen, bis sie ihren letzten Atemzug tat. Er sollte sie anrufen, ihr erklären, was geschehen war und dass nicht er der Täter war.

»Warte«, sagte er und blieb stehen. Er sah noch immer Alexanders Blick vor sich, als er das Abteil betreten hatte. Die Enttäuschung, die Überraschung. »Rachel?«

»Lass uns weitergehen, Michael.«

»Nein, es ist wichtig. Warst du die ganze Zeit mit ihm zusammen?«

»Wovon redest du?« Alexander mischte sich ein.

»Ich rede von dir, Alexander. Du hast mich verraten. Wie hätten mich die Polizisten sonst in Folsons Scheune finden können?«

»Michael. Du wirst gesucht«, sagte Alexander. Mit Betonung auf dem »Du«. »Sie sind überall. Sie fahnden nach dir. Auch in den entlegensten Ecken.«

»Aber ein bisschen auffällig ist das doch, oder?« Michael sah zu Rachel. »Ihr geht, und kurz darauf kommt die Polizei. Wart ihr in Oxford die ganze Zeit zusammen?«

»Wir waren …« Rachel zögerte. »Nein, nicht die ganze Zeit. Aber die meiste. Wir waren in unseren Zimmern, um zu packen.«

»Da siehst du es«, fiel Michael ihr lauter als beabsichtigt ins Wort. »Was, glaubst du, hat er da gemacht? Er hat die Polizei angerufen und ihnen gesagt, dass der gesuchte Mörder sich in Folsons Scheune versteckt.«

»Michael, hör auf!« Rachel hob die Hände. Sie wollte nichts mehr davon hören.

»Du machst ihr Angst mit deinem Gerede. Siehst du das denn nicht?«, herrschte Alexander ihn an und legte Rachel kurz die Hand auf die Schulter. In Michaels Kopf meldete sich der nächste

Gedanke, ebenso unerträglich wie wahr. Die Oberklasse hielt zusammen, immer, und er war kein Teil dieser Gesellschaft, er war ein Paria. Er sah zu Rachel. Auf sie kam es jetzt an. Ohne sie stand in einem möglichen Verfahren Michaels Wort gegen das von Alexander. Und Alexander würde sicher behaupten, dass er nicht einmal im Haus gewesen war, während Michael nur gestehen konnte, dass er den Einbruch gemeinsam mit Alexander und Rachel begangen hatte, dass er, Michael, mit Jenkins' Tod aber nichts zu tun hatte. Wem würde der Richter glauben? Alexander mit der noblen Familie und dem Gut in Schottland oder dem Jungen aus dem Arbeiterviertel von Liverpool? Michaels einzige Chance war Rachel, aber was würde sie sagen?

»Wir dürfen nicht hier stehen und streiten.« Alexander versuchte, Michael am Arm zu nehmen und ihn weiterzuziehen.

Michael suchte Augenkontakt mit Rachel. Sie hatte den Blick gesenkt, starrte auf den Asphalt. Das Neonlicht des Odeon ließ ihr Gesicht in allen Regenbogenfarben schimmern.

»Michael, wir müssen zusammenhalten. Was auch passiert ist, wir müssen an unserem Plan festhalten«, sagte sie eindringlich. »Morgen müssen wir in die Bank. Das Dokument muss sicher verwahrt werden.«

»Und bis dahin müssen wir untertauchen, und ich weiß auch, wo«, sagte Alexander.

Michael fixierte ihn ein paar Sekunden, plötzlich überrumpelt von dem unangenehmen Gefühl, einen Widersacher vor sich zu haben, gegen den er nicht siegen konnte. Alexander würde niemals auch nur einen einzigen Tag im Gefängnis verbringen.

18.

Nykøbing, Sjælland

Ruckartig wurden die hinteren Türen des Mannschaftswagens aufgerissen. Draußen war es dunkel, Niels hatte keine Ahnung, wie spät es war, und es verging eine Weile, bis er Leon ausmachen konnte. Der Einsatzleiter war nur eine Silhouette, bis er in den Wagen stieg und sich neben Niels setzte. Die Männer hatten keinen Augenkontakt, Leon starrte mit diesem seltsam konzentrierten Blick ins Leere, den Niels bei ihm schon so oft gesehen hatte.

»Wo sind wir?«, fragte Niels.

»Zehn Minuten vom Trakt entfernt. Auf einem kleinen Waldweg. Sie warten da oben auf uns. Sieht schick aus«, fügte Leon hinzu.

Niels sah ihn fragend an, bis ihm klar wurde, dass Leon seine neue Frisur meinte. Oder das Fehlen der Frisur. Niels hatte sich eine Glatze geschoren. Wie Berthold. »Wir wissen, dass er kommt«, hatte der Verrückte gesagt. Anschließend hatte Sonning Niels versichert, dass das nur Geschwafel sei und Berthold die ganze Zeit so etwas sagen würde. Paranoid Schizophrene beschäftigen sich häufig mit großen Ideen wie dem Weltuntergang, dem Erlöser, Dämonen, Engeln, Teufeln und radioaktiver Strahlung. Aus dem gleichen Grund falle vielen von ihnen das Töten auch so leicht. Wenn man überzeugt davon ist, dass Menschen besessen sind, dass man von bösen Geistern umringt ist, der Kaufmann an der Ecke dich kidnappen und deine Körperflüssigkeiten an Außerirdische verkaufen will, ist es ein Leichtes, sich gegen den Kaufmann zu wehren, ihn anzugreifen und seine Eingeweide herauszureißen, bevor er das mit deinen tut.

»Was machen wir hier?«

Leon musterte Niels. Das Licht im Wagen war gelb und kam senkrecht von oben. Die Schatten im Gesicht des Einsatzleiters ließen ihn krank aussehen.

»Ein letztes Briefing«, sagte er.

»Nicht notwendig«, sagte Niels. »Ich habe *Operation Hamlet* gelesen. – Ich bin Hamlet.«

»Du bist jetzt mit der Einsatztruppe unterwegs, Bentzon. Wir pflegen die Dinge immer noch einmal durchzusprechen.« Leon beugte sich zu Niels hinüber, sodass die anderen im Wagen ihn nicht hören konnten. »Vergiss nicht: Die Einsatztruppe besteht aus harten Kerlen, Bentzon. Die sind nicht unbedingt die Hellsten. Ich gehe immer noch einmal alles durch, was im Einsatzplan steht, sonst habe ich Zweifel, ob sie alles begriffen haben.«

Niels lächelte.

»Das Sikringen«, sagte Leon laut, damit alle ihn hörten. »Es ist spät, sodass du höchstwahrscheinlich nicht mehr von einem Psychiater in Empfang genommen werden wirst. Die erste Nacht wirst du irgendwo im Einlieferungsbereich verbringen, auf dem Ankunftsflur, wie sie das nennen, bis du morgen dann zu den anderen Patienten kommst, okay?«

»Okay.«

»Die erste Nacht ist also eine Art Wartezeit. Sieh zu, dass du Schlaf bekommst. Morgen geht es dann in die Abteilung. Von da an bist du in illustrer Gesellschaft, Bentzon. Dort sitzen die Schlimmsten der Schlimmen ein. Leute, die sich gerne auf der Titelseite des *Ekstra Bladet* sehen. Einige von ihnen sind richtiggehend berühmt. In den letzten fünfzig Jahren sind nur etwa neunzig Urteile gefällt worden, die zu einer Verwahrung im Hochsicherheitstrakt geführt haben. Gut die Hälfte der Patienten hat über dreißig Jahre ihres Lebens dort verbracht. Man muss wirklich außergewöhnlich verrückt sein, um da zu landen, so gemeingefährlich, dass schon der kleinste, von Wachleuten und Polizisten begleitete Ausgang vom Staatlichen Ärzterat genehmigt werden muss.«

»Du verstehst es, deine Waren an den Mann zu bringen«, flüsterte Niels und erinnerte sich an das, was Herbert gesagt hatte. Neben dem Trakt lag der Friedhof der Hirnlosen. Weil die Ärzte des Sikringen anfangs den Toten die Gehirne zu Studienzwecken entnommen hatten, um die biologische Ursache des Wahnsinns zu finden. Über 2000 Gehirne. Ohne Wissen der Angehörigen. Es geschah nachts in der Kapelle, bevor die Patienten in dem Wald begraben wurden, der an die Anstalt grenzte. Die Gebäude waren seither mehrmals renoviert worden, und die Verhältnisse sollten sich mit dem Fortschritt der Zivilisation verbessert haben. Neues war auf Altes gebaut worden, aber die Erde war dieselbe und noch immer voller Knochenreste von Menschen, um die niemand sich kümmerte. Niels versuchte das Bild der 2000 hirnlosen Leichen zu verdrängen und durch chilenische Weinberge zu ersetzen, durch seine Hand, die durch Weinblätter strich, eine Traube in den Fingern.

»Knapp die Hälfte der Patienten sind mehr oder minder konstant an ihre Betten fixiert. Andere laufen mit Riemen um Hände und Füße herum. In den Medien ist das häufig kritisiert worden. Das Europäische Komitee zur Folterprävention war unangemeldet zu Besuch, und die Mitglieder waren derart entsetzt, dass sie fast selbst ein Sedativum gebraucht hätten.«

Niels sah zu Leon. Machte er sich über ihn lustig? Es sah nicht danach aus.

»Dieses Komitee besteht aus butterweichen Pädagogen, die der

Überzeugung sind, dass man nur mit den Menschen reden muss, wenn es ihnen schlecht geht. Aber mit den Patienten im Trakt kann man nicht reden. Nicht auf diese Weise.« Er sah zu Niels. »Letztes Jahr hat einer versucht, einen Arzt und eine Krankenschwester umzubringen. Du musst deine Augen immer offenhalten. Es ist an der Tagesordnung, dass Patienten gewalttätig und anschließend fixiert werden.«

»Greifen die sich gegenseitig an? Die Wahnsinnigen?«

»Was glaubst du?«

Niels antwortete nicht. Er wusste, was er glaubte. Oder wusste. Dass nämlich dieser Einsatz von allen Einsätzen, die er je gehabt hatte, der übelste war. Der gefährlichste.

»Das ist die letzte Chance, Bentzon.«

Schweigen. Leon gewährte Niels zwölf Sekunden Bedenkzeit, ehe er fortfuhr: »Schaff uns Klarheit, Bentzon. Paludan wurde mit Gift ermordet. Die gleiche Art Gift, die einer der Insassen schon früher benutzt hat.«

»Der Portugiese«, flüsterte Niels und rief sich die Bilder ins Gedächtnis, die er von ihm gesehen hatte. Der Hoteldirektor, der Nachtportier, der …

»Der Portugiese, ja«, sagte Leon und nahm den Faden auf: »War er an dem Mord beteiligt? Irgendwie? Macht er gemeinsame Sache mit einem anderen Patienten oder jemandem vom Personal? Einem von den Ärzten? Hat er einen Pfleger in seinen Bann gezogen? Hypnotisiert? Wie Charles Manson damals in den Sechzigern. Der hat andere die Drecksarbeit machen lassen, Bentzon. Wie verhält er sich? Wenn er es denn ist? Alle Patientenbereiche sind videoüberwacht. Es gibt nur zwei Räume im gesamten Hochsicherheitstrakt, in denen keine Kameras hängen. Die Toilette auf dem Flur und der Raum, in dem die Patienten die Elektroschockbehandlung bekommen.«

»Warum sind da keine?«

»Ganz einfach, weil man nicht will, dass es Videos von Elektroschockbehandlungen gibt. Die tauchen sonst gerne mal auf YouTube auf. Und es sieht nicht gut aus, wenn Menschen betäubt werden, während sie sich unter Stromstößen, die die Ärzte durch ihre Köpfe jagen, aufbäumen und vor Schmerzen winden.«

Leon beugte sich noch einmal zu Niels vor: »Du musst ihr Vertrauen gewinnen, sie müssen dir glauben, dass du nur ein Patient bist. Auch das Personal darf deine wahre Identität nicht erfahren, denn wie auch immer das alles zusammenhängt – egal ob der Portugiese was damit zu tun hat oder nicht –, es muss einen Mitschuldigen unter den Angestellten geben. Finde heraus, was die Schere in dieser Nacht gesehen oder gehört hat.«

»Lass uns endlich loslegen, bevor ich das alles bereue«, sagte Niels.

»Stört das Hörgerät?«

»Nein«, sagte Niels. Er hatte schon vergessen, dass er das kleine Ding im Ohr hatte.

Leon sprach in sein Mikrofon. »Hörst du was?«

»Perfekt«, sagte Niels.

»Du darfst das zu keinem Zeitpunkt rausnehmen, ich muss dich rund um die Uhr erreichen können. Und du musst Kontakt zu mir aufnehmen können. Ich stehe unten auf der Straße, einen Kilometer vom Sikringen entfernt. Ich habe einen unauffälligen Platz in einer Nebenstraße gefunden, da kommt kein Mensch vorbei. Und ich bleibe dort, bis die *Operation Hamlet* vollendet ist. Kleine Abstecher nach Kopenhagen ausgenommen, aber darüber informiere ich dich jeweils. Verstehst du das, Bentzon? Ich kann im Handumdrehen da sein, du musst es nur sagen. Irgendwelche Zweifel oder Fragen?«

Niels dachte nach. Ja, er hatte Unmengen von Fragen. An seine

Frau. Dinge, die er Hannah gerne gefragt hätte. Was er ihr eigentlich bedeutete. War er nur irgendeine Theorie, wie die, die sie Tag für Tag in ihrem feinen Institut mit Aussicht auf den Park studierte? Theorien über Superstrings oder Standardmodelle, all die Sachen, in die sie Niels einweihen wollte und die erklären sollten, warum das Universum so war, wie es war. Aber wenn eine Theorie nicht funktionierte, verwarf man sie einfach, auch wenn man zehn, zwanzig, vierzig Jahre daran gearbeitet hatte. Niels fühlte sich im Moment wirklich wie eine von Hannahs Theorien, durchgerechnet und für unbrauchbar befunden.

»Bentzon?« Niels sah wieder zu Leon. »Hast du deine Vita parat? Jens Petersen?«

»Lass uns loslegen«, sagte Niels.

»Dann, Bentzon, fehlt nur noch eins. Deine Hände.«

Niels streckte seine Arme vor. Fühlte sich wie ein Sklave. Es machte leise klick, als die Handschellen sich um seine Handgelenke schlossen.

»Und die da«, sagte Leon und beugte sich hinunter, um Niels' Füße am Boden zu fesseln. Das gleiche Klicken wie zuvor. Gefangen. »Okay?«

»Okay.«

»Gut, Bentzon, dann fahren wir los«, entschied Leon und stand auf. Er stieg aus dem Wagen, das Geräusch von Stiefelsohlen auf dem Stahlboden des Wagens. Draußen drehte er sich noch einmal um und sah Niels an, der in einer Ecke des Wagens saß, gefesselt an Händen und Füßen. »Bentzon. Ich verspreche, dir jeden Abend ein Gutenachtlied zu singen. Nur, damit du dich nicht allein fühlst.« Die Tür schloss sich ohne einen Laut. Gleich darauf startete der Motor, und der Wagen setzte sich in Bewegung.

TEIL II

Das Buch des Wahnsinns

Die Welt ist ein Irrenhaus.

CICERO

1.

Sikringen, Nykøbing, Sjælland

Die einzige Chance. Niels wachte von dem Satz auf und hörte Leons heisere Stimme nachhallen. Er hatte eine ganz besondere Art, seine Sätze ausklingen zu lassen, um sicherzugehen, dass die Botschaft auch angekommen war. Niels hatte zugehört und die Botschaft verstanden: Die heutige Konsultation beim leitenden Oberarzt, Jarl Schapiro, war seine einzige Chance, den Personalbereich zu sehen, in dem Paludan ermordet worden war. Danach fanden die Gespräche in den Zellen der Insassen statt, weil dies sicherheitstechnisch und logistisch einfacher war. Der Mord an Paludan hatte im Personalbereich stattgefunden. Er hatte das Gift in seinem Büro eingenommen, und in der Toilette war dann der Tod eingetreten. Aber welche Verbindung gab es zu den Insassen? Zur Schere und zum Portugiesen?

Niels blieb liegen und versuchte, sich auf das zu konzentrieren, was ihn erwartete. Er musste seine neue Wirklichkeit verstehen: den Hochsicherheitstrakt, Jens Petersen, Antipsychotika, Angst. Die vier wichtigsten Elemente seines neuen Lebens, die tragenden Säulen seines Daseins in dem ausbruchsichersten Ort des Landes.

Eine Stimme schnitt dazwischen:

»Bentzon?« Leon. Er war angespannt. »Bist du wach?«

Niels versuchte, sich aufzusetzen.

»Ich fühle mich komisch«, sagte Niels. »Hast du mit Sonning über die Medikamente gesprochen, die sie mir gegeben haben?«

»Ja, er ist sich nicht vollkommen sicher, vermutet aber, dass sie dir Cisordinol gegeben haben, wenn das so ausgesprochen wird. Ich weiß aber nicht, ob du das hören willst.«

»Doch, Leon. Ich muss das wissen. Was passiert mit mir? Wir müssen eine Art Logbuch führen.«

»Okay«, sagte Leon und las langsam die Liste der Nebenwirkungen vor: »Vermehrter Appetit, Gewichtszunahme, Schwäche, Müdigkeit, Schmerzen, verstärkte Speichelbildung, Verdauungsprobleme, Verstopfung, Diarrhöe, Atemnot, geschwollene Nasenschleimhäute, Herzklopfen.« Leon seufzte leise, bevor er weiterlas: »Muskelschmerzen, Muskelsteifheit, Zittern, Schwindel, Kopfschmerzen, Änderung der Empfindsamkeit der Haut, Konzentrationsschwächen, Gedächtnislücken, Koordinationsprobleme beim Gehen, Schlaflosigkeit, Depression, Angst. Nervosität, abnorme Träume, verminderte Sexuallust, vermehrtes Schwitzen und Jucken der Haut.«

»Sonst nichts?«

»So, so, Bentzon, noch immer guter Dinge? Es gibt auch noch ein paar weniger häufige Nebenwirkungen, aber über die können wir ja später reden?«

»Nein, bringen wir es hinter uns.«

»Verminderter Appetit, Gewichtsverlust, Fieber, Untertemperatur, Magenschmerzen, Übelkeit, Blähungen, eingeschränkte Leberfunktion, niedriger Blutdruck, Hitzewallungen … sag mal, reicht es nicht langsam? Sollen wir den Rest nicht nach dem Frühstück durchgehen?«

»Jetzt mach schon«, flüsterte Niels.

»Anhaltende Krämpfe der Kiefermuskulatur, Krämpfe der Halsmuskulatur, verstärkte Reflexe, Parkinsonismus, Ohnmachtsanfälle, Schwierigkeiten in der Koordination von Armen und Beinen, Artikulationsprobleme, unfreiwillige Augenbewegungen, Muskelschlaffheit, Krämpfe, Migräne, Schlappheit, uuih ...« Leon unterbrach sich selbst. »Es gibt auch eine gute Nachricht.«

»Was?«

»Vermehrte Sexlust«, sagte Leon, bevor er mit den schlechten Nachrichten fortfuhr: »Konfusion, erweiterte Pupillen, Hypersensibilität bei Geräuschen und Licht, Tinnitus, Hautausschlag, Pigmentveränderungen der Haut, fettige Haut, Entzündungen und Blutungen der Haut und der Schleimhäute. Ausbleibender oder verspäteter Samenabgang, Erektionsstörungen, Trockenheit der Scheide ... über Letzteres würde ich mir an deiner Stelle keine Sorgen machen.«

Es klopfte an der Tür. Laut und kompromisslos.

»Jetzt holen sie mich«, flüsterte Niels.

»Dann kommt's jetzt darauf an, Bentzon. Viel Glück.«

»Jens?« Licht fiel in den Raum. In der Tür stand eine Krankenschwester. Sie hatte die Arme in die Hüften gestemmt, sodass ihre Silhouette an einen Engel erinnerte. Hinter ihr waren zwei weitere Gestalten zu erkennen. Größer und breiter. »Zeit für dein Bad, Jens. Bist du wach?«

»Ja«, sagte Niels.

»Ich gebe dir noch zwei Minuten. Dann kommst du einfach raus.« Niels wusste, dass das keine Frage war.

Die Tür wurde geschlossen, und es war wieder dunkel. Die Hände an die Wand, eine kalte, glatte Oberfläche. Da. Ein Schalter. Scharfes Licht blendete ihn, sodass er für einen Moment nur sein eigenes Elend sah. Die Konturen zeichneten sich langsam in dem klinischen Zimmer ab: der Rand des Bettgitters, der Schrank in der Ecke, das leere Regal daneben. Er wusste, dass er hier nicht wohnen sollte. Der Raum war keine richtige Zelle, sondern nur das Vorzimmer zur Hölle. Hier wurden die Patienten einquartiert, die in der Nacht kamen. Um die anderen nicht zu beunruhigen. Im Laufe des Tages würde er eine richtige Zelle bekommen.

»Jens, es wird dann Zeit«, rief einer der Wachmänner und klopfte fest an die Tür. Eine Ansage. »Zeit für dein Bad!«

»Ich komme«, sagte Niels und stand auf. Er atmete tief durch und versuchte, sich auf seine Aufgabe zu konzentrieren: der Portugiese. Salomon Gašpar. Hatte er bei dem Mord an Paludan die Strippen gezogen? Aber wie? Im Personalbereich konnte er nicht gewesen sein, das war ausgeschlossen. Die Patienten hatten dort keinen Zutritt, das waren zwei getrennte Universen, überdies bestätigten die Aufnahmen der Überwachungskameras, dass er seine Zelle nicht verlassen hatte. Aber konnte der Portugiese, wie Sommersted und Leon es angedeutet hatten, mit einem Angestellten in Verbindung stehen? Hatte er einen Komplizen beim Personal? Jemanden, der Paludan auf seinen Befehl hin ermordet hatte? Die Schere? Niels wollte sich zuerst um ihn kümmern. Versuchen, ihn zum Reden zu bringen. Sein Vertrauen zu gewinnen.

***

Die Krankenschwester hieß Mona. Das kleine Namensschild hing nachlässig schief an ihrem Kittel, aber das würde von den unter Medikamenten stehenden Verrückten ja doch niemand bemerken. Aber Niels hatte es bemerkt. Und für ihn war es wichtig, dass sie einen Namen hatte. Mona. Das machte sie zu einem Menschen, so wie ihre Stimme, sie klang freundlich, aber in ihrem Blick lag etwas Unangenehmes. Mona sah ihn beim Reden nicht an, ihr Blick ruhte auf der Wand hinter ihm, als sie die einstudierte Instruktion herunterleierte, die sie bestimmt schon vor vielen Patienten aufgesagt hatte. »Diese Prozedur müssen alle neuen

Patienten über sich ergehen lassen, Jens«, erklärte sie, während die Wachleute neben ihm standen und seine Arme festhielten. »Wir müssen dich erst kennenlernen, wie du auch uns noch kennenlernen musst. Das geht wirklich am besten so und ist für dich vielleicht auch ganz angenehm. Verstehst du?«

»Ja«, sagte Niels. Und dachte, dass bestimmt viele der Verrückten Widerstand leisteten, wenn sie ins Bad sollten. Wie kleine Kinder. Nur dass sie keine kleinen Kinder waren und das Personal dann – im schlimmsten Fall – einen eingeseiften Zwei-Meter-Riesen vor sich stehen hatte. Wie unangenehm und gefährlich das werden konnte, lag auf der Hand. Er starrte auf die Tür. Die einzige Tür im Trakt, die mit einem gewöhnlichen Schlüssel verschlossen wurde. Sie war verschlossen, wenn das Bad nicht benutzt wurde. Ein Patient kam nur in Begleitung des Personals hier rein. Das Badezimmer war von der Spurensicherung gründlich untersucht worden, da es nur hier und im Fixierraum keine Videoüberwachung gab. Ursprünglich war auch in diesem Raum einmal eine Kamera montiert gewesen, aber nach den heftigen Protesten des Europäischen Komitees zur Folterprävention und des Ethikrats gegen das Filmen von nackten Patienten war sie abmontiert worden.

»Gut, sollen wir dann loslegen?«

Der kleinere der Wachmänner ließ Niels los und schloss die Tür auf. Rostige Scharniere krächzten, gefolgt von dem Knirschen einer schweren Tür, die sich nur widerstrebend öffnen ließ.

»Hier entlang«, sagte der andere Wachmann und legte seine Finger noch fester um Niels' Oberarm. Ein kleiner Impuls, aber schon waren sie im Bad. Die Tür fiel hinter ihnen ins Schloss und wurde verriegelt. Der niedrige Duschraum war kaum zehn Quadratmeter groß. Durch die beschlagenen Panzerglasscheiben waren die Gitter draußen kaum noch zu erkennen. Hellgrüne Industriefliesen, eine Farbe aus den Sechzigern. Die Luft war klamm. Ein ovales Waschbecken war in einer Ecke an die Wand montiert, die Metalllegierung blätterte von den Wasserhähnen. Über der Dusche hing ein rostiger Duschkopf von der Decke. Direkt darunter stand ein Rollstuhl mit breiten Lederriemen für Arme, Beine und Brustpartie.

»Wenn du dich dann ausziehst«, sagte der Wachmann und zeigte auf eine alte, marode Bank. »Deine Sachen kannst du da ablegen.«

»Ja«, sagte Niels und begann mit dem Hemd. Der Stoff klebte auf der schweißigen Haut. Seine Finger zitterten. Die Medikamente, dachte er. Die Knöpfe waren ein Problem, auch weil der Wachmann weniger als einen halben Meter vor ihm stand und jede seiner Bewegungen beobachtete.

»Hast du dir in die Hose gemacht?«, fragte der Wachmann. Niels sagte nichts. Er starrte an die Wand hinter sich. Ockerfarbener Kalk. Nur eine einzelne Lampe über dem Spiegel erhellte den Raum. Oben in der Ecke waren noch die Kabel zu erkennen, die seinerzeit zu der Kamera geführt hatten. Ein Riss zog sich durch den Spiegel. Niels betrachtete sein Gesicht, zweigeteilt, bevor er instinktiv den Blick senkte und auf den Boden starrte. Die kleinen Pfützen reflektierten das Licht. Es war alles andere als angenehm, sich so im Spiegel zu sehen, so klein, so machtlos, so nackt.

»Jetzt beeil dich mit deinen Sachen«, sagte der Wachmann ungeduldig.

Niels legte Hose und Unterhose auf die Bank.

»Hinsetzen.«

»Was ist mit meinem Hörgerät?«

»Rausnehmen.«

Niels zögerte. Es fühlte sich nicht gut an, die letzte Verbindung zur Außenwelt zu kappen, aber dann nahm er den Ohrhörer heraus.

»Hier«, sagte die Krankenschwester und reichte ihm eine Plastiktüte.

Niels ließ das kleine Gerät in die Tüte fallen.

»Setz dich.«

Eine dünne kalte Plastikschicht trennte seinen nackten Körper vom Sitz des Rollstuhls.

»Kannst du etwas hören?«, rief einer der Wachleute. Und dann noch einmal extralaut direkt vor seinem Ohr: »Kannst du hören, was ich sage?«

»Ja«, flüsterte Niels.

»Gut, dann kriegst du noch das hier, wir wollen dir ja nichts weggucken«, sagte der Wachmann und legte ein Tuch über Niels' Schoß. Der andere Wachmann schnallte bereits Niels' Füße fest.

»Gut, dass du mitarbeitest, Jens«, sagte die Krankenschwester, während sie sich lange, weiße Gummihandschuhe überstreifte. »Bleib einfach still sitzen, es dauert nicht lang.«

Die letzten Riemen wurden befestigt, besonders unangenehm war der über der Brust. Er schnürte ihm die Luft ab. »Gut, so sitzt du genau richtig«, sagte einer der Wachleute.

»So«, sagte die Schwester und drehte das Wasser auf. Niels zuckte zusammen wie unter einem elektrischen Schlag, dann lähmte der eiskalte Strahl seinen ganzen Körper. Er rang nach Luft.

»Zu kalt? Manchmal dauert es einen Augenblick, bis das Wasser warm wird«, sagte sie und seifte ihn ein. Es roch nach Fichtennadeln und Lavendel. Sie war gründlich, ihre Finger massierten seine Kopfhaut, schoben sich in seine Ohren und fuhren über sein Gesicht. Niels schloss die Augen, das Wasser war jetzt wärmer, und er musste schlucken, als sie den Rest seines Körpers einseifte. Auch zwischen den Beinen. Sie zog seine Vorhaut zurück und seifte sein Glied ein, gründlich und rücksichtslos. Niels hielt die Augen geschlossen und spannte seinen Körper an, seine Hände klammerten sich um die Lehnen des Rollstuhls. Jetzt war das Wasser zu heiß.

»So, Jens, damit wären wir fertig«, sagte Mona und drehte das Wasser ab. »Ging doch super. Jetzt müssen wir nur noch saubere Kleider für dich finden.« Sie lächelte. Noch immer, ohne ihn anzusehen.

***

Niels wartete, den Wachmann dicht neben sich. An der Wand neben dem Büro hing eine Pinnwand mit kleinen Zetteln, einer Einladung, einer Tabelle, die wie ein Dienstplan aussah. Niels warf einen Blick in den Flur. Die Toiletten lagen ganz hinten am Ende. Hier hatte er seine letzten Schritte getan. Für einen Moment sah Niels Paludan über den Flur taumeln. Wie seine Beine nachgaben, er sich an der Wand abstützte, das Gleichgewicht ihn im Stich ließ und wie er die Tür zur Toilette aufrückte.

Schapiro. Niels hatte seinen Blick wieder auf die Tür gerichtet. Paludans Name war entfernt worden. Nichts deutete darauf hin, dass es ihn jemals gegeben hatte – oder dass er sich das Büro bis vor wenigen Tagen mit Schapiro geteilt hatte. Wie nach einem Autounfall, dachte Niels. Glasscherben, zerbeulte Karosserien, Blut auf der Straße. Und gleich darauf: nichts. Das Leben ging weiter, als wäre nichts geschehen. Niels wusste einiges über Jarl Schapiro. Er hatte ihn mehrfach im Fernsehen gesehen, besonders im letzten Jahr, als immer wieder diskutiert worden war, ob Patienten der Psychiatrie mit Medikamenten ruhiggestellt oder mit Riemen fixiert werden dürften. Schapiro hielt den Verzicht auf Medikamente, wofür eine Reihe wohlmeinender Politiker plädierte, für missverstandenen Humanismus. Seine Gegner bezeichneten ihn als unmenschlichen Hardliner, was ihn aber nicht zu stören schien. So hatte Niels das jedenfalls empfunden. Wie sehr die Debatten auch getobt hatten, Schapiro war ruhig geblieben und nie von seinem Standpunkt abgewichen. Wie ein Fels in der Brandung.

»Jens? Folgst du mir bitte?« Mona ging ins Büro und legte einen Stapel Papiere auf den Schreibtisch, an dem Jarl Schapiro saß. Der Leiter des Sikringen warf einen Blick auf die Dokumente, nahm seine Brille aus den grauen Haaren und ließ sich reichlich Zeit. Neben dem Computer stand ein Bild. Zwei Kinder, die fröhlich am Meer spielten. Enkel, vermutlich. Der andere Schreibtisch war bis auf ein paar Glasvasen mit Tulpen und Rosen leer geräumt worden. Zwischen den Tischen war kaum drei Meter Abstand. Drei Meter zwischen Schapiro und Paludan, zwei ambitionierten Männern mit Führungsanspruch, Menschen, die einen gewissen Raum beanspruchten. Reichten drei Meter da aus? Oder hatte es Konflikte gegeben? Das musste so sein, dachte Niels. Alles andere wäre ziemlich unvorstellbar. Zumindest Unstimmigkeiten. Aber reichte das, damit Schapiro Paludan den Tod wünschte?

»Jens Petersen«, sagte der Arzt schließlich und stand auf. Er reichte Niels kühl und förmlich die Hand. »Jarl Schapiro, ich bin hier der leitende Oberarzt und führe diese Einrichtung. Nehmen Sie Platz.«

Niels setzte sich. Der Psychiater blieb stehen. Ein attraktiver Mann. Markante Augenbrauen, dickes, stahlgraues Haar, das trotz seines Alters nichts von seiner Fülle verloren hatte. Schapiros Gesicht war gezeichnet von seinen Lebenserfahrungen. Er hatte alles gesehen und ausprobiert, und es gab nichts mehr, das ihn überraschte. Eine ganze Weile sagte der Psychiater nichts. Schapiro sah ihn nur an, musterte ihn mit dem Blick, den Niels aus dem Fernsehen kannte. Nach diesem Blick hatte er immer die Argumente seiner Kontrahenten zerpflückt und sie der Lächerlichkeit preisgegeben. Schapiro setzte sich. Ruhige Bewegungen.

»Nun, Jens«, sagte der Arzt und verschränkte die Hände auf dem Tisch. »Jetzt sind Sie also hier.«

»Ja«, sagte Niels.

»Im Sikringen. Wissen Sie, was das hier für ein Ort ist?«

»Ja«, sagte Niels.

»Gut, Jens. Dann wissen Sie auch, dass dies hier eine geschlossene Klinik ist. Ein Ort für Menschen, die erkrankt sind. Und für Menschen, die gefährlich für andere sind.« Schapiro holte tief Luft. Es war warm in seinem Büro, die Sonne schien direkt hinein. Er stand auf, öffnete ein Fenster und sah hinaus. »Und was meinen Sie dazu?«

Niels zuckte mit den Schultern.

»Was empfinden Sie dabei, hier zu sein?«

»Keine Ahnung«, sagte Niels.

»Verstehen Sie, warum Sie hier sind?«

Niels nickte.

»Das ist gut, Jens, und wichtig für mich zu hören. Es ist entscheidend, dass Sie Ihre Situation erkennen. Das ist ein erster Schritt, um sie zu ändern.«

Schapiro setzte sich wieder und lehnte sich zurück. »Und wenn ich Ihnen helfen soll, ist es ganz wesentlich, dass Sie mit uns zusammenarbeiten. Es kommt darauf an, dass Sie die richtige Einstellung haben. Glauben Sie, dass wir zusammenarbeiten können?«

»Ja«, sagte Niels.

»Wenn ich richtig informiert bin, tragen Sie ein Hörgerät. Mit diesem Gerät hören Sie uns aber gut, oder?«

»Ja.«

»Wunderbar. Gespräche sind an diesem Ort sehr wichtig. Und es ist wesentlich für mich, jederzeit zu wissen, wie es Ihnen geht. Ob es etwas gibt, das Sie verunsichert. Etwas, das Ihnen Angst macht.«

Niels sagte nichts. Schapiro nahm den Kugelschreiber, der auf dem Tisch lag, und klickte ein paarmal. Schlanke Finger, gepflegte Nägel, ein diskreter Ring am Finger. Gold? Bürohände. Ein Mann, der nie körperlich gearbeitet hatte. Wären diese Hände in der Lage, jemanden zu töten? Paludan zu zwingen, Gift zu schlucken, und dessen Finger anschließend um das Glas zu legen, damit es wie ein Selbstmord aussah? Aber warum hatte es keinen Kampf gegeben? Und wäre Schapiro überhaupt stark genug, eine solche Tat zu verüben? Niels studierte ein paar Sekunden die Physiognomie des Mannes. Paludan war groß gewesen, er hätte sich zur Wehr gesetzt, wenn jemand versucht hätte, ihm Schierling in den Hals zu schütten. Das alles war wirklich ein Rätsel. Ein Mysterium. Auch ein rational denkender Mensch wie Niels neigte dazu, dieses Wort zu verwenden. Mysterium: Paludan hatte das Gift nicht freiwillig genommen. Und war doch auch nicht dazu gezwungen worden. Ergab das Sinn?

»Gibt es etwas, Jens?«

»Was?«

»Etwas, das Ihnen Angst macht?«

Niels zögerte und starrte auf den anderen Schreibtisch. Paludans leeren Platz. »Kann ich mal auf die Toilette?«

Schapiro zögerte einen Moment. »Natürlich«, sagte er. Dann etwas irritiert: »Mona?«

Die Krankenschwester öffnete die Tür. Niels stand auf, die Wachen folgten ihm.

Mona ging vor, Niels in der Mitte. »Wir warten hier«, sagte die Krankenschwester und stellte sich neben die Tür.

Niels ging hinein. Seine Finger fanden den Schalter, und die Neonröhren gingen flackernd an. Niels sah sich um. Weiße, quadratische Fliesen. Kein Fenster. Ein Rost unter dem Waschbecken. Ein Abfluss. Und eine Toilette in einer Kabine. Er sah zu Boden. Dort hatte Paludan sein Leben ausgehaucht. Übelkeit stieg in Niels auf, er musste schlucken und hatte das Gefühl, sich übergeben zu müssen. Waren das die Präparate oder die Gedanken an seinen toten Freund? Wie er am Boden gelegen hatte. Sein verzerrtes Gesicht, die Hölle der Schmerzen, durch die er vor seinem Tod gegangen sein musste.

»Leon?«, flüsterte er.

»Bentzon?«

»Ich bin auf der Toilette, wo er gefunden worden ist«, sagte Niels. Seine Gedanken streiften Hannahs Supermond. Verdoppelte Lichtintensität, aber wenn schon, das Mondlicht war auf keinen Fall in diese fensterlose Toilette gefallen.

»Auf der Damentoilette?«

»Nein, auf ... Wurde Paludan auf der Damentoilette gefunden?«

»Das ist gar nicht so unlogisch, wie es klingt«, sagte Leon. »Der Mann war außer sich vor Schmerzen und Angst. Er wollte nur einen Schluck Wasser, und die Damentoilette kommt ja zuerst.«

»Bist du bald fertig da drinnen?« Der Wachmann ergänzte seine Frage durch heftiges Klopfen. »Mit wem redest du?«

Niels ging in die Kabine und flüsterte.

»Aber trotzdem, würde man das machen?«

»Was machen, Bentzon? Ich kann dich kaum noch hören.«

»Stell dir vor, wie sehr er unter Druck stand. Völlig außer Kontrolle. Da hat das Hirn doch gar nicht mehr die Kapazität, an Alternativen zu denken.«

»Ich weiß echt nicht, worauf du hinauswillst, Bentzon. Ich

weiß nur, dass Christian Paludan tot auf der Damentoilette gefunden worden ist.«

»Ich habe das schon mal gesehen«, flüsterte Niels. »Öfters. Selbst bei stark traumatisierten, psychotischen Kriegsveteranen, die ihre ganze Familie erschossen haben.«

»Was?«

»Dass es Rahmen gibt, an die man sich hält. Verinnerlichte Zusammenhänge. Über die man sich einfach nicht hinwegsetzt.«

»Er war kurz davor zu sterben. Vollkommen in Panik.«

»Genau deshalb«, sagte Niels. »Menschen in Panik haben keinen Überblick mehr. Sie klammern sich an die wenigen Dinge, die sie wissen, die man noch überblicken kann. Sie folgen der Routine. Es gibt Studien darüber.«

»Jetzt komm da endlich raus.« Der Wachmann hämmerte wieder gegen die Tür. Lauter.

»Erinnerst du dich an den Fall an der Universität Aarhus? Der Kerl, der plötzlich Amok gelaufen ist und wild um sich geschossen hat? Der Mann hat anschließend Selbstmord begangen. Hat sich erschossen.«

»Zwei Sekunden, dann komme ich rein und hole dich«, rief der Wachmann.

»Ich glaube, das war '94«, sagte Niels, als die Tür aufflog.

»Was zum Henker treibst du da drinnen?« Der Wachmann sah aus, als wollte er Niels den Hals umdrehen.

***

Jarl Schapiro saß exakt in derselben Stellung da, in der Niels ihn verlassen hatte. Zurückgelehnt, entspannt, die Hände gefaltet. Niels nahm ihm gegenüber Platz. »Es ist beobachtet worden, dass Sie mit jemandem sprechen, Jens. Darf ich fragen, mit wem Sie reden?«

»Mit … einem Freund«, sagte Niels.

»Sie haben einen Freund? In Ihrem Kopf?«

Niels sagte nichts.

»Können Sie mir etwas über ihn erzählen? Kennen Sie ihn schon lange?«

»Ja«, sagte Niels.

»Was können Sie mir noch über ihn sagen?«

»Es ist ein Mann«, sagte Niels. Das war das Erste, was ihm einfiel.

»Okay, Jens. Ist er ein guter Freund? Jemand, der Ihnen hilft?«

Niels dachte an Leon. Half er ihm? In gewisser Weise schon.

»Können Sie ihn mir beschreiben?«

»Er ist groß. Über eins neunzig«, sagte Niels und hatte Leon vor Augen. »Dunkler Vollbart. Eng stehende Augen.«

»Sehen Sie ihn jetzt deutlich?«

»Ja.«

»Verdammt, du hast recht, Bentzon.« Leon war wieder in seinem Ohr. Für einen Augenblick war Niels richtig verwirrt. Leon war überall.

»Können Sie mir sonst noch etwas sagen?«

»Du kannst jetzt nicht reden«, flüsterte Leon. »Ich spüre das, Bentzon. Aber du kannst zuhören. Und du hast recht. Bei dieser Sache in Aarhus. Das war der 5. April 1994. Der Typ hieß Flemming Nielsen. Ein einsamer Mann, der irgendwie in seinem Spezialgebiet feststeckte. Keine Freunde, keine Lebensgefährtin. Eines Tages hinterließ er in seinem Studentenzimmer einen Zettel. *Ich werde jemanden töten,* stand darauf. Er ist in die Universität gegangen. Mit einem Jagdgewehr. In der Mensa hat er wild um sich geschossen, zwei Menschen getötet und zwei weitere verletzt. Die Polizei hat ihn durchs ganze Haus gejagt. Die totale Panik. Flemming Nielsen ist irgendwann in die Toilette gelaufen und hat sich selbst in den Kopf geschossen. Aber welche Toilette? Die Herrentoilette. Obwohl die Damentoilette viel näher gewesen wäre und er nichts anderes im Kopf hatte, als auf keinen Fall lebend geschnappt zu werden.«

Leon machte eine kurze Pause, ehe er fortfuhr: »Aber worauf willst du damit hinaus, Bentzon?«

»Dem sollten wir nachgehen«, sagte Schapiro. »Wie sieht es mit Elektroschockbehandlungen aus?«, fragte er und warf einen Blick in die Krankenakte. »Ist eine solche Behandlung schon mal angewendet worden, Jens?«

Niels versuchte, sich zu erinnern, was in den Unterlagen gestanden hatte. In den Papieren über seine falsche Identität, die nun vor Schapiro lagen. Hatte Jens Elektroschocks bekommen?

»Nein, soweit ich das sehen kann, nicht. Vielleicht sollten wir das dann mal probieren«, sagte er und nickte der Krankenschwester verschworen zu.

»Jens, wenn du mir folgen würdest«, sagte die Krankenschwester und öffnete die Tür.

2.

London, 1939

Das Cadogan Hotel in der Sloane Street. Michael war nie zuvor an einem solchen Ort gewesen. Für ihn war das ein völlig neues Universum, die Welt der Oberschicht mit gepolsterten Stühlen und dicken orientalischen Teppichen. Sogar auf den Treppen waren echte Teppiche verlegt. Alexander hingegen bewegte sich auf vertrautem Terrain. Er strahlte ein Selbstvertrauen aus, von dem Michael nicht wusste, ob er es hassen oder bewundern sollte. Michael setzte sich an einen kleinen Tisch weiter hinten und blätterte eine Zeitung durch. Hitlers Invasion in Polen, der Vormarsch der Deutschen. Alexander und Rachel traten an die Rezeption.

»Good evening, Sir«, sagte der Rezeptionist.

Michael hörte den älteren Mann mit dem grauen Kinnbart und dem leichten Sprachfehler ein paar Höflichkeiten mit Alexander austauschen. Dann gingen seine Gedanken wieder zu seiner eigenen Situation zurück. Er traute Alexander nicht. Dieser Mann war bereit, seine eigene Mutter zu verkaufen, um einer Strafe zu entgehen. Aber hatte Michael eine Wahl? Musste er sich nicht an Alexanders Plan halten? *Genfer See*. Der Krieg würde sich ausweiten, das war sicher, aber war das zerschossene Europa mit seinem Elend und seinen zerbombten Städten wirklich ihre Rettung?

Der Weg vom Bahnhof zum Hotel hatte die Hoffnungslosigkeit

ihrer Situation nur deutlicher gemacht. An jeder Straßenecke hatte Polizei gestanden, und Michaels Foto war auf den Titelseiten aller Londoner Zeitungen. Fast glaubte er, seinen Namen zu hören, leise gewispert. Als steckten alle Waschweiber des Landes ihre Köpfe zusammen und redeten darüber, dass Michael Bedford ein Monster war, ein neuer Jack the Ripper, der schnellstmöglich gefasst werden musste. Trotzdem glaubten Alexander und Rachel, im Hotel sicher zu sein, solange Michael nicht das Zimmer verließ. Im Cadogan, dem Zufluchtsort der Wohlhabenden, der Menschen mit Einfluss, der reichen Touristen und der Adeligen aus West End oder Kensington, die nur an der besten Adresse der Stadt übernachten wollten. Aber war dies wirklich der letzte Ort, an dem die Polizei nach einem Raubmörder suchen würde? Hätten sie sich in einem billigen Hotel in Stepney oder Whitechapel einquartiert, unter Taschendieben und Prostituierten, wäre ihre Lage sicher eine andere. Auf jeden Fall hatte Alexander Geld genug, wobei sie die Finanzen eigentlich nie thematisiert hatten. Michael rechnete aber nicht damit, dass es Probleme gab.

»Ich bedaure sehr«, hörte Michael den Mann an der Rezeption sagen. »Wir sind im Moment ausgebucht. Die Welt ist in Aufruhr, und die Menschen wünschen sich in diesen unsicheren Zeiten etwas Komfortables.«

»Sind Sie sicher?«, fragte Alexander, als zwei Männer die Treppe herunterkamen, einer mit seinem Bowler-Hut in der Hand. Der andere, er war jünger, trug eine Brille mit Goldrand.

»Leider«, lautete die Antwort, gefolgt von einem mitfühlenden Blick.

Die zwei Gentlemen stellten sich geduldig in die Reihe. Michael entging nicht, dass sie über ihn sprachen und über das schreckliche Verbrechen an Professor Jenkins. Die wenigen Sätze, die bis zu ihm drangen, trieben ihm den Schweiß auf die Stirn:

»Angeblich soll er hier in der Gegend gesehen worden sein. Sie haben das Viertel abgesperrt und nehmen jedes Haus unter die Lupe«, sagte der eine, und der andere ergänzte: »Der ist erledigt. Das ist sicher nur noch eine Frage der Zeit.« Michael hatte Alexanders Diskussion mit dem Mann an der Rezeption nicht weiter verfolgt, hörte diesen jetzt aber sagen: »...ist aber deutlich unter dem üblichen, hohen Standard des Cadogan Hotel.«

»Ja?«, sagte Alexander fragend und sah zu Rachel.

»Das Zimmer liegt ganz oben im vierten Stock mit Blick nach hinten, also nicht in den Park. Und die Sonne kann man dort auch nur wenige Stunden am Morgen genießen. Möchten Sie einen Blick in das Zimmer werfen?«

»Wir nehmen es«, sagte Alexander etwas zu übereifrig, fand Michael.

»Very well.« Der Mann musterte sie einen Augenblick prüfend, als müsste er noch abwägen, ob er diese Gäste überhaupt in seinem feinen Hotel haben wollte. »Dann brauche ich Ihre Pässe«, sagte er schließlich und beugte sich über die ehrwürdigen, ledergebundenen Hotelbücher, die ein bisschen wie einige der antiken Schriften aussahen, die Rachel, Alexander und er in der Fakultät sortiert hatten. Als sie noch eine Zukunft gehabt hatten und ihr Leben voller Träume und Hoffnungen gewesen war.

Der Mann an der Rezeption grummelte vor sich hin, schob ein Blatt Papier in die schwarze Smith-Corona-Schreibmaschine und füllte das Formular nur mit dem Zeigefinger tippend aus. Der Einschlag der Typenhebel auf dem Papier hallte in Michaels nervösem Inneren wie Pistolenschüsse wider. Er sah sich im Kugelhagel der Polizei auf offener Straße zusammenbrechen. Oder vor dem Galgen stehen und darauf warten, dass der Henker ihm die Schlinge um den Hals legte. Michaels Blick ging nach draußen auf die Straße. Die Freiheit? Hatte er sich unbewusst bereits damit abgefunden, dass sie bald der Vergangenheit angehörte?

***

Er holte sie im zweiten Stock ein und ging mit ihnen wortlos weiter. Wie hatte er Alexander jemals vertrauen können? Warum hatte er nicht gleich durchschaut, dass er in Alexanders Augen doch nur Pack war? Jemand, den man benutzen und dann wegschmeißen konnte. Ein Fußabtreter, mehr nicht. Der Teppich auf der Treppe erstickte ihre Schritte. Es roch staubig nach alten Möbeln und schweren Vorhängen. Michael fühlte sich physisch krank. Er hatte Schmerzen in Hals und Nacken und hätte sich am liebsten übergeben. Die Last, die er mit sich herumschleppte, herausgewürgt, den Kloß im Hals ausgespuckt. Auch Rachel sah gequält aus. Sie hatte dunkle Augenringe, der Schlafmangel war nicht zu übersehen. Ihre Stimme zitterte leicht, und ihr Atem klang keuchend und angestrengt.

»Sie leidet«, flüsterte Alexander, als sie auf dem Flur ein Stück vor ihr waren. Nur das, sonst nichts. Michael wusste ganz genau, warum er das sagte: Er wollte ihn daran erinnern, dass er, Michael, Rachel die Freiheit geben, dass er sie aus diesem Albtraum heraushalten konnte, wenn er sich stellte und die ganze Schuld auf sich nahm. Ja, ich habe Professor Jenkins ermordet und dann die Flucht ergriffen, wobei Jenkins' Frau mich gesehen hat. Danach habe ich mich versteckt. Mehr brauchte es nicht, nur diese wenigen Sätze. Es reichte, aus dem Hotel zu laufen, sich an den erstbesten Polizisten zu wenden und zwei simple Sätze zu sagen, um Rachel die Freiheit zu geben. Dann konnte sie nach Hause zurückkehren, ihr Leben leben, einen Mann treffen.

Einen Mann. Einen anderen Mann. Tat er es deshalb nicht? Hielt ihn so etwas Banales wie Eifersucht davon ab, Rachel zu retten? Es gab dort draußen genug heiratswillige Männer, die sich für die schöne, wohlhabende Rachel Burrows interessieren würden. Vielleicht sogar Alexander?

Das Schloss öffnete sich mit einem leisen Klicken. So wohnt ein König, dachte Michael, als die Tür aufging und er das Bett sah, das reich ausgeschmückte Sideboard und den glänzenden, lackierten Fußboden. Alexander trat ans Fenster. Die Art, wie er sich bewegte, seine Entschlossenheit und sein Eifer, beunruhigten ihn. Alexander starrte auf die Straße, während Michael sich fragte, ob jemand sie erkannt hatte, als sie das Hotel betreten hatten. Vielleicht der Mann an der Rezeption? Hatte er ihn gesehen? Informierte er jetzt bereits die Behörden? Oder hatte Alexander ihm zugeflüstert, dass der meistgesuchte Mann Englands im feinen Cadogan Hotel logierte? Michael sah es plötzlich bildlich vor sich, wie Alexander sich eintrug. Vielleicht hatte er auf die punktierten Linien ja etwas ganz anderes geschrieben? *Call the police …*

3.

Sikringen, Nykøbing, Sjælland

Niels wusste von den doppelten Türen im Trakt, die den Patientenflügel vom Personalbereich trennten. Die erste Tür musste erst vollständig geschlossen sein, bevor die andere geöffnet werden konnte. Das Ganze dauerte dreißig Sekunden, wovon man die meiste Zeit zusammengedrängt in dem engen Zwischenraum stand und wartete.

»Dein Platz ist hier«, sagte der Wachmann und zeigte auf ein Kreuz auf dem Boden.

Er tippte einen Code ein, legte seinen rechten Daumen auf ein kleines Display. Sein Fingerabdruck wurde gescannt, und nach ein paar Sekunden öffnete sich die Tür, und sie traten ein. Sie standen dicht an dicht und warteten. Der Wachmann roch nach Schweiß. Kim stand auf seinem Namensschild, und auf seiner Oberlippe perlten Schweißtröpfchen. Dann ging die andere Tür auf, und Niels betrat den Patientenflügel. Sie blieben einen Augenblick stehen, bis sich die Tür hinter ihnen mit einem satten Klacken schloss. Es klang beinahe so, als saugte sie sich am Türrahmen fest.

»Jens?« Die Schwester war jünger als die andere, höchstens Mitte zwanzig. »Mein Name ist Lea. Kommst du mit?« Sie ging langsam über den Flur.

War ihm anzusehen, dass er sich verstellte? Niels war unsicher.

Linoleumböden, hellblaue Wände, Türen auf beiden Seiten des Flurs. Der Abstand dazwischen betrug etwa fünf Meter. Der Speisesaal lag am Ende des Flurs. Die Zelle des Portugiesen war direkt daneben mit Blick in den Hof. Niels hatte die Grundrisse studiert. Andere Fakten gingen ihm durch den Kopf: Dreißig Patienten saßen im Sikringen ein, und in letzter Zeit war niemandem die Flucht gelungen. Es gab nur einen Eingang, zu dem es keinen Schlüssel gab. Alles war elektronisch, die Schließanlage hochmodern. Es gab auch keine Glasplatten oder sichtbare Leitungen von mehr als fünfzehn Zentimetern Länge. Alle Zellen waren zwölf Quadratmeter groß, und viele der Patienten verließen ihre Zellen nie. Zellen und Flur wurden videoüberwacht, jede noch so kleine Bewegung der Insassen studiert. Die extrem glatte Mauer, die sich um das Sikringen zog, war acht Meter hoch und neigte sich nach innen, sodass niemand sie erklimmen konnte. Die Einrichtung wurde kontrovers diskutiert. Besonders die Angehörigen beklagten sich, dass sie keine Informationen erhielten, wie es den Insassen ging, und zartbesaitete Politiker sprachen immer wieder von Folter. Andere meinten, es würden viel zu viele Medikamente verabreicht und zu wenig mit den Patienten geredet. Und was Fixierung oder Elektroschocks anging, bewegte sich das Sikringen auf einem ganz anderen Niveau als die anderen psychiatrischen Kliniken des Landes.

Ein junger Mann schob einen Wagen mit Bettzeug. Er lächelte Lea zu, sagte aber nichts zu Niels.

»So, Jens, jetzt sind wir da, du wohnst dann gleich hier rechts«, sagte die Schwester und blieb stehen. »Wir werden dich später noch herumführen. Aber hier ist erst einmal dein Zimmer. Hast du noch Fragen?«

»Wann werde ich die anderen treffen?«, fragte Niels.

»Erst einmal gibt es die Medikation, damit du ein bisschen zur

Ruhe kommen kannst«, sagte sie. Schräg gegenüber von Niels' Zelle öffnete sich eine Tür. Uringestank schlug ihnen entgegen. Die Toilette. Eine Frau kam heraus. Groß und hager, die langen, weißen Haare hingen ihr ins Gesicht.

»Gehört dieses Heft dir?« Die Weißhaarige spuckte ihm die Frage förmlich ins Gesicht und hielt etwas hoch. Ein Magazin oder eine Reklamebroschüre.

Die Gouvernante. Ragnhild Værnstrøm. Sie war die einzige weibliche Patientin im Hochsicherheitstrakt. Sie war Mitte fünfzig, und an Weihnachten konnte sie ihr zehnjähriges Jubiläum im Trakt feiern. Ihre Untat lag jetzt vierzehn Jahre zurück. Das erste Jahr hatte sie in einer normalen Geschlossenen abgesessen. Aber sie war gefährlich und aggressiv geworden, weshalb sie schließlich hier gelandet war. Die Gouvernante hatte die Kinder reicher Familien gehütet. Alle waren mit ihr zufrieden gewesen, bis sie eines Nachts auf die vier kleinen Mädchen eines Bankdirektors hatte aufpassen sollen, der mit seiner Frau verreist war. Irgendetwas war in dieser Nacht mit ihr passiert. Niemand konnte das erklären, auch Ragnhild nicht. Aber sie hatte die Kinder umgebracht, eines nach dem anderen. Sie hatte sie mitten in der Nacht geweckt und ins Bad geschickt. Sie sollten sauber sein, wenn ihre Eltern zurückkamen. Dann hatte sie sie in der Wanne ertränkt und war wieder ins Bett getragen. Eine Schramme auf der Stirn der Ältesten verriet, dass diese sich gewehrt haben musste. Als die Eltern am nächsten Tag wieder zurückkamen, hatten die Mädchen in ihren Betten gelegen, als schliefen sie. In Nachthemd und mit Kuscheltier. Die Jüngste mit Schnuller im Mund.

»Gehört dieses Heft dir?«, wiederholte Ragnhild laut und schrill. Sie baute sich vor Niels auf.

Niels las die Worte auf der Titelseite. Irgendwas mit Stopp und 39? Daneben ein Bild mit einem Lastwagen und Lagerhallen.

Niels erahnte die Adern unter der dünnen, weißen Haut, die über dem eingefallenen Gesicht der Gouvernante spannte.

»Gehört das dir?«

»Nein«, antwortete Niels.

»Kommst du mit, Jens?«, rief Lea.

Niels trat in seine Zelle und hörte, wie die Gouvernante jemand anderen fragte: »Gehört dieses Blatt dir?« Als er sich auf den Bettrand setzte, wurde ihm plötzlich etwas klar: Jegliche Logik war hier im Hochsicherheitstrakt außer Kraft gesetzt. All das, was er brauchte, wenn er sich Hoffnungen machen wollte, den Mord an Paludan aufzuklären – Logik, klare Zusammenhänge, Rationalität –, existierte an diesem Ort nicht.

»Und dann musst du noch diese Tablette nehmen«, sagte Lea.

»Okay«, sagte Niels.

Eine Tablette bedeutete im Sikringen gleich eine ganze Handvoll. Das hatte er bereits kapiert. Pillen, um die schlimmste Angst zu vertreiben, und Pillen, um die Nebenwirkungen einzubremsen.

»Bentzon?«, flüsterte Leon.

»Und jetzt schlucken«, sagte die Schwester und führte das Glas an Niels' Lippen. »Machst du bitte den Mund auf, Jens? Ganz auf.« Sie war wirklich sorgfältig. »Zunge hoch«, fügte sie hinzu und überprüfte, ob er auch wirklich alles geschluckt hatte. Niels fühlte sich wie ein Sklave, der gerade im Hafen von St. Croix angekommen war, sagte aber nichts. »Ich schlage vor, du ruhst dich jetzt ein bisschen aus«, sagte sie, nahm das Handtuch, das auf dem Tisch lag, und breitete es über Niels' Kopfkissen. »Bei den Tabletten kann es gut sein, dass du mehr Speichel produzierst. Wir empfehlen deshalb, ein Handtuch aufs Kopfkissen zu legen«, erklärte sie und verließ ihn mit einem Nicken. Einen Augenblick starrte Niels auf das graue Handtuch auf seinem Kopfkissen. Irgendwie sagt das doch alles, dachte er. Er würde hier liegen, vor sich hin sabbern und alle möglichen körperlichen Veränderungen durchleben. Alles, was Leon ihm vorgelesen hatte. Die reinste Metamorphose, von Mensch zu Krankheit.

»Leon«, sagte Niels und versuchte, sich zu konzentrieren.

»Neben dir, Bentzon.« Leon klang müde.

»Pass auf: Paludan ist über den Flur getaumelt, benommen vor Schmerzen, in totaler Panik. Das Einzige, woran er denken konnte, war Wasser. Um das Feuer in ihm zu löschen«, sagte Niels und wusste nicht genau, was er damit sagen wollte. »Kannst du dir das vorstellen? Er stürzt auf den Flur, es ist dunkel, nur Hannahs Mondlicht.«

»Was?«, unterbrach Leon ihn. »Hannahs was?«

»Mondlicht. Der Mond hat in dieser Nacht besonders hell geleuchtet«, sagte Niels. Er stellte sich Paludan vor, allein auf dem Flur, nur beschienen vom blassen Mondlicht. Sein Inneres stand in Flammen, er lehnte sich an die Wand.

»Die Damentoilette kommt zuerst«, sagte Niels. »Aber die Herrentoilette ist auch nur ein paar Meter entfernt. Würde er den kleinen Kurzschluss im Hirn machen und in die verkehrte Toilette gehen? Die Toilette, in die er nie auch nur einen Fuß gesetzt hat? Nein, er würde sich weiter vorkämpfen bis zur Herrentoilette. Sein Hirn muss so gestresst gewesen sein, dass es gar nicht mehr anders denken konnte.«

»Was soll das, Bentzon? Sag mir endlich, warum du so darauf herumreitest.«

»Ich weiß es nicht«, sagte Niels. »Ich glaube einfach nicht daran. Irgendwas passt da nicht.«

»Willst du sagen, das war arrangiert?« Leon flüsterte jetzt nicht mehr. »Dass wir das Ganze missverstanden haben?«

Niels legte sich aufs Bett, den Kopf aufs Handtuch. Er glaubte, den vermehrten Speichelfluss bereits spüren zu können. Der erste richtige Rundblick in der Zelle. Sein neues Heim. Größer als die Zelle, in der er die Nacht verbracht hat. Ein Schrank nahm fast die ganze Seitenwand ein. An der rückwärtigen Wand befand sich ein kleines Fenster. Zwei Gitterstäbe hinter dickem Panzerglas. Plötzlich kamen ihm Bjørn und Ellen in den Sinn, die beiden Kleinen. Hatten die Gitterstäbe seine Sehnsucht geweckt? Würde er immer an seine Kinder denken, wenn er zwei identische Sachen sah? Ein Paar?

Dann würde das Leben eine einzige Prüfung werden. Ein Paar Schuhe, Augen, Ohren, es gab verdammt viel auf der Welt, das immer paarweise auftrat. Tief durchatmen. Bjørn und Ellen waren in den besten Händen, dachte Niels. Und je schneller er Paludans Mörder fand, desto schneller war er auch wieder zu Hause.

Über dem Bett war ein Holzbrett befestigt worden, daneben hing eine Pinnwand. In der Mitte standen ein wackeliger Tisch mit Kerben in der Platte, ein metallener Stuhl und ein am Boden festgeschraubter Mülleimer. Neben der Tür hing ein Handwaschbecken aus blankem Stahl. Kein Spiegel, logisch, dachte er. Wer wollte sich an einem Ort wie diesem schon in die Augen sehen? Neben der Tür war eine kleine Metallplatte an der Wand angebracht, eine Sprechanlage, bestehend aus einem Knopf und einem Lautsprecher. Niels sah an die Decke. Weißer Zement, sonst nichts. Gehört dieses Heft dir? Die schrille Stimme der Gouvernante hallte noch immer nach. Schon bald machte sie einem Wort Platz, das eben erst aus Leons Mund gekommen war: *Arrangiert.*

4.

Santiago, Chile

Ein Liebescode. Hannah hörte selbst, wie blöd das klang. Aber das Wort hatte sich in ihrem Kopf festgesetzt, und irgendwie war sie überzeugt davon, dass es bei dem Code auf der Postkarte um Niels und sie ging. Und darum, dass sie wieder zueinanderfanden. Den Kindern zuliebe. Nein! Der Liebe zuliebe, verdammt, ihnen selbst zuliebe und niemandem sonst.

Sie stand in der Hotelbar. Hocker aus blank poliertem Stahl, runde Glastische und an den Wänden gerahmte Bilder all der Berühmtheiten, die schon hier gewesen waren: Elvis Presley, Louis Armstrong, Muhammad Ali und eine ganze Reihe von Schauspielern, die Hannah nicht kannte. Bestimmt alles Lüge. Was hätte Elvis denn in Chile machen sollen?

Sie nippte an ihrem Weißwein. Er war süß, aber das war ihr nur recht. Lærke, eine der jungen Forscherinnen, sah müde aus. Es fiel ihr sichtlich schwer, sich auf die südamerikanische Zeit umzustellen. Aber eigentlich saßen sie alle nur hier, damit die Zeit verging, bis sie endlich schlafen gehen konnten. Auch Hannah spürte, dass ihr die vielen Flugstunden noch in den Gliedern steckten. Sie war nervös, und ihre Beine kribbelten.

Die meisten Forscher waren mittlerweile ins Restaurant gegangen, um etwas zu essen, auch Mathias. Hannah hatte die Hotelbar vorgezogen. Von dort aus war es nicht so weit bis ins Bett.

Außerdem wollte sie am Morgen, wenn sie mit dem berüchtigten Propellerflugzeug in den nördlichen Teil des Landes flogen, frisch sein. In die Atacamawüste, den einzigen Ort der Welt mit mehr als dreihundertzwanzig sternenklaren Nächten pro Jahr. Eine Reise zum VLT, zum Very Large Telescope, war wie eine Pilgerfahrt für jeden Astronomen. Es war ihr Mekka, nur dass es nicht in einem schwarzen Stein steckte, sondern auf vier separate Teleskope aufgeteilt war: Antu, Kueyen, Melipal und Yepun. Alle benannt nach astronomischen Objekten in einem lokalen chilenischen Dialekt. Wie alle anderen Wissenschaftler hatte Hannah interessiert verfolgt, wie das Teleskop in den Neunzigern errichtet worden war. Seine Reichweite war mehr als fünfundzwanzigmal größer als die der besten Teleskope der Welt.

»Ich glaube, ich geh jetzt ins Bett.« Lærke stellte ihr halb volles Glas Rum-Cola ab.

»Ich halte auch nicht mehr lange durch«, sagte Hannah. »Aber ich muss auf jeden Fall noch ein bisschen in die Senkrechte.« Sie stand auf, streckte den Rücken und schob die Schultern zurück. Noch immer spürte sie die Beschleunigung des Flugzeugs, die Vibrationen und Erschütterungen der Maschine. Oder lag das am Wein? Manchmal genügte schon ein Glas. Besonders wenn sie müde war. Sie lehnte sich an den Tisch und legte die Unterarme auf die kühle Platte. Sie hatte für diesen Tag wirklich genug gesessen.

Die Stimmen um sie herum verschmolzen mit der Musik. Jazz. Alles wurde zu einer Art Hintergrundrauschen. *Der Code.* Wenn sie sich nur an jedes Wort erinnern würde. Noch einmal versuchte sie, sich den Text der Postkarte in Erinnerung zu rufen, sich die Karte vorzustellen, den ganzen Text auf einmal zu sehen und nicht nur jedes Wort für sich. Jetlag und Wein waren da auch nicht gerade hilfreich. Hätte sie bloß die Postkarte mitgenommen! Wie spät war es jetzt in Dänemark? Hannah hatte keine Ahnung, aber im Grunde war das auch egal, denn es war immer irgendjemand im Institut. Im letzten Jahr hatten drei der Doktoranden sogar Weihnachten im Büro gefeiert. Sie nahm ihr Handy und hoffte, dass der Akku reichte. Dann rief sie an. Sekunden vergingen, und Hannah begann, ihr Vorhaben bereits wieder zu bereuen. Sie war in Chile, ein Traum ging in Erfüllung, das VLT, die Wüste … sie sollte sich jetzt darauf konzentrieren und nicht auf irgendeinen seltsamen Code auf einer alten Postkarte, von dem sie nicht einmal wusste, ob er wirklich existierte.

»Hallo?« Die Stimme klang leise, der Abstand war wirklich zu hören.

»Mit wem spreche ich?«, fragte Hannah.

»Hallo? Hier ist Robert.« Die Verbindung war nicht die beste. Robert war aber auch nicht gerade mit einer lauten Stimme gesegnet. Er war konsequent menschenscheu, ein Mensch, der nur sein Büro und seine Forschung brauchte: Riesensterne und Gammablitze.

»Robert, hier ist Hannah. Ich bin in Chile, und … und mir ist da was in den Sinn gekommen.«

»Ja?«

»Störe ich dich, oder könntest du mir einen Gefallen tun? In meinem Büro.«

»Bin schon unterwegs.«

»Danke, Robert. Da liegt eine Mappe auf dem Tisch. *Operation Hamlet,* sieht ziemlich offiziell aus.«

»Wie läuft es denn da drüben bei euch?«, fragte Robert. »Hier, ich hab sie.«

»Kannst du da mal reinschauen, oder nee, einfacher, auf dem Tisch müsste ein Zettel mit einem kurzen Text liegen.«

»Der mit *Old friend?*«

»Ja, Robert. Kannst du mir den vorlesen?«

»Old friend. It has been long since …«

»Moment«, sagte Hannah und gab dem Barkeeper ein Zeichen. »A pen, please? Para escribir. Sí? And paper. Thank you.«

Der Barkeeper nickte, nahm den fettigen Kugelschreiber aus seiner Brusttasche und gab ihr einen winzig kleinen Zettel mit der Aufschrift Hotel Santiago Apostol. »Okay«, sagte Hannah. »Jetzt bin ich so weit.«

Robert Poulsen seufzte, die kleine Verzögerung irritierte ihn bereits, aber dann las ihr der Mann aus 13 000 Kilometern Entfernung den Text laut vor. Hannah schrieb mit, inklusive aller Schreibfehler.

Old friend.
It has been long since we last spoke but. I hope you are well.
I don't have a lot to report. As you are awware,
time is not a real factor around here –
it's probably why I like this place so much.
I much hope you can visit someday soon.

Wish you could be here.

Robert wiederholte den letzten Satz zweimal, weil er glaubte, dass sie ihn nicht gehört hatte. Schließlich fragte er: »War das alles? Sonst nichts?«

Hannah reagierte nicht, starrte auf den Text vor sich und wiederholte ihn leise Wort für Wort. Schließlich bedankte sie sich aber und legte auf.

Besonders der Punkt zwischen *but* und *I hope* hielt ihr Interesse gefangen. Wenn es überhaupt ein Punkt war. Vielleicht nur ein simpler Fehler, ein schwarzer Punkt, möglicherweise Dreck, der auf die Karte gekommen war. Immerhin war sie auch Tausende von Kilometern unterwegs gewesen. Oder war der Punkt beim Kopieren entstanden? Toner? Außerdem war da der Fehler in *awware,* warum hatte der Absender *aware* nicht schreiben können, wenn er *probably* oder *someday* schreiben konnte? Diese Worte waren doch viel länger. Nein, bestimmt war das nur ein Flüchtigkeitsfehler, sie sollte sich wirklich auf den Punkt konzentrieren, das war ihr Ansatz. Aber wie? Die Antwort kam ganz von allein und wirkte irgendwie überzeugend: weil es nicht wichtig war, ob die Grammatik stimmte, die Worte mussten nur für den Code Sinn ergeben. Entscheidend ist die Platzierung, dachte sie und sah zu dem Barkeeper hinüber. Er schien auf eine Bestellung zu warten. Sie konnte nicht die ganze Zeit mit einem leeren Glas an der Bar stehen, dachte sie und bestellte ein Bier. Siraku stand auf der Flasche. Sie knibbelte am Rand des Etiketts und studierte das Bild. Dann spürte sie, dass sie einen Anfang hatte. *Entscheidend ist die Platzierung.* Die Platzierung im Verhältnis zu was? Sie starrte auf den Text vor sich. Sie durfte den Kopf erst heben, wenn sie etwas gesehen hatte, dachte Hannah. *Awware.* Warum zwei *w*s? Weil die Anzahl der Buchstaben wichtig für den Code ist? Ja, das ergab Sinn, dachte sie. Die Anzahl der Buchstaben ist von Bedeutung. Und die Platzierung der Zeichen. Konnte sie diese beiden Bedingungen irgendwie verbinden? Sie dachte lange nach und sagte schließlich laut: »Die Anzahl der Buchstaben zwischen den Zeichen.«

Sie fühlte, dass sie auf etwas gestoßen war. Die Anzahl der Buchstaben zwischen den Punkten, Kommata und Bindestrichen, das war wichtig.

»Sollen wir mal so einen probieren?«

Hannah blickte auf. Mathias stand neben ihr und zeigte auf die Liste der Drinks.

»Ein Navegado«, sagte er. »Die Einheimischen trinken das.«

»Okay«, sagte Hannah und wunderte sich. Waren die anderen schon zurück? Oder war Mathias doch nicht mitgegangen?

»Warmer Rotwein mit Apfelsine und Zucker«, erklärte Mathias und sah sie an.

Sie blieben eine halbe Stunde an der Bar stehen. Im Hintergrund hatten drei Japaner aufgeregt zu diskutieren begonnen. Mathias erzählte von seinem ersten Besuch am VLT im vergangenen Jahr. Für ihn eines der größten Erlebnisse seines Lebens, betonte er. Sie dürfe sich wirklich freuen. Nie sei er seinem Traum vom Weltraum so nahe gewesen wie in der chilenischen Wüste. Dann wollte er wissen, was ihr größtes Erlebnis gewesen sei. Im ganzen Leben?, fragte Hannah sich, während Mathias neue Drinks bestellte. Sie fühlte sich etwas angetrunken, ein warmes, entspanntes Gefühl.

»Der hier heißt Terremoto«, sagte Mathias. »Was so viel bedeutet wie Erdbeben.«

»Klingt ja heftig«, sagte sie und sah ihn an. Kassengestell. John Lennon. Tiefgründiger Blick. Alles an ihm wirkte durch und durch ehrlich. Das schien ihm wichtig zu sein. Stand sie deshalb hier mit ihm? Wollte Niels das wirklich, wollte er, dass Schluss war zwischen ihnen? *Liebescode.*

»Ich glaube, ich bin ein bisschen angetrunken«, sagte sie leicht schwankend. Ihr Kopf an seiner Schulter, vielleicht hatte sie sogar für einen Moment die Augen geschlossen. Der Barkeeper reichte ihnen die Rechnung.

»Bist du in Ordnung?«, fragte er.

»Ich bin nur müde.«

»Sollen wir nach oben gehen?«

Der Satz. Irgendwie hallte er in Hannahs Kopf wider, während sie nickte und sie die Bar durch das Foyer verließen, vorbei an der Rezeption, in den Aufzug. Sollen wir nach oben gehen?

Wie meinte er das? Sie lehnte sich im Fahrstuhl an ihn. Man konnte sich gut anlehnen bei ihm. Er hielt ihre Hand. Hatte sie seine genommen, oder war das umgekehrt? Egal. Sie hielten Händchen, der engste physische Kontakt mit einem Mann, seit sie Niels getroffen hatte. Es fühlte sich nicht falsch an, redete sie sich ein, als die Fahrstuhltüren aufgingen und sie auf den langen Flur mit dem roten Teppich und den hellen Holzwänden traten. Irgendwie fühlte es sich okay an. Beinahe okay.

»Hier ist mein Zimmer«, sagte Hannah und blieb stehen, seine Hand noch immer in der ihren. Würde er sie jetzt küssen? Er beugte sich vor, aber sie wusste nicht, was sie davon halten sollte oder ob sie die Augen schließen musste. Und was danach kam, konnte sie auch nicht überblicken. Sollte sie die Tür öffnen und ihm Einlass gewähren? Ins Bett? Sie hatte kurz darin gelegen, nachdem sie eingecheckt hatten. Der *Liebescode*. Wieder meldete sich dieses Wort. Die Anzahl der Buchstaben zwischen den Zeichen. *Old friend*. Die ersten Worte des Textes, gefolgt von einem Punkt. Wie viele Buchstaben waren das? Acht. Nein, neun. Neun Buchstaben bis zum ersten Punkt. Welcher Buchstabe entsprach der 9? Ein I. Oder »ich« auf Englisch. War sie auf einem Irrweg? Ging es gar nicht um die Zahlen? Vielleicht waren nur die Buchstaben wichtig. Vielleicht stand jeder Buchstabe für einen anderen Buchstaben im Alphabet. War das möglich? Ihr kam etwas in den Sinn, was Gustav einmal gesagt hatte. Dass man in England nach dem Ersten Weltkrieg unter der Hand eine Code and Cypher School eingerichtet hatte, um so die Codes der Feinde knacken zu können. Für diesen Zweck hatte man die besten Mathematiker, Kryptografen, Bridge- und Schachspieler des Landes an die Schule gebunden und ihnen fortan all die verschlüsselten Nachrichten geschickt, die aufgeschnappt wurden. Astrophysiker hatten sie nicht gefragt, dachte Hannah und sah zu Mathias. Sein einladendes Lächeln.

»Ist alles okay?«, fragte er.

»Gute Nacht«, sagte Hannah, beugte sich vor und flüsterte ihm etwas ins Ohr. Dann ging sie in ihr Zimmer und drückte schnell die Tür hinter sich zu.

Sie zog sich aus, legte ihre Kleider auf einen Stuhl, putzte sich die Zähne und betrachtete sich selbst im Spiegel. In diesem Moment erinnerte sie sich, was sie Mathias zugeflüstert hatte, als stände es in dicken Buchstaben auf dem Spiegel. *Morgen.* Sie hatte es ihm versprochen. Und sie hatte vor, dieses Versprechen auch zu halten. Liebescode hin oder her.

5.

Cadogan Hotel, London, 1939

Michael war mit Rachel allein im Zimmer. Alexander war nach unten auf die Straße gegangen. Er wollte wissen, wo die Absperrungen waren, und nach einem Weg zur Bank suchen. Rachel stand mit offenen Haaren am Fenster und drehte ihm den Rücken zu. Michael saß auf der Bettkante. Er blickte einmal auf, sah sich ruhelos um und studierte das Bild an der Wand. Eine Landschaftsmalerei, eine Kopie von Constable, schwarze Wolken über dem Meer. Untergang, auch da.

»Rachel?«, sagte er, als er die Stille nicht mehr ertragen konnte. Er wollte ihr Gesicht sehen. Sie drehte sich um.

»Alexander kommt«, sagte sie und klang dabei beinahe drohend. »Ich höre ihn auf der Treppe.«

Die Federn der Matratze kreischten, als Michael aufstand. Gleich darauf erschien Alexander in der Tür. Die Lippen aufeinandergepresst, trat er wortlos ein und verschränkte die Arme. Das letzte bisschen Optimismus war aus dem Gesicht des Freundes gewichen.

»Wurden wir erkannt, als wir ins Hotel gegangen sind?«, fragte er mit fast tonloser Stimme.

»Wieso?«, fragte Rachel.

»Von einem Zimmermädchen? Oder sonst jemandem? Michael, jemand muss dich gesehen und die Polizei gerufen haben.«

»Mein Gott, sind sie schon auf dem Weg?«, fragte Rachel.

»Vielleicht. Ich weiß es nicht, aber …«

»Aber was?«, schrie Michael ihn an. Rachel versuchte, ihn zu beruhigen.

»Mann, guck doch mal aus dem Fenster«, flüsterte Alexander und öffnete die Tür zum Flur. Er orientierte sich einen Moment und versicherte sich, dass niemand dort war. »Kommt«, flüsterte er angespannt. Sie folgten ihm über den Flur zu der matten Fensterscheibe, durch die man die Vorderseite des Hotels sehen konnte. Die drei Freunde standen nebeneinander und starrten ungläubig auf die Menschenansammlung unter ihnen. »Seht ihr das? Die Polizei ist überall. Das Hotel ist umstellt.« Er zeigte nach unten. »Das ist doch kein Zufall. Die müssen wissen, dass du hier bist. Bestimmt warten die nur auf den richtigen Moment.«

Michael sagte nichts. Er sah nur Rachel an.

»Ich habe nachgedacht«, sagte Alexander, als sie wieder im Zimmer waren. »Es gibt keine andere Lösung. Das ist das Beste für alle. Und dabei denke ich nicht nur an uns.«

»Was?«, fragte Michael. »Welche Lösung? Und was meinst du damit, dass du nicht nur an uns denkst?«

Alexander lächelte plötzlich kurz und deplatziert. »Ist es etwa verkehrt, auch mal altruistisch zu denken, in einer derart schweren Stunde? Beweist nicht gerade das, dass man Format hat? Wahres Format? Davon träumen wir doch alle.«

Bedrückende Stille breitete sich aus, bis Alexander sie erneut brach. »Also: Glauben wir an das, was wir gefunden haben? An das, was darin steht?«

Er musterte erst Rachel, dann Michael.

»Glaubst du das, Rachel?«

»Ja, das tue ich.«

»Michael?«

Michael dachte lange nach. Glaubte er an das, was 399 vor Christus in einer feuchten Zelle in Athen niedergeschrieben worden war und was er Wort für Wort übersetzt hatte?

»Oder muss ich euch an das erinnern, was Sokrates gesagt hat?«, fügte Alexander hinzu und ging ruhelos im Zimmer auf und ab. »Er hat gesagt, dass das Leben für die Philosophen nur eine Vorbereitung auf den Tod ist. Für alle, die die wahre Erkenntnis suchen …« Alexander kam ins Stocken. »Michael!«

Michael hob den Blick. Alexander lächelte wieder das Lächeln, das Michael einmal so sehr geschätzt hatte. Weil es ihm gezeigt hatte, dass Alexander sein Freund war. Michael war so stolz darauf gewesen, in ihre Gesellschaft aufgenommen worden zu sein. Rachel Burrows und Alexander Carrington waren all das, was er selbst nicht war. Und auch wenn sie nur wegen ihrer Nachnamen in derselben Gruppe gelandet waren, hatten sie ihn in ihrem Kreis aufgenommen. Sich über all die Grenzen und Hürden hinweggesetzt, die es in der Klassengesellschaft Großbritanniens gab.

»Michael?«

»Ja.«

»Was meinst du? Ist es falsch? Glauben wir nicht, dass das Leben nur eine Vorbereitung auf den Tod ist und dass uns unser Körper die wahre Erkenntnis verwehrt, weil er ein eigenes Leben führt? Weil er Essen und Trinken braucht, Triebe hat, die zu erfüllen wir ein halbes Leben unterwegs sind, Gelüste, die uns wie ein Hadrianswall von dem Land auf der anderen Seite trennen. Dem Land, das wir Erkenntnis nennen.«

»Warum sagst du das alles?«, fragte Rachel verwirrt. Alexanders manische Rede war ihr ein Rätsel.

»Weil, liebe Rachel, wir aus einem ganz bestimmten Grund die Antike studiert haben.«

»Weil wir Erkenntnis wollten«, sagte Michael. Er hatte langsam eine Ahnung, worauf Alexander hinauswollte. Und hatte keine Lust, ihm zu folgen.

»Genau. Wir wollten … nein, wir *wollen* die Erkenntnis! *Wollen* das Leben verstehen! Wir *wollen* wissen, warum bei Michael und mir zu Hause Einberufungsbescheide liegen. Und uns rufen. Es ist der Tod, der ruft.«

»Ich verstehe nicht«, sagte Michael. »Willst du damit sagen, dass wir zum Militär gehen sollen?«

»Nein! Ich will damit nur sagen, dass wir höchstwahrscheinlich sowieso sterben. Wir wissen doch alle, dass dieser Krieg noch viel schlimmer als der letzte werden wird.«

Rachel schüttelte den Kopf. »Alexander. Du redest Unsinn. Setz dich.«

»Nein, ich rede keinen Unsinn. Vermutlich sterben wir sowieso, nicht wahr? Europa steht vor seinem Grab.«

»Vielleicht«, sagte Michael.

»Und wofür würdest du sterben? Für die Landesgrenzen? Weil Deutschland in Polen eingefallen ist? Willst du lieber für Polen sterben oder für die größte aller Wahrheiten? Die größte aller Entdeckungen?«

»Wenn du das so sagst«, sagte Michael und konnte ein Lächeln nicht unterdrücken.

»Alexander!« Rachel war laut geworden, verunsichert. Auch sie verstand jetzt, was Alexander im Sinn hatte, sie hielt es nur nicht aus.

»Rachel. Wir können drei Dinge tun: Erstens: Versuchen zu fliehen. Durch ein Europa im Krieg. Und bis ans Ende unserer Tage im Untergrund leben. Nicht wahr?«

»Ja.«

»Zweitens: Wir können uns stellen. Die Jahre im Gefängnis absitzen, die uns aufgebrummt werden. Du kommst vielleicht mit ein paar wenigen Jahren davon, Rachel, aber du wirst dein Leben lang gebrandmarkt sein. Unsere Familien …« Alexander kam ins Stocken, fing Michaels Blick ein. »Und auf uns, Michael, wartet der Galgen.« Er schüttelte den Kopf. Versuchte, den Faden wieder aufzunehmen. »Oder drittens: Wir können den Inhalt unseres Dokuments beweisen. Und in die Geschichte eingehen. Wie wir es die ganze Zeit über geplant hatten. Nur eben ein bisschen schneller, sehr viel schneller.«

»Wie?« Rachel wirkte resigniert.

»Dieses Leben ist ohnehin kaputt. Das haben wir gestern verspielt, wie Michael es ganz richtig gesagt hat. Eine schreckliche Wahrheit. Wir haben unser Leben verspielt, was nicht allein unser Fehler war, nicht nur. Die Umstände waren gegen uns, nenn es Zufall, wenn du willst. Das Leben entwickelt sich nur selten so, wie wir es uns wünschen, wir leben von Tag zu Tag«, sagte Alexander, und Michael konnte ihm eigentlich nur recht geben. »Das Leben ist in vielerlei Hinsicht nur eine Skizze, kein vollendetes Gemälde. Wir werden mit ganz bestimmten Karten in der Hand geboren und versuchen damit, unser Bestes zu geben, aber es gibt so viele Einflüsse von außen. So viele Katastrophen. Krieg, Tod, Krankheit, all das, worüber man nicht Herr sein kann. Schon eine falsche Entscheidung reicht, eine falsche Abzweigung, und man hat alles verloren. So ist das Leben«, sagte Alexander. »Wir haben geglaubt, das Richtige zu tun, als wir versucht haben, das Dokument zu retten …«

»Wir haben das Richtige getan«, sagte Rachel.

»Vielleicht«, antwortete Alexander schnell. »Die Wahrheit ist aber auch, dass wir damit – wie richtig unsere Handlungsweise auch gewesen sein mag – unser Leben zerstört haben. Wie ich schon gesagt habe: Auf uns wartet der Galgen oder das Gefängnis, die Landflucht, die Ehrlosigkeit. Oder?«

Er setzte sich rittlings auf den Stuhl, den Blick zur Lehne, und sah die beiden anderen an. Michael saß auf der Bettkante, Rachel mit angezogenen Knien am Kopfende des Bettes, die Schuhe noch an den Füßen.

»Wenn man seine Chancen im Leben verspielt hat, bleibt einem nur eine Möglichkeit. Man muss auf die Ewigkeit setzen.«

»Und was soll das heißen?«, fragte Rachel in ihrem eleganten Oberklassedialekt. Michael musste wieder an Drinks vor dem Essen denken, an Männer im Smoking, an Chesterfield-Möbel und Whisky-Soda in großen Gläsern.

»Das soll heißen, dass wir sterben müssen. Hier ...«, sagte Alexander. »In diesem Hotelzimmer. Durch unsere Hand.«

Wie lange blieb es still? Drei Minuten? Zehn? Auf jeden Fall so lange, dass Michaels Gedanken abschweiften. Dass Alexander Recht hatte. Dass Alexander verrückt war. Ein paarmal versuchte er, Rachel in die Augen zu sehen und zu erraten, was sie dachte.

»Seht es doch mal so: Wir ziehen unseren Plan nur ein Stück vor«, sagte Alexander und wartete, bis die anderen ihn ansahen. »Wir gehen morgen in die Bank, genau wie wir es geplant haben, und anschließend ...«

Erneut Stille.

»Michael?«, fragte Alexander schließlich.

»Ich weiß nicht«, sagte Michael.

»Dann sag mir, welche Möglichkeiten wir noch haben«, sagte Alexander.

Michael zögerte, er wusste, dass es keinen Sinn ergab. Und dass es dabei nicht nur um die Worte ging, nicht um das, was Alexander gesagt hatte. Sondern um seinen Blick. Die Entschlossenheit. Sein Freund hatte für sie eine Entscheidung getroffen. Und vielleicht war es die richtige. Michael brauchte ein paar Minuten, um zu dieser Erkenntnis zu gelangen. Es war aussichtslos, hier zu bleiben, und woanders konnten sie auch nicht hin. Warum also ihren Plan nicht einfach vorzeitig umsetzen? Schließlich sah er zu Rachel. Ihre Blicke trafen sich. Wie sehr er doch hoffte, sie wiederzusehen. Wenn dieses Dokument die Wahrheit sagte.

6.

Sikringen, Nykøbing, Sjælland

Niels betrachtete seine Hände. Sie zuckten in kleinen Spasmen. Ihm war übel, und es fühlte sich an, als wäre der Boden unter ihm instabil. Die Tür zum Flur war geschlossen. Er war allein in seiner Zelle. Hatte er geschlafen? Oder bloß gedöst? Er hatte von Hannah und den Kindern geträumt. Vor allem von Hannah. Ihren Haaren auf dem Kissen. Er richtete sich auf. Das Handtuch war nass.

»Leon?«

Es verging ein Augenblick, dann hatte er Leons Stimme im Ohr.

»Ich kann nicht durch die Nase atmen.«

»Das höre ich.«

»Kannst du das aufschreiben?«

»Ergibt das Sinn?«, fragte Leon.

»Ja, für mich ergibt das Sinn. Und ich habe Spasmen in den Händen. Mein Rücken juckt, und, verdammt, ich sabbere wie verrückt.«

»Okay, Niels. Ich hab's notiert.«

Niels stand auf. Sah aus dem kleinen Fenster. Es beruhigte ihn zu wissen, dass Niels Bentzons Dekompensation und Verfall dokumentiert wurde. »Paludan hat Gift genommen«, sagte Niels. »Er hat es nicht freiwillig getrunken, ist aber auch von niemandem gezwungen worden.«

»Jedenfalls gibt es dafür keine Hinweise«, sagte Leon.

»Und seine Leiche wurde möglicherweise in die Toilette geschafft. Von jemandem, der wollte, dass es wie Selbstmord aussieht.«

»Wenn wir deiner Logik folgen, ja«, sagte Leon.

Die Tür ging auf. »Führst du wieder Selbstgespräche?«, fragte sie. Dieselbe Krankenschwester wie zuvor, Lea. Sie hatte etwas mit ihren Haaren gemacht, sie hochgesteckt, auf jeden Fall wirkte sie jetzt effektiver. »Ich werde dich jetzt ein bisschen herumführen. Damit du auch einige von den anderen treffen kannst.«

»Das ist eine gute Gelegenheit, Bentzon. Denk daran, das ist der Tatort«, sagte Leon, der hören konnte, was die Krankenschwester sagte. »Versuch, dir alle Details einzuprägen.«

»Ich habe dir Kleider zurechtgelegt«, sagte sie. »Und vergiss nicht, es ist für die anderen nicht immer leicht, wenn Neue kommen.«

Was sollte das denn bedeuten? Nicht leicht für die anderen? Niels stellte die Füße auf den Boden und versuchte, Halt zu finden. Lea verließ die Zelle und wartete. Er hörte, wie sie etwas zu einem der Wachmänner sagte. Anstaltskleider, eine Mode, die sich nie änderte. Weiß und blau mit einem schmalen Streifen auf der Hose. Weit und kastig, sodass ein Teil der Identität der Menschen, die sie trugen, darunter verschwand.

»Okay, Jens. Du kannst einfach fragen, wenn du etwas wissen willst. Klaus kommt mit uns.« Der Wachmann räusperte sich. Das also war Klaus. Rote, kurz geschorene Haare und ein Körper, auf den jeder Schwergewichtsboxer stolz wäre.

»Die Toilette ist genau gegenüber von deiner Zelle«, erklärte die Schwester. »Wenn du dahin musst, drück einfach auf den Knopf an der Tür. Auch nachts«, sagte sie und sah ihn an. »Wenn es nur ein kleines Geschäft ist, nutzt du besser das Waschbecken, okay?«

»Ich soll ins Waschbecken pinkeln?«

»So kann man das auch sagen«, antwortete sie und ging los. »Fangen wir da an, wo du heute Morgen reingekommen bist.«

Auf dem Flur standen ein paar Sofas. Abgenutzt und alt, grüner Veloursbezug, einem fehlten zwei Polster. Ein junger Mann hockte dort, den Kopf gesenkt, und biss sich auf die Fingerknöchel.

»Hier, in diesem Bad warst du«, sagte sie und zeigte auf die schwere, verschlossene Tür. »Damit du dich orientieren kannst. Und hier links ist ein kleines Personalzimmer. Die Tür steht immer offen, ihr habt da drin aber nichts verloren.«

Niels warf einen Blick hinein. Ein runder Tisch, eine Kaffeemaschine, ein Kühlschrank. Zwei Wachen saßen an dem Tisch, einer las eine Gratiszeitung, der andere spielte mit seinem Handy herum. Keiner von beiden sah auf. Niels erkannte in einem von ihnen den Mann wieder, der ihn ins Bad geführt hatte. »Und wenn wir weitergehen, kommen wir zu Johns Zelle.«

Sie sah kurz auf eine geschlossene Tür. »John«, sagte Niels laut und versuchte, sich zu erinnern, was er über John Einarsson erfahren hatte.

»Er hat seine Zelle seit acht Jahren nicht mehr verlassen«, sagte Leon. »John Einarsson ist derart gewalttätig, dass er fast den ganzen Tag über an seinem Bett fixiert ist. Er hat in den Achtzigern zwei Gäste in einem Lokal in Randers zu Tode geprügelt. Darauf folgten mehrere Angriffe auf das Personal.« Niels hörte, wie Leon in seinen Unterlagen blätterte, und stellte sich vor, wie er jetzt ganz in der Nähe im Mannschaftswagen saß.

»Den kannst du ein andermal begrüßen«, entschied Lea und ging weiter.

»Gegenüber von John wohnt die Schere«, sagte Leon. »Siehst du seine Zelle?«

»Ja«, flüsterte Niels. Die Tür stand offen, und Niels schaute kurz hinein. Das kleine Fenster ging auf den Hof.

»Das war einer von denen, die in der Mordnacht aufgestanden sind«, sagte Leon. »Der Portugiese gehört auch dazu. Etwa zu der Zeit, als Paludan starb, standen sie an ihren Fenstern und starrten nach draußen.«

»Kommst du?«, fragte Lea.

Leon redete weiter, während Niels Lea folgte: »Im Gegensatz zu John Einarsson ist die Schere dem Personal gegenüber nicht gewalttätig. Die Stimmen, die ihm vor sechs Jahren befohlen haben, seine Mutter mit einer Gartenschere zu zerlegen, werden mit Präparaten im Zaum gehalten. Davon bekommt er allerdings so viel, dass er in der Diskussion im letzten Jahr als Beispiel für die Patienten des Hochsicherheitstrakts angeführt wurde, denen viel zu hohe Dosen Antipsychotika verabreicht werden. Seine Medikation liegt weit über jedem Grenzwert. Kannst du in seine Zelle kommen?«, fragte Leon.

»Nein«, flüsterte Niels und begegnete Leas Blick. Sie war ungeduldig.

»Vielleicht irgendwann später? Auf jeden Fall hat der in jener Nacht irgendetwas gesehen. Von seinem Fenster aus. Du kennst ja die Aufnahmen«, sagte Leon.

Die Krankenschwester übertönte die Stimme in seinem Ohr. »Wir müssen uns ein bisschen beeilen, Jens.«

»Ja.«

»Wir wollen doch noch die Werkstatt besichtigen. Und das Atelier. Arbeitest du gerne mit den Händen? Zeichnest oder malst du? Komm, wirf mal einen Blick rein«, sagte sie und stieß eine Tür auf. Eine Drehbank, Tische und Stühle und an den Wänden unzählige bunte Bilder. *La Gallerie Insane* hatte jemand äußerst geistreich ganz oben an die Wand geschrieben. »Das ist Thorbjørn, er kommt aus Jylland«, sagte sie und deutete auf einen Mann, der in seiner eigenen Welt versunken an einem Tisch saß und malte. Er hatte sich auch das Gesicht angemalt und wirkte wie ein Kind im Körper eines Mannes. Eine Fettwulst lag wie ein Kragen um seinen Nacken – es gehörte zu den Nebenwirkungen, an ganz ungewöhnlichen Stellen zuzunehmen. Als er Niels sah, legte er vorsichtig den Tuschestift zur Seite und presste sich die Hände auf die Ohren.

»Thorbjørn Rasmussen«, sagte Leon und fasste zusammen: »Isst nur aus ungeöffneten Dosen, glaubt, dass alle ihn vergiften wollen Er trinkt auch kein Wasser, nur Milch, aber nur, wenn er den Karton selbst geöffnet hat. Er ist seit zwölf Jahren im Trakt. Er hat seinen Bruder und dessen Partnerin umgebracht. Hält er sich die Ohren zu?«

Niels schnaubte.

»Er tut das, weil er die Frau noch immer schreien hört«, sagte Leon. »Thorbjørn hat ihr mit einem Messer den Bauch aufgeschlitzt. Sie war im siebten Monat schwanger. Hatte ich das schon erwähnt?«

»Hörst du mir zu, Jens?«

Niels wandte sich von Thorbjørn ab und spürte, dass sich die Welt um ihn herum zu drehen begonnen hatte. Einen Moment lang hatte er das Gefühl, die Erdrotation spüren zu können. Eine ältere Frau schob einen Essenswagen vor sich her. Ein Rad quietschte, und aus den tiefen Metallcontainern stieg Dampf auf. »Das ist Ulla, sie hilft uns, das Essen zu verteilen. Und hier haben wir einen unserer ausländischen Patienten«, sagte die junge Krankenschwester und zeigte auf die Tür von Salomon Gašpars Zelle. »Er stammt aus Portugal. Er kommt sicher gleich und isst etwas. Hast du Hunger?«

Niels schwieg. Die Tür der Zelle war nur angelehnt, und Niels versuchte, einen Blick hineinzuwerfen. Gašpar drehte ihm den Rücken zu und saß vornübergebeugt, als würde er beten. Niels sah kein Bett. Schon in der Mappe *Operation Hamlet* hatte gestanden, dass er kein Bett brauchte. Der Schlag in den Nacken traf Niels völlig unvorbereitet.

»Nein, Thorbjørn!« Leas Stimme, sie schrie. Ein Alarm heulte auf. Niels lag am Boden, drehte sich auf die Seite und sah Thorbjørn über sich, die rote Tusche im Gesicht sah aus wie Blut. Er versuchte, sich wieder aufzurappeln. Der einzige anwesende Wachmann wartete auf Verstärkung, allein konnte er ohnehin nichts ausrichten.

»Thorbjørn!«

Niels kniete sich hin.

»Bentzon?« Leons Stimme. »Bist du ...?«

Thorbjørn schlug auf Niels' Kopf ein, ungelenk, er holte weit mit den Armen aus, aber er traf, und er hatte Kraft. Eine Sekunde später war Thorbjørn unter fünf Wachmännern begraben. Niels kauerte noch immer auf dem Fußboden und verfolgte zitternd, wie vier der Wachen jeweils einen Arm oder ein Bein gepackt hatten. Sie waren ungeheuer schnell und professionell, schnürten ihn mit Riemen fest, wie andere sich die Schuhe banden. Thorbjørn schrie. Niels hörte einen der Ärzte etwas von Elektroschocks sagen.

»Bist du okay?« Leas Stimme. Niels rappelte sich hoch. Erst jetzt wurde ihm bewusst, dass etwas fehlte.

»Mein Hörgerät«, sagte er und hob den Blick. Vor ihm stand der Portugiese, Salomon Gašpar. Laut Akten vierundsiebzig Jahre alt. Er sah jünger aus. Der Mann hatte etwa Niels' Größe, war schlank und durchtrainiert. Seine tief liegenden Augen verschwanden beinahe im Schädel. Lag das an dem Schlafmangel? Vierzig Jahre ohne Schlaf, vierzig Jahre hinter der Rezeption irgendwelcher Hotels. Schwarze, streng nach hinten gekämmte Haare. Ein Lächeln spielte um seine Lippen. Irgendwie wirkte er beinahe elegant. Er hielt Niels' Hörgerät in der Hand. Es musste Niels bei dem Schlag aus dem Ohr gerutscht sein. Der Portugiese sah ihn an.

»Sehr gut, Salomon«, sagte Lea und klang wie eine Kindergärtnerin. »Gibst du Jens sein Hörgerät zurück?« Der Portugiese bewegte sich nicht.

»Salomon?«, sagte Lea warnend.

»Werden Sie lange unser Gast sein?«, fragte der Portugiese vornehm, fast untertänig, und mit einem charakteristisch südländischen Akzent. Seine Stimme hatte einen erschreckend angenehmen Klang.

Hatte er Leons Stimme durch das Hörgerät vernommen, oder hatten Thorbjørns Schreie alles übertönt? Niels war sich nicht sicher.

»Ich werde Ihr Gepäck nach oben bringen lassen«, sagte Salomon Gašpar und reichte Niels das Hörgerät, als wäre es der Schlüssel zum Grand Hotel Lunatic.

***

Paludan war gezwungen worden, das Gift zu nehmen. Es gab nur keine Anzeichen für diesen Zwang. Niels sah sich um und spähte durch das rechteckige Fenster in der Tür zum Speisesaal. Es war, als würde er in ein Aquarium blicken. Kein Geräusch drang hindurch, die Patienten drinnen waren umgeben von Wachen und Pflegedienstmitarbeitern. »Komm mit«, sagte Lea, legte die Hand auf die Klinke und drückte die Tür auf. Der Raum war zweigeteilt. Circa vierzig Quadratmeter, auf der einen Seite standen verschlissene Sofas, umgeben von hellgrünen Plastikpflanzen, ein Couchtisch und ein alter, schwarzer Ledersessel. An der Wand hing ein Fernseher. Ein Plasmaschirm hinter einem Gitter, sodass er nicht zerstört werden konnte. Hinter einem der Sofas war ein Regal mit Büchern, einem Schachspiel, Yatzy, Backgammon. Abgesehen von dem Fernseher waren die fensterlosen Wände kahl und weiß. Der junge Mann, der zuvor draußen auf dem Flur gesessen hatte, hockte nun hier drinnen. Er kaute noch immer auf seinen Knöcheln herum und schien Niels nicht zu bemerken. Seine Haare waren fettig und ungekämmt, und auf einer Wange hatte er eine tiefe Narbe. Niels sah jetzt sein Gesicht und erkannte ihn. Er war Grönländer, ein Doppelmörder, der erst vor wenigen Monaten ins Sikringen gekommen war. »Hier auf den Sofas kann man es sich ein bisschen gemütlich machen«, sagte die Krankenschwester. »Wie Miliaq.«

Sie bekam keine Antwort. Der junge Grönländer hob nicht einmal den Blick. Sein Arm war von Einstichen übersät, ihm wurde seine Medizin intravenös verabreicht. Zwang. Alles hier drinnen schrie nach Zwang. Auch Paludan war gezwungen worden, aber wie? Und von wem?

»Und hier essen wir, Jens«, sagte Lea und drehte sich um.

Auf der anderen Seite des Raums standen zwei Tische im Abstand von drei Metern. An jedem Tisch war für sechs Patienten gedeckt. Fünf Wachleute waren anwesend, sie hielten sich im Hintergrund, waren aber nicht zu übersehen. Der Rothaarige, der Niels und die Krankenschwester bei der Führung begleitet hatte, gesellte sich zu den anderen. Ein paar Patienten hatten bereits Platz genommen Eine davon erkannte Niels sofort. Die Gouvernante. *Gehört dieses Heft dir?*

»Bentzon? Wo bist du?« Leon sprach leise, aber mit Nachdruck.

»Im Speisesaal«, flüsterte Niels.

»Verlier dein Ziel nicht aus den Augen. Versuch, näher an sie ranzukommen. Ihr Vertrauen zu gewinnen. Denk an die Schere«, sagte Leon. »Vor allem der ist wichtig.«

Vertrauen. Niels betrachtete die Anwesenden, ihre verzerrten Gesichter, zerstört von wahnhaften Zwangsvorstellungen, dass fremde Wesen ihnen die Organe stehlen wollten oder andere verrückte Dinge, und dann ein zweites Mal kaputt gemacht durch die Pharmaindustrie.

Andere Patienten kamen. Viele davon in Zwangsjacke, mit fixierten Händen und Füßen. Ein breiter Gürtel um die Hüfte war verbunden mit Riemen um beide Handgelenke. Zusätzlich führte ein Ledergurt an der Rückseite ihrer Beine herunter und mündete in zwei Nylonbänder, mit denen die Füße gefesselt waren. Sie konnten nur mit sehr kleinen Schritten gehen, laufen war unmöglich. Niels hatte von diesen Jacken gelesen und wusste, dass sie in den meisten anderen europäischen Ländern verboten waren. Die Spangen und Riemen waren lila und blau, ein misslungener Versuch, das Ganze ein wenig zivilisierter wirken zu lassen und dem Vorgehen einen institutionellen, dänischen Touch zu geben.

»Jens? Da rechts vorne ist ein Platz für dich.« Eine andere, etwas ältere Schwester hatte ihn angesprochen. Da war er. Niels hatte ihn nicht hereinkommen sehen, vielleicht war er schon die ganze Zeit da gewesen. Die Schere. Um die sechzig. Langes, dünnes Haar, schlohweiß, umrahmte ein etwas deformiertes Gesicht. Seine Kiefer mahlten unablässig in einer seltsam kreisenden Bewegung. Niels ignorierte die Anweisung der Krankenschwester und nahm ihm gegenüber Platz. Kein Augenkontakt. Plastikbecher, Plastikteller. Die durchsichtige Plastikdecke auf dem Tisch ließ ihn an einen Leichensack denken. Die Schmerzen in seinem Kiefer nahmen zu, die Anspannung. Fast alle Patienten standen wie in einer Kirche auf, als Salomon Gašpar auftauchte und dem Personal zulächelte. Soweit Niels das sehen konnte, erteilte er dem Personal ein paar Befehle. Sie schienen mitzuspielen und seine Rolle als Hoteldirektor zu akzeptieren. Oder ignorierten sie ihn einfach? Was sollten sie sonst tun?, fragte Niels sich.

»Hast du jemanden umgebracht?«

Niels sah kurz zu seinem Nebenmann. Mitte dreißig mit einem etwas klareren Blick als die anderen.

»Nein«, sagte Niels.

»Irgendwas musst du gemacht haben, sonst wärst du nicht hier.«

»Leif. Lass Jens in Frieden«, sagte die ältere Krankenschwester.

»Ich will dir nur helfen. Ich kann dich erlösen.« Er breitete seine Arme so weit aus, wie die Zwangsjacke dies zuließ, und sah wie ein festgeschnallter Jesus aus, der seinen Jüngern eine Predigt hielt.

»Nicht jetzt, Leif. Wir essen.«

»Wenn du keinen umgebracht hast, bist du bald wieder draußen.«

Lea half der älteren Krankenschwester mit dem Servieren. Klebriger Reis und gekochtes Hühnchen. Handwarmes Wasser in den Krügen.

»So, das ist für dich, Jens«, sagte Ulla und stellte Niels einen Teller hin. »Das Besteck kommt, wenn alle ihre Teller haben.«

»Danke«, sagte Niels und dachte an die Sicherheitsmaßnahmen für die Bestecke. Jeder Patient erhielt ein stumpfes Messer und eine Gabel. Die Arme mussten am Körper bleiben, bis das Essen freigegeben wurde. Keine abrupten Bewegungen, kein Ausrasten. Anschließend wurden die Bestecke wieder eingesammelt. Es wurde zweimal nachgezählt, und fehlte eine Gabel oder ein Messer, mussten sich die Patienten vor der Tür in einer Reihe aufstellen, wo sie dann mit einem Metalldetektor gescannt und zusätzlich noch abgetastet wurden, bevor sie von einem Wachmann in ihre Zellen gebracht wurden. Tauchte das verschwundene Besteck nicht auf, suchte man, bis es gefunden war.

»So, jetzt dürft ihr essen«, sagte die ältere Schwester, als die Bestecke ausgeteilt waren.

Niels stocherte lustlos in seinem Hühnerbein herum. Er hatte keinen Appetit. Die Haut des Hühnchens war schlaff und weich, das Fleisch trocken und ohne Geschmack. Er heftete seinen Blick auf den Portugiesen. Lea war jetzt bei ihm und schenkte ihm Wasser nach. Dann sagte sie etwas zu ihm, das Niels nicht hören konnte. Niels beobachtete sie. Sie war die jüngste und hübscheste der Schwestern. Der Blick, den sie dem Portugiesen zuwarf. War das Bewunderung? Begierde? Niels kannte die Geschichten und wusste, dass Mörder für einen gewissen Frauentyp im höchsten Maße attraktiv waren. Erst vor Kurzem hatte ein vierfacher Mörder in einem dänischen Gefängnis geheiratet – angeblich hatte er unzählige Angebote von abenteuerlustigen Frauen erhalten, die mehr wollten als einen normalen dänischen Mann mit durchschnittlichem Einkommen, Seitenscheitel und Reihenhaus. War Lea in den Portugiesen verschossen?

»Was ist los, Bentzon? Kannst du reden?«

»Nein«, flüsterte Niels und schielte zu dem Portugiesen hinüber. Er fuhr mit der Gabel durch seinen Reis, aß aber nichts.

»Wasser«, sagte die Schere plötzlich und sah Niels an.

Niels reichte ihm den Krug. Die Hände der Schere zitterten, als er sich einschenkte. Er hatte eine Tätowierung auf der Hand: Ingrid. Niels dämmerte es. Ingrid war seine Mutter, die er mit der Astschere zerstückelt hatte. Er hatte ihr alle Finger und Zehen an den Gelenken abgetrennt und sich für diesen Zweck extra eine neue Schere gekauft. Der Rechtsmediziner hatte später festgestellt, dass Ingrid bei dieser Tortur noch gelebt haben musste. Das Bewusstsein hatte sie verloren, als er mit ihrem Gesicht angefangen hatte.

Die Schere sah wieder zu Niels. Unter seinen dünnen Augenlidern waren ein paar Äderchen geplatzt. Er war kreideweiß, bekam keine Sonne, keine frische Luft. Niels roch seinen Atem. Säuerlich und penetrant.

»Du musst Signe von mir grüßen«, sagte er langsam und undeutlich. »Signe. Kennst du sie?«

»Nein«, sagte Niels.

»Wenn du rauskommst. Sie sitzt im Sankt …« Er unterbrach sich, hob den Blick und nahm den Faden wieder auf: »Ich hab mir die hier machen lassen«, sagte er und drehte den Kopf, sodass Niels seine Wange sehen konnte. Eine tätowierte Träne. »Als ich sie nicht mehr sehen konnte.« In seinem Mundwinkel klebte Schaum, und zwischen den Zähnen des Unterkiefers saß eine Fleischfaser. »Jetzt ist sie hier drinnen«, sagte er und berührte vorsichtig seinen eingefallenen Brustkorb.

»So, wir müssen dann langsam zum Ende kommen«, sagte eine der Krankenschwestern. Niels hörte, wie nervös und ungehalten sie war.

»Darf ich dich was fragen?«, sagte Niels und beugte sich vor. Er senkte die Stimme. »Stimmt es, dass hier ein Arzt umgebracht worden ist?« Niels versuchte, wie ein Patient zu klingen, gleichgültig, abwesend.

Die Schere sah Niels direkt an. Seine Augen hatten einen seltsamen Ausdruck.

»Erinnerst du dich?«, flüsterte Niels. »An den Arzt? Die Nacht, in der er gestorben ist?«

Nickte er? Niels war sich nicht sicher. Der Blick der Schere wanderte zum Portugiesen. Wartete er auf ein Zeichen? Niels drehte sich um. Der Portugiese lächelte und nickte kurz und verschwörerisch. Als hätte er durchschaut, wer Niels war, und als wollte er ihm versichern, dass sein Geheimnis bei ihm in guten Händen sei. Schließlich war er die Diskretion in Person, wie es sich für einen Hotelangestellten gehörte.

7.

Sikringen, Nykøbing, Sjælland

Sie können vielleicht mich täuschen, die aber nicht, hatte Sonning zu Niels gesagt. Wollte er damit andeuten, dass die Verrückten eine Art gemeinsame … Sprache hatten? Etwas, das sie verband und woran sie merkten, ob sie mit ihresgleichen zusammen waren? Wusste der Portugiese, dass Niels Polizist war? Hatte er ihn durchschaut? Wie Berthold Niels' Anwesenheit gespürt hatte, obwohl er gut versteckt hinter dem Spiegel gestanden hatte. *Ich habe ein Geschenk dabei.* Oder konnte Berthold mit dem Portugiesen kommuniziert haben, sodass er wusste, dass Niels kam?

»Leon?« Niels setzte sich auf den Bettrand. Spürte, wie die Erschöpfung ihn plötzlich übermannte.

»Schläfst du noch nicht, Bentzon?«

»Die wissen, dass ich hier bin.«

»Wie meinst du das?«

»Die wissen, dass ich gekommen bin. Die wissen, wer ich bin.«

»Das ist ausgeschlossen, Bentzon«, sagte Leon. Er fühlte sich in seiner Professionalität gekränkt und klang brüskiert. »Die ganze Sache ist mit dem Justizminister abgeklärt. Es sind alle nur erdenklichen Anstrengungen unternommen worden, damit niemand davon erfährt …«

»Ich meine die Patienten. Die wissen, dass ich Polizist bin. Dieser Berthold, Sonnings Patient. Er wusste etwas.«

»Berthold?«, sagte Leon sarkastisch. »Berthold ist gestern in Sankt Hans Amok gelaufen«, erzählte er. »Er hat einen anderen Patienten mit einem Stuhlbein zusammengeschlagen. Es war so viel Blut auf dem Boden, dass die Pfleger ihn nicht zu fassen kriegten. Wären sie ausgerutscht, wären sie selbst Opfer seiner Wut geworden. Sie mussten die Tür absperren und den verwundeten Patienten Berthold überlassen – dem ach so liebevollen Schlossersohn –, bis ihnen die Polizei aus Roskilde zu Hilfe kam. Der ist total durch den Wind. Der kann nichts gewusst haben.«

»Aber die wissen, wer ich bin«, sagte Niels und fügte hinzu, dass er das Hörgerät verloren hatte, als Thorbjørn auf ihn losgegangen war.

»Du ziehst vorschnelle Schlüsse, Bentzon. Man kann nichts hören. Das geht nur, wenn man das Ding im Ohr stecken hat. Okay?«

Es klopfte laut, und die Tür wurde geöffnet.

»Jens, Zeit für deine Tabletten.«

Niels war bereits auf sie aufmerksam geworden. Große Kopfform, markante Kieferpartie, kleine Augen. Ihre fast weiße Haut verriet, dass sie nachts arbeitete und tagsüber schlief und nur selten bei Tageslicht draußen war. Der Wachmann hinter ihr sagte nichts. Er sah erschöpft und gelangweilt aus, man sah ihm an, dass er noch die ganze Nacht vor sich hatte.

»Kennen wir uns schon?«, fragte sie und stellte den Becher mit den Medikamenten ab. »Ich will nur sehen, dass du die auch nimmst«, sagte sie, als Niels nicht reagierte.

Niels starrte auf die Tabletten in dem kleinen Plastikbecher. Sechs Stück, vier weiße, zwei hellblaue. Er spülte sie mit einem Schluck Wasser runter und machte den Mund auf. Das Unangenehmste waren die Sekunden, in denen die Schwester seinen Mund inspizierte, um sich zu vergewissern, dass er die Pillen wirklich geschluckt hatte. »Gut, Jens.«

Als Niels wieder allein war, trat er ans Fenster. Es war bewölkt, kein Mond zu sehen, der Hof lag wie ein großes, schwarzes Nichts vor ihm. Nur wenige Umrisse waren im Dunkel zu erkennen. Die Mauerkrone. Hatte die Schere auf die Wand gestarrt, als Paludan ermordet worden war? Laut Hannah war es an jenem Abend durch den großen Mond außergewöhnlich hell gewesen. Aber was bedeutete das? Hatte jemand versucht, die Mauer zu überwinden? Der Mörder? Nein, Niels schlug sich den Gedanken gleich wieder aus dem Kopf, er ergab keinen Sinn. Außerdem wäre das auf den Überwachungsvideos zu sehen gewesen. Oder hatte jemand etwas über die Mauer geworfen? Das wäre vielleicht möglich. An welcher Stelle würde man das machen? Er versuchte, sich zu erinnern, in welche Richtung die Schere geblickt hatte. Nach rechts? Berücksichtigte man, dass die Zelle der Schere dreißig Meter weiter den Gang hinunter lag, entsprach das möglicherweise der Mauerecke? Aber auch das hätte man auf den Videoaufzeichnungen sehen müssen. An der Mauer waren Sensoren, und auch im Hof gab es Kameras. Alle Aufnahmen dieser schicksalsträchtigen Nacht waren wieder und wieder studiert worden, sodass es sicher aufgefallen wäre, wenn jemand etwas über die Mauer geworfen hätte. Außerdem, wofür sollte das gut sein? Es war niemand auf dem Hof gewesen, und Paludan hatte das Gift im Personalbereich eingenommen.

Niels ging leicht in die Knie. Die Schere war etwa zehn Zentimeter kleiner als er, und er wollte den Hof aus dessen Perspektive sehen. Aber es änderte nichts. Ein Fußballtor, ein Basketballkorb. Niels' Augen begannen, sich an das Dunkel zu gewöhnen, fanden aber nichts Brauchbares.

»Du darfst jetzt nicht aufgeben, Bentzon. Du bist nicht entlarvt.« Leon wieder, dieses Mal so leise, dass Niels ihn kaum hörte.

»Ich habe mit der Schere gesprochen«, sagte Niels und setzte sich wieder auf die Bettkante. »Beim Essen.«

»Wird er etwas sagen?«

»Morgen versuche ich mal, in seine Zelle zu kommen. Wenn es möglich ist«, flüsterte Niels. »Ich habe übrigens noch was für unsere Liste«, sagte er.

»Was?«

»Gedächtnislücken.«

»Woran kannst du dich nicht erinnern, Bentzon?«

»An Hannahs Gesicht.«

***

Niels wusste nicht, was ihn geweckt hatte. War es die Sehnsucht nach Hannah oder die Unruhe in seinem Körper, die immer stärker wurde? Sie lag wie ein schwaches Zittern unter der Haut. Er hatte von Salomon Gašpar geträumt, hatte sein Gesicht gesehen, beobachtet, wie er dasaß und etwas schrieb. Direkt neben Niels' Bett. Der Portugiese hatte das Papier ganz langsam angehoben und Niels angesehen. Eine Botschaft. Und Niels war aufgewacht.

Das Handtuch auf dem Kopfkissen war durchnässt. Auf dem Flur tat sich was. Er hörte gedämpfte Stimmen. Die Schere redete mit einer der Wachen. Vielleicht war der Zeitpunkt jetzt günstig. In der Nacht, allein mit der Schere auf der Toilette, weniger Augenzeugen. Andererseits hatte er keine Lust, da draußen mit den Verrückten allein zu sein, erst recht nicht nach dem Übergriff auf ihn. Thorbjørn war zur Elektroschockbehandlung gebracht worden. Niels hatte gesehen, wie er gegen Abend zurückgebracht worden war. Er hatte irgendwie harmloser gewirkt, aber … Niels atmete tief durch. »Komm schon«, machte er sich Mut und drückte auf den Knopf.

»Was ist, Jens?«, fragte eine Männerstimme.

»Ich muss aufs Klo«, sagte Niels.

»Du sollst doch das Waschbecken nutzen.«

»Ich muss … groß.«

Ein Seufzen kam durch den Lautsprecher. »Einen Augenblick.«

Niels fand den Lichtschalter und kniff die Augen zusammen. Er starrte auf seine Hände, hielt sie hoch, untersuchte seine Fingerspitzen. Das Zittern war deutlicher geworden. Er stand auf. Versuchte, sich auf die Körperbeherrschung zu konzentrieren. Dann hörte er Schritte auf dem Flur.

»Jens?« Die Tür ging auf. Draußen stand der Wachmann, Allan, den er schon bei der Tablettenausgabe gesehen hatte.

»Ich warte hier«, sagte Allan, als Niels auf den Flur trat.

Es waren nur ein paar Schritte bis zur Toilette. Nachtbeleuchtung auf dem Flur, nur wenige Neonröhren brannten.

Die Toilette bestand aus einem Pissoir und zwei Kabinen. Die Schere saß auf einem der WCs, die Hose auf den Knöcheln. Dass ihm jemand zusah, schien ihm egal zu sein. Es stank. Er hob den Kopf und sah Niels an. Keine Reaktion in seinen Augen. Ein toter, mit Medikamenten stillgelegter Blick. Niels merkte seinem Atem an, wie aufgeregt er selbst war. Adrenalin. Er wusste, dass das jetzt seine Chance war, um mit der Schere zu reden, um ihm ungestört zu entlocken, was er wusste. Niels ging in die andere Kabine. Erwog, sich auf die Toilette zu setzen, der Glaubwürdigkeit halber. Stattdessen schloss er die Tür. Abschließen ging nicht. War ja klar.

»Bist du bald fertig, Jens? Beeil dich.« Die Stimme des Wachmanns war tiefer, wenn er rief.

»Zwei Sekunden«, sagte Niels und räusperte sich. Dann drehte er den Kopf zur Seitenwand und hoffte, dass die Schere ihn hörte: »Heh? Weißt du noch, was ich dich heute gefragt habe?«

Keine Antwort.

»Beim Essen«, sagte Niels. »Erinnerst du dich?«

Niels hörte, dass die Schere aufgestanden war. Die Toilette wurde nicht gespült. Niels öffnete die Tür. Die Schere stand am Waschbecken und sah Niels über den Spiegel an.

»Hast du mich gehört?«, fragte Niels.

»Wissen ist gefährlich.«

»Jens. Ich zähle bis drei, dann kommst du raus«, rief Allan vom Flur aus. »Verdammt, was macht ihr da drinnen?«

»Wie meinst du das?«, fragte Niels, setzte alles auf eine Karte und trat dichter an den alten Mörder heran. Er hätte das auch getan, wäre der Mann ein Geiselnehmer gewesen. Er musste versuchen, Nähe zu schaffen. Vertrautheit.

»Ich glaube, dass du etwas weißt«, flüsterte Niels und spürte sofort, dass er sich offenbarte und wie ein Polizist und nicht wie ein Patient klang. Andererseits blieb ihm jetzt keine andere Wahl mehr. Er musste ihn weiter unter Druck setzen. »Du brauchst keine Angst zu haben«, flüsterte Niels und berührte die Schere am Arm. Kurz. »Du kannst mir vertrauen.«

Die Schere schüttelte den Kopf: »Das Ganze ist ein Schatten…«

Die Tür wurde aufgerissen. Lärm hallte durch die kleine Toilette. »Jetzt sagt ihr euch verdammt noch mal Gute Nacht! Oder wollt ihr hier eine Nummer schieben?« Die Nachtschwester, die hinter dem Wachmann stand, sagte etwas, dann wurde Niels auf den Flur gezerrt. Die Schere wurde in die andere Richtung gezogen, sodass es unmöglich war, mit ihm zu reden. Aber sie hielten Augenkontakt. Für den Bruchteil einer Sekunde. Was hatte er gesagt, als die Tür aufgerissen wurde? Ein Schattenspiel? Dass das Ganze ein Schattenspiel war?

8.

London, 1939

Es war nicht perfekt, sollte aber funktionieren. Wenn Michael den Kragen der Jacke hochschlug und sich Alexanders Sixpence tief in die Augen zog, war er kaum zu erkennen. Vor allem, wenn er jeglichen Augenkontakt vermied.

»Sind wir dann so weit?«, fragte Alexander, der bereits an der Tür stand, die Hand auf der Klinke. In seinen Augen lag etwas Manisches. »Wir haben nicht viel Zeit«, sagte er nochmals. Wie oft hatte er das nun in den letzten Stunden gesagt? Wieder und wieder hatte er unterstrichen, wie eilig sie es hätten, es gäbe noch so viel zu erledigen, bevor sie ihren Plan in die Tat umsetzen könnten. »Wir können jeden Augenblick geschnappt werden«, erinnerte er sie vollkommen überflüssigerweise. »Und dann ist alles verloren, dann müssen wir das Manuskript abgeben.« Hatte er Angst davor, dass sie es bereuten?, fragte Michael sich, dass sie den Mut verlören?

»Ich bin bereit«, sagte Rachel, sah zu Michael hinüber und bekam ein kurzes Nicken und einen besorgten Blick als Antwort.

»Michael? Hast du das Dokument?«

Ein leichtes Klopfen auf seine Innentasche reichte. Irgendwie fühlte es sich falsch an, sich davon zu trennen. Vielleicht bildete er sich das auch nur ein, aber in gewisser Weise war das Manuskript sein Schutz. Doch jetzt sollte er es abgeben, damit es am sichersten aller Orte aufbewahrt werden konnte. Alexander hatte es in einer der vielen feierlichen wie hochtrabenden Äußerungen, die er in der letzten Zeit von sich gegeben hatte, mit einer Seekarte verglichen. Einer Karte, die ihnen den Weg über den Ozean des Todes und wieder zurück wies. Und wie fast immer, wenn Alexander etwas sagte, hatte es richtig geklungen.

Alexander öffnete die Tür, und sie traten auf den Flur. »Ich gehe vor und stelle mich an den Haupteingang, als würde ich auf jemanden warten. Du kommst als Zweite, Rachel, und du, Michael, wartest am Ende der Treppe. Ich gebe dir ein Zeichen, wenn der Mann an der Rezeption unaufmerksam ist.«

Michael nickte. In den letzten Stunden hatte er kaum etwas anderes getan. Sein Leben war schon in eine merkwürdige Richtung gegangen. Er tat, was Alexander sagte, er gehorchte.

***

Der Weg zur Bank dauerte länger als erwartet. Die Polizei war überall, sodass sie die kleinen Straßen nehmen mussten. Alexander hatte eine Route für sie zurechtgelegt und meinte, es komme darauf an, immer zusammenzubleiben. Die Polizei suche nach einer Person, nicht nach dreien. Und sie sollten versuchen, so unbekümmert und glücklich wie nur möglich zu wirken, und nicht etwa die Straßenseite wechseln, wenn ihnen Polizisten entgegenkämen. Sie dürften auf keinen Fall so wirken, als hätten sie etwas zu befürchten. »Wir haben nichts zu verbergen«, hatte Alexander gesagt. »Wir sind drei Studenten, die die Nachmittagssonne genießen. Wir beeilen uns nicht, und wir werden auch nicht schneller.«

Michael fiel es schwer, Alexanders Anweisung zu befolgen. Die Angst hatte sich in ihm festgesetzt. Aber er versuchte es, ertappte sich sogar dabei, mitten auf der Straße fast trotzig den Blick eines Polizisten zu erwidern. Insgesamt waren noch mehr Soldaten als Polizisten unterwegs. Sie waren überall. Nicht weit vom Hotel entfernt waren sie plötzlich von einer ganzen Kompanie umringt worden. Junge Männer, manche von ihnen fast noch Kinder, Gesichter, die die Katastrophe nicht verstanden, vor der sie standen. Waren die Rekruten deshalb in diesem Alter? So jung, weil sie das alles gar nicht überreißen konnten? Er hätte einer von ihnen sein können, dachte Michael und rief sich Alexanders Worte in Erinnerung. Ergab es mehr Sinn, irgendwo in Europa als Soldat vor die Hunde zu gehen, als den Tod zu sterben, der auf ihn wartete? In einem Hotelzimmer in London. Er wusste es nicht, klammerte sich aber an Alexanders große Worte über ihren selbstlosen Einsatz, das Experiment, das allen zukünftigen Generationen zugutekommen würde. Die Menschheit würde es ihnen danken, man würde in den Geschichtsbüchern über sie schreiben und Denkmäler für sie errichten.

Noch mehr Soldaten – vor einem Bahnhof war ein richtiger Menschenauflauf, Mütter und Geliebte waren gekommen, um Abschied zu nehmen. Küsse, ein letztes Lebewohl, eine Liebeserklärung, Versprechungen. *I love you, Doris, I love you, Johnny, I love you, Peter, come home safe, my darling. I'll wait for you, my love* – ein wahrer Chor der Liebe. Michael war Rachels Blick ausgewichen und hatte über den Tod nachgedacht. Über all die jungen Menschen auf dem Weg in den Krieg, der so unausweichlich schien und der noch blutiger werden würde als der letzte, noch katastrophaler. Da waren sich alle einig. Michael hatte Gerüchte über neue Waffen gehört, die in der Lage sein sollten, ganze Städte in Schutt und Asche zu legen. Michaels Einberufungsbescheid lag zu Hause in seiner Kammer. Er würde ihn nicht brauchen. Ihn hatte der Tod geworben – nur schade, dass niemand auf dem Bahnsteig des Lebens stand und ihm seine Liebe erklärte … *Jetzt hör aber auf,* sagte er zu sich selbst. *Werd nicht pathetisch, sie liebt dich nicht.*

»Michael?«, rief Alexander.

Sie waren eine ganze Weile schweigend weitergegangen und tatsächlich am Ziel in der Fleet Street angelangt. Vor ihnen lag eines der ältesten Bankhäuser der Welt: C. Hoare & Co. Genau aus diesem Grund hatten sie sich für diese Bank entschieden. Alexander sah zu Rachel, dann zu Michael und schließlich wieder zurück zu ihr. Seine Augen gingen wie ein Pendel hin und her. Er wirkte besessener als je zuvor. Michaels bester Freund. Ihr nahe bevorstehender Tod wirkte sehr unterschiedlich auf sie. Michael spürte, wie sich alles in ihm sträubte, er wollte leben, mit Rachel! Rachel hingegen wirkte resigniert, als hätte sie das Leben bereits aufgegeben und könnte jeden Augenblick in Ohnmacht fallen. Und Alexander war euphorisch, er führte sich auf, als könnte er nicht schnell genug sterben, ja als würde er am liebsten die halbe Welt mitnehmen.

»Sollen wir reingehen?«, fragte Alexander.

Die anderen nickten. Michael schob den Hut noch tiefer in die Stirn. Die Zeit war gekommen, um die Karte am sichersten aller Orte aufzubewahren.

***

Die Bank: Wände aus Mahagoniholz, Marmorböden, alles kühl und solide – wie der Händedruck, den Michael vom Direktor, Mr. Hoare, erhielt.

»Gehen wir in mein Büro?«, schlug der Direktor vor und wies mit der linken Hand den Weg. Michael bemerkte den goldenen Ehering des Mannes, breit und wie ein Seil gedreht. Etwas in ihm rührte sich, sein Schmerz erwachte bei jedem Symbol der Liebe: der Farbe Rot, einem Ring, einem Kuss, einer Blume, zwei Händen, die sich begegneten. Gleich darauf überwog aber wieder die Angst, erkannt zu werden. Hatte Mr. Hoare ihn nicht voller Misstrauen gemustert? Wurde auch nach Rachel und Alexander gefahndet?

»Wenn Sie bitte Platz nehmen möchten, Fräulein …«

»Burrows.«

»Fräulein Burrows«, wiederholte der ältere Mann.

Rachel nahm auf dem mittleren der Stühle Platz, flankiert von Michael und Alexander. Mr. Hoare setzte sich an seinen Schreibtisch. Hinter ihm hing das Porträt eines Ahnen, vielleicht das des Gründers der Bank im Jahr 1672.

»Und Ihr Onkel?«, fragte der Bankdirektor Alexander. Dank dieses Onkels hatten sie den Termin überhaupt erst bekommen, was nicht leicht gewesen war. C. Hoare & Co. empfingen nur die allerfeinste Klientel. Die Reichsten der Reichen. Michael sah dem Direktor an, dass er sich fragte, was er mit diesen drei jungen Studenten anfangen sollte.

»Sie kennen ihn, Cricket ist sein Leben, damit verbringt er einen Großteil seiner Zeit«, sagte Alexander.

Michael fiel plötzlich auf, wie jung Alexander klang. Bisher hatte er das gar nicht bemerkt, im Gegenteil. Alexander hatte auf ihn immer altklug gewirkt, so, als wäre er nie jung gewesen, ja als müsste er darauf warten, dass sein Körper alterte und sein Aussehen endlich seinem Gemüt entsprach. Aber nicht in dieser Umgebung – hier wirkte Alexander in Michaels Augen jugendlich. Andererseits befanden sie sich im Innersten von Großbritanniens ältester Bank, wer wirkte da schon jung?

Stille. Michael sah Alexander an. Eigentlich hatten sie beschlossen, dass Michael ihr Anliegen vorbringen sollte, er war der Wortgewandteste von ihnen. Konnte sich an guten Tagen am besten ausdrücken. Aber dieser Tag war kein guter Tag, so dass Alexander sofort erkannt hatte, dass er übernehmen musste. »Wir haben einen etwas … nun, lassen Sie mich sagen, etwas ungewöhnlichen Wunsch«, begann er.

Der Bankdirektor lächelte nachsichtig. »Junger Mann, wir sind die fünftälteste Bank der Welt. Immer in der Hand derselben Familie, inzwischen in der neunten Generation. Sollten wir Ihren Wunsch wirklich noch nie zuvor gehört haben, würde mich das positiv überraschen.«

»Wir sind im Besitz eines Dokumentes, das wir gerne in Ihre Obhut geben würden«, sagte Alexander und räusperte sich. »Und wir hätten gerne einen dreigeteilten Code.«

Der Bankdirektor nickte. »Sie wollen einen Zifferncode, sagen wir aus zwölf Ziffern, die wir bestimmen, und Sie bekommen jeweils vier Ziffern, sodass niemand den ganzen Code kennt? Habe ich das richtig verstanden?«

»Ja«, bestätigte Alexander. »Genau richtig.«

»Das ist eine recht übliche Regelung, davon haben wir mehrere. Familien, die Erbstücke bei uns aufbewahren, Goldbarren oder wertvolle Gemälde. Glauben Sie es oder nicht, aber wir haben ein paar Jahre sogar die Mona Lisa hier bei uns gehabt. Wir passen auf die Wertgegenstände unserer Kunden auf«, sagte er, und seine Worte klangen ganz beiläufig. Er fuhr fort: »Bei Erbstücken ist es ja häufig so, dass es mehrere Erben gibt, die sich gegenseitig absichern wollen, dass nicht einer oder mehrere der Gemeinschaft … wie soll man das ausdrücken?«

Der Bankdirektor sah aus dem Fenster in Richtung Fleet Street. »Sie wollen sichergehen, dass die Absprachen eingehalten werden«, sagte er schließlich.

Michael mochte den alten Bankdirektor. Der Gedanke, dass

jemand etwas an sich raffte, war ihm so zuwider, dass ihm sogar die Worte fehlten. Genau das, was Jenkins getan hatte, als er ihnen das Dokument weggenommen hatte.

»Genau«, sagte Michael, der das Gefühl hatte, etwas sagen zu müssen. »An genau so eine Regelung hatten wir gedacht. Ein dreigeteilter Code für ein Schließfach, zu dem man nur Zugang bekommt, wenn man den ganzen Code kennt.«

Der Bankdirektor nickte. »Das ist kein Problem.«

»Es gibt aber noch eine Sache«, sagte Alexander. »Wir möchten gerne für mehrere hundert Jahre im Voraus bezahlen.«

Stille. Rachel sah zu dem großen Porträt hinter dem Direktor auf. Michael dachte, dass sie die ganze Situation sicher peinlich fand.

»Mehrere hundert Jahre, sagen Sie? Sie rechnen also nicht damit, das Schließfach selbst zu öffnen?«

Michael sah Alexander lächeln, nur ganz kurz, verschworen. »Doch, wir werden es öffnen, wenn wir den Ozean des Todes erst überquert haben und wieder da sind.«

»Nein«, sagte Michael.

»Verstehe. Sie können Ihren Teil des Codes an Ihre zukünftigen Kinder weitergeben und …« Er unterbrach sich selbst. »Ja, entschuldigen Sie, Sie sehen so jung und frisch aus, ich sehe Ihnen förmlich an, dass Sie noch keine Verantwortung für Angehörige tragen müssen. Noch. Habe ich recht?«

»Ja, wir haben keine Kinder«, sagte Michael. »Und Sie haben das ganz richtig verstanden. Wir möchten einen Code, den jeder von uns weitergeben kann.«

»Entschuldigen Sie meine Neugier, aber wenn Sie Ihren Teil des Codes an Ihre jeweiligen Nachkommen weitergeben, besteht ein konkretes Risiko, dass der Code verloren geht und dass der Inhalt des Schließfaches nie wieder ans Licht kommt.«

»Das Risiko existiert«, räumte Michael ein.

»In einem solchen Fall sollten wir eine Verjährungsfrist festlegen. Sagen wir, dass diese Frist im Jahr 2300 ausläuft und die Bank dann das Schließfach öffnen darf. Entweder gehört der Inhalt dann uns – in diesem Fall könnten wir über eine Reduktion der Kosten sprechen –, oder Sie schreiben ein Testament, das mit ins Schließfach gelegt wird. Natürlich kennen nur Sie den Inhalt, aber sollte es sich um einen Kunstgegenstand handeln, empfehlen wir unseren Kunden, ein entsprechendes Museum zu begünstigen. Handelt es sich um Wertsachen, kann man darum bitten, einen Fonds einrichten zu lassen. Dieser Fonds kann dann Projekten zugeteilt werden, die Sie für sinnvoll erachten. Ich darf aber auch nicht unerwähnt lassen, dass niemand weiß, wie die Welt in zwei- oder dreihundert Jahren aussehen wird – ganz besonders im Hinblick auf mögliche wohltätige Zwecke«, sagte Mr. Hoare und gab ein Beispiel: Die Bank bewahrte ein Gemälde von William Turner auf. Das Bild gehörte einem englischen Adeligen, den Hoare natürlich nicht namentlich nennen wollte, und seiner Geliebten. Das Bild war bei einem Kartenspiel in New York gewonnen worden. Beide waren verheiratet, sodass keiner von beiden das Bild bei sich aufhängen konnte, ohne dass nach dessen Herkunft gefragt worden wäre. Stattdessen wurde es in der Bank aufbewahrt. Wenn keiner der beiden das Bild vor seinem Tod abholte, sollte es versteigert werden. Der Gewinn war für die Seeleute gedacht, die in den Napoleonischen Kriegen gekämpft hatten. Das Problem war nur, sagte Mr. Hoare, dass sowohl der Graf als auch seine Geliebte neunzig geworden sind und damit alle Seeleute überlebt hatten, die im Krieg Großbritanniens gegen Frankreich gekämpft hatten.

Michael betrachtete die beiden anderen. Diesen Aspekt hatten sie nicht besprochen. Was sollte mit dem Manuskript geschehen, wenn sie nie wieder auftauchten?

»Wir sind uns ganz sicher, dass der Inhalt abgeholt werden wird«, sagte Alexander. »Und noch eine Sache ist uns wichtig.«

»Ja?« Der Direktor faltete die Hände.

»Wie gesagt: Jeder von uns soll nur einen Teil des Codes erhalten, vier Ziffern von zwölf. Wie Sie selbst gesagt haben, geht die Welt einer unsicheren Zukunft entgegen. Und wer weiß«, sagte Alexander mit einem Blick zu Michael und Rachel, »vielleicht trennen sich auch unsere Wege eines Tages. Vielleicht verlieren wir den Kontakt oder unsere Kinder. Wir können heiraten, den Namen ändern, all die unvorhersehbaren Dinge, die im Leben passieren.«

»Glauben Sie mir«, sagte der Direktor. »Ich weiß genau, wovon Sie sprechen.«

»Wir haben deshalb die Bitte, dass sich die Bank den Namen und das Datum notiert, an dem sich eine oder mehrere Personen wegen des Schließfachs an die Bank wenden werden. Personen, die in den Besitz des Codes oder eines Teils davon gekommen sind. Wäre das möglich? Und noch eine Ergänzung: Nämlich dass die Personen, die sich aus diesem Zweck bei der Bank melden, über mögliche andere, die dies zuvor getan haben, unterrichtet werden. In gewisser Weise wäre es damit die Aufgabe der Bank, die drei Inhaber des Codes wieder zusammenzubringen. Verstehen Sie?«

»Natürlich.« Der Direktor lächelte und fasste zusammen: »Wie Sie wissen, steht die Welt an der Schwelle zu einem neuen Krieg. Menschen werden sterben. Vieles wird sich ändern in der Welt. Wenn diese Bank Ihre Wertsachen aufbewahren soll, muss sie wissen, welche Vollmachten sie hat, sollte niemand sich melden.«

***

Michael erhielt seinen Code als Letzter. Erst hatten sie beschlossen, den Inhalt des Schließfachs der Universität zu vermachen, sollte er in dreihundert Jahren nicht abgeholt worden sein. Eine längere Frist wollte Mr. Hoare ihnen nicht gewähren. Sie hatten sich aber umentschieden, als der Bankdirektor den Preis für die Miete auf einen Zettel notiert und diesen zu ihnen hinübergeschoben hatte: 5000 Pfund. Danach hatten sie verhandelt und waren schließlich zu dem Schluss gekommen, die Bank als Erben einzusetzen, sollte der Inhalt des Schließfachs nicht in zweihundert Jahren abgeholt worden sein. Damit sank der Preis auf 500 Pfund, fast die gesamte Summe, die Alexander und Rachel in den letzten Monaten von ihren Familien erhalten hatten. Michael hatte sich darüber gewundert, dass es trotz des Reichtums der Eltern so schwer gewesen war, diesen Bargeld zu entlocken. Vielleicht fußte ihr Reichtum auf Privilegien und großer Sparsamkeit, dachte er.

Bald darauf hatte Michael mit dem Bankdirektor in dem kleinen Raum im Keller der Bank gestanden. Er hatte das Dokument hervorgeholt und in die Box gelegt, die verriegelt und von einem Bankangestellten eingeschlossen worden war. Anschließend hatten sie ihren Code erhalten, erst Rachel, dann Alexander, und nun war Michael an der Reihe. Ein kurzes Klopfen an der Tür, der Direktor tauchte auf und schloss die Tür hinter sich.

»Nun, Ihre Ziffern bilden den letzten Teil des Codes. Ich habe sie auf dieses Blatt Papier geschrieben. Wir haben uns für eine Ziffernfolge entschieden, an die Sie sich erinnern können, auch wenn Sie die Zahlen nicht mehr im Kopf haben sollten.«

»Das verstehe ich nicht …«

Der Bankdirektor unterbrach ihn: »Ihr Code lautet wie folgt: Einhundertundeins Jahre nachdem Columbus Amerika entdeckt hat.«

Michael dachte kurz nach, Columbus hatte Amerika 1492 entdeckt, das wusste jeder. Und einhundertundeins Jahre später ergab …

»1593«, sagte Michael.

Der Direktor zeigte ihm lächelnd das Blatt. *1593*.

»Haben Sie es sich gemerkt?«, fragte er und tippte sich dreimal an die Stirn.

***

Michael traf seine Freunde vor der Bank. Es war fast so, als hätte der dreigeteilte Code ihnen allen neuen Schwung verliehen. Plötzlich ergab alles einen Sinn, genau wie Alexander es gesagt hatte. Rachel nickte. Sogar Michael sah die Situation nun etwas positiver. Vielleicht sagte das Dokument die Wahrheit. Vielleicht war der mehrere tausend Jahre alte Text, mündlich überliefert vom klügsten Mann der Welt an seinen treuen Schüler, genau der Hoffnungsschimmer, den die Welt brauchte – jetzt, an der Schwelle zu einem Weltkrieg? In einer Zeit, in der Leben und Tod sinnloser erschien als je zuvor. Vielleicht hatten sie die Hoffnung gefunden? Vielleicht hatte Sokrates recht, als er sagte, dass das Leben nicht aufhörte, bloß weil der Körper starb.

9.

Sikringen, Nykøbing, Sjælland

Ein Schattenspiel. Die Worte standen an der Wand. Niels konnte seinen Blick nicht davon abwenden. Sie waren in Rot geschrieben. Mit Blut? Eine Botschaft des Portugiesen? Ja, er war in der Nacht in Niels' Zelle gewesen. Aber wie war er hereingekommen? Niels hatte zittrige Hände und schlotternde Knie. Und er sabberte wie ein Hund, verdammt, und sein Herz hämmerte so heftig, als würde es zerspringen.

Er richtete sich auf. Starrte wieder die Wand vor sich an. Alles weiß! Die Worte waren weg. Er schloss die Augen. Kniff die Lider ein paar Sekunden lang fest zu, um die Welt um sich herum auszusperren. In seinem inneren Ohr hörte er Sonnings Stimme. Der Psychiater erklärte, dass Halluzinationen und Wahnvorstellungen häufige Nebenwirkungen von Antipsychotika waren. War Niels wirklich schon so weit vom Weg abgekommen? Sah er bereits Dinge, die es nicht gab? Er öffnete die Augen und zwang sich dazu, sich mit der Wirklichkeit auseinanderzusetzen. Eine Wirklichkeit, die aus einem kleinen Mann in einer Zelle mitten unter den gefährlichsten Menschen des Landes bestand. Zitternd und halluzinierend – ein Mann, der verzweifelt versuchte, einen Plan zu fassen. Er musste in die Zelle der Schere. Eine andere Spur hatte er nicht. Was hatte er gesagt? »Das Ganze ist ein Schattenspiel.« Auf jeden Fall etwas in der Art. Niels war sich nicht mehr ganz sicher. Aber das eine Wort stimmte. Schattenspiel! Die Formulierung eines Verrückten? Oder hatte er durch das Fenster wirklich so etwas gesehen? Und warum hatte er solche Angst gehabt? Nicht weniger wichtig war aber die Frage, wie Niels in seine Zelle kommen sollte. Die Schere verließ sie nur, wenn er zum Essen in den Gemeinschaftsraum ging.

Schritte auf dem Flur. Gummisohlen auf Linoleum. Jemand rannte. Das fiel Niels sofort auf. Wie ein Fleck auf einer weißen Tischdecke auffiel. Hier rannte sonst niemand. Das Sikringen war kein Ort für schnelle Bewegungen, es sollte ein Ort der Ruhe sein. Ein Ort für Kranke, für Menschen, deren chaotische Hirne zur Ruhe kommen mussten. Niels hörte Stimmen. Eine Schwester rief laut nach einer anderen. Einzelne Wörter drangen bis zu Niels durch: »Arzt«, »Situation«, »wann«, »Bentzon«. Das letzte kam von innen, aus seinem Ohr.

»Bentzon?«, rief Leon aufgeregt. »Was geht da vor?«

»Ich weiß es nicht.«

»Gerade ist ein Rettungswagen vor dem Trakt vorgefahren, mit Blaulicht«, sagte Leon. »Er ist aber gleich wieder gefahren. Ich versuche, mehr rauszufinden.«

Niels stand auf. Stellte sich an die Tür und legte das Ohr an die glatte Oberfläche. Wieder Stimmen auf dem Flur. Es wurde schnell gesprochen, Befehle wurden ausgetauscht. Niels schnappte nur Satzfetzen auf.

»Bist du noch immer in deiner Zelle?«, fragte Leon. »Normalerweise lassen die euch doch um neun Uhr raus?«

Niels klopfte an die Tür, aber es geschah nichts. Unmittelbar dahinter hörte er eine Stimme, die er kannte. Tief und nasal, nur das Gesicht dazu fiel ihm nicht ein. Niels klopfte noch einmal, lauter, und rief die Wache, aber die Tür blieb verschlossen.

Leon redete weiter, während Niels ins Waschbecken pinkelte.

Er musste sich auf die Zehenspitzen stellen. Erinnerungsfetzen aus seiner Kindheit tauchten auf: Das letzte Mal hatte er in der Grundschule in ein Waschbecken gepinkelt, weil das Klo besetzt gewesen war. »Der Rettungswagen ist ohne Blaulicht weggefahren«, sagte Leon.

»Und was bedeutet das?«, fragte Niels und gab sich selbst die Antwort, als er den Hahn aufdrehte und das laufende Wasser Leon übertönte. »Zwei Möglichkeiten: Entweder hat der Betreffende doch nichts Ernstes und wird bloß zur Überwachung ins Krankenhaus gebracht. Oder der Rettungswagen ist leer.«

»Weil es schlimmer ausgegangen ist«, spann Leon den Gedanken weiter. »Weil er schon tot war. Dann brauchen die ja kein Blaulicht mehr.«

Die Tür wurde mit einer schnellen, schwungvollen Bewegung geöffnet. Niels erkannte einen der beiden Wachmänner, an den Namen erinnerte er sich nicht. Er trug kein Schild. »Kannst du mit mir kommen, Jens?«, sagte der Wachmann und betrat die Zelle. »Aber du musst erst die hier anziehen. Vorschrift.«

Niels starrte auf die orange Zwangsjacke. Spürte, wie sich bei dem Gedanken, diese Jacke anzuziehen, sein ganzer Körper aufbäumte.

»Wenn du hier deine Hand reinschieben könntest. Ja, danke. Und die Beine hier. Jetzt muss ich nur noch die Riemen fixieren.« Er straffte die Klettverschlüsse über Niels' Brust.

»Was ist passiert?«, fragte Niels. Die Jacke wirkte sich auf seine Stimme aus, er konnte nur mit Mühe sprechen.

Dann wurde er ruhig, aber entschlossen in den Gemeinschaftsraum geführt. Alle anderen saßen bereits auf ihren Plätzen. Niels zählte sechsundzwanzig Patienten. Alle in Zwangsjacken. Der Portugiese saß neben ihm, schien aber nichts um sich herum mitzubekommen. Niels registrierte die Veränderung, Salomon

Gašpar hatte sich die Haare geschnitten. Er war jetzt vollkommen kahl. Seine Kopfhaut glänzte weiß. Thorbjørn warf sich in seiner Jacke hin und her und versuchte, sich zu befreien. »Jetzt sitz doch endlich still!«, rief ihm jemand zu.

Unmittelbar vor Niels saß ein Mann, dessen Lippen sich beständig bewegten. Er flüsterte, stieß hin und wieder einige Wörter lauter aus, sodass Niels mit der Zeit verstand, dass er mit irgendeinem fiktiven Bewusstsein weit draußen in der Wüste alliiert war, das er finden musste.

»Was geht hier vor? Müssen wir jetzt sterben?«, rief der junge Grönländer plötzlich. »Die bringen uns alle um!«

Unruhe breitete sich aus. Auch wenn die meisten schwiegen. Einer versuchte, die Jacke loszuwerden, und die Augen der Gouvernante zuckten ruhelos hin und her.

Dann ging die Tür auf, und Schapiro kam herein. Der Oberarzt nickte dem Personal zu, räusperte sich einmal und blieb mitten im Raum stehen. Er versuchte, Ruhe auszustrahlen, aber Niels sah ihm an, dass irgendetwas nicht stimmte. Schapiro wusste nicht, wohin mit seinen Händen, und trat von einem Fuß auf den anderen. Besser wurde es, als er zu reden begann.

»Gut, dann sind wir alle hier versammelt«, sagte er und streckte den Rücken. »Leider muss ich Ihnen eine traurige Mitteilung machen. Einer unserer Patienten, Richard Juhl, ist heute Nacht von uns gegangen. Das ist natürlich für uns alle keine einfache Situation, aber gemeinsam müssen wir versuchen, so schnell wie möglich wieder in unseren Alltag zurückzufinden.«

Die Schere. Niels brauchte ein paar Sekunden, um die Schere mit seinem richtigen Namen zu verbinden: Richard Juhl. Die Angst in seinem Blick, in der Nacht auf der Toilette ... Er musste schon damals gewusst haben, dass er in Gefahr war. Aber warum? Weil er etwas wusste ...?

»Du hast die Schere umgebracht«, rief einer. Niels konnte nicht sehen, wer, hörte nur den Kopenhagener Dialekt, die schroffe, wenn auch etwas benommene Stimme. Die Wachen und das Pflegepersonal versuchten vergeblich, für Ruhe zu sorgen. Schapiro raunte einer Schwester etwas zu, ehe er den Raum verließ. War das Merete, die Niels anfangs in Empfang genommen hatte? Niels sah Schapiro hinterher, der sich über den Flur entfernte. Dann spürte er etwas an seiner Hand. Die Finger des Portugiesen hatten Niels berührt. Nur kurz. Niels drehte sich um und sah ihn an. Der Portugiese beugte sich zu ihm vor.

»Ich zeige dir, wo«, flüsterte er in einem ganz eigenartigen Akzent. »Wo es passiert ist.«

»Was?«, fragte Niels und blickte auf den kahlen Kopf des Portugiesen. Er musste sich beim Rasieren geschnitten haben, sein Schädel war übersät von kleinen Wunden.

»Wo es passiert ist.«

***

Sie waren zurück in ihre Zimmer gebracht worden, in ihre Zellen, ihre ganz persönliche, schizophrene Hölle. Erst gegen zwölf wurden sie wieder geholt und in den Speisesaal gebracht. Die Schere war tot. Mehr wusste Niels nicht. Und dass seine Zelle nun leer war. Vielleicht war das Niels' Chance? Wenn er hineinkommen und sich ans Fenster stellen konnte, sah er vielleicht das, was die Schere gesehen hatte, als Paludan ermordet worden war. Vertraute er dem Portugiesen? Glaubte er ihm, dass er ihm etwas sagen wollte? Nein. Für Niels war der Portugiese noch immer der Hauptverdächtige. Der Hintermann.

Den meisten waren die Zwangsjacken ausgezogen worden, es war aber sehr deutlich zu spüren, dass das Personal noch immer wachsamer war als sonst. Sie rechneten mit Problemen, Ausrastern, Gewalt. Die Lederriemen hatten auf Niels' Händen rote Streifen hinterlassen. Neben ihm saß die Gouvernante, sie wirkte ein seltenes Mal ganz ruhig. Der Portugiese saß an einem anderen Tisch und aß seine Suppe, irgendwie schien der Tod der Schere ihn verändert zu haben. Seine Hotelallüren waren weg. Niels hätte gerne mehr mit ihm geredet, aber das ging nicht, dafür waren sie zu weit voneinander entfernt.

»Guten Appetit«, sagte Lea und stellte Niels einen Teller Tomatensuppe hin. Mit Butter und Brot. Niels probierte, fand die Suppe aber zu süß und zu dünn. Und das weiße Brot war in der Mitte noch gefroren. Dann fiel sein Blick auf sein stumpfes Messer.

»Bentzon?« Niels erschrak, als er Leons Stimme hörte. »Kannst du reden?«

Niels murrte verneinend, kam dann aber auf eine bessere Idee und wandte sich nach hinten an die Schwester. »Ist das Tomatensuppe?«, fragte er.

»Ja, die ist lecker und gesund«, erwiderte sie etwas mechanisch.

»Gut, danke, Bentzon. Verstehe. Aber kannst du zuhören?«

»Ja«, antwortete Niels. Die Schwester lächelte.

»Ich bin in der Rechtsmedizin«, sagte Leon. »Wir haben die Schere auf dem Tisch. Sag Hallo zu Rantzau, aber nee, das kannst du ja nicht. Herbert ist auch hier. Und Poul Schmidt kommt auch gleich«, sagte Leon.

Langsam arbeitete Poul Schmidt sich aus Niels' Erinnerung heraus. Er zählte zu den renommiertesten forensischen Toxikologen des Landes. Niels hatte ihn erst einige wenige Male getroffen, beim letzten Mal hatte er ihn bei einem Empfang anlässlich Rantzaus sechzigsten Geburtstags begrüßt. Ein schwerer Mann, in jeder Beziehung, auf jeden Fall jemand, der bedeutend mehr über chemische als über menschliche Verbindungen wusste.

»Bentzon«, sagte Rantzau. »Ich habe die Schere aufgemacht.« Niels starrte in seine Tomatensuppe, während ihm Bilder des alten, kranken Mörders auf dem Sektionstisch durch den Kopf gingen. Alle Organe entnommen. Rantzaus Stimme fuhr fort: »Ich habe nichts gefunden, mal abgesehen davon, was der langjährige Medikamentenkonsum so mit sich bringt. Deshalb habe ich Schmidt hergebeten.«

»Und jetzt sind wir vollzählig«, hörte Niels Leon sagen.

»Tag, Bentzon«, sagte Poul Schmidt. »Wenn ich Leon richtig verstanden habe, drängt die Zeit, also fasse ich mich kurz. Die Analyse ist ein bisschen schnell gegangen, aber ausgehend von den Proben, die wir genommen haben, lässt sich eine qualifizierte Aussage treffen.«

Niels brummte, die Augen noch immer auf die rote Flüssigkeit gerichtet. Das Blut der Schere.

»Wir müssen noch Gewebeproben nehmen«, sagte der Toxikologe. Seine Stimme klang tief und etwas weltfremd. »Das will ich nicht unter den Tisch fallen lassen. Außerdem haben wir Proben nach London geschickt, aber es kann Tage dauern, bis die sich wieder melden. Es ist deshalb noch zu früh, sich endgültig festzulegen. Was ich sage, ist also nur eine vorläufige Einschätzung, basierend auf Blut, Urin und Tränenflüssigkeit. Aber …« Er atmete tief durch und machte eine Kunstpause. Im Hintergrund waren Leon und Herbert zu hören.

»Aber eigentlich gibt es kaum Zweifel«, fuhr der Toxikologe fort. »Die Bisswunden in Lippe und Zunge deuten darauf hin, dass er kurz vor seinem Tod heftige Krämpfe hatte. Ähnlich wie bei einem epileptischen Anfall. Wir haben Spuren des Stoffes Haloperidol in seinem Blut gefunden. In solch eklatanten Mengen, dass er meiner Meinung nach eine Dosis von ca. 250 Milligramm eingenommen haben muss.«

Niels wagte es, er hob den Blick, sah die anderen an und fragte: »Was bedeutet das?« Niemand nahm Notiz von ihm, alle waren derart aus dem Zusammenhang gerissene Fragen gewohnt. *Gehört dieses Heft dir?*

»Es wurde ihm intravenös durch die Vena jugularis gegeben, das ist eine der Halsvenen, die direkt mit dem Gehirn verbunden sind.«

»Was heißt das? Schlussfolgerung?«

»Bentzon?« Poul Schmidts Stimme mischte sich mit dem kränklich-matten Licht, dem Geruch der weggesperrten, ungepflegten Menschen. »Meine Schlussfolgerung ist, dass dieser Mann ermordet wurde.«

»Ermordet?«, flüsterte Niels und sah das Gesicht der Schere vor sich. Die letzte Nacht. Wissen ist gefährlich. Das hatte er gesagt.

Leons Stimme: »Bentzon! Ich hole dich da raus, *Operation Hamlet* ist beendet. Das wird zu gefährlich.«

»Nein!«

Eine der Krankenschwestern warf Niels einen warnenden Blick zu.

»Mach keinen Ärger!«, sagte sie ruppig.

»Verdammt, Bentzon! Das ist der zweite Mord innerhalb kurzer Zeit. Ich kann dieses Risiko nicht eingehen.«

Niels antwortete nicht. Die Zeit war knapp. Er musste in die Zelle der Schere. *Wissen ist gefährlich.* Aber was wusste er? Was hatte er gesehen?

»Hörst du, Niels?«, sagte Leon eindringlich.

Niels starrte auf das Messer. Zwölf Zentimeter Metall. War das seine Chance? Wenn er das Messer verschwinden lassen konnte, würde … würde dann Panik ausbrechen? Nein, dann würden nur die üblichen Sicherheitsvorkehrungen in Kraft treten. Man würde sie einen nach dem anderen in ihre Zellen bringen, nachdem jeder Einzelne abgesucht und gescannt worden war. Das würde dauern. Und wenn es Niels gelang, irgendwie die Wache abzulenken, die ihn zurückbrachte, konnte er es vielleicht in die Zelle der Schere schaffen. Für ein paar Minuten.

»Bentzon?«

Er starrte wieder auf das Messer in seiner Hand, kaltes Metall. Wo sollte er es verstecken? Bei den Heizkörpern am Ende des Raums? Oder im Sofa hinter den Polstern? Nein, das war alles zu weit weg, man würde ihn aufhalten. Er durfte während des Essens nicht aufstehen, jede Bewegung der Patienten wurde überwacht. Gab es am Boden eine Möglichkeit? Oder konnte er es irgendwie unter den Tisch klemmen? Nein, da würde man es sofort entdecken. Und in seiner Tasche konnte er es auch nicht verstecken, da würde es auf jeden Fall gefunden werden. Vielleicht konnte er es einfach unter die Plastiktischdecke schieben. Mit etwas Glück sah es dann wie eine Falte aus. Aber einfach war das auch nicht, denn das Wachstuch hing an den Seiten dreißig Zentimeter über den Tisch, sodass er es erst anheben musste …

Leons Stimme im Ohr: »Ich habe Sommersted erreicht, Bentzon. Wir müssen dich da rausholen, sofort.«

»So, jetzt stellen wir unsere Teller zusammen«, sagte eine der Schwestern. »Legt das Besteck vor euch hin und stellt euch dann an der roten Linie vor der Tür auf.«

Im Ärmel. Niels kam einfach keine bessere Idee, er hatte keine andere Möglichkeit. Der Stahl lag kalt an seinem Handgelenk, als er das Messer mit den Fingerspitzen in den Ärmel schob. Er stand auf, wohl wissend, dass er jeden Moment entdeckt werden konnte. Er musste die Hand anwinkeln, damit das Messer nicht aus dem Ärmel rutschte. Es sah ungelenk aus und fiel auf, weshalb er die Hände in die Taschen der weiten, weißen Hose steckte.

»Hallo?« Sommersteds Stimme. Leon hatte ihn angerufen und

mit Niels verbunden. Im Hintergrund war Vogelgezwitscher zu hören. Und das Plätschern von Wellen?

»Kannst du mich hören, Bentzon?«

»Ja«, flüsterte Niels. Ihm blieben nur wenige Sekunden, bis sie bemerken würden, dass ein Messer fehlte. Sie sammelten bereits das Geschirr und die Bestecke ein. Der Servierwagen wurde zwischen den Tischen hindurchgeschoben, und eine Schwester zählte das Besteck.

»Ich bin informiert worden, dass es einen zweiten Mord gegeben hat. Auch wenn das ein Todesfall ist, der uns jetzt nicht übermäßig leidtut«, sagte Sommersted.

Niels sah sich um. Er durfte das Messer nicht länger bei sich haben. Aber wohin damit? In den Schuh? Nein, zu riskant. Dann sah er den Wagen mit dem eckigen Suppentopf. Er war zwei Meter entfernt, maximal.

»Leon sagt, dass er für deine Sicherheit nicht länger garantieren kann«, sagte der Polizeichef. »Hörst du?«

Niels flüsterte leise und versuchte, sich wie einer der Verrückten anzuhören: »Ja.«

Er ging drei Schritte in Richtung Wagen, tat so, als wäre er verwirrt und hätte für einen Moment das Gleichgewicht verloren. Er hielt sich am Rand des Wagens fest. Einer der Wachmänner warf ihm einen unmissverständlichen Blick zu. Zurück in die Reihe, sollte das heißen.

»Und du willst trotzdem weitermachen?«

»Ja«, flüsterte Niels, öffnete die Hand und spürte, wie das Messer aus seinem Ärmel rutschte. Er musste das Risiko eingehen, durfte nicht länger warten. Es machte nur leise »Klock«, als das Messer am Boden des Behälters aufschlug. Metall auf Metall. Bedeckt von der roten Flüssigkeit, die das Personal zur Feier des Tages Tomatensuppe genannt hatte.

»Ich bin da etwas unsicher«, sagte Sommersted. Lauteres Plätschern, Kindergeschrei. Eine andere Welt, ein anderes Universum, Gin Tonic und Sonnenuntergänge über dem Meer.

Niels trat in die Schlange und war an Position zwei. Wartete. Hinter ihm das Klirren von den Bestecken, die eingesammelt wurden. Gleich darauf war aber zu spüren, dass etwas nicht so war, wie es sein sollte. Eine der Schwestern rief nach Lea, und auch Merete mischte sich ein. Tuschelnd standen sie beim Servierwagen.

»Wie lange brauchst du?«, fragte Sommersted.

»Noch vierundzwanzig Stunden«, flüsterte Niels. Der Portugiese sah ihn an.

Ulla begann, an den Tischen entlangzugehen, dann bückte sie sich und suchte den Boden ab. Ein Wachmann wurde gerufen. Das Ganze wirkte sehr professionell, offensichtlich war das schon öfter passiert.

»Ich muss erst nochmal mit Leon reden«, sagte Sommersted.

Drei Wachmänner stellten sich an der Tür auf. Was sie dachten, war klar. Im Augenblick bestand für alle potenzielle Lebensgefahr. Das verschwundene Messer war noch im Raum, jeder Patient konnte also theoretisch das Personal angreifen. Weitere Wachleute kamen hinzu. Keiner der Insassen durfte den Raum verlassen, ohne überprüft zu werden.

»Niels, bist du noch da?«

Niels brummte. Der Mann vor Niels wurde gründlich gefilzt. Er musste sich ausziehen, bis er schließlich in Unterhose dastand. Jedes Kleidungsstück wurde untersucht und gescannt. Dann war Niels an der Reihe. Erst wurde er mit Kleidern gescannt, dann musste er sich ausziehen, bis auf die Shorts. Jetzt sehe ich aus wie Sommersted, dachte Niels. In Shorts, irgendwo an einem Strand. Auf jeden Fall klang es so. Aber dann waren die Hintergrundgeräusche plötzlich weg. Niels war allein.

»Und jetzt kommst du mit«, sagte einer der Wachleute, als Niels seine Sachen wieder angezogen hatte. Sie traten auf den Flur, der Wachmann vor ihm war jung, kaum dreißig. Niels wusste nicht, ob das gut oder schlecht war, tendierte aber zu Letzterem. Junge Wachleute hielten sich bestimmt strenger an die Regeln, sie wollten sicher nicht daran schuld sein, dass irgendetwas Unvorhergesehenes geschah. Nicht so die Älteren, Erfahrenen, die sich vielleicht nicht so genau an die Abläufe hielten, sondern eher auf ihre Erfahrung vertrauten.

»Geh ein bisschen schneller«, sagte der Wachmann. Er wirkte so, als hätte er Niels am liebsten vor sich hergestoßen.

Niels blieb zwanzig Meter vor seiner Zelle stehen. Bis zur Zelle der Schere war es doppelt so weit.

»Was machst du?«

»Der Portugiese«, flüsterte Niels und trat dicht an den Wachmann heran.

»Was?« Die Körpersprache des jungen Mannes änderte sich. Ein bedrohtes Tier mit wachen Sinnen, bereit, Niels zu Boden zu werfen und Verstärkung zu rufen.

»Er hat das Messer genommen«, sagte Niels. »Der Hoteldirektor. Er will sie umbringen. Die vier Mädchen rächen, weil sie sich in seinem Fünf-Sterne-Hotel nicht gebührend verhalten hat«, sagte Niels und hoffte, dass er verrückt genug klang.

Niels sah dem Wachmann an, dass ihm tausend Gedanken gleichzeitig durch den Kopf schossen. Zweifel. Oder sollte er ihm glauben? Warum nicht? Schließlich war wirklich ein Messer verschwunden. Und wenn er nicht gleich reagierte, war es vielleicht zu spät. Der Portugiese könnte das Messer der Gouvernante in den Hals rammen, wenn er nicht schnell genug handelte.

»Du gehst zurück in deine Zelle«, sagte der Wachmann schroff und lief in die entgegengesetzte Richtung. Niels rannte an seiner

Zelle vorbei und sah sich um, aber niemand beobachtete ihn. Er eilte weiter. Vor der Zelle der Schere legte er die Hand auf die Klinke und sah sich ein letztes Mal um, bevor er die Tür öffnete.

***

Als Erstes stach ihm der Geruch nach Desinfektionsmitteln und Alkohol in die Nase. Es war nicht notwendig, das Licht einzuschalten, die Sonne schien direkt in die beinahe kahle Zelle. Kleine, feine Staubkörner hingen in der Luft. Die Gitter warfen schwarze Schatten an die Wand. Das Bett war mit Plastik überzogen, der Tisch abgeräumt, das Regal leer. Niels war gleich am Fenster. Zwei Wachen rauchten unten auf dem Hof. Sie standen im Schatten des kleinen Holzschuppens. Ein Fußballfeld, ein Basketballkorb. Die andere Seite des Hofes sah aus wie ein Rastplatz, dort standen leere Bänke und weiße Plastiktische. Ein Brunnen, keine Bäume, auf die man klettern könnte, keine Büsche, die Verstecke böten. Nur der nackte, grauschwarze Asphalt, umringt von der hohen Mauer. Was hatte die Schere in jener Nacht gesehen? Die Frage ging Niels nicht aus dem Kopf, während er in Gedanken wieder und wieder die Videoaufzeichnung durchging, die die Schere am Fenster zeigte. Wie der Mann nach draußen starrte. Der Hof hatte im Dunkeln gelegen, es hatte kein Licht gebrannt, und alle Lampen von außerhalb wurden von der hohen Mauer abgeschirmt. Oder hatte er überhaupt nichts gesehen, sondern etwas gehört? War er deshalb so aufmerksam gewesen? Unmöglich, dachte Niels. Der Hochsicherheitstrakt war auf jede nur erdenkliche Weise hermetisch abgeriegelt.

Eine der Wachen überquerte den Gefängnishof. Er warf seine Zigarette weg, blieb einen Augenblick stehen, sah an den Himmel und in die Sonne. In die Freiheit. Die Mauerkrone. Niels konzentrierte sich auf den Rand der Mauer und sah von links nach rechts. Dahinter war der Friedhof zu erkennen. Der Friedhof der Hirnlosen. Tausende von Gehirnen im Schutz der Dunkelheit aus den Schädeln gesägt. Und doch verstand Niels die Ärzte. Der Wahnsinn setzte einem zu, juckte und quälte einen, bis man selbst verrückt wurde. Schließlich gab es nichts anderes zu tun, als die Hirne herauszuschneiden und im Hellen nach einer Erklärung zu suchen, einem Weg, diesem Wahn ein Ende zu machen. Niels ließ seinen Blick vom Friedhof zum Rand der Mauer schweifen.

Komm schon, flüsterte er. Denk groß, denk alternativ. Ein Tunnel? Wäre das irgendwie möglich? Nein. Natürlich nicht, wie sollte es möglich sein, einen Tunnel mitten in den Hof zu graben, ohne entdeckt zu werden? Überall waren Kameras und Wachpersonal. Und im Trakt gab es weder Schaufeln noch Spaten. Andererseits gab es auf der ganzen Welt Beispiele für Ausbrecherkönige, Gefangene, die den höchsten Sicherheitsvorkehrungen getrotzt hatten und aus den sichersten Gefängnissen ausgebrochen waren.

Plötzlich kam ihm eine Idee.

»Leon?«

Nichts.

»Leon, verdammt!«

»Bentzon?«

»Ich muss mit Hannah reden!«

»Was?«

»Du hast gehört, was ich gesagt habe. Wenn du mich zu Sommersted durchstellen kannst, kannst du auch Hannah anrufen. Bring uns in Verbindung!«

»Aber du kannst doch nicht privat reden, wenn du …«

Niels unterbrach ihn: »Das ist nicht privat!«

10.

Atacamawüste, Chile

Sie musste auf dem Mond gelandet sein, dachte Hannah, als sie auf der Hotelterrasse stand und ihren Blick über die karge, schier endlose Atacamawüste schweifen ließ. Eine neue Welt. Irgendwie machte das ihre Situation leichter. Ein neues Universum, neue Menschen. Mathias. Nicht Niels, der gehörte der alten Welt an. Sie hörte den deutschen Astronomen in seinem Zimmer. Eine Bodendiele knarrte, Schritte. Sie hoffte, dass er jetzt nicht zu ihr auf die Terrasse kam, sie wollte lieber allein sein.

Hatte sie sich die Wüste so vorgestellt? Oder hatte sie noch weniger Leben, als sie gedacht hatte? Die Konsistenz des Sandes ähnelte so sehr dem Sand auf dem Mars, dass die Forscher die Gegebenheiten nutzten, um die Verhältnisse auf dem fernen Planeten zu simulieren. In der Atacamawüste regnete es so gut wie nie. Die feuchten Winde, die von Westen her über den südlichen Teil von Südamerika zogen, gaben ihren Regen in der Regel schon vor den Anden ab. Wenn sie die Ostseite der ersten Bergkette erreichten, waren sie trocken und warm. An einzelnen Orten sollte es seit über vierhundert Jahren nicht mehr geregnet haben. Eine Welt ohne Leben, dachte Hannah, und ausgerechnet hier war sie nun gelandet. Ein Nullpunkt. Oder das Gegenteil? Ein Ort für einen neuen Anfang? Sie sah die Lichter vom Gipfel des Cerro Paranal, dem 2600 Meter hohen Berg, auf dem das VLT, das gigantische Teleskop und eigentliche Ziel der Reise, stand. Aber war das wirklich noch ihr Ziel, oder gab es ein ganz neues? Mathias? Oder die Erkenntnis, dass Niels sie nicht haben wollte? Sie schloss die Augen für einen Moment und atmete tief durch. Dann schob sie die Tür auf und ging wieder ins Hotelzimmer.

***

Sie waren vor sechs Stunden im Hotel angekommen. Das kleine Propellerflugzeug, mit dem sie die 1200 Kilometer von Santiago bis zum Flughafen Cerro Paranal geflogen waren, hatte sie derart durchgerüttelt, dass Hannah mehrmals gedacht hatte, sie würden abstürzen. Lærke hatte sich übergeben, während einer der Wissenschaftler sie davon zu überzeugen versucht hatte, dass so ein Flug für Südamerika ganz normal war. Im Bus auf der letzten Wegstrecke bis zum Hotel hatte niemand etwas gesagt, jeder war mit sich selbst und seinen Erwartungen beschäftigt gewesen. Und sie waren nicht enttäuscht worden. Das Hotel lag vollkommen isoliert in der Wüste, flach und sandfarben in die Landschaft eingebettet. Es trug den Namen ESO, European Southern Observatory, und diente ausschließlich dazu, die Wissenschaftler zu beherbergen, die zum VLT wollten. Einer der Forscher hatte von einer alten Fernsehserie erzählt, Mondbasis Alpha 1. Hannah hatte gelacht, obwohl sie sich nicht daran erinnern konnte. Mit den Gedanken war sie aber auch an einem ganz anderen Ort. Bei Niels. Bei Mathias. Dem Code. Dem Versprechen, das sie Mathias gestern gegeben hatte. War es ein Fehler? Bereute sie es?

Es hatte an diesem Tag nur zu einer Stippvisite beim VLT gereicht. Sie waren nicht hineingegangen, da das Teleskop bis zum nächsten Morgen noch von einer Gruppe Japaner genutzt wurde. Sie hatten nur auf der Plattform vor dem Observatorium gestanden, die vier Teleskope betrachtet, vier hochtechnologische Sphingen, die die Wüste und den Weltraum bewachten. Eines der Teleskope hatte sein Auge geöffnet, während sie dort gewesen waren. Das Geräusch war Hannah vertraut erschienen. Voller Sehnsucht, klagend, traurig: wie das Lied eines Wales, hatte sie gedacht, mitten in der Wüste.

***

»Willst du ein Glas Wein?« Mathias schenkte ihr bereits ein.

»Danke«, sagte sie und schloss die Balkontür hinter sich. Sie hatten nur die Wahl zwischen unerträglich warm oder der Hotelklimaanlage, die Hannahs Schleimhäute austrocknete.

Er drehte sich um und reichte ihr das Glas. Seine Finger streiften ihre, als sie es entgegennahm. Sie setzten sich auf die Bettkante. Hannah wusste, dass es jetzt darauf ankam. Vielleicht würden sie zunächst einen Schluck Wein trinken, aber war das Glas erst leer, würde es geschehen. Sie würde mit Mathias ins Bett gehen, das hatte sie Niels versprochen, wenn auch auf eine irgendwie seltsame Weise. An jenem Abend im Restaurant. Er hatte fast darauf bestanden. Jetzt war der Moment gekommen, das wusste sie. *Der Code* hatte sie an diesem Tag kaum beschäftigt, aber plötzlich war er wieder da. Warum? Weil er ihre letzte Chance war?, dachte sie gleich darauf. Gelang es ihr, den Liebescode zu knacken, kam sie vielleicht darum herum, mit Mathias ins Bett zu gehen. Ja, dachte sie, als er seine Hand auf ihren Schenkel legte und sie anlächelte. Er war ein hübscher Mann, athletisch, mit durchdringendem Blick, der ihr gefiel. Was hatte sie gestern Abend herausgefunden? Dass es um die Anzahl der Buchstaben zwischen den Satzzeichen ging? Das war auf jeden Fall eine Möglichkeit. *Old friend.* Neun Buchstaben. Wenn man davon ausging, dass die 1 einem A entsprach, musste die 9 ein I sein. Und der Rest des Textes?

»Hannah«, sagte Mathias und streichelte ihren Nacken. Ein warmes, angenehmes Gefühl. Zärtliche Hände. Er beugte sich vor, wollte sie küssen.

It has been long since we last spoke but.

Sie kannte den Text auswendig, sah ihn vor sich. Aber wie viele Buchstaben waren das? Mathias küsste sie. Weiche Lippen. Er schmeckte nach Wein. 32. Die Zahl stand blinkend vor ihrem inneren Auge. Der beinahe vollständige Satz umfasste 32 Buchstaben, bis nach dem *but* plötzlich dieser Punkt kam. Das entsprach einem … F? Ja, nahm man das englische Alphabet, in dem das Z der letzte Buchstabe war, und begann man dann wieder von vorn, sodass das A der 27 entsprach. Damit hatte sie zwei Buchstaben. Und Mathias' Hände auf ihrem Rücken, in den Haaren, im Nacken, auf den Schultern. Hannah zog den Kopf zurück.

I hope you are well,

Sie zählte die Buchstaben durch. Laut. Fünfzehn, das war dann ein O.

I don't have a lot to report.

So lautete der nächste Satz. Einundzwanzig Buchstaben, dachte sie. Das U war der einundzwanzigste Buchstabe des Alphabets.

IFOU, dachte sie, als Mathias seine Hose auszog und einen durchtrainierten Körper entblößte. Er küsste ihre Wange und ihren Hals und zog ihr mit einer langsamen gleichmäßigen Bewegung die Bluse über den Kopf.

As you are awware,

lautete der Satz mit dem Schreibfehler. Vierzehn Buchstaben. Das muss dann ein N sein, dachte Hannah und hörte plötzlich ihr Telefon klingeln. »Entschuldige«, sagte sie und stand auf. Die Enttäuschung in seinem Blick war eindeutig. Sie lächelte ihn kurz an und hörte wieder ihr Telefon klingeln. Es kam aus dem Bad. Sie spürte, dass er ihr mit dem Blick folgte.

»Hannah«, rief er, als sie die Tür hinter sich schloss.

Das Handy leuchtete durch den dünnen Stoff ihrer Handtasche, die auf dem Waschbeckenrand lag. Sie nahm das Handy.

»Hallo?«, sagte sie und wartete.

Es war Leon. Er nannte sie am Telefon immer bei ihrem Vor- und Nachnamen, als würden sie sich nicht kennen.

»Ja?«, sagte Hannah laut, vielleicht weil sie unbewusst dachte, dass er sehr weit weg war.

»Hannah, ich habe Niels in der Leitung. Ich verbinde dich.«

»Niels?«, fragte Hannah verwundert.

Eine Pause.

Time is not a real factor around here.

Dreißig Buchstaben, dachte sie. Das war dann ein … D.

IFOUND

»Hannah? Hier ist Niels.«

»Niels?«, sagte Hannah mit einer leichten Vibration in ihrer Stimme. Sie betrachtete sich im Spiegel. Der rote BH, den ihre Brüste so gut ausfüllten. Einigermaßen wenigstens. Hatte Niels ihr den geschenkt? Nachdem er sich endlich einmal in die Dessous-Abteilung gewagt hatte? Ja, sie erinnerte sich noch, wie sie das Päckchen ausgepackt hatte. An ihrem Geburtstag vor zwei oder drei Jahren. Die Erwartung in seinem Blick. Wie ein Kind, unschuldig. Wie anders hatte er ausgesehen, als er sie kurz darauf gebeten hatte, ihn anzuziehen.

It's probably why I like this place so much.

Vierunddreißig Buchstaben, dachte Hannah und sagte: »Ist was passiert? Mit den Kindern?«

»Mit den Kindern?«, fragte Niels am anderen Ende. Ein Echo ihrer Sorge.

»Nein, Niels, ich habe dich gefragt. Aber es ist nichts passiert. Ich habe eben erst mit Mutter gesprochen. Es geht ihnen gut.«

Stille. Rauschen.

»Niels?«

»Hannah, ich muss dich was fragen«, sagte er, während sie ausrechnete, dass die Vierunddreißig einem H entsprach.

IFOUNDH

»Was?«

»Hannah?« Mathias klopfte an ihre Tür. »Ist alles okay?«

Hannah dachte schnell. Nahm das nasse Handtuch, mit dem sie sich nach dem Bad abgetrocknet hatte, legte es auf den Boden und schob es mit dem Fuß bis zur Tür, um den Spalt zu schließen, damit Mathias nicht mehr zu hören war. »Hannah? Kommst du bald?«, rief der Deutsche.

»Du hast etwas von einem Supermond erzählt«, sagte Niels. »Du hast den doch so genannt, oder? In der Nacht, in der Paludan ermordet wurde.«

Niels' Stimme klang so merkwürdig. War er betrunken?

»Ja?«, sagte Hannah, während Mathias klopfte und rief.

»Was ist das?«, wollte Niels wissen. »Was ist ein Supermond?«

»Es geht um die Apsis«, sagte Hannah und hörte sich selbst erklären: um die Apsis, den Abstand zwischen Erde und Mond, und um das Phänomen Supermond, das immer dann auftrat, wenn der Mond auf seiner elliptischen Bahn bei Vollmond der Erde am nächsten war. »Minimal können das 357000 Kilometer sein«, erklärte sie. »Der Normalabstand beträgt 384000 Kilometer.«

»Hannah?«, rief Mathias wieder, dieses Mal lauter. Hannah streckte den Fuß aus und versuchte, den Spalt unter der Tür noch besser abzudichten.

»Der Mond ist dann um vierzehn Prozent größer als sonst«, erklärte Hannah, während sie die Buchstaben vor sich sah.

IFOUNDH. »Seine Leuchtkraft ist über dreißig Prozent stärker als in den Minimalphasen. Manche Wissenschaftler meinen, dass es einen Zusammenhang zwischen dem Mond und den Naturkatastrophen auf der Erde gibt«, erklärte Hannah. »Es gibt sogar die Theorie, dass der große Tsunami 2004 durch einen Supermond beeinflusst war, der zwei Wochen später aufgetreten ist.«

»Okay«, hörte sie Niels sagen. »Dreißig Prozent. Und wo stand der am Himmel? Ich meine, in jener Nacht.«

I much hope you can visit someday soon.

Einunddreißig Buchstaben, dachte Hannah und begann zu zählen. »E«, sagte sie.

»E?«, fragte Niels. »Was meinst du?«

»Nichts. Niels, der Mond bewegt sich am Himmel«, sagte sie und nahm ihren Lippenstift. Red Dawn. Dann schrieb sie auf den Spiegel: *IFOUNDHE*.

»Hannah!«, rief Mathias. Ein vorwurfsvoller Unterton hatte sich in seine Stimme geschlichen. Enttäuschung. »Kommst du, Hannah?«

»Wer ist denn da?«, fragte Niels. »Bist du nicht allein?«

Wish you could be here.

Der letzte Satz der Postkarte. Wie viele Buchstaben?

»Wo stand der Mond gegen elf Uhr abends?«, fragte Niels. »An dem Abend, an dem Paludan ermordet wurde? Beeil dich, Hannah, ich hab nicht so viel Zeit.«

Hannah dachte nach, ihr ging so viel durch den Kopf. Die Zahl. 18. Der Code. Der Umlauf des Monds um die Erde, von West nach Ost. »Er stand ziemlich niedrig am Himmel, Niels. Am südöstlichen Himmel«, sagte Hannah, während ihr die 18 nicht aus dem Kopf ging. Es waren achtzehn Buchstaben in dem Satz: *Wish you could be here.*

»Danke, Hannah«, sagte Niels, und dann war er plötzlich weg.

Oder doch nicht? Sie spürte nach. Irgendwie war er ein bisschen näher gekommen, dachte sie. Näher zu ihr. Seit vielen Tagen sah sie ihn zum ersten Mal vor sich, seine Stimme ganz klar in ihrem Kopf. Er hatte sie gefunden, das spürte sie deutlich. Oder hatte sie ihn gefunden? Mathias rief sie noch einmal, aber er klang jetzt leiser, als hätte er die Hoffnung aufgegeben.

IFOUNDHER stand jetzt am Spiegel. Große Blockbuchstaben mit gleich großem Abstand zwischen allen Buchstaben. Sie nahm ein Papiertuch aus dem Behälter neben dem Waschbecken, befeuchtete sie mit etwas Wasser und wischte die Buchstaben ab. Dann schrieb sie sie wieder, dieses Mal mit dem richtigen Abstand und mit Niels' Stimme in ihrem Ohr.

I FOUND HER.

Sie trat einen Schritt zurück und starrte in den Spiegel. Ich habe sie gefunden, stand dort. So also lautete die geheime Botschaft. Der Text hinter dem Text. Für den Moment war es Hannah vollkommen egal, wer gefunden worden war, denn sie war gefunden worden, das fühlte sie. Von Niels. Und für den Augenblick reichte ihr das, bevor sie eine Dummheit machte.

11.

Sikringen, Nykøbing, Sjælland

Die Tür wurde aufgerissen. Es war der junge Wachmann von eben, begleitet von einem Kollegen, Kim. Niels erinnerte sich an den aggressiven Blick und die großen, sommersprossigen Hände des Mannes.

»Was zum Teufel machst du hier?«, fragte Kim, trat zu Niels vor und packte ihn bei den Schultern. »Du hast hier nichts verloren.«

»Was?«, fragte Niels und spielte den Verwirrten. »Ich habe Angst.« Niels sah ein letztes Mal nach draußen auf den Hof und versuchte, sich vorzustellen, was der Supermond beschienen haben konnte. Was hatte die Schere gesehen?

Hinter den beiden Wachmännern tauchte eine Schwester auf. Niels wurde aus der Zelle gezerrt, und auf dem Flur drehte Kim Niels den Arm schmerzhaft nach hinten. Niels versuchte, sich zu befreien.

»Wenn du dich wehrst, brauchen wir Hilfe«, sagte der Wachmann.

»Du hältst mich einfach zu fest«, sagte Niels wütend.

Dann wurde er in seine Zelle gestoßen.

»Ruhig jetzt, Jens.«

»Bentzon.« Leon klang beunruhigt. »Bist du okay? Pass auf dich auf! Du musst nur Bescheid sagen, okay? Dann brechen wir die Aktion ab.«

»Was?«, flüsterte Niels und bewegte seine steifen Finger. Er lag auf seinem Bett und spürte, wie ihm der Schweiß über die Stirn rann.

»Ich habe mich ein bisschen schlaugemacht«, sagte Leon. »Über *Todesengel*. Ich habe keine Ahnung, ob da im Sikringen so jemand rumläuft, aber ausschließen können wir das nicht. Weißt du, was das ist?«

»Nein.«

»Ruhig, Jens«, flüsterte die Krankenschwester. »Du musst dich beruhigen.«

»Ärzte, Pfleger oder Krankenschwestern, die Patienten umbringen. Das klingt abwegig, ich weiß, und das hat nun wirklich nichts mit dem Eid zu tun, den die Ärzte ablegen müssen. Aber es gibt solche Leute. Ich habe eine lange Liste vor mir.«

Niels hörte Leons Finger auf einer Tastatur. »Charles Cullen, amerikanischer Krankenpfleger, wegen Mordes an neunundzwanzig Patienten achtzehnmal zu lebenslänglich verurteilt. Er war felsenfest davon überzeugt, das Richtige getan zu haben. Das hat er im Gerichtssaal laut herausgeschrien, sodass sie ihm schließlich sogar den Mund zukleben mussten.«

Niels beobachtete die Krankenschwester, die ihm den Rücken zudrehte. Dann ging sein Blick zum Wachmann, der noch in der Tür stand. Leons Stimme im Hintergrund, leise, wie die Musik im Supermarkt, auf die niemand wirklich achtete.

»Oder ein Todesengel in Finnland. Finnlands schlimmste Serienmörderin. Und Benjamin Green, der war im Horton Hospital in Oxfordshire angestellt. Die Kollegen haben sich irgendwann gewundert, warum immer wieder Patienten starben, wenn dieser Green Dienst hatte. Bis ihnen klar wurde, dass Green all diese Menschen umgebracht hatte, nur um zu sehen, ob er sie wiederbeleben konnte. Was ihm aber nur selten gelang.«

Die Krankenschwester drehte sich um. »Bist du sehr unruhig, Jens? Streck mal den Arm aus, dann sorge ich dafür, dass es dir bald besser geht.«

Niels fühlte sich wie besoffen. Seine Augen spielten verrückt. Er konnte nicht mehr fokussieren. Die Wachmänner hielten jedes seiner Glieder fest, so fühlte es sich jedenfalls an. Und dann noch dieses Jucken auf der Haut und sein Herz, das wie ein Presslufthammer arbeitete.

»Kannst du den Ärmel höher schieben?«, bat die Schwester einen Wachmann, während Niels an Hannah zu denken versuchte. Er wollte sie vor sich sehen, ihr Gesicht, so deutlich wie möglich, sollte es wirklich das letzte Mal sein.

»Gut, Jens, jetzt gibt es einen kleinen Piks.«

Niels starrte auf die gelbliche Flüssigkeit in der Spritze. Die Krankenschwester. Ihr Gesicht. Er hatte sie schon einmal gesehen. Dann drückte sie den Stempel nach unten, und das Antipsychotikum strömte in seinen Körper. Haldoperidol? Ein kaltes, blasses Gesicht, kleine Wölbungen unter geröteten Augen, prominente Wangenknochen. Sie sah aus wie ein Mann, war das Letzte, was Niels dachte, bevor jemand etwas mit dem Licht machte, es durch Dunkelheit ersetzte.

12.

London 1939

Michael folgte Alexander und Rachel über die Fleet Street, die Sonne in den Augen. Alexander drehte sich aufgeregt um.

»Warum haben wir nicht daran gedacht?«

Er sah von Rachel zu Michael.

»Woran, Alexander?«, fragte Rachel.

»Wir dürfen uns vor heute Abend nicht mehr sehen. Nicht miteinander reden, uns auf keinen Fall gegenseitig unseren Teil des Codes verraten. Das würde das wissenschaftliche Experiment ad absurdum führen, seht ihr das nicht?«

»Und was schlägst du vor?«, fragte Michael.

Alexander dachte einen Moment nach. »Dass wir uns trennen. Hier und jetzt, solange wir uns sicher sind, dass niemand mit einem der anderen geredet hat. Wir trennen uns und treffen uns erst wieder im Hotel. Heute Abend um neun. Und dann setzen wir Segel. Michael?«

Michael sah auf. Wieder meldete sich die altbekannte Paranoia. Konnte er Alexander wirklich trauen? Nun, da er das Dokument nicht mehr hatte? Ja, dachte Michael. Selbst wenn Alexander zur Polizei ging und Michael verriet und sich all seine schönen Worte über den Ozean des Todes als Lügen entpuppen sollten, würde er Michaels Teil des Codes nicht bekommen. Und damit niemals herausfinden, ob das Dokument die Wahrheit sagte. Außerdem konnte Alexander nicht sicher wissen, was Rachel vor Gericht aussagen würde. Vielleicht würden die Richter ihr glauben, wenn sie sagte, dass es Alexander gewesen war, der Professor Jenkins erschlagen hatte.

»Kannst du dich irgendwo verstecken? Vielleicht im Hotel«, schlug Alexander vor. »Es geht ja nur um ein paar Stunden.«

»Die Idee ist gut«, sagte Rachel, bevor Michael antworten konnte. Die Entschlossenheit in ihrer Stimme überraschte ihn. Sie schien Alexanders Plan beinahe mehr als die beiden anderen zu unterstützen.

Alexander lächelte. »Meine Damen und Herren«, sagte er. »Wenn ich dir nicht bereits meinen Sixpence überlassen hätte, Michael, würde ich ihn vor dir ziehen. Wir haben eine Vereinbarung und sehen uns heute Abend. Zur größten Expedition der Menschheitsgeschichte.«

***

Ein Nachmittag. Die letzten Stunden in Michaels Leben. Was sollte er damit anstellen? Der Gedanke trieb ihm die Tränen in die Augen. Am liebsten wäre er mit Rachel zusammen gewesen. Michael nahm sich vor, keine Angst zu haben. Seinen letzten Nachmittag wollte er nicht mit Angst vergeuden. In wenigen Stunden wartete das große Dunkel. Nein, nicht das Dunkel, korrigierte er sich selbst. Genau so sollte er das nicht sehen. Das Gegenteil erwartete ihn, das Licht. Der Anfang von etwas Neuem.

Michael schlug den Kragen hoch und schlenderte durch Soho, vorbei an den kleinen Antiquariaten, bis er auf die Tottenham Court Road kam, wo er vor den Schaufenstern der großen Geschäfte stehen blieb, die Violinen, Posaunen und Flügel ausstellten. Lange sann er über die Form der Violinen nach, geschwungen wie die Hüften einer Frau, wie James Folsons Töchter. Folsons Hof war der erste, an dem man vorbeikam, wenn man Oxford über die Landstraße in Richtung London verließ. Neben dem kurzen Aufenthalt in seiner Scheune während der Flucht war Michael im letzten Semester ein paarmal dort gewesen, um Eier und frische Milch zu kaufen, die für Studenten besonders günstig angeboten wurden. Böse Zungen behaupteten, der Bauer versuche, die Studierenden auf seinen Hof zu locken, um seine hässlichen Töchter zu verkuppeln. Auf jeden Fall war es immer eine der Folsontöchter gewesen, die ihre Waren frisch aus dem Stall feilgeboten hatte. Mit breitem Lächeln, wodurch ihre fauligen Zähne besonders gut zur Geltung gekommen waren. In den kleinen Kneipen der Stadt zerriss man sich die Mäuler über die beiden Bauernmädchen mit den drallen, ja geradezu üppigen Körpern, wie das Ideal der Renaissance. Große, feste Brüste, ebenmäßige Haut, runder Po – Kurven wie bei der Violine, vor der Michael nun stand. Welch göttlicher Hohn: ein Körper wie aus einem Gemälde von Louis Ricardo Falero, die reine Wollust, und ein Gesicht wie von Hieronymus Bosch, der totale Untergang. Warum dachte Michael in diesem Moment an die Folsontöchter? Waren sie das Synonym für alles, was er entbehren sollte: Milch, die warme Brust einer Frau – das Irdische. *Rachel.*

Plötzlich wurde er auf eine Spiegelung im Fenster aufmerksam. Da, auf dem Weg über die Straße… War Rachel ihm gefolgt? Nein, sie war ganz in Gedanken versunken, vielleicht hatte sie rein zufällig den Kingsway und dann die New Oxford Street genommen. Sie wirkte wie in Trance, Michael ging es genauso.

Michael rannte über die Straße. Er musste sich ja nicht an die Abmachung halten, keinen Kontakt zu haben. Das wissenschaftliche Experiment stand so oder so zur Prüfung, egal worüber sie sprachen, alles andere war Augenwischerei. Alexander hatte nur

Angst, dass jemand seine Meinung ändern könnte und im entscheidenden Moment nicht bereit wäre, in den Tod zu gehen. Während Michael Rachel folgte, fragte er sich noch einmal, ob er ihr sagen sollte, dass er sie liebte. Eine philosophische Frage, dachte er: Soll man einer Frau sagen, dass man sie liebt, auch wenn diese Liebe nicht erwidert wird? Wozu sollte das gut sein? Oder – er wusste es nicht – wurde die Last ein bisschen leichter, die man mit sich herumtrug? Für einen Augenblick musste er an die Experimente denken, auf die Alexander sie aufmerksam gemacht hatte. Die Artikel in der *American Medicine* und in anderen wissenschaftlichen Zeitschriften. Über Duncan MacDougall, einen exzentrischen Arzt aus Massachusetts, der sich vor gut dreißig Jahren vorgenommen hatte, das Gewicht der Seele zu bestimmen. Wie begeistert sie all seine Publikationen gelesen hatten. MacDougall war sehr gründlich vorgegangen. Er hatte eine umgebaute und mit Ornamenten verzierte Fairbanks-Industriewaage zu einem Krankenbett umgebaut, auf dem sechs dem Tode geweihte Patienten des nahe gelegenen Krankenhauses der Reihe nach ihre letzten Stunden verbringen durften. MacDougall hatte bei ihrem Tod einfach das Gewicht festgestellt. Kurz vor und kurz nach ihrem Dahinscheiden. Der erste Patient starb an Tuberkulose und verlor laut MacDougall 28,35 Gramm. Weitere Versuche wurden unternommen, auch an fünfzehn Hunden, bis das endgültige Ergebnis feststand: Tiere haben keine Seele, ganz im Gegensatz zu den Menschen, deren Seele etwa 21 Gramm wiegt. Seither hatten viele Wissenschaftler versucht, MacDougalls Experimente als unwürdig darzustellen, aber ohne Erfolg. 21 Gramm, das Gewicht der Seele – was wohl Gefühle wogen? Menschen, denen es schlecht ging, schleppten und quälten sich oft durch das Leben. Ging es einem gut, fühlte man sich hingegen leicht und beschwingt. Ja, es sollte wirklich erforscht werden, was ein bedrücktes Herz wog. Oder Erfolg.

Konnte er einen Teil der Liebeslast abwerfen, wenn er hinter Rachel herlief und rief: »Rachel, ich muss dir einfach sagen, dass ich dich über alles in der Welt liebe. Ich wünschte mir, ich könnte heute Abend für deine Liebe sterben und nicht nur, um zu beweisen, dass die Seele unsterblich ist. Denn meine Liebe zu dir überstrahlt alles. Ich werde nie müde, dein Gesicht zu betrachten, dein Mienenspiel, wenn du für eine Sache brennst. Du bist so voller Leben. Wenn ich dir in die Augen sehe, ist es, als würde ich das Leben selbst sehen. Dann sehe ich die Glut, die Wärme, die uns alle am Leben hält. Ich weiß, dass ich nicht genug für dich bin, du könntest jeden haben, aber da wir ohnehin sterben, finde ich es nur richtig, dir von meiner Liebe zu erzählen. Sei nicht peinlich berührt und nimm es mir nicht übel. Unsere Freundschaft, du hast so oft davon gesprochen, damit ich das auf keinen Fall falsch verstehe, stirbt ja doch heute Nacht, gemeinsam mit unseren Körpern.«

So lauteten seine Gedanken. Und fest entschlossen wollte er zu ihr und sie festhalten. Doch dann verschwand Rachel in der Kirche auf dem Platz.

***

VT CHRISTIANI ITA ET ROMANI SITIS stand über dem Eingang der Kirche. Michael sah sich um, konnte Rachel aber nirgends entdecken. Wann sollte er ihr seine Liebe gestehen, wenn nicht heute? Doch dann sah er sie im Seitenschiff vor dem Beichtstuhl warten. Er wusste nicht, dass sie Katholikin war. Sie hatten viel über Religion gesprochen, aber meistens war es nur darum gegangen, wie wenig sie an die etablierten Religionen glaubten. Dass die Welt etwas Neues brauchte, etwas anderes. Etwas, das sie drei aus der Taufe heben wollten. Ihre Dreieinigkeit hatten sie das genannt und wilde Ideen entworfen, dass die Menschen noch in 2000 Jahren von den drei Studenten der Klassischen Philologie aus Oxford sprechen würden, die Phaidons geheimes Testament gefunden und sich entschlossen hatten, den Lauf der Welt zu ändern. Für immer.

Vielleicht sollte ich noch warten, dachte Michael. Dass sie ein letztes Mal beichten wollte, war verständlich. Nun verließ eine Frau den Beichtstuhl, und der Priester tat es ihr nach, als Rachel auf der Sünderbank Platz genommen hatte. Michael blickte dem alternden Mann nach, der sich ruhigen Schrittes entfernte. Vermutlich war er es gewohnt, dass die Menschen im Beichtstuhl bereits auf ihn warteten. Michael kam ein Gedanke. Warum nicht Rachels innersten Gedanken lauschen? Statt seine letzten Stunden mit einer dummen, hysterischen Liebeserklärung zu vergeuden, konnte er sich ein bisschen von der Intimität stibitzen, nach der er sich so sehnte. Michael sah den Priester durch eine Tür hinter dem Altar verschwinden. Dann sah er sich um und stellte fest, dass niemand von ihm Notiz nahm. Worauf also warten?

Er trat ein, zog rasch die Gardine zu und setzte sich. Drinnen war es dunkler als erwartet. Seine Augen brauchten ein paar Sekunden, um sich daran zu gewöhnen. Nur eine Kerze flackerte. Auf dem Tischchen daneben lag eine Tageszeitung, *The Times*. Las der Priester Zeitung, während ihm alte Frauen und junge Mädchen ihr Herz ausschütteten? Oder las er nur in den Wartezeiten? Michael starrte auf die kleine Luke, die der Priester öffnete, wenn er bereit war, und schob sie auf.

»Vergib mir, Vater, denn ich habe gesündigt«, sagte Rachel so schnell, dass Michael überhaupt nicht zu Wort kam. »Es ist sehr lange her, dass ich zuletzt gebeichtet habe«, fügte sie hinzu. »Und jetzt bedarf ich so sehr seiner Liebe, seiner Liebe«, flüsterte sie.

Michael konnte sich jetzt nicht mehr offenbaren. Das wäre entwürdigend. Er wollte all die Gefühle, die in Rachels Stimme mitschwangen, nicht verraten. Michael räusperte sich. Er hatte nur eine vage Vorstellung davon, was zwischen Priester und Sünder gesprochen wurde. Außerdem war er protestantisch erzogen worden, und das nur, weil seine Mutter gerne an Traditionen festhielt. Und eine dieser Traditionen war es eben, in die Kirche zu gehen. Sein Vater glaubte an die Labour Party, an die bodenständige Erziehung von Kindern und daran, dass nur ein toter Kommunist ein guter Kommunist war.

»Wie viel Zeit ist seit der letzten Beichte vergangen?«, fragte Michael, drückte sich den Stoff seines Hemdes vor den Mund und verstellte die Stimme.

»Fünf Jahre«, sagte Rachel. Dann folgte Schweigen, sicher eine ganze Minute lang, bis sie sagte: »Ich hatte den Glauben verloren.«

»Und jetzt?«, flüsterte Michael.

»Jetzt. Habe ich Zweifel. Ich … ich liebe einen Mann, den ich nicht bekommen kann.«

Sein Herz. Schlug es schneller? So schnell, dass er die einzelnen Schläge nicht mehr spürte? Oder hatte es aufgehört zu schlagen?

»Sprich«, flüsterte er.

»Ich weiß nicht, was ich sagen soll. Mein Vater würde ihn niemals akzeptieren.«

»Warum?«

»Warum? Weil seine Familie kein Geld hat.«

Mehr sagte sie nicht. Es gab auch nicht mehr zu sagen, Michael wusste ganz genau, worum es ging. Rachels Familie stand für Traditionen und Reichtum, deshalb war sie auch eine der wenigen Studentinnen in Oxford. Noch zwanzig Jahre zuvor hatten Frauen so gut wie keine Chance gehabt, ein Universitätsexamen abzulegen, und die wenigen, denen dieser Weg mittlerweile offenstand, waren Oberklassemädchen wie Rachel. Und diese Mädchen durften nicht mit jungen Männern nach Hause kommen, die sich ihren Weg ohne Geld, sondern nur mit guten Noten gebahnt hatten. Männern wie Michael.

»Wer ist er?« Die Frage überraschte ihn, er hatte nicht vorgehabt, sie zu stellen. Dann hörte er Rachels Atemzüge hinter dem dünnen Strohgeflecht, das sie trennte und verhinderte, dass Rachel sein Gesicht sah.

»Er ist ein Freund.«

Den Mund dicht am Hemd, sagte er noch dumpfer: »Erzähl.«

»Er heißt …« Sie kam ins Stocken und begann zu schluchzen. Mit tränenerstickter Stimme sagte sie seinen Namen. *»Michael.«*

Konnte das wahr sein? Meinte sie wirklich ihn?

Sie beruhigte sich wieder. »Wir haben nicht gesündigt. Wir haben uns nie auch nur berührt. Er weiß nicht, wie es mir geht. Und ich bin mir sicher, dass er keine Gefühle für mich hegt«, sagte sie.

»Mein Mädchen«, flüsterte Michael und hatte plötzlich eine furchtbare Eingebung. Näher als jetzt würde er Rachel nie mehr kommen. *Mein Mädchen.* »Mein Mädchen, die Liebe…«, begann Michael und suchte nach den richtigen Worten. Was sagten katholische Priester über die Liebe? Plötzlich spürte er einen Luftzug. Rachel hatte den schweren roten Vorhang zur Seite gezogen und war gegangen. Michael wartete einen Augenblick, bevor er einen Blick nach draußen wagte und gerade noch sah, wie sie hastig die Kirche verließ. Dann trat er aus dem Beichtstuhl. Die Kirche war leer.

Als die Tür hinter dem Altar aufging und der Priester zurückkam, verließ auch Michael die Kirche. Die Sonne war durch die Wolken gebrochen. Rachel war fort. Hatte das wirklich zu bedeuten, dass sie ihn liebte? Dass sie seine Liebe erwiderte? Nur wenige Stunden vor seinem Tod rasten die widersprüchlichsten Gefühle durch Michaels Körper. Glück, Zweifel, aber war es leichter zu sterben, wenn Rachel ihn liebte? Oder vollkommen unmöglich?

13.

Cerro Paranal, Chile

Hannahs Finger umklammerten das Handy noch immer fest. Dabei war es schon eine ganze Weile her, dass sie mit ihrer Mutter telefoniert hatte. Zu Hause sei alles in Ordnung. Keine Bauchschmerzen, keine Koliken, dafür seien die beiden längst zu alt, hatte ihre Mutter ihr versichert und dabei wieder einmal anklingen lassen, dass Niels und sie ihrer Aufgabe als Eltern einfach nicht gewachsen waren. Als wäre sie selbst jemals besser gewesen! Hannahs Eltern waren mit der außergewöhnlichen Begabung ihrer Tochter zu keinem einzigen Zeitpunkt zurechtgekommen. Sie hatten sich immer gewünscht, sie wäre wie die anderen. Jetzt tu doch nicht so »klug«. Erst als Hannah ins Niels-Bohr-Institut gekommen war, hatte sie sich zu Hause gefühlt und gewagt, sich als Genie zu outen. Hannah dachte an ihre Mutter, während sie ihren Blick durch die Hotellobby schweifen ließ. Irgendwie wiederholte sich alles, aber vielleicht konnte ihre Mutter jetzt ja für ihre Enkel da sein und ihnen das geben, was sie Hannah nicht hatte geben können. Es war auch möglich, dass sie recht hatte und Hannah und Niels ihrer Aufgabe wirklich nicht gewachsen waren. Weil sie einander nicht finden konnten.

I found her. Der Liebescode.

Niels musste Hannah finden, einer musste den anderen finden. *I found her* lautete der Text der Postkarte, die Botschaft hinter der

Botschaft. Aber wer hatte die Karte abgeschickt? Und wer war die Frau, die gefunden worden war? Und was war daran so wichtig, dass die Botschaft codiert an einen Mörder im Trakt geschickt worden war?

Hannah überlegte, sich ins Foyer zu setzen, aber die Metallstühle sahen hart und unbequem aus. Sie fühlte sich müde, hatte in der Nacht nicht viel geschlafen. Der Bus, der sie nach oben zum Observatorium bringen sollte, musste jeden Augenblick eintreffen. Sie sah Mathias die Treppe hinunterlaufen. Seine energischen Bewegungen waren so etwas wie seine Signatur. Er schloss sich der Gruppe von Wissenschaftlern an, die auf den Bus warteten. Hannah tat, als studierte sie die Palmen, vor denen sie stand. Ein kleines Stück Regenwald im Foyer des ESO-Hotels, aber irgendwie ergab das Sinn, dachte sie. Feuchte Luft, Vegetation, *Leben.* Draußen war alles tot, nichts als Wüste. Nitrathaltige Erde auf Kalk und Granit. Mathias redete mit einem älteren Kollegen, der lachen musste. Bald darauf stand er schon im Mittelpunkt der kleinen Gruppe. Vielleicht hatte er sie gar nicht bemerkt. Oder er war wütend auf sie. Nein, nicht wütend, enttäuscht, wie gestern, als sie aus dem Bad gekommen war und ihm gesagt hatte, dass sie nicht mit ihm ins Bett gehen könne. Dass es sicher besser sei, wenn sie nicht zusammen wären – ein Missverständnis. Sie hatte dabei etwas mechanisch geklungen, vielleicht abweisender als beabsichtigt. Irgendwie war sie sich dessen bewusst gewesen, hatte aber keinen anderen Ausweg gesehen, nachdem ihr plötzlich klar geworden war, dass sie um ein Haar einen Riesenfehler begangen hätte. Niels hatte sie gefunden. Und an diesem Gefühl hatte sich auch heute nichts geändert. Sie hatte den Liebescode geknackt, und die Botschaft hinter der Botschaft hatte nicht von Mathias gehandelt, sondern von Niels. »Ich kann dich ja verstehen, Hannah«, hatte Mathias ein paarmal gesagt. Sein deutscher Akzent war dabei ein bisschen deutlicher gewesen als sonst, vielleicht weil er aufgegeben und keine Kraft mehr hatte, sich auf sprachliche Finessen zu konzentrieren. Aber enttäuscht war er trotzdem gewesen, daran bestand kein Zweifel. Sogar seinen Schritten hatte sie das angehört, als er die Tür hinter sich geschlossen hatte und über den Flur zu seinem Zimmer getrottet war. Hannah hatte hinter der Tür gestanden und gelauscht. Aber die Schritte, die sich von ihr entfernten, hatten irgendwie richtig geklungen.

***

»Na, Hannah, jetzt geht's dann los.« Lærke sah sie erwartungsvoll lächelnd an.

»Ja«, sagte Hannah, woraufhin die Unterhaltung schon wieder verebbte.

»Ich such mir schon mal einen Platz im Bus, kommst du mit?«

»Einen Moment noch«, sagte Hannah, nahm sich einen Stuhl und setzte sich. Sie wunderte sich über sich selbst. Warum war sie nicht die Erste im Bus? In all den Jahren hatte sie doch davon geträumt, das VLT zu besuchen, hatte alles über die Teleskope gelesen und Filme aus dem Observatorium angeschaut. Gemeinsam mit ihren Kollegen aus dem Niels-Bohr-Institut hatte sie gespannt verfolgt, wie die Wissenschaftler am VLT ermittelt hatten, dass das Alter des ältesten Sterns unserer Galaxie 13,2 Milliarden Jahre betrug. Und jetzt saß sie hier und konnte sich einfach nicht aufraffen, in den Bus zu steigen, als wäre sie selbst 13 Milliarden Jahre alt. Mathias hatte sich bereits einen Platz gesucht, ganz vorn, immer ganz vorn, so war er.

Hannah hielt ihr iPhone in der Hand und öffnete die Datei, die Robert ihr in der Nacht geschickt hatte. Ein Foto von der Postkarte. Das musste sie sich jetzt, da sie den Code geknackt hatte, noch einmal anschauen. Die Handschrift war auf den ersten Blick am auffälligsten, dachte sie und zoomte sie mit zwei Fingern näher heran. Die Buchstaben waren beinahe horizontal. War er Linkshänder? Hannah glaubte gehört zu haben, dass die Handschrift der Linkshänder oft Schlagseite hatte. Außerdem war die Schrift an ein paar Stellen verwischt, aber nicht nur nach rechts, sodass das kein Indiz war. Gab es noch andere Informationen über den Absender? Guatemala. Die kleine, lila Briefmarke war verkehrt herum aufgeklebt worden. Warum war ihr das nicht gleich aufgefallen? Aber war das von Bedeutung? Eine auf dem Kopf aufgeklebte Briefmarke sagte doch lediglich, dass der Absender es nicht besser wusste oder achtlos gehandelt hatte. Aber trotzdem, dachte sie. Hatte sie selbst jemals eine Briefmarke verkehrt herum aufgeklebt?

»Wir fahren jetzt, Hannah«, rief einer der Professoren. Es war Jørn. Auch er war jetzt auf dem Weg zum Bus.

»Ich komme«, rief sie.

Ein letzter Blick auf die Karte. Wo war sie abgeschickt worden? Die vier Stempel auf der Briefmarke überlagerten sich zum Teil. *Tod,* stand am unteren Rand eines Stempels, oder vielleicht *Tol.* Nein, der letzte Buchstabe war ein D. Also *Tod.* Sie zoomte die Briefmarke weiter ein, drehte das Bild ein bisschen und versuchte, dem Bogen des runden Stempels zu folgen. Der zweite Stempel verdeckte die weiteren Buchstaben, aber *ntos* konnte sie lesen. *Tod … ntos,* mehr nicht. Zwischen dem D und dem N war mit Sicherheit ein Zwischenraum, ein paar Buchstaben, die sie nicht lesen konnte. Das Motiv der Briefmarke half ihr nicht weiter, die Marke verriet nur, aus welchem Land eine Postkarte kam. *Tod…ntos* war alles, was sie hatte. Und der Bus war bald voll, der Motor lief.

»Hannah? Kommst du?« Lærke war noch einmal ausgestiegen und winkte.

»Ja, ich komme!«, rief sie und stand auf. Sie hatte keine Chance herauszufinden, wo die Karte abgestempelt worden war. Es war einfach nicht lesbar. Und selbst wenn sie es herausgefunden hätte, wüsste sie nur den Namen der Stadt und nichts über den Absender.

Sie steckte das Handy ein, warf sich ihre Tasche über die Schulter und ging mit schnellen Schritten in Richtung Bus.

Drinnen war die Luft kalt und trocken. Die Klimaanlage lief auf Hochtouren. Sie ging an Mathias vorbei, der neben Jørn saß. Sie begegnete seinem Blick und hielt ihm stand, sie wollte nicht feige sein. Kein Groll, sagten die Augen des Deutschen, auf jeden Fall deutete sie seinen Blick so.

»Jetzt geht's los«, sagte Lærke, als Hannah neben ihr Platz genommen hatte. »Freust du dich?«

»Natürlich«, sagte sie und holte ihr Handy wieder hervor. Städte in Guatemala, googelte sie und ließ ihren Blick über die Reihe der Stadtnamen gleiten, die auf dem Display aufgelistet wurden: *Guatemala City, Quetzaltenango, Huehuetenango, Tikal,* las sie, während einer der Wissenschaftler hinter ihr laut auflachte. *Cobán, Flores, El Palmar, Panajachel, Santa Cruz Barillas, Todos Santos, Nuevo San Carlos, Melchor de Mencos.*

»Todos Santos«, sagte Hannah laut.

»Was?«

Die Buchstaben auf dem Stempel, dachte Hannah. *Tod* und *ntos*. Todos Santos, das musste es sein. Hannah stand auf. Ihre Finger huschten über das Display – sie war noch mit dem WLAN des Hotels verbunden –, und dann las sie, dass die Stadt Todos Santos 26 000 Einwohner hatte. Nicht leicht, einen unbekannten Absender unter 26 000 Menschen zu finden, dachte sie. Zurück zum Bild auf der Postkarte. Der andere Stempel. S. M. C. Vielleicht eine kleinere Stadt in der Nähe? Etwas, das ihr die Suche einfacher machte? Aber was? Vielleicht war es vollkommen verrückt, sich auf die Suche nach dem Absender zu machen. Wie die Jagd nach der Nadel im Heuhaufen.

»Hannah? Bist du okay?« Einer der jungen Wissenschaftler sah sie besorgt an. Der Bus war losgefahren, aber er musste erst wenden, um vom Parkplatz des Hotels zu fahren.

»Ich muss nur…«, murmelte sie und hastete durch den Mittelgang nach vorn. »Entschuldigung, könnte ich bitte noch einmal aussteigen?«

»Off?«, fragte der Fahrer.

»Yes«, sagte Hannah. »Off, please.«

»Was hast du denn vor?«, fragte jemand hinter ihr.

Die Tür öffnete sich, und Hannah hätte auf der Treppe fast das Gleichgewicht verloren. »Ich nehme einen anderen Bus«, rief sie, obwohl ihr bestimmt nicht viele zuhörten.

I FOUND HER, Todos Santos, schwirrte durch ihren Kopf, nicht das VLT, die Sterne oder die schwarzen Löcher, nicht Sirius und auch nicht die Ringe des Saturn. Die Karte war in Todos Santos in Guatemala abgeschickt worden. S. M. C. Mit einem verschlüsselten Text, in dem es um eine Frau ging, die gefunden worden war. All das wusste sie jetzt, viel mehr als noch vor wenigen Stunden.

War es möglich, den Absender ausfindig zu machen? Vermutlich nicht, dachte sie, als sie an der Rezeption vorbeiging, aber sie war es Niels schuldig, einen Versuch zu unternehmen. Er hatte sie gefunden, jetzt musste sie ihn finden. Und dafür musste sie herausfinden, wer die Karte geschickt hatte. Die Frage war nur, wie.

14.

Sikringen, Nykøbing, Sjælland

Südost … Niels schrak aus dem Schlaf hoch, weil das Wort so laut durch seinen Kopf hallte. Hannah hatte gesagt, dass der Mond in Paludans letzter Nacht im Südosten gestanden habe. Er richtete sich auf. Das nasse Handtuch, das auf seinem Kopfkissen liegen sollte, war um seine Hand gewickelt. Er entfernte es. Fühlte, dass sein Kiefer sich leicht verkrampfte. Sein Rücken juckte wie verrückt, vielleicht hatte er das Handtuch vom Kopfkissen genommen und um seine Hand gewickelt, damit er sich nicht kratzen konnte? Sein Hemd stank. Die Nebenwirkungen setzten ihm inzwischen wirklich zu. Pest oder Cholera, dachte er. Für die Kranken gab es nur die Entscheidung zwischen ihrer Paranoia und den Stimmen im Kopf oder dem ganzen Arsenal der Nebenwirkungen der Pharmaindustrie.

Er sah auf die Uhr über der Tür. Zwanzig Minuten. Mehr hatte er nicht. Um 22.30 Uhr wurden die Zellen für die Nacht verriegelt, dann musste er zurück sein. Er hatte viel zu lange geschlafen. Viel zu tief. Ein Zucken ging durch seinen Unterarm, die Muskeln zogen sich zusammen.

***

Der Wachmann sah Niels regungslos an, als dieser zum zweiten Mal sagte: »Ich muss auf die Toilette.«

»Dann komm.«

Niels schleppte sich über den Flur und zog einen Fuß etwas nach. Die meisten Lampen waren aus, sodass längere Abschnitte des Flurs im Dunkeln lagen. Irgendwo schrie jemand. Und aus der anderen Richtung war das Weinen eines Mannes zu hören.

»Beeil dich«, sagte der Wachmann und blieb stehen. »Ich warte.«

Niels ging in die Toilette. Er schwitzte schrecklich. Er blieb stehen und lehnte sich an die Wand. War Wahnsinn eigentlich ansteckend? Fast fühlte es sich so an. Es waren nicht nur die Tabletten, es war auch das ganze Drumherum. Die Geräusche, die Schreie, der Gestank nach Urin, die ungepflegten Menschen, die ungewaschenen Haare, die fehlende Luft zum Atmen.

»Bentzon?« Leon flüsterte. »Bist du da?«

»Verdammt, Leon.«

»Stimmt was nicht?«

»Alles.«

»Kommst du klar?«

»Bist du bald fertig?«, rief die Wache und hämmerte an die Tür.

»Ich kann nicht, wenn du da draußen stehst«, rief Niels zurück. Keine Antwort. Niels lauschte. Es vergingen fünf Sekunden, dann hörte er die Schritte des Wachmanns. Niels öffnete die Tür. Der Wachmann stand vor dem kleinen Personalraum und redete mit einem Kollegen. Niels nutzte die Gelegenheit und lief schnell und lautlos in die andere Richtung. Zur Zelle der Schere. Sein Atem ging schnell und angestrengt, und er dachte an Hannah. Hannah und *dieser Mann*. Dieser Mathias. Was er alles verlieren würde! Plötzlich spürte Niels richtig körperlich, was er da weggeworfen hatte. Absichtlich. Und mit einem Mal wusste er, wie falsch das gewesen war. »Hannah«, flüsterte eine Stimme. Ihre Stimme, er hörte sie, weit entfernt und doch ganz nah. In Chile. Und in seinem Kopf. *All das, was er verloren hatte.* Er sah sie vor sich, deutlicher als je zuvor, als er sich der Zelle näherte. Deutlicher, als wenn sie jetzt vor ihm stehen würde. Ihr Mund, ihre Lippen, die kleinen Fältchen unter den Augen. Er musste daran denken, diese Information auch Sonning zu geben, damit er sie auf einen seiner kleinen gelben Zettel schreiben konnte. Eine weitere Nebenwirkung der Medikamente: Man sah all seine Fehler plötzlich vor sich, als wäre es gestern gewesen. Der ganze Scheiß, den man gemacht hat, war wieder präsent. Hannah redete und redete in seinem Kopf, während er die letzten Schritte machte, ständig damit rechnend, dass der Wachmann ihn rief. Sie sprach vom Mond. Unzusammenhängend. *Supermond. Dreihundertsiebenundfünfzigtausend Kilometer. Vierzehn Prozent größer.* Warum hörte er das ausgerechnet jetzt? Was hatte das zu bedeuten? Die Tür neben der Zelle der Schere stand offen. Niels sah aus dem Augenwinkel, dass die Gouvernante nur in Unterwäsche auf der Bettkante saß, neben sich vier Babys. Puppen. Sie legte eine der Puppen an ihre Brust und zog den BH herunter. Er sah weg, versuchte, das Bild aus seinem Gedächtnis zu löschen.

»Die Uhr, Leon?«, flüsterte er.

»22.15. Alles okay?«

»Ich bin nur so verflucht müde«, flüsterte er und öffnete die Zellentür. Reiß dich zusammen, dachte er und hätte sich am liebsten mitten in der dunklen Zelle schlafen gelegt. Oder auf dem mit Plastikfolie überzogenen Bett, das an der Wand stand und auf den nächsten Bewohner wartete, das nächste Höllenkind, das in Salomon Gašpars Hotel eincheckte. Langsam wurden die Konturen der Zelleneinrichtung im Dunkeln sichtbar. Der Tisch, der Schrank, das Fenster, die zwei Gitterstäbe. Und oben in der Ecke das schwache rötliche Licht der Überwachungskamera. Vielleicht hatten sie ihn bereits entdeckt. Dann würde er in zwei Sekunden geholt werden, schließlich hatte er hier nichts verloren. Vielleicht war das Glück aber auch auf seiner Seite. Die Kamera konnte ausgeschaltet sein, weil die Zelle im Moment ja nicht bewohnt war.

»Was passiert da bei dir?«, fragte Leon.

»Nichts. Absolut gar nichts«, flüsterte Niels und merkte, wie sehr die Medikamente seine Stimme beeinflussten. Er sprach undeutlich, als hätte er getrunken. Wie all die anderen hatte nun auch er den Jargon des Sikringen, die Sprache der Verrückten. »Dieser Abend«, sagte Niels laut zu sich selbst. »Er ist aufgestanden.«

»Ja, und ans Fenster getreten«, sagte Leon. »Er stand da und hat nach draußen gestarrt. Aber auf was?«

Niels war am Fenster. Vor ihm im Dunkel lag der Hof. Die Gefängnismauer war komplett schwarz. Im Verwaltungstrakt auf der Ostseite war nur hinter ganz wenigen Fenstern Licht. Was hatte die Schere an jenem Abend gesehen? Hatte er sich den Mond angeguckt? Nein, ein Verrückter wie die Schere interessierte sich bestimmt nicht für astronomische Phänomene. Aber Moment, dachte Niels. »Ja«, sagte er laut und trieb sich innerlich an. In wenigen Augenblicken würde er wieder in seiner Zelle sein.

»Ja, was?«, fragte Leon.

»An dem Abend, an dem Paludan ermordet wurde, hatten wir einen sogenannten Supermond.«

»Das hast du schon ein paarmal gesagt, Bentzon.«

»Meine Frau«, flüsterte Niels und spürte, wie verkehrt die Worte sich in seinem Mund anfühlten. Meine Exfrau. Hätte er das sagen sollen?

»Was hat das damit zu tun?«

»Das ist ein ganz besonderer Mond. Weil er dichter als sonst an der Erde ist, sieht er größer aus.«

»Ja und?«, zischte Leon und klang plötzlich müde. »Was soll das?«

»Der kann etwas angeleuchtet haben. Unten im Hof.«

»Wovon redest du? Paludan war nicht unten im Hof. Und um diese Uhrzeit hat keiner der Patienten da unten Zutritt. Das ergibt doch keinen Sinn.«

»Oder durch das Mondlicht wurden Schatten an die Mauer geworfen«, sagte Niels und stellte sich vor, wo der Mond an dem Abend gestanden hatte. Über dem Meer. Hinter dem Verwaltungstrakt?

»Schatten an die Mauer geworfen?«

»Du sitzt jetzt im Wagen, oder?«, fragte Niels.

»So gut wie jede verdammte Minute. Tag und Nacht, ich schlafe auf einer Scheißmatratze …«

Niels unterbrach ihn. »Fahr mal auf den Hügel, Leon. Im Südosten.«

»Im Südosten? Was?«

»Wenn du oben bist, stellst du dich so hin, dass die Scheinwerfer auf die Rückseite des Gefängnisses fallen«, sagte Niels.

»Jetzt sofort?«, fragte Leon und beschwerte sich lauthals. Niels zweifelte aber nicht daran, dass er bereits unterwegs war. Niels sah ihn ganz deutlich vor sich. Wütend und ärgerlich, mit den roten Flecken auf dem Hals, die sich immer dann bildeten, wenn bei ihm etwas nicht nach Plan lief.

Schritte draußen auf dem Flur. Die Wachen machten ihre Runde. Überprüften, ob alle in ihren Betten lagen und die Türen verschlossen waren. Dann war Leon wieder da.

»Bentzon? Ich bin jetzt gleich so weit.«

»Beeil dich.«

Eine kurze Pause. Zehn Sekunden. Die Schritte kamen näher.

»Jetzt mach schon, Leon, verdammt!«

»Bin oben.«

»Mach die Scheinwerfer an. Fernlicht«, sagte Niels.

Und dann sah Niels das Licht, das durch die Fenster des Personaltrakts auf die Innenseite der Gefängnismauer fiel. So musste es in jener Nacht gewesen sein. Der Supermond hatte wie ein überdimensionales Flutlicht hinter dem Gefängnis gehangen, über dem Hügel, den Bäumen, der glitzernden Oberfläche des Isefjords. Sein helles Licht war von hinten durch die Personalräume gefallen und hatte Schatten an die Gefängnismauer geworfen. Schatten, die aus der Zelle der Schere zu sehen gewesen waren. Das also hatten die Schere und der Portugiese in jener Nacht gesehen. Sie waren Zeuge geworden. Von etwas, das in dem Gebäudetrakt, der links von ihnen lag, geschehen war. Aber was? Das Schattenspiel eines Mordes?

15.

London, 1939

Grün, die Farbe des Abenteuers, dachte Michael, als er in das Glas in seiner Hand starrte. Dunkelgrün, aber mit hellen Nuancen. Wie der Regenwald, der undurchdringliche Dschungel des Kongo. Wenn er das getrunken hatte, würde er in die Reihe der ganz großen Abenteurer treten, der wichtigsten Entdecker. Größer als Livingstone, größer als Columbus oder Marco Polo, versuchte er, sich Mut zu machen. Michaels Reise würde allerdings wesentlich unangenehmer starten, nicht wie die von Columbus, der am 3. August 1492 mit einer milden Sommerbrise in Richtung des unbekannten Kontinents aufgebrochen war. Oder Marco Polo, der Venedig an einem frühen Morgen verlassen hatte, begleitet vom Gesang der Frauen. Aber im Gegensatz zu Marco Polo würde Michael seine Reise nicht als bedeutender darstellen, als sie war, wenn er wieder zurückgekehrt sein würde. Marco Polo hatte behauptet, in China gewesen zu sein, erwähnte in seinen Reiseschilderungen, die ihn weltberühmt machen sollten, aber weder, dass die Chinesen mit Stäbchen aßen, noch dass sie die weltgrößte Mauer errichtet hatten oder ihre Frauen mit zusammengebundenen Füßen laufen ließen.

Nein, Michael würde seine Taten nicht ausschmücken müssen – denn größer konnten sie gar nicht werden.

»Wir müssen gar nicht drum herumreden«, sagte Alexander, als er ihre beiden Gläser füllte. Champagnergläser, die sie sich unten an der Bar geholt hatten. »Uns werden qualvolle Minuten, vielleicht sogar Stunden bevorstehen. Aber was wir tun, ist richtig. Ihr habt selbst gesehen, dass es keinen anderen Ausweg gibt, nicht in diesem Leben.«

Pathos, selbst jetzt noch, typisch Alexander, dachte Michael. »Glaubt mir, ich habe mich über Schierling informiert, ich weiß genau, was das Gift mit unserem Körper macht. Aber eben – nur mit unserem Körper. Ebenso gut hätte ich sagen können, unserer Hülle. Unserer irdischen Hülle. Und das werden wir jetzt beweisen«, sagte er und warf einen Blick auf die Flüssigkeit in seinem Glas.

Dass sie durch Schierlingssaft sterben sollten, war Alexanders Vorschlag gewesen. Er meinte, diese Todesart sei am besten für ihre Zwecke geeignet. Wie in dem alten Dokument, sie wollten leiden wie Sokrates. Denn auch er hatte lieber Schierlingssaft getrunken, als das Land zu verlassen. Er wusste, dass der langsame, qualvolle Tod, das stundenlange Sterben, die besten Voraussetzungen bot, damit er all sein Wissen und seine Erinnerungen aus diesem Leben mit in das nächste nehmen konnte. Anamnesis, nannte er das. Wiedererinnerung. Jetzt war die Zeit gekommen, damit sie herausfanden, ob Sokrates recht hatte. Ob diese Wiedererinnerung wirklich möglich war.

Michael warf Rachel noch einen Blick zu. Sie liebte ihn. Endlich hatte er Gewissheit. So hatte er wenigstens kurz eine Vorstellung davon bekommen, wie sein Leben hätte werden können. Voller Schönheit und Liebe. All das konnte er jetzt vergessen, aber trotzdem sollte er dankbar sein, dachte er, während Alexander dozierte, wie der Schierlingssaft ihre Mundhöhle und ihr Zahnfleisch zerfressen würde, wie die Speichelmassen, die sie daraufhin produzierten, in ihren Rachen hinunterlaufen und ihnen das Gefühl geben würden, ihre Speiseröhre brenne. Sei dankbar für den kleinen Einblick, den du bekommen hast, Michael, dachte er. Rachel wäre niemals dein geworden. Nicht unter den Umständen in diesem Leben, nicht nach dem, was in der Nacht bei Professor Jenkins passiert war.

»Dann wird sich bald der Schwindel melden«, fuhr Alexander mit seinem morbiden Vortrag fort. »Ihr werdet sicher versuchen wegzukommen. Niemand wird euch dafür einen Vorwurf machen, es ist ebenso natürlich wie nutzlos, denn ihr werdet nicht entkommen, eure Muskeln werden sich verkrampfen, und ihr werdet euch übergeben. Magensäure. Bald werden eure Körperöffnungen unter Druck stehen.«

Michael warf noch einmal einen Blick auf den Pflanzensaft. Gleich würde er ihn trinken. Und dann würde die Reise beginnen. Mit dem Brennen im Mund, über das Alexander in der Bibliothek gelesen hatte, während Rachel und er in der Kirche gewesen waren. Alexander hatte sich informieren müssen, um zu wissen, wie Schierling überhaupt aussah. Danach war er nach Hampstead Heath gefahren und hatte in seiner alten Ledertasche reichlich Pflanzen gesammelt. Den Saft hatte er in dem kleinen Bad neben ihrem Zimmer ausgepresst.

»Sollen wir?« Alexanders Frage blieb unbeantwortet. Michael spürte, dass ihm ein einzelner Schweißtropfen langsam über die Stirn lief.

»Ihr müsst schon was sagen«, fuhr Alexander fort. »Sind wir uns einig?« Ein zögerndes Nicken von Rachel, gefolgt von einem kaum hörbaren »ja«. Michael schluckte. »Ja«, sagte er und vermied es, Rachel anzusehen.

»Gut«, sagte Alexander. »Wer von euch will noch etwas sagen? Warum so schweigsam? Das Dokument wartet auf uns, der Beweis, dass wir recht haben. Wir haben unsere Reise nur vorgezogen, seht das doch mal positiv. Warum so viele Jahre warten, wenn wir schon jetzt reisen können?«

Michael versuchte, tief durchzuatmen. Er wollte Alexander nicht hören, ihn nicht sehen, seine Augen sollten auf Rachel ruhen, auf ihrem Gesicht. Ihr Blick, als sie in der Bank standen, die Ruhe, die sie ausgestrahlt hatte, während sie ihren Plan noch einmal durchgegangen waren. Am liebsten hätte er ihre Stimme gehört, wie in der Kirche. Die Worte, mit denen sie den Tag zum besten seines Lebens gemacht hatte. Und zum schlimmsten.

Alexander fuhr fort: »Was ist Wissenschaft ohne Gewissheit? Nichts. Und das wissen wir alle. Wissenschaft muss überprüfbar sein. Es muss Beweise geben, sonst sind das alles nur leere Theorien. Und davon gibt es genug auf dieser Welt. Wir opfern uns«, sagte er und hob sein Glas. »Wie es mutige Männer und Frauen schon vor uns getan haben.« Er warf Michael und Rachel einen aufmunternden Blick zu. Sie nahmen ihre Gläser. Der Pflanzensaft roch nicht gut, aber ganz sicher auch nicht nach Zerstörung und Tod.

»Setzen wir die Segel?«, fragte Alexander noch immer ohne Zögern in der Stimme, ohne eine Spur des Zweifels. »Überqueren wir den Ozean des Todes, nur um wieder zurückzukehren. Auf euer Wohl!«

Alexander trank seinen Saft in einem Zug. Michael sah ihn eine Grimasse schneiden, es schien nicht gut zu schmecken.

»Die Reise beginnt bitter«, sagte er. Wischte sich den Mund ab. Sah Michael an. Jetzt gab es keinen Weg mehr zurück. Alexander hatte seinen Willen bewiesen.

Ein Augenblick des Schweigens, dann atmete Michael tief durch, hielt die Luft einen Augenblick an und saugte den letzten Rest Nektar aus dem Leben. Er starrte auf das Glas in seiner Hand. Versuchte, ruhig zu bleiben. Ein letzter Blick zu Rachel, auf die Schönheit und das Leben direkt vor ihm, zum Greifen nahe und doch außerhalb seiner Reichweite. Er legte die Lippen an den Rand des Glases, schloss die Augen und trank.

16.

Todos Santos, Cuchumatán, Guatemala

»Amigo?« Der Junge war nicht älter als fünf. Er formte mit seinen erdverkrusteten Händen eine Schale und streckte sie ihr entgegen. »Hambriento, señora.«

Hannah reichte ihm ein Stück Tortilla. Der kleine barfüßige Junge verschlang es wie ein hungriges Tier und verschwand über die staubige Straße. Todos Santos. Die Stadt in der Bergregion bestand eigentlich aus mehreren kleinen Dörfern, die ineinander übergingen. Hannah war nie zuvor an einem unzugänglicheren Ort gewesen. Warum war sie hierhergekommen? Hatte sie Chile, die großen Teleskope, ihre Kollegen und Mathias wirklich für *das hier* aufgegeben?

In dem kleinen windschiefen Straßencafé standen sechs wackelige Tische aus geflochtenem Bambus, umgeben von maroden Balken aus rötlichem Merantiholz. Auf dem Lehmboden scharrten und gackerten braune und weiße Hühner, die Hannah verscheuchte. Die Ortsansässigen lachten über sie. Sie holte ihr iPhone heraus und studierte noch einmal die Postkarte, die auf ihrer Reise von Guatemala nach Dänemark einige Knicke bekommen hatte. Vielleicht war sie in der Poststelle vor dem Café gekauft worden? Auf jeden Fall war sie dort aufgegeben worden, das hatte man ihr gleich morgens bestätigt. S. M. C. San Martin Cuchumatán. Damit war sie ihrem Ziel so nahe gekommen wie nur möglich. Wie viele Menschen wohnten hier? Höchstens ein paar tausend. Hannah hatte sich ins Café gesetzt und grübelte. *I found her.* Ein alter amerikanischer Schulbus fuhr vorbei und verschwand in einer Staubwolke, die Hühner folgten ihr. Hannah kämpfte gegen die Übelkeit an, aber von dem Spanferkel, das in einer Ecke des Cafés gegrillt wurde, wurde ihr immer wieder flau. Ein älterer Mann mit bloßem Oberkörper und indianischen Gesichtszügen stand alle fünf Minuten von seinem Schachspiel auf und drehte den Spieß. Hannah starrte auf die dunklen Löcher, in denen die Augen gesessen hatten, und bereute es gleich wieder. Ergab es überhaupt Sinn, dass sie die vielen tausend Kilometer von Santiago nach Guatemala geflogen war? Bloß um hier im Dunst eines gebratenen Tieres zu sitzen, in einem Kaff im mittelamerikanischen Hochland, ohne einen anderen Anhaltspunkt als das Foto auf einer zerknitterten Postkarte? Sie hatte bereits in den beiden Hotels am Ort nachgefragt, ob jemand Salomon Gašpar kannte. Es war naheliegend, dass er früher hier in dieser Stadt gearbeitet hatte. Aber niemand hatte auch nur die leiseste Ahnung gehabt, wovon sie eigentlich redete. Das hatte ihr den letzten Mut genommen.

Hannah brauchte einen Moment, um das Geräusch hinter sich zu lokalisieren. Klick, klack, gleichmäßig und rhythmisch. Sie drehte sich um. Er war dick, fast kahl und trug keine Brille. Der Mann unternahm nicht einmal den Versuch, seiner Umgebung seine matten, grauen Augen zu ersparen. Der Blindenstock in der linken Hand zuckte hin und her. Ein kleiner Mann lief vor ihm her. Wie ein Blindenhund, dachte Hannah. Dieser Mann war jung, knapp über zwanzig. Hannah beobachtete die beiden und registrierte, dass der Blinde den anderen zweimal innerhalb kurzer Zeit mit dem Stock traf, mindestens einmal davon mit Absicht. »Perdón, señor«, sagte der Junge und hastete weiter. Der

Blinde blieb zwei Meter vor Hannah auf dem rotbraunen Weg stehen. Hörte oder spürte er etwas?

»Hernan?«, rief er mit einer seltsam schrillen Stimme. Ohne »H«, dafür mit besonderer Betonung auf dem zweiten Buchstaben. Ernan! Er wedelte mit dem Blindenstock, drehte sich um und starrte Hannah an. Hannah senkte den Blick, obwohl der Mann ja nichts sehen konnte.

»Sí, señor Melchiades«, sagte der junge Mann und beeilte sich, dem Alten einen Stuhl hinzustellen. Der Bambusstuhl ächzte, als er sich auf den Sitz fallen ließ. Er legte den Blindenstock vor sich auf den Tisch und wischte sich den Schweiß mit der Hand weg. Sein Atem ging pfeifend. Unterdessen begann der Junge zwischen dem Tresen und dem Alten hin und her zu laufen. Wasser und Aguardiente in kleinen, grünen Gläsern. Der Alte trank mit großen Schlucken, sodass der Junge bald Nachschub holen musste.

Hannah steckte die Plastikgabel in ihre Frijoles und bestrich ihre Tortilla mit der dunkelbraunen Bohnenmasse, wie sie es an der Busstation in Huehuetenango beobachtet hatte, und versuchte, ein paar Bissen hinunterzuwürgen. Vor Stunden hatte sie zuletzt etwas gegessen, aber sie hatte keinen Hunger. Dann schob sie den Teller beiseite und schloss für einen Moment die Augen. Nur zwei Minuten, in denen sie die Welt vergessen konnte und nicht in diesem traurigen Café sitzen musste. Allein. Noch nie zuvor hatte sie sich so einsam gefühlt. Sie dachte an Niels und begann zu weinen. Sie hasste ihn. Und sie liebte ihn. Kapierte er denn wirklich nichts? Sie war nur seinetwegen hier! Ihretwegen. Sie hatte diese Reise angetreten, um das zu finden, was sie vereinte, Niels und Hannah, ihre Liebe. Warum klappte das nicht? Weil Hannah der Mann und Niels die Frau war? War es das? Weil Hannah große, abstrakte Gedanken wälzte und manchmal abwesend und in einer anderen Welt war. Weil sie keine Frau war, die einen Haushalt führen konnte. Niels hingegen bemerkte all die persönlichen Dinge und Details, sowohl bei ihr als auch bei anderen. Und er konnte einkaufen und dachte an alle Geburtstage. Aber lag nicht gerade darin ihre Stärke, dass sie sich so gut ergänzten?

Der dicke, blinde Mann rief wieder seinen Diener, und Hernan kam angelaufen. Hannah wischte sich die Tränen mit einer gebrauchten Serviette ab und versuchte, sich zu sammeln. Guck dir die Natur an, dachte sie. Die Schönheit, die dich umgibt. Sie betrachtete die Berge, die Wolken, die wie ein Kranz um die Gipfel lagen, nicht unähnlich den Ringen aus Eis- und Steinpartikeln, die den Saturn umgaben. Sie beobachtete die schwarzen Raubvögel, die über der Stadt kreisten, geduldig auf Beute wartend. Was war das für ein Wald an den Berghängen? Sie musterte die Indios in ihren bunten Trachten – weiß, grün, rot –, die auf ungesattelten Pferden aus den Bergen ins Tal ritten, Macheten an den Gürteln. Menschen aus einer anderen Zeit, Krieger im Kampf ums Überleben, gegen den Hunger, Erdrutsche, nächtliche Kälte und die Sonne, die unbarmherzig herunterbrannte.

Hier an diesem Ort war sie nun also gelandet. Aus eigenem freien Willen, wenn es sich im Moment auch eher so anfühlte, als hätte das Schicksal sie hier angespült. Ein Zufall mit Namen Niels Bentzon.

***

Auf dem weiten Weg von Chile hierher hatte sie an Niels gedacht. Der Neun-Stunden-Flug über Süd- und Mittelamerika war ein einziges langes Gespräch mit Niels gewesen. Ein stummer Monolog in ihrem Kopf. Warum finden wir keinen Weg?, hatte sie sich wieder und wieder gefragt, während sie zu schlafen versucht hatte. Ohne Erfolg. Sie hatte die Berge unter sich gesehen. Wer bist du, Niels? Warum kann ich dich nicht mehr erreichen? Mehrmals hatte sie ihm Zeit gegeben, ihr zu antworten. Hatte mit geschlossenen Augen auf seine Worte gewartet. Aber sie waren nicht gekommen.

Die Landung auf dem Flughafen von Guatemala City war hart und unelegant gewesen, und schon da hatte sie das Gefühl gehabt, die ganze Reise könne ein Fehler sein. Dieses Gefühl verstärkte sich noch, als sie über eine Stunde auf ihr Gepäck warten musste. Der Gedanke, einfach wieder umzukehren und zurückzufliegen, ließ sich nicht mehr verscheuchen. *Niels*. Das alles mache ich für dich. Sie wollte ihm etwas zeigen. Aber was? Diese Frage hatte sie auch noch nicht beantworten können, als das Taxi sie am Busbahnhof in Guatemala City abgesetzt hatte. »Boulevard Los Proceres« stand auf einem Schild über der Bank, auf der sie resigniert Platz genommen hatte. Vor ihr spielte sich das totale Chaos ab. Lärm, Autos und Menschen mit schwerem Gepäck, weinende Kinder, ein Obstverkäufer, der allen aggressiv hinterherschrie, die seine Bananen und Mangos ignorierten. Ein kleiner Junge, der Hannah anbettelte, ihm eine Cola zu kaufen. »Only one quetzales, señora«, hatte er gesagt, bis sie sich erbarmt und ihm fünf der lokalen Scheine gegeben hatte, woraufhin der Kleine glücklich im Gewimmel verschwunden war.

Der letzte Teil der Reise war der schlimmste gewesen. Dicht an dicht hatten die Menschen am Bahnhof gestanden und auf den senffarbenen Bus gewartet, der sie aus der Stadt in die Berge nach Todos Santos bringen sollte. Staub und Abgase hingen schwer in der Luft, und inmitten der Menge hatte ein Mann einfach auf den Boden gepinkelt. Als der Bus endlich kam und die Menschen sich hineindrängten, hatte ein Krüppel in einer graugrünen, militärähnlichen Uniform mit dem Finger auf sie gezeigt und sie auf das Dach des Busses beordert. »Vamos, vamos«, hatte er gerufen. Hannah hatte sich lauthals beschwert und mehrmals »no!« gerufen, während sie mit klopfendem Herzen gesehen hatte, wie Kinder und Erwachsene über die rostige Leiter auf das Dach kletterten und sich einen Platz zwischen den festgebundenen Ziegen, Hühnerkäfigen und Säcken mit Reis und Bohnen suchten. Hinter der Windschutzscheibe hing am Rückspiegel unter der Jungfrau Maria ein selbst gemaltes Schild mit der Aufschrift *»Este autobús es protegido por Dios«*. Dieser Bus steht unter dem Schutz Gottes. Die Worte hatten sie irgendwie gar nicht beruhigt. Das Einzige, an dem sie sich da oben festhalten konnte, war ein altes Eisengitter, das am Dach verschraubt war. Hannah war während der ganzen Fahrt übel gewesen. Alles war durchgeschüttelt worden, und die Karosserie des Busses hatte geächzt und gejammert. Hannah hatte unablässig versucht, nicht in die tiefen Täler und steilen Abgründe zu schauen, an denen sie vorbeifuhren.

Und sie hatte an ihre Mitpassagiere gedacht, die sich immer wieder bekreuzigten und während der gesamten Fahrt beteten. Sollte sie ihnen erklären, wie das alles zusammenhing und was Einstein über das Gebet gesagt hatte? Dass ein Gebet zu Gott in etwa so sinnvoll sei wie ein Gebet zu Edison, wenn einem die Glühbirne durchgebrannt sei.

Aber Erleichterung hatte sich nicht eingestellt, als sie endlich am Ziel gewesen waren. Irgendwie war der Moment, als sie vom Dach geklettert war und allein mitten im Busbahnhof gestanden hatte, ohne zu wissen, wohin sie gehen sollte, sogar noch schlimmer gewesen. Sie war am Ziel.

Hannah hatte sich im ersten Hotel einquartiert, an dem sie vorbeigekommen war. Das grellgelbe *Mam* war nur hundert Meter vom Busbahnhof entfernt und das kleinste Hotel, in dem sie jemals gewohnt hatte. Fünf Zimmer mit Bad auf dem Flur. Die einzige Attraktion des Hotels war die traditionelle Maya-Sauna, die *chuj,* hatte ihr die Frau an der Rezeption erklärt. Und nein, von einem Portugiesen namens Salomon Gašpar hatten sie noch nie gehört, weder als Gast noch als Angestellter.

Vom Hotel aus war Hannah aufs Geratewohl durch die Straßen gelaufen. Asphalt schien es in dieser Region nicht zu geben, nur Schlaglöcher und Steine, die von den grünen Hängen herabgerollt waren. Sie wusste nicht, was sie an diesem Ort sollte, und war kurz davor, sich wieder von der Hoffnungslosigkeit übermannen zu lassen. Wie sollte sie jemals herausfinden, wer diese Karte geschrieben hatte? Wie sollte sie den Mann finden, der die codierte Nachricht an den Mörder in Dänemark geschickt hatte?

I found her.

Kräftiger, gnadenloser Regen hatte eingesetzt. Als es dunkel wurde und schwere Wolken über die Berge zogen, hatte sie erneut zu resignieren begonnen. Und dieses Mal war das Gefühl der Sinnlosigkeit wirklich übermächtig gewesen. Aber da hatte sie schon den Entschluss gefasst, den sie jetzt in die Tat umsetzen wollte. Zurückzufahren. Aber nicht nach Dänemark, nicht zu Niels und ihrem gemeinsamen Leben. Das führte zu nichts, die Perspektivlosigkeit ihrer Beziehung war ihr mit einem Mal vollkommen klar. Warum sollte sie zurück? Niels hatte sich von ihr abgewandt. Sie verstand ihn nicht, wie sehr sie ihn auch vermisste. Es fühlte sich an, als bewegten sie sich in unterschiedliche Richtungen. Keine bewusste Bewegung, eher etwas, das auf unerklärliche Weise ganz von selbst geschah, ganz ähnlich der Bewegung des Universums. Der Kosmos breitete sich mit jedem Augenblick weiter aus. Und das schneller und schneller. Niemand wusste, warum, aber so war es.

Sie hatte die Nacht in Gesellschaft von Myriaden von Ungeziefer in ihrem Bett verbracht. Aus der Küche war ein Gestank nach oben gezogen, der sie auch nicht ansatzweise an irgendetwas Essbares erinnert hatte, und eine Kakerlake war durch ihr Zimmer spaziert. Hannah hörte im Geiste noch immer das leise Geräusch der huschenden Insektenbeine. Zweimal war sie von betrunkenen Indios geweckt worden, die auf der Straße vor dem Hotel gestritten hatten. Einmal war sie ans Fenster getreten und hatte beobachtet, wie einer den anderen mit einer Machete bedroht hatte. Sie war wirklich am Ende der Zivilisation angekommen. Das Leben eines Menschen war hier nicht viel wert. Am nächsten Morgen war sie früh aufgewacht. Maultiere auf der Straße. Sie hatte sich gefragt, ob sie Niels anrufen sollte, hatte den Gedanken aber wieder verworfen. Was hätte sie ihm sagen sollen?

***

»Hernan?«, sagte der Blinde plötzlich. »Periódico, Hernan.«

»Sí, sí señor Melchiades.«

Der junge Mann sprang auf, nachdem er sich endlich einmal hingesetzt hatte, und rannte nach oben in die Bar. Hannah sah, wie er mit der alten Frau am Tresen gestikulierte. »Periódico«, rief er unverschämt laut und sah nach unten zu seinem blinden Herrn, der ungeduldig wartete. Hannah leerte ihren Kaffee, der Becherrand schmeckte nach Lehm. Noch einmal betrachtete sie das Motiv der Postkarte. Dieses kleine Stück Pappe hatte sie nun also Tausende von Kilometern nach Norden getrieben.

Ich habe sie gefunden. Und wenn schon?, hätte Hannah am liebsten laut geschrien. Die stark nach rechts geneigte Handschrift war an einigen Stellen verwischt, die Unterschrift sah seltsam aus. Große und kleine Buchstaben gemischt. Und die Briefmarke war verkehrt herum aufgeklebt worden. Konnte der Idiot, der sie an diesen Außenposten der Erde gelockt hatte, nicht wenigstens die Briefmarke richtig aufkleben?

Der junge Hernan reichte seinem Herrn die Zeitung. Mit femininen Gesten und einem gekünstelten Lächeln auf den Lippen. Hannah wunderte sich. Wie sollte der Blinde denn Zeitung lesen? »No, no, Hernan«, rief der Blinde.

»Sí, sí, señor Melchiades.«

Der junge Mann lief wie ein geprügelter Hund um sein Herrchen herum. Der Blinde hielt die Zeitung einen Augenblick, als könnte er selbst lesen. *La República,* las Hannah. Der alte Trottel hält die Zeitung falsch herum, dachte Hannah und schob ihren Stuhl zurück. Warum sollte sie das unnötig hinauszögern, sie musste nach unten zum Busbahnhof, den fürchterlichen Bus suchen und irgendwie nach Hause kommen. Sie stand auf. Ging zu dem Taxi, das mit vier geöffneten Türen auf der Straße stand. Der Fahrer lehnte am Wagen und rauchte. Als er Hannah bemerkte, kümmerte er sich gleich um ihr Gepäck.

»Autobus«, sagte sie.

»Sí, autobús«, wiederholte er.

Sie stieg ein. Er ging um den Wagen herum und schloss die Türen. Ein letzter Blick auf die Fotografie auf der Karte. *Die Briefmarke.* Auf dem Kopf. Der Motor heulte auf, als der Fahrer den Gang einlegte, und drohte gleich wieder abzusterben. Endlich, Hannah war auf dem Weg, auf dem Weg nach Hause. Sie hätte niemals hierherkommen sollen. Liebescodes und Briefmarken auf dem Kopf. Wer klebte Briefmarken verkehrt herum auf? Ein Idiot. Oder? *Die Zeitung.* Auf dem Kopf, in den Händen des Blinden. Hannah starrte durch die Rückscheibe. Auf den blinden Melchiades, der zurückgelehnt auf seinem Stuhl saß, während Hernan ihm vorlas.

»Stopp!«, sagte Hannah laut. Der Fahrer reagierte etwas zu prompt, sodass Hannah mit dem Kopf gegen die Lehne des Beifahrersitzes prallte.

***

Es war eine Möglichkeit, eine von vielen. Was hatte sie zu verlieren? Sie war 6000 Kilometer weit gereist, da konnte sie auch noch ein paar hundert Meter einem blinden Mann über einen holprigen Weg folgen. Das ungleiche Paar vor ihr bewegte sich überraschend flink. Der kleine, drahtige Hernan hielt sich ein paar Meter vor dem Alten und warnte seinen Herrn immer wieder, wenn er sich einem Stein oder einem Schlagloch näherte. Oder wenn ein Bus ihnen auf dem schmalen Weg entgegenkam. Die Regenzeit äußerte sich in dieser Gegend durch kurze heftige Schauer am Nachmittag oder Abend. Manchmal nur fünfzehn Minuten oder eine halbe Stunde, aber wenn der Regen kam, waren die Straßen sofort überschwemmt und wurden zu wahren Fluten, die Steine und Geröll mitrissen und durch die Ritzen in die Häuser drangen.

Hannah gab sich alle Mühe, nicht an die Wahrscheinlichkeit zu denken. Wie groß sie war, dass ausgerechnet der blinde Melchiades mit dem Mörder im Sikringen kommunizierte? Es konnte auch noch andere Blinde in der Stadt geben. Wenn es sich überhaupt um einen Blinden handelte. Sie musste an die Sache herangehen wie an ein Forschungsprojekt, sagte sie sich selbst. Man hatte eine Theorie, die wieder und wieder im Labor überprüft wurde, um Sicherheit zu haben. Evidenz. Und vielleicht hatte man das Glück auf seiner Seite. Denn das Glück war ein wichtiger Teil der Forschung. Die Wissenschaft war voll von bahnbrechenden Entdeckungen, die nur durch Zufall gemacht worden waren, während man nach etwas ganz anderem geforscht hatte.

Es gab sogar einen Namen dafür: In der Wissenschaft nannte man das serendipity, wenn nützliche Entdeckungen per Zufall gemacht wurden. Newton hatte die Gesetze der Schwerkraft per Zufall abgeleitet, und auch epochale Entdeckungen wie die des Penizillins oder des Insulins waren dem Zufall zu verdanken. Oder das Antabus, das die Dänen Hald und Jacobsen entdeckt hatten. Eigentlich hatten sie Entwurmungsmittel erforscht, als sie durch einen Zufall bemerkten, dass ihnen nach der Einnahme von Disulfiram nach einer Cocktailparty schlecht geworden war. Brauchte Hannah also wirklich nur ein bisschen wissenschaftliches serendipity? Eine zufällige Dosis Glück?

Sie hielt Abstand. Als weiße Europäerin blieb sie nicht unbemerkt. Hernan hatte sich schon mehrmals zu ihr umgedreht. Aber dieses Verhalten bestärkte Hannah in der Annahme, auf der richtigen Spur zu sein. So verhielt sich ein Leibwächter, nur dass dem kleinen Mann vor ihr ein Meter in der Höhe und auch einiges an Breite fehlte. Und der Knopf im Ohr, den man immer bei denen sah, die den amerikanischen Präsidenten schützten. Aber warum war er nervös? Die Pfade wurden immer unwegsamer und waren bald so schmal, dass das Sonnenlicht nicht mehr auf den Boden fiel. Es stank nach Urin und Kot, eine Kanalisation gab es hier nicht. Hannah atmete durch den Mund. Die Pfützen am Boden trockneten in den Trampelpfaden nicht mehr aus, bevor am Abend der nächste Regen kam, und auch an den Wänden der Häuser war die Feuchtigkeit zu erkennen.

Schließlich hatten sie die Stadt hinter sich gelassen. Der Wind, der Hannah ins Gesicht blies, war eine kühle Befreiung. Sie achtete darauf, den Blick immer gesenkt zu halten. Sie wollte nicht stolpern und auch vermeiden, dass Hernan ihr Gesicht sah, wenn er sich umdrehte. Sie folgten einem Schotterweg, auf dem Hannah mit Absicht noch weiter zurückblieb und sich lange in den Schatten der hohen Zuckerrohrpflanzen hielt. Sie hob nur den Blick, um sich zu vergewissern, dass sie noch auf dem rechten Weg war. Ein herrenloser Hund streunte an ihr vorbei. Einen Augenblick fürchtete Hannah, das ausgehungerte Tier könne sie angreifen, aber es interessierte sich nur kurz für sie, bevor es weitertrottete.

Das Haus kam hinter einer Gruppe hoher Bäume zum Vorschein. Über den weißen Kalkmauern, die das Gelände säumten, war das rote Dach der Hacienda zu erkennen. Das Vieh lief frei herum. Hannah sah die beiden Männer zur Tür gehen. Hernan half seinem Herrn die kleine Treppe hoch und hielt ihm dann die Tür auf. Erst als sie ins Schloss gefallen war, wagte Hannah sich näher heran. Einen Moment lang beobachtete sie das Haus und versuchte, durch eines der Fenster ins Innere zu spähen. Sie sah aber nur Schatten hinter den geschlossenen Fensterläden. Dann fiel ihr Blick auf die kleine Holzplatte, die an einem der Bäume hing. »Melchiades. Psicólogo/Hipnotizador«. Ein Psychologe? Ein Hypnotiseur? Sie konnte es nicht erklären, aber sie war sich mit einem Schlag sicher. Sie hatte ihn gefunden.

17.

Sikringen, Nykøbing, Sjælland

»Jens?«

Niels wurde langsam wach, spürte eine Hand auf der Schulter. Hannah? Nein, Hannahs Hand war freundlich, diese hier drückte fest und wollte ihm nichts Gutes.

»Jens?«, hörte er wieder.

Und dann:

»Bentzon?« Eine andere Stimme. Aber die kam irgendwie aus seinem Kopf und meinte ihn. »Niels? Hier ist Leon. Bist du wach?«

Das war die Stimme in ihm, von dem, der in ihm redete, nicht mit ihm.

Die Stimme, die mit ihm redete, war eine quakende Ente oder ein Papagei. »Versucht mal, ihn aufzurichten«, hörte er sie jetzt.

»Der ist total weg.«

»Der muss nur in die Senkrechte«, sagte das geflügelte Wesen.

»Bentzon, du darfst mir jetzt nicht entgleiten! Gib mir ein Zeichen, irgendein Geräusch! Kannst du zweimal husten?«

Niels wurde zu einer Bewegung gezwungen, gehorchte dabei aber der Stimme, die zu ihm sprach, und hustete zweimal.

»Gott sei Dank, Bentzon.«

Niels öffnete die Augen und sah Schapiro vor sich. Er sah besorgt aus oder verärgert. »Wie ich gehört habe, gab es heute Nacht ein paar Probleme?«

»Gab es die?« Niels' Stimme war unheimlich weit weg und klang überhaupt nicht so wie sonst.

Seltsame Erinnerungen kamen hoch, unpassend, seine erste Erektion, sein Kinderzimmer, die drei hohen Fichten vor dem Fenster, seine Mutter im Haus. Und noch einmal sein Glied. War es tags zuvor noch ein kleiner Wasserhahn gewesen, wirkte es jetzt wie eine Waffe. Warum diese Gedanken? Weil er es als etwas Fremdes betrachtete? Als etwas, das jemand an seinen ansonsten natürlichen Körper geheftet hatte – ebenso fremd wie diese Stimme. Das war auch nicht seine.

»Jens?«

»Ja«, sagte Niels, Bilder von seinem Schwanz im Kopf, und lächelte.

»Ist das so witzig?« Schapiro lehnte sich zurück.

»Bentzon, zum …«, drohte die Stimme in Niels eindringlich. Wenn sie von ihm forderte, diesem Vogel den Hals umzudrehen, würde er es tun. »Bentzon, neben mir sitzt Sonning, wir machen uns Sorgen. Wir holen dich da raus! Niels?«

Rausholen? Irgendetwas in Niels weckte seine Wut. Er wollte nicht raus.

»Verdammt, ich will nicht raus!«, sagte er und erkannte die Stimme nun als seine.

Schapiro sah ihn überrascht an.

»Nein, Jens. Sie sollen auch gar nicht raus«, sagte Schapiro.

»Hörst du! Ich soll nicht raus!«, rief Niels wieder.

»Beruhig dich, Bentzon«, zischte die Stimme, Leons Stimme, er klang wütend. So wie Niels' Mutter über all das wütend gewesen war, was Niels nicht konnte. Und das war so einiges gewesen: vor allem reisen. Niels hatte als Kind nicht reisen können, sich an jedem Flughafen erbrochen. Er hatte sie daran gehindert, ein gutes Leben zu haben, hatte sie immer wieder gesagt.

»Jens. Wir sitzen hier bei Ihnen. Woran denken Sie? Ich sehe Ihnen an, dass in Ihrem Kopf eine ganze Menge vor sich geht.«

Niels warf einen raschen Blick auf Schapiro, er schien sich wirklich Sorgen zu machen.

»Es geht Ihnen nicht besser, seit Sie hier drinnen sind«, sagte er. »Erzählen Sie mir, was Sie denken?«

»An meine Mutter«, sagte Niels und sah zu Boden. Keine Trauer, er hatte ihren Tod nie beweinen können. Am Tag ihrer Beerdigung auf dem Vestre Kirkegård war das einfach nicht gegangen, das Wetter war viel zu gut gewesen, Sommer. Es war absurd, niemand sollte im Sommer sterben.

»Die Wachen haben berichtet, dass Sie gestern Abend Ihre Zelle nicht finden konnten«, sagte Schapiro. »Stimmt das?«

»Hab mich bloß verlaufen«, flüsterte Niels und versuchte, Schapiros Blick zu entgehen.

»Sie sollen auch nicht reagiert haben, als Sie gerufen wurden.«

Woher kam diese Stimme? War das Leon?

»Vielleicht funktioniert Ihr Apparat nicht so, wie er soll. Wir sind hier drinnen ja keine Ohrenspezialisten. Aber wir können einen HNO-Arzt rufen, damit er Ihren Apparat überprüft.«

»Bentzon? Hier ist Leon. Du musst dich zusammenreißen, er darf dir deinen Ohrhörer nicht abnehmen. Hast du verstanden? Sonst ist die *Operation Hamlet* sofort beendet.«

Operation Hamlet. Langsam fügte sich alles wieder zu einem klaren Bild zusammen. Puzzleteile, Ideen, Buchstaben. Niels richtete sich auf.

»Ich würde Ihnen gerne kurz in die Ohren schauen«, sagte Schapiro, drehte sich um und nickte den Männern zu. Die beiden kräftigen Männer, die an der Tür gestanden hatten, traten einen Schritt auf ihn zu.

»Vielleicht einfach zu viel Ohrenschmalz. Meine Ohren werden auch zweimal im Jahr gespült«, sagte er und nahm ein Otoskop aus der Tasche.

»Ich kann gut hören«, sagte Niels.

»Gut, Bentzon«, flüsterte Leon. »Er darf es dir unter gar keinen Umständen rausnehmen.«

»Es dauert nur ein paar Sekunden, dann habe ich das überprüft.« Schapiro grinste breit. Fast fröhlich. Worüber eigentlich? Dass er in die Ohren eines anderen Mannes schauen konnte? Vermisste er derart simple Untersuchungen? Einfache Diagnosen wie Augenentzündungen, einen gebrochenen Arm. Weil das etwas anderes war als Schizokokken, unsichtbare Bakterien, die dazu führten, dass sich erwachsene Männer und Frauen wie Monster aufführten, andere umbrachten und Zwiegespräche mit Stimmen führten, die es nicht gab? Geisteskranke konnte man einfach nicht mögen, sie waren unerträglich, die am wenigsten liebenswerten Wesen auf der Erde. Man bekam Lust, ihnen das Gehirn zu entnehmen, zu Tausenden, bei Nacht und Nebel, wenn niemand es sah, um endlich den Konstruktionsfehler zu finden.

»Nimmst du dein Hörgerät selbst raus, Jens?«, fragte Schapiro.

»Bentzon? Auf keinen Fall.«

»Halt deinen Mund«, antwortete Niels.

Schapiro wich etwas zurück. »Entschuldigung?«

»Ich habe nicht Sie gemeint.«

»Wen dann?«

»Die Stimme.«

»In Ihrem Kopf?«

Niels sah zu Boden. »Ja.«

»Und was sagt die Stimme?«, fragte Schapiro. Einer der beiden Wachmänner lehnte sich mit verschränkten Armen an die Wand. »Was sagt die Stimme, Jens?«

»Dass ich das Hörgerät nicht herausnehmen soll«, sagte Niels.

Schapiro dachte zwei Sekunden nach. »Dann fangen wir erst mal mit dem gesunden Ohr an. Okay?«

Noch bevor Niels antworten konnte, zog Schapiro Niels' Ohrläppchen nach unten und steckte ihm den Apparat ins Ohr. »Es ist lange her, dass ich zuletzt jemandem so ins Ohr geschaut habe«, sagte Schapiro leise. »In der Regel interessiere ich mich ja mehr für das, was zwischen den Ohren ist.« Er lachte laut, wich ein Stück zurück und sah Niels in die Augen. »Aber wenn ich mich nicht irre, brauchen Sie wirklich dringend eine Ohrspülung.«

Schapiro drehte sich zu den Wachen um. »Jetzt verstehe ich, warum Sie letzte Nacht nicht reagiert haben. Es gibt meistens eine ganz einfache Erklärung. Jetzt würde ich mir gerne das andere Ohr ansehen.«

Die Wachen traten einen Schritt vor, bereit einzugreifen. Niels seufzte, nahm den Ohrhörer schnell heraus und hielt ihn in der Hand. Dieselbe Prozedur, wieder zog Schapiro an seinem Ohr, nur dass sich dieses Mal die Stimme, die sonst in seinem Ohr war, mit einem leisen Knistern aus seiner Hand meldete, wie ein weit entferntes Radio. Ein schneller Blick zum Wachmann, auch er hatte etwas gehört, aber noch nicht die richtigen Schlussfolgerungen gezogen.

»Halt deinen Mund, Leon!«, rief Niels laut.

»Leon? Ist das Ihr kleiner Freund?«, fragte Schapiro und schob ihm das Otoskop noch weiter ins Ohr hinein. »Nun, Jens? Ist Leon dein kleiner Freund? Leon, bist du da drin?«

»Er ist kein Freund«, antwortete Niels und sah Leon vor seinem inneren Auge im Wagen sitzen. Und dann erinnerte er sich. An den Abend in der Zelle der Schere. Als er endlich den Zusammenhang begriffen hatte. Der große Mond, von dem Hannah die ganze Zeit gesprochen hatte. Vierzehn Prozent größer und mit viel mehr Leuchtkraft, ein himmlischer Projektor. Der etwas angestrahlt hatte. Nur was?

»Ist er ein Feind? Hat er dir gesagt, dass du den Mann mit dem Hammer erschlagen sollst?«, fragte Schapiro und zog das Otoskp endlich aus Niels' Ohr. »Nun?«

»Er ist ein dreckiges Arschloch«, sagte Niels. Schapiro musste lächeln. Lärm auf dem Flur. Eine Schwester, Merete?, klopfte an die offene Tür. »Der neue Patient ist gekommen«, sagte sie. »Berthold Andreasen.«

Schapiro stand auf. »Wir reden später weiter, Jens. Über diesen Leon würde ich gerne mehr erfahren. Und dann müssen wir deine Ohren spülen. Damit du auch hörst, was die Wachmänner sagen, nicht wahr?«

Niels nickte und blickte ihnen nach. Schapiro, den beiden Wachen und Merete. Dahinter sah er tatsächlich Berthold stehen. In Handschellen, begleitet von zwei Polizisten. *Ich habe ein Geschenk dabei.* Der Sohn des Schlossers. Niels steckte seinen Ohrhörer wieder ins Ohr.

»Leon?«

Nichts. Er sah, wie Schapiro Berthold in Empfang nahm und die Handschellen geöffnet wurden. Dann zeigte er ihm sein neues Heim, die Zelle der Schere. Auch der Portugiese war da, er wollte die Willkommenszeremonie ganz offensichtlich nicht verpassen.

»Leon, bist du da?«, flüsterte Niels.

»Weiß ich noch nicht, Bentzon«, sagte Leon. Seine Stimme klang verändert. »Wenn du sagst, dass wir keine Freunde sind.«

»Natürlich sind wir Freunde«, sagte Niels belustigt. »Rate mal, wer gerade angekommen ist.«

»Ich weiß es schon, Sonning hat mich informiert.«

»Warum habe ich das nicht vorher erfahren?«

»Wir hielten das nicht für relevant«, sagte Leon.

Niels fing Bertholds Blick ein. Kein Wiedererkennen, keine Reaktion. Vielleicht bildete er sich nur ein, dass Berthold wusste, wer er war.

»Keine Paranoia, Bentzon. Konzentrier dich auf den Fall.«

Den Fall? Niels blickte aus seinem Fenster, sah aber nur die Gefängnismauer auf der anderen Seite des Hofes. In jener Nacht aber hatte der Mond über dem Verwaltungsgebäude gestanden, und sein Licht hatte Schatten geworfen. *Ein Schattenspiel.*

»Die haben den Mord gesehen.«

»Wer hat den Mord gesehen?«, fragte Leon.

»Die Schere und der Portugiese. Sie haben gleichzeitig aus dem Fenster gesehen.«

Leon unterbrach ihn. »Ja, die haben beide in den Hof gestarrt. Aber da war doch nichts, wir haben alle Bänder überprüft, im Hof war niemand.«

»Er hat von einem Schattenspiel gesprochen. Und genau das haben sie gesehen. Irgendwie. Wie genau, weiß ich noch nicht.«

»Nicht?« Leon klang misstrauisch.

»Geh mal von der Gefängnismauer aus, die man von den Zellen aus sehen kann, wenn man nach links blickt.«

»Ja. Worauf willst du hinaus?«

»Die Gefängnismauer, okay? Und dann gehst du 180 Grad in die entgegengesetzte Richtung. Was ist da für ein Gebäude?«

»Der Personaltrakt«, sagte Leon. »In dem Bereich finden aber auch die Elektroschockbehandlungen statt. Im Keller, wobei das ja eigentlich das Erdgeschoss ist.«

Elektroschock. Fixierung. Niels dachte an Thorbjørn, den Jütländer, der ihn überfallen hatte. Er hatte Elektroschocks bekommen.

»Wie komme ich da hin?«, fragte Niels.

Schweigen. Die Stimme war weg.

»Leon?«

»Ja.«

»Ich habe dich was gefragt. Wie komme ich zu dem Raum, in dem die Elektroschockbehandlungen stattfinden?«

»Ich glaube, die muss man sich erst verdienen, Bentzon«, sagte Leon.

***

Verdienen. Das Wort hallte in Niels' Kopf wider. Man musste es sich verdienen, fixiert und weggebracht zu werden, um dann Strom durch den Kopf gejagt zu bekommen. Und dafür brauchte es schon einen richtig krassen Zusammenbruch. Ein so großes inneres Chaos, dass nur noch eine Spritze, ein paar breite Lederriemen, Strom und ein paar Stunden totale Isolation halfen. Niels saß auf dem Bettrand. Er roch sich selbst, sein Atem stank nach totem Tier. Wenn er nur das Fenster hätte öffnen können. Seine Hände zitterten. Sein Körper gehorchte nicht mehr den Befehlen, die sein Hirn ihm gab – oder nur noch mit einer gewissen Verzögerung. Er stand auf, ging über den Flur zum Gemeinschaftsraum. Sah Berthold. Er stand mit dem Portugiesen zusammen. Sah zu ihm auf wie zu einem Gott, der gerade erst aus dem Himmel herabgestiegen war.

Verdienen. Wieder dieses Wort. Niels wollte es sich verdienen. Aber wie. Wie verdiente man sich das?

»Leon?«

»Niels?«

Er bekam Augenkontakt mit … wie hieß der noch mal? Ein unauffälliger Mann, untersetzt, Buchhaltertyp, jemand, den man sich mit einem Bleistift hinter dem Ohr vorstellen konnte.

»Gerhardt? Gibt es hier einen, der so heißt?«, flüsterte Niels und hörte Leon in seinen Papieren wühlen.

»Gerhardt Frandsen. Zweiundfünfzig Jahre alt. Aus dem Sankt Hans überstellt. Ein kleines sechsjähriges Mädchen. Willst du mehr wissen?«

»Nee, das reicht«, sagte Niels und ging schnell in Gerhardts Richtung.

»Was hast du vor?«, fragte Leon.

»Ich will es mir verdienen«, sagte Niels. Plötzlich erinnerte er sich ganz deutlich an Gerhardts Fall. Vor drei oder vier Jahren war er ziemlich lange in den Schlagzeilen gewesen. Das ganze Land hatte den Atem angehalten, den tragischen Fall verfolgt und das Beste für das Mädchen gehofft. Bis alle Hoffnungen platzten, als die Kleine eines Morgens verscharrt in den Klippen von Nordjylland gefunden worden war. Ermordet und zerstückelt. Niels zögerte nicht. Zielte auf die Nase. Ein harter Schlag ins Gesicht. Gerhardt schrie. Niels legte seine ganze Kraft in den nächsten Schlag und spürte die Wucht in seinem Arm. In Gerhardts Gesicht war Blut. Überall. Wieder ein Schrei, Angst oder Schmerzen, egal, Niels konzentrierte sich nur darauf, wieder fest zuzuschlagen. Es wurde eine richtige Serie. Er dachte an das Mädchen, während ein Knochen in Gerhardts Gesicht knackte, das Nasenbein, der Wangenknochen oder ein Zahn. Das Blut färbte Niels' Hände und Gerhardts grauen Bart rot. Niels wurde nach hinten gerissen. Starke Arme pressten ihn zu Boden, jemand schrie. Die Gouvernante. Niels war sich beinahe sicher. Er lag auf dem Bauch, schwarze Schuhspitzen vor seinem Gesicht, er hätte sie mit der Zunge ablecken können, alle anderen Körperteile konnte er ohnehin nicht mehr bewegen. Dann dachte er wieder an Gerhardt. Dass er es verdient hatte, jeden Schlag, den Niels ihm verpasst hatte, jeden noch so kleinen Schmerz. Das zerschlagene Gesicht reichte eigentlich nicht.

»Halt ihn fest!«, rief einer, »und schafft die anderen hier raus.«

Und ein anderer sagte: »Wischt das Blut weg, das macht den anderen nur Angst.«

Niels versuchte, sich zu befreien, aber er hatte keine Chance. Sein Körper steckte wie in einem Schraubstock fest, trotzdem wehrte er sich. Die Wut in ihm wurde noch größer, als explodierte etwas in ihm, das ihm Kraft gab. Wo kamen diese Kräfte her? Woher die Wut? Und plötzlich war er frei, irgendeine Bewegung seines Oberkörpers reichte, damit er sich auf die Ellenbogen stemmen und mit den Füßen nach hinten treten konnte. Jemand schrie: »Verdammt, ihr müsst den am Boden halten!«

Aber Niels war nicht mehr am Boden, er war auf allen vieren, ein Rodeopferd, das sich ein letztes Mal aufbäumte, neunzig Kilo Polizist, die nicht aufgeben wollten. Er kassierte einen Tritt in die Rippen. Und noch einen. Für einen Moment knockte ihn das aus, aber nur für einen Moment. Plötzlich stand er, Niels Bentzon, Jens Petersen, mitten im Gemeinschaftsraum des Hochsicherheitstrakts und sah, wie jemand versuchte, dem blutenden Gerhardt zu helfen, und wie die Wachen die anderen Patienten auf den Flur eskortierten. Weitere Wachmänner näherten sich.

Irgendwann lag er wieder am Boden, Schmerzen im ganzen Körper, plötzlich waren sie überall, hielten ihn fest, dieses Mal zu mehreren, drei oder vier, zu viele Arme und Hände. Und plötzlich war da auch eine Spritze.

18.

London, 1939

Es schmeckte abscheulich. Nicht nach Tod, dachte Michael, ohne zu wissen, wie der Tod eigentlich schmeckte. Süßer vielleicht, dachte er. Schierling war bitter, scharf, es kribbelte im Mund. Er stellte das Glas ab.

»Rachel?« Alexander sah sie an.

»Ich kann nicht«, sagte sie und begann zu weinen. Alexander setzte sich, schwer, die Hand auf den Tisch gestützt. Das Gift hatte bereits die Kontrolle über seinen Körper übernommen, dachte Michael.

»Entschuldige«, sagte Rachel und beherrschte sich. So war sie, ein braves Mädchen, Papas Liebling, die Tochter, die sich nie beklagte. Und die jetzt Gift trank.

»Bäh.«

»Down the hatch«, flüsterte Alexander – runter damit – typisch englisch. Sie trank den Rest und setzte sich. Weit entfernt war ein Polizeiwagen zu hören, oder war das Homers Gesang der Sirenen, der Tod, der Michael näher und näher zu den Klippen der Ewigkeit rief?

Jeder saß in einer Ecke des Hotelzimmers und schwieg. Michael hörte Stimmen. War jemand draußen auf dem Flur, stürmte die Polizei bereits das Hotel? Oder geschah das alles nur in seinem Kopf? Er hörte die Stimme seiner Mutter. Verzweifelt und unter Tränen rief sie: Was hast du nur getan, Michael? Oh mein Gott, was hast du nur getan?

»Spürt ihr schon was?«, fragte Rachel.

»Ja«, sagte Alexander. »Im Bauch.«

»Nicht im Bauch«, sagte Michael. »In der Nase, es ätzt, wie zu viel Senf.«

»Ich spüre nichts«, sagte Rachel. Plötzlich krampfte sich Michaels Magen zusammen, ein stechender Schmerz. Hatte Alexander das gemeint? Instinktiv beugte er sich vor, die Hände auf dem Bauch. Dann lag er in Embryonalstellung auf dem Boden. »Ich muss mich erbrechen.«

»Macht nichts«, flüsterte Alexander. »Das Zeug hat jetzt die Macht über uns.«

»Seltsam«, sagte Rachel. »Ich spüre noch immer nichts.«

Michael sah hoch, er wollte sich nach dem Tisch ausstrecken, aber sein Arm gehorchte ihm nicht mehr. Wie hatte Sokrates nur Zeit und Kraft gehabt, noch weiterzureden, nachdem er den Schierlingsbecher getrunken hatte? Wie hatte er in seiner Zelle auf und ab gehen und kluge Sätze sagen können? Das musste Platon nachträglich hinzugefügt haben, um die Erzählung auszuschmücken. »Ich …« Michael wollte etwas sagen. Über seine Mutter. Dass er sie liebte?

»Willst du was sagen?« Rachel saß nun an seiner Seite. Warum zeigte das Gift bei ihr keine Wirkung?

»Ich …«

»Warum kann ich nichts spüren, Alexander?« Ihre Stimme klang vorwurfsvoll.

Michael wollte Alexander einen Blick zuwerfen, sah vom Boden aus aber nur das Bein seines Freundes zucken. »Es tut so weh«, flüsterte Michael. Niemand hörte ihn. Rachel stand auf.

»Habe ich zu wenig bekommen, Alexander? Michael kann sich kaum noch bewegen, und ich spüre nichts.«

Michael sah Alexander aufstehen und in aller Ruhe zu Rachel gehen. Und dann verstand er. Alles.

»Was passiert hier, Alexander?«, fragte sie. »Was hast du getan!«, Rachel schlug mit beiden Fäusten auf Alexander ein. Er packte sie, hart.

»Denk doch mal nach! Unser Tod hilft niemandem. Auch nicht dem da«, sagte Alexander. *Dem da*. Alexander hatte ihn bereits auf einen zufälligen Passanten reduziert, den man aus großer Distanz beobachtete, wie die Menschen, die Michael als Kind durch das Zielfernrohr seines Vaters beobachtet hatte. Damals, als er gezielt hatte, wohl wissend, dass keine Munition in der Waffe war. Trotzdem hatte er gedacht, wie leicht es sein würde, Menschen aus großer Entfernung zu erschießen, Menschen, die nur winzige Silhouetten auf irgendeiner Straße waren, sodass man sich fragen konnte, ob es überhaupt Menschen waren.

Rachel schrie. »Wir nehmen dieses Gift. Hol es! Jetzt!«

Alexander versuchte, ihr den Mund zuzuhalten. Michael wollte aufstehen. Vielleicht konnte er Alexander doch noch irgendwie mit in den Tod reißen? Durch das Fenster?

»Rachel, verdammt. Es gibt kein Gift mehr! Ich habe uns etwas anderes gegeben.«

»Du hast uns betrogen! Du Schwein!«

Michael wollte Alexander packen, seine Hand schlug aber nur Luftlöcher. Alles um ihn herum drehte sich, er wusste nicht, was geschah, seine Augen … das Gift musste das Nervensystem erreicht haben.

»Jetzt hör aber auf. Es gibt Menschen, die mit uns rechnen. Wir können die nicht einfach alleinlassen.«

»Und was ist mit ihm?«, fragte Rachel. Wieder: *ihm*.

»Er hätte sich eben nicht umdrehen sollen, Rachel. Beim Professor. Er ist selbst schuld.«

Alexander ging vor Michael in die Hocke.

Michaels Hand wollte sich nicht öffnen. Sie wollte eine kleine, welke Blume sein. Er sah den Himmel über sich, blau. Unsinn, seine Gedanken verrieten ihn, das Gift spielte ihm einen Streich. Michael versuchte, sich zu sammeln. Klar zu denken. Er musste doch irgendetwas tun können.

»Michael! Kannst du mich hören?«, fragte Alexander.

Vielleicht konnte er sich erbrechen? Hier, mitten auf dem Boden im Cadogan Hotel einen Finger in seinen Hals schieben?

»Michael. Es ist jetzt nun mal so, wie es ist. Aber du kannst uns einen Gefallen tun«, sagte Alexander. »Dann verspreche ich dir auch etwas, das ich dieses Mal halten werden. Michael? Hörst du mich?«

Michael musste ihn irgendwie zu packen kriegen. Er wollte nicht allein sterben, nie und nimmer. Alexander musste mit!

»Michael! Denk nach. Der Code. Dein Teil des Codes. Gib ihn uns. Im Gegenzug … Rachel! Komm her!«, rief Alexander. Hatte Michael für einen Moment die Besinnung verloren? Die Schmerzen brannten in seinem ganzen Körper.

»Deine Mutter, Michael. Denk an deine Mutter, Michael. Denk an Rachel!«

»Nein! Vergiss es, du Schwein!«, rief Rachel.

»Wir helfen seiner Familie, ökonomisch. Wenn er uns seinen Teil des Codes gibt.«

»Ich zeige uns morgen bei der Polizei an«, sagte Rachel. Versuchte sie wieder, Alexander zu schlagen? Michael konnte kaum noch sehen, außerdem waren die Schmerzen erträglicher, wenn er die Augen geschlossen ließ.

»Gut! Wenn du das morgen auch noch so siehst, gehen wir zur Polizei.«

»Nein, du trinkst Gift. Du hast es versprochen!«

»Jetzt hör aber auf. Sieh ihn dir doch an. Seine letzte Stunde ist gekommen«, fauchte Alexander. »Willst du auf mich einschlagen oder ihm helfen?«

Stille. War sie gegangen? Nein, da, ihre Hand auf seiner Haut, das half. »Michael. Entschuldige, Michael. Ich wusste nichts davon. Er hat uns betrogen. Wir hätten ihm niemals vertrauen dürfen. Michael?«

Michael versuchte, sich vorzustellen, wie Alexander auf der Toilette den Pflanzensaft ausgedrückt hatte. Wie er sie betrogen und nur einen Becher Gift hergestellt und ihn Michael gegeben hatte.

»Was habe ich getrunken?«, fragte Rachel.

»Etwas anderes, Harmloses. Brennnesseln und andere Kräuter. Aber das ist doch jetzt egal«, sagte Alexander. »Schau ihn dir an, er kämpft. Hilf ihm lieber!« Michael spürte sein Bein zittern, es tat nicht mehr das, was er wollte.

»Es tut…« Er versuchte zu sprechen, aber jedes Wort feuerte den Schmerz in seinem Hals nur noch mehr an. Es war unerträglich.

»Willst du etwas sagen, Michael? Liebster Michael«, sagte Rachel. Flüsterte ihm ins Ohr: »Ich liebe dich.« Dann änderte sich der Klang ihrer Stimme. »Ich bringe ihn um. Sobald ich eine Gelegenheit dazu habe, bringe ich Alexander um. Das verspreche ich dir. Hörst du mich? Wolltest du etwas sagen?«

»Es tut so weh«, flüsterte Michael und wusste nicht, ob er über die körperlichen Schmerzen redete oder ob er Rachels Parfüm meinte, ihren Duft, die Nähe der Frau, die er nie bekommen würde. Dann gelang es ihm für einen kurzen Moment, die Augen zu öffnen. Die Welt stand kopf, er lag am Boden, Alexander stand an der Tür und lauschte. Rachel kniete neben ihm, die Hand auf seinem Kopf.

»Wer ist da?«, fragte Rachel.

»Die Polizei. Ich kann sie hören. Es sind viele.«

»Suchen die uns? Sind wir erkannt worden?«

Alexander blieb an der Tür. »*Wir* sind nicht erkannt worden. Aber Michael.« Er drehte sich um. »Sie kommen.«

»Bist du dir sicher?« Rachel ließ vorsichtig Michaels Kopf los. Dann stand sie auf und ging zur Tür. »Das ist die letzte Chance, Michael«, sagte Alexander.

»Es stimmt«, sagte Rachel. »Sie kommen. Ich höre sie auch.«

»Michael! Hör mir zu. Wir helfen deiner Familie. Gib uns deinen Teil des Codes!«

»Sie kommen«, sagte Rachel. »Wir bleiben bei ihm.«

»Denk nach, Rachel. Geschehen ist geschehen. Was nützt das noch?«

»Wir haben ihm unser Wort gegeben.«

»Nein, wir hauen ab.«

Luft, an etwas anderes konnte Michael nicht mehr denken. Einatmen, am Leben bleiben, wenigstens noch ein paar Sekunden. Sie war wieder bei ihm, der Engel, sein Engel. Rachel, ihre Tränen fielen wie sanfter Regen auf seine Wangen, ihre Worte: »Oh Michael, oh nein.« Und dann … Stille. Nein, eine Tür, die geschlossen wurde. Sein Hals brannte. Er brauchte Luft. Etwas, das gegen seine Augen drückte, von innen … Feuer. Ein neuer Gedanke, der letzte in Michaels Leben? In diesem Leben. Die vier Ziffern. War es möglich, sie zu verstecken und wiederzufinden, wenn er zurückkam? Der Schlüssel. Er sah ihn vor sich, wusste aber nicht, wo er war. Doch, in seiner Hosentasche, Alexander hatte ihm am Morgen den Zimmerschlüssel gegeben. Für einen Moment wusste er nicht, wer Alexander war, er spürte nur das Dunkel, nur das verstand er. Und die Sonne, sie schien ihm ins Gesicht. Wo kam sie jetzt her? Wärme. Seine Finger auf kaltem

Metall. Der Schlüssel. Rachel war weg. Das spürte er. Er war allein, würde allein sterben. Michael versuchte zu fokussieren. Die vier Ziffern, die er mitbringen sollte. Wenn es so war, wie Sokrates gesagt hatte, wenn es stimmte, was im Dokument stand. Sokrates hatte ausgerechnet, wie man sein Wissen von einem Leben in das andere mitnehmen konnte. Aber was, wenn seine Berechnungen nicht stimmten? Was, wenn Michael sich nur an Rachel erinnerte? Oder an das Hotel, nicht aber an den Code? Er förderte tatsächlich den Schlüssel zutage. Öffnete wieder die Augen. Sah auf den Boden, die Sonne fiel auf die alten Dielen. Die Hand. Der Schlüssel. Er konnte sie nicht bewegen. Oder doch. Ihm blieb so wenig Zeit. Was sollte er mit ihr anfangen?

19.

Sikringen, Nykøbing, Sjælland

Es roch nach Alkohol und Leder. Die Tür ging auf, und Niels versuchte, den Kopf ein klein wenig anzuheben, aber es tat in seinem Nacken so weh, dass er das Vorhaben gleich wieder aufgab. Die Zimmerdecke über ihm war nicht die von seiner Zelle. Diese hier hatte kleine Löcher, ein Muster aus Tausenden von kleinen Löchern. Niels sah zur Seite. Die Wände, schallisoliert, keine Kamera. Die Tür wurde wieder geschlossen und verriegelt. Schritte näherten sich. Dann sah er ein Gesicht, blonde lange Haare fielen auf ihn zu, ein Winkel, aus dem man Frauen nicht oft sah. Bei der Liebe, dachte Niels, Hannah auf ihm, seine Hände auf ihren Hüften – nicht rechts und links ans Bett geschnallt.

»Bist du wach?«, fragte sie.

»Ja.«

»Das war wirklich ein schlimmer Zwischenfall, Jens«, sagte sie und wiederholte: »Ein schlimmer Zwischenfall.«

»Ich erinnere mich an nichts«, sagte Niels und hörte, wie dünn und krank seine Stimme klang. Jetzt wusste er, wo er war. Es gab nur zwei für die Patienten zugängliche Räume, in denen keine Kameras hingen. Das Bad, weil die Patienten dort nackt waren und es einige Politiker unethisch fanden, nackte Menschen gegen ihren Willen zu filmen, und diesen hier, den Fixierraum. Die Ärzte wollten nicht das Risiko eingehen, dass irgendwelche Aufnahmen plötzlich auf YouTube zu sehen waren. Videos von Menschen, die sich unter Krämpfen wanden, während man Strom durch ihre Körper jagte. Elektroschock – die effektivste Behandlung, obwohl niemand wusste, warum, nicht einmal die italienischen Neurologen, die vor achtzig Jahren auf die wahnsinnige Idee gekommen waren, psychische Krankheiten mit Strom zu kurieren.

»Was ist passiert?«, fragte Niels und hörte wieder diese lallende, seltsam verzerrte Stimme – wann hörte er eigentlich komplett auf, Niels zu sein? Und wer war er dann? Einer von Salomon Gašpars Jüngern?

»Was passiert ist? Du hast Gerhardt die Nase gebrochen.«

Niels seufzte enttäuscht. Nur die Nase. Die Schwester überprüfte die Riemen an seinen Füßen. »Er hat es verdient«, sagte er.

»Was hat er dir denn getan?«

»Nicht mir. Dem kleinen Mädchen.«

Sie hielt inne. »Keiner von euch ist doch ein Musterschüler«, flüsterte sie. War da Hass in ihrer Stimme? Auf jeden Fall zog sie den Riemen an seinem linken Fuß noch straffer. Trat ein paar Schritte zurück und musterte ihn. »Willst du was trinken, bevor ich gehe?«

»Ja, gerne.«

Sie ging nach draußen, und Niels war wieder allein.

»Bentzon.« Eine Stimme in Niels' Ohr. Leon.

Niels flüsterte: »Ja.«

»Wo bist du?«

»Ich bin unten im …«, flüsterte er, hielt aber inne, als er ihre Schritte hörte.

»Wo?«, fragte Leon.

»Kannst du den Kopf heben?«, fragte sie, als sie zurück war. Sie hielt einen weißen Becher mit einem Strohhalm in der Hand.

Niels versuchte es, aber die Schmerzen im Nacken meldeten sich wieder. Der Wachmann musste ihn dort mit seinem Knie erwischt haben.

»Ich habe starke Schmerzen im Nacken.«

»Dann solltest du nicht mehr Amok laufen, nicht wahr?«

»Kannst du mir helfen?«, fragte Niels.

»Kann ich das, Jens? Kann ich dir helfen?«

»Ich habe wirklich einen Wahnsinnsdurst«, flüsterte Niels.

Sie stellte den Becher auf den Tisch neben dem Bett. Wenn Niels vorsichtig den Kopf drehte, konnte er ihn sehen. Sie beugte sich über ihn. »Ich komme in einer Stunde wieder. In der Zwischenzeit kannst du darüber nachdenken, wie du dich hier bei uns aufführen willst.«

Niels sah ihr an, dass sie wirklich wütend war. In gewisser Weise machte es ihm Mut, dass sie so mit ihm redete. Dann betrachtete sie ihn in jedem Fall noch als Menschen und nicht als Tier.

»Wirst du darüber nachdenken?«

»Ja«, antwortete Niels und hörte Leon in seinem Ohr.

»Um die kümmern wir uns, wenn du wieder draußen bist.«

Sie schloss die Tür hinter sich. Durch die Glasscheibe sah er ihren verzerrten Schatten nach links verschwinden, hören konnte er sie aber nicht mehr.

»Der Raum ist schallisoliert«, sagte Niels leise.

Leons Stimme. »Bist du allein?«

»Ja, und ich habe gesagt, dass der Raum schallisoliert ist.«

»Ist doch klar«, sagte Leon. »Die schreien da bestimmt ziemlich rum.«

»Ja.« Niels hob wieder den Kopf und sah zur Tür. Durch das kleine Fenster konnte das Personal die fixierten Patienten beobachten.

»Was denkst du, Bentzon?« Niels hörte Leon kauen, er schmatzte, es schien ihm zu schmecken.

»Was isst du?«

»Kalte Pizza, ungenießbar, ich heb was für dich auf. Die Jungs sagen, dass die mit der Zeit besser wird. Wie Wein. Sag mir, was du denkst, Bentzon.«

»Ich denke … ich frage mich, was die Schere und der Portugiese gesehen haben.«

Leon murrte dumpf.

»Kannst du noch mal auf den Hügel fahren?«

Stille in der Leitung. War er weg? Leon?

»Wir müssen nur aufpassen, dass sie sich nicht wundern«, meinte Leon. »Es hält ja nicht jeden Tag ein schwarzer Lieferwagen oben auf dem Hügel und leuchtet mit Fernlicht in ihre Anstalt.«

»Nur ein paar Sekunden, damit ich sehen kann, wo das Licht ankommt.«

Geräusche im Ohr, Leon, der sich umdrehte und einem seiner sogenannten Jungs eine Anweisung gab.

Niels sah sich in der Zelle um. Die Wände waren gepolstert. Was war hier unten am späten Abend in der Nacht des großen Mondes geschehen? Dreißig Prozent mehr Licht, hatte Hannah gesagt. Wie ein Projektor.

»Bentzon?«, flüsterte Leon nach ein paar Minuten.

»Ja.«

»Bist du bereit?«

»Bereit.«

»Du kriegst nur ein paar Sekunden. Okay?«

»Okay.«

Leon schaltete das Licht ein. Es fiel erst durch die Fenster draußen auf dem Flur und dann durch die in der Tür.

»Stehst du auch korrekt?«

»Korrekt? Was zum Henker ist korrekt?«

»In der gleichen Position, in der der Mond zum angegebenen Zeitpunkt am Himmel stand.«

»Und welche Position ist das, verehrter Herr Bentzon?«

»Der Mond stand zum entsprechenden Zeitpunkt auf Südsüdost.«

Niels hörte Leons Anweisung, das Auto etwas zu drehen, südsüdost, gefolgt von einer kurzen Diskussion. Es vergingen ein paar Sekunden, dann fiel das Licht exakt diagonal durch das kleine Fenster in der Tür.

»Bentzon. Wir müssen die Scheinwerfer wieder ausmachen.«

»Moment noch!«

»Fünf Sekunden, maximal. Sonst gefährden wir deine Mission.«

Niels sah vor seinem inneren Auge, wie das Licht auch durch das Fenster zum Hof fiel. »Das Licht hat Schatten an die Gefängnismauer geworfen.«

»An die Mauer?«

»Ja. Das war es«, flüsterte Niels, »… was die Schere und der Portugiese an diesem Abend gesehen haben. Das Mondlicht ist durch diesen Raum gefallen und hat die Schatten an die Gefängnismauer projiziert. Deshalb haben sie so auf die Mauer gestarrt.«

»Bist du dir sicher?«

»Vielleicht haben sie den Schatten von Paludans Mörder gesehen, Leon. Stell dir das mal vor! Der Mörder stand also praktisch im Mondlicht, während er hier drinnen war, und die beiden haben den Mord verfolgen können – über so eine Art Schattentheater.«

Niels sah eine Gestalt hinter der Scheibe. Hatte jemand Leons Scheinwerferlicht gesehen?

»Leon, mach das Licht aus, wir kriegen Besuch.«

Augenblicklich wurde es dunkel. Niels versuchte, den Kopf zu heben. Es tat weh, aber er schaffte es so weit, dass er eine Silhouette erkennen konnte. Irgendjemand stand hinter der Tür. Die Schwester? Nein. Sie war nach links den Gang hinuntergegangen. Die Person da draußen war aber aus der anderen Richtung gekommen. Niels ließ den Kopf wieder sinken. Stellte sich die Person vor, die hinter der Tür stand. Warum war sie von rechts gekommen? Rechts war keine Tür mehr. Der Flur war dort zu Ende.

Niels schloss die Augen, als ihm ein neuer Gedanke kam. Ein Gedanke, der Sinn ergab. Es war der Mörder, der dort draußen stand und ihn beobachtete.

»Bentzon? Was passiert jetzt?«

Niels war sich sicher. Er zweifelte kein bisschen mehr an seiner galoppierenden Paranoia: Paludans Mörder stand in diesem Moment draußen vor seiner Tür und sah zu ihm hinein.

»Niels? Bist du noch da?«

»Wir müssen Rantzau erreichen. Schnell«, flüsterte Niels, während er noch einmal zur Scheibe blickte. Es war niemand mehr da.

20.

Charlottenlund, im Norden von Kopenhagen

Theodor Rantzau hatte sich einen höchst bemerkenswerten Schlafrhythmus angeeignet. Ein Rhythmus, auf den seine drei erwachsenen Söhne bei allen Festreden nicht ohne Schadenfreude zu sprechen kamen und über den auch Rantzaus Frau sich immer wieder beschwerte. Aber das Konzept »Schlaf« war nach seinem fünfundfünfzigsten Geburtstag einfach zum Thema geworden. Es ging nicht anders. Begonnen hatten die Probleme damit, dass er nicht einschlafen konnte und viele Stunden nutzlos damit verbracht hatte, im Bett zu liegen, sich hin und her zu wälzen und seine Decke und die Wärme zu verfluchen. Ein paar Monate lang hatte er es mit Rotwein und Schlaftabletten versucht. Aber er war Rechtsmediziner und wusste, was Tabletten und Alkohol mit den Organen anrichteten. Schlaflosigkeit hingegen hinterließ keine Spuren. Vor ein paar Jahren hatte er dann die Pillen und den Rotwein weggelassen. Er war eine ganze Nacht wach geblieben und hatte eine Biografie über Napoleon gelesen, nur um zu sehen, ob er so wieder zu seinem natürlichen Schlafrhythmus finden konnte. Am nächsten Abend war er müde gewesen und hatte geglaubt, zum ersten Mal seit Jahren wieder durchschlafen zu können. Aber nach zwei Stunden war er wieder wach gewesen. Erneut hatte er zu einem Buch gegriffen und von zwei bis halb sechs gelesen. Danach hatte er noch eine Stunde auf dem Sofa geschlafen und war dann ausgeschlafen aufgewacht. Er brauchte einfach nicht mehr als vier Stunden Schlaf. Inzwischen war dieser Ablauf zu seiner festen Routine geworden. Seit seinem Studium hatte er nicht mehr so viel gelesen …

Das Telefon klingelte. Das Display verriet, dass der Anruf von der Polizei kam. Es war halb drei Uhr nachts. Er hatte keine Bereitschaft und wusste nicht, wie er reagieren sollte: Einerseits wollte er nachts nicht gestört werden, wenn er keine Bereitschaft hatte, und andererseits war er erleichtert über jede Abwechslung, denn er langweilte sich Nacht für Nacht.

»Rantzau«, sagte er und versuchte, nicht zu begeistert zu klingen. Dann hörte er die charakteristische Stimme des Einsatzleiters, der berichtete, er habe Niels Bentzon in der Leitung und werde ihn jetzt verbinden.

»Bentzon?«, sagte Rantzau und legte das Buch über Henry Kissinger auf den Tisch.

Gleich darauf hörte er eine leise Stimme, die aber nicht nach dem Bentzon klang, den er kannte.

»Theodor«, flüsterte Niels.

Rantzau wunderte sich, Bentzon hatte ihn noch nie beim Vornamen genannt.

»Theodor, als du Paludan untersucht hast …«

Der Rechtsmediziner trat ans Fenster.

»Bist du okay, Bentzon?«

»Konntest du feststellen, ob Paludan vor seinem Tod fixiert worden ist?«

Rantzau dachte einen Augenblick nach. Worum ging es hier eigentlich? Zweifelte Bentzon daran, dass er gute Arbeit geleistet hatte?

»Er hatte keine Druckstellen.«

»Bist du dir ganz sicher?«

»Absolut. Hundert Prozent«, sagte Rantzau.

»Hände und Füße.«

Rantzau unterbrach Niels. »Natürlich, so etwas hinterlässt immer Spuren. Sogar deutliche.«

»Stell dir mal vor«, flüsterte Niels, »dass es sich um professionelle Fixierriemen handelt, wie man sie hier auf der Station nutzt. Zwischen Riemen und Haut ist da eine dicke Schicht Schaumstoff.«

Rantzau dachte nach. Der Gedanke widersprach seinem Berufsethos. Hatte er etwas übersehen? Eigentlich nicht möglich, so etwas passierte ihm nicht. »Ich habe solche Riemen, wie du sie beschreibst, noch nie gesehen, Niels«, sagte er.

»Ich aber«, antwortete Niels. »Ich werde gerade von solchen Dingern festgehalten, Theodor. Und ich frage dich noch einmal: Bist du dir sicher?«

»Nein.« Die Antwort überraschte Rantzau selbst. »Aber wenn es stimmt, was du sagst, müsste es Spuren von Schaumgummi an Knöcheln und Handgelenken geben.«

»Und hast du das überprüft?«

»Nein«, antwortete Rantzau.

»Würdest du das noch machen?«

»Ja, natürlich. Wann?«

»Jetzt, Theodor, jetzt sofort.«

»Aber …« Er wollte protestieren. Niels unterbrach ihn: »Leon wartet auf dich.« Im gleichen Moment blitzten draußen auf der Straße zweimal die Scheinwerfer eines Autos auf und trafen den alternden Rechtsmediziner, der sichtlich überrascht im Morgenmantel am Fenster stand.

Rigshospital, Kopenhagen

Das Rechtsmedizinische Institut kannte den Begriff »rund um die Uhr geöffnet« schon lange, bevor die 7-Eleven-Läden die Straßenecken Dänemarks mit ihrem schrecklichen Junkfood erobert hatten. Theodor Rantzau dachte manchmal, dass die beiden einzigen Orte, von denen man sicher sein konnte, dass sie geöffnet waren, die Leichenhalle des Instituts und das 7-Eleven war. Deshalb arbeiteten sie auch zusammen. Denn indirekt leisteten die 7-Eleven-Läden ihren ganz konkreten Beitrag, damit Rantzau und seine Kollegen beschäftigt waren. Nie zuvor hatte es so viele Todesfälle gegeben, die direkt mit Fettsucht, Zigaretten, Alkohol – ja, kurz gesagt mit der Frage zu tun hatten, wie man lebte.

»Ich gehe mit rein«, sagte Leon zu Rantzau. »Dann kannst du direkt mit Bentzon reden.«

»In Ordnung.«

Rantzau war bisher nie mit der Polizei gefahren, auf jeden Fall nicht mit einer bis an die Zähne bewaffneten SEK-Einheit.

»Ankunft«, sagte Leon leise, und Rantzau hätte schwören können, dass draußen ein weiterer SEK-Mann stand und ihnen die Tür öffnete, noch bevor der Wagen zum Stillstand gekommen war.

Rantzau ging vor, Leon dicht hinter ihm. Dahinter zwei weitere Männer in Waffen.

»Ich muss ihn erst aus der Box holen.«

»Box?« Leon sah ihn ungeduldig an.

»Er liegt im Kühlraum.«

»Klar. Wir kommen mit.«

Rantzau warf rasch einen Blick auf die beiden jungen Beamten. »Ist aber kein schöner Anblick. Nur als Vorwarnung.«

Leon trat an ihn heran und flüsterte: »Du kriegst tausend Kronen für jedes Wimpernzucken meiner Leute, wenn du ihn aus der Box holst, okay?«

Rantzau führte sie in den zweiten Stock. Die meisten Besucher überraschte es, dass die Toten nicht im Keller waren. Schließlich standen sie vor dem Kühlraum. Rantzau hatte die Liste studiert, die links neben der Tür hing. Darauf wurde handschriftlich festgehalten, wer in welchem Fach lag. Holte man jemanden ab, wurde der Name einfach durchgestrichen. Kein Computer, sie hatten das mal ausprobiert, aber die Toten hatten die Tendenz entwickelt, in den Computern zu verschwinden.

»Wenn ihr hier warten würdet«, sagte Rantzau und ging allein hinein. Der ermordete Psychiater teilte sich die Abteilung mit einem 7-Eleven-Toten und dem Opfer einer Schießerei. Rantzau musste eines der Betten ganz an den Rand schieben, um Paludans sterbliche Hülle aus dem Raum bugsieren zu können. Leon hielt die Tür auf. Rantzau ließ das Tuch über dem Toten liegen, bis er Paludan unter die Obduktionslampe geschoben hatte. Er wollte wissen, ob es stimmte, was Leon gesagt hatte. Verstohlen beobachtete er die beiden jungen Beamten, als er das Leichentuch wie ein Zauberkünstler wegzog und den erschütternden Anblick einer mehrere Tage alten Giftleiche entblößte. Rantzau wusste in diesem Augenblick nicht, was ihm mehr zusetzte: der Anblick des Toten oder die Tatsache, dass keiner der beiden Beamten auch nur mit der Wimper zuckte, als sie ihn sahen.

»Legen wir los«, sagte Leon bestimmt und nahm sein Headset ab. »Das gebe ich jetzt Ihnen. Dann können Sie bei der Arbeit direkt mit Niels sprechen. Okay?«

»Okay.«

»Versuchen Sie mal, etwas zu Bentzon zu sagen.«

»Niels?«

Da, er hatte Bentzons Stimme sofort im Ohr. Er war sogar viel besser zu hören als über das Telefon. »Ich kann dich hören, Theodor.«

»Gut. Ich stehe jetzt vor Paludan«, sagte der Rechtsmediziner.

»Also, geh mal davon aus«, sagte Niels, »dass die Riemen an den Handgelenken etwa 15 Zentimeter breit sind, sodass man den Arm maximal ein paar Zentimeter vom Körper abwinkeln kann. Hast du das verstanden?«, fragte Niels.

»Habe ich«, sagte Rantzau. Er hatte sich Handschuhe angezogen und Paludans rechten Arm ergriffen. »Ich kann nichts sehen«, sagte er.

»Und an der Außenseite?«, flüsterte Niels. »Wenn etwas zu sehen ist, dann da.«

Rantzau versuchte, sich vorzustellen, wie Niels das meinte. Beide Arme und Beine festgehalten von breiten, mit Schaumstoff gefütterten Riemen, sodass die Patienten sich nicht verletzen und die Fixierung keine Spuren hinterlässt.

Die beiden jungen Beamten schoben sich Energieriegel in den Mund, während sie mit ungeheurer Gleichgültigkeit den Toten betrachteten. Leon aß nicht. Er stand breitbeinig und mit geschlossenen Augen da. Rantzau war sich ziemlich sicher, dass er in diesen Sekunden tief schlief.

»Hast du was?«, fragte Niels.

»Augenblick«, antwortete Rantzau, nahm das klinische Vergrößerungsglas zur Hand und schaltete das Licht ein, das ringförmig unter dem Rand des Vergrößerungsglases lag.

»Rantzau?«

»Augenblick, Bentzon. Ich sehe da was. Aber das ist winzig.«

Rantzau griff nach einer langen Pinzette. Leon war aufgewacht und stand jetzt dicht hinter ihm. Mit der Pinzette nahm Rantzau eine dünne Faser von der Haut der Leiche.

»Ich muss die erst unter das Mikroskop legen, Bentzon. Bist du wirklich okay?«

»Ja. Beeil dich.«

Rantzau gab dem Stuhl einen Stoß und ließ sich bis zum Mikroskop rollen. Er schaltete es mit der linken Hand ein, während er die Faser mit der rechten unter die schwarze Optik legte und scharf stellte.

»Bentzon? Du hast recht. Das ist Schaumgummi. Er war fixiert«, sagte Rantzau. In dem Moment riss Leon ihm das Headset vom Kopf und setzte seinen beiden Männern nach, die bereits wieder auf dem Weg durch die Tür waren. Das Letzte, was Rantzau hörte, war die Stimme des Einsatzleiters, der eine Anweisung durchgab: »Finden Sie Sommersted! Es ist mir scheißegal, wie spät es ist. Sagen Sie ihm, dass ich in der Rechtsmedizin bin und dass jetzt alle Zweifel beseitigt sind. Es handelt sich um Mord, definitiv um Mord.«

21.

Todos Santos, Guatemala

Die Dunkelheit kam überraschend schnell. Schon am späten Nachmittag lag das Dorf im Schatten der Berge, und die Straßen wurden immer dunkler. Hannah saß in ihrem Hotelzimmer auf dem Bettrand. Die Tür war nur angelehnt, und das schwache Flurlicht fiel in den Raum. Sie stand auf, erinnerte sich, dass die Frau an der Rezeption etwas von Kerzen im Zimmer gesagt hatte, und fand in der Tischschublade zwei weiße Kerzen und Streichhölzer. Im Fensterrahmen standen Kerzenständer aus rot bemaltem Lehm. Eine Weile beobachtete sie, wie das Licht auf die Wände fiel und das Zimmer um sie herum immer deutlichere Formen annahm: Das Bett in der Ecke, das kleine, selbst gezimmerte Regal an der Wand, die Bambusstühle unter dem Fenster und die Spalten zwischen den Bodendielen. An manchen Stellen waren sie so breit, dass Hannah den Finger hineinstecken konnte. Sie setzte sich wieder aufs Bett und überlegte, ein paar Stunden zu schlafen, entschied sich aber dagegen. Dann könnte sie abends nicht mehr einschlafen, und schon jetzt ins Bett zu gehen war einfach zu früh. Sie schaltete ihr iPhone ein. Wie erwartet war das Netz schwach, sie spürte förmlich, wie das kleine Gerät in ihrer Hand arbeiten musste, um ihre Wünsche zu erfüllen. Sie machte sich Sorgen um den Akku, wenn er leer war, musste sie nach unten zur Rezeption. Nur dort gab es einen Adapter. Aber sie hatte ja schon ein paarmal mit ihrer Mutter gesprochen, Bjørn und Ellen ging es gut. »Fantastisch«, hatte ihre Mutter betont, mehrmals. Und Hannah hatte die Kleinen im Hintergrund babbeln und lachen gehört und sich wieder unzulänglich gefühlt. War das Rache? Wollte ihre Mutter sich an ihr rächen? Weil sie klug war und Karriere gemacht hatte? Wollte sie ihr damit sagen, dass sie vielleicht eine berühmte Wissenschaftlerin war, die im Fernsehen interviewt wurde, aber eben keine gute Mutter?

Hannah entschloss sich, die letzten 45 Prozent ihres Akkus dem Mysterium Melchiades und seiner Postkarte zu widmen, statt sie für einen eventuellen Notruf aus Islands Brygge aufzuheben. Was sollte sie auch tun? Sie war auf der anderen Seite der Erde, sagte sie sich und googelte *Melchiades, psicólogo/hipnotizador, Todos Santos*. Eine spartanische Webseite auf Spanisch. Und ein Link zu einer englischen Ausgabe. Das Schwarzweißfoto von Melchiades glich einem Passfoto, die Präsentation war äußerst spärlich: geboren 1946 in Bogota, dann folgten ein paar wenige Zeilen, in denen er sich selbst als Doktor beschrieb, der Menschen mit Gesprächen und Hypnose half, Grenzen zu überwinden. Grenzen zwischen Leben und Tod, zwischen all den Leben, die wir leben, denn die Seele kenne diese Grenzen nicht …

Es gab auch einen Link zu einem Buch, das er Mitte der achtziger Jahre geschrieben hatte. Der Titel lautete *Xenoglossia*. Eine rasche Recherche zeigte, dass Xenoglossie ein paranormales Phänomen ist, bei dem Menschen plötzlich in der Lage sind, eine Sprache zu sprechen, die sie in einem früheren Leben gekonnt haben. Es wurde auf einen Autor namens Ian Stevenson verwiesen, einen Psychiater mit Interesse für parapsychologische Phänomene an der Universität von Virginia, der behauptete, eine amerikanische Patientin gehabt zu haben, Dolores Jay, die überzeugend von einem früheren Leben als Deutsche berichten konnte. Gretchen habe sie damals geheißen. Dolores Jay war unter Hypnose in der Lage gewesen, Deutsch zu sprechen. Ein entsprechendes Erlebnis hatte Stevenson mit einer anderen Patientin gemacht, einer amerikanischen Hausfrau, die plötzlich Schwedisch sprach und sich erinnerte, ein Bauer in Schweden gewesen zu sein. Sie kannte sogar noch den Namen, den sie in ihrem früheren Leben getragen hatte: Jacoby Jensen.

Hannah machte eine kurze Pause und ließ ihren Blick durch das fast dunkle Zimmer schweifen. Ihr Nacken war verspannt. Das helle Licht des Displays brannte ihr in den Augen. Wieder streiften ihre Gedanken Niels. Er war die ganze Zeit anwesend, auch wenn sie nicht an ihn dachte. Sollte sie ihn anrufen? Ihm von dem blinden Melchiades erzählen? Sie konzentrierte sich wieder auf ihr Handy. Ein Name tauchte auf Melchiades' Homepage immer wieder auf: eine Inderin namens Shanti Devi. Melchiades schrieb auch über die »devianische Schule«. *Ein besonderer Zugang zum Leben, zu einem Leben ohne Grenzen,* stand da. Er hatte ausführlich über Shanti geschrieben. Manche verehrten die vor bald dreißig Jahren verstorbene Inderin wie eine Göttin, erfuhr Hannah. Shanti Devi war erst vier Jahre alt gewesen, als sie ihren Eltern erzählt hatte, dass sie eigentlich in einer ganz anderen Stadt lebte. Ihr richtiges Zuhause sei in Mathura, einer Stadt in der Uttar-Pradesh-Region im Norden von Indien. Hannah las weiter: Die Eltern des Mädchens hätten sich natürlich über die Worte ihrer Tochter gewundert, doch eines Tages sei die Kleine weggelaufen. Sie wollte nach Mathura, in die Stadt, aus der sie angeblich kam. Und in der Shanti noch nie zuvor gewesen war. Sie kam nicht so weit, aber als sie wieder zu Hause war, ergänzte sie ihre Geschichte. Jetzt erzählte sie, dass sie verheiratet gewesen und zehn Tage nach der Geburt ihres Kindes verstorben sei. Sie sprach mit dem seltsamen Dialekt der Gegend von Mathura, was die Gelehrten der Stadt bestätigen konnten, und sie kannte sogar den Namen des Mannes, mit dem sie verheiratet gewesen war: Kedar Nath. Es wurden Untersuchungen gestartet, seriöse Untersuchungen, und in Mathura wurde tatsächlich ein Mann namens Kedar Nath gefunden. Seine Frau war neun Jahre zuvor gestorben, zehn Tage nach der Geburt ihres Sohnes. Ihr Name war Lugdi Devi. Als Kedar Nath nach Delhi reiste, erkannte die kleine Shanti ihn sofort wieder. Kedar hatte keine Zweifel mehr: Shanti Devi war die Reinkarnation seiner verstorbenen Frau Lugdi Devi. Der Fall wurde in ganz Indien bekannt. Gandhi hörte davon und initiierte eine umfassende Untersuchung, samt der Gründung einer Kommission. Und im November 1935 kam Shanti Devi schließlich nach Mathura. Dort erkannte sie ihre ganze Familie, Großeltern, Onkel und Tanten. Die Schlussfolgerung der Kommission war eindeutig: Shanti Devi war die Reinkarnation von Lugdi Devi. Sie wurde als endgültiger Beweis angeführt, dass Reinkarnation möglich war.

Hannah machte eine kurze Pause, stand auf und schenkte sich ein Glas Wasser ein.

Sie trat auf die schmale Veranda, die das gesamte Hotel säumte. Zwei dicke Balken, die gerade Platz genug boten, vor das Fenster zu treten und die Vulkane und Berggipfel zu betrachten. Das Geländer war aus Bambus und lud nicht gerade dazu ein, sich daran anzulehnen.

Reinkarnation, dachte Hannah. Ging es um Reinkarnation? Um die Existenz ohne Grenzen zwischen Leben und Tod? Bei der das Leben weiterging, die Seele ihre endlose Reise auch nach dem Tod des Körpers fortsetzte und sich einen neuen Körper suchte? Das Thema wurde in vielen Chat-Foren diskutiert, stellte sie fest, als sie sich wieder gesetzt hatte. Nicht auf Melchiades' Seite, aber auf Seiten, auf die er verwies. Menschen aus der ganzen Welt, vor allem Frauen, beschrieben ihre Erlebnisse aus einem früheren Leben. Andere kommentierten diese Erlebnisse. Eine namentlich nicht genannte Frau erzählte, dass sie mit ihrem Mann zu Hause gesessen und im Fernsehen einen Bericht über den Terroranschlag auf das World Trade Center im Jahre 2001 gesehen habe. Ihre Tochter war etwas über drei Jahre alt, und als das Mädchen sah, wie die Flugzeuge in die Tower flogen, sagte es: »An dem Tag bin ich gestorben.« Die Frau und ihr Mann wunderten sich. Sie hatten mit dem kleinen Mädchen nie über den Tod gesprochen und erst recht nicht über den 11. September. Und trotzdem war das Mädchen von der Katastrophe vollkommen gefangen und blieb dabei, an diesem Tag gestorben zu sein. Und wenn Bilder von dem Anschlag im Fernsehen zu sehen waren, wollte sie diese nicht sehen.

Als Hannahs Akku fast leer war, schaltete sie ihr Handy aus. Melchiades war Hypnotiseur. Er konnte Menschen dazu bringen, mittels Hypnose ihre früheren Leben nochmals zu erleben. Das also war der Zusammenhang. Aber war das auch die Verbindung zu dem Portugiesen, mit dem Niels eingesperrt war? Vielleicht, dachte sie, der Portugiese konnte eine Art Patient von Melchiades gewesen sein oder vielleicht ein Schüler. Melchiades hatte ihn hypnotisiert und ihn in Kontakt mit seinen früheren Inkarnationen gebracht. Auf Melchiades' Homepage wurden weder eine E-Mail-Adresse noch eine Telefonnummer genannt. Vielleicht hatten sie sich in einem dieser Foren getroffen? Aber worüber hatten sie gesprochen?

***

»Leon«, meldete sich der Einsatzleiter lakonisch und klang wie immer so, als würde man ihn stören.

»Hier ist Hannah Lund. Niels Bentzons Frau«, sagte Hannah und bereute bereits die formelle Einleitung. Sie war wieder auf die Veranda getreten. Die Luft war kälter und feuchter, Nebel zog von den Bergen herunter.

»Hannah?«, sagte Leon und klang wirklich überrascht.

»Können Sie mich mit Niels verbinden?«

»Sie wissen schon, wo er ist?«

»Es ist wichtig.«

Eine Pause entstand, wie so oft, wenn sie beide miteinander redeten. Die Gespräche zwischen ihnen verliefen nie unbeschwert. Hannah hatte Niels schon einmal darauf angesprochen, aber angeblich ging es vielen Leuten so, wenn sie mit Leon redeten.

»Hannah, Ihr Mann befindet sich an dem extremst bewachten Ort Dänemarks. Unter Menschen, die in den meisten Ländern dieser Welt erschossen oder aufgehängt würden.« Wieder schob sich eine lange Pause in ihr Telefonat. Hannah dachte bereits, dass Leon aufgelegt hatte, aber plötzlich war er wieder da.

»Hannah, ich stell Sie jetzt durch.«

»Danke«, sagte Hannah und schloss die Augen. Das Gespräch würde nicht leicht werden … Bereute sie es bereits, und wusste sie überhaupt, was sie sagen sollte?

»Hannah?«, meldete Niels sich. Seine Stimme klang schwer und angestrengt, ihr erster Gedanke war, dass er getrunken hatte.

»Niels? Bist du okay?«

Schweigen, sphärisches Rauschen. Hannah ging zurück ins Zimmer.

»Wo bist du?«, fragte Niels. »Du klingst so weit weg.«

»Ich bin in Guatemala«, sagte Hannah.

»Wo?«, fragte Niels. »In Guatemala? Du wolltest doch nach …«

»Ja, nach Chile, Niels, aber es ist etwas passiert.«

»Was machst du denn da?«

»Hör zu, Niels.« Hannah wurde lauter, sie hatte das Gefühl, nicht richtig zu ihm durchzudringen.

»Warum bist du nicht in Chile?« Niels klang fast ärgerlich. »Und was ist mit den Kindern?«

»Den Kindern geht es gut. Besser, als wenn wir zu Hause wären. Ich habe gerade erst mit meiner Mutter gesprochen«, sagte Hannah und erzählte, dass die Kleinen keine Koliken mehr hätten, seit sie beide nicht zu Hause seien.

»Aber jetzt hör zu, Niels. Unter Salomon Gašpars Sachen war auch eine Postkarte. In der Mappe, du weißt ja, *Operation Hamlet*«, sagte Hannah, wurde von Niels aber wieder unterbrochen.

»Guatemala?«

»Der Text auf der Postkarte war verschlüsselt. Der Code stammt von einem Mann namens Melchiades. Es gibt keinen Absender auf der Karte, aber ich habe ihn trotzdem gefunden«, sagte Hannah und berichtete ihm von dem Code – *I found her* –, ihrer langen Reise, der Postkarte, der falsch herum aufgeklebten Briefmarke und von ihrem Weg zum Haus des blinden Melchiades.

»Du hast ihn gefunden. Ohne Absender?«, wunderte sich Niels.

Hannah hatte Niels in diesem Moment deutlich vor Augen. Seinen Blick, mit dem er sie musterte, wenn er sie nicht verstand. Niels' Blick schien dann immer zu sagen, dass sie sich fremd waren und immer fremd bleiben würden.

»Ich glaube, es geht um Reinkarnation, Niels.«

Ein kurzes, lautes Husten von Leon unterbrach sie.

»Um Wiedergeburt«, sagte sie. »Melchiades ist Hypnotiseur, sein Fachgebiet ist es, Menschen zu helfen, Bruchstücke aus ihren früheren Leben zu finden.«

Niels seufzte.

Hannah nutzte die Pause, um weiterzureden. »Deshalb rufe ich auch an. Ich glaube, Salomon Gašpar ist wiedergeboren worden.

Oder er glaubt von sich selbst, dass er das ist. Und vielleicht steht das auch in Verbindung mit dem Schierlingsmord an dem jungen Mann in Dänemark.«

»Dem Mord, den der Portugiese begangen hat?« Niels' Interesse war geweckt. Hannah hörte das seiner Stimme deutlich an.

»Ich bin mir natürlich nicht sicher, aber Salomon Gašpar war bei einem Hypnotiseur auf der anderen Seite der Erde, weil er wollte, dass dieser ihn in Kontakt mit seiner früheren Inkarnation bringt. Das ist auf jeden Fall ein möglicher Zusammenhang«, sagte Hannah. »Vielleicht liegt da auch das Motiv für den Mord, den er in Dänemark begangen hat. In der Fallakte steht, es handele sich um ein zufälliges Opfer. Es konnte zumindest keine Verbindung zwischen Salomon Gašpar und dem Opfer, Benjamin Thorn, gefunden werden. Aber was, wenn das die Verbindung ist? Wenn es auch dabei um Reinkarnation ging?«

»Und wie könnte diese Verbindung aussehen?«, flüsterte Niels. »Kannst du mir dazu noch mehr sagen?«

»Vielleicht dachte Salomon Gašpar, er würde den Dänen aus einem früheren Leben kennen. Ich weiß es nicht. Aber …« Hannah kam ins Stocken.

»Red weiter«, bat Niels.

»Wenn man diese Verbindung finden würde, also wenn man herausfinden würde, wo sie sich getroffen haben und warum … dann hätte man vielleicht auch das Motiv. Ein Motiv, das dann auch den Mord an dem Oberarzt erklären würde.«

Niels sagte nichts. Hannah spürte, dass er nachdachte. Und dann hörte sie ihn zu Leon sagen, dass er Casper holen solle.

22.

Polizeipräsidium, Kopenhagen

Casper konnte sich nicht von dem Bild seines Idols, Edward Snowden, losreißen. Nur ein simpler Druck des schwarz-weißen Riesenfotos draußen auf dem Flur. Von einem Leben, wie Snowden es führte, hatte Casper geträumt: Opposition, Flucht, seine Fähigkeiten nutzen, all das in der Welt zum Einsturz zu bringen, was die Welt nicht brauchte. Was es nicht geben sollte. Er selbst war aber schon zu Beginn seiner Hacker-Karriere festgenommen worden. Danach war ihm angeboten worden, entweder für die Polizei zu arbeiten oder im Gefängnis drei Jahre lang Wäscheklammern oder Weihnachtsbaumschmuck zu basteln.

Casper ging ans Telefon, als er den Namen des Einsatzleiters auf dem Display sah.

»IT-Abteilung, hier ist Casper.«

Nach einer kurzen Pause war die ungeduldige Stimme des Einsatzleiters zu hören: »Siehst du meine Nummer nicht, wenn ich dich anrufe?«

»Doch.«

»Und warum verschwendest du dann so viel Zeit mit diesem Geschwafel?«, fragte Leon.

Casper überlegte, ob er erwidern sollte, dass Leon mit seiner Kritik sicher mehr Zeit vergeudet hatte, fragte aber stattdessen: »Was soll ich denn sagen, wenn ich ans Telefon gehe?«

»Entschuldigung.«

»Entschuldigung?«

»Ja, du entschuldigst dich einfach. Wir beide wissen dann, dass du dich dafür entschuldigst, dass ich Zeit für so jemanden wie dich brauche. Dafür, dass die Welt sich hinter den Bildschirmen versteckt und Verbrecher und Psychopathen nicht mehr wie früher im finsteren Wald unterwegs sind, wo man sie leichter aufs Korn nehmen kann.« Leon unterbrach sich selbst. »Du musst die Fallakte von Benjamin Thorn finden«, sagte er und erklärte ihm mit wenigen Details, dass Benjamin Thorn von Salomon Gašpar, auch bekannt als der Portugiese, der Nachtportier oder der Hoteldirektor, ermordet worden war. Dass kein Motiv ermittelt werden konnte und die Tat deshalb wie das Werk eines Verrückten ausgesehen hatte. Dass Casper aber herausfinden sollte, ob der junge Benjamin und der Portugiese vorher Kontakt über das Netz gehabt hatten. »In irgendeinem Chat-Forum«, sagte Leon. Casper überflog die Akte online, während Leon schwer atmend am anderen Ende der Leitung wartete. Benjamin Thorn hatte ein paar Jahre in einem Ashram in Nordsjælland gewohnt und an der Universität Lund Religionsphilosophie studiert. Das Bild des jungen Mannes zeigte ein sanftes, freundliches Gesicht mit zum Studienfach passender Tonsur. Einen Moment dachte Casper, wie sehr eine Frisur doch das Aussehen veränderte und dass man ohne Haare plötzlich ganz anders wirkte. Rocker oder Ghandi-Jünger. Auf jeden Fall passte Thorns Bild zu seiner Beschreibung als zartbesaiteten, jungen Mann mit dunklen Augen, der auf der Suche nach der Religion war. Casper erinnerte sich an die Jungs, die sich mehr fürs Blumenpflücken als fürs Fußballspielen interessiert hatten. Oder wie Casper für seinen ersten Commodore 64. Alles war mit einem Mal so einfach gewesen: eine Tastatur, ein Bildschirm und hinter dem Bildschirm der Zugang zur Welt.

Casper hatte damals sofort gewusst, dass irgendwann die ganze Welt hinter diesen Bildschirmen hocken würde, obwohl seine Klassenkameraden und seine zwei großen Schwestern sich über ihn lustig gemacht hatten.

Nur der junge Benjamin schien da nicht ins Bild zu passen. In der Fallakte sah es so aus, als hätte Benjamin zu Hause gar keinen Computer gehabt. Passte das nicht zu seiner asketischen Lebensweise?

»Casper?«, fragte Leon ungeduldig.

»Ich finde keine Hinweise darauf, dass er zu Hause online gewesen ist.«

»Nicht?«

»Laut Ermittlungsakten ist er ins Internetcafé gegangen, wenn er Kontakt zu jemandem aufnehmen wollte«, sagte Casper und las, dass das Internetcafé Need2Play in der Rantzausgade sein bevorzugter Ort gewesen sei, dass aber auch die Untersuchung seines Facebookprofils zu nichts geführt habe. »Nichts«, sagte Casper. »Die haben damals nichts gefunden.«

»Das wissen wir doch!«, sagte Leon ärgerlich. »Die Frage ist nur, ob sie damals auch am richtigen Ort gesucht haben. Kann er über irgendwelche ›Frühere-Leben-Foren‹ mit anderen gechattet haben?«

»Das ist nicht auszuschließen, aber es gibt da ein Problem«, sagte Casper. »Wenn wir die IP-Adressen des Internetcafés untersuchen wollen, brauchen wir einen richterlichen Beschluss.«

Casper hörte, wie Leon sich räusperte.

»Dafür haben wir keine Zeit«, flüsterte Leon. Und noch leiser sagte er dann: »Natürlich können wir das nicht von einem der Polizeirechner aus machen. Aber vielleicht kannst du hingehen? In dieses Café?«

»Um was zu tun?«

»Du weißt schon.«

»Nein.«

»Um das zu tun, was du so gut kannst.«

***

Need2Play. Der Laden war klein, schmutzig und stank nach Pizza Peperoni und ungewaschenen Menschen. Gamer, Leute, die sich selbst keinen ordentlichen Computer mit guter Grafikkarte leisten konnten und deshalb hier spielten. Abhängige. Casper sah den acht oder neun Jugendlichen, die an den Bildschirmen hockten, an, dass das Spielen für sie wie eine Droge war. Irgendwann würde man diese Spiele sicher verbieten, weil sie unvereinbar mit der allgemeinen Schulpflicht waren. Beides ging einfach nicht. Der Ort erinnerte so gar nicht an den Benjamin Thorn, den Casper in den letzten Stunden durch die Fallakte kennengelernt hatte. Hier sollte dieser fromme, asketische junge Mann verkehrt haben, der so großen Wert auf die Ästhetik gelegt hatte. Andererseits war das Café wirklich unmittelbar neben Thorns Einzimmerwohnung, die er bezogen hatte, nachdem er sein Bachelorstudium an der Uni aufgegeben hatte. Zehn Meter von Hauseingang zu Hauseingang.

»Nur eine Stunde«, sagte Casper und bezahlte 50 Kronen in bar. Seinen Plan war er gemeinsam mit Leon durchgegangen. Sie durften keine Spuren hinterlassen. Was sie vorhatten, war gegen jede Vorschrift. »Und eine Cola.« Casper legte einen Zwanziger auf den Tresen. Der junge Einwanderer zeigte auf den Computer neben dem Tresen. Für Casper eine vollkommen unbrauchbare Maschine. Dort würde er entlarvt werden.

»Kann ich nicht die 8 am Fenster nehmen?«

»Die Shifttaste ist kaputt.«

»Macht nichts, die brauche ich nicht.«

Casper setzte sich auf den kaputten Bürostuhl und schluckte. Die ehemals weiße Tastatur vor ihm war von all den dreckigen Fingern, dem Fett und den Essensresten inzwischen braun verfärbt. Er ging ins Internet, verließ aber das normale Netz, das die Durchschnittsdänen nutzten, und tauchte ins Deep Web ab, das wie ein Eisberg unter der Oberfläche lag. Die Spitze, die herausragte, war mit dem normalen Internet zu vergleichen. Dabei fand der Großteil der Aktivität unter der Oberfläche statt. Binnen weniger Sekunden hatte Casper ein Programm geladen, mit dem er den Verlauf der Webaktivität des Internetcafés abrufen konnte. Er sah sich um. Der Cafébesitzer beachtete ihn nicht, er redete mit einem Teenager, der aufgeregt von irgendeinem Aussetzer des Computers redete. Casper wusste genau, wie es ihm ging, vor wenigen Jahren hätte auch er dort stehen können.

Casper notierte die Daten, die Tage, von denen die Ermittler sicher waren, dass Thorn hier gewesen war. Die Polizisten hatten Benjamin Thorns letzte Wochen nahezu lückenlos aufgearbeitet. Need2Play zwischen 18.00 und 19.10, stand neben einem der Daten. Damit wusste Benjamin mit Sicherheit, dass Thorn nicht gespielt hatte. Casper kannte viele Gamer, aber keiner davon begnügte sich mit einer Stunde und zehn Minuten. Noch einmal warf er rasch einen Blick über die Schulter, dann tat er das, was definitiv verboten war, und hackte sich in den Verlauf des Internetcafés ein. Er überprüfte den Internetverkehr an dem entsprechenden Tag. Unmengen von Spielen, die er ignorieren konnte. Aber da. War das etwas? */article-1334549/Past-lives-Marilyn-Monroe-reincarnated-Chris-shop-assistant.html.*

Casper holte den Artikel aus der Tiefe des Internets herauf, überflog ihn und las, dass ein Verkäufer in England davon überzeugt sei, die wiedergeborene Marilyn Monroe zu sein. Ihr Tod quälte ihn, ein Albtraum, und er könne schwören, dass Marilyn ermordet worden und nicht durch die eigene Hand gestorben sei. Ein Artikel über den Musiker Phil Collins, der auch meinte, wiedergeboren und in seinem früheren Leben 1836 bei dem Massaker von Alamo in Texas umgekommen zu sein. Er hatte das unter Hypnose gespürt, war seither mehrmals in Alamo gewesen und hatte Millionen für Kriegserinnerungen von dieser Schlacht ausgegeben. Weitere Artikel über frühere Leben. Casper hatte den Eindruck, als ob Benjamin Thorn sich bei seiner Suche auf die negative Seite des Phänomens konzentriert hätte. Eine Suchkombination hatte gelautet: *negative+memories+past+lives*.

Leon rief an, und Casper schob sich den Hörer ins Ohr.

»Entschuldigung«, sagte Casper leise.

»Ich vergebe dir«, sagte Leon. »Hast du was gefunden?«

»Unmengen, ich kapiere nur nicht, wie ihr das übersehen konntet.«

»Wer zum Henker ist ›ihr‹?«

»Ich jedenfalls nicht, ich war damals ja noch gar nicht dabei«, sagte Casper.

»Wahrscheinlich haben sie dich deshalb eingestellt, oder? Sonst haben wir ja nicht so viele Exkriminelle im Corps. Was hast du gefunden?«

»Benjamin hat alles Mögliche über frühere Leben gelesen. Wie man Menschen erkennt, die man in einem früheren Leben kannte«, sagte Casper und fasste zusammen, dass es ein Zeichen sein konnte, dass man sich plötzlich in einen wildfremden Menschen verliebte, oder der umgekehrte Fall, dass man Menschen, die man gar nicht kannte, vom ersten Augenblick an verabscheute.

»Dann muss ich viele frühere Leben gehabt haben«, sagte Leon.

»Oder man verliebt sich in jemanden vom eigenen Geschlecht, ohne dass man schwul ist«, fuhr Casper fort. »Er war auch in einem Forum, in dem Menschen ihre Erfahrungen aus früheren Leben austauschen konnten.«

»Verstehe ich nicht«, brummte Leon.

»Doch, denk einfach an eine Datingseite. Okay?«

»Okay.«

»Dann stellst du dir vor, dass du auf der Suche nach Menschen bist, die in der gleichen Zeit und am gleichen Ort gelebt haben wie du selbst«, sagte Casper und erklärte, dass das Forum nicht mehr existiere, sodass er nicht die Möglichkeit habe, sich einzuloggen. Er könne nur lesen, was Benjamin Thorn gelesen hatte. Den Text, den der Internetanbieter zur Verfügung gestellt hatte oder der auf den Computern im Need2Play gespeichert war. »Benjamin hat einen Text über zwei Frauen gelesen, die beide als Mann und Frau im 18. Jahrhundert in Florenz gelebt hatten. Sie hatten bis ins kleinste Detail übereinstimmende Erinnerungen ausgetauscht.«

»Und was ist mit Benjamin selbst?«, fragte Leon.

»Das ist ein bisschen schwieriger«, sagte Casper. Laut Polizeibericht hatte Thorn das Café um 19.10 Uhr verlassen. Was hat er vor dem Ausloggen gemacht? Casper scrollte sich durch die Internetaktivität unmittelbar vor diesem Zeitpunkt.

»Warte«, flüsterte er.

»Was?«

»Er hat jemandem geschrieben. Jemandem, der sich Dead_in_London1939 nannte.«

»Verstehe ich nicht«, sagte Leon.

»Ist doch klar, man loggt sich mit einem Nutzernamen ein, genau wie bei einer Datingseite.«

»Du redest aber viel davon, Casper.«

Casper ignorierte die Andeutung des Einsatzleiters. Es gab bald keinen Dänen mehr, der nicht irgendwo auf einer dieser Seiten ein freches Profil hatte oder gehabt hatte. Deshalb lag diese Analogie nahe. »Die Nutzer geben sich da selbst irgendwelche Namen«, sagte Casper. »Du weißt schon, FrechesMädchenNørrebro oder AttraktiverØsterbroer.«

»Kapiert.«

»Aber auf diesen Seiten hier sucht man keinen Sex. Man sucht Menschen, die zur gleichen Zeit gelebt haben, Menschen, die man kannte. Es gibt ein Portal, um die eigene Familie zu treffen, die alten Freunde, die Geliebten von früher.«

»Und was ist, wenn es nicht nur Leute gibt, mit denen man gute Erinnerungen teilt?«, fragte Leon. Casper beschlich mit einem Mal das Gefühl, das ihn jeden Morgen überkam, wenn er durch das Präsidium ging. Bei ihrer Arbeit ging es nicht um die schönen Seiten des Lebens. Sie suchten immer nach den dunklen Stunden, dem Fürchterlichen, und Casper war sich sicher, dass er es gefunden hatte. Benjamins Log-in lautete Enemy mine, mein Feind. Hatte er seinen Feind gesucht? Irgendeinen Gegner aus dem früheren Leben? Hatte er das für ein unschuldiges Spiel gehalten und geglaubt, dass Menschen ihren Groll nicht von ihrem Leben ins nächste mitnahmen? Casper atmete tief durch, während er seinen Gedanken freien Lauf ließ. Wie würde es in Zukunft weitergehen? Bestimmt machte die Menschheit große Fortschritte, wenn es darum ging, mittels Hypnose und Hirnforschung Informationen über frühere Leben zu erhalten. Und mit dem Internet als Hilfsmittel konnte man die Menschen finden, die mit den früheren Inkarnationen in Verbindung standen. Plötzlich gäbe es nicht mehr nur die biologischen Familien. Man würde Frauen und Kinder haben, Klanen und Königen unterstehen und historische Konflikte aus den letzten Jahrtausenden mit sich herumschleppen. Da kamen gewaltige Familienfeste auf uns zu.

»Die Zeit ist um«, sagte der Cafébesitzer und legte ihm seine Hand auf die Schulter.

23.

London, 1939

Die Schmerzen hatten seinen Körper ausgeweidet, waren mit dem Blut vom Bauch in den Kopf gesegelt und von dort bis zu den entlegensten Nerven, und als Michael gedacht hatte, es könne nun nicht mehr schlimmer werden, hatten sie den Weg in seine Lunge gefunden, in den Blasebalg des Lebens, ihren eigentlichen Bestimmungsort. Der Muskel, der über zweiundzwanzig Jahre und acht Monate hinweg Leben in seinen Körper geblasen hatte.

»Können Sie mich hören?«

Atmete er überhaupt noch? Oder arbeitete sein Hirn bereits auf Sparflamme? Sein Gehör funktionierte noch – ein besonderer Vorzug des göttlichen Giftes Schierling. Man wurde Zeuge seines eigenen Todes und konnte von allen Körperfunktionen langsam Abschied nehmen. Das Licht seiner Augen hatte Michael schon lange verloren, es kam ihm wie eine Ewigkeit vor, eine Ewigkeit im Dunkel. Aber der Gehörsinn war ihm geblieben. Michael hörte Schritte. War das Alexander? Versuchte er noch immer, ihm seinen Code zu entlocken? 1593. Columbus' Entdeckung von Amerika plus hundertundein Jahre. Nein, Alexander würde ihn nicht bekommen. Nie.

»Ist er das?«

Eine Stimme im Zimmer.

»Ja, das ist er. Michael Bedford.«

Eine andere Stimme, autoritär, nicht Alexander.

»Lebt er noch?«

»Der Puls ist sehr schwach.«

Und plötzlich eine Stimme im Ohr, lauter als die anderen, als schriee sie Michael an: »Warum hast du das gemacht, Junge?«

»Ich glaube nicht, dass er antworten kann. Was fehlt ihm denn?«

»So, wie es aussieht, hat er Gift genommen.«

Der andere fiel ihm ins Wort: »Warum hast du den Professor erschlagen? Sag es mir, damit du Frieden finden kannst.« Er wandte sich von Michael ab und fragte: »Ist der Pastor unterwegs?«

Michael hätte ihm gerne noch gesagt, dass nicht er das getan hatte. Und auch seine Mutter sollte wissen, dass nicht er der Täter war.

»Komm, erleichtere dein Herz, Junge. Jetzt gibt es kein Zurück mehr. Warum hast du das getan? Gib deiner Seele Frieden. Es wird dir helfen.«

Seine Ohren übermittelten noch immer Laute, aber seine Gefühle waren weg, sogar der Hass … außer vielleicht … Neugier? Ein Wort aber, das der Polizist gesagt hatte, ging ihm noch immer durch den Kopf: »Warum?«

Warum werden wir geboren? Und was geschieht, wenn wir unseren Körper verlassen?

»Der Pastor ist da.«

»Los, bringt ihn her, ich weiß nicht, ob der Junge noch lange atmen wird.«

Warum sterben wir? Was ist der Tod? Plötzlich hallte die Frage ganz klar und deutlich durch Michaels Kopf. Und er musste auch wieder an die vier Ziffern denken. Würde er sich an diesen

Raum erinnern? Hatte er sie wirklich in die Bodendielen geritzt? Rachels Gesicht. Der Tod. Der Hass.

»Gibt es kein Gegengift, das wir ihm geben können?« War das eine neue Stimme? Freundlicher als die anderen. Dann zischte jemand: »Also bitte, sehen Sie ihn sich doch mal an!«

»Lasst den Pastor durch!«

Eine neue Stimme – so tief, dass Michael sie kaum verstand – redete über den Herrn und die Vergebung.

»Bitte den Herrn um Vergebung«, sagte sie, »bevor es zu spät ist.«

Michael spürte, dass er das Dunkel überwunden und damit das Schlimmste überstanden hatte. Die Schmerzen waren Teil des Lebens, von dem er sich nun verabschiedete. Er lag da, hörte sie über die Ambulanz reden. Er hatte noch immer Krämpfe, aber die waren ihm jetzt egal. Er registrierte sie nur, als hätte das Gift jetzt auch die Schmerzen kaputt gemacht.

»Ich lege jetzt eine Decke über dich, mein Junge«, flüsterte irgendjemand.

Hände an seinem Hals. Dann sagte jemand: »Das war's.«

»Sind Sie sicher?«

»Der Herr sei seiner Seele gnädig«, sagte der Pastor.

Und ein anderer flüsterte: »Möge das Schwein in der Hölle schmoren.«

***

Möge das Schwein in der Hölle schmoren. Michael öffnete die Augen und sah sich im Spiegel. Wie tief seine Augen lagen und wie alt sein Gesicht war!

»Gašpar?«

Eine Stimme hinter ihm. Eine Schwester. Er nahm den Blick

nicht von seinem Spiegelbild. Rief sich alles noch einmal in Erinnerung. Rachel, Alexander, seine Mutter. Wie er es jeden Tag getan hatte, um sich immer wieder an seine wahre Identität zu erinnern. Denn er war nicht diese traurige, kranke Ausgabe eines Menschen.

»Salomon!«, sagte die Schwester. »Es gibt Essen.«

»Ich komme«, flüsterte er. Morgen würde er alles noch einmal durchgehen. Als würde er mit jeder Erinnerung an sein früheres Leben mehr erfahren, mehr Details sehen. Er hatte versucht, dem verstorbenen Oberarzt alles zu erklären, und war auf Interesse gestoßen. Klar, in den Augen des Arztes war er ja auch ein Verrückter, der in einer anderen Welt zu leben glaubte, dachte Salomon Gašpar und trat auf den Flur. Hielt nach dem Polizisten Ausschau. Er schien noch nicht wieder von der Elektroschockbehandlung zurück zu sein. Aber dieser Polizist war auf dem besten Wege, alles zu verstehen

»Jetzt komm schon, Salomon!« Ein Wachmann schob ihn vor sich her in Richtung Gemeinschaftsraum. Auch damit würde bald Schluss sein. Er hatte einen Plan. Bald war er frei!

24.

Todos Santos, Guatemala

Die Villa wirkte kleiner als noch vor wenigen Stunden. Bei ihrem ersten Besuch war Hannah das Haus nahezu unüberschaubar vorgekommen: Verwachsen mit Bananen und Schlingpflanzen, sah es beinahe aus wie ein Gewächs der Natur. Ob sie dem Blinden wohl sagten, wie schlecht es um sein Haus stand oder dass die Baumtomaten bereits das Dach erobert hatten und aus den Ritzen im Gemäuer die ersten Pflanzen wucherten? Blitzschnelle Kalkulationen schossen durch Hannahs Kopf, während sie diese Gewächse begutachtete. Wie lange würde es dauern, bis die Natur auch noch die letzten Spuren der Menschheit beseitigt hatte? Hunderttausend Jahre? Oder mehr? Danach gab es dann nur noch die Voyager-Sonden, die 1977 mit ihren Kupfergrammophonplatten ausgesandt worden waren, bespielt mit einem fünfundfünfzigsprachigen Gruß von der Erde. Eine tolle Erkenntnis, aber warum kam ihr die jetzt, hier vor diesem Haus am Ende der Welt? Andererseits war sie damit genau beim Kern von Niels' und ihrem Problem, im Epizentrum des Risses, der sich durch ihre Liebe zog. Das Problem war Hannahs Art zu denken. Dass sie mit der Absicht herauszufinden, was der Portugiese Salomon Gašpar mit dem Mord an Paludan zu tun hatte, hier vor der Villa des Blinden stand, aber stattdessen an die Voyager-Sonden dachte. Niels ertrug es einfach nicht mehr, er verzweifelte daran, dass sie nicht wie alle anderen war, sondern stattdessen ihre Zeit damit vergeudete, über die vierzigtausend Jahre zu spekulieren, die die Sonde bis zum Sternbild der Giraffe brauchte, oder über die Frage, ob fremde Wesen mit einer gewissen Intelligenz in der Lage sein würden, den Plattenspieler zu benutzen. Hannah sah sich selbst in Kopenhagen vor dem Kleiderschrank der Kinder sitzen. Doch statt die Sachen einzuräumen, starrte sie nur vor sich hin – jedenfalls musste das auf Niels so wirken. Aber ihr Kopf war nicht leer, ihr Hirn war in diesen Momenten bloß wieder irgendwo in einer fernen Galaxie, während ihre Hände Kindersocken, Dessous und Boxershorts durcheinanderwürfelten oder Niels' weiße Hemden zusammen mit den hellroten Kindersachen in die Waschmaschine stopften. Wenn sie wusch, kamen die Kleider immer irgendwie verwandelt aus dieser verrückten Waschmaschine heraus, zu groß oder zu klein und in vollkommen anderen Farbtönen. Sie musste sich eingestehen, nicht für ein Dasein als Hausfrau geschaffen zu sein.

»Melchiades. Psicólogo/Hipnotizador.« Hannah starrte ein paar Sekunden auf den Namen. Hypnotiseur? Schmale Stufen aus ausgetretenem Marmor führten auf die Veranda. Ein Esstisch mit gewebter, gebügelter Decke, Teller, Kerzen, Decken, eine Schale mit sechs Orangen, zwei davon verschimmelt. Hannah klopfte an und ging noch einmal ihren vagen Plan durch: Sie wollte wissen, welche Verbindung es zwischen einem verurteilten Mörder am Isefjord und einem selbst ernannten Psychotherapeuten in Guatemala gab – eine durchaus berechtigte Frage. Warum weitete das Universum sich immer schneller aus, was steuerte die Schwerkraft, und was hatte dieser Melchiades mit einem portugiesischen Verrückten zu tun?

Sie verließ die Veranda und ging nach unten.

»Hernan!«, rief der Alte. Hannah bemerkte das stumme »H«, hier wurden alle Laute irgendwie mit der Zunge gemacht.

Dann noch einmal: »Hernan!« Dieses Mal klang die Stimme verärgert.

Der kleine Hernan öffnete die Tür und musterte Hannah neugierig. Hannah räusperte sich und fragte auf Englisch, ob sie hier richtig sei bei dem bekannten Hypnotiseur.

***

Der Plan war ihr glaubhaft erschienen. Sie musste sich als Patientin ausgeben oder als Klientin oder wie immer Melchiades seine Kunden nannte. Wie sonst hätte sie vorgehen sollen? Wenn er codierte Briefe an Salomon Gašpar im Hochsicherheitstrakt schrieb, musste er etwas zu verbergen haben. *I found her.*

»Señora?«

Er stand in der Tür und sah ziemlich zielsicher zu ihr hinunter. Sah man einmal davon ab, dass seine Augen wie die Augen eines toten Fisches aussahen, der schon zu lange auf dem Trockenen lag.

»Mr. Melchiades«, sagte Hannah und erklärte auf Englisch: »Ich habe über Ihre Arbeit gelesen. Ich …« Sie stammelte, spürte, dass ihr heiß wurde. »Ich bin gekommen, weil ich Ihre Hilfe brauche. Ich wohne unten in der Stadt in einem Hotel.«

»Halten die Kakerlaken Sie wach?« Er grinste, vermutlich wusste er nicht, wie gelb seine Zähne waren.

»Ja.«

»Sagen Sie, wie kann ich Ihnen helfen? Sollte ich Ihnen denn helfen können«, sagte er, als wollte er sie vor allzu hohen Erwartungen warnen.

Hannah dachte sich etwas aus, während sie ihm ins Behandlungszimmer folgte. Sie ließ nicht nur ihrer Fantasie freien Lauf, sondern hielt sich an eigene Erfahrungen mit Depressionen und

Begegnungen mit Psychiatern und Psychologen, die ihr nicht hatten helfen können. Und ihre Worte zeigten Wirkung. Die Mängel der Schulmedizin schienen ihm zu gefallen, die Tatsache, dass Psychologen und Ärzte häufig nicht weit genug in die Tiefe vordrangen.

»Es gibt in unserer Psyche so unendlich viel, das wir nicht verstehen. Und diese Unwissenheit behandeln wir dann mit kleinen Pillen«, sagte er.

Hannah fragte sich, was ihr damals, als sie selbst am Abgrund gestanden hatte, eigentlich geholfen hatte. Schon die kleinste Kleinigkeit hatte seinerzeit gereicht, um sie aus der Bahn zu werfen, und manchmal hatte sie sich bei einem Telefonat mit ihrer Mutter ertappt, nicht zu wissen, warum sie angerufen hatte oder mit wem sie überhaupt redete. In diesem Zustand war sie gewesen, als sie irgendwann Niels begegnet war. *Niels.* Er war ihre Rettung gewesen.

Hannah sah sich in Melchiades' Behandlungszimmer um. Ein prachtvoller Raum voller Erinnerungen aus einem langen Leben. Tausende von Büchern zeigten, dass der alte Mann nicht immer blind gewesen war.

Ein weiterer wichtiger Bestandteil des Raums waren seine Sammlungen von Steinen und Schmuckstücken aus dem Reich der Inka. Aber wofür waren all die kleinen, mit Korken verschlossenen Glasbehälter? Sicher an die fünfhundert, sorgsam aufgereiht in dem Regal, das die rückwärtige Wand des Zimmers einnahm.

»Ich spüre, dass Sie auf meine Gerüche starren«, sagte er. *»My Scents.«*

»Entschuldigung?«

Er stand auf. Ging die wenigen Schritte bis zur hinteren Wand und erzählte, dass er seit seiner Kindheit Gerüche sammelte. Der erste Geruch, den er eingefangen habe, sei der Geruch des Regens gewesen. Hannah musterte ihn, während er begeistert von dem Duft des Regens am Stadtrand von Bogotá redete, wenn die Vulkanasche von den Wegen in die Vegetation gespült wurde. Der Duft, der dabei entstünde … er suchte nach dem richtigen Wort, wobei Hannah sich vollkommen sicher war, dass er schon oft darüber gesprochen hatte.

»Ein Duft wie die Hoffnung, wie ein Neuanfang.« Er trat von einem Bein aufs andere. »Die Erinnerungen an Gerüche zählen zu den Dingen, die wir am einfachsten von Leben zu Leben mitnehmen können«, sagte er plötzlich und ohne jede Vorwarnung.

»Das wusste ich nicht«, erwiderte Hannah.

»Haben Sie jemals die Antarktis inhaliert?«

»Nein.«

Der Alte rief seinen kleinen Diener, der unterwürfig ins Zimmer trat und die Befehle entgegennahm. Gleich darauf war er wieder da und reichte Melchiades ebenfalls einen solchen Glasbehälter, nur dass dieser von einer dünnen Schicht Eis bedeckt war, direkt aus der Tiefkühlung.

»Kommen Sie näher«, sagte er flüsternd.

Hannah beugte sich über den kleinen Couchtisch, der Melchiades' hellen Ledersessel von dem Flechtstuhl mit dem roten Ziegenlederbezug trennte, der ihr zugewiesen worden war. Melchiades öffnete den Glasbehälter, und Hannah atmete durch die Nase ein.

»Riechen Sie es?«

»Ich bin ja nie in der Antarktis gewesen«, sagte Hannah und holte noch einmal tief Luft. Doch vielleicht war da wirklich etwas. Eisige Frische, fast wie Menthol?

»Es gibt Menschen, die behaupten, die Antarktis habe keinen Geruch, weil alles gefriere, bevor die Moleküle etwas abgeben könnten. Aber das stimmt nicht«, sagte er, drückte den Korken wieder auf das Glas und reichte es Hernan. Hannah sah sich um, während der Alte mit seiner Geschichte über die Gerüche fortfuhr. Hier drinnen war irgendwo die Antwort, das spürte sie. Hier hatte Melchiades sich mit seinem Lebenswerk umgeben, hier musste sie herausfinden, was der Portugiese mit Paludans Tod zu tun hatte und wen Melchiades gefunden hatte. *I found her.*

Ihr war schwindelig. Draußen hatte es leicht zu regnen begonnen, vielleicht hatte sie nicht genug getrunken. Oder zu viel, denn in ihrem Bauch rumorte es.

»Sie helfen also Menschen, sich an ihre früheren Leben zu erinnern?«, fragte Hannah und versuchte, das Gespräch in eine sinnvolle Richtung zu lenken.

»Das tue ich, ja«, sagte er und drehte den Kopf etwas zur Seite, um mehr mit dem rechten Ohr zu hören. »Erzählen Sie mir von Ihrem früheren Leben.«

»Ich dachte, man müsste dafür erst hypnotisiert werden?«

»Die Hypnose ist wie ein Flugzeug, in das man sich setzt. Man braucht einen Kurs, ein Ziel. Ich muss ein bisschen darüber wissen, wohin wir sollen. Wenn ich Sie hypnotisiere, muss ich die Richtung kennen. Außerdem haben wir alle viele frühere Leben. Aber nur einige wenige dieser früheren Leben wollen wieder an die Oberfläche. Ganz bestimmte Erlebnisse, die so schön oder schrecklich waren, dass wir sie nicht loslassen können«, sagte er. Zwei widersprüchliche Gefühle meldeten sich gleichzeitig in ihr. Dass es wirklich einigermaßen plausibel klang. Und total lächerlich.

Hannah betrachtete das alte Tonbandgerät, das auf dem Couchtisch stand. Das Mikrofon aus glänzendem Metall schien direkt aus den Fünfzigern zu kommen, als hätte Sinatra es noch in den Händen gehalten.

»Erzählen Sie mir, was bei Ihnen an die Oberfläche will«, flüsterte der blinde Mann und versuchte, Vertrauen aufzubauen.

Hannah überlegte. *I did it my way.* Was war ihr Weg? Sie brauchte Zeit, Zeit für sich. Sie war intelligent, natürlich sollte es ihr möglich sein, durch reine Deduktion die Verstecke des Alten zu finden. Es musste ein Patientenregister geben. Außerdem: Warum sollte der Alte die Antworten so gut versteckt haben? Er erwartete keine Gäste, er ahnte doch gar nicht, dass das Geheimnis von ihm und dem Portugiesen in Gefahr sein könnte.

»Wussten Sie, dass die Stasi Gerüche gesammelt hat?«, fragte er und fuhr fort, noch ehe Hannah antworten konnte. »Der ostdeutsche Sicherheitsdienst ist in die Wohnungen seiner Gegner eingebrochen – nur in die von Staatsfeinden – und hat die dreckige Unterwäsche gestohlen und dann in gut verschlossenen Glasbehältern aufbewahrt. Alles für den Fall, dass die Feinde in den Untergrund gingen und man mit Hunden ihre Spuren aufnehmen musste«, sagte er. »So hatten sie den Geruch ihrer Feinde immer auf Lager.« Er lächelte. *The scent of the enemy.*

Schweigen.

»Die Frage ist nun, ob Sie mein Feind sind«, sagte der blinde Melchiades. »Sollte das so sein, weiß ich jetzt, wie Sie riechen.« Er tippte sich mit dem kleinen Finger an die Schläfe.

»Ob ich Ihr Feind bin? Das verstehe ich nicht.« Wieder wurde ihr schwindelig.

»Ein Leben in Blindheit ist auch ein Leben mit geschärften Sinnen. Ich erkenne es, wenn Menschen lügen. Da ist ein ganz besonderer Klang in den Stimmen der Menschen«, sagte er. »Ich weiß nicht genau, wieso, aber ich bin mir sicher, dass Sie lügen.« Er saß ganz still, die Augen fast auf Hannah gerichtet. Sie stand auf, ihr war übel. Irgendetwas stimmte hier nicht. Warum fühlte sie sich so? Sie sah aus dem offenen Fenster in den inzwischen prasselnden Regen. Sie hätte nicht kommen dürfen.

»Also, wieso lügen Sie?«

»Ich habe sie gefunden«, sagte Hannah. *»I found her.«*

Ein leises Lachen kam von dem Alten, dann schwieg er.

»Sie müssen jetzt gehen«, sagte er schließlich.

»Wen haben Sie gefunden?«

»Ich habe meinen Feind gefunden. Und das sind Sie. Würden Sie bitte so freundlich sein, jetzt mein Haus zu verlassen?«

Hannah sah verzweifelt auf die Regale. Alte Tonbänder. Patient X. V. Garcia. 1978–79. Zierliche Buchstaben, sicher nicht seine, aber auch nicht die seines Dieners, dafür war dieser viel zu jung. Weitere Patienten, weitere Namen und Daten.

»Hernan!« Der Alte rief, und wenige Sekunden später stand er da und nahm Befehle auf Spanisch entgegen, die Hannah nicht verstand. Trotzdem wusste sie, dass der Besuch vorbei war.

25.

Sikringen, Nykøbing, Sjælland

Operation Hamlet. Ein Königssohn, der den Mörder seines Vaters finden soll. Ein Prinz, der seine Geliebte verliert, sie mit seinem Wahnsinn in den Tod treibt. Würde es so enden? Niels dachte an Hannah, an die Zwillinge, daran, was die Hölle hier drinnen mit ihnen machen würde. Warum hatte er zu alldem Ja gesagt? Warum war er Sommersted in die Falle gegangen?

»Bentzon?«

Die Stimme musste mehrmals seinen Namen rufen, bevor Niels verstand, zu wem sie gehörte: Laust Sonning. Der Psychiater atmete schwer. »Bentzon? Sind Sie wach?«

»Ja«, flüsterte Niels.

»Er ist bei Bewusstsein«, sagte eine Krankenschwester. Auch ihre Stimme hatte Niels schon einmal gehört. Sie kam auf ihn zu und beugte sich kurz über ihn, als müsste sie eine Leiche identifizieren. »Kannst du mich hören, Jens?« Grelles Licht über seinen Augen. Niels spürte, wie seine Pupillen sich zusammenzogen. Er kniff die Augen zu und sah noch immer helle Flecken. »Er ist wach«, wiederholte sie.

»Bentzon?« Das war wieder Sonning. »Wissen Sie, wo Sie sind?«

»Das weiß ich nicht«, sagte Niels.

»Mit wem reden Sie?« Der Arzt stand neben der Schwester. Niels kannte ihn, konnte sich aber nicht an seinen Namen erinnern. Er hatte die Eingangsuntersuchung gemacht, als Niels in den Hochsicherheitstrakt gekommen war. Wie lang war das eigentlich her? Drei Tage? Oder mehr? Niels hatte jedes Gefühl für die Zeit verloren und keine Ahnung, wie lang er geschlafen hatte. Zwei Stunden? Zwölf Stunden?

»Bentzon? Hier ist Hans Herbert. Bist du okay?«

»Was?«

»Du weißt schon, dass du recht hattest, oder?«, fragte Herbert. »Mit diesem Schaumgummi. Paludan muss wirklich so fixiert gewesen sein. Wie du gesagt hast. Bist du jetzt in der gleichen Situation?«

»Jens, es geht dir im Moment nicht so gut«, sagte die Schwester, ohne ihn anzusehen, als wäre er Luft.

»Kannst du das hier machen?« Sie öffnete und schloss ihre Hand ein paar Mal hintereinander. »Und deine Füße, kannst du die auch bewegen?«

Niels versuchte es vergeblich. Er war festgeschnallt. Seine Finger zitterten, seine Nerven und Muskeln gehorchten ihm nicht.

»Wie gesagt, er war festgeschnallt, wie du jetzt«, sagte Herbert in Niels' Ohr. »Jemand hat ihn fixiert. Wir haben bereits überprüft, ob man das selbst machen kann, aber das ist komplett unmöglich. Nicht mal Houdini könnte das, verstehst du, worauf ich hinauswill?«

»Houdini?«, sagte Niels und versuchte, den Sinn in Herberts Worten zu verstehen.

»Jemand hat ihn festgebunden, Bentzon. *Der Mörder*. Das alles kann nur so zusammenhängen. Er hat Paludan festgeschnallt und ihm dann das Gift in den Mund gegossen. Erst danach hat er ihn auf die Toilette verbracht. Kannst du mir folgen?«

»Wer?«, murmelte Niels und versuchte zu denken. Er musste Besuch von Paludans Mörder gehabt haben. Er hatte draußen vor dem Fixierraum gestanden und zu ihm hineingesehen. Und war dann verschwunden. Aber irgendetwas passte da noch nicht zusammen. Niels suchte nach dem falschen Puzzleteilchen. Er war von der anderen Seite des Flurs gekommen und war auch in diese Richtung wieder verschwunden, da war Niels sich ganz sicher. Das Problem war nur, dass es dort keinen Ausgang gab. Niels öffnete die Augen und starrte in das Gesicht der Krankenschwester. Er konnte Leon jetzt nicht nach einem Ausgang fragen.

»Aber es gibt noch etwas anderes«, sagte Herbert. »Hörst du zu?«

»Ich höre zu«, lallte Niels und dachte an Berthold.

»Mit wem redest du?«, fragte die Krankenschwester und schüttelte den Kopf. Er musste wirklich jämmerlich aussehen, das verriet ihr Blick. War er nur ein weiterer Berthold, ein weiterer Verrückter, der irgendeinen unzusammenhängenden Schwachsinn von sich gab?

Und was war mit der Schwester? Hatte sie das getan?

»Der Portugiese, Salomon Gašpar«, sagte Herbert. »Der Portugiese hat einen Antrag auf Haftverkürzung gestellt. Und einen Antrag zur Prüfung seines Gefährdungspotenzials. Er erhofft sich seine baldige Entlassung, Bentzon. Und wer, glaubst du, hat sich für ihn eingesetzt? Richtig geraten: Christian Paludan.«

»Wir haben Sonning hergeholt, um dir beizustehen, wenn es richtig schlimm wird«, sagte Herbert.

»Was?«, flüsterte Niels.

»Bentzon? Sonning hier. Hören Sie mir jetzt gut zu«, sagte der Psychiater und sprach langsamer und eindringlicher als sonst. »Sie werden Ihnen eine ECT verpassen. Verstehen Sie? Eine Elektroschockbehandlung.«

»Nein«, flüsterte Niels und wusste nicht, wozu er Nein gesagt hatte.

»Nein?«, sagte die Schwester. »Sie können Ihre Finger nicht bewegen? Versuchen Sie es noch einmal.«

»Nein«, sagte Niels und unternahm einen letzten, verzweifelten Versuch, die Hände aus den Schlingen zu ziehen und die Riemen an seinen Füßen abzustreifen. Aber es war unmöglich. Er steckte wie unter einem mächtigen Felsbrocken fest, der ihn erdrückte und ihm die Luft zum Atmen nahm. Sie würden ihn umbringen. Aber nein, es war nur eine Person gewesen. Die Person, die ihn vom Flur aus beobachtet hatte.

»Immer mit der Ruhe«, sagte der Arzt. »Wir sind hier, um Ihnen zu helfen.«

»Weißt du, was das bedeutet, Bentzon?«, fragte Herbert. »Kann uns das helfen? Was würde es heißen, wenn der Portugiese freikäme?«

»Lassen Sie mich reden«, sagte Sonning, und Niels hörte die Männer im Hintergrund diskutieren. »Also, dieses ECT läuft folgendermaßen ab. Ich nehme an, Sie haben Chlorpromazin bekommen?«

»Chlor…«

»Das macht Sie benommen, verwirrt«, sagte Sonning. »Und es kann Ihre optische Wahrnehmung beeinflussen. Sie haben das zusammen mit Mellaril oder Decentan bekommen, deshalb ist es kein Wunder, dass Sie weg waren … Bentzon, hören Sie mich? Haben Sie mitbekommen, was ich gesagt habe? Elektroschock. Ich habe Leon hier neben mir. Was sagen Sie, Leon?«

Niels sah das Gesicht des Einsatzleiters vor sich. Etwas verschwommen, nicht im Fokus.

»Er will Sie da rausholen, Niels.«

»Du musst da raus, Bentzon!«, sagte eine andere Stimme. Ein Mann. Leon?

»Nein«, flüsterte Niels.

»Doch, die Sache ist schon viel zu weit gegangen.«

Die Kanüle. Dieses Mal war die Flüssigkeit klar. Wasser? Es hatte geregnet. Am Fenster hingen Tropfen. Kleine, feine Muster. Die Schwester stand neben ihm, trotzdem klang die Stimme weit entfernt. »Jetzt spüren Sie einen leichten Piks, Jens«, sagte sie und streifte sein Hemd über seine Schulter nach unten, stach die Nadel in den Muskel und drückte den Stempel der Spritze ganz herunter. Niels hörte Leon und Herbert, die weit weg miteinander stritten. Herberts Stimme: »Wir sind so dicht dran, wir dürfen jetzt nicht aufgeben.«

»Sie werden jetzt betäubt, Bentzon«, sagte Sonning. »Nur ganz leicht, das ist bei einer ECT eine ganz normale Prozedur. Mit einem Wirkstoff, der die Muskulatur entspannt. Die Krämpfe könnten sonst so stark werden, dass die Sehnen von den Knochen abgerissen werden.«

Für Niels ergab nichts mehr Sinn. Auch nicht Leon, der immer wieder sagte, dass Niels da rausmüsse. Wo raus? Aus seinem Kopf? Ja, die Stimmen sollten endlich still sein, er hielt das nicht mehr aus.

»Wir warten jetzt drei Minuten«, sagte die Schwester und sah zum Arzt hinüber, der ihnen den Rücken zudrehte und etwas holte, das Niels nicht sehen konnte. Dafür sah er Hannah. Hannah und die Kinder. Sie waren zu Hause und schliefen. Ob sie ihn wohl vermissten? Er dachte an Hannahs Wangen, ihre Schläfen, die samtweichen Härchen, er vermisste das alles. Ihre Stimme. Den Klang ihrer Stimme. Was sie sagte, war egal, er wollte einfach nur den Klang ihrer Stimme hören.

Stattdessen hörte er Sonning. Ein Fremder, den Niels nicht kannte, den er sich nicht vorstellen konnte. Seine Stimme war nur eine Informationsquelle: »Sie gehen davon aus, dass Sie unter einer sogenannten psychotischen Depression leiden, die von

Wahnvorstellungen und Halluzinationen begleitet wird. Eine ECT-Behandlung kann dabei durchaus effektiv sein. Sie bekommen vorher Muskelrelaxanzien, die den Sauerstoffverbrauch der Muskeln verringern, damit es keine Unterversorgung im Hirn gibt. Hören Sie, was ich sage, Bentzon? Haben Sie eine Spritze bekommen?«

»Ja«, flüsterte Niels. Er dachte wieder an Wasser. Die klare Flüssigkeit. Sein trockener Mund, aufgesprungene Lippen.

»Sie müssen keine Angst haben, bleiben Sie einfach ruhig.«

»Sind wir dann so weit?«, fragte der Arzt.

»Was ist mit dem Ding da? In seinem Ohr?«

»Das muss raus. Aber Sie können damit warten, bis wir loslegen«, sagte der Arzt.

»Bentzon. Von dem Strom kommt nicht viel in Ihrem Gehirn an, der Großteil wird von Haut und Schädel abgeleitet. Fünf Prozent des Stroms synchronisieren die Aktivität der Nervenzellen in einem kleinen Bereich im Hirn. Und das Ganze dauert nur einen kurzen Moment an. Vorher bekommen Sie etwa eine Minute Sauerstoff.«

»Was?«, flüsterte Niels. »Sauerstoff? Warum das denn?« Die Gesichter vor ihm verschwammen langsam und verschmolzen zu einem Mann und einer Frau in einem gemeinsamen Körper. Nein, zu zwei Männern, sie sah aus wie ein Mann, redete wie ein Mann. Die Schwester klebte jetzt irgendetwas Kaltes, Metallisches auf seine Schläfen. Er starrte auf ihre Nase, breit und flach, kein Nasenrücken. Und er hörte eine Stimme in seinem Kopf.

»Sie können das mit einem epileptischen Anfall vergleichen. Der Strom beeinflusst einen kleinen Teil Ihres Hirns. Die Impulse ziehen vom Gehirn in die Muskeln und führen dort zu Krämpfen. Verstehen Sie, Bentzon? Haben Sie eine Sauerstoffmaske bekommen?«

Niels spürte es mehr, als dass er es sah. Irgendwas wurde ihm auf das Gesicht gepresst. Gummi. Er roch Gummi. Und noch etwas anderes. Sauerstoff?

»Sie müssen möglichst viel Sauerstoff bekommen, bevor es losgeht«, sagte Sonning. »Das ist eine Sicherheitsmaßnahme, damit in Ihrem Gehirn immer genug Sauerstoff ist.«

Jetzt redete noch ein anderer, Leon, er klang wütend: »Das ist aus dem Ruder gelaufen, verdammt. Wir haben viel zu lange untätig zugesehen! Wir müssen ihn da rausholen! Jetzt!«

Sonning fuhr fort: »Sie müssen möglichst viel Kohlendioxid ausatmen. Sind Sie bei mir, Bentzon? Hören Sie, was ich sage? Sie bekommen eine sogenannte bilaterale Behandlung, das heißt eine Elektrode auf jeder Schläfe. Und Sie werden bewusstlos sein, bevor sie die Krämpfe auslösen. Die Schmerzen werden minimal sein. Das Ganze dauert vielleicht dreißig Sekunden. Bentzon?« Sonning klang ruhig. »Eine halbe Minute, dann ist alles vorbei. Das halten Sie aus.«

Irgendwo schrie jemand. War das in ihm? Er selbst? Leon? Und dann hörte er Herbert, dessen Worte irgendwie in seinem Kopf nachhallten: *Aufhebung des Gefährdungspotenzials, Gašpar auf dem Weg in die Freiheit. Paludan, der den Portugiesen entlassen wollte.*

»Nein!«, rief ein anderer, und es dauerte eine ganze Weile, bis Niels die Stimme als seine eigene erkannte. Seine Worte verstand:

»Nein, wir haben es fast geschafft. Nicht abbrechen.«

»Jetzt können Sie das Hörgerät herausnehmen«, sagte der Arzt.

»Holt ihn da raus«, rief Leon. Mit einer Stimme, wie Niels sie noch nie gehört hatte. Voller Emotionen. »Holt ihn da raus!«

Wieder und wieder rief Niels: *Nicht abbrechen.* Oder flüsterte er es? Irgendwie spielte das aber gar keine Rolle mehr. Auch die

Worte der Schwester nicht, ihr Blick nicht. Niels war ganz woanders. Hatte das Gefühl, sich in einem dieser Krämpfe zu verlieren, sich fallen zu lassen, in den Schmerz – für immer. Dann waren die Stimmen weg. Eine Befreiung. Schmerzen? Nein, Niels spürte nichts. Im Gegenteil. Es ging ihm gut, er flog schwerelos durch den Raum, vom Körper befreit, unbeschwert. Er sah nur Gesichter, nichts sonst. Gesichter überall. Leon, die Krankenschwester, den Arzt. Und Hannah. Sie stand plötzlich neben ihm, als hätte sie ihn gehört. Und sie sah, wie der Arzt einen Knopf drückte und Niels' Körper sich plötzlich aufbäumte und in seinen Fixierungen zu zappeln begann wie ein Fisch, der aus dem Netz auf die Hafenmauer gefallen war. Alles in ihm zitterte und zuckte, das Leben wich langsam aus seinem Körper und ließ ihn für irgendeine streunende Katze zurück, die des Abends vorbeischlich. Er sah sie bereits im Dunkel. Ein Schatten, der sich mit eleganten Bewegungen näherte. Und irgendwo über dem Wasser stand der Mond. *Der Supermond.*

26.

Todos Santos, Guatemala

Hannah wusste, dass Macheten in dieser Gegend ganz gewöhnliche Gebrauchsgegenstände waren. So etwas wie die lateinamerikanische Antwort auf Besen oder Schaufel. Beinahe jeder lief damit herum, die Natur war wild und kaum beherrschbar und drohte ständig damit, die Zivilisation zu schlucken. Immer mussten irgendwelche Äste gekappt, Bäume gestutzt oder wilde Hunde und Raubtiere im Zaum gehalten werden. Und die Kriminalität durfte man auch nicht vergessen. Brutale Räuberbanden, die keine Gnade kannten. Im Nachbarland Mexiko waren in den letzten Jahren mehr als dreißigtausend Menschen ermordet worden. Hernan unternahm nicht einmal den Versuch, die Machete zu verstecken. Er hielt sie ganz offen in der Hand, während er von der Veranda in den Regen starrte, der auf den Boden drosch und die Erde in ein matschbraunes Meer verwandelte, das unablässig in Bewegung war. Trotzdem machte es Hannah nervös, dass sie gemeinsam mit dem kleinen Mann und einem halben Meter langen Messer nach draußen gehen sollte. Außerdem spürte sie noch immer die Antarktis im Körper. Roch die Welt aus Eiskristallen. Der Geruch hing wie Äther in ihrem Körper fest. Sie war sich nicht sicher, fühlte sich aber irgendwie berauscht und schwindelig. Ein solches Unwetter hatte sie nie zuvor erlebt. Das war kein Regen, das war eine Urkraft, eine Sintflut, die alles überschwemmte. Sie warteten ein paar Minuten, bis Hernan den Kragen hochschlug und ihr kurz zunickte. Zeit zu gehen, sagte sein Blick. »Vamos.«

Hernan ging und sang. Ein sentimentales, trauriges Lied. Das Prasseln des Regens machte jede Kommunikation unmöglich. Hernan sah sich immer wieder um, wartete er auf jemanden? Oder hatte er Angst vor etwas? Nach hundert Metern drehte sie sich um und sah zurück zum Haus, das verwaschen durch den Regen nun wie ein impressionistisches Gemälde aussah. Melchiades stand am Fenster, nur eine Silhouette. Für Hannah sah es so aus, als blickte der blinde Mann ihnen nach. Sie konzentrierte sich darauf, in dem Matsch nicht auszurutschen oder über Steine zu stolpern, die sich in den braunen Fluten versteckten. Manchmal ragten die Ecken der Steine heraus, als warteten sie nur darauf, eine Katastrophe zu verursachen. Etwas weiter vom Haus entfernt war der Weg durch Felsbrocken verschüttet, die sich oben am Hang gelöst hatten. Sie mussten sich daran vorbeischieben, Hernan ging vor. Die Steine waren glatt vom Wasser, so dass Hannah einmal kurz ausrutschte und sich das Knie anschlug. Hernan reagierte nicht auf ihren schmerzerfüllten Aufschrei. Sie erkannte ihn kaum wieder, die Unterwürfigkeit war weg, jetzt wirkte er ebenso verbissen wie entschlossen, ein stiller, rauer Naturbursche. Blitze erhellten den Himmel und verwandelten die dunklen, ölartigen Pfützen für Bruchteile von Sekunden in spiegelblanke Seen. Hannah fror, und das Leder der Schuhe nagte an ihrer Ferse. Außerdem war die Übelkeit noch schlimmer geworden. *Antarktis.*

»Stopp«, sagte Hernan, als sie einige Hundert Meter gegangen waren. »Stopp!« Er hob die Hand, die nicht die Machete hielt, sah sie aber nicht an, als er auf schlechtem Englisch sagte: »Den Weg können wir nicht nehmen.«

»Warum nicht?«

»Der ist überschwemmt.« Hernan musste mehrmals rufen, um durch das Rauschen zu ihr durchzudringen. »Überschwemmt, verstehen Sie? Erdrutsche und Steinschläge drohen, Schlammlawinen, das ist zu gefährlich. Danger.«

»Und was machen wir dann?«, fragte Hannah.

»Diesen Weg«, rief er. »Durch den Wald. El bosque? Entiendes?«

Hannah nickte. »Okay.«

Wald. Warum durch den Wald? Weil sie dort niemand sehen konnte? Für einen Augenblick hatte Hannah ein schreckliches Bild im Kopf. Ihre eigene Leiche, die vom Regen überspült und begraben wurde. Für immer.

»Vamos!«, rief Hernan und setzte sich in Bewegung.

Hannah blieb ein paar Meter hinter ihm und beobachtete, wie er unbeschwert vor ihr herging. Er verlor an keiner Stelle den Halt, während sie sich mehrmals am Boden oder auf einem Felsen abstützen musste, um nicht zu stürzen. Es wurde immer dunkler, ein großes, schwarzes Nichts. Um sie herum nur Bäume und der prasselnde Regen, der auf Blätter und Boden, ihren Kopf und ihre Schultern niederging. Der Wald wurde immer dichter. Anfangs waren sie noch einem Pfad gefolgt, aber der war schon längst nicht mehr zu erkennen. Immer wieder versanken ihre Füße in dem weichen Boden, während ihr die Äste ins Gesicht schlugen. Sie gingen schweigend, und Hannah hatte keine Ahnung, wie weit sie schon gelaufen waren oder wo sie war. Sie kamen nur langsam vorwärts, und immer wieder musste sie sich darauf konzentrieren, sich nicht den Kopf an einem Ast anzuschlagen oder zu fallen. Ihr Körper fühlte sich seltsam schwer an. Hatte Melchiades sie vergiftet? Oder betäubt? Dann wurde ihr plötzlich bewusst, dass sie Hernan nicht mehr sehen konnte. Der Regen und die Dunkelheit schienen ihn irgendwie ausradiert zu haben.

»Hernan?«

Sie bekam keine Antwort. Hannah überlegte, ob sie umkehren sollte. Vielleicht konnte sie den Rückweg zu Melchiades' Haus finden und ihm erklären, dass sie sich im Dunkeln aus den Augen verloren hatten. Aber welchen Weg sollte sie nehmen? Sie hatte keine Ahnung, sie waren nach dem Ende des Pfades mal nach rechts, mal nach links gegangen. Möglicherweise sogar im Kreis.

Im Kreis? Der Gedanke machte etwas mit ihrem Körper. Ja, sie waren im Kreis gelaufen, plötzlich war sie sich ganz sicher. Aber warum? War das Teil von Hernans Plan?

Es war nur ein Schatten, eine schwarze Nuance in Bewegung, die sie aber zur Seite huschen ließ, weshalb sie der Machete knapp entging. Hernan stieß einen kurzen, wütenden Laut aus. Er hatte sich die Sache leichter vorgestellt, war davon ausgegangen, dass Hannah jetzt tot am Boden liegen würde. Das Opfer irgendeines zufälligen Räubers, sodass er zu seinem Meister und Auftraggeber zurückgehen könnte.

Hannah rannte über den gleichen Weg zurück, über den sie gekommen waren. Jedenfalls glaubte sie das, vielleicht lief sie auch in die falsche Richtung. Unter ihren Füßen war auf jeden Fall so etwas wie ein Pfad, ein Wasserlauf, Steine und Matsch, die vom Wasser mitgerissen wurden. Dann war sie sich wieder sicher, hier noch nie gewesen zu sein. Egal, sie musste in Bewegung bleiben, nur das war jetzt von Bedeutung. Sie musste weg, nach Hause zu ihren Kindern, sie hätte sie niemals verlassen dürfen. Hernan war schneller als sie und kam immer näher. Plötzlich spürte sie etwas Hartes, Warmes im Nacken und glaubte bereits, von seiner Machete getroffen worden zu sein. Aber es war nur ein Zweig gewesen, der ihr die Haut aufgerissen hatte. Der Hang unter ihr fiel jetzt fast senkrecht ab und verschwand im Dunkel, trotzdem ging sie in die Hocke und begann den Abstieg. Die Steine waren glatt, sie musste an ihren Schwerpunkt denken, durfte ihr Gewicht nicht falsch verlagern. Es waren nur wenige Meter, dann wurde es wieder ebener. Neben ihr war ein kleiner Wasserfall, den sie aber nur erahnen konnte. Weißer Schaum hing wie Nebel in der Luft. Die Bäume wurden lichter, sodass sie schneller laufen konnte. Plötzlich hörte sie hinter sich ein Geräusch. Hernan? War er ihr so dicht auf den Fersen? Sie wagte es nicht, sich umzudrehen, sondern versuchte, noch schneller zu laufen, bis sie ins Straucheln geriet, das Gleichgewicht verlor und zu Boden stürzte, eine Hand vor dem Gesicht. Als sie wieder aufstehen wollte, verweigerten ihre Beine ihr für einen Moment den Dienst. Dann schaffte sie es und stieg über den großen Stein, den sie im Fall mit aus dem Matsch gerissen hatte. Sie war kurz davor zu resignieren, sie konnte nicht mehr, ihre Beine zitterten und begannen zu verkrampfen. Kälte und Angst lähmten sie mehr und mehr. Aber was sollte aus den Kleinen werden? Und aus ihrer Seele? Es gelang ihr einfach nicht, diese Gedanken zu verdrängen. Was war, wenn die Seele weiterlebte? Wenn *sie* weiterlebte, nachdem Hernan sie erschlagen hatte? Geboren in einem neuen Körper. Vielleicht war das ja okay? Jemand, der nicht über Sternenstaub redete, den intergalaktischen Raum, der größer und größer wurde, über Exoplaneten und dunkle Materie. Ein ganz gewöhnlicher Mensch. Ein Mensch, der lieben konnte und geliebt wurde, der mit anderen reden konnte, sie verstehen, und sich verstanden fühlte. Vielleicht wäre das ja eine passable Lösung? Und vielleicht konnte sie in einem zukünftigen Leben auch Niels wiedersehen, seine Reinkarnation, und sich mit ihm verstehen.

Der kleine Mann stand mit der Machete in der Hand zwei Meter von ihr entfernt. Hannah schrie auf, als sie ihn bemerkte, und begann zu rennen. Sie versuchte verzweifelt, den fast senkrechten, matschigen Lehmhang zu erklimmen, aus dem kaum noch Äste und Steine herausragten. Alles war plötzlich eine homogene Masse, als hätte auch die Natur sich gegen sie verschworen. Er war direkt hinter ihr, würde sie in wenigen Sekunden erreichen. Nichts konnte ihn stoppen. Er würde sie in den Matsch ziehen und sie mit der Machete erschlagen oder ihren Kopf unter die Wassermassen drücken.

Dann spürte sie seine Hand um ihren Fuß. Wie eine Schlingpflanze oder Treibsand hielt er sie fest. Sie trat nach seinem Gesicht. Schloss die Augen und spürte mit einem Mal den unbändigen Wunsch aufzugeben. Sie hatte verloren, die Kräfte, die sich gegen sie stemmten, waren nicht zu besiegen, es war alles nur eine Frage der Zeit.

Es war kein lautes Geräusch, ein rollender Stein, gefolgt von einem kurzen, lauten, ehrlichen Schrei. Er hatte ihren Fuß losgelassen, was sie aber erst nach einigen Sekunden bemerkte. Sie hielt sich an einer Wurzel fest, die zwischen den Steinen hervorragte, und sah nach unten. Hernan war weg. Sie konnte ihn nicht sehen. Schließlich öffnete sie die Augen und sprang nach unten auf den Weg.

Sie wollte weg und hatte nun ein Gefühl dafür, in welche Richtung sie gehen musste. Sie hatte erst wenige Schritte gemacht, als sie ihn entdeckte. Er lag zwischen zwei Felsbrocken etwas unterhalb des Wegs, halb im Matsch begraben, und lief Gefahr, noch tiefer in die Schlucht gerissen zu werden. Er versuchte, sich zu befreien – und vielleicht konnte ihm das sogar gelingen. Die Machete lag über ihm, er griff danach, wollte aufstehen, die Jagd fortsetzen, aber Hannah war schneller und hob das schwere Messer auf. Er blutete aus einer tiefen Platzwunde auf der Stirn, die sein Gesicht wie ein roter Strich in zwei Hälften teilte und seinen Augen einen grotesken Ausdruck verlieh. Ein Bein wirkte seltsam verdreht. Trotzdem konnte es ihm gelingen, sich zu befreien, es war nur eine Frage von Sekunden. Er würde wieder auf die Beine kommen. Sie würde nur mit Mühe aus dem Wald finden und leichte Beute für ihn werden. Wenn sie ihn nicht erschlug, würde er sie erschlagen. Er hatte Zeit genug, sich eine neue Waffe zu holen. Das war eine ganz simple Rechenaufgabe. Die Mathematik des Todes. Noch einmal ging sie alle möglichen Ergebnisse durch. Keines davon endete mit ihrem Überleben.

»Please. No!«

Hannah sah gerade noch, wie er in die Tiefe gerissen wurde. Ein bizarrer Anblick: ein Körper, ein schrecklicher Schrei und eine Lawine aus Steinen, Erde und Schlamm. Dann war er weg. Es war simple Mathematik. Er oder sie.

27.

Sikringen, Nykøbing, Sjælland

»Jens?«

Die Stimme. War das Hannah, seine Ophelia? Hatte sie sich doch nicht in den Wallgraben von Kronborg gestürzt?

»Jens?«, sagte die Stimme wieder. Nüchtern, ohne Gefühle, tonlos.

»Wir müssen ihm sein Hörgerät wieder einsetzen«, sagte der Arzt.

Niels sah zu der Krankenschwester und dachte an die Farbe Weiß. Sie beugte sich über ihn, versuchte, ihm den Ohrhörer einzusetzen, während es in seinem Kopf rauschte wie am Meer. Eine andere Stimme kam hinzu, ein Mann, von dem Niels nicht wusste, wer er war. Er sah nur eine weiß gekleidete Gestalt im Hintergrund stehen, verstand aber nicht, was gesagt wurde. Es war zu laut in seinem Kopf. Wo bin ich? Was passiert mit mir? Jetzt hörte er etwas, Worte, die Sinn ergaben. »Geben Sie ihm noch zwei Minuten.«

Und in diesen zwei Minuten geschah etwas in ihm. Die zerebralen Zahnräder fassten wieder, und mit einem Mal war auch die Erinnerung wieder da. Er wusste wieder, wer er war und dass er im Fixierraum für die Elektroschockbehandlung war. Er spürte das Sirren in seinem Körper, eine Art Gefühllosigkeit, seine Füße waren noch taub, aber seine Finger konnte er bewegen, wenn sie sich auch steif und kalt anfühlten. Eine Tür wurde geöffnet, dann war er allein.

»Leon?«

»Bentzon? Bist du am Leben? Ich wollte nicht, dass …«

Niels unterbrach ihn. »Du hast doch das Fernlicht angehabt, oder?«, sagte er langsam. Das Reden fiel ihm schwer. »In der Nacht?«

»Ja?«

»Ich hatte Besuch vom Mörder. Während du die Scheinwerfer anhattest. Ich bin mir vollkommen sicher. Er war hier. Wir haben uns verraten.«

»Das hast du schon mal gesagt.«

»Und er ist von der anderen Seite des Flurs gekommen. Und in diese Richtung auch wieder verschwunden. Verstehst du?«

»Nein.«

»Es muss da einen Eingang oder Ausgang geben, den wir nicht kennen«, flüsterte Niels und warf rasch einen Blick zur Tür. Sie standen draußen auf dem Flur und redeten. Niels konnte in dem schallisolierten Raum nichts hören, was aber auch bedeutete, dass sie ihn nicht hörten.

»Es gibt nur einen Eingang zum Hochsicherheitstrakt«, sagte Leon.

»Der Keller hängt doch mit dem Keller des alten Teils der forensischen Psychiatrie zusammen, oder?«, flüsterte Niels.

»Ich habe den Grundriss vor mir.« Niels hörte ihn hektisch blättern. »Es gibt da unten keinen Ausgang«, sagte er.

»Und wie sieht es mit alten Belüftungsschächten aus?«, flüsterte Niels. »Kanalisation? Lagerräume? Geht da nichts aus dem ursprünglichen Bauplan hervor?«

»Das ist unmöglich, das würde aus dem Grundriss …«

»Aber er war hier«, unterbrach Niels ihn. »Und er ist von rechts gekommen.«

»Niels, du hast Elektroschocks bekommen. Die pumpen dich mit Medikamenten voll.«

»Ich bin mir vollkommen sicher, Leon. Wo endet der Keller?«

»In einem Lagerraum.«

»Und wo unter der Erde ist das etwa?« Niels hob den Kopf, sein Nacken schmerzte. Sie kamen zurück zu seiner Tür.

»Leon? Wo?«

»Verdammt, ich bin doch kein Architekt, Niels. Ich gebe mir ja Mühe.«

Die Tür ging auf. Sie trat ein. »Du kannst dich jetzt aufsetzen«, sagte die Schwester, und Niels spürte, dass die Riemen an seinen Knöcheln und auch an Brust und Handgelenken gelöst wurden. Er war vollkommen verunsichert. Fixiert zu sein hatte auch etwas Befreiendes. Sich nicht um seinen Körper kümmern zu müssen. War es Paludan auch so gegangen? Hatte es ihn geil gemacht, gefesselt zu sein? Weil das die einzige Art war, mal die Kontrolle abzugeben? Sonst musste er immer alles im Griff haben, handeln, anderen Menschen helfen. Niels hatte eigentlich gedacht, dass die Handschellen für Paludans Frau gedacht waren. Das Preisschild war nicht abgenommen worden. Hieß das, dass sie noch nicht benutzt worden waren? Klar, manche Männer kauften dieses Sex-Zeugs, ohne zu fragen, ob ihre Frauen das überhaupt wollten. Sie hofften, dass ihre Partnerinnen jubelten, wenn sie Handschellen und einen Strap-on-Dildo aus der Tüte zauberten. War es das? Hatte Paludan Sehnsüchte gehabt, die er mit seiner hübschen, jungen Frau nicht hatte ausleben können? Sodass er es mit einer anderen hatte ausprobieren müssen?

»Komm schon, Jens, Beine aus dem Bett, du musst jetzt aufstehen.« Sie zog seine Beine über die Bettkante, eine schnelle, routinierte Bewegung, die ihn zwang, die Füße auf den Boden zu stellen. Er hatte sich halb aufgerichtet, als ein Schmerz von seiner Lendenregion nach oben durch seinen Rücken schoss. Er bekam Augenkontakt mit dem Arzt, sah dort aber keinerlei Reaktion, allenfalls eine leichte Verärgerung, dass das alles nicht schneller ging. Die Tür stand offen. Ein Wachmann war hinzugekommen. Oder war er die ganze Zeit über dort gewesen?

»Ich höre, dass du jetzt nicht reden kannst«, sagte Leon. »Aber du kannst ja zuhören. Wenn ich diese Zeichnungen richtig deute, endet das Depot, also dieser Lagerraum, im Keller in der Nähe des Friedhofs. Oder der Kapelle.«

»Dann gehen wir, Jens.«

Einen Fuß vor den anderen, für einen Moment gab es in Niels' Kopf nur das Thema Gehen. Bis sich etwas anderes in die Gedanken mischte, etwas von außen. Er war sich wirklich sicher. Der Mörder war hier gewesen, er hatte direkt vor der Tür gestanden. Und er war von der anderen Seite gekommen. Ein Lagerraum unter der Kapelle oder dem Friedhof?

Niels war mittlerweile draußen auf dem Flur. Der Wachmann sah ihn ausdruckslos an.

»Diese Richtung«, sagte die Schwester, die vor ihm stand, und nickte nach rechts. Der Wachmann ging ganz hinten, der Arzt und die Krankenschwester waren vor Niels. Niels dachte an die Geschichte mit den mehr als 2000 Gehirnen, über die er in *Operation Hamlet* gelesen hatte. Das war bis in die Mitte der Achtziger so gegangen. Über hundert Jahre hinweg hatte man den Verrückten ihre Gehirne gestohlen, ohne dass die Angehörigen davon gewusst hatten. Sie waren in einem Institut in Risskov gesammelt worden, zusammen mit 8000 anderen kranken Hirnen aus allen Winkeln des Landes. Heute wusste man nicht, was man damit machen sollte, und das galt nicht nur für die Toten, sondern auch für die Lebenden. Verrückte waren bis zum letzten Moment anstrengend, man wusste einfach nicht, wie man sie loswerden konnte.

»In der Kapelle«, flüsterte Niels.

»Hast du was gesagt, Bentzon?« Niels konnte nicht antworten. Er dachte an den Skandal in den Medien. Dass sie die Gehirne heimlich bei Nacht und Nebel entnommen hatten, gegen alle Gesetze. Niemand hatte das sehen dürfen. Nicht einmal Krankenschwestern oder das andere Personal. Deshalb hatten die Ärzte nicht im Hauptgebäude operieren können. Stattdessen waren die Toten in die Kapelle gebracht worden, wo niemand sie sehen konnte.

»Komm, wir legen mal einen Gang zu«, sagte der Wachmann.

Ein Blick zurück, in die andere Richtung. War der Mörder von da gekommen? Ja, er war von da unten gekommen. Aber wie?

Niels blieb abrupt stehen und drehte sich um. Die Reaktion des Wachmanns ließ nicht auf sich warten. »Komm, weiter«, sagte er und baute sich vor Niels auf. Im gleichen Moment stieß Niels den Kopf nach vorn, direkt ins Gesicht des Mannes. Er traf hart und sauber direkt auf den Nasenrücken. Es blutete sofort, rote Zähne. Der Wachmann war total unvorbereitet, schließlich hatte Niels nicht die Spur aggressiv gewirkt. Der Wachmann schrie, während Niels in die andere Richtung davonrannte.

Am Ende des Flurs führte eine Treppe nach unten. Dunkelbraune Steine, ein altes, morsches Holzgeländer. Niels nahm drei Stufen auf einmal. Er war sicher, dass er fallen würde, sein Körper war schwer und ungelenk, und seine Augen fokussierten auch noch nicht richtig. Trotzdem stürmte er weiter. Hinter einer offenen Tür kam ein weiterer Flur zum Vorschein. Sein Atem keuchte.

Zwei Richtungen. Niels rannte nach links. Er hörte jetzt auch die Schritte hinter sich, wusste aber nicht, wie groß sein Vorsprung war.

Ein Keller, beinahe lichtlos, nur wenige Türen, die Luft war klamm, erdig. Roch es nach Fichten? Die Stimmen hinter ihm kamen immer näher. Der Flur musste unter dem Hochsicherheitstrakt hindurchführen. Unter der Kapelle. Und dann? Wie hatten sie die Leichen in die Kapelle schaffen können? Oder war das alles ein Irrtum? Der Flur endete blind. Natürlich, dachte er, roch wieder die Fichten … die Freiheit, als er rechter Hand im Dunkeln eine Tür wahrnahm. Niels drückte die Klinke nach unten und stieß die Tür auf. Wieder ein Flur, schmaler als der erste, ein Boden aus feuchtem Zement, gemauerte Wände. Und so gut wie kein Licht. Hinter ihm Schreie, schnelle Schritte. Es war nur zwei Menschen gelungen, aus dem Sikringen zu fliehen, und das war über fünfzig Jahre her. Außerdem war das Gebäude seither mehrfach renoviert worden. Jetzt war es unmöglich, Niels wusste das, wie er auch wusste, dass es nur eine Frage der Zeit war, bis er wieder in seine Zelle gesperrt wurde. Auf dem Boden waren Pfützen, kaltes Wasser. Er hastete durch das Halbdunkel weiter, als sein Arm gegen etwas Hartes stieß. Eine Tür. Seine Hände strichen über die raue Oberfläche und suchten nach einer Klinke. Da! Er drückte sie auf. Ein noch dunklerer Raum lag vor ihm. Es roch nach Staub. Das Lager? Alte Matratzen? Tische und Stühle? Niels erahnte bloß einige wenige Konturen. Aber ein anderer Geruch drang jetzt ganz deutlich in seine Nase: Fichten, Gras, Natur. Stimmen, Schritte hinter ihm kamen näher. Konnte er sich verstecken? Er stieß an einen schweren Gegenstand. Ein Regal. Plötzlich bemerkte er das Licht und sah nach oben. Ein Gitter an der Decke. Die Stimmen hinter ihm waren nicht mehr weit entfernt, er konnte einzelne Worte unterscheiden: »Da drin!«, »Beeilt euch!«, »Verdammt! Jetzt kommt endlich!« Er streckte die Arme nach oben, drückte mit den Handflächen gegen das Gitter und versuchte, es wegzuschieben. Es saß fest. Dann fiel sein Blick auf das kleine Vorhängeschloss, das das Gitter an seinem Platz hielt. Er starrte nach oben in einen weißen Raum. Bänke, eine gekalkte Wand. Und die Jungfrau Maria mit ausgestreckten Armen. Wollte sie ihn retten? Ihn erlösen?, fragte sich Niels, als die lauten Stimmen direkt hinter ihm waren und er von starken Armen gepackt wurde. *Die Kapelle.* Vielleicht sagte er das Wort laut, als er zurück über dieselben Flure und Gänge abgeführt wurde. Er konnte sagen, was er wollte, sie hörten doch nur sich selbst, ihr Schimpfen, ihre Verwirrung darüber, wie das nur hatte geschehen können.

Niels sah das Gitter vor seinem inneren Auge und wusste nun, dass die Kapelle auf dem Friedhof der Hirnlosen über eine alte Kellerpassage mit dem Hochsicherheitstrakt verbunden war. Nur getrennt durch ein simples Vorhängeschloss.

28.

Todos Santos, Guatemala

Melchiades' Haus leuchtete wie ein Fremdkörper in der stockdunklen Nacht und forderte förmlich Aufmerksamkeit ein. Vom Dorf drang kaum ein Lichtstrahl herauf, und Hannah verstand plötzlich die Logik, warum Melchiades auf seinem Weg von Bogota hier gestrandet war. Er hatte den Ort in der Welt gefunden, wo auch die Sehenden blind waren, wenigstens für eine gewisse Zeit des Jahres. Eine Gegend, die abends und nachts in totaler Finsternis versank und in der das Gelände auch die Sehenden zwang, wie Melchiades einen Stock zu nutzen. Der Himmel öffnete sich oft, viel zu oft. Das Wasser sammelte sich in kleinen und großen Pfützen auf den Wegen und bohrte sich wie Toteisreste in den Boden. Hannah war auf dem Weg zurück zum Haus dreimal ausgerutscht und hatte sich den linken Fuß vertreten. Vor Melchiades' Tür drehte sie sich noch einmal in Richtung Dorf um, sah aber nur Dunkelheit, unterbrochen von wenigen gelblichen, pulsierenden Lichtern, angetrieben von den alten Dieselgeneratoren, die auch die Kühltheke im lokalen Supermarkt mit Strom versorgten. Wobei das Wort »Super« eigentlich reichlich übertrieben war. Ein paar Früchte, die sie nicht kannte, Baumtomaten, trübe, krümelige Limonade aus unreifen Grenadillas und amerikanische Zigaretten. Wenn sie noch eine Woche hierblieb, würde sie bestimmt wieder zu rauchen anfangen, man muss den Luxus nehmen, den man kriegen kann.

Was jetzt? War der Blinde allein im Haus? Konnte er ihr gefährlich werden? Hernan war tot, da gab es keinen Zweifel. Wer sollte Melchiades diese Nachricht überbracht haben? Niemand. Niemand wusste, dass der kleine, boshafte Scheißkerl versucht hatte, sie umzubringen. Er war einen einsamen Tod gestorben und würde für immer verschwunden bleiben, Hannah war überzeugt davon, dass sich von den Leuten im Ort niemand um ihn kümmern würde. Das hatte sie schon am ersten Tag im Café erkannt, als er zwischen der glänzenden Theke und dem Tisch draußen hin und her gelaufen war. Die Ortsansässigen machten sich allenfalls über ihn lustig, wenn er aus der Zeitung vorlas, dabei aber bei jedem Wort, das mehr als zwei Buchstaben hatte, Hilfe brauchte. Es war durchaus möglich, dass erst Melchiades ihm das Lesen beigebracht hatte. Der Blinde hatte in Hernan zwei dienstbeflissene Augen gehabt, Augen, die mehr sahen als seine eigenen, aber nie etwas verstanden. Er hatte für diesen Zweck wirklich den perfekten Mann gefunden. Hannah war überzeugt davon, dass Hernan nicht einmal verstanden hatte, warum er sie hatte töten sollen.

»Hernan?«

Sie blieb bei der Tür stehen, als sie die Stimme des Alten hörte. Er saß ängstlich in seinem Zimmer und wartete auf Neuigkeiten über den in Auftrag gegebenen Tod. Was sie jetzt tat, war wirklich Grundlagenforschung, und die war schon immer gefährlich gewesen. Ohne zu wissen, warum, sah Hannah plötzlich Madame Curie neben sich. Sie trieb Hannah an und verlangte von ihr weiterzumachen. Die kleine, hübsche Frau hatte ohne Handschuhe in einem Institut in der Sorbonne gestanden und Radioaktivität und Röntgenstrahlen erforscht, womit sie unzählige Leben rettete, ihr eigenes aber verlor. Würde dieses Schicksal jetzt Hannah blühen? Würde sie wichtiges Wissen an die Öffentlichkeit bringen, dies aber mit ihrem Leben bezahlen? Sie legte ihre Hand auf die Klinke. Ihre Gedanken wurden von Melchiades' Stimme unterbrochen. Er sprach Englisch.

»Ich rieche, dass Sie das sind. Die nordische Frau«, sagte er in umgekehrter Reihenfolge – *woman nordic* – und fragte noch einmal nach Hernan. Die Stimme des Alten versagte, als ihm klar wurde, dass er zum zweiten Mal im Leben seine Augen verloren hatte.

Hannah – Madame Hannah – wagte sich weiter. Würde die Welt sich an sie erinnern, wie sie sich an Madame Curie erinnerte? Oder würde sie einen sinnlosen Tod sterben, sodass ihre Kinder nur erfahren würden, dass sie sich während einer Forschungsreise nach Chile aus unerklärlichen Gründen in ein gottverlassenes Nest am Ende der Welt abgesetzt hatte?

»Warum kommen Sie nicht herein?«

»Ich denke nach«, antwortete Hannah.

»Was denken Sie?« Seine Stimme klang dünn und kindlich.

Hannah antwortete nicht. Sie durfte ihn nicht in ihre Gedanken einweihen, er war eine Schlange, die gern manipulierte.

»Sie fragen sich, ob ich bewaffnet bin«, sagte er und beantwortete die Frage selbst: »Das bin ich, es wäre also sicher das Beste für Sie, wieder zurück in die Stadt zu gehen. Zu verschwinden.« Seine Verzweiflung entlarvte ihn. Wäre er bewaffnet und hätte er es auf sie abgesehen, würde er sie einfach eintreten lassen. Die perfekte Verteidigung. Ein blinder Mann hört mitten in der Nacht in seinem Haus ein Geräusch, schießt voller Angst um sich und trifft den Einbrecher. Wen er so auch träfe, verurteilt würde er dafür nicht.

Hannah öffnete die Tür. Obwohl sie sich ihrer Sache sicher war, spürte sie die Anspannung, die Nervosität. Er stand im Halbdunkel, auf den Stock gestützt, nur mit einem Nachthemd bekleidet. Eine Schulter war entblößt, sodass Hannah das Muster der geschwollenen Adern unter der blassen Haut sehen konnte. Sie warf einen Blick auf seine Hände. Keine Waffe.

»Was wollen Sie?«, fragte er. Hannah schloss die Tür hinter sich.

»Spielen Sie Schach?«, fragte sie.

Die Frage überraschte ihn. Er trat einen Schritt auf sie zu, genau wie ein Sehender es getan hätte, um ihr Gesicht zu mustern und sicherzugehen, dass sie die Frage ernst meinte.

»Sie wollen Schach spielen?«, fragte er misstrauisch, wenn auch mit einem Anflug von Hoffnung in der Stimme. Als böte sich ihm dank König und Königin nun doch noch ein Ausweg.

»Wir haben gespielt«, antwortete Hannah. »Und Sie waren bereits am Zug. Jetzt bin ich dran.«

»Wo ist er?«

»Wer?«

»Hernan!« Wieder die Stimme, die Wut.

Hannah atmete tief durch. Das Haus roch nach Anis und Holz und nach feuchter Wärme. In seinem Behandlungszimmer brannte Licht. Männer und Frauen aus der ganzen Welt hatten dort gelegen, hypnotisiert, auf der Suche nach sich selbst.

»Was wollen Sie?«

Hannah hörte, wie er ihr ins Behandlungszimmer folgte. Sie suchte nach Informationen über Salomon Gašpar. Er musste hier gewesen sein. Melchiades und er hatten Kontakt über codierte Nachrichten gehalten. *I found her.*

»Ich habe sie gefunden«, sagte Hannah und trat hinter den Schreibtisch. Getippte Briefe, eine alte Schreibmaschine für Sehende und eine Braille-Maschine, um per Blindenschrift mit anderen Blinden kommunizieren zu können. »Wen haben Sie gefunden?«, fragte Hannah.

»Ich weiß nicht, wovon Sie reden«, sagte Melchiades, der langsam auf seine Regale zuging. Hannah folgte ihm. Wie würde man vorgehen, wenn man etwas in einem Raum beschützen wollte, etwas, das nicht in die Hände von Fremden fallen durfte? Entfernte man sich weitestmöglich davon, um die Aufmerksamkeit von diesem Teil des Raumes abzulenken, oder ging man direkt dorthin, um es zu schützen? Er ließ sich schwer auf den Flechtstuhl fallen. Hannah spürte, dass er sich dem Dokument genähert hatte, das sie nicht finden sollte. Im Regal hinter ihm stapelten sich Tonbänder. Mitschnitte der Gespräche mit den Menschen, die ihn über die Jahre besucht hatten. Menschen, die Erklärungen für ihre Albträume gesucht hatten, für das Gefühl, von verrückten Ideen, Visionen, Erinnerungen an fremde Leben heimgesucht zu werden. Nachdem die Schulmedizin mit ihren Pillen und Therapien am Ende gewesen war, hatte es für diese Menschen nur die Hoffnungslosigkeit oder eben diese eine Alternative gegeben. Sie mussten eine Erklärung jenseits der Logik suchen.

Hannah spürte, wie zuwider ihr eine solche Erklärung war. Für die Behauptung, dass man mehrere Leben hatte und es eine Seele gab, gab es wirklich nicht die Spur eines Beweises. Nichts!

»Wen haben Sie gefunden?«, fragte Hannah rhetorisch, wohl wissend, dass er ihr nichts sagen würde. Sie las die Namen auf den Tonbändern. *Smith, Virginia, 1984. Schultz, Hans, 1976* – okay, nach dem Alphabet geordnet, nicht nach den Jahreszahlen, dachte sie, während sie noch immer der Abneigung gegen diese irrationale *Alternative* nachspürte. Die Erklärungen, die gar nicht bewiesen werden sollten. Denn das war der eigentliche Unterschied. Hannah und ihre Kollegen entwarfen ohne Zweifel ebenso fantastische, vollkommen theoretische Ideen über das Universum, aber sie versuchten, diese Hypothesen immer zu beweisen. Das Higgs-Teilchen, ein unsichtbares Partikel, das allen anderen

Partikeln Gewicht und Masse gab, war nur ein Gedanke im Kopf von Peter Higgs gewesen, irgendwann in den Sechzigerjahren, doch vierzig Jahre später war die Existenz dieses Partikels in einem Teilchenbeschleuniger tief unter dem Schweizer Boden bewiesen worden. Und damit auch, dass das Universum nicht leer, sondern mit einem unsichtbaren Feld verbunden war, das allem Leben gab. Hannah hielt mit ihren Gedanken inne, sie hatte das Band gefunden.

»Gašpar, Salomon, 1993.« Hannah nahm das Tonband aus der Hülle.

»Sie haben kein Recht dazu«, sagte der Alte.

»Genauso wenig wie Sie das Recht haben, Leben zu nehmen«, flüsterte Hannah ruhig. Es war lange her, dass sie ein Tonbandgerät bedient hatte.

»Soll ich die Bänder mitnehmen, oder helfen Sie mir?«, fragte sie.

Der Alte dachte etwas zu lange darüber nach, wie er Hannah doch noch überwältigen könnte.

»Gut, dann nehme ich sie mit«, sagte sie.

»Nein, ich helfe Ihnen«, erwiderte Melchiades.

Hannah stellte das Tonbandgerät auf seinen Schoß und reichte ihm das Band, das er mit geübten, präzisen Bewegungen einlegte.

»Hier.«

Hannah nahm vor ihm auf dem Stuhl Platz und schaltete das Gerät ein.

***

Die Stimme des Alten war als Erstes zu hören.

»Liegen Sie bequem?«, fragte er auf Englisch. Melchiades klang jünger, seine Stimme war lebendiger, selbstbewusster. Die

Aufnahme war am Tag gemacht worden, Hannah hörte das Gezwitscher von Vögeln, das Rufen von Kindern und ein größeres Auto, das den Hang herunterkam. Vermutlich die Zuckerbauern, die sie hier jeden Tag mit ihren Macheten gesehen hatte.

»Ich liege bequem«, antwortete Salomon. *Der Portugiese.* Hannah sah zu dem Alten hinüber, er schien sie durch die Nacht seiner Augen anzusehen. Mit dem Rücken zur Wand, im Begriff, seine große Entdeckung zu verlieren. Die Stimme des Portugiesen war ruhig, als er auf die einleitende Frage antwortete, tief und sicher, nachdenklich, mit leichtem südeuropäischen Akzent, wenn er Englisch sprach. Hannah fragte sich, ob sie vorspulen und den Beginn der Hypnose auslassen sollte, fürchtete aber, etwas Wichtiges verpassen zu können. Sie ließ das Band laufen und wanderte ruhelos im Raum auf und ab, während Melchiades die Hypnose von Salomon Gašpar einleitete.

»Sagen Sie mir, wo Sie sind?«, fragte Melchiades schließlich.

Lange Pause, nur das Gezwitscher der Vögel aus dem Garten war zu hören. Und Regen? Möglich, vielleicht war das aber auch nur das Rauschen des Geräts.

»Da, wo ich immer bin. Im Hotel. In diesem Zimmer.«

»Heute versuchen wir herauszufinden, um welches Hotel es sich handelt. Wir werden das Zimmer verlassen«, sagte der Alte. »Können Sie aufstehen?«

»Nein, ich kann mich nicht bewegen, das habe ich doch schon gesagt.«

»Bevor Sie ins Zimmer gekommen sind?«, sagte der Alte auf dem Band. Hannah sah ihn an und verstand. Salomon Gašpar hing in irgendeinem halb vergessenen Erinnerungsfetzen in einem Hotelzimmer fest. Hatte er deshalb sein ganzes Leben in den verschiedensten Hotels gearbeitet? Um den Ort zu finden, der zu seiner bruchstückhaften Erinnerung passte?

»Können Sie noch weiter zurückgehen? In die Zeit, bevor Sie das Zimmer betreten haben?«

Salomon unterbrach den Alten: »Ich liege auf dem Boden. Und dann ist da eine Zahl …« Es entstand eine Pause, aber das Band lief weiter. »Ich glaube, ich habe die Zahl in den Boden geritzt«, flüsterte der Portugiese.

»Okay. Jetzt gehen wir zurück. Bevor Sie das Zimmer betreten haben. Können Sie das? Können Sie auf dem Flur vor dem Zimmer stehen?«

»Das ist schwer.«

»Ich weiß, dass das schwer ist. Aber nur, weil Sie die Logik nutzen wollen, um sich in der Zeit zu bewegen. Vergessen Sie das, lassen Sie die Eindrücke einfach kommen, Sie dürfen die Suche nicht forcieren. Das ist, wie wenn man plötzlich etwas vergessen hat, was man eigentlich weiß. Dieses Gefühl kennt doch jeder, nicht wahr?«

»Ja.«

»Man hockt da und begreift nicht, warum man sich plötzlich nicht mehr an den Namen des Schauspielers erinnern kann, den man schon in hundert Filmen gesehen hat. Aber genau an dem Morgen, an dem man mit einem Freund in einem Café darüber reden will, ist der Name weg. Verstehen Sie?«

»Ja.«

»Und egal, wie sehr man es auch versucht, die Erinnerung kommt nicht zurück.«

»Nein.«

»Man weiß aber, dass man den Namen im Kopf hat. Und plötzlich, irgendwann, wenn man nicht mehr daran denkt und etwas ganz anderes macht, ist der Name wieder da. Einfach so. Nicht wahr?«

»Ja.«

»Ja!, denkt man dann und versteht nicht, warum einem der Name nicht früher eingefallen ist.«

»Das stimmt«, sagte der Portugiese.

»So ist es auch mit den Erinnerungen an ein früheres Leben. Wir können sie nicht hervorlocken, sie kommen, wenn wir uns nicht anstrengen. Bleiben Sie ruhig da auf dem Boden liegen und versuchen Sie da zu bleiben. Vielleicht finden Sie ein Detail, die Form einer Klinke, die Farbe einer Wand, einen Menschen …«

Salomon Gašpar unterbrach ihn. »Das ist aber gar nicht angenehm.«

»Das verstehe ich gut.«

»Ich liege im Sterben.«

»Was passiert draußen?«

»Draußen?«

»Außerhalb des Raumes, in dem Sie sind?«

Schweigen.

»Ich denke an meine Mutter. Draußen eilt jemand über den Flur. Eine Zeitung.«

»Das ist gut, Salomon. Eine Zeitung. Sehen Sie ein Datum?«

»Nein, oder doch, vielleicht. Dreißig?«

»Dreißig?«

»Ja, ich glaube. Oktober, Herbst … 30. Oktober. Da draußen läuft jemand.«

»Wer?«

»Eine Frau. Und ein Mann… Nein.«

»Doch. Da sind eine Frau und ein Mann. Woran erinnern Sie sich sonst noch?«, fragte Melchiades nachdrücklich.

»Ich stehe vor einem Hotel. Ich glaube … ich glaube, es ist London. Ja, es ist London.«

»Gut, das ist gut. Erzählen Sie mir, was Sie sehen.«

»Männer mit Hüten, Bowlerhüten. Es ist Abend. Ein Polizist.

Ich habe Angst vor ihm«, sagte Salomon Gašpar und klang plötzlich anders, als wäre er wesentlich jünger.

»Warum?«

»Ich weiß es nicht. Er will mir nichts Gutes!«

Melchiades räusperte sich, er sprach leiser, flüsterte fast.

»Sie stehen auf einer Straße in London. Sehen Sie sich um. Wie sieht es da aus?«

»Da sind Soldaten.«

»Gut. Soldaten. Was sehen Sie sonst noch?«

»Und Autos. Ich stehe vor einem Hotel.«

»Sehen Sie den Namen des Hotels?«

»Etwas mit C.«

»Wenn Sie einen Buchstaben sehen können, können Sie auch noch mehr sehen«, sagte Melchiades und klang mit einem Mal streng, wie ein Vater.

»Cadogan. Es ist schwer. Überall laufen Menschen herum«, flüsterte der Portugiese.

Hannah hörte, dass Melchiades den Namen des Hotels wiederholte. Eine mentale Notiz, *Cadogan.*

»Sie haben von einer Frau gesprochen?«

»Sie spricht mit mir, während ich im Sterben liege«, flüsterte der Portugiese. Hannah hörte seiner Stimme an, dass er den Tod noch einmal durchlebte, wenn das nicht alles Heuchelei war, Einbildung, die Wahnvorstellungen eines Verrückten. Aber nein, es gab keinen Zweifel: Gašpar starb noch einmal. Neben Melchiades. Der Portugiese hatte damals sicher auf dem Stuhl gesessen, auf dem sie jetzt saß. Oder auf der Pritsche gelegen. Auf jeden Fall hatte er unter Hypnose schreckliche Dinge erlebt.

»Was sagt sie?«, fragte Melchiades auf dem Band.

»Das weiß ich nicht. Es ist schwer. Die Sonne scheint mir direkt in die Augen.«

»Will sie Ihnen Böses? Oder ist sie eine Freundin?«

Salomon nahm sich Zeit, Hannah hörte seinen Atem, angestrengt. »Ich liebe sie«, sagte er schließlich. »Rachel.«

***

Hannah stand auf, ließ ihren Blick über die Berggipfel schweifen, deren Silhouetten sich als Erstes von dem Dunkel abhoben. Melchiades saß regungslos hinter ihr, deprimiert, konfrontiert mit dem Fiasko seines Lebens. Hannah kannte diesen steten Begleiter eines jeden Forschers. Man verwendete sein halbes Leben für ein ganz bestimmtes Experiment, um einen Gedanken, eine Theorie zu verifizieren, und dann … endete es für die meisten Wissenschaftler mit einem Rückschlag. Das Universum verhielt sich nicht so, wie sie es sich an der Tafel ausgerechnet hatten. Und dann war das Leben vorbei – wie für den Alten hinter ihr.

»Sie haben geschrieben, dass Sie sie gefunden hätten?«, fragte Hannah.

»Sie haben meine Bänder. Sie können meine Bücher lesen«, sagte er langsam und fügte dann hinzu: »Aber Sie kriegen nicht, was in meinem Kopf ist.«

29.

Guatemala City

Eines der Charakteristika von Lateinamerika ist, dass Polizisten wie Soldaten aussehen und in ständiger Alarmbereitschaft sind, jederzeit bereit, Krieg zu führen.

Polizia stand auf dem Rücken der beiden Polizisten, die im Flughafen, nur wenige Meter von Hannah entfernt, patrouillierten. Sie trugen schwere Maschinenpistolen an schwarzen Riemen und schusssichere Westen über ihren olivgrünen Uniformen. Irgendwie sahen sie so aus, als wären sie direkt auf dem Weg in den Dschungel, um irgendeine obskure paramilitärische Einheit zu bekämpfen. Als sie an Hannah vorbeigingen, blieben sie plötzlich stehen und besprachen sich kurz. Dann nickte der größere der beiden, ließ seinen Blick über die vielen Menschen im Flughafen schweifen und zündete sich eine Zigarette an.

Die suchen mich. Hannah konnte diesen Gedanken einfach nicht ignorieren. Sie hatte einem Mann in den Tod geholfen, hatte Melchiades' Diener mitten im Wald seinem Schicksal überlassen. Vielleicht wurde deshalb jetzt nach ihr gefahndet? Sie hatte an die Mathematik gedacht, als sie ihn in den Abgrund hatte stürzen lassen. Eine einfache Rechenaufgabe, von denen Tag für Tag auf der ganzen Welt Tausende gerechnet wurden, jeden Augenblick wieder aufs Neue: Wenn ich es *nicht* tue, passiert das oder das. Und *wenn* ich es tue, hat das diese oder jene

Konsequenz. Was ist in der gegebenen Situation das Richtige?, hatte sie sich gefragt und Hernan in die Tiefe rutschen lassen. Nur dass diese Rechenaufgabe vor Gericht nicht durchging, das wusste sie ganz genau. Ein Richter würde zu dem Schluss kommen, dass sie Hernan hätte retten müssen und, weil sie es nicht getan hatte, jetzt ins Gefängnis gehörte. Und weil das System so denken musste, hatte es nun seine Häscher ausgesandt. Hartgesottene Männer mit Maschinenpistolen, die gehorchten, ohne Fragen zu stellen.

Wieder sah Hannah den kleinen Diener vor sich. Er steckte im Schlamm, der Körper fast untergetaucht, der Regen prasselte auf sein Gesicht, seine geschlossenen Augen. Das Blut, das aus der Wunde auf der Stirn quoll, löste sich im Wasser auf. Und dann sah sie, wie er den Halt verlor, als eine Schlammlawine über ihn hinwegspülte. War der Leichnam mittlerweile gefunden worden? Hannah hatte lange gebraucht, um nach Guatemala City zu kommen. War Hernan in der Zwischenzeit gefunden worden? Eigentlich unmöglich, dachte Hannah. Hernan war sicher für viele Tage unter dem Schlamm begraben.

Der Schalter war noch immer gut zehn Meter vor ihr. Ein Putzwagen wurde neben der Schlange entlanggeschoben und hinterließ einen nassen Streifen auf dem Steinboden. Sie versuchte, ihre Gedanken unter Kontrolle zu bekommen. Was wusste sie, was *glaubte* sie zu wissen? Salomon Gašpar, der Portugiese, der im Sikringen einsaß und einen jungen Dänen mit Schierlingssaft ermordet hatte, war vor vielen Jahren bei Melchiades gewesen. Salomon Gašpar hatte unter Albträumen gelitten und immer Vorstellungen von einem früheren Leben gehabt. Sie hatten sich über das Internet gefunden, und der Portugiese war schließlich nach Guatemala gereist, um Melchiades in Todos Santos aufzusuchen. Dort hatte er unter Hypnose von seinem früheren Leben erzählt. Er hatte sich nur an Bruchstücke erinnern können, besonders an die Umstände seines Todes vor vielen Jahren.

Hannah versuchte, sich an alles zu erinnern, was sie auf dem Band gehört hatte. Ein bestimmtes Hotel. Cadogan? In diesem Hotel glaubte Gašpar in seinem früheren Leben gestorben zu sein. Und deshalb war er auch zeit seines Lebens besessen von Hotels gewesen. Er hatte immer nach dem richtigen gesucht. Und er hatte etwas über die Sonne gesagt. Sonne in den Augen?

Die Polizisten entfernten sich etwas, aber es kamen neue, die nicht weniger stark bewaffnet waren. Hannah versuchte, sie nicht anzusehen, wobei ihr Blick auf eine Infotafel fiel. Der Flughafen von Guatemala City hieß La Aurora. Morgenröte. Wie ihr Lippenstift, dachte Hannah. Wieder einer dieser Zusammenhänge, die Niels nicht verstand, aber die Morgenröte war ein Anfang, dachte sie. Der Beginn von etwas Neuem. Der Liebe? Kamen an diesem Punkt die Lippen ins Spiel? Sie gab ihre Assoziationskette auf und folgte der Schlange, die sich für einen Moment in Bewegung setzte, um gleich darauf wieder zum Stehen zu kommen. »American Airlines« stand über dem Schalter. Diese Airline sollte sie aus dem Albtraum erlösen, in dem sie gelandet war.

Durch die großen Panoramafenster des Flughafens sah sie die Berge, die die Stadt wie eine dunkelbraune Mauer umrahmten. Die Bergspitzen gingen nahtlos in die weißen Wolken über, bis eine Boeing vor das Fenster rollte und ihr die Aussicht verwehrte.

Warum Sonne? Warum hatte Salomon Gašpar die Sonne erwähnt? War das nur ein Detail aus seinem früheren Leben? Eine seltsame Erinnerung, die irgendwie haften geblieben war?

Eine Lautsprecherdurchsage suchte nach einem Señor Silva. Die Stimme war leicht verzerrt, ähnlich wie Gašpars Stimme auf dem Band während der Hypnose. Was hatte der Portugiese noch gesagt? Etwas mit Krieg? Nein, nicht direkt, aber er hatte Soldaten erwähnt. *Cadogan, Soldaten, Sonne.* Und ein Datum? Ja, aber die Zahlen waren irgendwie weg. Seltsam, dachte Hannah, normalerweise erinnerte sie sich gerade an Zahlen.

Es wurden immer mehr Polizisten, das reinste Heer, jetzt fehlten nur noch Panzer und Düsenjäger, dann reichte das, um in eines der kleineren Nachbarländer einzufallen. Fand der ganze Aufmarsch wirklich nur wegen ihr statt? Sie fragte sich, ob sie aus der Schlange treten und verschwinden sollte, aber wohin sollte sie gehen? Wenn sie gesucht wurde, würde sie in einer Stunde oder am nächsten Tag nicht weniger gesucht werden. Im Gegenteil, je mehr Zeit verging, desto bekannter wäre ihr Name, desto häufiger würde er blinkend auf irgendwelchen Bildschirmen prangen. Nein, dies war ihre Chance, wieder nach Hause zu kommen. Und nur das war ihr in diesem Moment wichtig. Sie musste weitermachen, hoffen, dass die Leiche noch nicht gefunden worden war und sie nicht damit in Verbindung gebracht werden konnte.

Eine Frau. Der Portugiese hatte auf dem Band auch noch von einer Frau gesprochen. *Rachel.* Wie passte sie ins Bild, und wer war sie? *I found her.* Plötzlich hatte Hannah wieder den Code vor Augen. War es diese Frau, von der Gašpar unter Hypnose gesprochen hatte?

Señor Silva, please come to the information desk, krächzte es erneut durch die Lautsprecher, und für einen Augenblick gelang es Hannah beinahe, sich damit zu beruhigen, dass die Polizei diesen Mann suchte und nicht sie. Bestimmt etwas mit Drogen oder Terrorverdacht. Aber die Ruhe war nur von kurzer Dauer. Außerdem war es in der Halle verdammt warm. Der Schweiß klebte ihr die Bluse an den Rücken, und der kleine Junge, der vor ihr stand, starrte sie immer wieder an, als sähe er ihr an, dass etwas nicht stimmte. Hannah schloss die Augen für einen Moment, zwei Sekunden Frieden.

Also, dachte sie. Es ging um Reinkarnation. Sie musste bereit sein, um die Ecke zu denken, die Rationalität über Bord zu werfen und die letzten Filter herauszunehmen. Die Skepsis ablegen.

30. Oktober.

Plötzlich erinnerte sie sich vollkommen klar an das Datum. Der 30. Oktober. Aber war das sein Geburtsdatum oder das Datum seines Todes? Er hatte noch eine andere Zahl genannt.

Nur noch eine Person stand jetzt vor ihr in der Schlange. Hannah holte Pass und VISA Card aus der Tasche. Ihr Blick fiel auf ihr Passbild mit dem wirren Haarschopf.

Salomon Gašpars Kopf. Der Gedanke war ihr in dieser Klarheit noch nicht gekommen: Es kam darauf an, in das Hirn des Portugiesen einzudringen, in seine Gedanken. Man musste die Welt durch seine Augen sehen. Ein kranker Mann, ein Mann, der von den besten Psychiatern der Welt für verrückt erklärt worden war. Und der davon überzeugt war, früher schon einmal gelebt zu haben.

»Next please.« Die Frau hinter dem Schalter hob den Blick und sah in Hannahs Richtung. Die schwarze, glatte Pagenfrisur wirkte wie eine Perücke. Hinter all dem Make-up sah sie müde aus.

Hannah streifte den Polizisten mit dem Blick, der ihr am nächsten stand. Sie trat dicht an den Schalter heran, stützte die Ellenbogen auf das helle Furnier und entschloss sich, auf das Beste zu hoffen. Plakate im Hintergrund. Grand Canyon, Las Vegas. Fort Lauderdale. Eiffelturm, Big Ben. Summer in London, stand ganz unten. Die roten, kursiven Buchstaben sollten vermutlich Frische und Spontaneität ausstrahlen. Warum nicht eine Spritztour nach London machen? Vielleicht für ein Wochenende den Hyde Park genießen oder auf der Oxford Street shoppen gehen. Ein paar Übernachtungen im Hotel. Im Cadogan? Hannah zückte ihr Handy und googelte Cadogan. Warum hatte sie nicht schon eher daran gedacht? Das Netz war zu schlecht, es passierte nichts.

»Was kann ich für Sie tun?«, fragte die Frau mit der Pagenfrisur.

Jetzt passierte etwas auf ihrem Display, endlich: Cadogan Hotel, Sloane Street, Knightsbridge, London.

»Was kann ich für Sie tun?«, wiederholte die Frau bereits etwas ungeduldiger.

»London«, sagte Hannah. »Ich würde gern mit dem nächsten Flug nach London.«

***

Hatte sie geschlafen? Hannah richtete sich in der dunklen Kabine auf dem Sitz auf. Nur an wenigen Plätzen war noch das fahle Licht der Bildschirme zu sehen. Ein paar Reihen vor ihr flüsterte eine Frau ihrem Mann etwas zu. Ganz schwach roch Hannah noch das Insektenspray, das in der Kabine versprüht worden war, kurz nachdem das Flugzeug abgehoben hatte. Um sicherzugehen, dass kein Ungeziefer aus Lateinamerika nach Europa transportiert wurde, hatte die Erklärung gelautet. Ein strenger, chemischer Geruch, angeblich aber vollkommen ungefährlich.

Hannah lehnte den Kopf ans Fenster. Eiskaltes Plastik, draußen war alles schwarz, sodass sie die leicht erkennbare W-Form der Cassiopeia gut sehen konnte. Irgendwie beruhigte sie das. Als wäre sie nach dem Ausflug in den Dschungel und dem Albtraum mit Hernan schon wieder in heimischen Gefilden angekommen. Die Cassiopeia zu sehen war für Hannah fast wie die Begegnung mit einem alten Freund. Sie hatte dieses Sternbild immer geliebt, vielleicht weil Tycho Brahe 1572 in diesem Sternbild die Stella Nova, einen neuen Stern, entdeckt und damit bewiesen hatte, dass sich Sternbilder verändern konnten. *Sich verändern.* Genau das, was Niels nicht konnte. Niels war immer derselbe. Immer. Und vielleicht spürte sie deshalb in diesem Moment physisch, wie sehr sie ihn vermisste, als fehlte ein Teil von ihr selbst.

30.

Sikringen, Nykøbing, Sjælland

Die Uhr über der Tür. Zwölf Stunden. Er war wirklich zwölf Stunden weg gewesen, dachte Niels, als er aufwachte und sich in der Zwangsjacke aufzurichten versuchte.

»Ich kann mich nicht hinsetzen«, rief Niels. Eine Schwester stand in der Tür. Lea?

»Soll ich dir helfen?«

»Kannst du mir das Ding hier abnehmen?«, fragte Niels, obwohl er wusste, dass das nicht ging.

»Nein, die Jacke musst du anbehalten, Jens«, sagte sie. »Wir mussten dich schon zweimal fixieren, jetzt warten wir erst mal ab, wie es weitergeht.« Sie half ihm auf, und Niels stellte sich hin. Zwei Lederriemen lagen straff um seine Handgelenke und wurden auf dem Rücken zusammengehalten. Auch die Füße waren fixiert, sodass er nur sehr kleine Schritte machen konnte. Niels blieb in der Tür seiner Zelle stehen.

»Gehört dir dieses Blatt?«

Die Gouvernante stand vor ihm und sah ihn erwartungsvoll an. »Gehört dir dieses Blatt?« Niels warf einen Blick auf das Cover. Stop 39. Eine Reklamebroschüre für irgendein Lagerhaus an einer Einfallstraße.

»Gehört dir dieses Blatt?«

»Nein«, flüsterte er und wünschte sich, die Idiotin würde endlich weitergehen. Er lehnte sich an den Türrahmen und sah zu, wie sie sich entfernte und die anderen das Gleiche fragte.

Niels dachte nach. An den Weg hier raus. An Paludan. Der Arzt hatte sich freiwillig fixieren lassen. Wer ließ so etwas mit sich machen? Niels' Gedanken kreisten um Paludans Zuhause. Die Schublade im Schlafzimmer.

»Leon?«

Der Einsatzleiter im Ohr. »Ja?«

»Kannst du mich zu Casper durchstellen?«

»Warum?«

»Weil Paludans Mörder eine Frau ist. Er hatte an dem Abend einen Seitensprung«, flüsterte Niels, trat auf den Flur und schlurfte langsam los, wobei er Leon in seine Theorie einweihte. Über den alten Ausgang, der in die Kapelle führte. Dass sie dort hineingekommen sein konnte, um sich mit Paludan zu treffen. Und dass sie ihn fixiert hatte, ein Spiel, das er vielleicht auch mit anderen Frauen gespielt hatte. Nur dass es ihn dieses Mal das Leben gekostet hatte.

»Warum?«, fragte Leon. »Wer würde das tun?«

»Ich weiß es nicht«, flüsterte Niels. »Wir brauchen Casper.«

Schweigen.

»Hallo?« Caspers Stimme kam von weit weg. Im Hintergrund war das Brummen von Computern zu hören.

»Tag, Casper, hier ist Niels Bentzon. Weißt du, warum wir miteinander reden?«, fragte Niels schleppend und versuchte, seine Kiefer und seine Zunge unter Kontrolle zu bekommen. Niels warf einen Blick über die Schulter, aber auf dem Flur war alles ruhig. Die Gouvernante zeigte ihr Blatt dem Portugiesen. Plötzlich riss er es ihr aus der Hand. War das sein Blatt? Was war los? Hatte er ein für alle Mal genug von den immer gleichen Fragen der Gouvernante?

»Leon sagt, es geht um den Paludan-Fall«, antwortete Casper etwas abwesend, aber das war typisch für das Computergenie.

»Casper? Warst du es, der die Personalliste erstellt hat?«

»Ja.«

Niels sah sein Spiegelbild in einer Scheibe. Die Zwangsjacke reduzierte seine Bewegungen auf ein Minimum. Er drehte sich weg, wollte sich so nicht sehen. Dann begann er, zurück in Richtung Zelle zu schlurfen.

»Casper, ich muss wissen, ob eine der weiblichen Angestellten eine Verbindung zu einem der Insassen hat.«

»Zu Salomon Gašpar?«

»Genau«, sagte Niels.

»Aber das haben wir doch schon überprüft. Leon und ich haben auch keine Verbindung zwischen Gašpar und dem jungen Mann gefunden, den er umgebracht hat.« Niels versuchte, ihm zuzuhören und zu verstehen, was er sagte, als er plötzlich von Reinkarnation und Wiedergeburt zu reden anfing, von Feinden in früheren Leben, einem Treffpunkt im Netz für Menschen, die Freunde, Familie, Feinde und Geliebte suchten, die teils vor Hunderten von Jahren gelebt hatten. Niels versuchte zu fokussieren, aber es fiel ihm schwer, sein Mund war trocken, und die verfluchten Riemen behinderten ihn. Er hatte ein Bild von sich im Kopf, während Casper redete. Ein Pferd, festgebunden in der Wüste, ein leerer Brunnen. War Niels das Pferd, das Wasser aus einer trockenen Quelle zu trinken versuchte? Gab es für ihn keine Hoffnung mehr, keine Liebe? Hatte Hannah ihn verlassen?

Leons Stimme holte Niels wieder zurück ins Hier und Jetzt: »Casper, du musst jetzt noch einmal mit Niels die Namen durchgehen. Verstanden?«

Stille. »Alles klar, ich hab das File geöffnet. Wo fangen wir an?«

Niels dachte nach. Frauen, Paludans Achillesferse, seine Schwäche, Sex, nicht nur Sex, sondern Sex am Limit, der Unvorhersehbarkeit. Handschellen, Dildos... Paludan war ein ruheloser Mann, vielleicht hochbegabt, er langweilte sich schnell. War er im Bett genauso? Niels kannte Menschen wie ihn, seine Ex Kathrine hatte auch dazugehört und ihn irgendwann zu Beginn ihrer Beziehung mit einem großen schwarzen Gummidildo überrascht. Er spürte noch heute, wie enttäuscht er gewesen war, weil er das Gefühl gehabt hatte, ihr nicht genug zu sein, während Kathrine ihm versichert hatte, es ginge nur um den kleinen Extrakick. Der Extrakick, für manche war es die Line weißes Pulver, für andere die etwas zu häufig genossene Flasche Wein ... Die meisten Menschen hatten ihre Extras. Und für Paludan war das gefährlicher Sex.

»Bei den weiblichen Angestellten«, sagte Niels.

»Ich habe alle nach Dienstplan sortiert. Wir haben uns auf die konzentriert, die in der Nacht von Paludans Tod gearbeitet haben«, sagte Casper. Niels hörte seine Finger über die Tastatur tanzen.

»Die Liste erweitern wir jetzt«, sagte Niels. »Nimm *alle* Frauen, auch die, die keinen Dienst hatten.«

»Okay. Warum?«

Leons Stimme, aggressiv und ungeduldig: »Darüber musst du dir keine Gedanken machen, tu einfach, was Bentzon sagt!«

»Schon gut«, sagte Niels schnell und berichtete ihnen kurz von dem verborgenen Eingang tief unter dem Hochsicherheitstrakt. Ein Bereich, in den keine Patienten gelangten. Eine Passage aus der Zeit, in der das Hauptgebäude errichtet worden war.

»Niels?«

»Fang mit den jüngeren Frauen an«, brummte Niels.

»Definier jüngere.«

»Zwischen zwanzig und vierzig, jetzt mach schon«, rief Leon so laut, dass Niels grinsen musste. Niels konnte sich nicht daran erinnern, wann er diese Muskeln zuletzt benutzt hatte.

»Ich habe sie vor mir«, sagte Casper und ging sie der Reihe nach durch. Iben Jensen, zweiunddreißig, war an dem Abend nicht auf der Station gewesen. Sie war ausgebildete Psychologin, hatte in Århus studiert, war Mutter von drei Kindern und wohnte in einer Wohngemeinschaft in Frederikssund. Es störte Niels, dass er keine Bilder zu den Namen hatte, während Leon und Casper die Porträts der Frauen auf ihren Bildschirmen sehen konnten. »Ich glaube nicht, dass unser Psychiater wirklich Lust auf die gehabt hätte«, sagte Leon lakonisch.

»Bin ganz deiner Meinung«, sagte Casper.

»Warum?«

»Sie ist … na, wie soll man das ausdrücken?«

»Eine Echse«, schlug Casper vorsichtig vor. Niels fragte sich, ob ihr Äußeres überhaupt Bedeutung für Paludans sexuelle Fantasien gehabt hatte. Seine Frau und seine Ex waren schön, aber ging es wirklich um Schönheit? Spielte nicht eher die Gefahr eine Rolle?

»Die hier können wir, glaube ich, auch überspringen.«

»Einverstanden«, sagte Leon.

»Nein«, sagte Niels. »Wartet, das funktioniert so nicht. Denkt mal mit mir zusammen, Jungs.«

»Wir denken«, sagte Leon.

»Nein. Ihr guckt euch Bilder an und versucht zu erraten, auf welche der Frauen Paludan am meisten Lust gehabt hat.«

»Korrekt«, sagte Leon.

»Es geht aber um verborgene Sehnsüchte, verbotene Gelüste«, sagte Niels und fasste zusammen: »Wir haben eine Liste mit den Namen der Frauen. Eine von ihnen hat Paludan ermordet. Sie hat sich mit ihm auf seinen Wunsch hin unter dem Hochsicherheitstrakt verabredet, und zwar in dem Raum, in dem normalerweise die Elektroschockbehandlungen stattfinden. Wer kann das sein?«

»Wenn wir nicht nach dem Aussehen gehen sollen«, flüsterte Casper nachdenklich.

»Und nicht danach, wer an dem Abend Dienst hatte«, fügte Niels ungeduldig hinzu und unterbrach sich. Der Portugiese war aus seiner Zelle getreten. Hatte er Niels gesehen?

»Wisst ihr noch, wie das FBI Al Capone geschnappt hat?«, fragte Casper vorsichtig.

»Wegen Steuerhinterziehung«, sagte Leon. »Woran denkst du? Sollen wir ihre Steuerbescheide prüfen?«

»Nein, aber wir müssen nach etwas … Ungewöhnlichem suchen.«

Niels spürte, dass Casper auf der richtigen Spur war. Vergesst das Motiv für einen Augenblick, konzentriert euch einzig auf die Ermittlung, das Fundament jeder Polizeiarbeit. Dreht jeden Stein um und seht, was zum Vorschein kommt. Der Normalverbraucher glaubt immer, dass die Polizei motivorientiert vorgeht, aber das traf bei weitem nicht zu. Die Ermittlungen begannen nie mit dem Motiv, das war nur in den Fernsehkrimis so. In der Realität suchten die Ermittler nach technischen Spuren, nach Dingen, die nicht zusammenhingen, dem einen Teilchen, das nicht ins Puzzle passte.

»Was denkst du, Casper?«, fragte Niels.

»Ich habe gerade die Infos über Berit vor mir«, antwortete Casper und ging gemeinsam mit den anderen die Angaben über sie durch. Ausgebildete Krankenschwester, Schulabschluss vor zwölf Jahren, sie hatte immer in der Psychiatrie gearbeitet, was nicht ungewöhnlich war. Auch privat gab es nichts Auffälliges. Zwei verschiedene Adressen in den letzten acht Jahren, Mann und Kinder an beiden Adressen. Sie war auch nicht an einer der Kliniken angestellt gewesen, in denen Paludan gearbeitet hatte, bevor er ins Sikringen gekommen war. Niels hörte Casper geduldig zu, der jetzt die Informationen über die Krankenschwestern Ulrikke und

Klara durchging. Leon fragte, ob sie eigentlich ausschließen könnten, dass der gute Psychiater nicht nur auf Frauen stünde?

»Stopp! Was hast du gesagt?« Niels war wieder in seiner Zelle.

Schweigen, dann sagte Leon: »Ob der gute Psychiater…«

»Nein, nicht du, Casper!«

»Ich habe *Merete* gesagt«, antwortete Casper.

»Und davor?«, fragte Niels und dachte daran, dass Merete ihn aufgenommen hatte, als er in den Hochsicherheitstrakt gekommen war. Stationsschwester? Bedeutete das, dass sie Paludan häufiger sah als die anderen, dass sie enger zusammenarbeiteten? Aber nicht das hatte sein Interesse geweckt.

»Ich habe gesagt, dass sie Invalidenrente bezogen hat.«

»Merete?«, fragte Niels.

»Ja, aber jetzt nicht mehr, sie hat sich vor drei Jahren gesundschreiben lassen und arbeitet seitdem wieder.«

»Das passiert auch nicht alle Tage hier in Dänemark«, sagte Niels.

»Was weißt du denn schon, Bentzon«, schnaubte Leon.

»Wohnort?«, fragte Niels und sah durch die Tür. Der Portugiese kam über den Flur auf ihn zu und gab ihm ein Zeichen. Was wollte er mit ihm reden?

»Ich gehe kurz auf den Flur«, flüsterte Niels. »Aber mach weiter, Casper, ich kann dich hören, nur nicht antworten.« Niels öffnete die Tür etwas weiter und ging auf den Flur. Er ging an dem Portugiesen vorbei, der alte Mann warf ihm wieder einen Blick zu. Merete stand mit zwei jüngeren Kolleginnen hinten beim Speisesaal.

Caspers Stimme im Ohr, im Kopf, überall: »Sie wohnt ganz in der Nähe der Klinik, sehe ich gerade.«

Leon unterbrach ihn. »Das ist doch nichts Ungewöhnliches.«

»Mann? Kinder?«, flüsterte Niels. Der Portugiese starrte ihn an. Er war stehen geblieben. Vor der Dusche? Ja, er versuchte, in Kontakt mit ihm zu kommen.

»Ich überprüfe das anhand der Listen vom Einwohnermeldeamt«, sagte Casper und war ein paar Sekunden später wieder da. »Sie wohnt mit ihrer Schwester zusammen, Rebekka.«

»Du bist auf der falschen Fährte«, brummte Leon und fügte hinzu: »Ich muss mal raus an einen Baum. Zwei Minuten, macht in der Zwischenzeit keinen Mist!«

Niels hörte ein leises Klicken, als Leon sein Mikrofon ausschaltete. Zum ersten Mal allein. War es diese Isolation, von der Niels geträumt hatte? Für sich selbst zu sein, getrennt von Hannah und ihren unausgesprochenen Gefühlen? Emotionale Isolation.

»Niels?«

Er hatte Casper vergessen.

»Brauchst du mich im Moment noch?«

Niels brummte: »Nein.«

»Ich kann mit Merete und Rebekka Andersen weitermachen, wenn ich zurückkomme«, sagte Casper. »Moment, die haben gar nicht denselben Nachnamen. Eine von ihnen muss verheiratet gewesen sein, die Schwester. Sie heißt Thorn«, sagte Casper und klickte sich weg. Niels fing Meretes Blick ein. Caspers Worte gingen ihm durch den Kopf, konnte er mit diesen Informationen irgendetwas anfangen? War es wichtig, dass Merete mit ihrer Schwester zusammenwohnte – Rebekka – und dass sie nicht den gleichen Nachnamen hatten? Rebekka Thorn? Der Name kam Niels bekannt vor. Aber woher? Er starrte auf Meretes schmalen Rücken, ihr Profil, während sie mit der Gouvernante sprach. Meretes Gesicht war so … traurig? Aber vielleicht war das hier drinnen ganz normal. Trotzdem. Verdammt, woher kannte Niels diesen Namen? Rebekka Thorn? Sie kam ein paar Schritte näher.

»Rebekka«, sagte Niels, als sie vorbeiging. Merete reagierte sofort, drehte sich um und sah ihn mit kaltem Blick an. Klar, welchem Angestellten gefiel es schon, wenn die Verrückten herumliefen und die Namen von Familienangehörigen herausposaunten? Man konnte das als Drohung verstehen. Sie starrte Niels an, und in ihren Augen lag … Angst?

Der Portugiese stand noch immer bei den Duschen. Lächelte er ihm zu? Der alte Portugiese wollte ein Geheimnis mit ihm teilen. Wieder gab er Niels ein Zeichen, näher zu kommen.

Casper war plötzlich wieder in seinem Ohr: »Niels, auf dem Weg in die Kantine ist mir noch was in den Sinn gekommen.«

Niels ging mit kleinen Schritten auf den Portugiesen zu. Der alte Mann hielt etwas in der Hand. Niels machte einen Schritt zur Seite und hätte fast das Gleichgewicht verloren.

»Ruhig«, flüsterte der Portugiese und nahm seinen Arm. »Ruhig. Ich sage es dir. Ich sage dir, wer das getan hat.«

Zwischen den Fingern des Mannes blitzte ein kleiner Metallgegenstand auf. Ein Schlüssel für das Bad? Woher hatte er den?, fragte sich Niels und sah zu, wie der Portugiese den Gegenstand ins Schloss steckte. Die Tür ging auf. Was wollte er ihm zeigen? Oder wollte er ihm sagen, was er über den Mord an Paludan wusste? »Ich sage dir, wer«, wiederholte er, trat in den Waschraum und schloss die Tür hinter ihnen.

Casper fuhr fort: »Ich musste noch mal an diese Schwester denken, Rebekka. Sie hat den gleichen Nachnamen wie dieser Mann, der ermordet wurde. Benjamin Thorn. Der Portugiese hat ihn umgebracht. Hilft uns das irgendwie weiter?«

Die Erkenntnis kam Niels, als der erste Schlag seinen Hals traf. Hart und kalkuliert. Für einen Moment blieb Niels die Luft weg. Über Rebekka, Benjamins Mutter, die Invalidenrente bezogen hatte. Rebekkas einziger Sohn war ermordet worden. Rebekka war psychisch zusammengebrochen und zu ihrer Schwester gezogen. Sie hatten verschiedene Nachnamen, sahen sich aber sehr ähnlich. Konnte Rebekka sich unter Meretes Namen um die

Stelle auf der Station bemüht haben? Hatte sie sich für Merete ausgegeben? Das wäre sicher überprüft worden. Aber wer sollte so etwas überprüfen? Um sich zu rächen? Rache war der einzige Trost. Der Portugiese traf ihn wieder, dieses Mal seitlich am Kopf.

»Niels, bist du da?«

Die Zwangsjacke machte ihn wehrlos für den nächsten Schlag, der ihn im Gesicht traf. Niels fiel nach hinten. Schlug mit dem Kopf auf den harten, kalten Bodenfliesen auf. Eine Sekunde war er weg, dann sah er, wie der Portugiese sich über ihn beugte. Hatte er etwas gesagt? Nein, die Stimme, die Niels im Kopf hatte, war eine ganz andere. *Ich habe ein Geschenk dabei. Ich habe ein Geschenk dabei,* sagte Berthold zu Sonning. Wieder und wieder ging Niels dieser Satz durch den Kopf. Der Portugiese packte ihn. *Ich habe ein Geschenk dabei.*

»Bentzon?« Caspers Stimme. Niels wollte etwas sagen. Alarm, hilf mir. Das älteste Notsignal im Corps. *Polizist in Gefahr!*

»Ich weiß nicht, ob du mich jetzt hören kannst, Niels«, sagte Casper, als der Portugiese seinen Kopf zwischen beide Hände nahm. Wollte er ihm das Genick brechen?

»Aber ich glaube, du hast da was gefunden. Diese Rebekka. So wie ich das sehe …«

Ein letzter Versuch, sich zu befreien. Aber der Portugiese war zu stark. Er hob Niels' Kopf an.

»Nein«, flüsterte Niels.

»Doch«, antwortete Casper. »Diese Rebekka ist die Mutter des Jungen, den der Portugiese umgebracht hat. Ist es nicht ein komischer Zufall, dass ihre Schwester jetzt auf derselben Station arbeitet?« Niels hörte wieder Bertholds Stimme: *Ich habe ein Geschenk dabei.* Der Sohn des Schmieds. In dem Moment, in dem der Portugiese Niels' Kopf mit aller Wucht auf die Fliesen hämmerte, wusste Niels, was für ein Geschenk das war. Ein Dietrich für den

Waschraum. Das war alles von langer Hand vorbereitet, der Portugiese hatte Niels vorsätzlich hierhergelockt. Aber warum?

»Casper?«, flüsterte Niels.

Seine Stimme versagte, und er bekam keine Luft mehr.

Ein weiterer Schlag, härter als der letzte. Doch dann hörte er auf. Salomon Gašpar lächelte. Gab ihm eine Chance.

»Casper?«, sagte Niels und verstand nicht, warum der Portugiese ihn reden ließ.

»Ja?«

»Polizist in Gefahr!«, hauchte Niels und verstand mit einem Mal, welchen Plan der Portugiese verfolgte.

Gašpar schlug noch einmal zu und legte alle seine Kraft in diesen letzten Schlag. Niels Bentzon wunderte sich, wie er hier gelandet war, eingeschlossen in einem feuchten Bad im ausbruchsichersten Gefängnis von ganz Nordeuropa. Dann ein Kitzeln im Ohr. Niels versuchte, die Augen zu öffnen, aber es ging nicht, und dann spürte er, dass es kein Tier war, sondern Gašpars Finger, die ihm den Ohrhörer aus dem Ohr nahmen. Auch das ein Teil seines Plans. Er musste ihm den Ohrhörer abnehmen, Niels am Boden liegen lassen, weggesperrt in diesem Bad, und sich dann irgendwie für Niels ausgeben. Das ergab Sinn. Vermutlich hatte er sich nach Niels' Kommen deshalb auch die Haare abrasiert. Der Schlüssel vom Sohn des Schmieds. All das hatte zu seinem Plan gehört. Und jetzt hatte er auch noch Niels' Ohrhörer, Niels' Verbindung zur Außenwelt. Dann hörte Niels die Tür ins Schloss fallen. Der Portugiese schloss sogar ab. Er war allein. Leon ist unterwegs, war der letzte Gedanke, den Niels dachte, dann wollte er dringend schlafen, nur ein bisschen schlafen.

Leon würde Gašpar sehen und erkennen, dass er nicht Bentzon war. Trotz Glatze und gleicher Größe. Nein, sosehr Niels auch versuchte, Salomon Gašpars Plan zu verstehen, es gelang ihm nicht.

31.

London, Heathrow

Das Gesicht des alten Inders sagte alles. Die Welt war ein durch und durch ungerechter Ort. Wäre er so jung und schön gewesen wie das blonde Mädchen neben ihm, hätte auch er jede Menge Tickets für den Heathrow Express verkaufen können, der alle fünfzehn Minuten zwischen dem Flughafen und dem Bahnhof Paddington verkehrte. Aber das war nun wirklich nicht der Fall, wie laut er auch darauf aufmerksam machte, dass er genau das anbieten konnte, was den Ankommenden, die vor dem Mädchen warteten, fehlte – ein Ticket in die Stadt. Hannah trat aus der Schlange und ging zu ihm, er brauchte ein kleines Erfolgserlebnis.

»Paddington«, sagte sie.

»Twentyone fifty«, lautete die Antwort.

Hannah warf ihm einen aufmunternden Blick zu, bekam aber nichts zurück und ging zum Zug, der schon am Bahnsteig stand. Sie suchte sich einen Platz und lehnte den Kopf ans Fenster. Gleich darauf setzte der Zug sich in Bewegung, und das hässliche London kam ihr entgegen. Fabriken, Industrie, heruntergekommene Vorstädte, Menschen mit Jobs, die erledigt werden mussten, damit sie endlich in die nächstgelegenen Pubs kamen und ihre Leben vergessen konnten. Hannah holte ihr Handy heraus und googelte das Cadogan Hotel, nach dem der Portugiese sein ganzes Leben gesucht hatte. Der Ort, an dem er gestorben war. Oder war das alles kompletter Blödsinn?

***

Wir liegen alle in der Gosse, aber einige von uns betrachten die Sterne. Hannah mochte dieses Zitat, seit sie denken konnte. So sehr, dass sie es eine Zeit lang an der Pinwand in ihrem Büro hängen hatte. Es passte gut ins Niels-Bohr-Institut, fand sie. Eigentlich kannte sie von dem irischen Schriftsteller Oscar Wilde nur dieses Zitat, sie wollte aber gar nicht mehr wissen, denn es sagte genau das, was gute Zitate ausmachte: alles. Sie hatte natürlich auch gehört, dass Wilde wegen seiner Homosexualität zu einer Gefängnisstrafe verurteilt worden war, hatte aber keine Ahnung, dass er ausgerechnet im Cadogan Hotel verhaftet worden war. In genau dem Hotel also, vor dem sie gerade angehalten hatten. Der Taxifahrer nickte nur kurz, nachdem er sein Geld erhalten hatte.

Sie betrachtete das rote Gebäude aus dem Jahr 1887, das eines der berühmtesten Hotels Londons beherbergte. Vierundsechzig Zimmer, davon neunzehn Suiten. Alle Zimmer waren individuell eingerichtet, hatte sie irgendwo gelesen.

Zwei Lieferwagen und ein Lastwagen hielten vor dem Eingang des Hotels, gelblicher Staub hing in der Luft. Teile der Fassade waren von einem Gerüst verkleidet, und eine dicke, blaue Plastikröhre führte nach unten und endete in einem Container, der bereits zur Hälfte mit Ziegeln und Staub gefüllt war. Hannah zählte acht Arbeiter, Helme, polnische Schriftzüge und dreckige Overalls. Zwei weitere Arbeiter trugen gerade ein großes, rotes Samtsofa, das sorgsam in Folie gehüllt war, aus dem Hotel. Wonach suchte sie? In ihrem Kopf hörte sie wieder Salomon Gašpars Stimme, wie er unter Hypnose das Hotel beschrieb. Sie atmete tief durch und trat ein. Eine Spanplatte führte über die Eingangstreppe nach oben, über die jetzt eine Schubkarre mit Steinen nach draußen befördert wurde.

»Entschuldigung«, sagte sie zu einem hoch aufgeschossenen Mann um die fünfzig, der drinnen stand. Vielleicht war er der Hoteldirektor. »Erlauben Sie mir eine Frage zu einem Geschehnis hier im Hotel?« Hannah erntete als Antwort nur einen gestressten Blick.

»An die genaue Jahreszahl erinnere ich mich nicht«, sagte Hannah und ließ ihren Blick durch das Foyer schweifen. Es hatte bogenförmige Fenster mit geschnitzten Rahmen, holzvertäfelte Wände und eine Rezeption mit Samtfront. Der Boden war mit einer durchsichtigen Plastikfolie abgedeckt.

Endlich sagte der Mann etwas: »Zimmer 118. Wenn Sie nach dem Ort suchen, an dem Oscar Wilde sich befand, als er verhaftet wurde. Aber Sie können da jetzt nicht hoch.«

»Sie verstehen mich falsch«, sagte Hannah und musterte die tropfenförmigen Lampen, die an langen, silbernen Stangen von der Decke hingen. Dann riss sie sich zusammen und sah den Mann an.

»Aha?«

»Ich suche nach einem anderen Mann.« Hannah senkte die Stimme und gab ihr mehr Intensität. »Er ist vor vielen Jahren hier im Hotel gestorben.«

Eine senkrechte Falte grub sich in die Stirn des Mannes, und seine Brauen zogen sich zusammen. »Davon weiß ich nichts. Wie Sie sehen, muss ich mich hier um eine ganze Menge kümmern«, sagte der Direktor und breitete die Arme aus.

»Aber ich kenne das Datum«, sagte sie und wollte noch erwähnen, dass es dringend sei und sie für die Information auch bezahlen würde. Aber das Gesicht des Mannes sprach Bände, und er schloss mit den Worten: »Versuchen Sie es in unserer Presseabteilung.« Dann zückte er sein Handy, das zu klingeln begonnen hatte. »Ja?«

Hannah verließ das Hotel. Presseabteilung, hatte er gesagt. Das klang nach hundert Jahren Warteschleife, gefolgt von einem kurzen Telefonat mit einer Frau, der ihr Anliegen vollkommen egal war und die nichts lieber wollte, als das Gespräch sofort zu beenden. Das würde Hannah nicht weiterhelfen.

***

Die British Library, die größte Bibliothek der Welt. Hannah war nie zuvor dort gewesen, wusste aber, dass die Bibliothek mindestens ein Exemplar aller Bücher enthielt, die in Großbritannien oder Irland produziert worden waren, samt allen ausländischen Büchern, die in Großbritannien erschienen waren. Insgesamt über vierzehn Millionen Titel, eine Zahl, die man noch mit zehn multiplizieren konnte, wenn man Zeitschriften, Tageszeitungen und Magazine mitzählte. Im Besitz der Bibliothek waren Werke, die bis ins Jahr 300 vor Christus zurückdatiert werden konnten. Das Originalmanuskript des *Beowulf,* das längste bekannte Werk auf Altenglisch; James Cooks Logbuch und die Originalmanuskripte von Lewis Carroll, Jane Austen, Virginia Woolf und Charles Dickens.

Sie starrte auf den Bildschirm vor sich und tippte Hotel Cadogan. Eine Unzahl von Geschichten über Oscar Wilde. Die Verhaftung. Ein Schandfleck in der englischen Geschichte, lautete eine Überschrift. Eine Zeichnung des in Ketten gelegten Schriftstellers in seiner Zelle, gebrochen und am Ende. Die meisten anderen Artikel waren neueren Datums. Ein Interview mit dem Hoteldirektor über die umfassenden Renovierungen, Hannah kannte ihn von ihrer Begegnung früher am Tag. Bilder von David

Beckham samt Familie, die mehrmals im Cadogan gewohnt hatten. Aber nichts, was ihr weiterhalf, nichts, was das Hotel in Verbindung mit dem brachte, was Salomon Gašpar unter Hypnose erzählt hatte. Sie versuchte, sich seine Worte noch einmal in Erinnerung zu rufen. Jedes Wort über das Hotel. Etwas über den Fußboden? Und ein Datum: der 30. Oktober. Und an die Soldaten erinnerte sie sich. Ja, er hatte von Soldaten und von Autos auf der Straße gesprochen. Krieg … Erster Weltkrieg? Zweiter? Ja, wegen der Autos musste es der Zweite sein. Sie musste also in die Vierzigerjahre gehen. Vielleicht stand etwas im digitalisierten Zeitungsarchiv?

Times Digital Archive, tippte sie. Sie hatte das Archiv früher schon einmal benutzt, es enthielt sämtliche Ausgaben der Times von 1785 bis 2009. Sie suchte die Jahre 1940 bis 1945. Die Zeitungen vom 30. Oktober. Sie ließ den Blick über die Seiten schweifen und suchte nach einer Verbindung zwischen dem Hotel und einem Todesfall. Vielleicht ein Verbrechen oder ein Mord? Aber Fehlanzeige.

Sie spürte, wie enttäuscht sie war. Ein Mann neben ihr nieste zweimal laut und ungehemmt. Hannah atmete tief durch, schob den Stuhl etwas zurück und sah nach oben durch das Glasdach des Lesesaals. Sollte sie aufgeben? Oder musste sie weiter zurückgehen? In den Dreißigerjahren waren auch schon Soldaten auf den Straßen gewesen, dachte sie, ohne genau zu wissen, wann England in den Krieg eingetreten war. Ein letzter Versuch, sagte sie sich und gab den 30. Oktober 1939 ein. Die große Geschichte dieses Tages handelte von dem ersten deutschen Flugzeug, das über England abgeschossen worden war. Ein Erkundungsflug, bei dem beide Piloten ums Leben gekommen waren. Aber nichts über das Cadogan, auch nicht, als sie weiterlas und sich die anderen Überschriften des Tages vornahm. Eine weitere Meldung nahm ziemlich viel Platz ein: der Mord an einem Professor in Oxford. Ein gewisser Jenkins war Opfer eines brutalen Raubmordes geworden. Aber was war mit dem Tag danach? Salomon Gašpar hatte den 30. Oktober erwähnt, vielleicht war erst am nächsten Tag darüber berichtet worden oder noch einen Tag später? Hannah sagte sich, dass das ihre absolut letzte Chance war. Vielleicht war sie deshalb besonders aufmerksam und ließ ihren Blick länger auf jeder Seite verweilen, auf jeder Überschrift. Professor Jenkins' Mörder hatte anscheinend Selbstmord begangen, kurz bevor die Polizei ihn hatte festnehmen können. Jenkins' Frau sagte, es sei ein Trost für sie, dass der Gerechtigkeit Genüge getan worden sei. Der Todeszeitpunkt war mit 8.30 Uhr angegeben worden. Erst am Ende des Artikels wurde erwähnt, dass die Leiche des Mörders im Hotel Cadogan gefunden worden war. Er hatte sich dort vor der Polizei versteckt und war entdeckt worden, nachdem er das tödliche Gift genommen hatte. Der Name des Mörders war Michael Bedford.

32.

Isefjorden, Nykøbing, Sjælland

»Hilf mir!« Leon erkannte Bentzons schwache Stimme kaum wieder.

Leon forderte Aksel, einen der neuen Männer aus dem Einsatzkommando, auf, Gas zu geben. Der Motor heulte auf, als der Wagen die Steigung nach oben schoss. Die Sonne prallte auf die Windschutzscheibe, während Leon immer neue Bilder durch den Kopf gingen – eines schrecklicher als das andere. Niels Bentzon, bewusstlos am Boden, lebensgefährlich verletzt von einem Insassen. *Polizist in Gefahr.* Casper hatte ihm die Nachricht überbracht.

»Schneller!«, sagte Leon noch einmal.

»Hilfe!« Bentzons Stimme war jetzt kaum noch hörbar.

»Halt durch, wir sind gleich da.« Leon drehte sich um und sagte zu den sechs Männern, die hinten im Wagen saßen: »Bereitet euch auf das Schlimmste vor. Wir wissen nicht, wie die da drinnen reagieren, wenn sie uns sehen. Das kann gefährlich werden. Aber wir müssen unseren Mann da rausholen.«

»Wissen die, dass wir kommen?«, fragte Olav.

»Nein«, lautete die Antwort des Einsatzleiters.

Eine scharfe Kurve und eine letzte rasante Beschleunigung, dann tauchte die gelbliche Mauer der Anstalt vor ihnen auf. Olavs Frage machte Leon zu schaffen. War es richtig, Schapiro derart zu überraschen? Sich mit Gewalt Zugang zum Hochsicherheitstrakt zu verschaffen, ungeachtet der Konsequenzen? Leon hatte diesen Kampf schon mehrfach ausgefochten und meistens verloren. Doch, es war besser, unangemeldet zu kommen, dachte Leon, während der Wagen die letzten Meter bis zum Eingang rollte. Außerdem wäre das Ganze zu einem juristischen Problem geworden, hätte er vorher angerufen. Wegen der Menschenrechte und irgendwelcher komplizierter Paragrafen. Dafür hatten sie jetzt wirklich keine Zeit.

Die Bremsen quietschten, der Mannschaftswagen kam abrupt zum Stehen, und die Männer sprangen auf den Asphalt.

»Okay!«, rief Leon. Er rief über Mobilfunk die Sikringen-Zentrale an.

»Polizei Kopenhagen. Ich muss sofort mit Jarl Schapiro reden.« Leon atmete tief durch. Ruhig bleiben, jetzt keine Panik, dachte er, spürte aber deutlich, wie aufgeregt er war.

»Schapiro«, sagte eine Stimme.

»Polizei Kopenhagen. Ich stehe draußen vor Ihrem Haupteingang. Ich muss Sie bitten, mich einzulassen, ich habe einen begründeten Verdacht, dass einer unserer Männer in Lebensgefahr ist.«

»Ein Polizist?« Schapiros Ruhe provozierte Leon.

»Er ist im Hochsicherheitstrakt und schwebt in akuter Lebensgefahr. Er hat sich für einen Patienten ausgegeben, das ist Teil der Ermittlungen im Mordfall Paludan. Kommen Sie nach unten zum Tor und machen Sie auf.«

»Ich weiß nicht, wovon Sie reden«, sagte Jarl Schapiro. »Wir haben hier drinnen keinen Polizisten, sondern nur dreißig sehr, sehr kranke Patienten, die absolute Ruhe brauchen.«

»Er ist in Lebensgefahr, und er ist kein Patient, sondern Polizist. Kommen Sie runter! Jetzt!«, rief Leon und sah wieder Niels vor sich. In einer Blutlache.

Es vergingen einige Minuten, dann wurde das Tor geöffnet.

»Also, ich verlange auf der Stelle eine Erklärung. Was zum Henker geht hier vor?«, fragte Schapiro, obwohl fluchen nicht seine Art war. »Ich darf Sie daran erinnern, dass Sie Ihre Befugnisse weit überschreiten.«

Der leitende Oberarzt war in Begleitung eines Mannes mit Kassengestell und seltsamer Körperhaltung. Er sah wie ein Banker aus, was in Leons Register beileibe kein Pluspunkt war.

Wieder hatte er Niels im Ohr. »Hilf mir!«

»Wir müssen jetzt rein«, sagte Leon und trat einen Schritt auf Schapiro zu.

Die beiden Männer standen jetzt nur noch Zentimeter voreinander. Leon spielte seinen ältesten Kniff aus und baute sich dicht vor dem anderen auf. »Sie haben die Wahl, Sie können uns anstandslos reinlassen oder aus erster Reihe zusehen, wie wir hier alle Türen einschlagen.«

»Das geht nicht.« Schapiro hatte seine Ruhe wiedergefunden. »Innerhalb dieser Mauern habe ich das Sagen.«

»Wir reden von einem verletzten Polizisten«, schrie Leon. »Sie sind Arzt, Sie müssen Leben retten, und einer meiner Männer stirbt hinter Ihren Mauern! Entweder Sie lassen mich jetzt rein, oder ich verschaffe mir mit Gewalt Zutritt.«

Ein Augenblick des Schweigens. Keiner der beiden Männer ließ den anderen aus den Augen. Dann nickte Schapiro, legte den Finger auf den Scanner und tippte einen Code ein. »Nur jeweils zwei«, sagte er. Leon zeigte auf Aksel.

Die doppelten Türen brauchten verdammt lange. Sekunden, die Leon beinahe vollends aus der Ruhe brachten, weil sie Niels' Tod bedeuten konnten.

»Bentzon«, rief Leon, kaum dass er im Trakt auf dem Flur war. »Bentzon?«

Dann begann er zu laufen.

Leon hatte in seinem Leben schon viel gesehen, aber keine weißhaarige Hexe in grauem Nachthemd, die plötzlich schreiend vor ihm stand. Leon wusste gleich, dass das die Gouvernante sein musste, und erwog kurz, seine Waffe zu ziehen und das zu tun, was man schon hätte tun sollen, nachdem sie die vier Kinder ermordet hatte. Stattdessen stieß er sie brutal weg. Sie schrie noch einmal auf, und ihr Schrei wurde von den anderen aufgegriffen. Einer der Patienten drückte sich an die Wand, hielt sich die Ohren zu und begann zu weinen.

Eine Schwester versuchte, Leon aufzuhalten. »Was geht hier vor?«

»Niels Bentzon, wo ist er?«, schrie Leon sie an und erntete einen fragenden Blick. »Nein. Jens, Jens Petersen?«

»Leon?« Aksels Stimme war voller Angst.

Leon war mit wenigen Schritten da. Niels lag auf dem Bauch in seiner Zelle, die Arme vom Körper gestreckt. Überall Blut. Im Gesicht, auf dem Boden, an den Wänden. Leon taumelte. Niels' rasierter Schädel. Zur Unkenntlichkeit zerschmettert. Atmete er noch? Es sah so aus, als wäre Niels in den wenigen Tagen in dem Hochsicherheitstrakt deutlich schwächer geworden, er hatte abgebaut.

Leon ging in die Knie. »Bentzon?« Und dann noch einmal lauter: »Bentzon? Hörst du mich? Wer war das? War das Gašpar?«, dabei wusste er ganz genau, dass er Niels nicht rächen konnte. Er zwang sich, seinen Kollegen genau anzusehen. Niels war wirklich nicht wiederzuerkennen, die Lippen aufgeplatzt, ein paar Zähne im Oberkiefer abgebrochen, die Nase ein blutiger Klumpen, eine Wange seltsam tief in den Schädel gedrückt, beide Augen zugeschwollen und blutig.

»Rufen Sie einen Rettungswagen«, brüllte Leon. »Sofort!« Schapiro stand draußen auf dem Flur. Leon begegnete dem Blick des Arztes. Er war leer, abwesend, als hätte dieses Chaos nichts mit ihm zu tun.

33.

Sikringen, Nykøbing, Sjælland

Geräusche auf dem Flur? Sirenen? Entfernten sie sich nicht? Oder geschah das auch nur in Niels' Kopf? Wie lange war er weg gewesen? Er kam nicht auf die Beine, fühlte sich in der Zwangsjacke wie ein verkrüppeltes Pferd. Wo war er? Blut auf dem Boden, das in einen Abguss sickerte. Das musste das Bad sein. Einer von den beiden Räumen ohne Überwachung. Dann erinnerte er sich, dass der Portugiese ihn zu sich gelockt und die Tür mit irgendetwas aufgeschlossen hatte. Mit einem Dietrich? Von Berthold, dem Sohn des Schmieds? *Ich habe ein Geschenk dabei.*

»Leon? Hilf mir«, stammelte Niels, wurde aber von einer Stimme hinter ihm unterbrochen.

»Was machst du hier, Jens?«

Merete stand in der Tür. Nein, nicht Merete. Rebekka. Benjamin Thors Mutter. »Du hast im Bad nichts verloren. Wie bist du hier überhaupt reingekommen?«

»Rebekka«, sagte Niels und sah die Wut in ihren Augen. *Der Todesengel.* Sie wussten beide Bescheid. Dachte Rebekka jetzt darüber nach, wie sie ihn loswerden konnte?, fragte Niels sich.

»Alles okay bei euch?«, fragte eine Stimme hinter Rebekka. Niels sah den Wachmann nicht, aber er erkannte seine Stimme.

»Er ist wohl gestürzt. Ich weiß nicht, wie er da reingekommen ist«, sagte Rebekka.

»Hilf mir«, flüsterte Niels. »Mein Name ist Niels.« Er hörte die Verzweiflung in seiner Stimme, die Angst. Seine Stimmbänder vibrierten, und seine Stimme versagte, als er seinen Namen wiederholte: »Niels, Niels Bentzon.«

»Weißt du, dass die Polizei hier war?« Klaus trat ins Bad. »Einer von den Neuen soll Polizist sein. Das war ein Riesenaufstand.«

Niels fiel ihm ins Wort: »Nein, ich bin der Polizist! Ich bin von der Polizei! Leon! Leon, bitte kommen. Polizist in Gefahr!«

»Hilfst du mir kurz?«, fragte Rebekka den Wachmann. »Wie es aussieht, haben wir hier noch einen Polizisten.« Sie gab sich alle Mühe, ironisch zu klingen.

Niels versuchte, den Blick des Wachmanns einzufangen. Die Tür stand offen. Thorbjørn ging vorbei, in Zwangsjacke. »Ruft die Polizei!«, schrie der Verrückte. »Ruft die Polizei!«

»Wir müssen ihn erst auf den Bauch drehen«, sagte Rebekka. »Er ist vollkommen neben der Spur.«

Niels spürte die starken Hände unter seinen Achseln und sah, wie Benjamins Mutter eine Spritze aufzog.

»Sie will mich umbringen«, flüsterte Niels. »Hilf mir, Klaus. Du bist doch Klaus, oder?«

»Beruhige dich, Jens«, sagte der Wachmann.

»Klaus? Ich beruhige mich, wenn du mir zuhörst. Mein Name ist nicht Jens. Ich heiße Niels Bentzon. Ich bin der Polizist«, sagte Niels verzweifelt. Er verstand noch immer nicht, wie es Gašpar gelungen war, Leon zu täuschen. Außer … aber dann hätte er sein Gesicht bis zur Unkenntlichkeit entstellen müssen.

»Es geht dir gleich besser, das verspreche ich.«

»Hast du ihn? Kannst du unseren Polizisten auf den Bauch drehen? Ja, so«, sagte Rebekka, als Niels den kalten Boden an seiner Wange spürte. Stechende Schmerzen pulsierten in seinem Hinterkopf.

»Nein, Klaus, hör mir zu. Sie haben den Verkehrten mitgenommen. Gašpar ist entkommen. Er hat sich für mich ausgegeben.«

»Es dauert nur einen Augenblick, Jens.«

»War das Gesicht von dem, den die Polizei mitgenommen hat, entstellt? Zerschlagen?«, wollte Niels wissen.

Klaus antwortete nicht.

Thorbjørn schrie draußen auf dem Flur: »Polizei!«

»Klaus!« Niels wollte schreien, es kam aber nur ein heiseres Röcheln über seine Lippen. Er versuchte festzustellen, wie weit Rebekka mit der Spritze war.

»Ruhig, Jens!«

»Schapiro«, flüsterte Niels. »Ich will Schapiro sprechen. Sofort!«

»Jens. Wir werden Dr. Schapiro sagen, dass du mit ihm sprechen willst«, sagte Rebekka. »Das verspreche ich dir. Aber jetzt entspannst du dich erst mal. Morgen könnt ihr ausführlich miteinander reden.«

»Sieh mich an, Klaus! Sieh mir in die Augen«, flüsterte Niels und versuchte, Augenkontakt zu dem Wachmann herzustellen. »Klaus! Ist Gašpar in seiner Zelle? Frag dich das doch mal selbst!«

»Jetzt ist es aber genug«, sagte der Todesengel, und Niels spürte, wie sein Ärmel langsam hochgeschoben wurde.

Dass der Tod auf diese Weise zu ihm kommen sollte, dachte Niels verwundert. Durch die Hand einer Frau, die ihm fast liebevoll einen Riemen um den Oberarm band, damit sich das Blut in seinen Venen staute. War es der Schere auch so ergangen? Rebekkas Liebe, die Fürsorge eines Todesengels, zärtlich und verständnisvoll. Wenn hier jemand etwas vom Tod verstand, dann sie.

»Klaus, wenn die Polizei gerade einen entstellten Patienten aus meiner Zelle mitgenommen hat, warum liege ich dann hier? Sieh mich an!«

»Ich sehe dich an, Jens, und ich höre, was du sagst«, erwiderte Klaus ebenso mechanisch wie einstudiert, während er Rebekka mit der Spritze beobachtete.

»Frag sie. Frag Rebekka, wie die Schere gestorben ist. Er ist an einer Überdosis gestorben, Klaus. Frag sie, wer der Schere die letzte Spritze gegeben hat.«

»Sie heißt nicht Rebekka.«

»Jens, du musst dich jetzt wirklich ruhig verhalten«, sagte die Schwester. »Sonst treffe ich die Vene nicht, und dann müssen wir wieder von vorn anfangen. Das willst du doch auch nicht, oder? Eine üble Prellung hast du da am Kopf, Jens.«

»Klaus?«

»Du hast sie doch gehört, Jens«, sagte Klaus. »Beruhige dich. Du kennst ja die Prozedur, du musst deine Medizin nehmen, also mach keinen Ärger.«

Niels lehnte den Kopf zurück, sah an die Decke und schloss die Augen. Denk nach, Niels! Wie kannst du den Wachmann davon überzeugen, dass du nicht schizophren bist? Mit Wissen? Wenn du ihm etwas sagst, das von den Wahnsinnigen keiner wissen kann?

»Christian Paludan hatte für sich und seine junge Frau Fährtickets bestellt. Zwei Tage vor seiner Ermordung«, sagte Niels. Öffnete die Augen. Klaus sah ihn an.

»Christian Paludans Fingerabdrücke waren auf dem Glas mit dem Gift, das in seinem Büro stand, aber die Abdrücke sind erst nach seinem Tod auf das Glas gebracht worden. Unsere … Klaus, die kriminaltechnische Analyse ist ohne jeden Zweifel zu dem Schluss gekommen, dass Paludan das Gift nicht freiwillig genommen hat.«

»Halt ihn fest«, sagte sie laut. Warum redete sie plötzlich so laut? Um Niels zu übertönen? Die Kanüle, der obligatorische kleine Spritzer in die Luft. Winzige Tropfen Tod landeten auf Niels' Gesicht.

»Klaus! Paludan ist nicht in seinem Büro gestorben«, flüsterte Niels, er hatte kaum noch Stimme. Was sollte er sonst noch sagen? »Paludan ist im Fixierraum gestorben, oder wie ihr den nennt. Er hatte eine Affäre mit ihr hier. Ihr nennt sie Merete, sie haben ein Sex-Spielchen gemacht, mit Festschnallen. Denk nach, Klaus, hast du sie mal Blicke wechseln sehen?«

»Du hast ja eine ganz schön blühende Fantasie, Jens. Du bist echt komplett benebelt«, sagte die Schwester mit schriller Stimme. Nein, nicht die Schwester. Die wahre Schwester war Merete, Rebekka war die Göttin der Rache.

»Klaus, du musst nicht auf mich hören.«

»Da sagst du mal was Wahres«, keifte sie und zog den Riemen am Oberarm straff. Niels leistete Widerstand, es ging um sein Leben, um Hannah.

»Hör auf dich selbst, Klaus. Nur darum bitte ich dich. Hat dich jemals einer der Insassen hier gebeten, auf dich selbst zu hören?«

»Jetzt hör aber auf, Jens«, sagte Klaus unwirsch.

»Hast du sie Blicke wechseln sehen? Sie und Paludan? Paludan war besessen von Frauen. Und er mochte Spielchen. Klaus!«

»Jetzt halt endlich deinen Mund!« Klaus wurde laut. Hoffnung, dachte Niels. Wut hieß Hoffnung, Gleichgültigkeit war viel schlimmer.

»Klaus!«, rief Niels. Er wollte der Spritze um jeden Preis entgehen und wand sich. »Sie war die Mutter von einem Jungen, den Salomon Gašpar ermordet hat.«

»So, Jens, ich denke, du schläfst jetzt erst mal.«

Niels fing noch einmal Klaus' Blick ein. Waren seine Worte überhaupt bis zu dem Wachmann durchgedrungen?

»Sie will den Tod ihres Sohnes rächen. Sie wollte Salomon Gašpar umbringen. Aber Paludan kam ihr in die Quere. Er wollte Gašpar verlegen. Die Schere hat gesehen …«

Benjamins Mutter rief dazwischen: »Halt den Arm fest!«

Der Wachmann festigte seinen Griff.

Niels schrie: »Nein, Klaus! Sonst wirst du Zeuge, wie ein dänischer Polizist ermordet wird! Du hilfst einer Mörderin«, schrie Niels und versuchte, sich zu befreien.

Tränen schossen ihm in die Augen, als Klaus sein Knie auf Niels' Hals drückte, bis die Nadel eine Vene fand.

»So, das hätten wir, Niels«, sagte die Schwester und zog die Nadel heraus. Klaus nahm sein Knie von Niels' Hals, hielt ihn aber weiterhin fest.

»Sie hat mich …«

Rebekka unterbrach ihn. »Ich glaube, wir sollten ihn noch eine Minute festhalten, bis die Medizin wirkt.«

Niels mobilisierte seine letzten Kräfte. Seine Zunge wollte schon nicht mehr richtig. Eine Minute, hatte sie gesagt. Mehr Zeit blieb ihm nicht, bis Rebekkas Todesspritze wirkte. Im Hintergrund hörte er wieder Thorbjørn. Oder war das nur in seinem Kopf? »Ruft die Polizei! Ruft die Polizei!«

»Klaus, sie hat mich Niels genannt«, flüsterte er. Kamen seine Worte überhaupt bei dem Wachmann an?

»Du bist heute wirklich total verwirrt«, sagte die Schwester. Niels sah sie nicht mehr, die Spritze wirkte schnell.

34.

London

Michael Bedford. Der Name ging Hannah auf dem Weg zurück zum Hotel nicht mehr aus dem Kopf. Immer wieder dachte sie aber auch an das, was sie über Melchiades gelesen hatte, und über die Reinkarnation. Melchiades glaubte, Menschen durch Hypnose mit ihren früheren Inkarnationen in Verbindung bringen zu können. War das die Verbindung? War Salomon Gašpar die Reinkarnation von Michael Bedford? Nein, unmöglich, dachte Hannah, aber vielleicht *glaubte* Gašpar ja, dass er Michael Bedford war? Wie all die anderen, über die sie im Internet gelesen hatte. Eine von diesen Geschichten hatte sie noch ganz genau in Erinnerung. Ein Schotte, Cameron Macauley, hatte, seit er zwei Jahre alt gewesen war, ständig von seinem früheren Leben auf der kleinen Insel Barra an der schottischen Westküste erzählt. Er wollte dort mit seiner Familie und einem Hund gelebt haben und wusste alle möglichen Details: wie der Hund aussah, welchen Namen sie ihm gegeben hatten und wie das Haus und die Gegend ausgesehen hatten. Und er wusste auch, dass er bei einem Autounfall ums Leben gekommen war. Ein paar Jahre später war seine Mutter mit ihm nach Barra gefahren, und dort musste sie feststellen, dass alles, was ihr Sohn ihr gesagt hatte, stimmte – obwohl er nie zuvor auf der Insel gewesen war.

Hannah wurde von einem Taxi wenige hundert Meter vor dem Hotel im Viertel Knightsbridge abgesetzt. Alles schien sich hier ums Geld zu drehen. Chanel, Cartier, Hermés, ein paar Botschaften mit Tennisplätzen im Garten, exklusive Clubs und Hotels für reiche Touristen und Geschäftsleute. Hannah setzte sich auf eine Bank und beobachtete die schönen Menschen, die an ihr vorbeihasteten. Kinder in Louis-Vuitton-Schuhen, amerikanische Touristen, die Hände voller Tragetaschen mit teuren Markenprodukten.

Hannahs Gedanken kehrten noch einmal zu Salomon Gašpar zurück. Der Mann hatte unter Albträumen gelitten, war psychisch angeschlagen und hatte von Kindheit an immer wieder Visionen von seinem Tod in einem Hotel gehabt. Er litt unter Schlaflosigkeit. In jungen Jahren fing er als Nachtportier in einem Hotel in Lissabon an. Und begann dort mit seiner Suche. Hotel nach Hotel, immer auf der Jagd nach den quälenden Bildern in seinem Kopf. Aber das richtige Hotel fand er nie, weshalb er schließlich Melchiades aufsuchte, einen Mann auf der anderen Seite des Erdballs, der glaubte, ihm helfen zu können. Unter Hypnose sah Gašpar Bruchstücke aus Michael Bedfords Leben. Unter anderem das Hotel, die Stadt, ein Datum und … irgendetwas auf dem Boden. Hannah schloss die Augen, die Sonnenstrahlen fielen ihr ins Gesicht.

Ergab das Sinn? Auf den ersten Blick nicht, aber … Was hatte Michael damals im Hotelzimmer, kurz vor seinem Tod, in den Fußboden geritzt? War diese Stelle möglicherweise noch zu finden? Hannah wies den Gedanken von sich. Das vermeintliche Geschehnis lag beinahe achtzig Jahre zurück, die Böden waren seither sicher hundertmal abgeschliffen oder lackiert worden, wenn sie nicht unter dicken Teppichen lagen. Außerdem hatte sie keine Ahnung, von welchem Zimmer die Rede war. Gašpar hatte auf dem Tonband keine Zimmernummer genannt, wenn er sie überhaupt gewusst hatte.

Hannah erhob sich und überquerte die Straße. Kurz darauf stand sie vor dem Hotel, den Blick fest auf die Fassade gerichtet. Eine riesige, weinrote Fahne mit den Initialen des Hotels hing über dem Eingang und signalisierte Tradition und Stolz. Zu den bereits vorhandenen Lieferwagen war jetzt noch ein Lastwagen hinzugekommen. Irgendetwas Schweres schepperte durch das Fallrohr nach unten in die Mulde, Staub wirbelte auf. Eine Nagelpistole knallte irgendwo oben auf dem Gerüst.

Was nun?, fragte Hannah sich wieder und wieder. Die Antwort lautete: Fahr nach Hause, fahr zurück nach Dänemark, du hast hier nichts verloren, du weißt ja nicht einmal, wonach du suchst. Das jedenfalls hätte Niels gesagt. Hör auf, dich aufzuführen und Detektiv zu spielen. Fahr zurück zu den Kindern, zu Bjørn und Ellen, es reicht nicht, jeden Tag zwanzigmal anzurufen und mit Mutter zu sprechen. Du solltest da sein, bei ihnen.

Sonne. Etwas begann sich in Hannahs Kopf zu rühren. Salomon Gašpar hatte unter Hypnose angegeben, dass die Sonne ihn geblendet habe. Michael Bedford hatte im Hotel auf dem Boden gelegen und sich unter Schmerzen gewunden. Seine Muskeln waren gelähmt, die Zunge war geschwollen, sein Atem ging flach. Er hatte aus dem Fenster gesehen. Direkt in die Sonne. So hatte er das Melchiades beschrieben.

Hannah ging ein Stück weiter, bog an der Ecke ab und kam auf die andere Seite des Hotels. Sie blieb stehen und spürte etwas kommen. Einen Gedanken, der noch keinen Sinn ergab. Michael Bedford war am 30. Oktober 1939 im Hotel gestorben. Laut Angaben in der *Times* morgens um halb neun.

Hannah sah an der Fassade des Hotels nach oben. Schmale, hohe Fenster unter dreieckigen Sandsteinornamenten, sodass jedes Fenster eine Krone zu tragen schien. Das Haus wirkte richtiggehend königlich. Ende Oktober, dachte sie. Morgens. Die

Sonne ging zu dieser Jahreszeit spät auf. Etwa gegen acht. Sie dachte nach. An die Ekliptik der Sonne, ihren Lauf von Ost nach West und daran, dass sie die Zeit berücksichtigen musste, weil die Umlaufbahn der Erde im Sonnensystem nicht vollkommen zirkular war, sondern etwas elliptisch. Sie nahm ihr iPhone, suchte die Star-Walk-App heraus, die in letzter Zeit im Niels-Bohr-Institut so populär geworden war. Ins Eingabefeld tippte sie Datum und Zeitpunkt ein. Sie hatte recht, die Sonne war am 30. Oktober 1939 um 7.51 Uhr auf- und um 17.39 untergegangen und hatte maximal 24 Grad über dem Horizont gestanden. Eine weitere App, ihr Kompass, gab ihr an, wo Osten war. Hannah streckte den Arm aus und versuchte, einen 24-Grad-Winkel anzuzeigen. Um 8.30 Uhr, als Michael gestorben war, hatte die Sonne allenfalls die Dächer bescheinen können, nicht die Straßen, die Bürgersteige, die Menschen zwischen den Gebäuden. *Die Sonne scheint mir direkt in die Augen.* Er hatte auf dem Boden gelegen und aus dem Fenster in die Sonne gesehen.

Die oberste Etage! Der Gedanke war wie eine glasklare Erkenntnis. Die oberste Etage. Weiter nach unten hätte das Sonnenlicht zu diesem Zeitpunkt noch gar nicht reichen können. Aber wo?, fragte sie sich, und ihr Blick glitt an der Fensterreihe entlang, ehe sie wieder in Richtung Sonne sah. Sie musste auf die Ostseite, wo die Sonne aufging. Aber wie kam sie dorthin?

***

Die Männer tranken schweigend ihren Kaffee. Aus dem aufgedrehten Autoradio scholl laute Musik. Einer der Arbeiter goss aus einer Thermoskanne nach, zwei saßen in der Kabine des Lastwagens, während ein paar andere auf die Ladefläche geklettert waren und sich auf das Sofa gesetzt hatten, das sie gerade aus dem Hotel getragen hatten. Hannah schlüpfte unbemerkt ins Hotel. Die Holzplatte über der Treppe gab ganz leicht nach, als sie ihren Fuß darauf setzte. In den wenigen Stunden, in denen sie weg gewesen war, hatte sich einiges verändert. Der Rezeptionstresen war in dicke, undurchsichtige Plastikfolie gehüllt worden, und am Boden lag ein Stapel alter Bretter, über die sie jetzt steigen musste. Hannah ging zu der halb geöffneten Tür am rückwärtigen Ende der Lobby. Ein kalter Luftzug schlug ihr entgegen. Sie kam auf einen schmalen Flur, von dem eine weitere Tür in eine Art Lager abzweigte, in dem sich Stühle, Matratzen und Lampen stapelten. Weiter dem Luftzug folgend, gelangte sie schließlich zur Hintertür des Hotels und auf den Hof. In einer Ecke standen zwei Container, aus denen es nach Küchenabfällen stank. Eine breite Steintreppe führte nach unten in die Küche. Im hinteren Teil des Hofes befand sich eine Reihe von offenen Garagen. Waren das die Parkplätze für das Personal?, fragte Hannah sich und musterte einen silbergrauen Rover. Dann ließ sie ihren Blick an der Rückwand des Hotels nach oben gleiten. Die Ostseite. Sie hielt sich die Hand über die Augen, vielleicht hatte Michael Bedford das Gleiche getan, als er auf dem Boden gelegen und die letzten höllischen Minuten seines Lebens durchlitten hatte. Da, ganz oben, direkt unter der Dachrinne war ein Fenster. In dieser Höhe schien nur ein einziger Raum zu sein. Die Sonne spiegelte sich in der Scheibe. War das an jenem Oktobermorgen im Jahre 1939 auch so gewesen? Vielleicht war unten im Hof Leben gewesen. Menschen, Autos, Müllkutscher, die den Abfall des Hotels wegbrachten, oder Händler, die Lebensmittel lieferten. Oder hatte sich die Polizei im Hof versammelt? Die Beamten, die über die Treppe nach oben gestürmt waren. Auf jeden Fall hatte ganz oben hinter dem Fenster ein junger Mann gelegen, der einen schrecklichen Tod gestorben war.

***

Bei den dicken, weichen Teppichen musste Hannah an den Moder in Todos Santos denken, an den Albtraum in Guatemala, an das Gefühl zu versinken. Sie war im ersten Stock, die Türen zu den Zimmern standen offen, einige waren leer, andere wurden anscheinend gerade ausgeräumt. Eine Trennwand zwischen zwei Zimmern war eingerissen worden, kaputte Badezimmerfliesen lagen auf dem Boden, die Tapeten hatten sich gelöst. »In Case of Emergency« stand an einer Tür. Daneben hing eine Karte über die zu Verfügung stehenden Feuertreppen und Notausgänge. Die Ostseite, ermahnte sie sich. Sie musste ans Ende des Flurs und dann über die Treppe nach oben. Von draußen waren Stimmen zu hören. Die Kaffeepause war offenbar beendet. Die schmale Tür klemmte, sie musste sich mit ihrem ganzen Gewicht dagegenstemmen, um sie aufzubekommen und vor der schmalen Personaltreppe zu stehen. Es roch nach Feuchtigkeit. Hier also waren die Zimmermädchen und Diener auf und ab gerannt, um der englischen Oberklasse stets zu Diensten zu sein. Sie warf einen Blick in den Hinterhof. Ein Kastenwagen war vorgefahren, zwei Männer luden etwas ab. Sie lief drei Etagen nach oben, bis sie schließlich vor der Tür am Ende der Treppe stand. Sie öffnete sie und trat auf einen dunklen Flur, auf dem sie sich langsam vortastete, bis ihre Finger eine Klinke streiften. Die Tür war verschlossen.

Dann ging sie zwei Schritte nach hinten und trat zu. Die Tür sprang auf und knallte gegen einen Sessel. Der Lärm wurde von den Arbeitsgeräuschen geschluckt, die von unten heraufschallten. Hannah betrat das Zimmer. Das Bettgestell starrte sie an. Die Matratze fehlte. Sie drückte einen Lichtschalter, die Deckenlampe reagierte aber nicht. Dann ging sie zu einer alten Stehlampe mit brüchigem Kabel, schaltete sie ein, und die Birne erwachte nach anfänglichem Flackern tatsächlich zum Leben. Hannah stellte sich ans Fenster und blickte durch das leicht verstaubte Fenster nach unten auf den Hof. Hatte der gesuchte Mörder, Michael Bedford, hier auch gestanden? Warum hatte er dieses Gift überhaupt genommen?, fragte Hannah sich. Er hätte doch einfach aus dem Fenster springen können. War die Polizei bereits vor der Tür gewesen? Hatte er das Hämmern an der Tür gehört, das Pochen seines Herzens? Und wer war die Frau gewesen? Ein Verbrecherpaar auf der Flucht. Bonnie und Clyde? Oder war sie nur eine Fantasie, geboren aus der Todesangst, aus der Furcht, von der Polizei geschnappt zu werden? Nein, sie war mit ihm zusammen gewesen, Hannah wusste nicht, warum, aber so musste es gewesen sein.

Der Boden. Noch einmal hörte sie Salomon Gašpars Stimme. Dass er etwas in den Boden geritzt, ihn die Sonne dabei aber geblendet habe. Das Zimmer war mit dickem, weichem Teppich ausgelegt. Hannah ging in die Hocke und fuhr mit den Fingern über den Flor. Der lag da schon lange, dachte sie. Bestimmt Jahrzehnte. Sie untersuchte die Ränder. Der Teppich war teilweise so dünn geworden, dass er beinahe nahtlos in die Dielen überging. Sie kniete sich auf den Teppich. Michael musste unter dem Fenster gelegen haben, dachte sie. Wo die Sonne ihn erreichen konnte. An ein paar Stellen gelang es ihr, die Finger wenige Zentimeter unter den Teppich zu schieben, mehr nicht. Der Stoff hatte sich mit den Dielen verklebt. Sie war kurz davor aufzugeben. Das Ganze konnte ein großer Irrtum sein, ein Missverständnis, die Konsequenz einer Reihe von falschen Schlussfolgerungen. Vielleicht war Bedford doch in einem anderen Zimmer gewesen, oder Salomon Gašpar hatte sich geirrt, wenn er nicht einfach nur verrückt war. Es war ja nicht auszuschließen, dass das alles nur in seinem kranken Hirn existierte. Vielleicht hatte er auch gar nicht Cadogan gesagt, sein Englisch war ja nicht ohne Akzent. Hannah konnte sich verhört haben.

Sie saß auf den Dielen, hielt den Teppichrand mit beiden Händen fest, setzte die Füße auf und stemmte sich hoch. Ein Stück des Teppichs löste sich vom Boden, Staub wirbelte auf. Nichts, nur alte, dunkle Dielen und ein etwas moderiger Geruch. Weiter, dachte sie und kroch einen halben Meter zur Seite. Wieder stemmte sie sich hoch, und dieses Mal gelang es ihr, ein größeres Stück des Teppichs zu lösen. Auf der Unterseite klebte ein alter, zerknitterter, aber noch immer lesbarer Zettel. *Grosvenor Wilton-Carpets,* gefolgt von einem Stempel: 1946. Hieß das, dass der Teppich seit '46 dort lag? Seit Salomon Gašpar sieben Jahre alt gewesen war?

Ihre Handflächen brannten und schmerzten, als sie das nächste Stück Teppich löste. Wieder ließ sie die Finger langsam über den Boden gleiten. Nichts. Oder hatte Bedford da drüben gelegen, in der Ecke? Ja, dachte sie, das machte Sinn. Bestimmt hatte er wie ein verwundetes Tier in der Ecke Zuflucht gesucht. Und die Sonne hatte ihn dort sicher auch erreichen können. Hannah stand auf. Stellte die Lampe auf die Fensterbank, das Kabel war gerade lang genug. Dann entschied sie sich anders und hielt sie etwa in dem Winkel hoch, in dem die Sonne am Himmel gestanden haben musste. Zwischen 7.51 Uhr und 8.30 Uhr. Zenit 24 Grad über dem Horizont. Ja, das Licht erreichte den hintersten Bereich der Ecke. Hannah hockte sich hin, schob die Finger so weit wie nur möglich unter den Teppich und zog. Er saß an dieser Seite noch fester und löste sich kaum.

Sie schob beide Hände unter den Rand des Teppichs und sagte sich selbst, dass das jetzt ihre letzte Chance war. Es machte einfach keinen Sinn, hier in diesem Hotel herumzukriechen und den Teppich abzureißen – sie wusste ja nicht einmal, wonach sie suchte.

Es hörte sich an, als würde sie ein Stück Stoff zerreißen. Der Teppich löste sich langsam und gab einen knappen Quadratmeter Bodendielen frei. Nur Staub und Dreck waren zu sehen.

Hannahs Augen und ihr Hals brannten bereits, die allergische Reaktion würde nicht mehr lange auf sich warten lassen. Mit der Hand wischte sie die Staubschicht weg. Es war nichts zu sehen. Natürlich nicht. Das alles war viel zu lange her, alle Spuren waren längst verwischt. Wenn sie überhaupt im richtigen Zimmer war. Trotzdem legte sie noch einmal ihre Hände um den Teppich und zog ihn nach oben, sodass weitere Zentimeter zum Vorschein kamen. Tastend schob sie ihre Finger darunter. Ihre Augen sahen nichts mehr, es ging ihr jetzt wie Melchiades. Sie musste sich vortasten, mit den Fingerspitzen sehen. Die kleine Unebenheit fühlte sich erst wie der Zwischenraum zwischen zwei Dielen an. Noch einmal fuhr sie mit den Fingerkuppen darüber, dann ein drittes Mal. Sie schloss die Augen und blies, so fest sie konnte, ihr Gesicht war voller Staub, dem Make-up des Verfalls. Da, ein Kratzer, mehrere, möglicherweise eingeritzt mit einer Messerspitze oder einem Schlüssel. Das alles bildete sie sich nicht nur ein, sondern es war wirklich eine Zahl in den Boden geritzt worden: *1593*.

35.

Krankenhaus, Nykøbing, Sjælland

Schmerzen waren für Leon kein Fremdwort. Im Gegenteil. Aber trotzdem etwas, womit er nicht gut umgehen konnte, das wusste er aus den leidvollen Erfahrungen, die er im Laufe seines Lebens hatte machen müssen. Im letzten Jahr hatte er einen Mann bei einem Einsatz in Nørrebro verloren, überfahren von einem Fluchtauto. Der Tod des Mannes hatte sich angefühlt, wie entzweigerissen zu werden, und die Beerdigung war für Leon der schlimmste Vormittag seines Lebens gewesen. Die roten Blumen auf dem weißen Sarg. Leon würde weder die weinenden Kinder noch den Blick der Witwe vergessen, den sie ihm zugeworfen hatte. Es war seine Schuld, er hatte nicht gut genug aufgepasst. Für ihn war es so, als hätte er selbst diesen Wagen gefahren. War Bentzon jetzt der Nächste?

»Gibt es Neuigkeiten?«, fragte er die Krankenschwester, die aus der Ambulanz kam.

»Sie müssen noch ein bisschen warten«, sagte sie.

Seine Schuld. Der Gedanke ging ihm nicht mehr aus dem Kopf. Er hatte das Risiko unterschätzt, einen Beamten zu den gefährlichsten Männern und Frauen des Landes zu schicken, er hatte mit Bentzons Leben gespielt, alles auf eine Karte gesetzt und verloren. Nicht mehr und nicht weniger. Diese Erkenntnis konnte er nicht schönreden, denn genau so war es abgelaufen.

Leon erinnerte sich noch genau an den Morgen, an dem Sommersted ihn zur Seite genommen und Niels Bentzons Namen genannt hatte. Er sei der Richtige für diese Aufgabe, hatte sein Chef gemeint, während er auf seinen Kaffee gepustet und aus dem Fenster gesehen hatte. Weil Bentzon Paludan kannte und die Ermittlung deshalb für ihn eine persönliche Dimension annahm. Aus langjähriger Erfahrung glaubte er zu wissen, dass eine emotionale Bindung besonders bei gefährlichen Einsätzen ein Vorteil war. Leon hatte ihn bestärkt und gesagt, dass Niels Bentzon genau der Mann sei, den man in den Hochsicherheitstrakt einschleusen könne. Dann hatten sie sich angesehen und wohl beide gedacht, dass Niels Bentzon auch so ein komischer Vogel sei, der perfekt zu diesem Ort passe. Von da an war alles wie am Schnürchen gelaufen. Sie waren sich sogar einig geworden, dass die kleine Überraschungsparty für Niels der richtige Einstieg in ihr Vorhaben sein würde. Es ginge wie so oft im Leben um die richtige Stimmung. Stimmung und Timing wären alles entscheidend. Und natürlich wäre es für Bentzon schwerer, Sommersted einen Korb zu geben, wenn sie vorher gerade erst miteinander gefeiert und getrunken hätten. Das war Psychologie für Anfänger.

Es vibrierte in Leons Tasche. Er nahm das Handy diskret heraus. Sommersted. Vier unbeantwortete Anrufe. Leon rief zurück.

»Leon? Warum hast du nicht zurückgerufen?«

Leon antwortete nicht.

»Wie geht es ihm?«

»Ich weiß es nicht. Sie wollen noch nichts sagen.«

»Aber er ist nicht …«

»Ich weiß nichts«, beeilte Leon sich zu sagen und senkte den Blick. Rote, gelbe und grüne Striche, irgendein sinnreiches System, das er nicht durchschaute.

»Wen hast du angerufen?«

»Keinen«, sagte Leon.

»Hannah?«, fragte sein Chef.

»Sommersted, ich weiß doch noch nichts. Lass mich erst mit denen reden.«

»Wird er verlegt werden?«

»Verlegt?« Leon klang, als verstünde er die Bedeutung des Wortes nicht.

»Ja, verdammt. Er wird doch sicher auf eine Station kommen, irgendwohin, wo sie ihm mehr geben können als Kopfschmerztabletten oder Lachgas. Ich tippe auf das Rigshospital oder die Klinik in Hvidovre. Wo du jetzt bist, das ist doch ein Provinzkrankenhaus«, sagte Sommersted, ohne weiter zu erläutern, was er von Provinzkrankenhäusern hielt.

»Ich komme.« Sommersted legte auf.

»Entschuldigen Sie bitte?« Eine Krankenschwester fixierte Leon, und ihr Blick verriet, dass sie ihn schon mehrfach angesprochen haben musste. »Ich muss Sie bitten, Ihr Handy auszuschalten, die Signale können unsere Apparate beeinflussen.«

»Gibt es irgendetwas Neues? Sagen Sie mir bitte die Wahrheit, auch wenn sie unangenehm ist.«

»Zwei Minuten.«

Leon nickte, während sie über den Flur verschwand. Dann drehte er sich zu der hellblauen Tür um, hinter der sie mit Bentzon verschwunden waren. Leon konzentrierte sich auf die Farbe. Sommerhäuschen, Meer und Bäume, Rotwein. Komm schon, alter Junge. Halt durch, dachte er und unterdrückte den Impuls, die Tür mit bloßen Händen einzuschlagen und zu Bentzon vorzudringen, damit er ihn sehen, mit ihm reden und sich versichern konnte, dass es ihm bald wieder besser ging.

»Wir müssen reden«, sagte der Mann vor Leon und reichte ihm die Hand. Feingliedrige Finger, graues dünnes Haar und ein

Gesicht, das mindestens ein Jahrzehnt jünger wirkte, als sein sparsamer Haarwuchs vermuten ließ. Er sah müde aus. »Eklund«, stellte er sich mit kaum hörbarem, schwedischem Akzent vor. »Wir können hier reingehen.«

Ein kleiner Besprechungsraum. Ein runder Tisch, eine leere Vase, ein verwaister Kaktus im Fenster.

»Vielleicht möchten Sie hier Platz nehmen«, sagte Eklund und zeigte auf einen Stuhl. »Der Verletzte ist also Polizist. Sind die Angehörigen schon informiert?«

Leon zögerte. Sommersted hatte ihm dieselbe Frage gestellt. Warum erwarteten alle, dass er sich darum kümmerte? Er hatte gerade erst einen schwer verletzten Kollegen abgeliefert, einen Freund, der vielleicht sterben musste. Und jetzt sollte ausgerechnet er sich auch noch um das Praktische kümmern? »Nun, um es kurz zu machen«, sagte Eklund und machte eine feminine Handbewegung. »Er wird im Laufe der nächsten Stunden ins Rigshospital überführt werden. Sein Zustand ist stabil. Aber sein Gesicht weist schwere Verletzungen auf. Er wird nicht wieder so aussehen wie früher.«

Eine beunruhigend lange Pause folgte.

»Darf ich ihn sehen?«, fragte Leon und korrigierte sich selbst. »Ich möchte ihn sehen.«

Der Arzt seufzte. »Vielleicht. Einen Moment bitte.«

Er stand auf und verließ den Raum. Wie sollte er Hannah das sagen? Warum hatte er nicht auf Niels gehört, dachte Leon, als dieser ihm gesagt hatte, dass er sich entlarvt fühlte? Er hatte ihm nicht geglaubt. Ein schrecklicher Fehler, denn irgendjemand im Hochsicherheitstrakt hatte ihn tatsächlich durchschaut und gewusst, dass Niels Polizist war. Der Portugiese?

Leon dachte, dass er Casper anrufen und sich erkundigen musste, ob Niels und er zu irgendeinem Ergebnis gekommen waren. Dann fiel sein Blick wieder auf das Schild mit dem durchgestrichenen Telefon an der Wand. Mist, dachte er, bevor ihm ein noch unangenehmerer Gedanke kam. Gab es ein Leck? Unter den wenigen, die davon wussten, dass Niels ins Sikringen sollte? Leon brach der Schweiß aus. Wer hatte Bescheid gewusst? Die Namen mussten auf den Tisch, alle. Hannah, Sommersted, Sonning, Herbert, Rantzau, Poul Schmidt. Wer noch? Leon dachte nach. Ja, es gab noch andere. Im Justizministerium, Akademiker, die sich um die juristischen und rein praktischen Dinge gekümmert hatten, als es darum gegangen war, Niels als Patient in den Hochsicherheitstrakt einzuschleusen. Oder Schapiro? Hatte Schapiro Niels bereits bei ihrem ersten Gespräch durchschaut und den Portugiesen gewarnt? Er schwitzte immer stärker und nahm einen Keks von dem bereitgestellten Teller. Als die süße Vanillemasse sich in seinem Mund auflöste, keimte ein schrecklicher Verdacht in seinem Kopf. Schapiro. Er hatte irgendwie etwas damit zu tun. War er mit dem Portugiesen verbündet? Es lag doch auf der Hand, dass Schapiro und Paludan Probleme miteinander gehabt hatten. Fachliche Differenzen, Meinungsverschiedenheiten, wie der Trakt geführt werden, welche Medikamente verabreicht und wie viel Zwang angewandt werden sollte. Oder persönliche Konflikte? Auch das war möglich.

Endlich kam jemand zurück und machte Leons Grübeleien ein Ende. »Sie kriegen ein paar Minuten«, sagte sie.

Er hob den Kopf. Das Gesicht der Krankenschwester war unnahbar, ohne jede Freundlichkeit. »Wenn Sie mir bitte folgen möchten«, sagte sie beinahe beleidigt.

***

Bleiches Mondlicht fiel durch die Jalousien auf die Wand hinter dem Bett. Das einzige andere Licht bestand aus einer grünen Diode an einem der Apparate neben dem Bett. Leon trat ans Fußende und musterte Niels Bentzon. Irgendetwas hinderte ihn daran, näher heranzugehen. Das Blut unter den Verbänden, die beinahe das ganze Gesicht bedeckten? Oder das Gesicht selbst? Würde es jemals wieder ein Gesicht sein? Im Augenblick war es eine einzige Schwellung, die in Farben leuchtete, die nicht zu dem Gesicht eines Menschen passten. Blau, lila und rot. Den Ohrhörer hatten sie anscheinend in dem getrockneten Blut stecken gelassen. Auch die Ärzte hatten den Stecker wohl für ein Hörgerät gehalten. Leon trat näher. Mit gewissen Dingen musste man sich einfach konfrontieren.

»Bentzon?« Leon rechnete nicht mit einer Antwort. Aber vielleicht konnte Niels ihn hören. Man sagte doch immer, der Gehörsinn verschwände zuletzt. »Bentzon? Ich bin's.« Leon starrte auf den Schlauch in Niels' Nase und hörte die Beatmungsmaschine, die Geräusche eines Menschen, der nicht mehr selbst atmen konnte. Er sah wirklich nicht aus wie der Bentzon, den Leon kannte. Hätte er doch auf ihn gehört, als er von den Nebenwirkungen gesprochen hatte. Dass sein Körper langsam aussetzte. Leon musste an Hannah denken, und dieser Gedanke tat ihm weh. Sie hatte in Sommersteds Büro so abwesend gewirkt, so schön. Was, wenn Niels nie wieder ein vollkommener Mensch wurde? Wie sollte er ihr das sagen? Und die beiden Kinder. Er atmete tief durch. Sein Mitleid mit Hannah half niemandem, auch ihr nicht. Irgendjemand hatte gesagt, Mitleid sei das nutzloseste aller Gefühle. Weil dann nur noch einer mehr litt – und wem sollte das helfen?

»Es tut mir leid.« Leon kam mit seinem Gesicht ganz nah an das von Niels. »Entschuldigung, Bentzon.«

Die Tür hinter ihm ging auf. Wieder dieselbe Frau, der gleiche zurechtweisende Blick, die gleiche monotone Stimme. »Lassen wir ihm jetzt ein bisschen Ruhe?«

Sommersted wartete auf dem Flur, die Jacke über dem Unterarm. Seine gerade Haltung ließ Leon an eine Schaufensterpuppe in einer Herrenkonfektion in der Fußgängerzone denken. Er reichte Leon die Hand, holte tief Luft.

»Ich habe noch gewartet, Kontakt mit Hannah aufzunehmen«, sagte Sommersted schließlich. »Ich hätte ihr gerne etwas gesagt. Am liebsten etwas Gutes.«

»Darauf wirst du wohl lange warten müssen.«

»Wir müssen ihn verlegen lassen, ich rede mit dem Oberarzt«, sagte Sommersted und hielt nach dem richtigen Arztzimmer Ausschau. Leons Gedanken waren bei Niels. Er sah permanent das malträtierte Gesicht vor sich. Sommersted stand am Ende des Flurs und redete mit einem anderen Arzt. »Rigshospital, Polizist und Verlegung«, drang zu ihm durch. »Helikopter, wenn nötig.« Dann war Sommersted wieder da. »Wir verlegen ihn jetzt gleich.«

»Der Ohrhörer«, sagte Leon plötzlich.

»Was?«

»In Bentzons linkem Ohr.«

»Leon, was ist los?«, fragte Sommersted, während Leon sich umdrehte.

Zwölf Schritte bis zur Tür. Irgendetwas stimmte da nicht. Der Ohrhörer steckte im falschen Ohr, *das falsche Ohr*. Er drückte die Tür mit der Schulter auf. Als Erstes sah er Eklund, den schwedischen Arzt, am Boden liegen, die Arme zur Seite gestreckt. Dann bemerkte er das Blut und das offene Fenster. Die Gardinen bewegten sich leicht im Wind. Erst als Sommersted hinter ihm den Raum betrat, realisierte er, dass das Bett leer war.

36.

Sikringen, Nykøbing, Sjælland

»Jens?«

Niels hörte die Stimme wie durch Watte.

»Er heißt nicht Jens, jedenfalls nicht, wenn wir glauben wollen, was er gesagt hat.«

Eine andere Stimme – Klaus? – erklärte Schapiro, was er von Niels gehört hatte.

Eine Hand auf Niels' Schulter, beruhigend. »Niels? Stimmt das so? Wir haben dir Adrenalin gegeben. Ich weiß nicht, was diese … Schwester dir gegeben hat, aber das sollte als Gegenmittel wirken …«

Niels richtete sich mühsam auf. War er in seiner Zelle?

Auf dem Flur waren Schritte und laute Stimmen zu hören.

»Wo ist sie?«

»Ich habe Ihren Kollegen gerufen. Also den, der vor ein paar Stunden hier war.«

Ein paar Stunden? Niels versuchte, auf die Beine zu kommen, und stützte sich an der Wand ab. Klaus half ihm. »Der Portugiese«, flüsterte Niels und versuchte zu verstehen, was geschehen war und warum er ihn niedergeschlagen hatte. »Wo ist er?«

»Der sollte in seiner Zelle sein«, sagte Schapiro und schüttelte den Kopf. »Wir sind noch immer dabei, uns nach dem gewaltsamen Eindringen der Polizei einen Überblick zu …«

Niels unterbrach ihn: »Der Portugiese ist weg. Er ist abgehauen!«

»Der Trakt hier ist geschlossen, hier kommt keiner raus.«

»Schapiro!«, entgegnete Niels eindringlich. »Die Polizei war hier, um einen Beamten zu evakuieren, der sich als Patient ausgegeben hat. Aber dieser Beamte bin ich! Wen haben die dann mitgenommen?«

Schapiro schüttelte den Kopf. »Hier haut niemand ab. Das kann ich Ihnen versprechen, das Sikringen ist…«

Niels unterbrach den alternden Oberarzt ein zweites Mal. »Nein, so gesichert ist der Trakt nicht. Die Beamten haben den falschen Mann geholt. Gašpar hat das alles so geplant. Die Polizisten glauben, dass sie mich haben, sie haben das nicht gemerkt, weil er sein Gesicht bis zur Unkenntlichkeit entstellt hat. Und noch etwas, es gibt hier eine Passage nach draußen. Durch den Keller, nicht weit von dem Ort entfernt, an dem die Elektroschockbehandlungen stattfinden.«

»Ich kann Ihnen versichern, dass das nicht so ist. Es ist schließlich der Sinn dieses Hochsicherheitstrakts, dass man hier nur rauskommt, wenn man wieder richtig tickt«, sagte Schapiro.

»Klaus?«

»Ja.«

»Du musst mir helfen. Geht das, oder zweifelst du noch daran, dass ich derjenige bin, für den ich mich ausgebe?«

Klaus zögerte. Dann schüttelte er den Kopf. »Ich habe den Namen gegoogelt, den du gesagt hast. Dein Bild ist auf der Homepage der Kopenhagener Polizei.«

Niels musste schmunzeln. So simpel, warum war er nicht selbst darauf gekommen?

»Meine Beine zittern noch von den Medikamenten, aber wir müssen trotzdem nach unten in den Keller. Hilfst du mir?«

Schapiro blockierte die Tür. Er funkelte ihn wütend an und hatte rote Flecken am Hals. »Ich glaube, verehrter Freund, dass wir lieber in meinem Büro warten. Es ist unerhört, dass die Polizei hier drinnen einfach so herumrennt, mitten zwischen den Menschen des Landes, die eine ganz besondere Betreuung brauchen.«

Niels antwortete ganz ruhig, er brauchte Schapiro. Das Vertrauen des Oberarztes war wesentlich. Er ließ Klaus los, trat einen Schritt auf Schapiro zu und flüsterte: »Dr. Schapiro, im Moment ist das hier eher weniger ein Krankenhaus. Verstehen Sie?« Niels wich etwas zurück und sah ihn an. »Im Moment ist das hier in erster Linie ein Tatort. Was bedeutet, dass ich hier das Sagen habe. Wenn sich die Umstände wieder normalisiert haben und die Polizei oder eine andere juristische Instanz den Tatort freigegeben hat, haben Sie natürlich wieder sämtliche Vollmachten. Jetzt muss ich hier aber einen Fall lösen, verstehen Sie das?« Niels sah ihn an. Er war fast am Ziel. »Mit Ihrer Erlaubnis«, fügte Niels hinzu.

Schapiro warf Klaus einen Blick zu und nickte kaum merklich.

***

Niels ging vor, dicht gefolgt von den Wachmännern. Er musste eine Entscheidung fällen, musste die Prioritäten festlegen. Sollten sie Rebekka folgen, Benjamins Mutter und Paludans Mörderin, oder Salomon Gašpar? Aber die Polizei war in vielerlei Hinsicht einfach strukturiert. Man erhielt eine Aufgabe, einen Befehl, den man ausführen musste. Und das half ihm, denn seine Aufgabe war die *Operation Hamlet,* also Paludans Mörder zu finden und zu verhaften.

»Aufmachen«, befahl Niels. Der Wachmann kam der Aufforderung nach, gab den Code ein und steckte die Karte ins Lesegerät. Die Tür entriegelte, und Niels ging als Erster auf den Flur und lief an dem Elektroschockraum vorbei. Was auch immer Schapiro ihm gegeben hatte, es wirkte. Seine Beine gehorchten ihm. Auch als er das Depot mit dem nassen Boden erreichte.

»Es ist hier drinnen«, sagte er. Die Wachen folgten ihm. Aber wo ging es jetzt weiter? Niels war benebelt gewesen, hatte noch unter dem Einfluss der Pharmaka und der Elektroschocks gestanden, als er … was gefunden hatte? Für einen Augenblick waren alle Erinnerungen wie ausgelöscht. Eine Tür? Eine Klappe? Er trat einen ersten Schritt suchend ins Dunkel, dann sah er am Ende des Lagerraums die Öffnung über den gestapelten Betten und in Plastik gehüllten Matratzen. Hier hatte er gestanden und nach oben in die Kapelle geblickt. Nur das Gitter, das ihn von der Freiheit getrennt hatte, fehlte nun, ebenso das Schloss. Die Öffnung war gerade groß genug, damit ein Erwachsener hindurchschlüpfen konnte.

»Über diesen Weg ist sie entkommen«, raunte Niels, ging vorsichtig weiter und kletterte auf einen Tisch. Vielleicht war das Lager früher einmal durch eine Treppe mit der Kapelle verbunden gewesen. Er schob den Kopf hindurch und fühlte sich wie ein verurteilter Adeliger vor den Tuilerien auf dem Place du Carrousel während der Französischen Revolution – ein Mensch, der darauf wartete, dass die Guillotine ihm vor einer jubelnden Menschenmenge den Kopf vom Körper trennte. Aber es war nicht die Klinge des Fallbeils, die er sah, sondern ein Paar nackte Füße. Mehr brauchte Niels nicht zu sehen, um die Situation zu verstehen. Füße gehörten auf den Boden, so hatte Niels es am liebsten. Rebekkas hingegen stemmten sich auf den alten Sektionstisch, der in der Kapelle stand. Zum Glück hingen sie noch nicht in der Luft, dachte er, konnte sich aber bereits ausrechnen, dass sie sich eine Schlinge um den Hals gelegt hatte.

»Rebekka. Mein Name ist Niels Bentzon, ich bin von der Polizei in Kopenhagen«, sagte Niels.

Schapiro und die beiden Wachmänner waren direkt hinter ihm, er hörte sie angespannt atmen. Niels hob die Hand, um sie aufzuhalten. »Rebekka. Ich habe nicht vor … ich will Sie nicht daran hindern, Selbstmord zu begehen.«

Das hatte Niels noch nie gesagt, warum also jetzt? Weil ihre Lage wirklich aussichtslos war?

»Ich klettere jetzt zu Ihnen nach oben in die Kapelle, bleiben Sie ganz ruhig«, sagte Niels. »Ich bin allein, Rebekka.« Niels sah sich zu Schapiro und den Wachleuten um und bedeutete ihnen, stehen zu bleiben. »Ich komme jetzt zu Ihnen hoch, Rebekka. Mit den Händen zuerst, sodass Sie sehen können, dass ich nicht bewaffnet bin. Mein Name ist Niels.«

Niels schob sich mit Leichtigkeit nach oben. Rebekka stand auf dem Tisch, auf dem die Geistlichen früher die Verrückten angezogen hatten, nachdem die Ärzte ihnen das Gehirn entfernt hatten. Danach waren die Leichen in die Särge gekommen, um dann wenige Meter neben der Kapelle beerdigt zu werden. Auf dem Friedhof der Hirnlosen.

Er sah sie an. Warum wollte er überhaupt mit ihr reden, warum schrie er nicht einfach: »Spring!« Niels hörte förmlich seinen alten Retter, Paludan, flüstern: weil wir diese Entscheidung nicht selbst gefällt haben. Du hast dir die Arbeit mit den Hoffnungslosen nicht ausgesucht. Die Arbeit hat dich auserwählt.

»Stehen bleiben«, sagte sie. Der Klang ihrer Stimme erschreckte ihn, sie war kalt, monoton, abgeklärt – die Stimme des Todes. Ihm lief ein Schauer den Rücken hinunter.

»Ich bleibe hier stehen«, sagte Niels und wiederholte: »Ich

bleibe hier stehen.« Die Schlinge um ihren Hals war ein altes Stromkabel, das von der Decke herabhing. Niels hätte am liebsten Augenkontakt mit Rebekka gehalten, wagte es aber, einen Blick auf den Schlussstein des gotischen Kapellengewölbes zu werfen, an dem das Kabel befestigt war. Es war nicht sicher, ob er halten würde, aber das Gewölbe schien auf jeden Fall noch Jahrhunderte überdauern zu wollen.

»Versuchen Sie es gar nicht erst«, sagte sie.

Niels sah ihr in die Augen, trat einen Schritt zurück und lehnte sich an die feuchte, kalte Wand der Kapelle. Noch etwas, das er nie zuvor getan hatte. Abstand – jetzt ließ er ihn zu. Dann kam ihm ein Gedanke: Vielleicht sollte sie gar nicht gerettet werden. Aber warum stand er dann hier?

»Weißt du eigentlich, was du getan hast?«, fragte sie und sah Niels voller Hass an.

»Was habe ich getan?«

»Du hast ihn entkommen lassen.«

»Ich habe ihn entkommen lassen?«

»Wenn du nicht gekommen wärst«, sagte sie und sah auf die Tischkante – ihren Abgrund.

»Wenn Sie Paludan nicht umgebracht hätten«, sagte Niels, als ihm ihre Wut entgegenschlug.

»Dann hätte Paludan ihn entlassen!«, schrie sie. »Verstehst du das nicht? Er wollte ihn entlassen. Das konnte ich nicht …« Rebekka kam ins Stocken. Niels sollte das Gespräch in andere Bahnen lenken, das wusste er. Er sollte sich nach ihrer Familie erkundigen, von dänischen Sommern reden, von Strand und Erdbeeren, egal was. Er musste sie auf andere Gedanken bringen.

»Warum haben Sie dem Portugiesen nicht einfach eine Überdosis gegeben?«, fragte Niels und zuckte mit den Schultern, als wäre das das Leichteste von der Welt. Ein bisschen mehr in der

Spritze aufziehen und hinein damit in den Mann, der ihren Sohn umgebracht hatte. »So wie Sie es mit der Schere gemacht haben«, fügte Niels hinzu.

Rebekka schüttelte den Kopf. »Als ich angestellt wurde, hatte Paludan seine Medikation bereits reduziert. Ich konnte nicht so ohne Weiteres zu ihm gehen. Also habe ich gewartet. Auf die richtige Gelegenheit. Oder um zu verhindern, dass er jemals rauskam.«

Niels nickte. Rebekka hatte nichts anderes gewollt, als den furchtbaren Tod ihres Sohnes zu rächen. Deshalb hatte sie die Identität ihrer Schwester Merete angenommen, die ausgebildete Krankenschwester war. Ein paar Extrakurse, eine Zusatzausbildung für den Umgang mit psychisch Kranken, und schon hatte sie den Job, denn diese Einrichtung suchte immer Fachpersonal. Diejenigen, die da waren, blieben nie lange.

»Aber warum Paludan?«, fragte Niels und wurde wieder vom Schmerz über den Tod seines Freundes eingeholt.

»Er wollte ihn entlassen. Er hielt ihn nicht für gefährlich.« Rebekka schüttelte den Kopf. Niels sah ihr an, welche Verachtung sie für Paludan empfunden hatte. Für alle, die ihren Verlust nicht verstanden.

»Und deshalb haben Sie ihn umgebracht und es so arrangiert, als wäre der Portugiese involviert«, sagte Niels.

»Es war einfach«, sagte sie und lächelte zum ersten Mal. »Dieses perverse Ekel. Alle wussten Bescheid, kannten seine Vorlieben.«

Sie hatte Paludans fatale Schwäche ausgenutzt, dachte Niels. Seinen Drang, gefesselt und benutzt zu werden. Eine Honigfalle, in die sein alter Freund direkt hineingetappt war. Er hatte sich freiwillig hingelegt, um gefesselt und etwas härter behandelt zu werden. Ein Sexspielchen.

Niels musterte Rebekka. Sie war hübsch, aber älter, ein ganz anderer Typ als die Frauen, mit denen Paludan verheiratet gewesen war.

»Und was jetzt, Rebekka?«

Sie sah ihn überrascht an, offensichtlich hatte sie etwas anderes erwartet.

»Jetzt werden du und ich Abschied nehmen.«

»Ich bin Ihr letzter Zeuge, der Letzte, der Sie sieht. Gibt es etwas, das Sie noch sagen wollen?« Niels merkte, dass die Worte keinen Eindruck auf sie machten. Sie wirkten nicht so wie bei den meisten anderen, die am Abgrund standen. Normalerweise überlegten die Menschen in diesem Moment noch einmal, ob sie eine letzte Nachricht für die Nachwelt hatten. Oft hatte Niels erlebt, wie entscheidend dieser Punkt sein konnte. Es war ihm häufig gelungen, die Verzweifelten noch einmal dazu zu bringen, an ihre Lieben zu denken, an die Vergangenheit und ein bisschen auch an die Zukunft. *Die Zukunft.* Das Lebenselixier, das einige von dem Selbstmord zurücktreten ließen. Nicht so Rebekka.

»Mein Sohn hat daran geglaubt, dass wir wiederkommen. Wussten Sie das? Dass wir ein neues Leben bekommen, wiedergeboren werden.«

»Ja, so hat er den Portugiesen getroffen«, sagte Niels. »Woran glauben Sie?«

»An Rache«, flüsterte Rebekka und schüttelte den Kopf. »Aber ich habe sie nicht bekommen.«

Sie machte den entscheidenden Schritt, aber nicht nach vorn, wie Niels es erwartet hatte und wo er sie vielleicht noch hätte auffangen können. Rebekka trat nach hinten und ließ sich fallen. Der Sektionstisch war zwischen ihnen, sodass Niels nur versuchen konnte, sie über den Tisch zu erreichen. »Schapiro!« Er rief, hatte beide Hände um ihre Hüften gelegt. Schapiro kämpfte sich durch die Luke nach oben, gefolgt von den Wachleuten, die ebenfalls zu helfen versuchten, während Niels Rebekka festhielt.

»Packt an«, rief Niels.

»Niels …« Schapiros Hand auf seiner Schulter. Die langsamen Bewegungen der Wachleute, als sie Rebekka hielten und Niels halfen. Niels' Blick ging nach oben. Rebekkas Kopf hing kraftlos zur Seite. Aber es war nicht in erster Linie der Kopf der Frau, der wie bei einer führerlosen Marionette herabhing, und auch nicht der Urin, der ihr mit dem letzten Atemzug abgegangen war – was ihm am meisten zu schaffen machte, waren ihre Augen. Wie das Leben aus ihrem Blick gewichen war und einer schwarzen Sonne Platz gemacht hatte. Fort war das Blau, das ihr Sohn so geliebt und mit dem er nur Gutes verbunden hatte.

***

Niels trat in seiner Anstaltskluft aus der Kapelle, Rebekkas Geruch noch in der Nase. Er blieb stehen, blickte lange über den Friedhof der Hirnlosen und spürte den Wind, der aus dem Wald kam. In seinem Kopf hallte ein Ton. All die Chemie, die sie in ihn gepumpt hatten, forderte ihren Tribut. Er hörte Glocken, sah Gespenster, drohte zu zerreißen.

»Wie …?« Schapiro verstummte. Wie es ihm ging? Noch immer dieses verfluchte Läuten im Kopf. Niels legte den Kopf in den Nacken. Über ihm war der Himmel.

»Schapiro?«

»Ja?«

»Ich höre so ein Läuten im Kopf.«

Schapiro nickte. »Sie sind sensibel für Geräusche. Das ist ganz normal.«

»Sensibel für Geräusche?«

Schapiro zeigte zum Hauptgebäude. »Das sind die Glocken, die läuten immer, wenn ein Gefangener entflohen ist, das steht im Regelwerk.«

»Im … was?«

»Wir müssen die Anwohner warnen, wenn jemand entflohen ist. Damit sie ihre Türen verriegeln können.«

Niels ging ein paar Schritte weiter. Nackte Füße im Gras. Er ließ seinen Blick über das alte Hauptgebäude schweifen, den Turm mit den schweren Glocken, die auch zum Gottesdienst riefen. Jetzt aber hatten sie eine ganz andere Botschaft: Flucht. Eines von Gottes vergessenen Kindern wütet in der Gemeinde, eines von denen, die Satan adoptiert hat. Und mit jedem Schlag des Klöppels gegen das harte Kupfer kommt es dir einen Schritt näher. Schließ dich ein und mach das Licht aus, nimm deine Kinder in den Arm und erzähl ihnen, dass bestimmt alles bald wieder vorbei ist.

TEIL 3

Das Buch der Liebe

Es ist immer etwas Wahnsinn in der Liebe.
Es ist aber auch immer etwas Vernunft im Wahnsinn.

NIETZSCHE

1.

Annebergpark, Nykøbing, Sjælland

Leon. Vier Buchstaben. Bei einer ziemlich feuchtfröhlichen Party vor einigen Jahren hatte Leon einmal seine Regel gebrochen, derartige Feiern nie so spät zu verlassen, dass er noch dabei war, wenn seine Männer über ihn redeten. Seitdem wusste er, was seine Leute über ihn sagten und dass sie vier Eigenschaften mit ihm verbanden: Gesetzestreue, Effektivität, Ordnungsliebe, aber auch die Tatsache, dass man mit ihm nicht verhandeln konnte.

Jetzt saß er im Mannschaftswagen auf dem Beifahrersitz auf dem Weg zum Sikringen, während einer der gefährlichsten Männer des Landes auf freiem Fuß war. Das hatte wahrlich nicht viel mit Gesetzestreue, Effektivität und Ordnungsliebe zu tun.

Leon sah Bentzon noch vor seinen Kollegen. Er stand mit dem Oberarzt vor dem Haupteingang. Noch in Anstaltskluft. Er sah irgendwie verloren aus, als hätte er alle Hoffnung aufgegeben.

»Mike?«

»Chef?«

»Wir müssen Kleider für Bentzon holen, aus seiner Wohnung.«

***

Sie richteten etwas abseits eine Kommandozentrale am Ende des Weges ein. Binnen einer Stunde hatten sich dort einige Hundert Beamte und halb so viele Autos versammelt. Und die Presse war aufgetaucht, mit Helikoptern und prominenten Journalisten, die hinter den Absperrungen von einem Fuß auf den anderen traten, immer auf der Jagd, die neuesten Nachrichten ein paar Sekunden vor den anderen aufzuschnappen. Leon war das ganz recht, denn dieses eine Mal konnte ihnen die Presse wirklich helfen. Sie konnte die Bevölkerung warnen und sie auffordern, die Polizei bei der größten Fahndung der neueren dänischen Polizeigeschichte zu unterstützen.

Niels fühlte sich erst wieder wie ein richtiger Mensch, als er seine eigenen Kleider trug, obwohl er noch immer das Zittern in seinen Händen spürte. Die Medizin hatte seinen Körper noch immer im Griff.

»Niels?«

Niels blickte auf. Leon wirkte ernstlich besorgt. Oder verärgert? Wütend über die eigene Unzulänglichkeit, weil er dem Portugiesen in die Falle gegangen war und den falschen Mann aus dem Hochsicherheitstrakt geholt hatte.

»Gulasch«, sagte Leon und fügte dann hinzu: »Ist noch warm.« Niels bemerkte erst jetzt die Metalldose, die Leon ihm entgegenstreckte, und schüttelte den Kopf.

»Wirklich nicht? Das ist das Einzige, was bei mir und meinen Jungs auf dem Speiseplan steht, wenn wir im Einsatz sind«, sagte Leon und stellte die Dose auf den Asphalt. »Wir haben die Fahndung rausgegeben. Die lokalen Polizeidienststellen haben alle verfügbaren Leute abgestellt.« Leon warf rasch einen Blick über seine Schulter. Zwei weitere Polizeiwagen waren an ihrem provisorischen Hauptquartier angekommen. »Ich habe die Polizei in Malmö alarmiert ...«

Niels unterbrach ihn. »Er ist zu schlau, Leon. So finden wir ihn nicht. Er hatte seine Flucht geplant, schon bevor ich meinen Fuß in diesen Hochsicherheitstrakt gesetzt hatte.«

»Wenn das stimmt...« Leon dachte einen Augenblick nach. »Hat er vielleicht irgendetwas getan ... oder gesagt?«

Niels dachte nach. Hatte Salomon Gašpar etwas gesagt?

»Geplant? Vom ersten Tag an, meinst du?« Leon sprach leise und versuchte, Niels' Gedächtnis auf die Sprünge zu helfen. »Was ist am ersten Tag passiert?«

Niels durchstöberte seine Erinnerung, aber die Medikamente benebelten ihn noch immer.

»Er wusste, dass ich kein Patient bin. Auch Sonning hat gesagt«, fuhr Niels fort, »dass man die Angestellten täuschen kann, die Psychiater, nicht aber die Patienten.«

»Okay, du meinst also, dass er in dir den Polizisten erkannt hat?«

»Mit Sicherheit. Und daraufhin hat er seine Flucht geplant.«

Leon setzte sich neben Niels. »Denk nach. Hat er irgendetwas gesagt?«

Hatte Gašpar etwas gesagt? Nein, dafür war er zu intelligent, zu gerissen. Er hätte seinen Plan niemals preisgegeben.

»Und die anderen? Komm schon, Bentzon.«

Die anderen? Die Schere? Dieser kleine, kaputte Mensch? Der Antipsychotika-Zombie? Hatte die Schere etwas von Salomon Gašpars Plänen gesagt?

»Denk nach, Niels«, flüsterte Leon fast mahnend.

Die Gouvernante? Ausgerechnet die Wahnsinnige war Niels im Gedächtnis geblieben. Ihr war er als Erstes begegnet, nachdem er in den Trakt gekommen war. Sie war mit diesem Faltblatt herumgelaufen.

»Gehört dir dieses Blatt?«

Leon sah Niels fragend an. »Was hast du gesagt?«

»Ach nichts.« Niels schüttelte den Kopf.

»Gehört dir dieses Blatt?«, wiederholte Leon. »Was für ein Blatt, Bentzon?«

Niels versuchte, eine Erinnerung wachzurufen, die vielleicht Opfer der Medizin geworden war oder des Wunsches, all die Verrückten, das Gesabber und die deformierten Gesichter zu vergessen.

»Ein Blatt? Ein Heft? Was für ein Heft, Niels?«

Die Gouvernante. Beide Hände auf dem Papier? Niels hatte einen Blick darauf geworfen und »nein« gesagt. Sie war weitergegangen, hatte die Frage wiederholt. Gehört dir dieses Blatt? Als Nächstes hatte sie die Schwestern gefragt, die Wachen. Gehört dir dieses Blatt? Und dann Salomon Gašpar? Niels war in diesem Moment von den Wachen weitergeführt worden. Es war nicht leicht, wieder in seine Erinnerung zu blicken, denn es fühlte sich so an, wie wieder dort zu sein. Als stünde er an seinem ersten, beängstigenden Morgen halb betäubt im Trakt.

»Gehört dir dieses Blatt?«

Niels hatte den Blick gesenkt.

»Komm schon, Bentzon«, flüsterte Leon wieder.

Was war das für ein Heft gewesen? »Eine Reklame«, sagte Niels.

»Eine Reklame, gut. Was für eine Reklame?«, fragte Leon und signalisierte einem seiner Männer, Niels jetzt auf keinen Fall zu stören.

»So eine Art Zeitungsbeilage.«

»Immobilien?«

»Etwas in der Art. Mann, das ist verdammt schwer!«

»Natürlich ist das schwer, versuch es aber bitte trotzdem.«

Niels tauchte noch einmal in seine Erinnerungen ab. Er wusste, dass es irgendetwas Absurdes gewesen war. Stop …

»Stop.«

»Stop?«

»Irgendwas mit Stop!«

»Irgendwas mit Stop?«, fragte Leon.

»Gewerbe«, murmelte Niels. Nein, das half ihnen auch nicht weiter. Was sollte eine zufällige Werbebroschüre mit der Flucht des Portugiesen zu tun haben? Das Titelblatt war verblichen, die Broschüre musste schon alt gewesen sein. Eine dieser Zeitungsbeilagen, durch die die Sonntagsausgaben so dick wurden, dass sie kaum noch in die Briefkästen passten. Supermarktwerbung, Möbel, neue Autos. Was genau war auf der Titelseite gewesen? Waren das Lagerhallen gewesen?«

»Hast du was gesagt, Bentzon?«

»Lagerhallen. Du weißt schon, wenn man etwas einlagern will. Und irgendwas mit Stop.«

»Okay, Niels, wo?«

»Stop 39, gibt es so etwas?«, fragte Niels.

Leon sprang auf und legte Niels anerkennend die Hand auf die Schulter, nur eine Sekunde. Dann gab er seine Anweisung. Transportcenter 39, eine Raststätte. Ein Ort, an dem Lastwagenfahrer hielten und übernachteten, wenn sie nicht mehr weiterfahren durften. Ein billiges Motel, eine schlechte Cafeteria, und vor allem: eine Autobahn, die Dänemark mit dem Rest des Kontinents verband.

2.

Oxford, England

Tackley Place. Ein schmales, dreistöckiges, englisches Reihenhaus in der Nähe des Zentrums der alten Universitätsstadt. Hier endete also ihre Reise, dachte Hannah und musste wieder an die in den Boden geritzte Zahl denken. 1593. Was hatten die Ziffern zu bedeuten? Oder die Tatsache, dass ein Mann, der selbst gar nicht dort gewesen war, eine Zahl kannte, die in einem englischen Hotel in den Fußboden geritzt worden war? War das ein Beweis für eine Wiedergeburt? Im wissenschaftlichen Sinne sicher nicht. Andererseits konnte Salomon Gašpar diese Zahl nicht gesehen haben. Er war noch ein kleiner Junge gewesen, als Großbritanniens ältester und renommiertester Teppichhersteller den Boden versiegelt hatte. Natürlich könnte er auf anderen Wegen von der Zahl erfahren haben. Für Hannah gab es zwei mögliche Erklärungen: Entweder war es, wie Gašpar gesagt hatte, eine Erinnerung aus einem früheren Leben, oder jemand hatte darüber gesprochen. Jemand, der dort gewesen war, als Michael Bedford sich das Leben genommen hatte. Das wissenschaftliche ABC sagte, dass man bei zwei Theorien immer die einfachere wählte. Hannah war sich nur nicht sicher, welche die einfachere war. Oder doch? Der Gedanke erschreckte sie.

Hannah betrachtete das Haus. Ihr Ziel. *I found her* hatte Melchiades verschlüsselt auf die Postkarte geschrieben. Melchiades musste genauso vorgegangen sein wie Hannah. Er hatte das Hotel gefunden, von dem Salomon Gašpar unter Hypnose gesprochen hatte. Aber warum? Warum war er hierhergereist? Es wirkte fast so, als wären sie auf der Jagd nach irgendetwas.

Rosen, englische Rosen, weiß und rot, locker an der Wand hochgebunden, einfach, aber auf eine Weise gepflegt, wie Hannah es nie hinbekommen würde. Am liebsten hätte sie sich für einen Moment hingesetzt. Sie war müde, auch wenn die letzten Stunden der einfachste Teil der Reise gewesen waren. Hannah hatte das Archiv des Hotels gefunden, nachdem sie das Zimmer verlassen hatte, in dem Michael Bedford vor vielen Jahren sein Leben ausgehaucht hatte. Sie war mit den Fingern über die Rücken der ledergebundenen Bücher gefahren, in die sich die Hotelgäste des Cadogan eingetragen hatten, wie es das Gesetz seit dem Mittelalter in ganz Europa verlangte. Man musste sich zu erkennen geben, seinen Namen nennen und einen Nachweis erbringen, dass man wirklich diese Person war. Sonst wurde man in keinem Hotel aufgenommen, bekam kein Bett für die Nacht.

Beim richtigen Datum, dem 30. Oktober 1939, hatte sie eine R. Burrows gefunden. Rachel? Die Rachel, über die Gašpar unter Hypnose gesprochen hatte? Auf jeden Fall hatte Hannah die Telefonbücher studiert, *The White Pages,* und drei Personen gefunden, die infrage kamen. Zwei mit geheimer Nummer. Anschließend hatte sie den Namen gegoogelt und war in einer Oxforder Lokalzeitung auf einen zwei Jahre alten Artikel über die 94-jährige Rachel Burrows gestoßen, die noch immer rüstig an Wohltätigkeitsveranstaltungen und anderen Arrangements teilnahm. Das Ganze passte zusammen, es war wie eine wunderbare Theorie, die sie mit poröser Kreide an einer Tafel skizzieren konnte. Zahlen und wieder Zahlen, die plötzlich ihr Spiegelbild in der Wirklichkeit fanden. Michael Bedford, ein Mord an einem

Oxfordprofessor 1939. Ein Selbstmord, und die Erinnerung an eine Frau. *I found her.* Hannah hatte sie ebenfalls gefunden. Und jetzt machte sie die letzten Schritte bis zum Fazit ihrer Theorie.

Rachel Burrows stand auf dem diskreten Schild, das in der Mitte der Tür, direkt unter dem kleinen Fenster, befestigt worden war. Messing, es würde tausend Jahre halten. Schlechter stand es um den Baum im Vorgarten, der welk auf den Tod wartete. Ob es der Frau auf der anderen Seite der Tür ähnlich ging? Der Frau, die Michael Bedford geliebt hatte.

»Komm schon«, machte Hannah sich Mut, klingelte und wich einen Schritt zurück.

Die Tür ging auf. Ein vorsichtiges Lächeln und ein Paar hochgezogene Augenbrauen empfingen Hannah. Dann sagte Rachel in ihrem feinen Englisch: »Well, my dear. Jehovas Zeugen kommen immer zu zweit. Also, wer sind Sie?«

***

Hannah spürte die Erwartung wie eine Faust im Bauch. Der Ausdruck in Rachels Augen, als Hannah ihren ersten einleitenden Satz vorgebracht hatte: »Ich bin wegen einer Angelegenheit hier, die vor vielen Jahren in einem Hotel in London passiert ist.« Rachel wurde von Bestürzung und Erleichterung zugleich übermannt. Die beiden Frauen sahen sich ein paar Sekunden an. Rachel war wirklich nicht die typische, feine englische Dame. Sie hatte ihre langen schwarzen Haare zu einem Pferdeschwanz zusammengefasst und hielt erdige Gartenhandschuhe in einer Hand. Nach dem anfänglichen Schweigen war Hannah ins Haus gebeten worden. Und dann hatte Rachel gesagt: »Ich warte seit fünfundsiebzig Jahren auf diesen Moment, da haben wir wohl auch noch Zeit für einen Drink.« Die Alte verschwand. Gleich darauf hörte Hannah sie in der Küche hantieren. Gläser klirrten, und ein Kühlschrank wurde geöffnet. Hannah nutzte die Wartezeit, um Rachels Leben anhand der Fotografien zu entschlüsseln, die an den Wänden hingen. Fast alle Bilder waren in der Universität aufgenommen worden. Rachel war auf diesen Bildern älter und älter geworden, während die Studenten immer gleich alt geblieben waren. Nur die Mode hatte sich geändert, sah man einmal von Rachels klassischem Stil ab. Nicht einmal in den Siebzigern, als sie offenbar einen Preis erhalten hatte, hatte sie sich verleiten lassen, Schlaghosen oder die Farbe Lila zu tragen. Keine Kinder, kein Mann, auf jeden Fall war auf den Bildern davon nichts zu sehen. Hannah spürte den Druck in ihrem Magen. Sie wusste, warum sie hier war und worauf ihre Reise hinauslief. Als wollte die Vorsehung, das Schicksal oder irgendeine andere Kraft ihr unbedingt zeigen, welches Leben ihr geblüht hätte, wäre sie Niels nie begegnet. Ein Leben in Einsamkeit, ohne Kinder, in dem die Studenten kamen und gingen, in Gruppen durch die heiligen Hallen des Niels-Bohr-Instituts schlenderten, und von Hannah Jahr für Jahr denselben Vortrag zu hören bekamen. Irgendwann würde sie anfangen, sich immer mehr Zeit zu nehmen, mit zunehmendem Alter länger im Büro zu bleiben, um die Stille zu meiden, die abends in ihrem einsamen Heim auf sie wartete.

»Ich habe nur Champagner«, sagte Rachel hinter ihr.

Hannah drehte um. Rachel öffnete die Flasche, und die Flüssigkeit perlte in schmale, verzierte Barockgläser.

»Cheers.«

Sie lächelten sich an. Zwei Frauen aus zwei Epochen, dachte Hannah. Vergangenheit und Zukunft vereinten sich in einem kristallklaren *Pling*.

»Setzen wir uns in den Garten«, schlug Rachel vor und fügte hinzu: »Ich sollte nicht mehr so viele Sonnenstrahlen verpassen.«

Hannah lachte und fühlte sich plötzlich sehr jung. Vielleicht waren das die Luftbläschen im Glas, das Leben. Sie folgte Rachel. Ein schräger Riss zog sich durch die vier Stufen hinunter in den Garten. Hannah blieb auf der letzten Stufe stehen und bewunderte den Anblick. Nicht nur Rachels Garten, obwohl er üppig blühte, sondern auch die anderen Gärten, die bis zum Flussufer hinuntergingen. Das war das Auenland, über das Tolkien geschrieben hatte, das Paradies, in dem die glücklichen kleinen Hobbits lebten.

»Come please, sit down.«

Hannah setzte sich neben blühende Spaliere in den Schatten einer Weinranke. Die Sonnenstrahlen fielen durch die Blätter auf das erwartungsvolle Gesicht der Alten.

»Gerne« sagte Hannah und stellte ihr Glas ab. Dann fing sie an zu erklären. Von Beginn an: *Operation Hamlet.*

Auf halbem Weg entschied sie sich anders und erklärte erst, wer sie war und was sie machte, um eine persönliche Basis herzustellen. Rachel warf ein, dass sie ihr Leben dem Studium der Antike gewidmet habe und dass sie eine der ersten Frauen gewesen sei, die an der Universität eine feste Anstellung als Lehrkraft erhalten habe.

Hannah fuhr fort, erzählte von Salomon Gašpar, von der Postkarte und dem Code, den sie entschlüsselt hatte. Und von ihrer Reise nach Guatemala, um den Absender zu finden.

»Good God«, warf Rachel ein. Vielleicht war es ja wirklich ein guter Gott, der Hannah gerettet hatte. Sie erzählte von dem Überfall auf sich und wie sie auf die Spur der Entdeckung gekommen war, die Melchiades und der Mann gemacht hatten, der jetzt im sichersten Gefängnis von ganz Dänemark einsaß. Rachel kämpfte mit den Tränen, als Hannah mit ihrer Erzählung im Hotel angekommen war und von Michaels Tod sprach. Und davon, dass Salomon Gašpar gesagt hatte, dass er sie liebte.

»Oh.«

Rachels schmale Hände waren zu ihrem Mund gezuckt, als wollten sie die Worte zurückhalten. Hannah musste in ihrer Geschichte auch noch eine Zahl unter einem Teppich finden, genau wie Salomon Gašpar es auf dem Band gesagt hatte. Einem alten Band.

Außerdem wollte Hannah wissen, was es mit all dem auf sich hatte.

3.

Stop 39, Slagelse

Der Name hatte nichts Poetisches, und das passte wirklich perfekt zu der Raststättenanlage an der Ausfahrt 39 der Autobahn E20. Eine Statoil Tankstelle mit Cafeteria und ein paar grauen Lagerschuppen. Parkplätze für Pkw und Lastwagen. Stop 39 konnte nach der Ausfahrt benannt sein, dachte Niels, als sie mit dem Mannschaftswagen ankamen, oder nach den 39 Sekunden, die man sich dort längstens aufhalten konnte, ohne Depressionen zu kriegen.

»Bentzon?«

Mike, einer von Leons Männern, reichte Niels etwas, das dieser im Halbdunkel aber nicht erkennen konnte.

»Ihre Dienstwaffe.«

Niels wog seine Heckler & Koch eine Weile in der Hand. Die Waffe fühlte sich gut an, wie sich auch sein Handy gut angefühlt hatte, als er es zurückbekommen hatte. Ein bisschen wie neu geboren zu werden. Schon erstaunlich, dass die eigene Identität von einer Waffe abhängen sollte. Was für andere der Schlips war, den sie sich jeden Morgen umbanden, der Lippenstift, ein Paar Schuhe oder das Auto, mit dem sie fuhren, war für Niels und seine Kollegen die in Deutschland produzierte Universale Selbstladepistole von Heckler & Koch, liebevoll auch nur USP genannt, Kaliber 9x19 mm. Sie lag gut in der Hand. Niels hatte nicht übel Lust, sie einzusetzen, um den Wahnsinn aus dieser Welt auszurotten. Er war wütend.

»Es sind hundertdreißig Kilometer vom Sikringen bis hier«, sagte Leon, als Niels mit Mike aus dem Mannschaftswagen stieg. Hinter Leon war die Einsatztruppe bereits dabei, die strategischen Punkte einzunehmen, die beiden Ausfahrten und alle Ein- und Ausgänge, sodass niemand das Gelände verlassen konnte.

»Er hat ein paar Stunden Vorsprung«, sagte Leon. »Die Cafeteria und die grauen Lagerhallen werden gerade durchsucht, und wir haben Leute in der Tankstelle postiert. Sämtliche Autos und Lastwagen, die im Laufe der letzten Stunden angekommen sind, werden durchsucht. Und die Zufahrten sind gesperrt, sodass keine neuen mehr kommen können.«

»Und was ist mit denen, die schon wieder gefahren sind?«, fragte Mike und steckte sich eine Zigarette zwischen die Lippen. Ein missbilligender Blick von Leon, und die Zigarette verschwand wieder dorthin, wo sie hergekommen war.

»Die haben wir auf den Überwachungsvideos der Raststätte. Wir sind bereits dabei, dieses Material zu sichten. Die Nummernschilder werden notiert und überprüft. Wir müssen wissen, woher die Wagen kommen und wohin sie wollen.«

Acht Männer hatten sich um Leon versammelt und hörten ihm zu.

»Wie viele Wagen halten wir aktuell auf?«, fragte Niels und ließ seinen Blick über die hermetisch abgeriegelte Raststätte schweifen.

»Zweiunddreißig Lastwagen, vier Pkw und einen Traktor«, sagte Mike. »Zusammen siebenunddreißig, alle ordentlich in einer Reihe aufgestellt.«

»Es muss alles durchsucht werden. Jeder noch so kleine Winkel«, sagte Leon auf seine nüchterne Art. Als wollte er bereits jetzt klarmachen, dass es keinen Zweifel an den Konsequenzen gab, sollten sie etwas übersehen.

»Irgendwelche Anzeigen wegen gestohlener Autos?«, fragte Niels.

Torben, ein glatzköpfiger Kollege, meldete sich. »Noch nicht, wir sichern noch das Gelände. Bis jetzt haben wir den Fokus auf den östlichen Waldrand gelegt.«

Leon griff zu seinem Handy. Eine Pause entstand. Niels sah sich noch einmal auf der Raststätte um. Trucks in blassen Farben, umringt von rot-weiß gestreiftem Absperrband. Überall bewaffnete Polizisten, sodass niemand zu den siebenunddreißig Lastwagen kommen oder von dort verschwinden konnte. Stop 39 war zu einer Festung geworden. Ein Geruch nach Diesel und Benzin lag in der Luft. Ein paar osteuropäische Fahrer standen rauchend auf dem Parkplatz und warteten darauf, dass sie weiterfahren konnten. Niels beobachtete den Rauch ihrer zollfreien Zigaretten und den Dampf, der aus den Thermobechern mit dem Scandlines-Logo aufstieg. Ein großes Banner war neben der Autobahn aufgespannt worden, »Lagerfläche zu vermieten / verkaufen«. Genau wie in der Broschüre. Vielleicht, aber wirklich nur vielleicht war dieser Ort ein Teil von Gašpars Plan.

»Okay, Bentzon«, sagte Leon, als sich die Gruppe der Beamten aufgelöst hatte und sie für einen Moment wieder allein waren. Er legte Niels eine Hand auf die Schulter und suchte Augenkontakt. »Lass uns jetzt gründlich nachdenken. Gehen wir mal davon aus, dass du recht hast und er wirklich hierhin gefahren ist. Dass das sein Plan war.«

»Ein *Teil* seines Plans«, raunte Niels. »Wir dürfen ihn nicht unterschätzen. Er weiß, was er tut, und er hat alles bis ins kleinste Detail durchdacht. Du musst wissen, dass er keine Medikamente bekommen hat, Leon, der war die ganze Zeit klar im Kopf.«

»Deshalb denken wir ja auch nach. Erstens: Wie ist er hierhergekommen? Zweitens: Wie hat er es geschafft, unbemerkt zu bleiben? Er kann nicht weg.«

»Und wo will er hin?«, fragte Niels und dachte an Salomon Gašpar und ihre wenigen Begegnungen. Gab es in seinem Verhalten irgendwelche Anhaltspunkte für ein mögliches Ziel oder seinen Plan?

»Warum klaut er nicht einfach ein Auto?«, fragte Leon. »Das machen doch alle anderen. Warum hat er versucht, mit einem Lastwagen wegzukommen?«

»Weil Autodiebe geschnappt werden, bevor die Sonne untergeht. Nach Autos wird gefahndet, außerdem müssen Autodiebe tanken und landen damit früher oder später auf irgendwelchen Überwachungsvideos. Das geht irgendwann schief. Unser Mann hier ist anders.«

»Aber warum ausgerechnet dieser Ort hier? Stop 39?«, fragte Leon laut. »Wir stehen an der E20, eine Europastraße, die von Irland nach Russland führt und ganz Europa verbindet. Ost und West. Vom Shannon in Irland bis Sankt Petersburg in Russland. Eine Hauptpulsader des europäischen Verkehrs. Er kann auf dem Weg nach Irland sein, nach Schweden, ja nach Russland. Wir haben keine Ahnung«, sagte Leon und trat in den schmalen Zwischenraum zwischen zwei Lastwagenreihen.

Niels blieb dicht hinter ihm. Die Lichtkegel der Taschenlampen von Leons Männern zuckten hin und her. Vereinzelte Stimmen mischten sich mit dem Knarren von Lkw-Türen, die geöffnet wurden, und dem Geräusch von Stiefeln auf dem Asphalt. Ein polnischer Fahrer beschwerte sich lautstark, als Teile seiner Ladung ausgeladen wurden. Hölzerne Obstkisten. Tomaten aus Holland.

»Wo versteckst du dich?«, flüsterte Niels und dachte, dass es sicher nicht leicht war, ungesehen in einen Lastwagen zu kommen.

Außerdem machte es Krach und ging nicht im Handumdrehen. War er unter einem der Wagen? Konnte man sich dort irgendwo festschnallen? Oder konnte der Flüchtige einen Fahrer überfallen oder umgebracht haben, um so seinen Platz einzunehmen? Nein, sein Gesicht war entstellt.

Eine Stimme. »Leon?«

Mike war früher Unteroffizier beim Militär gewesen, seine Stimme war definitiv nicht zu überhören. Mike sprach von einem verdächtigen Fahrzeug und zeigte auf einen Lastwagen. »Ein Tiertransporter«, sagte er. »Schweine. Auf dem Weg nach Helsingborg. Verdammt groß, zwanzig Tonnen lebende Tiere in kleinen Käfigen. Die hintere Tür stand offen, angeblich weil er den Tieren Luft geben wollte.«

Der Wagen stand als einer der letzten in der Reihe, der Fahrer war Albaner und hatte kommunikationsmäßig nicht mehr zu bieten als ein Schulterzucken und eine ziemlich provokante Mimik, was auch immer er gefragt wurde. Die Ladeklappe wurde von Leons Männern ganz geöffnet. Niels kletterte über die kleine Rampe auf die Ladefläche.

»Hier«, sagte Leon und reichte ihm eine Taschenlampe.

Schweine, dachte Niels, als er in den Laderaum ging. Wie viele Tiere fanden in so einem Lastwagen Platz? Hunderte? Tausende? Er stand im Chaos zwischen Käfigen und lebenden Tieren, die nach den Stunden auf der Autobahn nur noch einen unwürdigen Tod vor sich hatten. Die Gänge zwischen den Käfigen waren kaum dreißig Zentimeter breit. Niels musste sich seitlich vorwärtsschieben, während die Tiere immer lauter schrien, je weiter Niels und Mike in den Wagen vordrangen. Niels hielt die Waffe in der Hand. Hinter sich hörte er, wie Leon ein paar Männer mit automatischen Waffen zusammentrommelte.

»Okay«, flüsterte Leon.

Kein schlechtes Versteck, dachte Niels. Wer würde schon mitten zwischen lärmenden Schweinen einen Flüchtigen suchen? Außerdem boten die Geräusche Schutz. Aber wollte der Portugiese nach Helsingborg? Niels schob sich weiter durch den klaustrophobischen Laderaum, hochkonzentriert auf jede Bewegung vor sich achtend. Hunderte Augenpaare beobachteten ihn ebenso neugierig wie ängstlich. Die Käfige stapelten sich bis unter die Decke, und es stank nach Exkrementen und feuchtem Stroh.

»Ganz hinten?«, flüsterte Leon.

Mike zeigte in eine Ecke des Lastwagens und legte einen Finger an den Mund. Er hielt die Pistole mit ausgestrecktem Arm, den Finger am Abzug. Niels ging vor. *Helsingborg*. Der Ort ging ihm nicht mehr aus dem Kopf. Oder würde Salomon Gašpar unterwegs absteigen? Das Licht der Taschenlampe beunruhigte die Schweine, sodass aus dem Grunzen schrille Schreie wurden – die reinste Massenhysterie.

Fehlanzeige, kein Portugiese, musste Niels schließlich feststellen, während einer der Männer den Fahrer zu beruhigen versuchte.

Niels wurde zu Leon gerufen.

»Jemand hat in einem anderen Wagen ein Geräusch gehört«, sagte Leon.

Sie liefen über den Parkplatz, bis Leon vor einem etwas kleineren Lastwagen stehen blieb.

»Hier«, sagte er. »Wenigstens keine Schweine. Küchenausstattung aus Deutschland.«

Niels näherte sich dem Wagen. »Was für ein Geräusch?«, fragte er.

»Vermutlich aus dem kleinen Raum unter dem Wagen.«

»Ist der denn groß genug für einen erwachsenen Mann?«, fragte Niels.

»Ich denke schon. Wenn man zusammengekrümmt liegt.«

»Und wie kommt man da rein?«

»Über den Laderaum«, sagte Mike.

Sie gingen zu dritt hinein, dieses Mal hielt Niels sich im Hintergrund, während Mike vorausging. Kisten wurden zur Seite geschoben, und Staub wirbelte auf. Dicht hinter dem Führerhäuschen fanden sie die kleine Klappe im Boden. Mike hockte sich hin und hob sie an. Leon trat vor und zielte mit seiner Waffe direkt auf das Loch im Boden. Arme wurden nach oben gestreckt. Ein verängstigtes Gesicht, nein, drei Gesichter, eine Frau und zwei kleine Kinder. Sie weinten. Afrikaner, dachte Niels. Illegale Flüchtlinge.

»Fuck«, schimpfte Mike und hieß die Fremden damit in Dänemark willkommen. Ein wütender Kommentar von Leon folgte, der bereits wieder aus dem Laderaum eilte. Niels hörte sein Telefon in der Tasche klingeln, kletterte aus dem Laderaum und hörte auf dem Parkplatz des Stop 39 Hannahs Stimme. Sie klang sehr dünn.

»Niels?«

»Hannah. Es geht jetzt nicht. Der Portugiese ist ausgebrochen.« Hannah redete, aber Niels hörte nicht richtig zu, sondern rannte Richtung Cafeteria zu Leon.

»Bentzon?«, rief Leon.

»Haben wir ihn?«, fragte Niels und sagte zu Hannah: »Ich rufe dich später zurück.«

»Niels?«

»Hannah, jetzt nicht.«

»Ich weiß, wohin er will.«

»Hannah …«

»Er will nach England, nach Oxford.«

Niels blieb oben bei Leon stehen. »Sie haben ein Auto gefunden«, rief Leon. »Abgestellt in einem der Schuppen, nur dreihundert Meter von hier entfernt. Mit Blutspuren.«

»Gestohlen?«

»Niels, ich bin mir beinahe sicher«, sagte Hannah. »Er will nach Oxford.«

Niels starrte auf die E20, auf der die Autos von West nach Ost rasten, von Irland nach Sankt Petersburg. Oder von Sankt Petersburg nach …?

»England«, flüsterte Niels und verstand mit einem Mal den Plan. Stop 39. *Gehört dir dieses Blatt?* Und die Fähre. DFDS Seaways. Paludan hatte sich die Tickets und die Broschüre ins Büro schicken lassen, um seine Frau, die unter Flugangst litt, zu überraschen. Niels hatte die Beruhigungstabletten im Toilettenschrank bemerkt. Eine Tablette eine Stunde vor der Abreise. Salomon Gašpar musste beim Gespräch mit Paludan die Broschüre gesehen haben. Von diesem Moment an war in seinem über Jahre von der wirklichen Welt abgesonderten Gehirn ein Plan entstanden. Erst raus aus der Anstalt, dann zum Stop 39, dem nächsten Knotenpunkt der Ost-West Verbindung, und von dort …?

»Esbjerg.«

»Hast du was gesagt, Bentzon?«

»Esbjerg«, sagte Niels und beendete das Telefonat. »Er will nach Esbjerg.«

»Was will er denn da?«

»Mit der Fähre nach England«, antwortete Niels.

4.

Storebelt

Niels hatte immer irgendwelche Ausflüchte vorgebracht oder andere Transportformen gewählt, an diesem Tag aber kam er nicht darum herum. Er setzte sich auf die harten Ledersitze, legte den Sicherheitsgurt an und hörte das Geräusch der Rotoren, die sich immer schneller drehten. Sie schlugen wieder und wieder Löcher in die Luft, bis die Schwerkraft endlich aufgehoben wurde und der Helikopter abhob.

»Kann er schon da sein?«, rief Leon, um den Lärm zu übertönen.

»Es sind zweihundert Kilometer bis Esbjerg«, rief Mike. »Dann müsste er verdammt schnell gefahren sein.«

»Wann legt die Fähre ab?«

»18.45 Uhr. Das Boarding beginnt eine Stunde vorher.«

»Die Fähre muss aufgehalten werden«, sagte Niels, als Leons Telefon klingelte.

»Sommersted?«

Niels musterte Leon, der verbissen zuhörte und Niels schließlich das Handy reichte.

Niels seufzte. Wohl wissend, was ihn erwartete, nahm er das Telefon und drückte es sich ans Ohr. »Ja?«

»Bentzon? Klär mich auf.«

»Ich glaube, er ist auf dem Weg nach Esbjerg«, rief Niels.

»Und warum glaubst du das?«

»Weil …« Niels zögerte. »Weil er die Broschüre in Paludans Büro gesehen hat. Und die Tickets für die Fähre nach England. Sie lagen ganz offen auf Paludans Tisch.«

»England? Warum?«, bellte Sommersted ungehalten.

»Ja, mit der Fähre. Ich bin mir ziemlich sicher«, rief Niels. Er wusste genau, dass er die Sache mit dem kleinen Wörtchen »ziemlich« nicht gerade einfacher machte. Eine kurze Pause entstand.

»Nur um eins klarzustellen, Bentzon: Es sind Sommerferien. Die Fähre zwischen Harwich und Esbjerg ist ausgebucht, und das Boarding soll gleich beginnen. Es ist nicht gerade leicht, dieses Schiff jetzt zurückzuhalten.«

»Sommersted. Ich bitte dich doch nur darum, dass die Fähre untersucht wird.«

»Dafür müssten aber sechshundert Passagiere ein paar Stunden am Kai warten. Oder mehr. Da sind viele Kinder dabei, Bentzon. Du bist dir doch darüber im Klaren, oder? Die werden schnell ungeduldig, und wenn nicht sie, dann ihre Eltern. Und die rufen dann bei den Zeitungen an und erzählen, dass die Kopenhagener Polizei ihnen die Ferien kaputt gemacht hat.«

Niels sah die Pfeiler und Seile der Storebeltsbrücke unter sich.

»Okay, Bentzon, ich habe dich gehört«, sagte der Polizeichef. »Das ist ein drastischer Schritt, aber ich vertraue dir.«

Sommersted legte auf. Niels gab Leon das Telefon zurück und erhielt ein kurzes Nicken als Antwort. Niels wusste, dass Leon dachte: Ich hoffe nur, dass du recht hast, Bentzon!

Esbjerg Hafen

Sie bekamen Unterstützung von der lokalen Polizeidienststelle in Esbjerg. Leon hielt nicht viel davon, er hätte sich lieber nur auf seine Leute verlassen, musste den außergewöhnlichen Umständen entsprechend aber akzeptieren. Unten am Fähranleger war es windig und frisch, obwohl die Sonne schien. Es roch nach Salz und Diesel, ein Frachtschiff hatte gerade den Hafen verlassen und einen weißen Streifen ins Hafenbecken gezogen.

»Sind schon Autos auf die Fähre gefahren?«, fragte Niels etwas zu laut. In seinem Kopf knatterten noch immer die Rotoren.

Leon antwortete nicht. Niels sah ihm an, wie skeptisch er war. Schließlich musste er vor Sommersted Rechenschaft ablegen, sollten sie feststellen, dass der entflohene Gefangene nicht hier war und über 600 erwartungsvolle Urlauber umsonst aufgehalten worden waren. Ein drastischer Schritt, hatte Sommersted gesagt. Niels wusste nur zu gut, dass damit auch drastische Konsequenzen für ihn selbst gemeint waren, sollte er sich irren.

Niels betrachtete die Fähre. »DFDS Seaways« stand in weißen Lettern auf dem dunkelblauen Rumpf. Sein erster Gedanke war, dass das Schiff etwas Altmodisches, Anachronistisches an sich hatte. Nein, vielleicht nicht das Schiff als solches, aber der Gedanke, beinahe einen ganzen Tag auf See verbringen zu müssen, um von der jütländischen Westküste in die kleine Hafenstadt Harwich zu gelangen, von wo aus man noch weitere vierhundert verkehrsreiche Kilometer bis nach London zu fahren hatte.

Ein Passagier beschwerte sich lauthals bei einem lokalen Beamten. Niels hörte nur Bruchstücke, etwas von einer Hochzeit, die er erreichen müsse. Und immer wieder Fragen, wie lange es noch dauern würde und was hier eigentlich vorginge. Letzteres hätte Niels auch gerne gefragt. Am liebsten hätte er seine Frau angerufen und sie gefragt, wie das alles zusammenhing, was sie in England mache und wie sie auf die Idee gekommen sei, dass Salomon Gašpar auf dem Weg nach England war. Der Schrei einer Möwe riss ihn aus seinen Gedanken. Leon vor dem offenen Bauch der Fähre zwischen den Autos. Einige Fahrer waren ausgestiegen und rauchten, andere waren zu der Imbissbude am Rand der Kaianlage gegangen und riefen ihre Kinder.

»Bentzon?« Leon winkte Niels zu sich. »Die Fähre ist geräumt. Passagiere und Personal sind runter. Sie waren ziemlich schnell«, sagte er anerkennend und sah zu den Beamten hinüber, die einen Lastwagen kontrollierten. »Ich habe gerade erfahren, dass meine Freunde vom Einsatzkommando in wenigen Augenblicken landen. Vermutlich also noch etwa eine Stunde.«

»Wir müssen gründlich vorgehen, Leon.«

Der Einsatzleiter schnaubte verärgert.

»Was?«, fragte Niels, erwartete aber keine Antwort.

»Ich denke nur an die Zeit, die wir hier aufwenden, und all die Leute. Wir hätten die auch anders einsetzen können. Zeit ist kostbar«, sagte Leon und blinzelte in die Sonne. »Wenn wir uns irren … oder anders, wenn du dich irrst und der Portugiese nicht auf dieser Fähre ist, wird sein Vorsprung mit jeder Sekunde größer. Vielleicht sitzt er in einem Auto und fährt in Richtung Südeuropa? Oder er versteckt sich irgendwo in Amager in einem Keller und wartet, bis seine Wunden verheilt sind und er wieder auf die Straße gehen kann, ohne die Aufmerksamkeit der Leute auf sich zu ziehen. Oder er ist irgendwo in einem Sommerhaus.«

Niels wusste nicht, was er sagen sollte. Leon hatte recht. Es war ein Wagnis. Und vielleicht hatten sie wirklich nur einen Versuch.

Niels hörte die beiden Helikopter, bevor er sie sah. Gleichzeitig fuhr ein Mannschaftswagen auf das Hafengelände. Kurz darauf waren Leon und Niels von den Kollegen des Einsatzkommandos umringt, bewaffnet mit MP5-Maschinenpistolen. Leon gab ihnen den Befehl, jeden Winkel der Fähre abzusuchen, jede Kabine, die Rettungsboote und alle anderen noch so kleinen Hohlräume und möglichen Verstecke. Außerdem müssten alle

Autos und Lastwagen draußen auf dem Hafengelände durchsucht und das Kaigelände hermetisch abgeriegelt werden. »Wir haben den begründeten Verdacht, dass sich ein Häftling, den wir zur Fahndung ausgeschrieben haben, irgendwo auf der Fähre oder in den wartenden Autos versteckt«, sagte Leon und warf Niels bei dem Wort »begründet« einen vielsagenden Blick zu.

Leons Leute gingen an Bord der Fähre, einige über die Laderampe für die Autos, andere über die Gangway für die Fußgänger. Niels zählte sechzehn Hunde. Schäferhunde und Retriever, die am Krankenhausbettzeug Gašpars Witterung aufgenommen hatten. Hinter Niels wurde nun auch mit der Durchsuchung der wartenden Autos begonnen. Er schwitzte. Was konnte er Sommersted sagen, sollte er sich irren? Die Reflexionen auf dem Wasser verstärkten die Sonnenstrahlen. Niels hatte keine Sonnenbrille, nicht einmal einen Hut, er würde einen Sonnenbrand bekommen.

Seine Augen entdeckten ihn, ehe sein Hirn ihm Rückmeldung gegeben hatte. Ein roter Lastwagen in einer der unteren Spuren. Hatte er den schon mal gesehen? Im Gegensatz zu Mike wusste Niels nichts über Lastwagen, er hatte eigentlich nur die Farbe, als er sich zu erinnern versuchte. Hatte er diesen Wagen schon einmal gesehen? Auf der Autobahnauffahrt, als sie auf die Raststätte gefahren waren? Er ging näher heran. Der Fahrer nickte ihm zu, er telefonierte, soweit Niels das erkennen konnte in einer osteuropäischen Sprache. Serbisch? »Thermo Future« stand auf der Seite des Wagens. Kühlelemente?, fragte Niels sich und hielt dem Fahrer seine gewölbte Hand neben das Feuerzeug, als dieser sich eine Zigarette anzünden wollte.

»Thank you«, murmelte der Mann, das Handy noch immer in der Hand.

Niels ging um den Wagen herum und kletterte über die zwei

Stufen nach oben zur Kabine, als er nicht mehr im Blickfeld des Fahrers war. Plastikkaffeetassen, eine Colaflasche, ein Pornoheft. Nichts, das an Salomon Gašpar denken ließ.

»Is everything okay, Sir?« Der Fahrer stand direkt hinter ihm. »What are you looking for?«

Niels nickte dem Mann wortlos zu und ließ ihn stehen.

***

Leons Miene sagte alles, als er nach eineinhalb Stunden vor Niels trat. Wut und Enttäuschung waren ihm anzusehen.

»Du solltest lieber anrufen«, sagte er, »und Sommersted von dem Debakel berichten.«

Die Fähre war vollständig beladen, die letzten Autos fuhren gerade an Bord. Niels sagte nichts. Er ging nach unten ans Wasser. Ein Junge fischte in dem dreckigen, nach Tang riechenden Hafenwasser. Ja, er musste Sommersted anrufen, natürlich musste er das. Er drehte sich um. Leon war von seinen Männern umringt. *Debriefing.* Er klopfte einigen von ihnen auf die Schulter, sah sie mit ernster Miene an und bedankte sich für ihren Einsatz.

Das Telefon in Niels' Tasche klingelte. Es war Sommersted. Sicher verlangte er eine Erklärung. Niels hätte das Gespräch vorhersagen können, Wort für Wort, meldete sich aber nicht, sondern steckte das Telefon zurück in seine Tasche. Er betrachtete die Arbeiter in ihren orangenen Overalls auf der Fähre, ihre Gesichter waren mit Öl und Staub verschmiert. Sie lösten die Vertäuung, damit die Fähre ablegen konnte. Niels dachte an Hannah: Sie war sich so sicher gewesen, dass Salomon Gašpar nach Oxford wollte. Der Rumpf der DFDS-Fähre hatte sich langsam ein paar Zentimeter von der Kaimauer gelöst, während das schwere Seil an Bord gezogen wurde.

»Bentzon«, sagte Leon und legte ihm die Hand auf die Schulter. »Es war einen Versuch wert. Jetzt fahren wir mit der Fahndung auf die übliche Weise fort. Die führt ja auch zu Erfolgen.«

»Paludan wollte doch zu einem Musical«, dachte Niels laut und musste auf einmal wieder an die Tabletten gegen Flugangst denken. An das Blatt der Gouvernante und die Fährtickets. »Hast du *Operation Hamlet* nicht gelesen?«, fragte Niels.

»Natürlich«, seufzte Leon.

»Das psychologische Profil«, sagte Niels und rief sich die Worte in Erinnerung, die in der Mappe gestanden hatten. »Selbstmord unwahrscheinlich. Paludan hatte Eintrittskarten für ein Musical gekauft. Über eBay zu einem Wahnsinnspreis, weil die Aufführung schon seit einem Jahr ausverkauft war.« Niels packte Leon am Arm. »Seine Frau leidet unter Flugangst.«

Ein rascher Blick zur Fähre. Ein halber Meter trennte sie jetzt vom Kai, gleich würde es zu spät sein.

»Paludan hatte die Tickets in seinem Büro liegen. Und eine Broschüre über das Schiff, Esbjerg – Harwich. Gašpar war mehrmals zur Therapie bei ihm gewesen. Er sollte ja entlassen werden. Da hatte er bestimmt genug Zeit, sich all diese Unterlagen anzuschauen. Verstehst du nicht? Das Ganze passt zusammen.«

»Das ist doch alles nur Spekulation«, sagte Leon.

Niels sah ihm kurz in die Augen, dann setzte er zum Sprung an und landete auf der noch offenen Bugklappe.

»Bentzon?«, rief Leon.

Niels konnte Leon und dem Einsatztrupp gerade noch einen Blick zuwerfen, dann begann die Klappe sich zu schließen.

»Heh, was machen Sie da?« Niels musterte den Mann im Overall, dann zückte er seinen Polizeiausweis und ging, ohne eine Reaktion abzuwarten, an den vollbeladenen Autos entlang. Im Rückfenster eines alten Mercedes fiel ihm ein rosa Sommerhut auf. Das Handy in seiner Tasche vibrierte. Niels ignorierte es. Was sollte er sagen? Dass er Ferien machte? Jetzt seinen wohlverdienten Urlaub antrat? Der Mord an Paludan war aufgeklärt, der Fall erledigt, wenn auch mit der Begleiterscheinung, dass dafür jetzt ein verrückter Mörder auf freiem Fuß war. Stand er deshalb hier auf dem Autodeck, oder wollte er sich endlich wieder mit seiner Frau versöhnen, im Namen der Liebe? Er lief die Treppe hoch.

Das Telefon klingelte wieder. Es war Hannah.

»Hannah?«

»Wo bist du?«, fragte sie.

»Ich mache mich hier vielleicht gerade zum Idioten«, sagte Niels.

»Niels, kannst du mich hören?«, fragte Hannah.

»Ich höre dir zu«, sagte Niels und kämpfte sich aufs Sonnendeck vor. Er hörte Hannahs Zögern, das ihm noch nie gefallen hatte. Wenn sie ins Stocken geriet, bedeutete das, dass sie entweder etwas sehr Kompliziertes erklären musste, zum Beispiel die Existenz eines neuen Universums in einer anderen Dimension hinter einem schwarzen Loch, oder dass das, was sie sagen wollte, etwas mit Gefühlen zu tun hatte, Gefühlen, die ihr leidtaten.

»Ich höre dir zu«, wiederholte Niels. Der Startschuss. Hannah begann mit heiserer Stimme. Sie sprach von der Postkarte, dem Code, den sie entschlüsselt hatte, und konnte es nicht lassen, wenigstens ein bisschen auf die Geschichte der Kryptographie einzugehen. Niels setzte sich auf eine Bank. Für den Moment hatte er die Suche nach dem Portugiesen aufgegeben. Wenn er auf der Fähre war, konnte er ohnehin nicht weglaufen. Niels gönnte sich sogar den seltenen Luxus, die Augen zu schließen und den Kopf an die Schiffswand zu lehnen, als die Abendsonne zu ihren letzten acht Minuten ansetzte. Er lauschte Hannahs Stimme aus England, aus Oxford, die ihm berichtete, dass die vorherige Inkarnation des Portugiesen – der Mensch, der er gewesen war, bevor er in dem neuen, qualvollen Körper in Lissabon wiedergeboren worden war – Michael Bedford geheißen hatte und dass dieser Michael Bedford 1939 in einem Hotelzimmer in London gestorben war. »Der schreckliche Tod hat ihn auch noch in seinem nächsten Leben gequält. Als Erwachsener konnte er deshalb nicht mehr schlafen, und vermutlich hat ihn das auch in den Wahnsinn getrieben«, erklärte Hannah. »Irgendwann hat er sich dann auf die Suche nach dem Hotel gemacht, um herauszufinden, wo er ums Leben gekommen ist.«

»Das glaubt jedenfalls der Portugiese«, warf Niels mit Nachdruck ein.

»Wie meinst du das?«

»Ich meine«, sagte Niels und seufzte, »dass das die Wahnvorstellung ist, unter der er leidet. Die glauben da alles Mögliche, Hannah! Dass jemand ihre Organe gestohlen hat oder das Grundwasser im ganzen Land vergiftet worden ist, nur um ihnen Schaden zuzufügen. Ich war da, ich habe Gašpar getroffen. Er hat mich empfangen, als wäre ich Gast in seinem Hotel«, sagte Niels mit einem Kopfschütteln. »Sie nennen ihn den Hoteldirektor oder den Nachtportier. Der ist wirklich verrückt.«

Hannah schwieg lange.

»Da ist bloß eine Sache, Niels«, sagte sie schließlich. »Michael Bedford war nicht irgendjemand. Das war nicht nur irgendein Engländer, der da gestorben ist.«

Niels stützte die Ellenbogen auf die Knie, während Hannah ihm von dem antiken Dokument berichtete, das die drei jungen Menschen beim Sichten nicht katalogisierter Spenden unmittelbar vor dem Krieg im Keller unter der Universität gefunden hatten.

»Bist du noch da, Niels?« Hannahs Stimme.

»Ja, ich höre dir zu.«

Hannah erzählte weiter, dass es bis zum Ausbruch des Zweiten

Weltkriegs einen richtigen Ausgrabungstourismus gegeben habe und viele Dokumente in privaten Händen gelandet seien.

»Und in einer dieser Kisten mit wahllos zusammengewürfelten Fragmenten aus einer vergangenen Zeit sind sie dann darauf gestoßen.«

»Worauf gestoßen?«

»Auf Phaidons Gespräch mit Sokrates. Allein«, sagte sie, und erklärte gleich, warum das so wichtig war. Phaidon, ein griechischer Philosoph, war an dem Abend, an dem Sokrates den Schierlingsbecher getrunken hatte, mit einer Handvoll anderer Männer in Sokrates' Zelle gewesen. In den Stunden vor seinem Tod erklärte Sokrates, dass die Seele nicht mit dem Körper stirbt, sondern weiterlebt. Und dass wir unser Wissen von Geburt an mit uns mitführen und die Déjà-vus, die wohl alle Menschen kennen, oder das Gefühl, bestimmte Menschen schon einmal gesehen zu haben, damit zu tun haben, dass wir uns erinnern – an ein früheres Leben. Sokrates hat vier Beweise dafür angeführt, dass die Seele nach dem Tod weiterlebt und in einen neuen Körper einzieht. All das ist bekannt, überliefert durch eines der wohl berühmtesten Schriftstücke der Antike.

»Aber an dem Abend vor seiner großen Rede«, sagte Hannah, »war Phaidon allein bei Sokrates.«

»Klingt fast wie eine Sendung im Discovery Channel«, sagte Niels.

Hannah überging seine Skepsis und nahm Niels mit zu jenem Abend von 2500 Jahren im sommerlichen Athen. Allein mit dem klügsten Mann der Antike, vielleicht dem klügsten Mann überhaupt. Natürlich hatte Sokrates auch darüber philosophiert, wie man sein Wissen von einem Leben in ein anderes mitnehmen konnte. Er glaubte, die Antwort gefunden zu haben, sein Wissen in seiner Seele zu verankern …

Hannah unterbrach sich. »Erinnerst du dich an die Anfänge der Computerzeit?« Sie fuhr fort, bevor Niels etwas erwidern konnte. »Man hat damals immer von RAM und ROM gesprochen«, sagte sie und verglich das menschliche Gedächtnis mit dem Speicher eines Computers. Erläuterte, dass wir zwei Arten von Gedächtnis hätten und dass das menschliche RAM, unser Random Access Memory, genau wie bei einem Computer sich nicht an die Informationen erinnerte, wenn es ausgeschaltet wurde.

»Das kennst du ja«, sagte sie.

»Wenn man das, was man geschrieben hat, nicht abspeichert«, sagte Niels und dachte daran, wie oft er gerade in der Anfangszeit der Computer vergessen hatte, die Polizeiberichte, die er getippt hatte, auch abzuspeichern. Er hatte den technischen Scheiß verflucht, sich mit Händen und Füßen dagegen gewehrt und auf seine alte Canon-Schreibmaschine bestanden, während alle anderen Kollegen längst am Computer schrieben. Zum Schluss war er verpflichtet worden, gemeinsam mit den pensionsreifen Sekretärinnen an einem Computerkurs teilzunehmen. Dabei hatte er dann von RAM und ROM gehört. Das RAM war das Gedächtnis, das der Computer nutzte, wenn man arbeitete. Das ROM hingegen war der Speicher, in dem man seine Dokumente ablegen und aufheben konnte, bevor man den Rechner ausschaltete.

»Ist das nicht unglaublich?«, fragte Hannah, als sie ihm auch von Rachel erzählt hatte. Die Frau, die Michael geliebt hatte und in deren hübschem Haus Hannah sich noch immer befand. Sie hatte Rachels Angebot angenommen und bei ihr übernachtet.

»Was? Ich glaube, ich habe nicht alles verstanden«, sagte er und versuchte, interessiert zu klingen und ihren Enthusiasmus nicht zu dämpfen.

»Dass Sokrates vor 2500 Jahren auf seine Weise den Aufbau eines Computers vorhergesagt hat.«

»Doch«, flüsterte Niels, ohne es wirklich zu glauben. Standen sie schon wieder auf den beiden Seiten des Grabens, der sie trennte? Auf der einen Seite verrückte Ideen und wunderbare, interessante Hirngespinste. Auf der anderen Niels mit seiner Rationalität, die immer Sinn ergab. Würde es ihnen jemals gelingen, eine Brücke über diesen Graben zu bauen?

»Dass alles, was wir erleben, Niels, einfach so verschwindet, wenn wir sterben, genau wie bei einem Computer, wenn man nicht gespeichert hat.«

»Okay.«

»Sokrates ist aber noch einen Schritt weitergegangen und zu dem Schluss gekommen, dass wir Menschen auch so etwas wie eine Harddisk haben, auf der wir Dinge speichern können. Die Informationen, die wir auf unserer Seele abspeichern, werden noch da sein, wenn wir wiedergeboren werden«, flüsterte Hannah. Weinte sie? Ja, aber weinte sie, weil sie wusste, dass der Mann am anderen Ende der Telefonverbindung ihr nicht glaubte und ihr nicht folgen konnte, oder weil die Theorie so bezaubernd war? Schließlich sprach sie ja immer von der einen Annahme, mathematisch oder philosophisch, die so schön war, dass sie einfach wahr sein musste.

***

Niels hatte dem Kapitän seinen Polizeiausweis gezeigt und ihn darum gebeten, sofort informiert zu werden, sollte an Bord etwas Ungewöhnliches geschehen oder Blutspuren gefunden werden. Er dachte, dass der Portugiese, wenn er denn wirklich so verletzt war, wie Leon behauptete, noch immer Blut verlieren müsse. Immerhin hatte er sich das Gesicht derart aufgeschlagen, dass die Polizei ihn mit ihm verwechselt hatte. Außerdem hatte er bei der

Flucht aus dem Krankenhaus eine Fensterscheibe zerbrochen und sich daran geschnitten. Er musste Spuren hinterlassen, wenn er auf dem Schiff war. Irgendwann.

Niels ging am Restaurant 7 Seas vorbei. Keiner der Gäste sah so aus, als hätte er alle sieben Weltmeere besegelt, nur Dänen, die an einer der letzten Fährfahrten über die Nordsee teilnehmen wollten.

Niels warf einen Blick auf den Übersichtsplan, der neben dem Porträt des Kapitäns am Informationsdeck des Schiffes hing.

»Wo bist du?«, flüsterte Niels. Zehn Decks. In fünf davon waren die Passagiere untergebracht, zwei waren Autodecks, und die drei darunter beherbergten die Maschinen. Die Hunde waren überall gewesen, das hatte Leon Niels versichert. Sämtliche Kabinen waren vergeben, dort konnte er sich also nicht verstecken. Die Autos waren alle doppelt kontrolliert und jeder Lkw war durchsucht worden. Auch der Maschinenraum war in Begleitung des Maschinisten von zwei Beamten mit Hunden abgesucht worden. Die Küche, dachte Niels, verwarf den Gedanken aber gleich wieder. Vielleicht war der Portugiese gar nicht auf dem Schiff. Vielleicht versteckte er sich noch irgendwo auf Sjælland und wartete darauf, dass seine Wunden heilten. Er war geduldig, methodisch, da wäre ein solches Vorgehen deshalb nur konsequent. Andererseits wurde das Risiko, geschnappt zu werden, mit jeder Sekunde größer, die der Portugiese sich innerhalb der Grenzen aufhielt. Wie hätte Niels reagiert, wäre er auf der Flucht gewesen? Hätte er sich versteckt, bis die Jagd wieder eingestellt wurde, oder hätte er alles darangesetzt, so schnell wie möglich außer Landes zu kommen? Niels ging der Gedanke nicht aus dem Kopf, als er noch einmal auf dem obersten Deck von der Brücke aus zwischen den Luxuskabinen hindurch nach unten zum Informationsdeck ging. Ein chinesisches Pärchen hatte sich ausgesperrt. Niels beobachtete, wie die Stewardess ihnen eine neue Schlüsselkarte programmierte. Er zeigte seinen Polizeiausweis.

»Ist Ihnen irgendetwas Ungewöhnliches zu Ohren gekommen?«, fragte er die Stewardess.

»Nein, nicht, dass ich wüsste«, sagte sie und lächelte ihn professionell an.

»Verschwundene Schlüsselkarten?«

»Nein.«

»Denken Sie nach. Die kleinste Kleinigkeit könnte wichtig sein.«

»Können Sie mir ein Beispiel geben?«

»Eine verschwundene Tasche, einfacher Diebstahl, eine aufgebrochene Tür.«

»Tut mir leid«, sagte sie und lächelte wieder. »Das heißt, eigentlich nicht.«

Niels blieb noch einen Moment am Infoschalter stehen, gab es dann aber auf. Er ging am Restaurant vorbei und sah vom Sonnendeck nach unten auf das offene Autodeck. Die Sonne ging langsam unter. Er atmete tief durch. Der Abend war lau, auch hier draußen noch auf dem offenen Meer. Niels fragte sich, ob er auf dem Sonnendeck übernachten oder das Angebot des Kapitäns annehmen und eine leere Personalkabine beziehen sollte. Der Gedanke an ein Bett besiegte sein Pflichtgefühl. Er konnte nicht die ganze Nacht lang über die Decks patrouillieren, wie er es in den letzten Stunden gemacht hatte.

Als er die kleine Kabine betrat und sich noch einmal beim Kapitän bedankte, sah er plötzlich wieder den Portugiesen vor sich. Wie brutal und rücksichtslos er Niels' Kopf auf den Boden geschlagen hatte. Sein Gesicht hatte dabei ausgesehen, als würde er ein Stück Holz spalten. Hannah konnte noch so oft behaupten, der Verrückte sei wiedergeboren worden, Niels war das egal. So war es einfach. Was passierte, wenn wir starben oder bevor wir geboren wurden, oder mit dem Universum, wenn die Erde unterging, hatte für ihn keine Bedeutung. Niels lebte im Hier und Jetzt. Was Hannah gesagt hatte, faszinierte ihn nicht. Dass die antike Schrift in einem Schließfach in London lag und nur darauf wartete, geholt zu werden, oder dass der Portugiese den jungen Benjamin Thorn aus Rache erschlagen hatte, weil er davon überzeugt gewesen war, dass dieser ihn in einem früheren Leben in einem Londoner Hotel vergiftet hatte. Und um ihm den Code zu entlocken.

»Dann sage ich Gute Nacht«, verabschiedete sich der Kapitän.

Niels drehte sich um. »Sie wecken mich aber bei dem geringsten Vorfall, ja?«, fragte Niels.

»Sie haben mein Wort.«

Der Kapitän schloss die Tür. Niels legte sich für einen Moment aufs Bett und schloss die Augen. Die Verlockung war einfach zu groß. Der gleichmäßige Rhythmus des Schiffes und das sanfte Schaukeln von rechts nach links und wieder zurück ließen Niels an seine Kindheit denken. Ein Säugling, neugeboren, ganz und gar abhängig davon, dass ihn jemand in den Schlaf wiegte. Genau so war es.

Er setzte sich auf. Abrupt. »Fuck!«

Wenn er jetzt einschlief, fand er den Portugiesen niemals. Er würde mit Sicherheit erst dann wieder wach werden, wenn das Schiff in den Hafen einfuhr. Und dann würden die Passagiere nach draußen drängen und mit ihnen die Autos. In dem unvermeidlichen Chaos gäbe es Hunderte von Fluchtmöglichkeiten. Gašpar könnte ins Wasser springen, es war nicht kalt, am Kai entlangschwimmen und sich zwischen den Jachten verstecken. Wenn der Portugiese wirklich seit über zwanzig Jahren nicht mehr geschlafen hatte, sollte es Niels doch wohl gelingen, wenigstens eine Nacht auf See wach zu bleiben. Er ging auf die kleine Toilette und vermied einen Blick in den Spiegel, er wollte sein müdes, zerschundenes Gesicht nicht sehen. Stattdessen beobachtete er, wie das Wasser in den weißen Plastikbecher lief. Das sollte sauber sein? Niels drehte den Hahn zu und starrte in den Becher. Nein, da war etwas, eine Spur … Rost? Niels goss das Wasser aus und ließ das Wasser lange laufen, bevor er den Becher wieder unter den Hahn hielt.

»Ich gebe auf«, murmelte er, als er wieder die Augen schloss, sich an die Wand lehnte und die Gedanken schweifen ließ. Er dachte an das Meer, an das Gesicht der Gouvernante. Die Schere. Paludan, tot am Boden. Hannah, die über irgendeinen jungen Engländer redete, der vor der Polizei geflohen war – durch die Kanäle Oxfords, um die Hunde zu narren. Thorbjørn und Berthold, der Sohn des Schmieds. Nein, nein, er wollte nicht an sie denken. Warum gelang es ihm nicht, einfach loszulassen? Die Polizeihunde waren doch überall gewesen, ihrem Spürsinn entging niemand. Sie rochen Drogen sogar durch drei Lagen Metall. Das Einzige, was sie in die Irre führen konnte, war Wasser.

Niels schlug die Augen auf. Wasser? Der Becher, aus dem er getrunken hatte. Das Trübe darin. Kaum sichtbar, nur eine Spur. Wenn es kein Rost war, … könnte es …

»Unmöglich«, sagte sich Niels und ließ noch einmal Wasser in den Becher laufen. Nichts. Trotzdem, eben war da etwas gewesen. Er war sich vollkommen sicher, etwas Rötliches gesehen zu haben. Blut? Niels dachte den Gedanken zu Ende. Irgendwo auf diesem Schiff musste ein Frischwasserbehälter sein. Sollte der Portugiese sich im Wasser versteckt haben, hätte er dem Spürsinn der Hunde entgehen können. Im Wasser verloren sie die Fährte, so hatte auch dieser junge Engländer die Hunde abgeschüttelt.

Verbrecher flohen doch gerne durch Wasserläufe, Kanäle, Bäche. Niels schlüpfte in seine Hose, stieg mit bloßen Füßen in seine ausgetretenen Schuhe und verließ die Kabine.

***

Die Pistole schob er sich einfach in den Hosenbund. Er wusste, wie nachlässig das war, wollte aber nicht wieder zurückgehen, um sich Jacke und Schulterholster zu holen. Die meisten schliefen ja doch, und auf der Treppe hinunter zum Maschinenraum begegnete ihm niemand. Er ließ die Hand die ganze Zeit über auf dem kühlen Geländer liegen. Je weiter er sich dem Maschinenraum näherte, desto deutlicher waren die Schiffsbewegungen zu spüren. Die Tür zum Maschinenraum war schwer, Niels musste seine ganze Kraft aufwenden, um sie aufzudrücken. Er sah sich die Tür genauer an, insbesondere die Klinke und den Boden im Türbereich. Gab es Blutspuren? Dann betrat er eine Welt aus Stahl. Der Boden bestand aus Stahlgittern, überall waren Metallrohre, Maschinenteile und Motoren. Es roch nach Öl und Salzwasser. Was für ein Labyrinth, dachte Niels. Ein unübersichtliches Universum aus Gängen, dunklen Zwischenräumen und Maschinen, die die große Fähre antrieben.

»Was machen Sie hier?«

Der Mann trug einen ölverschmierten Overall und hatte tätowierte Arme.

»Polizei«, sagte Niels und zeigte seinen Ausweis. »Ich suche den Wassertank, den Frischwassertank.«

»Es sind insgesamt vier Tanks«, erwiderte der Mann. »Mit je 20 000 Litern.«

»Haben Sie hier unten jemanden gesehen?«

»Jemanden?«

»Jemanden, den Sie nicht kennen. Oder ist Ihnen etwas Ungewöhnliches aufgefallen? Haben Sie Blutspuren gefunden?«

Der Mann schüttelte langsam den Kopf.

»Waren Sie während der ganzen Überfahrt hier?«, fragte Niels.

»Ich bin der Maschinenmeister, ich muss die ganze Zeit hier sein.«

»Zeigen Sie mir die Frischwassertanks.«

Niels erhielt ein Brummen als Antwort, dann drehte der Mann sich um und ging vor. Niels folgte ihm über eine schmale Brücke erst nach oben und dann über eine steile Leiter wieder nach unten. An manchen Stellen musste Niels sich bücken, um sich nicht den Kopf zu stoßen. Er trat in eine Pfütze. Waren Leons Leute wirklich hier unten gewesen? Kamen die Hunde auf diesen steilen Gittertreppen überhaupt zurecht?

»Hier stehen zwei der Tanks«, sagte der Maschinenmeister.

Niels musterte die Frischwassertanks, die in einem Abstand von wenigen Metern nebeneinanderstanden. Längliche, leicht ovale Stahlmonster, die an den Bauch eines Wals erinnerten. Eine rostige Eisentreppe führte nach oben, wo ein breiter Deckel saß. Röhren führten aus den Tanks an den Wänden des Maschinenraums entlang. Sie waren die Pulsadern, die die Fähre mit Leben erfüllten. Niels konnte sich in dem blank polierten Stahl spiegeln. Kein schöner Anblick.

»20 000 Liter Trinkwasser in jedem Tank, sechs Meter tief«, erklärte der Maschinenmeister. »Wir haben eine Wahnsinnsarbeit mit den Pumpen, die gehen ständig kaputt.«

»Wäre es möglich, sich da drin zu verstecken?«

Der Maschinenmeister zuckte mit den Schultern. »Angenehm wäre das aber nicht.«

»Aber möglich? Ohne zu ertrinken? Wie hoch steht das Wasser?«

»Nie bis ganz oben. Ich glaube aber trotzdem nicht, dass man sich darin verstecken kann. Nach wem suchen Sie denn?«

»Aus welchen Tanks werden die Personalkabinen versorgt?«

Der Maschinenmeister dachte nach und fuhr sich mit der Hand durch die Haare. Ein öliger Streifen blieb auf seiner Stirn zurück. »Ich denke, das ist einer der Tanks, die weiter achtern liegen.«

»Zeigen Sie mir die bitte auch.«

Niels folgte ihm durch ein Gewirr aus Tunneln und Röhren.

»Da«, sagte der Maschinenmeister und hob den Arm. »Über dem hier scheint das Licht kaputt zu sein.« Er fluchte.

»Ich brauche Licht«, sagte Niels und betrachtete die beiden Tanks. Der rechte lag wie ein schwarzer Koloss im Dunkeln, sodass Niels ein paar Sekunden brauchte, um die Leiter zu finden.

»Das dauert dann aber ein paar Minuten, okay? Ich muss erst nach oben in die ...« Der Mann verzichtete auf die vollständige Erklärung und ging.

Niels trat näher an den Tank heran. Warum war ausgerechnet diese Lampe kaputtgegangen? Zufall oder Absicht?

Er prüfte, ob die Waffe sicher unter seinem Gürtel steckte, und ging noch einen Schritt näher an den Tank heran. Um ihn herum vibrierte und bebte es, man konnte spüren, wie die Maschine arbeitete. Niels legte die Hand auf die Sprossen der Metallleiter und stieg hoch. Dann war er am Deckel und fuhr mit der Hand über den Rand. War der Deckel fest oder nur aufgelegt? Niels wusste, dass er eigentlich warten und den Deckel im Auge behalten sollte. In Harwich könnte er Verstärkung rufen und Männer anfordern, die in den Tank steigen könnten. Männer, die sich mit solchen Einsätzen auskannten. Andererseits wäre das vielleicht übertrieben, dachte er. So viel Aufhebens um eine Idee, die vielleicht nur ein Schuss ins Blaue war? Niels stellte sich vor, wie der Tank von einem britischen Spezialkommando mit Infrarotlampen, Froschmännern und avancierter Ausrüstung umstellt wurde, um dann doch nur halb voll mit Wasser zu sein. Selbst eine diplomatische

Krise wäre dann nicht auszuschließen, denn was hatte ein bewaffneter dänischer Polizist auf englischem Boden verloren?

Er sollte wenigstens auf das Licht warten, dachte er, legte aber trotzdem beide Hände an den Rand und schob den Deckel mit seinem ganzen Gewicht zur Seite. Wie sollte man den von innen öffnen können?, fragte Niels sich. Oder gab es an der Unterseite einen Griff? Bei der Reinigung musste ja jemand in den Tank steigen und wieder aus ihm herausklettern können. Niels verfluchte das Dunkel und fuhr tastend mit der Hand in den Innenraum. Ein Handgriff? Ja, eine Art Stahlbügel. Konnte man damit den Deckel von innen schließen? Er warf einen Blick in die Öffnung und konnte die obersten Sprossen der Leiter ausmachen, die in den Tank hinunterführte. Der Tank war wie ein Brunnen. Er zögerte. Er sollte wirklich auf das Licht warten, wenn er schon nicht auf Verstärkung wartete. Wieder sah er das Gesicht des Portugiesen vor sich, als dieser ihn im Bad angegriffen und seinen Kopf auf den Boden geschlagen hatte. Niels nahm die Waffe in die Hand und entsicherte sie, damit er eine Kugel im Lauf hatte. Eine trügerische Sicherheit, das wusste er. Wasser und Schusswaffen waren nicht gerade die besten Freunde. Er würde nur einen Schuss haben, danach war die Waffe mit Sicherheit unbrauchbar.

Er stieg über den Rand auf die Innenleiter. Eine Sprosse wirkte locker, die nächste war wieder fest. Seine Füße erreichten die Wasseroberfläche. Sechs Meter tief hatte der Maschinenmeister gesagt, dachte er, als die Kälte sich von den Füßen aufwärts in seinen ganzen Körper ausbreitete. Wenn er den Kopf unter den Rand schieben und sehen könnte, ob sich in dem Hohlraum zwischen Wasser und Tankdecke jemand verbarg. Er rutschte mit dem Fuß ab und hätte beinahe den Halt verloren. Er zitterte. Das kalte Wasser reichte ihm bis zu den Oberschenkeln. Warum hatte er seine Kleider nicht ausgezogen? Endlich war er ganz im

Tank, aber es war so dunkel, dass er nichts sehen konnte. Er musste zurück und auf den Maschinenmeister warten. Niels begann gerade wieder den Aufstieg, als ihn eine Hand am Hals packte. Fest. Reflexartig schlug er nach hinten, traf etwas, rutschte dabei aber weg und fiel. Das Wasser war kalt, und so unvorbereitet, wie er war, konnte er nicht mehr Luft holen. Er sah seinen Gegner nicht, spürte aber die Hände, die ihn am Kopf packten und unter Wasser drückten, die Daumen in Niels' Augen. Niels versuchte freizukommen.

Die Pistole war weg. Er musste sie beim Sturz verloren haben. Niels sah nur Dunkelheit und Luftblasen, hatte jetzt aber die Hände des Portugiesen zu packen gekriegt und versuchte, sie wegzuschieben. Langsame Bewegungen unter Wasser, Niels versuchte, auf den Mann einzuschlagen, der ihn festhielt, aber es war unmöglich. Die Hände ließen nicht locker und drückten ihn weiter unter Wasser. Niels ging allmählich die Luft aus, und er schlug mit Armen und Beinen um sich, als sein Fuß plötzlich etwas Metallisches berührte und über den Boden schob. Die Pistole. Ein Schuss. Niels ließ sich von dem Portugiesen zu Boden drücken. Seine Hand suchte den Boden des Tanks ab, aber sie fand nichts. Er hatte keine Luft mehr, es war vorbei. Da, die Mündung der Pistole. Er bekam sie zu fassen, aber sein Gegner passte auf und versuchte, seine Arme zu packen. Niels schloss die Augen, alles war schwarz, es war vorbei.

5.

Oxford

Hannah schrak aus dem Schlaf hoch mit dem schrecklichen Gefühl, dass etwas passiert war. Mit Niels. Sie suchte nach dem Lichtschalter und hätte fast die alte Lampe vom Tisch gestoßen. Ihr Handy lag auf dem Nachttischchen. Hannah setzte sich im Bett auf. Sie hatte noch nie so weich geschlafen wie in Rachels Gästezimmer. So schlief man in alten Tagen, dachte sie und rief Niels an. Es klingelte, aber er meldete sich nicht. Sie probierte es noch einmal und fragte sich, was diese Panik in ihr ausgelöst hatte. Niels war Polizeiunterhändler. Immer, wenn er aus der Tür ging, war er mit dem Tod konfrontiert. Aber normalerweise beunruhigte sie das nicht. Warum also jetzt? Hatte sie geträumt? Nein, es musste etwas anderes sein. Oder hatte sie jetzt Angst um ihn, weil ihr endlich klar geworden war, wie sehr sie ihn liebte?

»Niels?« Sie sprach auf den Anrufbeantworter. »Ruf mich an, wenn du meine Nachricht hörst. Egal, wie spät es ist. Ich muss deine Stimme hören.«

***

Hannah goss sich in Rachels Küche ein Glas lauwarmes Wasser ein und sah sich um. Das gelebte Leben. Sie versuchte, sich vorzustellen, wie es für Rachel gewesen war, während des Krieges den Mann zu verlieren, den sie liebte. Und trotzdem weiterzumachen. Aber was hätte sie sonst tun sollen? Rachel hatte von Alexander erzählt, dem Mann, der Michael und sie betrogen hatte. Er war ein erfolgreicher Geschäftsmann geworden, war in die Fußstapfen seines Vaters getreten. Rachel hatte seit jenem Tag nie wieder mit ihm gesprochen. Er hatte zweimal versucht, Kontakt mit ihr aufzunehmen. Einmal hatte er angerufen, aber Rachel hatte gleich aufgelegt. Beim zweiten Mal war er zu ihr gekommen, hatte an einem Winterabend in den Sechzigerjahren plötzlich vor der Uni auf sie gewartet. Sie hatte nicht mit ihm gesprochen. Hatte sein Rufen, wie sehr ihm das alles zusetze, ignoriert und war in den Bus gestiegen. Alexander habe ihr nicht folgen können, dafür sei er viel zu füllig gewesen. Im Bus hatte sie sich umgedreht und ihn noch einmal angesehen. Die Reue war ihm anzusehen gewesen, sein schlechtes Gewissen quälte ihn. Auch er schien die Bilder von Michaels qualvollem Tod nicht losgeworden zu sein. Alexander war Mitte der Achtzigerjahre gestorben. War er wirklich als Benjamin Thorn wiedergeboren worden?

Das Display des Handys leuchtete im Dunkeln auf.

»Niels?«

Lärm, Stimmen im Hintergrund.

»Niels? Bist du das?«

»Hannah?«

»Bin ich froh, deine Stimme zu hören!«, sagte sie. Dann hörte sie ihm zu. Er klang heiser, verloren und schrecklich einsam. Niels sprach von Salomon Gašpar. Erzählte von der Fähre und dem Wassertank.

»Jetzt ist endlich Schluss«, sagte Niels. »Ich weiß nicht, wie lange der Portugiese noch überlebt, der Schuss hat ihn im Bauch getroffen. Ich kann nichts mehr machen.«

Eine Stimme hinter ihr, Hannah drehte sich um.

»Hannah?« Rachel stand im Nachthemd vor ihr.

»Rachel«, sagte Hannah. »Just a moment.«

Sie wandte sich wieder an Niels: »Niels, glaubst du, dass er reden kann?«

Schweigen. »Ich weiß es nicht. Sie versorgen ihn gerade.«

»Niels, ich stehe hier mit ihr. Mit Rachel.«

»Hannah …«

»Ich weiß, dass du das für verrückt hältst. Aber er glaubt daran, in diesem Punkt sind wir uns doch einig, oder? Der Portugiese hält sich für Michael Bedford.«

Ein leises »Ja« ließ Hannah lächeln. Rachel stand noch immer mitten im Raum, irgendwie sah sie in ihrem Nachthemd unglaublich jung aus.

»Niels. Sollen wir etwas Verrücktes tun?«, fragte Hannah und lauschte. Sie hörte ihn lächeln, da war sie sich ganz sicher. »Komm schon, Schatz, bringen wir sie zusammen.«

»Okay«, flüsterte Niels.

Hannah sah Rachel an. »It's him«, sagte Hannah. Er ist es. Dein Geliebter aus einer anderen Zeit. Einer anderen Welt. Rachel starrte auf das Telefon und kam drei vorsichtige Schritte auf Hannah zu.

»Niels, sie kommt jetzt, bist du so weit?«

»Ja, es muss schnell gehen. Wie gesagt: Sie kämpfen um sein Leben. Er blutet stark.«

Hannah reichte Rachel das Telefon. Die alte Frau drückte es fest ans Ohr und sagte leise »hello«. Dann nannte sie ihren Namen und sagte, dass sie eine Zahl habe: 1288.

»Bist du das?«, fragte Rachel. »Michael? Bist du es wirklich?«

Hannah wandte sich ab und schlug die Hände vor den Mund. Sie wusste nicht, ob sie weinen oder lachen sollte. Rachel lauschte noch einen Augenblick und wiederholte dann ihre Zahlen. Schließlich ließ sie das Telefon sinken.

»Well?«, sagte Hannah und sah sie neugierig an.

»Well. Er hat mir zwei Ziffernfolgen genannt. Seine eigene und die, die er…«

»Die er Benjamin Thorn abgenommen hat«, half Hannah ihr.

»Ja, dem jungen Dänen. Seine Ziffern, plus die von Michael. Ich habe acht Zahlen bekommen. Sie sollten sie lieber aufschreiben, bevor ich sie vergesse.« Die Augen der alten Dame glänzten.

6.

Hafen, Harwich

Hannah entdeckte ihn, als er in Begleitung von einigen britischen Beamten als Letzter aus der Fähre kam. Niels hatte Hannah noch nicht gesehen, aber sie hatte gar nichts dagegen, in der warmen Morgensonne am Kai zu warten und ihn zu betrachten. Er sprach mit zwei Polizisten und schüttelte ihnen zum Abschied lange die Hand. Erst als der Rettungswagen mit der Bahre wegfuhr, wurde ihr bewusst, wie viel Niels für andere Menschen empfand. Er hielt inne und sah dem Wagen in Gedanken versunken nach. Und Hannah stand ebenso lange da und beobachtete ihren Mann.

Fleet Street, London

»Messrs Hoare Bankers«, stand auf dem Messingschild. Niels beobachtete Hannah, die die Fassade der Bank bewunderte. Er sah das Leuchten in ihren Augen, es war fast so, als diskutierte sie eine neue Theorie über die Ausdehnung des Universums mit ihren Kollegen.

»Glaubst du wirklich, dass es hier ist?« Hannah wandte ihren Blick nicht von dem imposanten dreistöckigen Gebäude in der Fleet Street. Und Niels nahm seinen Blick nicht von ihr. Er spürte die Eifersucht. Auf die Art, wie sie in die Idee verliebt war. Sie sollte keine Ideen lieben, keine Theorien, egal ob es um die kleinsten Partikel im Universum ging oder um andere Männer.

»Da steht aber nicht *C. Hoare and Company*«, sagte Hannah enttäuscht.

»Vielleicht haben sie einfach den Namen geändert?«, schlug Niels vor, aber sie hörte nicht zu und trat einen Schritt zurück auf die Fleet Street. Nicht einmal den roten Doppeldeckerbus, dessen Fahrer lang auf die Hupe drückte, um sie zurück auf den Bürgersteig zu scheuchen, bemerkte sie.

»Sollen wir reingehen?«

Niels streckte seine Hand nach ihr aus, aber sie war bereits auf der Treppe.

Die Welt von gestern, dachte er, als sie drinnen standen. Hannah schien noch immer ihren Gedanken nachzuhängen. Dass es Orte wie diesen noch immer gab, dachte Niels und sah sich um. Marmor und Mahagoni, ein vergoldetes, elegantes Gitter, abgerundet mit kleinen Bögen, trennte die Angestellten von den Kunden.

»Was meinst du, was müssen wir jetzt machen?«, fragte Hannah.

»Vielleicht einfach an einen Schalter treten und es hinter uns bringen?«, sagte Niels.

Zum ersten Mal seit Langem sah Hannah ihn an. »Es hinter uns bringen?«

»Du weißt, wie ich das meine«, sagte er und trat vor. Er wusste, wie bedeutend und wichtig diese Sache für Hannah war. Vielleicht sollte es auch für ihn so sein, aber für ihn war es viel wichtiger, daran glauben zu können, dass sie ihn wirklich liebte.

»Good morning«, sagte Niels und wurde von einer Kaskade britischer Floskeln empfangen. »And a very good morning to you, Sir, womit können wir Ihnen und der verehrten Dame dienen?«

Niels warf Hannah einen Blick zu. Sie räusperte sich. Er hatte Hannah schon bei einigen Gelegenheiten Englisch sprechen hören, unter anderem bei Empfängen im Institut, war aber immer wieder überrascht, dass sie wie eine Einheimische sprach. Sie konnte sich selbst nicht erklären, woher sie diesen authentischen Akzent hatte. Hannah war einfach so.

Der elegant gekleidete, adrette junge Mann hinter dem Schalter verzog keine Miene, als Hannah ihr Anliegen vorbrachte und erklärte, dass sie zu einem Schließfach wollten und den entsprechenden Code hätten.

»Wenn Sie den Code auf dieses Blatt schreiben würden«, bat er höflich und schob ein weißes Blatt und einen Füller über den Mahagonitisch. Hannah schickte Niels einen Seitenblick, bevor sie die zwölf Ziffern mit ihrer fahrigen Schrift zu Papier brachte.

»Wenn Sie Platz nehmen möchten«, sagte er und deutete auf zwei Sessel, die links vom Eingang standen.

»Jetzt werfen die uns sicher raus«, flüsterte Hannah, als sie sich gesetzt hatten. Sie sah sich nervös um. Niels spürte, dass er die Situation spannend finden und Hannahs Aufregung irgendwie teilen sollte. Doch das alles prallte an ihm ab. Und vielleicht war es ja so, wenn man etwas auf dem Herzen hatte, vielleicht konnte man dann nicht mehr richtig fühlen.

»Aber, du?«

Niels sah sie an. Hannah hatte den Kopf nach hinten gelehnt und sah an die Decke. Vielleicht richteten Astrophysiker ihren Blick immer nach oben in die Unendlichkeit, wenn sie nachdachten.

»Was?«

»Wenn es stimmt, wenn der Code richtig ist. Das wäre dann doch …«

»Was?«

Hannah sah ihn an. »Vollkommen unbegreiflich und fantastisch.«

»Mr. and Mrs.?«

Hannah und Niels blickten auf. Jemand, der wie ein Direktor aussah, streckte ihnen die Hand entgegen. Hannah begrüßte ihn und stand auf.

»Lund.«

»Mrs. Lund«, sagte er und wiederholte die etwas formelle Séance mit Niels, nur mit dem Unterschied, dass er Niels mit »Sir« begrüßte.

»Ich glaube, wir haben da etwas, das sehr lange darauf gewartet hat, geöffnet zu werden. Das geht aus den Informationen über das Schließfach hervor«, schloss er und lächelte sie an, als wollte er sagen, dass alles in bester Ordnung sei und vollkommen normal, dass jemand eines Tages einfach mit zwölf Ziffern in der drittältesten Bank der Welt auftauchte und um den Inhalt eines uralten Schließfaches bat.

»Wenn Sie mir bitte folgen würden?«

Schwarz-weißer Fußboden. Niels musste unweigerlich an ein Schachbrett denken, als er Hannah und dem Mann folgte, der sich schließlich als Mr. Hoare vorgestellt hatte. In der elften Generation. Niels fragte sich, welche Figur er in dem großen Schachspiel des Lebens verkörperte, als er seiner Königin folgte und Mr. Hoare ihnen einen Einblick in die Geschichte der Bank gab. Er erläuterte, dass die Schließfächer während des Krieges ausgelagert worden waren, um sie vor den Luftangriffen der Deutschen zu schützen. Es sei aber nie irgendetwas geöffnet worden. Nicht ein einziger Kunde habe in Hoares Bank jemals seinen Besitz verloren. Noch bevor Mr. Hoare mit seinem Vortrag über die Geschichte der Bank seit 1672 zum Ende gekommen war, spürte Niels, dass er nur ein Bauer war, jemand, der an vorderster Front geopfert werden konnte.

Das Gewölbe unter der Bank beherbergte goldglänzende Schließfächer, eingefasst in einem handgeschnitzten Wandschrank. Niels versuchte, die einzelnen Boxen zu zählen, gab das Vorhaben aber gleich wieder auf, es mussten an die tausend sein, tausend Leben, die solche Reichtümer angehäuft hatten – Goldbarren, Schmuck,

Obligationen, Kunstwerke –, dass sie hier in Londons Untergrund weggesperrt werden mussten. Die Nummer ihres Schließfachs lautete 845. Es wirkte bescheiden, als Mr. Hoare es auf den Tisch stellte und ihnen sagte, wie es jetzt weiterging. Er würde den Raum verlassen und sie mit dem Inhalt allein lassen. Sie dürften sich so viel Zeit nehmen, wie sie bräuchten, am Freitag um fünf würden sie allerdings schließen.

»Und eine Sache noch«, fügte Hoare hinzu und drehte sich in der Tür noch einmal um. »Ich weiß nicht, ob Sie den Inhalt mitnehmen möchten. Falls nicht, läuft der Vertrag über die Schließfachmiete 2139 aus. Sie können ihn natürlich verlängern, das sind ja nur runde hundert Jahre.« Lächelnd machte er auf dem Absatz kehrt und schloss lautlos die Tür hinter sich. Ein paar endlose Sekunden standen Niels und Hannah vor der Box.

»Mach du sie auf«, sagte Hannah.

»Warum ich?«

»Du hast am meisten durchgemacht«, flüsterte sie.

»Aber du bist auf die Idee gekommen, du hast den Code entschlüsselt«, sagte Niels und meinte das auch so.

»Okay. Wir machen es zusammen. Komm!«, sagte Hannah und legte ihre Hand auf den Deckel der Box. Niels folgte ihrem Beispiel. Sie sahen sich an und öffneten die Box mit einer simultanen Bewegung. Und da lag es, gelblich, unscheinbar, griechisch.

»Verstehst du, was das bedeutet?«, fragte Hannah.

»So ungefähr«, flüsterte Niels und vergaß für einen Augenblick, eifersüchtig auf alles und jeden zu sein, egal ob deutsche Wissenschaftler oder Hannahs Ideen.

Hannah nahm vorsichtig den alten Papyrus aus der Box. »Verstehst du, Niels, was die drei Studenten 1939 gemacht haben?«, fragte Hannah und legte das Dokument auf den Tisch.

»Vorsichtig«, flüsterte Niels.

»Sie haben bewiesen … sie haben das Unmögliche bewiesen«, sagte sie und sah ihn an. »Die Unsterblichkeit.«

Niels schüttelte den Kopf.

»Nicht?« Hannah lachte.

»Nur, dass wir nicht so schnell sterben, wie wir das bisher angenommen haben.«

»Na, du bist mir wirklich der Richtige, um auf Entdeckungsreise zu gehen.«

Niels nahm die alte griechische Schriftrolle in die Hand.

»Was machst du?«

Er legte sie zurück in die Box.

Sie sah ihn an. »Was denkst du?«

»Dass die nicht uns gehört«, sagte er. »Lassen wir sie auf ihre rechtmäßigen Besitzer warten. Du hast ihn gehört, sie haben die Box auf viele Jahre im Voraus gemietet.«

***

Sie verließen die Bank, und Hannah war noch immer vollkommen überwältigt. Niels sah ihr an, dass der Gedanke, dass das Bewusstsein den Körper überleben konnte, fast zu viel für sie war. Zugegeben, dachte Niels, das war wirklich etwas Großes. Das Problem war nur, dass die Ewigkeit mit einem schweren Herzen gar nicht verlockend wirkte. Ein Woody-Allen-Zitat fiel Niels ein: Die Ewigkeit dauert lang, besonders gegen Ende.

Niels blieb stehen. Hannah ging weiter. Wie weit würde sie in Gedanken versunken gehen, bis sie merkte, dass er nicht mehr neben ihr war? Bestimmt bis runter zum Fluss, und reden würde sie auch und vermutlich von ihm erwarten, dass er wie ein verschossener Student am Niels-Bohr-Institut jedes ihrer Worte in sich aufsaugte. Niels war nicht entgangen, dass Hannah ihre Theorien mit den gleichen Worten beschrieb, mit denen sie auch über die Liebe sprach. Theorien waren schön, faszinierend, wunderbar, aufregend.

»Niels?« Hannah blieb ein paar Meter vor ihm stehen. »Ist was?«

»Es gibt etwas, das ich dich fragen muss«, sagte er langsam, während Männer in Anzügen und mit bunten Krawatten an ihnen vorbeihasteten.

»Habe ich etwas falsch gemacht?«, fragte Hannah eine Spur unsicher.

»Bin ich eine Theorie?«

Zuerst wirkte sie verblüfft, dann öffneten ihre Lippen sich zu einem schelmischen Lächeln.

»Du bist keine Theorie. Eine Theorie ist etwas, was nicht bewiesen ist, ein Gedanke, Niels. Eine Theorie ist das Gegenteil von dem, was wir gerade erlebt haben. Wir haben den Beweis erlebt. Wissenschaft ist nur dann Wissenschaft, wenn sie überprüft werden kann, wenn sie im Labor bewiesen werden kann«, sagte Hannah und machte Anstalten weiterzureden.

Niels unterbrach sie. »Eine Theorie ist etwas Wunderbares, Schönes, Aufregendes«, sagte er und konnte nicht mehr aufhören. Leider, er hatte das ganz anders geplant, wollte zurückhaltender sein, sich nicht von verletzten Gefühlen leiten lassen. Nicht heute, mitten in der wissenschaftlich bewiesenen Unsterblichkeit hier auf der Fleet Street. Aber Niels wusste, dass es manchmal einfach so war. Bei jedem Menschen gab es einen Augenblick, in dem die kleinen Gefühle schrecklich viel Raum einnahmen und er nicht mehr aufhören konnte. Genau wie Niels, der einfach weitermachen musste: »Und eine Theorie ist etwas, in das man sich verlieben kann, das man ebenso gut aber auch verwerfen kann – einfach so«, sagte er mit versagender Stimme.

»Niels«, flüsterte Hannah und versuchte, seine Hand zu nehmen. Niels zog sie zurück, er wollte nicht, dass sie ihn berührte, nicht jetzt. Jetzt war er an der Reihe, Niels Bentzon, hier auf der reichsten Straße der Welt. Jetzt war es an ihm, durchzudrehen oder den Verstand zu verlieren, sollte doch die Metropolitan Police ihren besten Unterhändler schicken, um ihn wieder zur Vernunft zu bringen und ihn zurückzuhalten vom Abgrund der Liebe.

»Genau so ist es, Hannah. Theorien sind schön, und das ist auch okay so«, sagte Niels. »Da ist nichts Falsches dran, solange man sich nur bewusst ist … solange man sich nur bewusst ist, dass man sich in andere Theorien verlieben muss … in …« Niels waren seine Tränen egal. »In Theorien über andere Männer … andere Beziehungen.«

Hannah legte ihre Arme um Niels. Er wollte sich losreißen, die Passanten hatten sie längst bemerkt, die Engländer, die ihre Gefühle nie so in der Öffentlichkeit zeigten wie Niels jetzt.

»Heh!« Hannahs Hände auf seinem Gesicht. »Du bist keine Theorie. Verstehst du das denn nicht! Du bist das Gegenteil, du bist meine Tatsache, Niels, du bist meine …« Hannah schüttelte den Kopf und musste lachen. »Du bist meine Schwerkraft, Niels. Und weißt du, wie das mit der Schwerkraft ist?«

Wusste Niels das? Das Gespräch begann irgendwie auf Abwege zu geraten, fand er.

»Wir wissen nicht, warum es die Schwerkraft überhaupt gibt, wir haben keine Ahnung. Aber wir sind uns vollkommen sicher, dass sie existiert. Genauso ist es mit meiner Liebe zu dir, du bist so ziemlich der einzige Fixpunkt in meinem Universum.«

Niels senkte den Kopf. Worte. Die richtigen Worte, sie drangen bis zu ihm durch und lösten einen Strom von Tränen aus. Hannah hielt ihn im Arm. Liebe auf der Fleet Street.

»Vergib mir, Niels.«

»Nein«, flüsterte er, und sein Weinen ging in lautes Schluchzen über.

»Everything okay?« Ein freundlicher englischer Banker blieb kurz stehen und legte Niels die Hand auf die Schulter.

»It's just love«, sagte Hannah in ihrem lächerlich perfekten Englisch. Wo zum Henker hat sie diesen Akzent her, dachte Niels, ehe er sich mit den Fäusten die Augen rieb und die Tränen wegwischte. Kleine Tropfen, es begann zu regnen, und Niels sah, wie der Banker seinen großen, dunklen Schirm aufspannte und verschwand.

»Niels«, sagte Hannah. »Du brauchst mir nicht jetzt gleich zu vergeben. Aber vielleicht irgendwann. Können wir daran arbeiten? Wenn ich jetzt schon mal ein Bier holen gehe.«

»Das wäre natürlich ein Anfang.«

»Komm, es regnet. Suchen wir uns einen Pub mit Telefon«, sagte Hannah, hakte sich bei Niels ein und flüsterte ihm ins Ohr: »Es gibt da auch eine alte Frau, die wir anrufen und der wir sagen müssen, dass die Liebe keine Theorie ist.«

***

Hannah warf die Münzen ins Telefon und wählte die Nummer. Eigentlich hätte sie auch ihr Handy benutzen können, aber irgendetwas, das sie nicht in Worte fassen konnte, hielt sie davon ab. Erst als sie zu Niels hinübersah, der am Tresen saß und mit dem Barkeeper redete, wusste sie es. Sie musste sich ein bisschen mehr der realen, physischen Welt stellen. Der Welt, in der man mit Telefonen kommunizierte, die über Drähte miteinander verbunden waren, die überall unter der Erde verliefen. Anrufe, die nicht erst ins Universum geschickt wurden, zu Satelliten, um von dort wieder zurückzukommen. Wie die Hingabe für den Mann, der da war, der physische, faktische Mann, den sie liebte.

Hannah rief an, die Nummer hatte sie noch im Kopf. Sie hörte den Klingelton des alten Telefons, das ein anderes rief.

»Hello?« Die Stimme am anderen Ende klang zerbrechlich und gehetzt. Für einen Moment war Hannah im Zweifel, ob sie das Richtige tat. Nahm ihr Anruf Rachel die Luft zum Atmen, oder gab er ihr die Ruhe, endlich und für immer loszulassen?

»Hannah?«, fragte die alte Frau.

»Ja«, antwortete Hannah und riss sich zusammen. »Wir waren in der Bank«, sagte sie auf Englisch. »C. Hoare and Company. In der Fleet Street, Rachel. Die ist noch immer am selben Ort.«

»Natürlich ist die noch am selben Ort«, sagte Rachel und fügte ein »my dear« hinzu. »Wir sind in England, wir glauben hier nicht an Veränderungen.«

Hannah beobachtete Niels. Was hatte er denn mit dem Barkeeper zu bereden?

»Rachel. Wir waren bei den Schließfächern«, flüsterte Hannah. Warum flüsterte sie?

»Speak up, dear!«

Hannah erzählte, dass der Code richtig gewesen sei, dass ein Portugiese, der in einer Zelle in Dänemark eingesessen habe, und ein junger Däne ihren Teil eines zwölfziffrigen Codes gekannt hätten. »Eigentlich unmöglich«, schloss Hannah und schwieg.

»Nicht unmöglich«, sagte Rachel nach langer Pause. »Wissen Sie, was das bedeutet?«

»Ich glaube, ja«, antwortete Hannah. Wenn sie die Entstehungsgeschichte des Universums verstand, musste sie auch mit der Idee klarkommen, dass Körper und Seele voneinander getrennt werden konnten.

»Das bedeutet…« Hannah hörte leises Weinen. Ganz zarte,

leise Töne, bis Rachel sagte: »Das bedeutet, dass er irgendwo da draußen ist. Mein Michael. Und dass wir uns wiedersehen.«

»Und dass Sie einander bekommen werden«, ergänzte Hannah.

***

Hannah hatte Weißwein bestellt und Niels eines dieser schwarzen, etwas zu süßen Biere, die Hannah immer an ein flüssiges Dessert denken ließen.

»Prost«, sagte Niels.

»Warte noch«, sagte Hannah. »Lass uns auf etwas anstoßen.«

Niels' Lippen hingen am Glasrand des dunklen Guinness.

»Beeil dich.« Niels stellte das Glas wieder ab.

»Lass uns auf den größten aller Umwege anstoßen.«

Niels sah sie fragend an.

»Wie meinst du das?«

»Manchmal ist es einfach so«, sagte Hannah und wog ihre Worte sorgsam ab. »Manchmal muss man erst sterben und wiedergeboren werden, wieder und wieder, bis man seine Liebe findet. Manchmal muss man bis in eine Wüste am anderen Ende der Welt fahren oder in eine …«

Hannah lachte, und auch Niels stimmte ein.

»Sag es einfach«, bat er.

»Oder in eine Irrenanstalt einziehen«, sagte sie. »Wüsten und Irrenhäuser, manchmal brauchen wir Umwege und müssen uns erst verlaufen, bis wir zueinanderfinden.«

Einen Augenblick sahen sie sich schweigend an. Hannah war sich sicher, die Reise in Niels' Augen sehen zu können, all das, was sie durchgemacht hatten, um eine Woche für sich zu haben, ohne Kinder, um ihre Liebe zu hegen und zu pflegen.

»Auf die Umwege«, sagte Niels und stieß mit Hannah an.

A. J. Kazinski bedanken sich bei:

Anja C. Caspersen, Astrophysikerin, Niels-Bohr-Institut: weil sie uns noch einmal gezeigt hat, wie wenig wir wissen.

Matias Lolk, Institut für Mathematik, Universität Kopenhagen: für den Code der Liebe.

Hans Petter Hougen, Rechtsmediziner, Rechtsmedizinisches Institut: für die Gespräche über Gift, Chemie, Schierling und den menschlichen Körper.

Bjørn Kaldan, Psychiater und Oberarzt, ehemaliger Chef des Sikringen, Nykøbing, Sjælland: für den unentbehrlichen Einblick in das Leben in einem Hochsicherheitstrakt.

Lykke Pedersen, Psychiaterin und Oberärztin, Leiterin der Geschlossenen Psychiatrischen Abteilung des Psychiatrischen Zentrums, Kopenhagen: für den großzügigen Einblick in die dunkelste Seite der menschlichen Seele.

Erik Lunø, Psychotherapeut und Hypnosetherapeut: für den Weg zu früheren Leben.

Den Einwohnern von Todos Santos: Wir hoffen, dass ihr dieses Buch nie lest und nicht bemerkt, wie rücksichtslos wir eure Gastfreundschaft missbraucht und euer schönes, verstaubtes Fleckchen Erde dramatisiert haben.

Lene Juul, Charlotte Weiss, Inger Kristensen, Line Miller und all den anderen im Politikens Forlag: dafür, dass ihr immer an uns geglaubt habt, und für eure Geduld.